D1925730

BASTEI LÜBBE TASCHENBUCH

Über die Autorin

Karina Cooper, geboren in San Francisco, schreibt Fantasy-Romane, die mit einer Prise Romantik gewürzt sind. Außerdem entwirft sie mit Vorliebe neo-viktorianische Mode und Steampunk-Outfits. Sie lebt am Nordwestpazifik mit ihrem Ehemann, drei Katzen und einem Hasen.

Karina Cooper

DARK MISSION
BLUTSCHULD

Roman

Aus dem amerikanischen Englisch
von Beke Ritgen

BASTEI LÜBBE
TASCHENBUCH

BASTEI LÜBBE TASCHENBUCH
Band 20722

1. Auflage: Juli 2013

Dieser Titel ist auch als E-Book erschienen

MIX
Papier aus verantwortungsvollen Quellen
FSC® C006701
www.fsc.org

Vollständige Taschenbuchausgabe

Deutsche Erstausgabe

Titel der amerikanischen Originalausgabe: »Lure of the Wicked«
Originalverlag: Avon Books, an Imprint of *HarperCollins*Publishers

Textredaktion: Mona Gabriel
Titelillustration: Sophie Freiwald, Guter Punkt unter Verwendung eines Motivs von © shutterstock/Mayer George Vladimirovich
Umschlaggestaltung: Guter Punkt, München
Satz: two-up, Düsseldorf
Gesetzt aus der Arno
Druck und Verarbeitung: CPI – Ebner & Spiegel, Ulm
Printed in Germany
ISBN 978-3-404-20722-0

Sie finden uns im Internet unter
www.luebbe.de
Bitte beachten Sie auch: www.lesejury.de

Der Preis dieses Bandes versteht sich einschließlich
der gesetzlichen Mehrwertsteuer.

Für Lisa Marie und Cherry,
die mir Inspiration waren, mich ermutigten
und ertrugen, wenn ich ausrastete,
und mich immer noch lieben

KAPITEL 1

Naomi West war eine verflucht gute Missionarin. Ihre Missionsakte war der Beweis: Unter New Seattles Hexenjägern und -jägerinnen war sie eine der besten.

Schön zu wissen, dass der Orden des Heiligen Dominikus Vertrauen in sie setzte. Und in den Augen der anderen Agenten der New-Seattle-Mission war sie sowieso die Nummer eins.

Wenn die Meute aus Missionaren und Ordensoberen allerdings gewusst hätte, wie es sich anfühlte, in Naomi Wests Haut zu stecken … Wenn sie gewusst hätten, was Naomi West umtrieb und ihren Puls nach oben schnellen ließ bis an den Rand der Hysterie: Sie hätten sie von den Straßen geholt, schneller als eine Kugel ein Hirn zerfetzen kann.

Die Stimme direkt in Naomi Wests Gehörgang verklang. Die Hexenjägerin presste einen Finger auf den winzigen Com-Stecker in ihrem Ohr, der die Stimme übertrug. Alan Eckhart fuhr fort, die Operationsziele zu umreißen. Seine Stimme wurde immer klarer und schärfer: Die Einweisung für das Einsatz-Team, gleich im Anschluss an die bereits gelaufene Einsatzbesprechung für die New-Seattle-Mission. Blabla, nichts als Scheißblabla.

Naomis Muskeln vibrierten vor Anspannung, während sie dem lauschte, was der Teamleiter in gleichförmigem Tonfall an Anweisungen herunterspulte. Ihre Augen beschäftigten sich derweil mit dem atemberaubenden Panorama, das der Blick aus dem Fenster der Luxussuite bot. Nicht umsonst lag die teure Suite im obersten Stock des Fünf-Sterne-Resorts.

Die Jägerin legte die Fingerspitzen an eines der deckenhohen Fenster. Gegen das Licht der untergehenden Oktobersonne hoben sich ihre Hände als Schattenrisse auf der Scheibe ab. Der Sonnenuntergang tauchte die Dunstglocke, die die unteren Ebenen der Stadt einhüllte, in den feurigen Glanz brünierten Messings. Bis in das rattenverseuchte Dreckloch hinunter, das New Seattles kaum zivilisiert zu nennende Fundamente nun einmal waren, sickerte das Licht, um vom allgegenwärtigen Gestank dort verschluckt zu werden. Der größte Teil des Molochs, der sich Stadt nannte, lag so tief unter Naomi, dass ihr Blick nicht bis dorthin zu dringen vermochte. Aber sie brauchte keinen Blickkontakt, um den beißenden Gestank verfaulenden Abfalls, der für die unteren Ebenen charakteristisch war, in der Nase zu haben.

Kaum erträglich kroch eine Mixtur aus Sorge und Furcht Naomi die Kehle hinauf, als sie sich vom Fenster abwandte.

»Hör mal, es ist mir scheißegal, was die Missionsbonzen belieben abzusondern!«, blaffte die Hexenjägerin in das winzige Mikro, das zu dem Com in ihrem Ohr gehörte. »Ich für meinen Teil habe keinen Bock darauf, hier oben für alle Ewigkeit festzusitzen. Das ist doch Schwachsinn!«

»Eine Woche auf den obersten Ebenen, allerhöchstens.« Eckhart bemühte sich um einen beschwichtigenden Tonfall.

Wie eine Klinge mit Wellenschliff säbelte der Klang der Stimme an Naomis blank liegenden Nerven. »Klar doch! Wenn ich Glück habe«, grummelte sie.

»Du brauchst kein Glück, Nai. Du bist schließlich gut.«

Gut – von wegen! Sie saß in der Falle. Ohne ihre Piercings, geschniegelt und gestriegelt, in Designer-Klamotten verpackt, war sie in diesem verfluchten Goldkäfig eingesperrt.

»Ich bin besser als gut«, erwiderte sie tonlos. Keine Selbstbeweihräucherung. Nackte Tatsache.

»Genau. Das ist der Grund, warum die Wahl auf dich gefallen ist.«

Ach, verflucht, lass mich mit dem Scheißgeschwafel zufrieden. »Abgesehen von einem Sicherheitscheck bei der Ankunft gibt es hier kaum Überwachung. Ich hab dir gleich gesagt, dass diesen Job jeder Idiot machen kann!«

Eckhart lachte leise. Möglicherweise hustete er auch nur. Naomi war sich nicht ganz sicher.

»Natürlich gibt's da keine großflächige Überwachung, Nai. Das ist schließlich eine Oase für die Schönen und Reichen, ein Ort der Erholung und Entspannung«, entgegnete Eckhart trocken, im Hintergrund weißes Rauschen. Naomi erkannte die vertraute Geräuschkulisse der Missionsbüros in den mittleren Ebenen. Genau in einem solchen Büro sollte sie jetzt auch sein.

Jedenfalls wünschte sie sich verzweifelt dorthin. Tief atmete sie ein und hielt die Luft eine Weile an, ehe sie sie in einem sorgsam dosierten Seufzen wieder ausstieß. »Ich kapiere immer noch nicht, warum Parker nicht jemand anderen nehmen konnte, der sich hierfür verkleidet.«

»Weil's niemanden sonst mit deinen Referenzen gibt.« Eckhart seufzte ebenfalls. Es spielte keine Rolle, wie oft sie diese Diskussion führten: Naomi würde den Mist nicht so leicht schlucken, jetzt nicht und später auch nicht. Sie schnitt eine Grimasse und öffnete schon den Mund, um etwas zu erwidern. Aber Eckhart fuhr fort, ehe sie auch nur ein einziges Wort herausgebracht hatte. Er redete ihr zu, wie einem lahmen Gaul, verdammt. »Ach, nun komm schon, Naomi: Die Ebenen an der Spitze sind schließlich nicht der Hochsicherheitstrakt im Knast.«

Verflucht, es fühlte sich aber so an! Naomi drehte sich um, sah Luxusmöbel und üppiges Farbenspiel. Um den penetranten Druck hinter ihren Schläfen zu lindern, schloss sie die Augen.

Es war, als wäre sie zurück in die Vergangenheit gereist. Nur, dass sie kein Kind mehr war. Und ihr Name schon seit beinahe fünfundzwanzig Jahren nicht mehr Naomi Ishikawa lautete.

Jetzt aber klebte dieser Name wieder an ihr. Weil die Mission es so wollte.

Naomi zuckte zusammen. »Verfluchte Affenscheiße!«

»Du bist einfach entzückend, wenn du melancholisch wirst.« Wieder seufzte Eckhart. »Okay, dann spuck mal aus, was du über den Laden herausgefunden hast.«

Naomi umklammerte so fest das Metallgehäuse des Coms, als wollte sie es zerquetschen. »Der städtische Basisebenen-Aufzug braucht acht Minuten bis hinauf zu dieser Oberstadt-Ebene. Die Überwachung beschränkt sich auf ein Minimum und ist sehr diskret. Allerdings lässt sie sich bei all dem Glas nur schwer verstecken: Eine Kamera überwacht die Ein- und Ausgänge in der Lobby; eine weitere gibt es im Haupt-Aufzug von diesem beknackten Luxus-Resort, und das war's auch schon. Die Lobby stinkt vor Geld und ist menschenleer. Ich brauche endlich diese verfluchten Grundrisse, Eckhart.«

Der Teamleiter stieß den für ihn typischen Drei-Ton-Pfiff aus. »Jonas arbeitet noch dran. Er sagt, der Zugang zu den Grundrissen sei ziemlich gut verschlüsselt.«

»Warum das denn?«

»Keinen Schimmer. Aber für mich riecht das nach dem Einfluss von Geld oder Politik. Oder einer Kombi aus beidem.«

»Na, fantastisch«, fauchte Naomi. Mit der freien Hand fuhr sie sich durch dass glänzend schwarze Haar. Drei Schritte ging sie auf die üppig gepolsterte Chaiselongue zu, ehe sie auf dem Absatz kehrtmachte und dem Luxusmöbel den Rücken zuwandte. »Was du da sagst, heißt wohl, dass die Kirche gar nicht legitimiert ist, sich hier umzusehen. Darum hat man mich auch so billig ausstaffiert und dann hier reingeschickt.« Es rutschte ihr so heraus, schneidend wie ein Peitschenhieb, mit einem selbst in ihren Ohren viel zu beißenden Ton. Sie presste Daumen und Zeigefinger gegen die Augäpfel, bis der Druck das Gleißen auslöschte, das sich von innen, aus ihrer Schädelmitte, nach draußen brennen wollte.

Politik. Verflucht verdammte Politik!

»Was ich damit sagen will, ist ...«, hielt Eckhart in scharfem Ton dagegen, unterbrach sich dann aber selbst. Naomi wusste genau, warum. Alles, was er jetzt sagte, würde nur den Streit anfachen, den sie schon tausend Mal geführt hatten. Wie sich argwöhnisch beschnüffelnde Straßenköter umkreisten sie beide dieses Thema schon eine ganze Weile. Eckhart senkte die Stimme. Das war seine Art, sein Gegenüber zu beruhigen und – wenn möglich – einzuwickeln. »Schau, Nai, nicht alles lässt sich mittels einer Waffe und einer kompromisslosen Haltung regeln.«

Doch in diesem Punkt irrte sich Eckhart gewaltig, das wusste Naomi. Erfahrungsgemäß ließ sich so gut wie alles *genau* auf diese Weise regeln. Aber hier und jetzt fehlte ihr, verflucht noch eins, eine Hälfte dieser Rechnung.

Naomi tigerte weiter im Zimmer auf und ab, wandte sich wieder der Fensterfront zu. Dabei wusste sie ebenso genau, was sie dort zu sehen bekäme, wie sie wusste, dass Eckhart falsch lag. Die Sonne sank dem dunstigen Horizont entgegen. Ihr Licht verfing sich im Smog, der leuchtend an der Dunkelheit nagte, die sich zwischen den hoch in den Himmel aufragenden Wolkenkratzern gesammelt hatte. Die letzten Sonnenstrahlen trafen auf Schmutz, Verzweiflung und das Seite an Seite damit existierende – nein, eher vor sich hin vegetierende – Chaos tief unter ihr.

Dort unten wäre Naomi anonym und bliebe es. Eine unbekannte Größe in einer Gleichung, nichts als eine verdammt gute Hexenjägerin in einem von unzähligen Teams aus Hexenjägern.

Aber hier oben war sie eindeutig ein Werkzeug der Kirche. Seit dem Erdbeben, das die alte Stadt verschluckt hatte, zog die Kirche die Fäden. Fünfzig Jahre unter ihrer Führung und Anleitung, fünfzig Jahre Planung – und New Seattle war aus der Asche der Vorgängerstadt wieder auferstanden. Fünfzig Jahre Unterstützung durch die mächtige Kirche hatten die Mission auf ihre herausragende Position gehievt. Jeder, den die Mission einsetzte, war von Kindesbeinen an darauf vorbereitet worden, die Menschheit vor denen zu schützen, die Hexerei praktizierten und dabei wahllos mordeten. Die Unschuldigen, die den Hexen in einem einzigen vernichtenden Schlag zum Opfer gefallen waren, gingen in die Hunderttausende.

Naomi war seit mehr als zwanzig Jahren Missionarin. Trotzdem mischte sie in dem intriganten Spiel nicht mit, das sich Politik nannte. Aus diesem Grund war sie immer noch eine einfache Agentin, keine Teamleiterin. Keine Schreibtischtäterin wie etwa die derzeitige Missionsleiterin.

Naomi war Agentin im Außendienst.

Jemand, der tötete.

Ihr gefiel es, wenn sie so arbeiten konnte, wie es ihr am meisten lag: wenn sie ihre Waffe ziehen konnte – die Waffe, die sie verdammt noch eins hier nicht hatte!

»Wie auch immer«, meinte sie knapp, drehte sich um und stolzierte wieder auf das Luxussofa zu. »Können wir jetzt zu dem Teil der Operation kommen, wo ich meine Waffe zurückkriege?«

Erneut stieß Eckhart einen Drei-Ton-Pfiff aus. Das sollte Naomi sagen, dass er daran arbeitete. Dass es eine mega-komplizierte Angelegenheit sei. »Nai«, begann er gedehnt, »was ist los?«

»Was soll schon los sein? Das hier ist eine Reiche-Zicken-Oase …«

»Nein«, unterbrach er sie barsch. Die Stimmen im Hintergrund verstummten. Sofort senkte Eckhart die Stimme wieder. »Ich meine nicht, was da oben los ist. In der Oberstadt zu sein kannst du nicht ausstehen. Das weiß ich. Ich meinte: Was ist los mit *dir*? Als wir dich gefunden haben, warst du eingebuchtet.«

Naomi schnaubte. Dafür, dass man die eine Gefängniszelle gegen eine andere tauschen durfte, schuldete man niemandem Dankbarkeit. Ob raue Betonwände oder Flure mit eleganten Tapeten, das machte für Naomi keinen Unterschied.

Sie ließ die Hand sinken und starrte in den Spiegel gleich über dem Kamin. Der Spiegel bestand aus vielen Einzelfeldern und war goldgerahmt, die Kamineinfassung, über der er an der Wand thronte, glänzend schneeweißer Marmor, glatt wie ein Kinderpopo. Das nackte Gesicht im Spiegel erkannte Naomi nicht. Volle, sinnlich geschwungene Lippen, hohe Wangenknochen, das Jochbein scharf wie eine Messerschneide, glattes schwarzes Haar – ohne die grell blauen Strähnen, die Naomi noch gestern gehabt hatte. Ohne Piercings.

Himmel, sie vermisste ihre Piercings!

Abgesehen von der verschorften Schramme quer über ihrer Nase sah Naomi aus, als wäre sie reich. Verhätschelt und verwöhnt. Verweichlicht.

Sie sah aus wie ihre Mutter.

Die Erkenntnis brachte sie dazu, wieder im Zimmer auf und ab zu tigern. Von der Fensterfront zum Sofa, von dort zur massiven und dennoch überraschend leichtgängigen Schiebetür des Schlafzimmers und zurück zum Sofa.

Verflucht sollte der Orden sein! Verflucht die neue Leiterin der New-Seattle-Mission, die entschieden hatte, Naomi hinter den Hochglanz-Türen von New Seattles Luxus-Resort Nummer eins, dem *Spa aller Spas*, einzusperren. Die Tussi hatte das mir nichts, dir nichts entschieden, weil das ihres Erachtens nach die einzige Lösung für ein Problem war, das dadurch zu Naomis Problem wurde.

Verdammte Panik schüttelte Naomi jetzt derart heftig, dass es in ihrer Brust summte und vibrierte wie in einer Stromleitung.

Mit einer jähen Bewegung ließ sich Naomi auf die Sofalehne fallen. »Eckhart«, sagte sie und klang dabei erschöpft, »warum zum Henker bin ich hier? Joe Carson ist kein Hexer. Er ist Missionar. Warum also soll ich ihn erledigen?«

»Joe Carson ist nicht irgendein gewöhnlicher Missionar, Nai. Du erinnerst dich doch sicherlich noch an den Schlamassel mit Smith, oder? Stell dir vor, er hätte lang genug überlebt, um durchzudrehen.«

Wie Eiswasser lief es Naomi den Rücken hinunter.

Gerade einmal drei Monate war es her. Drei beschissene Monate, seit ein Missionar, den sie von Kindesbeinen an kannte, dem sie zum ersten Mal in einem der gottverlassenen Waisenhäuser der Mission begegnet war, sich gegen Kirche und Mission gestellt hatte.

Sich gegen sie, Naomi, die Gefährtin aus Kindertagen, gestellt hatte.

Der Missionar Silas Smith und sein Hexenliebchen waren buchstäblich in Rauch aufgegangen. In einem Flammeninferno, das ein Hexenzirkel tief in den Ruinen des alten Seattle entfacht hatte, hatte es sie erwischt. Als die Mission endlich bis in das Chaos vorgedrungen war, konnte sie dort nicht mehr finden als Schutt und Asche und bis zur Unkenntlichkeit verbranntes Fleisch.

Es gab so einige Fragen, die die neue Missionsleiterin beantworten musste. Ein weiterer amoklaufender Agent der Mission in ihrem Revier wäre sicher nicht hilfreich.

Die Hexenjägerin legte die Hand auf die Designer-Jeans, dorthin, wo auf ihrem Unterleib das Zeichen des Heiligen Andreas eintätowiert war. Schutz und Schild. Momentan war es inaktiv.

Wenn aber Hexerei gegen Naomi gerichtet würde, würde der Andreas-Schild als Warnung blaue Funken sprühen, einen Lichtbogen von hoher Energie, der ihr eine schützende Hülle wäre. So ruft der Schild die Kraft und Macht des Heiligen herbei, um im Kampf gegen jedwede teuflische Absicht der Hexenmagie zu bestehen. Das war sehr praktisch, wenn Naomi auf einer Mission war, um Hexen oder Hexer zu töten.

Aber hier gab es keine Hexen zu töten.

Naomi stand wieder auf und ging durch die dekorative Schiebetür, die das Schlafzimmer vom Salon trennte. Sie musterte die Tagesdecke aus lavendelfarbener und goldgewirkter Seide und zog die Nase kraus. »Je schneller ich das erledige, desto schneller bin ich hier raus, richtig?«

Eckhart klang erleichtert, als er bestätigte: »Richtig.«

»Und unsere Missie Parker plant nicht irgendeine weitere große Scheißoperation?«

»*Missionsleiterin Adams* weiß genau, wie sehr du diese Mission verabscheust, Nai«, korrigierte Eckhart sie seufzend. »Du hast deinen Standpunkt mehr als deutlich gemacht. Bring den Job hinter dich, und du bist da raus.«

»Okay, dann sag mir, was Sache ist.«

»Joe Carson hat mehrere Menschen umgebracht.«

»Das habe ich auch.«

Eckhart zögerte den Bruchteil einer Sekunde lang, länger nicht. Aber es war lang genug. Naomi verzog den Mund: beißender Sarkasmus. »Bei ihm ist's was anderes«, meinte Eckhart schließlich. »Carson wird wegen Mordes an zwei hochrangigen Mitgliedern der Kurie und vier Zivilisten gesucht. Außerdem steht er unter dem Verdacht, er habe missionseigenes Beweismaterial verschwinden lassen.«

Naomi runzelte die Stirn. »Moment mal, davon war beim Briefing nicht die Rede. Missionseigenes Beweismaterial? Heißt das, unser Tresor wurde geknackt?«

»Nein, Gott sei Dank, nicht unserer. Außerdem ist da sowieso nichts drin, was wirklich gefährlich werden könnte«, antwortete Eckhart. »Irgendwann letzte Woche hat's vielmehr das Hauptquartier der Missionsleiterin erwischt. Sei froh, dass du gestern nicht da warst. Adams hat die ganze Zentrale förmlich in ein Kühlhaus verwandelt.«

»Bei dem Stock im Arsch wundert mich das nicht«, murmelte Naomi. Sie verdrehte die Augen, als sich ihr unmittelbarer Vorgesetzter mit Nachdruck räusperte. Sein Missfallen über Naomis letzte Äußerung war überdeutlich.

Naomi musste Missionsleiterin Parker Adams nicht ins Herz schließen. Aber sie musste mit ihr zusammenarbeiten. Besser gesagt: *für sie* arbeiten.

»'tschuldigung«, gab sie also nach. »Was ist denn geklaut worden?«

»Lass mal sehen: ein paar alte Zeitungsausschnitte und jede

Menge anderer Krempel. Lauter Zeugs aus der Zeit vor dem Großen Beben, soweit wir das beurteilen können.«

»Na, das ist ja mal hilfreich. Ich halte es aber immer noch für besser, Carson festzunehmen und zur Disziplinierung zu überstellen, anstatt ihn auszuschalten.«

»Nicht unser Auftrag.«

»Aber wenn sein Team den ihm gestellten Auftrag erledigt hätte ...«

»Noch einmal, Nai: Die Missionare vor Ort haben getan, was sie konnten. Doch nachdem der Risikovermerk in seiner Akte war, war Carson auch schon untergetaucht.«

Man konnte niemanden zur Disziplinierung überstellen, den man nicht finden konnte.

Naomi verzog das Gesicht. Niemand wusste, was Disziplinierung tatsächlich bedeutete. Aber es hielten sich hartnäckige Gerüchte darüber. Alles von medikamentösen Eingriffen in die Neurochemie bis hin zur Gehirnwäsche, von Folterungen unter dem Deckmantel von Reinigungsritualen bis hin zur Beseitigung des Delinquenten.

Es waren gefährliche, an Häresie grenzende Gerüchte. Die Kirche mochte Gerüchte nicht. Oder Fragen, die man nicht beantworten konnte oder wollte.

»Es muss doch eine Vorgeschichte gegeben haben. Ein Missionar wacht doch nicht eines Morgens auf und beschließt, sechs Menschen umzubringen.«

»Das spielt keine Rolle. Reiß dich am Riemen und tu, was getan werden muss. Sie beobachten dich, Nai.«

»Ach, leck mich!«

»Ich meine es ernst, Nai.« Eckhart zögerte wieder, dann: »Naomi, deine Akte hat einen Risikovermerk. Die Kirche will dich überwacht wissen.«

Einen Risikovermerk. Wie Joe Carsons Akte.

Ärger verdichtete sich zu einem dicken Knoten aus wilder Wut und plötzlicher Furcht. Heftig stieß Naomi zusammen mit ihrer Atemluft Gelächter aus. »Na, fan-tas-tisch! Dann mach ich jetzt wohl am besten auch mal 'nen Abgang und töte für die Kirchenbonzen noch ein paar Leute.«

»Herr im Himmel, Nai, sag doch nicht so was! Das ist genau der Mist, womit du dir regelmäßig mächtig Ärger einhandelst. Das Einzige, was dir momentan noch den Arsch rettet, ist deine Erfolgsquote. Du bist eine verdammt gute Missionarin. Aber du überspannst den Bogen, und das weißt du ganz genau.«

Was übersetzt hieß: Wenn sie jetzt nicht spurte und schön tat, was man von ihr verlangte, würde sie mit einem Arschtritt aus dem Dienst befördert, egal, wie verflucht gut sie in ihrem Job war.

Immer das gleiche Lied, immer dasselbe Theater. »Von mir aus, auch egal!«, entgegnete sie und scherte sich nicht darum, ob sie durch diese Ansage geläutert klang oder nicht. Sie wandte dem Stapel aus Gepäck, das ein Vermögen an exklusiver Kleidung enthielt, den Rücken zu und marschierte wieder aus dem Schlafzimmer hinaus. »Selbstverständlich habe ich nichts anderes sagen wollen, als dass ich mich dann mal um die Mission kümmere, die der Orden des Heiligen Dominikus für notwendig und gerecht erachtet.«

Eckhart sagte einen Moment lang gar nichts. Naomi konnte beinahe hören, wie er mit den Zähnen knirschte. »Naomi, das Fass ist kurz vor dem Überlaufen, klar? Sieh zu, dass du die Operation hinter dich bringst, oder wir alle bekommen einen Risikovermerk!«

»Ich melde mich, sobald ich etwas habe, das sich zu berichten lohnt.«

»Naomi ...«

»Kapier's, klar?« Mit dem Zeigefinger drückte Naomi gegen das winzige Mikro in ihrem Ohr. Eckhart sollte nicht eine Silbe von dem verpassen, was sie zu sagen hatte. »Auf die eine oder andere Art jag' ich dem verfluchten Arschgesicht eine Kugel in den Kopf. Sobald ich dann hier raus bin, bekomme ich meine Piercings zurück und such mir einen Kerl für's Bett.« Sie grinste, als ihr Gesprächspartner schnaubte. »Fühl dich ganz frei, bei dem einen oder dem anderen Hilfestellung zu geben.«

»Du brauchst echt Hilfe, West!«

»Und wie. Also besorg mir gefälligst wenigstens so was wie eine hübsche kleine Beretta.«

»Ich schau mal, was sich machen lässt«, erwiderte Eckhart. Er verschwendete keine Zeit damit, sich von Naomi zu verabschieden.

Kaum dass es in der Leitung klickte, gab Naomi der Wut nach, die mit jedem Atemzug an ihr zerrte. Mit Schwung warf sie die handflächengroße Com-Einheit einmal quer durchs Zimmer. Sie prallte von den dicken Polstern des Brokatsofas ab und landete etwas unsanft auf dem flauschigen Teppich.

Naomi fühlte sich kein Stück besser.

Unter Beobachtung. Ihr verflucht eigenes Team beobachtete sie.

Ein Risikovermerk.

Fantastisch!

Sie warf sich das lange Haar über die Schulter und riss sich zusammen. Fest konzentrierte sie sich auf das eigentlich Wichtige. Es spielte keine Rolle, wer oder was Carson war. Missionar, Hexer oder was sonst.

Die Kirche hatte befohlen, ihn zu töten.

Naomi West, eine der besten ihres Fachs, würde sich sogleich an die Arbeit machen.

Gerade hatte Naomi einen ersten Schritt in Richtung Schlafzimmer getan, als sie auch schon erstarrte: Hinter ihr glitten mit leichtgängigem, gut geöltem Flüstern die Metalltüren des Fahrstuhls auf, der den Zugang zu Naomis Suite erlaubte. Augenblicklich und instinktiv sträubten sich der erfahrenen Hexenjägerin die Nackenhaare.

Ihre Nervenbahnen prickelten. Der Andreas-Schild, das Tattoo auf ihrem Unterleib, flammte auf, ein Kreis aus gleißend blauem Feuer. Hexerei.

Ihr Instinkt übernahm die Kontrolle über Naomis Körper. Sie warf sich zur Seite, während Schmerz und magische Kräfte in ihrem Schädel miteinander verschwammen. Pures Adrenalin verdrängte das Gefühl der Verwirrung, Naomi kam auf dem Boden auf und rollte sich ab.

Sie kollidierte mit dem Lacktisch neben dem Sofa. Gleichzeitig aber sah sie aus dem Augenwinkel heraus schwere Stiefel und eine salbeigrüne Uniform. Die Lampe, die auf dem Sofatisch gestanden hatte, krachte gleich neben ihrem Kopf zu Boden. Die Hexenjägerin fluchte. Der Schmerz machte sie langsam, jede Bewegung war wie zäher Sirup unter der auf sie einhämmernden Magie und dem feurigen Schutzschild des Missionstattoos. Ihr wurde schwarz vor Augen. Von den Rändern ihres Blickfelds her, daneben nur schmerzhaft stechendes Rot, bedrängte sie die Dunkelheit, mit der der Schmerz sie umfangen wollte.

»Was zum Henker …!«, spie sie zwischen zusammengebissenen Zähnen hervor und mühte sich, wieder hoch auf die Beine zu kommen. Ihre Knie zitterten, gaben fast unter dem Ansturm von Magie nach, die sich in ihren Schädel bohrte.

»Teufel noch eins, sie hatte tatsächlich recht.« Die Stimme klang, als hätte der Mann, dem sie gehörte, Schneid; sie klang konzentriert. »Du bist ein härterer Brocken, als ich dachte.«

Mühsam atmete Naomi durch, bleckte die Zähne in einem Grinsen und kam endlich hoch, stand. Sie holte zum Schlag aus.

Den Fluch, den der Kerl auf den Lippen gehabt hatte, zerriss es förmlich in Stücke, als Naomis Faust auf seine Rippen traf. Aber als Fingerknöchel gegen Rippenknochen prallten, fluchte Naomi heftig genug, dass es für sie beide reichte. Unter dem Schlag krümmte sich ihr Angreifer zusammen. Naomi nutzte das, sprang vor, packte sein Handgelenk und schleuderte den Scheißkerl mit aller Kraft gegen die Wand hinter ihm. Den Unterarm gegen seine Kehle gedrückt, nagelte sie ihn dort fest. Vor Anstrengung keuchte sie.

Der Aufprall war hart genug, um das Gemälde an der Wand von seinem Haken zu wuchten. In der Stille der Kampfpause, in der nur noch Keuchen zu hören war, krachte es zu Boden. Der Schmerz, der Naomi quälte, ließ nach.

Ihr Angreifer, der Hexer, war ein alter Mann. Das bemerkte Naomi erst jetzt. Älter jedenfalls, als sie ihn zuerst geschätzt hatte. Er hatte schwielige Hände, Arbeiterhände, und harte Muskeln. Genau das hatte sie getäuscht. Die Finger, die sich verzweifelt in Naomis Oberarm krallten, zierten feine Narben, die davon zeugten, dass er es gewohnt war, mit den Händen zu arbeiten. Die Nägel waren kurz geschnitten. Das Haar des Mannes war grau meliert, der Haarschnitt militärisch kurz. Die Oberlippe zierte ein buschiger Bart. Die Narbe aber, die die Wange des Hexers verunstaltete, vermochte der Bart nicht zu verbergen. Knollennase und dichte graue Augenbrauen hätten ihn unter anderen Umständen harmlos wirken lassen.

Aber das bösartige Glitzern in den dunkelblauen Augen verriet die Wahrheit über den Mann.

Während ein Teil von Naomis Gehirn die Beschreibung des Mannes abspeicherte, war der andere damit beschäftigt, ihren viel zu schnellen Herzschlag zu beruhigen. Zu viel Adrenalin. Zu hohe Pulsfrequenz. Naomis Gesicht prickelte, als wäre es ein Nadelkissen.

Nicht jetzt! Naomi kratzte alles an Konzentration zusammen, was sie fand. Zwischen zusammengebissenen Zähnen quetschte sie heraus: »Wer zum Teufel bist du?«

»Leck mi …«, würgte er, als Naomi die Schultern anspannte und die Elle fester gegen seine Kehle presste.

Die leicht zu brechenden Halswirbel knirschten und knackten bedrohlich. Der Hexer lief puterrot an. Naomi brachte ihr Gesicht näher an seines heran. »Du hast dreißig Sekunden, bevor … Verflucht!«

Mit sehr viel mehr Kraft, als sie es erwartet hatte, packte der Hexer sie vorn am Pullover und versetzte ihr gleichzeitig einen derben Stoß gegen die Brust, fort von sich. Nähte dehnten sich, rissen. Rücklings stolperte Naomi über das Bein des Hexers, das er hinter ihres gehakt hatte. Wild ruderte sie mit den Armen. Doch schon einen Sekundenbruchteil später knallte sie mit dem Hintern hart auf den Boden.

Sofort war der Hexer über ihr, holte aus und trat mit dem so gewonnenen Schwung zu. Sein schwerer Stiefel landete in Naomis Rippen. Und gleich noch einmal. Der Tritt schickte Naomi in einer Rolle über den Boden, während in ihrer Brust Schmerz aufflammte. Sie sah Sterne; ihr Blickfeld zerbarst in pulsierendes Rot und jede Menge Violett- und Lilatöne.

Eine raue Hand schloss sich um ihren Nacken, packte sie brutal und schleuderte sie in Richtung Sitzlandschaft. Naomi flog, alle viere von sich gestreckt; der Aufprall jagte erneut Schmerz durch ihren ganzen Körper. Ihre Knie blieben an der Rückenlehne hängen, und Naomi überschlug sich. Hintern voran stürzte sie über die Lehne.

Ihr Hinterkopf machte unliebsame Bekanntschaft mit der harten Kante des Beistelltischchens. Für ihre Synapsen war die Flut aus Schmerz und Magie einfach zu viel. Es flimmerte ihr vor Augen, Myriaden von Sternchen statt klarer Sicht.

Heftig schüttelte Naomi den Kopf, ein erfolgloser Versuch, um wieder klar zu werden.

Mit Macht presste es ihren Brustkorb zusammen. Zunehmend fiel es Naomi schwer, Sauerstoff in ihre Lungen zu zwängen, der das Gehirn sowieso nicht mehr zu erreichen schien. Sie fletschte die Zähne. Unter großer Anstrengung zwang sie ihre Muskeln, sich in Bewegung zu setzen. Der Hexer hatte ihr dieses Mal nicht nachgesetzt. Und dann, ganz plötzlich, war der mit Magie geführte

Angriff vorbei. Es geschah derart unerwartet und schlagartig, dass Naomi taumelte, als der eigenen Muskelspannung plötzlich der Widerstand fehlte.

Um Halt zu finden, klammerte sie sich an die Rückenlehne des eleganten Diwans. Sie rang nach Luft, bemühte sich, ihre verengten Lungenflügel damit zu füllen. Hysterie, fest wie ein Stahlband um ihre Brust, machte es verflucht schwer zu atmen.

Wieder flimmerte es vor Naomis Augen. Instinktiv rettete sie sich mit einem Hechtsprung zur Seite. Zum zweiten Mal kollidierte sie mit dem Sofatisch, hielt sich daran fest, als der Raum sich um sie herum zu drehen begann.

Aber niemand und nichts griff sie an.

Sie zwang sich ruhiger durchzuatmen und zog sich hoch auf die Beine. In eben diesem Augenblick schlossen sich mit sanftem hydraulischem Flüstern die Türen des Fahrstuhls zu ihrer Suite. Naomi blieb allein zurück, noch immer gebannt vom stechenden Blick der tiefblauen Augen. In der Luft hing mit der Schärfe von Ozon die tödliche Magie des Hexers.

»Verfluchtes Arschloch!«, knurrte Naomi, sprang vor und schlug mit der ganzen Handfläche auf den Aufzugsknopf. Zu gottverdammt spät! Sie sog Luft in ihre Lungen, atmete ein, hielt die Luft an, atmete langsam wieder aus. Sie wiederholte es: einatmen, ausatmen. Ruhe herstellen.

Kontrolle wiedergewinnen.

Verfluchter Scheißdreck! Naomi trat auf die Stahltüren ein, bis ihre Suite von dem metallischen Geräusch widerhallte. Schmerz pochte in ihren Zehen.

Stockwerk für Stockwerk leuchtete die Anzeige auf, während der Fahrstuhl mit dem mächtigen Hexer nach unten sank. Siebzehn. Sechzehn. Fünfzehn …

Sollte sie versuchen, schneller zu sein als der Fahrstuhl und die Treppe hinunterrennen – wo auch immer die sein mochte? Zum Teufel, der Hexer könnte in jedem beliebigen Stockwerk aussteigen, ehe der Aufzug das Erdgeschoss erreichte. Niemals würde Naomi den Scheißkerl so erwischen.

In der Zeit, die der Lift brauchte, um wieder hinauf zu Naomis Suite im obersten Stockwerk zu klettern, scharrte die Hexenjägerin in kniehohen Lederstiefeln mit den Füßen und wusste ganz genau, dass der Attentäter längst auf und davon war.

Mit dem charakteristisch satten Zischen glitten die Aufzugstüren auf. Naomi hinkte in die elegante, mit Spiegeln verkleidete Kabine. Nur mit Mühe konnte sie sich davon abhalten, die Faust in das reflektierende Glas zu versenken.

Keine Waffe, keine Munition. Sie hatte angenommen, diese dämliche Mission wäre so hexenfrei wie ein sonntägliches Hochamt. Aber dass die Haut auf ihrem Unterleib immer noch prickelte, strafte diese Annahme Lügen. Sie hatte sich geirrt.

Verdammt geirrt.

Die Frau, die aus dem suite-eigenen Fahrstuhl schoss und ihm direkt in die Arme lief, brachte alles in Phinneas Clarke zum Klingen – in seinem Kopf und an einigen anderen Stellen.

Das meiste davon waren Alarmsirenen.

Ärger auf zwei Beinen. Ärger, in fetten Großbuchstaben geschrieben, auf zwei endlos langen Beinen. Darüber ein durchtrainierter, straffer Körper. Nach dem, was Phin Körper an Körper spürte, schien die schlanke, muskulöse Weiblichkeit wie für ihn persönlich maßgefertigt. Der Schwung, mit dem der personifizierte Ärger so überraschend aus der Fahrstuhlkabine geschossen kam, warf ihn rücklings gegen die Wand. Sein Hinterkopf prallte gegen die Seidentapete und vom Beton darunter ab, dass es durch seinen Schädel hallte, als wäre eine große, volltönende Glocke angeschlagen worden. Ganz plötzlich hatte er in jeder Hand weiche Wolle und sanfte weibliche Kurven.

In der Gegenbewegung drohte die Schöne rücklings auf den

Marmor zu stürzen, zog Phin Zoll um Zoll mit. Engster Körperkontakt. Phins Verstand setzte aus. Dennoch verhinderte er den Sturz, griff zu, balancierte sich und die Schöne aus, indem er sie schützend an die Brust drückte. Da rammte die so Gerettete ihm, wohl ein Reflex, ein Knie zwischen die Beine. Zum Glück für Phins verletzlichste Teile gewann jedoch bewusstes Handeln die Oberhand über Instinkt, und er fing das Knie halb in der Bewegung ab. Gleichzeitig krallte die Frau Halt suchend ihre Finger in Phins Anzugrevers. Das hatte eine recht ungünstige Position zur Folge, in der Phin sich nun, über die Schöne gebeugt, an sie schmiegte.

Wohlig warme, in Jeans verpackte Kurven füllten Phins Hände. Er begriff, dass seine Finger ihr kleines festes Hinterteil umspannten. Einen Augenblick lang hielt er sie so. Der Augenblick dehnte sich ins schier Unendliche. Nur das gleichmäßige Murmeln der sprudelnden Heilquelle gleich hinter ihnen füllte die schockierende Stille.

Phins Mundwinkel zuckten.

Naomi Ishikawa. Dem Dossier nach, das er mittels der Infos zusammengestellt hatte, die die Familie ihm hatte zukommen lassen, war dieser letzte Neuzugang eine betuchte Erbin. Sie war die Sorte betuchte Erbin, die Ärger quasi heraufbeschwor.

Phin verstand auf Anhieb, was seine Informanten, die Naomi Ishikawa verhätscheln mussten, damit gemeint hatten.

Naomi Ishikawa hatte glattes, rabenschwarzes Haar, ein Erbe ihrer japanischen Abstammung. Dieser Abstammung verdankte sie auch die hohen Wangenknochen und den mandelförmigen Schnitt ihrer Augen. Sie war zartgliedrig, gertenschlank und ebenso geschmeidig. Offenkundig war sie eine Frau, die gutes Training schätzte und sich fit hielt. Die Leichtigkeit, mit der sie, so schmal und schlank wie sie war, ihre Körperkräfte einzusetzen vermochte, war Beweis genug dafür.

Der Rest von ihr war amerikanisches Supermodel reinsten

Wassers – bis hinunter zu den ellenlangen Beinen, die die asiatisch angehauchte Schöne fast auf Augenhöhe mit Phin brachten.

Er konzentrierte den Blick auf ihr erhitztes Gesicht und die verschorfte Wunde quer über dem schmalen, geraden Nasenrücken. Miss Ishikawa sah aus, als sei sie mit einem Preisboxer in den Ring gestiegen und habe den Kampf verloren.

Neben ihnen schlossen sich die Aufzugstüren. Miss Ishikawas Mandelaugen verengten sich zu schmalen Reptilienaugen. »Alles in Ordnung mit Ihnen?«

Phin war sich dessen nicht ganz sicher. Umschlossen seine Finger immer noch die ebenso sanften wie strammen Kurven ihres Hinterteils? Durfte man es für in Ordnung halten, wenn man sich eine schöne Unbekannte zur Brust nahm, wie er es gerade tat?

Er schüttelte den Kopf. Heftig.

Ein »Scheiße« entfuhr ihr, mehr ein heiseres Schnauben, denn ein Wort. Mit scharfem Blick musterte sie sein Gesicht, eine warme, feingliedrige Hand legte sich in seinen Nacken. »Wie heißen Sie?«

»Phin«, gelang es ihm herauszubringen, und dabei verlagerte er sein Gewicht ein wenig. Gerade eben genug. »Ich möchte wirklich nicht unhöflich erscheinen, aber wäre es Ihnen wohl möglich, Ihr Knie in eine für mich angenehmere Position zu manövrieren?«

Die Hand in seinem Nacken erstarrte. Verzweifelt versuchte er, ein Lächeln zu unterdrücken, als ihr Blick an seiner Brust hinabwanderte. Hinunter dorthin, wo ihre Hüften seine berührten und ein schlanker, jeansumhüllter Oberschenkel zwischen seinen Beinen steckte. Dorthin, wo dieser Oberschenkel eben im Eifer des Gefechts hingeraten war.

Inständig hoffte Phin, Miss Ishikawa spürte nicht, wie das Blut in einem ganz bestimmten seiner Körperteile pulsierte.

Ihr Blick huschte wieder hinauf zu seinem Gesicht, zu seinen Augen. Um ihre Mundwinkel zuckte es. Die Bestätigung für Phin, dass sie es sehr wohl bemerkt hatte. »'tschuldigung«, meinte sie leichthin. »Ich sag' Ihnen was: Sie nehmen Ihre Finger von meinem Hintern, und ich nehme mein Knie von Ihrem …«

»Hab schon verstanden«, beeilte Phin sich zu versichern, hastig, ehe die Hitzewelle, die durch seine Adern schoss, das Pulsieren seines Ständers verstärken konnte. Vorsichtig nahm er seine Hände, die allzu willfährig zugegriffen hatten, von dem Allerwertesten der Schönen. Elegant befreite sie sich aus dem Gewirr aus Gliedern, ohne das fragile Gleichgewicht zwischen Phin und sich zu stören. Absurderweise war er dankbar, jetzt tatsächlich wieder Atem holen zu können, ohne den sauberen Duft ihrer Haut in der Nase zu haben. Miss Ishikawa roch nach ungezähmter Wildnis.

»Tut mir echt leid«, sagte sie und zupfte an dem zerrissenen Kragen ihres Pullovers herum. Mit gerunzelter Stirn begutachtete sie die ausgefranste Naht und losen Fäden. »Ich hätte sie vorwarnen sollen.«

Und wie!

Phin streckte den Rücken durch und rieb sich vorsichtig über die Beule an seinem Hinterkopf. »Ich kann mir weitaus weniger angenehme Arten vorstellen, Ihre Bekanntschaft zu machen, Miss Ishikawa.«

Ihre Schulterpartie verspannte sich. Die Bewegung war kaum wahrnehmbar. Einem weniger aufmerksamen Beobachter, und Phin hatte Miss Ishikawa gerade sehr aufmerksam im Blick, wäre es entgangen. Der Blick, der ihn gedankenschnell traf, war rasiermesserscharf. In diesem Sekundenbruchteil kam es Phin so vor, als hätten diese bemerkenswert tiefblauen Augen – fast schon veilchenblau waren sie – ihn vermessen. Sie hatten ihn Zoll um Zoll kategorisiert: von den teuren Schuhen und dem Anzug, noch zerknautscht von ihrem Zusammenstoß, bis hinauf zu seinen braunen Locken. Und zum krönenden Abschluss war er in eine Schublade gesteckt worden. Phin war sich alles andere als sicher, ob deren Aufschrift schmeichelhaft für ihn war.

Dann verzog sich Miss Ishikawas Mund zu einem unbeschwerten, strahlenden Lächeln.

Das Lächeln schnitt Phin tief ins Herz, was nicht hätte sein dürfen. Sein Magen verkrampfte sich; schlagartig war er sich seiner selbst in aller Klarheit bewusst.

»Naomi«, verbesserte sie ihn.

»Gut, dann Naomi.« Er streckte ihr die Hand entgegen. »Phinneas Clarke. Herzlich willkommen im *Zeitlos*. Normalerweise sind wir bemüht, nicht unaufgefordert Hand an unsere Gäste zu legen.«

Ihr Blick zuckte zu seiner Hand hinunter. Als ihm Naomi Ishikawa dann ihre reichte, war ihr Griff fest, die Haut so kühl, dass sie sich ein klein wenig feucht anfühlte. Phin gelang es, seine Überraschung zu verbergen, als sein Daumen über aufgeschürfte Fingerknöchel strich: Er blickte nicht auf ihre Hand hinunter; nicht einmal ein Wimpernzucken verriet ihn.

Ärger auf zwei Beinen. Definitiv jede Menge Ärger.

»Nichts passiert.« Naomi Ishikawa entzog ihre Hand eine Spur früher, als es den Benimmregeln der besseren Gesellschaft nach höflich gewesen wäre. Phin entging nicht, dass sie sich die Handfläche am eleganten Wollpullover abwischte. »Haben Sie sonst noch jemanden aus diesem Aufzug kommen sehen?«

»Nicht bevor Sie in mich hineingelaufen sind.«

»Verdammt!« Rasch wanderte ihr Blick einmal über das gesamte Atrium und den kleinen Park hinter Phin. Den großzügig bemessenen Innenhof erhellte das gedämpfte Licht einiger Laternen, die unter den Bäumen des sorgfältig angelegten Landschaftsgartens platziert waren. »Was macht Ihr Kopf? Alles in Ordnung damit?«

Ihr Gesicht lag im Schatten; daher war ihr Blick nicht leicht zu lesen. Phin hatte keine Ahnung, was der asiatisch angehauchten Schönheit gerade durch den Kopf ging. Ob er allerdings bei Tageslicht und genug Sonnenschein mehr Glück beim Entschlüsseln gehabt hätte, konnte er nicht sagen.

Faszinierend.

Er schenkte ihr ein schiefes, entschuldigendes Lächeln. »Och, der hat schon Schlimmeres mitgemacht. Aber das war immerhin eine besondere Art, sich kennenzulernen.«

Naomi Ishikawa legte den Kopf in den Nacken und blickte hinauf in den Abendhimmel, der sich Stockwerk um Stockwerk über ihnen jenseits der großen Lichtkuppel wölbte. »Sie hatten es doch eilig, in den Fahrstuhl zu kommen«, bemerkte sie und strich sich eine schwarze Haarsträhne hinters Ohr. »Bitte, lassen Sie sich von mir nicht aufhalten.«

Es war lange her, dass Phin sich derart umfassend und endgültig aus einer Unterhaltung entlassen gefühlt hatte. Wie einen Fehdehandschuh nahm er die Herausforderung an, die er tief in seinem Herzen verspürte. »Eigentlich war ich auf dem Weg zu Ihnen.«

Eine schmale Augenbraue hob sich. »Zu mir?«

»Um mich Ihnen vorzustellen.«

Sie gab einen unverbindlichen Laut von sich. Phins Blick wanderte hinunter zu ihrem Mund. Er konnte nicht anders: Ihm schoss der Gedanke durch den Kopf, wie wunderbar es wäre, von diesen vollen Lippen zu kosten. Die Oberlippe hatte einen herrlich lasziven Schwung. Naomi Ishikawa war auf ihren Stiefelabsätzen fast so groß wie er. Phin hätte nur ein klein wenig den Nacken beugen müssen, um die Distanz zwischen seinem Mund und diesen Lippen zu überbrücken.

Damit würde er sich ganz gewiss einen gemeinen rechten Haken einfangen, sofern der Zustand von Miss Ishikawas Fingerknöcheln etwas zu bedeuten hatte. Nein, danke, lieber nicht. Phin mochte sein Gesicht genau so, wie es momentan war.

Naomi Ishikawa beobachtete ihn und steckte die Hände in die Vordertaschen ihrer knappen, auf der Hüfte sitzenden Jeans.

»Und jetzt, wo ich erfolgreich Eindruck bei Ihnen hinterlassen habe«, fuhr Phin mit belegter Stimme fort, »lasse ich Sie gehen und beenden, was immer Sie vorgehabt haben zu tun. Die ganze Situation kann ja kaum noch peinlicher werden.«

Naomi Ishikawa warf ihm einen Blick zu, in dem der Schalk aufblitzte. Ein Schalk, der von recht schwarzem Humor zeugte. Von Humor, der Biss besaß. »Ich wette, das sagen Sie allen Frauen, denen Sie begegnen.«

»Nur zu denen, die sich gleich auf mich stürzen.«

Ihr ansteckend herzhaftes Lachen überraschte ihn. Es besaß den vermuteten Biss, war kehlig, verrucht. Gerade verrucht genug, um ihn daran zu erinnern, wie warm ihr Körper gewesen war, auf dem er seine Hände gehabt hatte, wie herrlich weich der Pullover und wie sanft die weiblichen Kurven darunter. Gerade weiblich genug, um Phin ins Gedächtnis zurückzurufen, wie lange er schon nicht mehr mit einer Frau ausgegangen war. Oder sie mit nach Hause gebracht hatte. Phin schürzte die Lippen und stieß einen lautlosen Pfiff aus. Er hatte es sich zum Prinzip gemacht, die Finger von den weiblichen Gästen zu lassen. Sie waren nicht hier, um angegraben oder flachgelegt zu werden. Derartig enger Kontakt zu ihnen war schlecht für das Geschäft, ganz egal, wie hübsch verpackt das Frischfleisch war.

Aber bei Miss Ishikawa würde das Einhalten der ehernen Geschäftsprinzipien ihn ganz schön auf die Probe stellen.

»Ich habe mich nur ein bisschen umgesehen«, behauptete sie und zuckte mit den Schultern. »Nennen Sie mir doch bitte die nächstgelegenen Ausgänge. Kurz und knapp, bitte«, hielt sie es für nötig, anzumerken.

»Ihr Wunsch ist mir Befehl. Die Lobby liegt gleich hinter mir; man muss nur durch den Park.«

»Den Park?«

»Nun, okay, das Gelände hier im Innenhof ist natürlich nicht so weitläufig wie früher einmal. Aber Sie können den Park in aller Ruhe erkunden, wenn Sie möchten.« Er deutete auf breite doppelflügelige Türen auf der gegenüberliegenden Seite des Atriums.

»Im Erdgeschoss befinden sich Pool- und Fitnessbereiche, die allen Ansprüchen genügen. Sofern Sie es wünschen, stehen Ihnen in den Fitnessstudios jederzeit Privattrainer zur Verfügung, um Sie bei Ihrem Trainingsprogramm optimal zu betreuen.« Dann zeigte Phin auf die Fahrstuhltüren hinter dem betuchten Gast. »Siebzehn Suiten. Jede auf ihrem eigenen Stockwerk.«

Über ihre Schulter hinweg warf die Versuchung auf zwei Beinen einen Blick auf die Fahrstuhltüren. »Ist das die einzige Möglichkeit, zu den Suiten zu gelangen?«

»Zu jedem Stockwerk führen Treppen hinauf. Aber eigentlich sind die Treppenhäuser nur fürs Personal oder für die Benutzung im Notfall gedacht. Ihre Familie hat die Penthouse-Suite im obersten Stockwerk des Gästeflügels für Sie reserviert«, setzte Phin mit einem Lächeln hinzu. »Die beste Aussicht auf die Stadt.«

»Sonst noch etwas?«

Mit einer lässigen Daumenbewegung wies Phin nach rechts. Dort sah man in einiger Entfernung ein grünes Ausgang-Schild leuchten. »Dort entlang befindet sich alles, was unser Haus an Service zu bieten hat. Verteilt auf zehn Stockwerke von dem Aufzugsblock aus können Sie alles wahrnehmen, was wir unseren Gästen an Möglichkeiten bieten: zu dinieren oder Bekanntschaften zu knüpfen, sich zu entspannen oder etwas für die Schönheit zu tun. Haben Sie schon einen Blick in Ihr Programm geworfen?«

»Mein Programm?«

»Für Sie wurde bereits im Voraus einiges gebucht, das Sie nun in unserem Haus tun können«, erklärte er. Als Miss Ishikawa lächelte, schlich sich die Neugierde in seine Stimme. »Sollte Ihnen die getroffene Auswahl allerdings nicht zusagen …«

»Ich bin sicher, dass alles reizend und jeder Service hier absolut erstklassig sein wird«, unterbrach sie ihn. Ihre Miene verriet Gleichgültigkeit. Phin fragte sich, ob er ihren Gesichtsausdruck vorhin missdeutet hatte.

»Das Programm sollte bereits in Ihrer Suite liegen.« Phin nahm sich vor, deswegen später noch einmal mit dem Zimmerservice zu reden. »Vom Atrium hier gelangt man in jeden der drei Türme beziehungsweise Flügel.« Als ob sie seine Gedanken lesen könnte, huschte ihr Blick hinüber zu der dritten Doppelflügeltür. Ihre unausgesprochene Frage beantwortete er, indem er hinzufügte: »Dort ist der Familienflügel. Und obwohl es mir eine Freude wäre, Sie einzuladen und Ihnen meine Wohnräume zu zeigen …«

»Hab' verstanden, Schlitzohr«, sagte sie, und um ihren Mund herum zuckte es. »Ich werde es im Gedächtnis behalten, ganz sicher.«

»Was die Aufzählung der wichtigsten Orientierungspunkte angeht, war's das auch schon.« Es war die kürzeste und zugleich präziseste Einweisung in die Resort-Strukturen, die Phin je gegeben hatte.

Nicht dass Madame bereit gewesen wäre, diesem Umstand in irgendeiner Weise Respekt zu zollen. Das Lächeln, das über ihr Gesicht huschte, verriet, dass Wichtigeres sie ablenkte. »Großartig«, meinte sie. Dass Phin damit entlassen war, war ihrem Tonfall erneut anzuhören. »Danke.«

»Keine Ursache.« Er trat zur Seite, nahm langsam, eine nach der anderen, die wenigen Stufen ins Atrium. »Willkommen im *Zeitlos*.«

Die nächsten Wochen, in denen er diese spezielle Erbin um sich herum wüsste, würden ihm schrecklich lang vorkommen. Als Miss Ishikawa sich zum Gehen wandte, stieß Phin einen lautlosen Seufzer der Erleichterung aus. »Nun, Ihnen einen schönen Abend«, verabschiedete sie sich. »Sicherlich laufen wir uns schon recht bald wieder über den Weg.«

»Gibt es momentan etwas, das ich für Sie tun kann? Brauchen Sie noch etwas?«

Mit einer lässigen Handbewegung winkte sie ab. Sie drehte sich nicht einmal mehr zu Phin um. »Nein. Aber Sie sind ein … interessanter Mann, Phinneas Clarke.«

Er grinste ihren Rücken an. »Phin, bitte. Und falls das kein Kompliment gewesen sein sollte, erlaube ich mir dennoch, es dafür zu halten.«

Sie zog die Schultern hoch. »Was immer Ihnen beliebt, Phi ....«, begann sie. Mitten im Satz brach sie ab, als ein gedämpfter Schrei aus größerer Entfernung durchs Atrium hallte.

KAPITEL 2

Naomi wartete nicht ab, was dieser Lackaffe von Phin Clarke zu tun beschlösse. Sie dachte auch keinen Augenblick darüber nach, was man in einem solchen Fall wohl von einer nicht minder geschniegelten reichen Erbin erwartete. Kaum dass der erste Schrei im Dämmerlicht des Atriums verhallt war, wirbelte Naomi auf dem Absatz herum und rannte in Richtung Schwimmbad.

Es ehrte Phin, dass er gerade einmal eine Sekunde länger brauchte als Naomi selbst und direkt hinter ihr war.

Er hatte vorhin nur von einem Pool- und Fitnessbereich gesprochen. Keine weiteren Details. Daher wusste Naomi nicht, was sie erwartete, als sie durch den Ausgang aus dem Atrium schoss, durch dieselbe Art Flügeltür wie die anderen auch. Wasser jedenfalls, und wahrscheinlich einen Schwimmer, der in Not geraten war. Naomi liebte das nasse Element nicht sonderlich. Aber sie wappnete sich, falls nötig, in jede Art von Gewässer einzutauchen.

Jeder Schrei, der ihnen entgegenhallte, klang mehr nach panischem Kreischen, das schauerlich über die weite Wasserfläche hallte. Ein rascher Blick genügte, um Naomis Annahme zu bestätigen: Es war wirklich ein riesiger Poolbereich! Es gab gleich zwei 25-Meter-Becken und daneben acht weitere kleine Pools, die den Platz zwischen den großen Becken füllten. Jeder Pool war mit weißem goldgeäderten Marmor eingefasst. In einigen sprudelte es munter, andere taten sich durch künstliche Wasserfälle hervor, über wieder anderen hing einladend der Dampf von Thermalquellen. Die Wände schmückten importierte Bambuspaneele, und überall gab es Türen, die den erlauchten Gast in geheimnisvolle Räume entführten, die Privatsphäre versprachen.

Naomi ließ sich vom Ambiente nicht lange ablenken. Sie konzentrierte sich sofort auf eine Blondine Mitte zwanzig in einem pinkfarbenen Bikini – so pinkfarben, dass er sicher im Dunkeln geleuchtet hätte. Die Bikiniträgerin hämmerte auf eine der Türen ein und kreischte und schrie zusammenhangloses Zeug.

Naomi rannte los. Auf dem rötlichen Schieferboden, der in einem schönen Kontrast zum Weiß und Gold des Marmors dem Ambiente zusätzlich Eleganz verlieh, war das mit ihren hohen Absätzen keine ungefährliche Angelegenheit. Phin löste sich aus Naomis Windschatten und knallte die Hand auf die Einschalttaste einer Sprechanlage neben der Tür, die Naomi selbst nicht aufgefallen war. Sie blieb nicht stehen, um mitzubekommen, was er sagte. Zweimal rutschte sie aus und hätte sich beinahe unschön auf die Nase gelegt. Es gelang ihr gerade so, den Sturz abzufangen, ohne im gechlorten Wasser eines der Schwimmbecken zu landen.

Zusammen mit dem Übelkeit erregenden Gefühl, dass die Zeit drängte, kochte Adrenalin in Naomis Blut hoch. Ein beherzter Griff nach dem Türrahmen, und sie kam schlitternd am Ort des Geschehens zu stehen: eine Saunakabine. Mittig in die Tür war eine Glasscheibe eingelassen. Mit beiden Händen schirmte Naomi die Augen ab, als sie durch die beschlagene Scheibe hineinzublicken versuchte.

Das Blondchen neben ihr zupfte nervös mit vor Angst steifen Fingern an Strähnen ihres nassen Haars. »O Gott, bitte, beeilen Sie sich!«, flehte sie. »Sie bewegt sich nicht mehr!«

Weißer, dichter Dampf waberte vor dem Fenster des hermetisch abgedichteten Raums, viel zu verflucht dicht, um irgendetwas erkennen zu können. »Wie lange ist sie denn schon da drin?«, wollte Naomi wissen.

»Keine Ahnung!«

Naomi packte den Türgriff und rüttelte mit aller Kraft daran. Das vermaledeite Ding rührte sich nicht. »Wo befindet sich die Steuereinheit, die die Tür schließt?«, fragte sie.

»Es ist eine mechanische Tür, keine automatische.« Phins Stimme gleich hinter ihr klang grimmig. »Techniker von der Wartungsabteilung sind schon unterwegs.«

Naomi stieß sich von der Tür ab. Unauffällig warf sie einen Blick auf das golden glänzende Tableau mit den Anzeigen von Temperatur und Luftfeuchtigkeit, die in der Saunakabine herrschten. Die Anzeigen lagen alle im roten Bereich.

Der Blondschopf warf sich gegen die Tür. »Grandma!«

»Cally!« Phins Stimme, bestimmt und von unmerklicher, aber dennoch unüberhörbarer Autorität, schallte über dass Wasser der Schwimmbecken hinweg und brach sich an der gegenüberliegenden Wand. Er wirkte ruhig und gefasst, obwohl er den Namen brüllte. Und obwohl er recht blass um die Nase war. »Barbara, bitte gehen Sie mit Cally.«

»Aber …«

»Wir holen Ihre Großmutter da raus, versprochen, okay? Aber jetzt gehen Sie mit Cally dort hinüber! Dort ist es sicherer für Sie.« Phin nahm die Blondine beim Arm und führte sie mit sanfter Gewalt auf die kleine Gruppe von Gästen und Personal zu, die sich in einigem Abstand angesammelt hatte. »Es kommt alles in Ordnung. Cally wird Sie begleiten und in Sicherheit bringen.«

Ein hübscher Rotschopf in der grünen *Zeitlos*-Uniform beeilte sich, Barbara in Empfang zu nehmen. Sie legte ihr einen Arm um die Schultern und sagte leise und in beruhigendem Ton: »Kommen Sie bitte mit. Alles wird gut.«

Naomi wusste nicht, ob das tatsächlich bedeutete, dass Hilfe nahte. Es spielte auch keine Rolle. Nur ein paar Minuten länger noch, und jeder, der in der Sauna eingesperrt war, würde geschmolzener Butter Konkurrenz machen.

Was zum Henker ging in diesem Wellness-Tempel nur vor sich?

»Geben Sie mir Ihr Jackett!«, verlangte Naomi von Phin, ihr Tonfall drängend.

»Wie? Was …«

»Geben Sie mir verflucht noch mal Ihr Jackett!«

Phin schlüpfte aus der maßgeschneiderten Anzugjacke. Naomi riss sie ihm aus der Hand, schüttelte sie aus und wickelte sie sich fest um den rechten Arm.

Das würde jetzt verdammt wehtun.

Mit einem Schulterstoß beförderte Naomi Phin Clarke beiseite und achtete nicht auf seinen überraschten Protest. Sie drückte den Rücken gegen die Tür und wandte das Gesicht ab. Schmerzen auszuhalten war das kleinste ihrer Probleme.

Mit Wucht stieß Naomi den durch den Stoff geschützten Ellenbogen in das Fenster. Die dicke isolierende Scheibe zersplitterte. Unter wildem Zischen schoss ein heißer Luftstrom aus der überhitzten Sauna, pfiff an Naomis Ohr vorbei. Die Druckwelle, mit der der mörderisch heiße Dampf sich den Weg aus seinem Gefängnis bahnte, setzte sich in Wellen aus Schmerz in Naomis Schulter fort.

Der einmalige Einsatz des Ellenbogens reichte nicht.

Immer noch zischte Dampf aus dem Loch, das Naomi ins Glas gestoßen hatte. Sie spürte ihn sengend heiß an der Wange. Davon unbeirrt hielt sie die Luft an, holte aus und ließ den Ellenbogen ein weiteres Mal gegen die Scheibe donnern. Risse zogen sich durch das Glas wie durch Eis, kurz bevor es bricht.

Noch ein Ellenbogencheck, und der Druck, den der heiße Dampf in der Saunakabine aufgebaut hatte, tat sein Übriges. In einem Schauer aus Splittern detonierte die Scheibe. Wie glitzernde Diamanten regneten winzige Scherben auf den erlesenen Schieferboden. Die Menge der Schaulustigen schrak zurück, kreischte.

Naomi ignorierte die Menschen um sich herum. Hustend wedelte sie mit der Hand, um die heiße Luft von ihrem Gesicht fernzuhalten. Der nächste Adrenalinstoß, der ihr Blut in Wallung brachte, ließ sie nach dem Rahmen des Fensters greifen.

Phin packte sie am Arm. »Naomi, Sie können doch nicht ... !«

Ihr Blick traf ihn. Sie bemerkte den harten Zug um seinen Mund. Sie schüttelte den Kopf, ein einziges kurzes Mal, rollte die Schulter nach hinten. Mit einer Leichtigkeit, als hätte seine Hand nie auf ihrer Schulter gelegen, schüttelte sie ihn ab. Eine fließende Bewegung, und Naomi zog sich an der Fensterkante hoch und glitt durch die schmale Öffnung in die Sauna hinein. Mit einem der Absätze blieb sie an einem Rest Fensterscheibe hängen, verrenkte sich den Knöchel und landete unter hervorgehusteten Flüchen auf dem Boden.

Sie bekam keine Luft. Wie eine Faust schlug ihr heiße, suppigdicke Luft auf die Brust. Naomi war, als ersticke sie unter einem heißen Handtuch, als ertrinke sie in flüssiger Lava. Hustend zwang sie sich hoch auf Hände und Knie. »Hallo?«, krächzte sie.

Gedämpft drangen Stimmen durch das geborstene Fenster, wurden von der drückenden Hitze verschluckt. Naomi lauschte angestrengt in die Stille der Dampfhölle hinein. Alles, was sie hörte, waren leise, ferne Maschinengeräusche und das Zischen von Dampf.

Scheiße. Das war nicht gut. Gar nicht gut.

»Falls Sie mich hören können: Hilfe ist unterwegs!« Naomi kroch auf allen vieren vorwärts, kniff die Augen zusammen, strengte sich an, im dichten Dampf etwas auszumachen. Er drang in ihre Lunge, schnürte ihr die Kehle zu, während sich Pullover, Hose und Unterwäsche in Sekundenschnelle mit Feuchtigkeit und Hitze vollsogen. So gut wie blind stieß Naomi den nächsten Schwall Flüche aus, als sich ihr Fuß irgendwo verfing und sie zu Boden fiel. Platt wie eine Flunder lag sie da. Noch ein Fluch. Aber da stießen ihre Hände auf heiße Haut und das nasse Elastan eines Badeanzugs. Auf feuchtes, strähniges Haar.

Erleichterung keimte in Naomi auf. »Ich habe sie gefunden!«, rief sie.

Aber war die alte Dame noch am Leben?

Das Licht über der verschlossenen Tür flackerte.

Es knisterte elektrisch; ein Lichtbogen sprang über und detonierte in einem Funkenregen.

Mit einem Schmatzen öffneten sich die Türdichtungen, und die Verriegelung gab nach. Die Tür sprang auf.

Unter dem Druck der unterschiedlichen Temperaturverhältnisse drinnen und draußen wurde die Tür aufgeschleudert. Herrlich kühle Luft rollte hinter Phin herein und legte sich sanft wie ein Segensspruch auf Naomis verschwitzte Haut. Dampf und Schweiß hatten sie bis auf die Knochen durchnässt. Gierig sog Naomi Sauerstoff in ihre Lungen, während sie sich damit abmühte, die alte Dame in eine sitzende Position zu bringen. Das Gewicht des reglosen Körpers kostete sie fast das Gleichgewicht.

»Verfluchter Mist ... !«

»Nur die Ruhe.« Phin war neben ihr, fasste die alte Dame unter, drängte Naomi beiseite. Ihm war vollkommen egal, dass ihr vollgesogener Pullover auf seinem Designer-Hemd nasse Flecken hinterließ. Seine Gesichtszüge wirkten hart, entschieden, der Ton war barsch. »Sie können sie jetzt loslassen«, verlangte Phin ruhig. »Ich habe sie.«

»Sie atmet nicht.« Naomi beachtete seine Anweisung nicht. Sie beugte sich vor, nahm die Knie der Frau. »Nehmen Sie sie bei den Schultern, und lassen Sie sie bloß nicht fallen.«

»Ich kann sie doch ... «

»Tun Sie einfach, was ich sage!«, fauchte Naomi. Er klappte den Mund zu, presste die Lippen aufeinander. Sein Mund war eine harte, dünne Linie. Aber er stritt nicht länger mit Naomi. Zusammen manövrierten sie die Frau durch die Tür, hinaus in erquickend frische, kühle und sauerstoffreiche Luft.

»Hierhin!«, keuchte Naomi und atmete so tief durch, wie sie nur konnte. »Schnell!«

Gleichzeitig knieten Phin und sie sich auf die Schieferplatten, um die reglose Frau mit der gebotenen Vorsicht auf den Boden zu betten. Naomi hatte keinen Blick für Phin neben sich. Auch das hysterische Schluchzen, das von irgendwoher aus der kleinen Gruppe von Menschen zu ihr drang, verbannte sie aus ihrer Wahrnehmung. Sie beugte sich über das Gesicht der Frau.

Die alte Dame war so schmal und wirkte so verflucht zerbrechlich in ihrem Badeanzug. Die geradezu schon unanständig schrille Farbigkeit des Einteilers betonte die mageren, knochigen Beine und Arme besonders, die daraus hervorstakten. Die Haut der alten Dame war puterrot. Naomi suchte am dürren Hals nach der Schlagader. Es dauerte lange, bis sie sie fand.

Naomi fühlte einen Puls.

Gott sei Dank!

Antrainiertes Verhalten stellte sich mit der gleichen Selbstverständlichkeit ein wie Atemholen. Eine rasche Überprüfung erbrachte, dass die oberen Luftwege frei waren. Naomi überstreckte den Kopf der alten Dame und platzierte den linken Handballen auf der richtigen Stelle des Brustbeins. Sie setzte den Handballen der Rechten auf die Linke und pumpte zwei Dutzend Male kurz und kräftig. Dann hielt sie der Frau die Nase zu, legte die Lippen dicht um den Mund der Bewusstlosen und blies ihr gleichmäßig Atemluft ein, bis sich der Brustkorb hob. Dass es ihr vor Augen zu flimmern begann und ihre Lungen protestieren, ignorierte Naomi.

Ganz nach Vorschrift beatmete sie die Frau ein weiteres Mal.

Nichts.

Sie nahm die Herzmassage wieder auf. »Nun komm schon!«, presste sie zwischen zusammengebissenen Zähnen heraus. »Dreiundzwanzig, vierundzwanzig … komm schon!«

Ehe sie die Beatmung wiederaufnahm, würgte die alte Dame und hustete dann heftig.

Phin zog die Frau in eine aufrechte Sitzposition, stützte sie. Sie hustete, würgte, rang nach Luft, keuchte und stieß dabei unverständliche Laute aus. Über ihren Kopf hinweg suchte Phin Naomis Blick.

In seinem Blick stand unverfälschte, reine Dankbarkeit. Anerkennung.

Der Blick enthielt viel mehr Wertschätzung, als Naomi angenehm war. Sie hockte sich auf die Fersen und strich strähniges, feuchtes Haar zurück. Bewusst tat sie so, als sei sie damit und mit sich selbst beschäftigt und blickte in eine andere Richtung. Phin Clarkes Dankbarkeit war nichts, was sie gebrauchen konnte.

Und sie war sich verflucht sicher, dass sie die Fragen nicht beantworten wollte, die hinter dem wortlos gezeigten Respekt bereits lauerten.

Sie sah zu, dass sie etwas Abstand zwischen sich und Phin legte und dabei möglichst gleichgültig wirkte. Einfach nur erleichtert. Nur eine Erbin wie alle anderen auch, Nullachtfünfzehn also, die ihre gute Tat für den heutigen Tag bereits hinter sich hatte. Rot angelaufen und schweißnass, wie sie war, zog sie ihren Pullover aus und knüllte ihn in den Händen zu einem Ball zusammen. Unterdessen übernahm Phin die Initiative, leichthin und mit natürlicher Autorität erteilte er Anweisungen.

Selbst so, ausgepumpt und verschwitzt wie er war, das Gesicht mit einem Schweißfilm bedeckt, das hellgraue Hemd fleckig von Schweiß, gehorchte man ihm. Als die Helfer mit der Trage endlich den Poolbereich erreichten und die alte Dame darauf gebettet lag, wandte sich Phin an die kleine Gruppe Menschen, die Zeugen des Vorfalls geworden waren. Er versprach, den Unfallhergang genau zu untersuchen, und erntete ernstes zustimmendes Nicken. Mit demselben Vertrauen in ihn nahmen sie auch seine Ankündigung auf, man werde sämtliche Vorsichtsmaßnahmen ergreifen, die nötig erschienen, und alle automatischen Systeme im Resort überprüfen. Dass er sich um alles kümmern würde, stand in sein Gesicht geschrieben, als wäre es mit Druckerschwärze irgendwo schwarz auf weiß festgehalten. Er war die personifizierte Verlässlichkeit.

Blabla, Scheißblabla. Naomi riss den Blick von seinen breiten

Schultern los und musterte stattdessen die im Poolbereich versammelten Leute.

Vier Gäste. Sieben Mann Personal; ein paar in der salbeigrünen Livree, die auch der Hexer getragen hatte, die anderen in elegantem Schwarz und Weiß.

Steckte einer von denen hier mit Joe Carson unter einer Decke? Oder mit dem unbekannten Hexer?

Oder war das Ganze doch nicht mehr als ein Unfall?

Naomi erinnerte sich an den Funkenregen über der Tür, sah ihn noch einmal vor sich. Nachdenklich kaute sie an ihrer Unterlippe. Ihr dröhnte der Schädel, Folge der Überanstrengung und der Beule an ihrem Hinterkopf. Für ein paar Schmerztabletten wäre sie glatt bereit gewesen, jemand x-beliebigem hier die Eier abzuschneiden.

Stattdessen inhalierte sie den stechenden Geruch von erhitztem Chlor und trocknendem Schweiß und beobachtete, wie die kleine Gruppe Zeugen sich zerstreute. Morgen würden alle darüber reden. Es würde Gerüchte geben.

Man würde Fragen stellen.

Naomi rieb sich den Nacken und musterte mit zusammengekniffenen Augen zwei Frauen, die im Poolbereich blieben. Geschäftig räumten sie das Chaos aus Handtüchern und zerbrochenem Glas auf. Beide trugen dieselbe hellgrüne Uniform: Kleidung, für genau die Arbeit gemacht, die sich Naomi unter Aufgaben für Hotelpersonal so vorstellte. Saubermachen, Wäsche waschen, bügeln, legen und der ganze alberne Kram. Sie wusste gar nicht so genau, was an Arbeit in einem Resort und Spa wie diesem eigentlich anfiel.

Die beiden Putzmäuse wirkten nervös. Beunruhigt. Immer wieder sahen sie zu ihrem Boss hinüber, als ob sie an seiner Reaktion auf die Ereignisse abschätzen könnten, wie sie selbst zu reagieren hätten. Vielleicht warteten sie auch einfach nur darauf, dass er ein paar Worte der Beruhigung für sie fände.

Phin Clarke dirigierte die Handvoll Menschen hinüber zu der breiten Flügeltür. Naomi blickte ihnen hinterher, als sie durch die Tür defilierten und sich dahinter auffächerten und zerstreuten. Angesichts eines beinahe tödlich verlaufenen Unfalls waren sie ungewöhnlich still. Keiner von ihnen sah aus wie jemand, der Beihilfe zu einem versuchten Mord geleistet hatte. Aber danach sahen Mittäter ja auch nur höchst selten aus.

Mit der gebotenen Vorsicht war Naomi aufgestanden, hatte die Knie durchgedrückt, damit sie bloß nicht unter ihr nachgäben und sie wieder auf ihrem Hintern landete. Obwohl ihr in dem Mieder, das ihr nass am Körper klebte, nicht kalt war, überzog Gänsehaut ihre Arme.

Tod durch heißen Dampf. Wirklich keine schöne Art, um abzutreten.

Naomi räusperte sich. »Hat schon jemand Notarzt und Rettungswagen gerufen?«

Phin fuhr sich mit der Hand durchs Haar, dass ihm die nassen Locken zu Berge standen. »Nein.« Seine markanten Gesichtszüge wirkten angespannt. Er sah besorgt aus. In seinem Gesicht standen tausend Fragen, als er Naomi musterte.

Sie wandte sich um. »Dann rufe ich …«

»Nein«, wiederholte er. »Sie wird in unsere hauseigene Klinik gebracht. Wir haben eine hervorragende Ärztin und gut ausgebildetes medizinisches Personal im Haus. Das Unfallopfer ist in den besten Händen. Es gibt keinen Grund, sich um sie zu sorgen.«

Naomis Blick zuckte zurück zu Phins Gesicht. Als sie ihm direkt in die Augen sah, las sie dort eiserne Entschlossenheit. Naomi hob die Augenbrauen. »Sind Sie ganz sicher?«

»Ja. Unsere medizinischen Einrichtungen sind auf dem neuesten Stand der Technik.«

»Die Frau wäre fast gestorben«, meinte Naomi ihn erinnern zu müssen. Sie sagte es leise, in ruhigem Tonfall. »Sie gehört in eine Notaufnahme.«

»Man kümmert sich bestens um sie.« Offenkundig meinte er tatsächlich, was er sagte. Verblüfft starrte Naomi ihn an, bis er den Blick abwandte und diesen über ihre Schulter hinweg zur offen stehenden Saunatür mit der zerbrochenen Fensterscheibe wandern ließ. »Ein bedauerlicher Unfall, ja, aber nur ein Unfall ...«

»Ach, fahr zur Hölle«, murmelte sie. Vor ihren Augen tanzten haufenweise kleine, explodierende Sterne, immer schön im Rhythmus mit dem Pochen hinter ihrer Stirn. Plötzlich kochte Wut in ihr hoch, und sie ballte die Fäuste, behielt aber die Arme schön brav unten. Phins Blick schoss zurück zu ihr.

Er kniff die Augen zusammen. »Wie bitte?«, fragte er gefährlich ruhig.

Naomi schürzte die Lippen. »Sie sind bereit, das Leben dieser Frau zu riskieren, nur weil Sie keine schlechte Presse haben wollen?«

Er zuckte zusammen, mit einer Hand zerschnitt er die Luft. »Mir sind die Hände gebunden. Alexandra legt sehr viel Wert auf Privatsphäre.«

»Mich interessiert nicht ...«

»Es ist *ihre* Entscheidung«, schnitt Phin Naomi das Wort ab. Er sagte es in demselben ruhigen, bewusst vernünftigen Tonfall, der Naomi wahnsinnig machte: Am liebsten hätte sie dem Kerl voll eins in seine verdammt hübsche Fresse gegeben. »*Sie selbst* besteht darauf, dass man ihr ein Maß an Privatsphäre ermöglicht, das ganz sicher keine Besuche von Notärzten und Rettungssanitätern miteinschließt.«

»Schwachsinn! Das ist doch ...«

»... genau das Maß an Privatsphäre, das aufrechtzuerhalten wir vertraglich verpflichtet sind«, fuhr Phin fort, ohne sie ausreden zu lassen. Sein Tonfall verriet, dass er in dieser Sache genauso unnachgiebig und hart war wie der Schieferboden unter seinen Füßen. »Und jetzt sollten Sie Ihren Arm in der Klinik untersuchen lassen.«

»Meinem Arm geht's prächtig!« Wütend spuckte sie Phin Clarke die Worte entgegen. »Diese Frau …«

»Das ist selbstverständlich ganz Ihre Entscheidung, Miss Ishikawa.«

Volltreffer. Naomi biss die Zähne zusammen. Besser ihr rutschte nicht etwas heraus, was Frauen mit der richtigen, vor Geld stinkenden Kinderstube sicherlich nicht über die Lippen brächten. Schon gar nicht in Gegenwart eines so tollen Hechts wie Phinneas Clarke.

Clarke behielt sein Pokergesicht. Ungerührt und unangreifbar. »Da Sie eine medizinische Versorgung nicht wünschen, wird Ihnen der Zimmerservice einen Eisbeutel bringen, damit, sofern möglich, keine hässlichen Blutergüsse entstehen. Wenn Sie mich dann jetzt entschuldigen wollen.« Ohne ein weiteres Wort wandte Clarke sich von ihr ab und ging.

Naomi schluckte jedes Wort hinunter, das ihr die Kehle hinaufschoss, und unterdrückte Wut und Empörung.

Verfluchter Scheißkerl! Sie wusste genau: Sein Verstand war jetzt schon vollauf damit beschäftigt, all die geschliffenen Plattitüden hervorzukramen, die geeignet wären, Gäste, Personal und alle, die sonst noch Wind von der Sache bekämen, einzuwickeln.

Der Kerl war nicht nur mit dem sprichwörtlichen Silberlöffel geboren, nein, dem hatten sie das Ding gleich tief in die Kehle gerammt! Kein Wunder, dass jedes Wort, das er herausbrachte, hochglanzpoliert wie Silberbesteck war. Phin Clarke war ein aalglatter Kerl, so schlüpfrig wie eine Schlange.

Aber wie weit trug dieser Vergleich?

Zuerst der Hexer in Naomis Suite. Dann die alte Dame in der Sauna. Wusste Phinneas Clarke mehr, als er auszuspucken bereit war?

Nein. Vorhin in der Sauna, da war nackte Angst in seinem Blick gewesen. Als sie gemeinsam die bewusstlose Frau aus der Todesfalle herausbugsiert hatten, zu der die Saunakabine für sie beinahe geworden wäre, hatte er Angst gehabt, ganz klar. Das konnte nicht gespielt gewesen sein.

Oder doch?

Ach, Scheiße.

Und dann war da immer noch der Hexer in der Hoteluniform, der Naomi Ishikawa oder vielleicht doch Naomi West in ihrer Suite überfallen hatte.

»Mist, verdammter!«, fauchte Naomi. Die überraschten Blicke, die ihr die beiden Putzmäuschen zuwarfen, übersah sie geflissentlich. Die beiden waren immer noch damit beschäftigt, die Scherben wegzuräumen, die Naomi im Poolbereich hinterlassen hatte.

Gab es im *Zeitlos* Magiebesessene? Beherbergte das Nobel-Resort etwa Hexen und Hexer?

Damit wäre ihr Tag absolut perfekt.

KAPITEL 3

Naomi schüttelte den Kopf und drehte sich um. Dann aber erstarrte sie mitten in der Bewegung. Die Tür auf der gegenüberliegenden Seite des weitläufigen Badebereichs schloss sich gerade wie in Zeitlupe.

Ihr Blick huschte zu den beiden Putzmäusen hinüber. Misstrauen füllte das Vakuum, das das abflauende Adrenalin in Naomi hinterlassen hatte. Eines der Zimmermädchen, sicher nicht älter als achtzehn, neunzehn, war angelegentlich dabei, zusammengekehrte Glasscherben in einen Abfalleimer zu füllen. Die andere, dunkelhäutig und mit kurz geschorenem braunem Haar, summte etwas vor sich hin. Besonders musikalisch konnte die Frau nicht sein, so falsch wie die Melodie herauskam. Mit einem Besen in der Hand verschwand Zimmermädchen Nummer zwei in der Sauna.

Niemand sonst hatte die Umkleidekabinen betreten, die als solche für weibliche Gäste deutlich gekennzeichnet waren. Jedenfalls hatte Naomi niemanden gesehen, und vorher war auch niemand dort gewesen.

Als wäre ein Pfeil von der Sehne geschnellt, warnten ihre Instinkte sie. Naomi setzte sich in Bewegung, rannte auf die Schwingtür zu den Kabinen zu. Genau da aber kam ihr der Teenie mit einem weiteren vollen Kehrblech in der Hand in die Quere.

«Weg da!", fauchte Naomi missmutig. Aber es war schon zu spät.

Glassplitter flogen im hohen Bogen durch die Luft, als sie zusammenprallten. Wie in einem seltsamen Tanz wirbelte Naomi den Teenie herum, fing das Kehrblech im Flug auf und warf das unschuldige Putzutensil reflexartig der Kleinen gegen die Brust.

Die ruderte wild mit den Armen, Plastik schlug auf Stein auf, und das Zimmermädchen stieß einen Schreckenslaut aus.

Naomi blieb nicht stehen, um sich die Bescherung anzusehen. Sie rannte zwischen bunt gekachelten Becken hindurch und stieß die Schwingtür zu den Umkleiden auf. Geschickt wich sie den Türflügeln aus, als diese in ihren gut geölten Angeln zurückschwangen und Naomi in den Rücken zu fallen drohten.

Automatisch schaute sie hinter den Türen nach versteckten Angreifern. Sie trat in den luxuriösen Umkleideraum und war bereit. Ein Angreifer, ein Kampf auf Leben und Tod, was auch immer.

Sie erhaschte einen Blick auf ihr eigenes Spiegelbild. Ihre eigenen misstrauisch zusammengekniffenen Augen musterten sie aus einem der reihum angebrachten Wandspiegel. Naomi bemerkte, dass sie einen hochroten Kopf hatte, und warf sich selbst einen bitterbösen Blick zu. Als ein Scharren und Rascheln, typische Bewegungsgeräusche, aus dem angrenzenden Raum an ihr Ohr drangen, riss sie ihren Blick von den Spiegeln los.

Sie hechtete durch den Türbogen, der den Ankleidebereich von den Duschen trennte. Das kurze Aufblitzen nahm sie gerade noch rechtzeitig wahr. Mit einem Fluch auf den Lippen ließ sie sich zu Boden fallen und rollte sich ab. Wie ein goldener Blitz schwirrte etwas unmittelbar über ihren Kopf hinweg – Sekundenbruchteile zuvor war genau dort noch ihre Stirn gewesen. Metall traf auf Widerstand und schlug an wie ein Gong. Eine der bauchigen Bronzeurnen, die als stilgerechte Vasen, gefüllt mit Blumen, an den Wänden verteilt waren, hatte es aus ihrer Nische gefegt – ein Geschoss der besonderen Art. Die Vase schepperte zu Boden und kullerte träge weiter, bis die vergoldete Einfassung einer edlen Glasduschwand sie stoppte.

Das Echo der Rollbewegung von Metall auf Stein erstarb. Es folgte Stille, scharf wie eine Rasierklinge.

Naomis Puls raste. Spürbar hing Gefahr in der Luft und brachte Naomis Herz dazu, wie wild in der Brust zu hämmern.

Zum Teufel, ja! Fast besser als Sex.

Genau so und nicht anders sollte eine Operation ablaufen.

Naomi stemmte sich hoch auf die Füße. Mit einem großen Schritt stieg sie über die Bronzevase, die sich noch träge wie ein langsam werdender Kreisel mit kaum wahrnehmbarem Geräusch um sich selbst drehte. »Los, zeig dich, du Weichei, mach schon!«, verlangte sie in spöttischem Ton. Ihre Stimme hallte von den gekachelten Wänden wider, traf ihr Ohr wie ein fernes Echo. Der Raum war nicht sonderlich groß; aber deckenhoch geflieste Wände trennten die verschiedenen Duschkabinen voneinander. Es gab unzählige Möglichkeiten, sich zu verstecken. Zu viele.

Spiegel schmückten die Wand hinter Naomi und reflektierten das Farbspiel, das offenkundig den Spa-Bereich des Nobel-Resorts wie ein Leitmotiv durchzog: hellgrün und lavendelblau.

Nichts um Naomi herum bewegte sich.

Aber wenn sie jetzt die Duschkabinen durchsuchte, würde sie die Tür ungedeckt lassen. Oder gab es vielleicht noch einen zweiten Ausgang aus dem Raum?

Naomis Finger zuckten in dem sehnsüchtigen Verlangen, das beruhigend zuverlässige Gewicht einer Waffe zu spüren.

Vorsichtig durchquerte die Jägerin den Raum. Der spitzen Absätze wegen klackten ihre Schritte besonders laut auf dem Steinboden. Jeder Schritt, der von den Wänden widerhallte, klingelte in den Ohren, als Naomi die Duschkabinen abschritt, um sie zu durchsuchen. Dann alle Ecken. Sie stieg über ein Häufchen Blumen hinweg und bemerkte, wie schnell der Rotschiefer das Blumenwasser aufsaugte.

Naomi war jetzt nah daran. Die Bronzevase war ja eben erst aus ihrer Nische geflogen gekommen. Wo zum Henker war der Scheißkerl also hin?

Jetzt hatte sie den Raum einmal umrundet und durchsucht. Wut bohrte sich wie Pfeilspitzen in ihre Brust. Es war niemand da. Keine Schritte waren zu hören, kein Atmen. Scheiße, verflucht noch mal, nichts war da als leise, sehr diskrete Hintergrundgeräusche: das konstante elektrische Flüstern der Versorgungsleitungen im Poolbereich. Es gab keinen anderen Ausgang.

Nur für den Fall der Fälle überprüfte Naomi die Gitter der Versorgungsschächte, die oben in jede Wand eingelassen waren.

Alle festgeschraubt.

Was zum Geier war ihr, der erfahrenen Jägerin, nur entgangen?

Auf dem Absatz machte Naomi kehrt und verließ den Raum durch den einzigen Aus- und Eingang. Jetzt durchsuchte sie systematisch den vorderen Ankleideraum. Sie fand nichts außer Reihen von Spinden, Ablagen und Spiegeln. Naomi drückte einen der Schwingtürflügel auf und beäugte misstrauisch die beiden Putzmäuse. Sie waren immer noch damit beschäftigt, im Poolbereich für Ordnung und Sauberkeit zu sorgen. Mit demselben vorsichtigen Argwohn, mit dem Naomi sie bedachte, erwiderte der Teenie ihren Blick.

»Ist irgendjemand hier rein oder raus?«, verlangte Naomi zu wissen. »Sagen wir: in den letzten fünf Minuten?«

»Nein, Ma'am«, beantwortete die ältere der beiden Naomis Frage. »Nur die Haustechnik.« Das Zimmermädchen deutete mit einer lässigen Handbewegung in Richtung Saunatür, wo Naomi ihre Antwort finden würde: Die Sauna war jetzt hell erleuchtet; ihr entströmte noch immer Dampf. Von drinnen waren Männerstimmen zu hören.

Naomi klappte den Mund zu und presste die Lippen aufeinander, ehe sie dem Drang, vor Frust loszubrüllen, nachgeben konnte. »Danke«, gelang es ihr herauszuwürgen.

»Ist alles in Ordnung? Geht es Ihnen gut?«

Nein, es ging ihr nicht gut, und nichts war in Ordnung, verdammt! Sie war so weit davon entfernt, sich in Ordnung zu fühlen, dass sie dem ersten Idioten, der ihr in die Quere käme, die Fresse polieren würde. Naomi setzte ein Lächeln auf. Sie musste sich derart dazu zwingen, dass ihr die Kiefer schmerzten. »Oh, mir geht's prima. Übrigens: Die ganze Unordnung da tut mir leid.«

Die beiden wiegelten ab, sagten irgendetwas versöhnlich Klingendes. Naomi kümmerte das nicht weiter. Sie drehte sich um und ging. Sie wandte sich nach links. Mit raumgreifenden Schritten durchmaß sie die Schwimmhalle und suchte die weitläufige Anlage mit Blicken ab.

Zehn verschiedene Becken, ein Haupteingang.

Zwei Angriffe an ein und demselben Tag. Vielleicht steckte ein und derselbe Angreifer dahinter, vielleicht aber auch nicht. Ein Hexer. Ein Geist in Gestalt eines abtrünnigen Agenten.

Zum Teufel noch mal!

Viel mehr konnte nicht schiefgehen.

In der Privatsphäre des Familienflügels konnte Phin sich erlauben, die Maske fallen zu lassen. Die Hände, mit denen er sich durchs Haar fuhr, zitterten. Übelkeit krampfte seinen Magen zusammen, der mit Verspätung den durchlebten Aufruhr verarbeitete. Phin ging auf und ab, tigerte in der hübschen, elegant eingerichteten Suite ziellos von Zimmer zu Zimmer, während er das, was eben geschehen war, immer und immer wieder in Gedanken durchging.

Welche Ursache konnte die Fehlfunktion der automatischen Saunaverriegelung haben? Aus Sicherheitsgründen versiegelten sich die Türen doch immer erst nach Betriebsschluss. Niemals, absolut *nie*, geschah das während der Zeiten, in denen Gäste Zugang zum Wellnessbereich hatten! Warum hatten die Regler für die Dampfzufuhr verrückt gespielt? Vor drei Wochen, bei der monatlichen Inspektion der Anlage, war alles in einwandfreiem Zustand gewesen.

Und, o Gott, warum meldete sich keine von seinen beiden Müttern bei ihm? Beide waren gleich nach seinem Anruf in die Klinik geeilt. Seitdem hatte er nichts von ihnen gehört. Ging es Alexandra wieder besser? War sie in Ordnung?

Die Aufzugtür glitt auf, als er gerade zu seinem Com greifen wollte. Er fuhr herum. Lillians Gesichtsausdruck ließ Hoffnung, Angst und einen Überschuss an Energie in seinen Kopf steigen. Daher brachte er keinen Ton heraus und konnte nur wortlos in einer verzweifelt fragenden Geste die Hände heben.

Lillian Clarke hatte wunderschöne grüne Augen, durchsetzt von Gold. Jetzt blickten diese Augen müde drein. Aber ihr beruhigendes Lächeln war Antwort genug auf die unausgesprochene Frage. Die Angst, die Phin wie ein Stahlband die Brust zugeschnürt hatte, löste sich. »Alexandra geht es schon bald wieder gut«, versicherte Lillian ihrem Sohn mit fester Stimme. »Sie ist sehr erschöpft, aber sie erholt sich bereits.«

Phins verspannte Schultern sackten vor Erleichterung herab, und er ließ sich in den großen Ohrensessel fallen. »Herr im Himmel«, stieß er hervor, seine Stimme ein heiseres Flüstern.

»Das kannst du laut sagen. Grund genug, sich darauf einen zu genehmigen.«

Phin konnte nur nicken.

Lillian war groß für eine Frau, eine elegante Erscheinung. In ihrem Haar fand sich noch keine graue Strähne; es war immer noch honigblond und glänzte, als finge sich die Sommersonne darin. Meistens, wie auch jetzt, trug sie es zu einem strengen, aber dennoch aparten Bananenknoten aufgesteckt. Dazu benutzte sie nie etwas anderes als ganz normale Haarnadeln, keinen modischen überladenen Schnickschnack. Bis auf ihr Kinn, das ein kleines bisschen zu eckig war, besaß Lillian feine Gesichtszüge, die ihr Alter durchaus verrieten. Gesichtszüge, die energisch waren und etwas Aristokratisches an sich hatten.

Jetzt strahlte ihr hübsches Gesicht Gelassenheit und Ruhe aus. Sie goss zwei Fingerbreit einer rötlich-braunen Flüssigkeit in zwei

Kristallgläser. »Hier«, sagte sie und drückte Phin ein Glas in die Hand.

Seine Finger reagierten instinktiv und nahmen das Glas. Aber mit einem Stirnrunzeln blickte Phin zu den Aufzugstüren hinüber. »Kommt Mutter denn nicht auch noch?«

»Sie wird wohl noch eine Weile bei Alexandra bleiben.« Lillian setzte sich auf die breite Lehne des Ohrensessels. Ihr graues, maßgeschneidertes Kostüm wirkte, als habe sie einen Tag am Schreibtisch verbracht, ohne das geringste Erschütternde erlebt zu haben. Phin nahm einen kleinen Schluck von seinem Brandy.

Der Weinbrand wärmte ihm alles von der Zunge bis zum Magen. Ein weiteres stählernes Band aus Angst, eines, das ihm den Magen zugebunden hatte, löste sich in Wohlgefallen auf.

Phin blickte auf die gerahmte Fotografie seiner beiden Mütter. Der Rahmen stand gleich neben ihm, auf dem Beistelltisch neben dem Sessel. Er hatte einen guten Blick auf die beiden so unterschiedlichen Frauen. Wo Lillian Kultiviertheit und grazile Anmut verströmte, entsprach Gemma Clarke mit ihren haselnussbraunen Locken, ihrem runden Gesicht und vollen Wangen, ihren warmen, braunen Augen ganz dem Bild der fröhlichen Hausfrau aus der Mittelschicht.

Es war einer von vielen Unterschieden, die Phin an seinen beiden Müttern bewunderte. Sein ganzes Leben über hatte er immer wieder die heimlichen, einander hastig zugeworfenen Blicke aufgefangen, die die beiden gern, genau wie hier auf diesem Foto, miteinander tauschten. Es war diese Vertrautheit, die Phin spürte und die ihm das Herz aufgehen ließ.

Seine Mütter waren seine ganze Welt. Die beiden hatten das *Zeitlos* aufgebaut. Sie hatten die Firma, die dahinterstand, gegründet, als die Stadt gerade einmal zwei Jahrzehnte des Wiederaufbaus hinter sich hatte. Als er zum Mann heranreifte, übertrugen sie ihm die Leitung des noblen Hauses. Nichts hatte ihn je so erschüttert, wie der beinahe tödliche Unfall eines ihrer Gäste heute.

»Ich gehe die Sache wieder und wieder durch«, gestand er plötzlich. Mit den Fingern umklammerte er das Glas. »Gleich als Erstes habe ich mir die Überwachungsprotokolle angeschaut.«

Die Hand, mit der Lillian ihm eine Locke aus der Stirn strich, zitterte kein bisschen. »Erzähl mir, wie es passiert ist, Liebling.«

Er seufzte, schüttelte den Kopf. »Keine Ahnung, ehrlich. Wir hörten Barbara schreien …«

»Wir?«

»Unser frisch eingecheckter Gast, Naomi Ishikawa. Sie war gerade bei mir, als wir den ersten Schrei hörten.« Phin nahm einen weiteren Schluck Brandy. Vor seinem geistigen Auge ließ er die Ereignisse noch einmal Revue passieren. Die asiatisch angehauchte Schönheit, deren Lächeln stets kühl und distanziert wirkte, hatte das Saunafenster mit einer Selbstverständlichkeit eingeschlagen, als sei es aus Papier. Als wüsste sie exakt, was zu tun sei. *Wie* es zu tun sei.

Die Szene war Phin noch so präsent, dass er bei dieser Erinnerung zusammenzuckte. Es musste schmerzhaft gewesen sein. Schmerzhafter, als Miss Ishikawa bereit gewesen war, sich anmerken zu lassen.

»Sie war bei dir, sagtest du gerade?«

Phin fing Lillians Blick auf, der ihn maß. Ein Lächeln huschte über sein Gesicht; er hatte es nicht verhindern können. »Wie üblich habe ich mich einem neuen Gast vorgestellt, Mutter.« Und wie. »Da ich nicht abkömmlich war, als Miss Ishikawa eingecheckt hat, habe ich ihr nachträglich eine sehr verkürzte Einweisung in die Örtlichkeiten und Angebote unseres Hauses gegeben.« Sein Lächeln verschwand. »Als Barbara in der Not um ihre Großmutter zu schreien begann, ist Miss Ishikawa wie ein geölter Blitz losgerannt. Ich weiß nicht, wie der Unfall passiert ist …«, Phin seufzte, »ich weiß nur, dass die Saunatür sich nicht öffnen ließ und sämtliche Kontrollanzeigen zur Hitze- und Dampfregulierung bereits im roten Bereich waren.«

Lillian erhob sich und stellte ihr halb leeres Glas auf dem kleinen Beistelltisch neben dem Sessel ab. Mit steifen Fingern massierte sie sich den Nacken. »Hast du die Haustechnik gerufen?«

»Die sind schon informiert.« Auch Phin erhob sich und streckte und reckte sich. Sein erschöpfter Körper protestierte. »Aber ich gehe gleich wieder runter zu den Technikern, jetzt, wo ich weiß, dass Alexandra wieder auf die Beine kommt. Und was ist mit dir? Ist mit dir alles in Ordnung? Oder soll ich vielleicht noch hier bleiben?«

»Phinneas, du bist langsam wirklich zu groß, um noch in unserem Bett zu schlafen.«

Lillians trockener Humor brachte Phin dazu, ihr ein jungenhaftes Grinsen zu schenken. »Wenn du etwas brauchst ... «

»Du bist nur einen Stock tiefer, ich weiß.« Lillian lächelte ihn an, und ihr Lächeln wärmte ihn wie die Sonne. »Du bist wirklich ein guter Junge.«

»Ich habe ja auch wunderbare Eltern.« Er beugte sich hinunter, um ihr einen Kuss auf die perfekt gepuderte Wange zu hauchen. Dabei atmete er Lillians Duft ein und fühlte sich sogleich getröstet: Rosenblüten und Mandelöl. Gemma hatte ihrer Frau unter anderem aus diesen Zutaten eine Salbe gegen ihre Arthritis gemischt. Der Duft war so vertraut, dass Bewunderung und Zuneigung für beide Frauen Phin das Herz wärmten. Sofort fühlte er sich geborgen, beruhigt. Seine Frustration und Sorge sank auf ein Niveau, das zu kontrollieren er zweifellos in der Lage war. »Sag Mutter, dass ich sie lieb habe.«

»Mach ich. Aber du solltest versuchen, dir ein bisschen Ruhe zu gönnen, ja?«

Die Antwort, die er gab, war so unverbindlich wie irgend möglich. Dass Lillians Blick ihm folgte, während er ihr den Rücken zukehrte, um zum Fahrstuhl hinüberzugehen, wusste er. Er spürte förmlich, wie dieser Blick an Schärfe gewann, als er den Fahrstuhl kommen ließ und einstieg, kaum dass sich die Türen öffneten.

Phin blieb gar keine andere Wahl. Er musste weit mehr tun, als nur die Ursache für die Fehlfunktion der Sauna herausfinden. Er musste vor allem eine Möglichkeit finden, das Versagen der Sicherheitsvorkehrungen einer Frau zu erklären, die wohl die Klientin mit den besten Verbindungen zu den Schaltzentralen der Macht war, die je im *Zeitlos* abgestiegen war.

Alexandra Applegate war weit mehr als Lillians beste Freundin. Sie war auch die Großmutter des gegenwärtigen Ordensmeisters des Dominikanerordens und eine der hingebungsvollsten Dienerinnen und Mäzeninnen der Einzigen Heiligen Kirche. Ihre ausgezeichneten Verbindungen hielten Phin die Behörden vom Hals.

Größtenteils zumindest.

Da war immer noch der bedauerliche Umstand, dass die Kirche so manchem Lebensentwurf ablehnend gegenüberstand. Dass zwei Frauen im Herzen der zivilisierten Teile der Stadt gemeinsam ein Kind großzogen, als seien sie ein ganz normales Elternpaar, traf auf wenig Gegenliebe bei den Kirchenoberen. Teilweise war es Alexandras tiefe Verbundenheit zu Lillian und damit auch zu Gemma geschuldet, dass die Behörden das *Zeitlos* nicht ins Visier nahmen. Jedenfalls nicht ständig.

Sicherlich war die richtige Menge Steueraufkommen, das sich aus dem *Zeitlos* vereinnahmen ließ, ebenso hilfreich.

Phin massierte sich die Schläfen, als der Fahrstuhl am Ziel angekommen war. Die Türen glitten auf. Er trat hinaus in eines der vielen im Stil unaufdringlichen Foyers, zu denen nur die Belegschaft Zugang hatte. Einen Augenblick später gab das stumm geschaltete Com an seinem Gürtel Vibrationsalarm.

»Phin Clarke«, meldete er sich, kaum dass er es am Ohr hatte.

»Mr. Clarke, der Sicherheitsdienst hier.« Durch die Leitung drang blechern Eric Barkers Stimme. Zugleich klang Barker ungewohnt ernst. »Ich gehe gerade die Sicherheitsaufzeichnungen durch. Wir haben noch ein weiteres Problem, Sir.«

Phin verdrehte die Augen gen Himmel. »Selbstverständlich, Barker, was auch sonst. Worum geht's?«

»Eigentlich sollte morgen ein neues Paket geliefert werden. Aber die Auslieferung wurde gestoppt.«

Phin verlangsamte seinen Schritt, blieb schließlich stehen. »Bitte sagen Sie mir, dass Sie einen zu viel gehoben haben und mich nur auf den Arm nehmen.«

Barker arbeitete bereits lang genug für Phin, um zu wissen, wie er diesen Satz einzuordnen hatte: Phin war es absolut ernst damit. »Wenn ich während der Arbeitszeit trinken würde, Sir«, erwiderte er ruhig, »hätte ich Sie eingeladen, sich mit mir zusammen einen zu genehmigen. Es tut mir leid, aber an der Sache gibt es nichts zu deuteln. Wir haben einen unserer Kontrollpunkte verloren.«

»Welchen?«

»Nummer zwei.«

Verdammt! Phin blickte auf die Uhr. »Es ist zu spät für Alternativen. Nummer zwei kontrolliert den längsten Abschnitt der Route.«

»Ersatz ist bereits avisiert. Aber es dauert natürlich eine Weile. Zuerst muss er lokalisiert werden.«

»Haben Sie es schon im *Pussycat Perch* versucht?«

Einen Herzschlag lang herrschte Stille. »Auf welcher Ebene, Sir?«

»Untere Mittelebenen«, antwortete Phin. Dann fügte er in ironischem Ton hinzu: »Allerdings mehr unten als mittig. Peter mag das Gedränge dort in den Spelunken.«

Während Phin wartete, hörte er eine Tastatur klappern. Dann sagte Barker, hörbar erleichtert: »Ich schicke jemanden hin. Sollen wir den Transport beschleunigen, Sir?«

»Angesichts dieser Lage?« Phin rieb sich das Gesicht. »Wir haben keine andere Wahl.«

»Dürfen wir das einfach so entscheiden, Sir?«

Phins Antwort klang genauso ironisch wie eben: »*Wir* sind die

Operation, Mr. Barker, schon vergessen? Wir können tun und entscheiden, was uns beliebt.«

»Jawohl, Sir. Ich bringe über die üblichen Kanäle die Nachricht in Umlauf, wir würden eine Lieferung früher als üblich erwarten.«

Verflucht. Zur Hölle damit, verdammt! Diese Sorte spät herausgegebener Nachricht könnte die Hälfte seiner Kontakte im Untergrund in Panik versetzen. Aber dagegen ließ sich nichts mehr machen. »Sammeln Sie Maia und ihre Familie ein!«, gab Phin dem Sicherheitsmann Anweisung. »Ich möchte außerdem, dass Diegos Familie zur Ladung gehört, und falls noch Platz sein sollte, quetschen Sie Mary Beth auch noch rein!«

»Das ist …«

»… ein ziemliches Risiko, ja, ich weiß.« Himmel noch mal, hatten sie überhaupt noch eine Wahl? Mit der Aufmerksamkeit, die das *Zeitlos* nur allzu bald auf sich zöge, mussten sie so viele der Flüchtlinge, die unter seinem Schutz standen, wie möglich in Sicherheit bringen. »Mary Beth ist seit drei Monaten von ihrem Vater getrennt. Ich möchte, dass die beiden wieder zusammen sein können, Mr. Barker.«

»Was ist mit Diego? Seine Familie haben wir erst zur Hälfte auftreiben können.«

»Wen haben wir bereits?«

»So wie's aussieht, haben wir seine Tante und Nichte in der Wäscherei. Sein Neffe arbeitet als Gärtner. Uns fehlen immer noch seine Mutter und sein Bruder, aber leider …« Barkers Stimme verlor sich.

Phin stützte die Stirn in die Hand. »Raus damit, Barker.«

»Niemand hat seinen Bruder gesehen, seit die Missionare in der Umgebung von Diegos alter Wohnung herumgeschnüffelt haben.«

»Verflucht noch mal!« Phin ballte die Faust, ließ die Hand aber sinken, ehe er sich dazu hinreißen ließe, etwas Dummes zu tun. Wie etwa die Faust in die Wand genau vor ihm zu versenken. »Wir können es uns nicht leisten, noch mehr Zeit zu verschwenden. Suchen Sie zusammen, wen Sie haben, und schicken Sie sie los! Diego wird …« Was? Sich damit abfinden, dass die Kirche seinen Bruder aufgespürt und wahrscheinlich umgebracht hatte?

Wohl kaum. Phin schloss die Augen. »Legen Sie los, Mr. Barker.«

»Jawohl, Sir.«

Phin beendete die Verbindung. Mit einer geübten Bewegung klippte er das Com zurück an den Gürtel. Währenddessen blickte er auf eine der vielen nur dem aufmerksamen Beobachter auffallenden Tapetentüren, die sich überall im Labyrinth aus Vestibülen und Empfangshallen auf den Etagen des *Zeitlos* verteilten. Ein winziger, unsichtbar platzierter Schalter gewährte mit seiner genialen Elektronik Zugang zu einem geheimen Tunnel, der zu einem ganzen Netz gehörte, das die Wände des Nobel-Resorts durchzog.

Wenn alles gut gegangen wäre, hätten sie in knapp dreizehn Stunden eine kleine Gruppe von Menschen durch diese Tunnel geschleust.

Geschmuggelt wie illegale Ware. Oder Sklaven.

Wenn es nach der Kirche ginge, waren sie gewissermaßen beides.

Stattdessen würden in etwa zehn Minuten elf Menschen durch das Netz aus Geheimtunneln geführt: das schmutzige kleine Geheimnis des *Zeitlos*. Wenn die Kirche, nein, wenn *irgendjemand* – außer der sorgfältig ausgewählten Kontaktpersonen – je von Phins illegaler Untergrund-Transportlinie erführe, so wäre dies das Aus für das Luxus-Resort.

Mitsamt seiner Familie.

Sie alle kannten das Risiko. Es war allemal wert, es einzugehen.

Nur nicht, wenn sie jemanden verloren. Herr im Himmel! Schon vor fast sechs Wochen hatte man Diego herausgeschmuggelt. Die Kirche war ihm bereits dicht auf den Fersen gewesen. Phin selbst hatte ihm in die Hand versprochen, seine Familie zu ihm zu bringen.

Jeder Verlust an Menschenleben riss eine tiefe Wunde.

Mit einem Seufzer wandte sich Phin ab und ging auf die elegante Tür zu, die ihn zurück in das zentrale Atrium des *Zeitlos* bringen würde. Als Erstes nämlich musste er sich jetzt um die Wartungsarbeiten in der Sauna kümmern. Er musste herausfinden, was zur Hölle schiefgegangen war. Er brauchte etwas, irgendetwas von Substanz, das er den Gästen erzählen könnte.

Nicht zu vergessen: der Kirche.

Er stieß die Tür zum Innenhof auf und blieb gleich unter dem Türsturz stehen. Seine Augen mussten sich erst an das gedämpfte Licht gewöhnen, das im Park herrschte. Wie immer legte sich das besänftigende Raunen fließenden Wassers auf seine Seele und seinen unruhigen Geist wie eine leichte, wohltuende Ruhe versprechende Bettdecke zur Nacht.

Der sorgsam gepflegte Park, so klein er auch war, entlockte Phin ein Lächeln.

Hoch hinauf zu der Lichtkuppel über ihnen streckten die Bäume ihre breiten Kronen. Die altmodischen Laternen, die sanfte Lichtkegel auf die Gehwege warfen, hüllten die grünen Riesen in geheimnisvolle, der Fantasie Flügel verleihende Schatten. Eichen mit roten, goldenen und welken braunen Blättern teilten sich ihr Gartenquartier mit Kirschbäumen, deren Zweige und Äste längst nackt waren, und mit immergrünen Kiefern und kahlen Ahornbäumen. Eine Trauerweide mit knorrigen Ästen wie verkrüppelten Armen kauerte am Ufer des künstlichen Sees und labte sich gierig an der Feuchtigkeit der Erde dort.

Der Atrium-Park hatte mehr als nur einen von der Stadt ausgelobten Preis gewonnen. Die ruhigen Plätzchen im Schatten, die sich überall entlang der gewundenen Pfade fanden, hatten so manches Liebespaar vor allzu neugierigen Blicken verborgen. Vor

Zeiten hatte das Gartenparadies auch einem kleinen Jungen reichlich Gelegenheit geboten, überschüssige Energie in seinen Bergen aus herabgefallenem Laub loszuwerden. Hier fühlte sich dieser Junge, längst erwachsen, genauso zu Hause wie in den Gebäuden, die den Park umgaben.

Es machte Phin wütend, dass nichts als eine dumme Panne im technischen Ablauf das alles hier gefährden sollte. Ein entschlossener Zug legte sich um seinen Mund. Dann aber, einen Sekundenbruchteil später, erstarrte Phin. Im Schatten unter den tief hängenden Zweigen der Trauerweide bewegte sich etwas. Jemand.

Schwarzes Haar. Lange, schlanke Beine.

Phin zögerte. Ihn fröstelte ganz plötzlich. Seine Nerven spielten verrückt, als er Naomi Ishikawas schlanke Gestalt durch den Lichtfleck, den eine Laterne in den Schatten warf, hindurchgleiten sah. Sie hockte sich an das Ufer des künstlichen Sees und tauchte die Finger in das klare Wasser. Im Dämmerlicht war ihre Jeans kaum zu erkennen. Aber Phin brauchte nicht viel Licht. Selbst bei diesen Lichtverhältnissen ließ sich bemerken, wie fest die Muskeln von Miss Ishikawas Oberschenkeln waren – vor allem, wenn man bereits Hand daran gelegt hatte. Gut ausmodulierte Muskeln traten deutlich hervor, als Miss Ishikawa ebenso grazil wie gewandt auf den hohen Pfennigabsätzen ihrer Stiefel am Seeufer entlangbalancierte.

Von sich selbst überrascht musste Phin feststellen, dass er die Treppen in Richtung See hinunterging und dem gepflasterten Weg folgte, der sich durch den Miniatur-Wald wand. Miss Ishikawa neigte leicht den Kopf in seine Richtung, als hätte sie ihn kommen hören. Aber sie wandte sich nicht um.

»Was denn? Nicht dabei, sich Pressemitteilungen aus den Fingern zu saugen?« Ihr Ton war kühl, kalt wie das Wasser, das ihre Fingerspitzen umspielte. Phin verdrehte die Augen, hob den Blick hinauf zur Glaskuppel, ehe er dem plötzlichen Drang nachgab, ihr eine kurze, im Ton harsche Antwort an den Kopf zu werfen. Die Worte dafür ballten sich in seiner Kehle bereits zusammen.

Naomi Ishikawa hatte einer Frau das Leben gerettet, die er sehr mochte. Er schuldete der millionenschweren Erbin etwas anderes, als eine schnippische Reaktion.

»Wenn Sie meinen, dass ich mich ungebührlich betragen habe, tut mir das leid«, erwiderte er stattdessen. Das Wasser raunte, umspülte mit leisem Plätschern Laub, das von den Bäumen gefallen war, und Naomi Ishikawas Finger.

Naomi lachte leise. Der raue Laut ließ Phins Blick ihren Rücken entlangwandern, die blassen, nackten Schultern entlang, die im Dämmerlicht unter der Weide das wenige Licht einfingen und reflektierten. Die Schultern bewegten sich, rasch und nur einmal. Eine Art Schulterzucken. »Ich bin bereit, das als Entschuldigung zu akzeptieren, Mr. Clarke.«

»Phin«, verbesserte er sie.

Mit einer fließenden Bewegung, deren Eleganz und Selbstverständlichkeit ihn schlucken ließen, erhob sich seine Gesprächspartnerin und wandte ihm das Gesicht zu. Von der Wut, die noch vorhin darin zu lesen gewesen war, war nichts mehr zu spüren. Ihr Blick war distanziert, kühl, verhalten, aber verbarg ansonsten ihre Gefühle. »Der alten Dame geht es also wieder gut, ja? Ich nehme an, Sie wären nicht hier, wenn dem nicht so wäre.«

»Es geht ihr gut, ja. Sie braucht nur Ruhe, um sich ganz zu erholen, Miss Ishi …«

»Naomi.« Es kam zu forsch heraus. Sie verzog den Mund, als hätte sie es selbst bemerkt. Es war nur die Andeutung eines Lächelns. »Einfach nur Naomi.«

Anspannung zog sich nach und nach durch Phins ganzen Körper. »Naomi«, wiederholte er. »Übrigens: danke. Wenn Sie nicht gewesen wären …« Er wusste nicht, wie er ausdrücken sollte, was ihm auf der Zunge lag. Wie ein Kloß im Hals verdammte ihn die aufsteigende Angst zur Wortlosigkeit. Seine Stimme verlor sich in der Stille, die zwischen seinem Gegenüber und ihm herrschte.

Naomi schüttelte den Kopf. »Dankbarkeit ist nicht nötig.« Geschmeidig wie eine Raubkatze trat sie genau hinter Phin auf den schmalen Pfad. Mit derselben Leichtigkeit, mit der sie seinen Dank abgewehrt hatte, schüttelte sie sich das Wasser von den Fingern. Ein Regen aus winzigen Tröpfchen verteilte sich in der Dunkelheit um Phin und die dunkelhaarige Schöne.

Ohne nachzudenken, ja, ohne selbst zu begreifen, weshalb er es tat, schnellte seine Hand vor und packte Naomi am Arm. Sie sollte sich nicht einfach wie ein Geist an ihm vorbei in die Dunkelheit schleichen.

Naomi erstarrte mitten in der Bewegung. Sie neigte den Kopf; ihre veilchenblauen Augen blickten überrascht auf seine Hand hinab. Nachdenklich.

Entschieden zu unbekümmert, verdammt!

Phin wünschte sich, sie würde Unruhe zeigen, nervös werden. Er war sich nicht einmal sicher, warum er diesen Wunsch hatte. Vielleicht war es der Ärger darüber, was mit Diegos Bruder passiert war. Vielleicht war es das aufgestaute Adrenalin, das seit den Ereignissen des Abends leise in seinem Blut vor sich hin schlummerte.

Vielleicht war es wegen ihr, Naomi Ishikawa.

Phin zögerte nicht, wollte nicht über die Hintergründe nachdenken, über die Folgen. Seine Finger schlossen sich noch fester um ihren Arm. »Naomi.«

»Kurze Ansage, Freundchen: Ich bin keine Ihrer bezahlten Escortladys«, sagte sie. Ihre Stimme war rau, leise, gelassen. Ihr Blick zuckte hinauf zu seinen Augen, brannte sich in sie hinein. »Grob umgehen können Sie mit anderen, nicht mit mir. Daher schlage ich vor, Sie lassen los.«

Ihr spöttischer Unterton zerstörte problemlos seine fragile Selbstkontrolle. Wut hätte die sexuelle Anziehungskraft, die diese Frau auf ihn ausübte, zerreißen sollen. Aber zu Phins eigener Überraschung stachelte ihr Trotz ihn weiter an, reizte seine Männlichkeit schmerzhaft wie ein Dorn im Fuß. Sein Blick gewann an Schärfe.

Ihr Blick hingegen bedachte ihn mit noch mehr Spott, forderte ihn heraus.

Scheiß drauf. »Auf Anhieb«, antwortete Phin sanft, »fallen mir ein halbes Dutzend Möglichkeiten ein, mit Ihnen ... umzugehen.«

Er wartete nicht auf ihre nächste Herausforderung. Er wartete nicht darauf, ob Naomi Ishikawa das Angebot ablehnte, das er nicht klar ausgesprochen hatte. Dennoch klang es unüberhörbar als Unterton im Gesagten mit. Langsam dämmerte ihr, was er gemeint hatte, welche unausgesprochenen Absichten er hegte. Man konnte es in ihren Augen lesen, dass sie begriff. Die Erkenntnis sickerte in die dunklen Tiefen hinter ihren Augen wie Sirup in Wasser. Naomi verstand es, genau einen Herzschlag bevor Phin ihren Arm losließ und ihr die Hand unters Kinn legte.

Langsam wandte sie sich ihm zu, Stück für Stück, ein Grad nach dem anderen. Jedes winzige Stück machte Phin atemloser.

Irgendwo in einer verborgenen Region seines Gehirns – in einer Region, die sich nicht zur Behauptung männlicher Ansprüche auf die Brust trommelte wie ein Silberrücken – befand Phin, dass er Naomis Stiefel mochte. Die Absätze machten ihre Trägerin vier Zoll größer und brachten sie auf Augenhöhe mit ihm. Er brauchte nur ein klein wenig den Kopf zu neigen, ganz ohne jede Mühe, und schon konnte er mit seinen Lippen Naomis Mund berühren.

Sie wehrte sich nicht dagegen. Halb rechnete Phin damit, sich gleich einen rechten Haken einzufangen. Er bereitete sich darauf vor, sich unter dem Schlag wegzuducken, ja, er ließ Naomi sogar genug Bewegungsfreiheit, um dafür auszuholen. Sanft berührten seine Finger mehr ihr Kinn, als dass sie es hielten. Es war nur der Hauch einer Berührung, mehr nicht.

Und Naomi wich ihm nicht aus, sie blieb stehen. Schockiert von dem, was er tat, ließ sie ihn in der Dunkelheit, die sie beide umfing, einfach gewähren. Nach und nach, willentlich. Mit seinen Lippen liebkoste er ihre, drang aber nicht tiefer in ihren Mund ein. Er wollte sich ihr nicht aufdrängen. Aber dann öffneten sich ihre Lippen, gerade in dem Augenblick, in dem seine Oberlippe ihre volle Unterlippe streifte. Irgendwo tief in ihrer Brust löste sich ein unterdrückter, gedämpfter Laut, stieg mit dem Atem ihre Kehle hinauf.

Ungestüm war dieser Laut. Weiblich. Musik in Phins Ohren.

Er war nicht der Einzige, der sich hier auf dünnem Eis bewegte.

Naomis Finger glitten am Kragen seines Hemdes entlang und krallten sich hinein. Phin neigte den Kopf ein wenig mehr zur Seite und eroberte ihre Lippen in einem neuen Kuss. Diese Lippen schmeckten fantastisch gut, perfekt, überließen nichts dem Zufall, nichts der Fantasie. Phin kostete von ihnen und ließ seine Zunge in die Wärme vorstoßen, die ihn dahinter willkommen hieß. Er forderte ein, wozu Naomi ihn verlockte. Er wusste, dass sie sich von ihm angezogen fühlte, es bloß hinter einer Fassade aus kühler Distanz verborgen hatte.

Naomi erwiderte den Kuss, ihre Zunge spielte mit seiner. Dabei entschlüpfte ihr wieder dieser kehlige, ungebändigte Laut. Er schlug direkt in Phins Magen ein, an der Stelle gleich oberhalb seiner Männlichkeit, die sich vor Erregung aufrichtete. Sie hätte ebenso gut direkt danach greifen können. Phin verfing sich in Naomis Hingabe wie in einer Schlinge, die sich zuzog, bis er blind vor Verlangen war.

Er zog Naomi nicht näher an sich, wahrte das wenige an Distanz zwischen ihnen. Ihre weiblichen Kurven an seinem Körper zu spüren wäre Folter pur, würde ihn erschüttern – und diesen Schock wollte er nicht riskieren. Er genoss den Kuss, ihre Lippen waren ein Fest für ihn. Mit ungekannter Sicherheit wusste er, dass ihn dieser Kuss allein für verdammt lange Zeit bis in seine Träume hinein verfolgen würde.

Damit musste er sich begnügen. Weiter zu gehen wagte er nicht.

Naomi Ishikawa war zerbrechlicher, als sie ihre Außenwelt normalerweise spüren ließ. Auch das wusste Phin mit nie gekannter Sicherheit. Er wusste es in dem Augenblick, in dem sie die Lippen geöffnet und sich auf ihn, das Spiel seiner Zunge, eingelassen hatte. Für ihn war es leicht zu erkennen: an der Art, wie ihr der Atem stockte, wie sich ihre Augen unter den geschlossenen Lidern bewegten, während er sie erkundete, so wissend, so lustvoll.

Phin löste sich aus dem Kuss und entfernte sich, um ihr in die Augen zu sehen, die sie langsam öffnete. Bis hinunter in die Zehenspitzen erregte es ihn, zu sehen, wie, als dunkle Woge in ihren Augen sichtbar, ihre Lust erwacht war.

Er ließ Naomis Kinn los. Seine Hände glitten ihre bloßen Arme entlang und genossen, dass seine Berührung Naomi schaudern ließ. Seine Finger umschlossen ihre Handgelenke und lösten dann ihre Finger sanft von seinem Hemdkragen.

Ganz langsam leckte sie sich über die perfekt geschwungene, volle Unterlippe und hinterließ dort eine feuchte Spur. Phins Blut pulsierte heiß durch seine Adern.

»Oooh…kay«, murmelte Naomi. Allmählich fand sie in die Wirklichkeit zurück. Ihr Blick wurde wach, lauernd. Die Vorsicht und das Misstrauen kehrten zurück und kämpften gegen die Lust an, die Naomi hatte erröten lassen.

Phins Grinsen wurde breiter. »Ich wollte das nur klarstellen«, sagte er und gestand sich endlich ein, wie sehr ihn Naomi Ishikawa vom Augenblick ihrer ersten Begegnung an gereizt hatte. Versuchung pur. Mit dem Daumen strich er über ihre Unterlippe.

Er spürte Naomis Anspannung. Sie trat einen Schritt zurück, fragte leise: »Was denn klarstellen?«

»Ich brauche kein Geld, wenn ich eine Frau will.«

Er erwartete, dass sie verärgert reagieren würde, vielleicht sogar empört. Doch Naomi überraschte ihn. Ihr Lachen perlte über ihre Lippen, wärmte ihre exotischen Gesichtszüge wie Sonnenschein.

Ganz plötzlich wünschte sich Phin, sie würde ihn noch einmal überraschen.

Wieder und wieder, am liebsten möglichst oft.

»Gute Nacht, Phin«, sagte sie belustigt und entfernte sich von ihm.

Einmal mehr entlassen. Ein schiefes Lächeln huschte über Phins Gesicht, während er beobachtete, wie sie sich umdrehte und davonging. Seine Augen hingen an dem kleinen, in engen Jeans verpackten festen Hintern und den schmalen Hüften, die sie schwang. Jeder federnde Schritt war genau bemessen, entschlossen, sicher. Keine unnütze Energieverschwendung, kein Zögern.

Phin beobachtete Naomi, wie sie drei Stufen auf einmal nahm, um zügig vom Atriumniveau hinauf zum Treppenabsatz zu steigen. Außerdem fehlte ihrem Gang die Kultiviertheit, die grazile Geziertheit, die er bei einer Erbin erwartete, der man in einer Schule für Höhere Töchter den letzten Schliff verpasst hatte.

Phin stieß mit dem nächsten Atemzug ein raues Lachen aus. Mit den Fingern fuhr er in den Kragen, der ihm plötzlich zu eng zu werden schien und unter dem sich die Hitze staute. Er spürte, wie ihm diese Hitze hinauf in die Wangen stieg, und konnte es nicht verhindern. Entschlossen wandte er sich ab und ging in Richtung Wellnessbereich davon. Fehlfunktionen, die zu Beinahe-Todesfällen führten, Erbinnen, die absolut umwerfend waren, und die drohende Verletzung eigener unverbrüchlicher Lebensregeln.

Das Leben konnte sich nicht noch weiter von dem entfernen, was normalerweise Phins Alltag war.

Bis Naomi sich noch einmal zu ihm umdrehte, die Schlüsselkarte lässig zwischen Zeige- und Mittelfinger geklemmt. »Nur so nebenbei«, rief sie ihm über die Distanz hinweg zu, »Sie sollten die Aufzeichnungen der Überwachungskameras überprüfen. Ich wette einen Dollar, dass Sie dort eine Erklärung dafür finden werden, was schiefgegangen ist.«

Phin maß sie lange und aufmerksam mit Blicken. Eine seiner

Augenbrauen wanderte langsam in die Höhe. »Wollen Sie mich damit fragen, ob wir Sicherheitskameras haben, Naomi, oder hoffen Sie zu erfahren, dass wir keine haben?«

Sie neigte den Kopf zur Seite. »Das kommt darauf an. Wenn ich mich, sagen wir mal, in einer der Örtlichkeiten hier, in Gegenwart eines bestimmten besonders wortgewandten Managers alles andere als *schicklich* benehmen wollte, würden wir dann ... «, ihr Grinsen gewann an Intensität und Sinnlichkeit, »also: würden dieser selbstredend *hypothetische* Mann und ich dann gesehen werden, egal wohin wir uns verziehen?«

Begierde schoss in Phins Leistengegend. Das Blut, das soeben noch sein Gehirn versorgt hatte, ging denselben Weg. »Nicht«, brachte er etwas mühsam heraus, » ... überall.« Nah genug an der Wahrheit. Er kannte ein oder zwei tote Winkel.

Oder drei oder vier oder ... Herr im Himmel, steh mir bei!

In Naomis Augen blitzte es, reinstes, sinnliches Veilchenblau. Da glitten hinter ihr die Fahrstuhltüren auf. »War nur so eine Frage«, sagte sie leichthin.

Phin fuhr sich mit den Händen über das Gesicht, als sich die Fahrstuhltüren schlossen und ihr Lächeln verschluckten.

KAPITEL 4

Ein Fehlschlag. Gott verdammt, Fehlschläge gab es bei ihm nicht, nie!

Joe Carson betrachtete die alte Frau, die in dem schmalen Klinikbett lag, und fluchte leise. Er war sich so sicher gewesen, dass Alexandra Applegate der perfekte Köder war. Sie war nicht nur unsagbar reich. Sie war etwas Besonderes. Sie war wichtig.

Natürlich war Joe ein Wagnis eingegangen. Ein kalkuliertes Risiko. Sie hätte in der Sauna sterben können. Zu wagen, was er gewagt hatte, hätte sich nicht gelohnt, wäre das Ganze nicht echt gewesen. Aber er hatte gewusst, dass sie Alexandra Applegates Tod verhindern würden. Alles, was diese verfluchten Magiebesessenen hatten tun müssen, war, die Quelle sprudeln zu lassen.

Ohne Feuer kein Rauch. Die Kirche bekam immer, was sie wollte.

Aber mitanzuhören, wie dieser hochnäsige Rotzlöffel einen lächerlichen Vertrag über strikt einzuhaltende Privatsphäre vorschob, den man mit der Frau abgeschlossen habe, gab ihm den Rest: Joe war in der Stimmung zu töten. Am liebsten mit bloßen Händen jemanden erwürgen.

Warum hatte er das nicht kommen sehen? Verflucht noch mal, der Teufel sollte sie alle holen! Er hasste dieses frevlerische Geldgrab und seine abartige Kundschaft.

Aber momentan konnte er nichts dagegen unternehmen. Er musste sich gedulden. Bloß noch diese eine Observierung durchziehen, die das Ende aller Observierungen wäre. Er konnte geduldig sein.

Vor allem, wenn es sein musste. Er hatte den perfekten Aussichtspunkt gefunden, den perfekten Logenplatz, von dem aus er wunderbar hätte beobachten können, wie das Drama seinen Lauf nahm. Aber nein!

Die Missionarin musste ja unbedingt alles ruinieren.

Das hätte ihn eigentlich um den Verstand bringen müssen. Eigentlich hätte es ihm Angst und Bange werden müssen. Stattdessen war es ihm mit knapper Not gelungen, dem scharfen Auge und dem wachen Verstand der Hexenjägerin zu entkommen. Jetzt noch musste er in der engen Nische grinsen, diesem Platzangst hervorrufenden Loch, in dem er sich vor ihr verkrochen hatte.

Mit Naomi West auf dem Spielfeld würde das Ganze ein Riesenspaß werden. Als Joe den Auftrag übernommen hatte, hatte er nicht geahnt, dass es ihm Spaß machen könnte. Dennoch war es nicht Wests Schuld, dass sie in diesen Scheißhaufen getreten war. Genau wie er machte sie bloß ihren Job.

Nur musste er jetzt noch sorgfältiger planen. Noch vorsichtiger vorgehen. Jetzt war es etwas anderes als einfaches Tontaubenschießen.

Die Kirche hatte die Karten verteilt. Joe fragte sich, ob man in deren oberen Etagen eigentlich eine Ahnung hatte, dass man gegen sich selbst spielte.

Joe war sich sicher, dass seine Missionarskollegin ziemlich sauer war, weil er ihr entwischt war. Es war verdammt knapp gewesen. Nur die Bronzevase, die er nach ihr geworfen hatte, hatte ihm die Zeit erkauft, um zu entkommen. Aber Naomi West war ein zähes Luder, von der ganz harten Sorte. Missionseigenes Teflon.

Wenn Naomi West ihn je in die Finger bekäme … Joe lachte nicht, aber er war verdammt nah daran. Er schluckte die Ungeduld hinunter, die allmählich in ihm hochkochte. Er hatte gerade einmal mit dem ein oder anderen Muskel gezuckt, mehr aber auch nicht. Allmählich spürte er schmerzhaft in allen Gliedern, wie verkrampft er in der Enge seines Verstecks saß. Wenn es sein musste, würde er es hier aushalten bis zum Jüngsten Gericht. Zähigkeit. Das war es, was ihn zu einem verflucht guten Missionar machte.

Zähigkeit war nach dem, was er über Naomi West wusste, auch genau das, was sie beinahe seine Güteklasse erreichen ließ.

Beinahe.

Lautlos seufzte Joe auf. Erleichtert. Erwartungsvoll.

Anerkennend.

Bisher hatte es ihm das *Zeitlos* so verdammt einfach gemacht. Ihm gefiel Naomis unausgesprochene Herausforderung. Endlich. Eine Frau, die ihr Gewicht in Kugeln wert war.

Er neigte den Kopf und musterte die rundliche Figur der Frau, die auf dem Stuhl neben dem Krankenbett ausharrte. Sie las in einem Buch, dessen Einband so abgegriffen war, dass man den Titel nicht mehr entziffern konnte. Auf der Nase der Frau thronte eine breitrandige Brille. Der Lichtkegel der goldenen Lampe ließ ihr braunes Haar schimmern, als umgebe es ein Heiligenschein. Ganz plötzlich überkam Joe neue Wut. Die Wut sammelte sich irgendwo tief in seinem Hinterkopf zu einem gallebitteren See.

Es hätte alles glatt gehen müssen. Der Schließmechanismus hätte ganze drei Minuten länger halten müssen. Genau die berechnete Zeit, um des Ordensmeisters Lieblingsgroßmutter zu einem Fall für Notarzt und Rettungswagen zu machen.

Die Magiebesessenen im *Zeitlos* hätten keine andere Wahl mehr gehabt, als ihr hässliches kleines Geheimnis preiszugeben.

Stattdessen hatte man die alte Dame vorher aus der Sauna gezogen. Mit einem ordentlichen Schock, sicher, und ziemlich angeschlagen dürfte sie sich auch fühlen. Aber das war alles. Nichts, was sich nicht durch eine ordentliche Mütze Schlaf und ein paar Kräuterumschläge in Ordnung bringen ließe.

Verfluchte Scheiße noch mal!

Vielleicht war es der plötzliche Druckabfall in der Sauna gewesen, der das vorzeitige Öffnen der Saunatür verursacht hatte. Oder es gab einen Grund dafür, den Joe nicht in seine Berechnungen miteinbezogen hatte. Sicher hatte er nicht mit seiner Missionarskollegin gerechnet. Aber warum eigentlich nicht?

Ein entschlossener Zug erschien um seinen Mund. Joe zog die Knie enger an die Brust und wartete auf den rechten Augenblick. Wie eine Spinne, dachte er. Eine hungrige, boshaft-geniale Spinne.

Umgeben von jeder Menge fetter kleiner Fliegen. Sehr plumpen und sehr einfältigen Fliegen.

KAPITEL 5

Den größten Teil der Nacht verbrachte Naomi damit, nervös in ihrer Suite auf und ab zu gehen.

Als die Morgendämmerung durch die regennassen Fenster der viel zu großen Suite schien, fiel Naomi endlich in unruhigen, unerquicklichen Schlaf. Sie erwachte zu noch mehr grauen Wolken und noch mehr Regen, der gegen die Scheiben trommelte, und trübem winterlichen Licht. Das stationäre Com auf ihrem Nachttisch zirpte munter.

Verschlafen griff sie nach dem Hörer. »Ja, hallo?«

»Guten Morgen, Miss Ishikawa«, meldete sich eine angenehme Frauenstimme. »Wir möchten Sie höflich an Ihr Morgenprogramm erinnern.«

Ihr was? Naomi stützte sich auf einen Ellenbogen und strich sich eine Haarsträhne aus dem Gesicht. »Wie? Können Sie das noch mal wiederholen?«

»Ihre Anwendungen beginnen um acht«, erklärte die Stimme geduldig und verdammt zu gut gelaunt. »Wenn Sie es vorziehen, vor der ersten Anwendung zu frühstücken, ist für Sie im Frühstücksraum gedeckt. Darf ich in diesem Fall Ihre Anwendungen auf spätere Termine umbuchen?«

Süßer Herr Jesus! »Nein«, grummelte Naomi in den Hörer und hängte ein, ehe die Stimme ihr noch mehr Zucker ins Ohr träufeln konnte.

Ein Plan. Sie brauchte einen Plan. Moment, nein, erst duschen, dann einen Pott Kaffee und dann einen Plan.

Es kostete Naomi einige Anstrengung, sich unter die Dusche zu begeben. Eines hatte sie schon vor langer Zeit gelernt: Erholsamer Schlaf war etwas, das anderen Menschen passierte, nicht ihr.

Die ersten fünf Minuten, in denen das Wasser wie mit glühend heißen Nadeln ihre Haut traktierte, machten ihr den Kopf frei. Die nächsten fünf Minuten reichten Naomi, um sich mit dem erstbesten Stück Seife, das ihr in die Hände fiel, Haare und Körper einzuseifen. Langsam kam ihr Hirn wieder auf Touren. Als sie sich mit dem fluffigen, sündhaft weichen Handtuch die Haut trocken rieb, war es dann soweit: Sie hatte nicht mehr das Gefühl, jeder Gedanke müsse sich erst mühsam durch Nebelbänke kämpfen.

»So weit, so gut«, sagte sie. Ihre Stimme klang viel zu schrill in der friedlichen Morgenstille. »Abtrünniger Missionar, der sich in einem Wellness-Tempel versteckt. Haben wir.« Naomi hielt sich nicht lange mit Make-up auf. »Ein Hexer, der sich in einem Wellness-Tempel versteckt. Und wie wir den haben.« Mit der dickborstigen Bürste fuhr Naomi sich durchs Haar. Sie bürstete, bis ihr Schopf vor Gesundheit strotzend glänzte.

»Warum?«, fragte sie den beschlagenen Spiegel. »Was haben die beiden hier zu suchen?«

Carson war ein Missionar. Missionare jagten Hexen und Hexer. War es möglich, dass Carson dem geheimnisvollen Hexer auf der Spur war, der Naomi hier in ihrer Suite angegriffen hatte?

Nein. Das lieferte keine Erklärung für die Operation Kleines Schwarzes. Hinter wem auch immer Carson her war, ob nun hinter einem Hexer oder sonst irgendjemandem, der Dominikanerorden wollte ihn tot sehen.

Also warum hatte der Hexer mit dem buschigen Schnurrbart sie angegriffen? Um sie zu warnen? Um ihr Angst einzujagen? Sie zu überfallen, wäre dafür sicher eine gute Taktik – bei jemand anderem. Aber Naomi war nicht irgendjemand. Bei ihr funktionierte dieser Trick nicht.

Naomi kannte keine Angst.

Du bist ein härterer Brocken, als ich dachte. Des Hexers höchsteigene Worte. Dann war es also darum gegangen, sie zu testen. Was hatte der Kerl erwartet? Dass sie sich aufs Sofa legte und einfach so das Zeitliche segnete? Naomi rieb sich die Stirn. Sie schnitt eine Grimasse: Der dumpfe Schmerz in ihrem Hinterkopf war immer noch da. Sie hatte es demnach mit zwei Gegnern zu tun. Bis sie herausgefunden hätte, wer wer und was war und wer wo zu finden wäre, müsste sie auf der Hut sein. Verdammt auf der Hut. Sich immer schön den Rücken freihalten.

»Also, warum die alte Dame?«

Gute Frage. Nackt stand Naomi da und fuhr sich geistesabwesend über das Tattoo auf ihrem Unterleib. Schließlich sammelte sie alle Kleidungsstücke zusammen, die nicht aus Seide, Kaschmir oder einem anderem Material waren, das mehr wert war als sie selbst.

Sie hatte keinen blassen Schimmer, ob das sportliche Tank-Top und die hautengen Laufhosen, die sie bei ihrer Suche in die Finger bekam, in diesem Luxus-Wellness-Tempel als angemessene Bekleidung galten. Aber, verdammt noch mal, das war ein Spa. Modischen Schnickschnack brauchte sie hier doch sicher nicht.

Sie warf einen Blick auf die Uhr, die auf dem Kaminsims thronte, und seufzte. Um sieben Uhr fünfzig war sie im Aufzug und starrte auf das Touch-Pad mit ihrem digitalen Wellness-Fahrplan, das in ihrer Suite für sie bereitgelegen hatte.

Das restliche Team würde sich schlapp lachen, bekämen sie das hier zu lesen. Wahrscheinlich hatten sich die lieben Kollegen bereits köstlich amüsiert, als sie diese sogenannten Behandlungen für Naomi gebucht hatten.

Was also lag heute für Naomi an?

Sie würde lauter Dinge für ihre Schönheit tun.

Lauter Dinge, bei denen sie sich hinter der Maske aus Kultiviertheit, die sie hier zu tragen verdammt war, die Seele aus dem Leib schreien würde.

Naomi kannte keine Angst. Wut dafür umso besser. Wütend sein konnte sie sogar besonders gut. »Ihr verfluchten Arschgei ... !«

Die Fahrstuhltüren glitten auf, und ihr Empfangskomitee, ein kleine Frau mit einer umwerfend weiblichen Figur, wandte sich ihr zu. Gerade noch rechtzeitig klappte Naomi den Mund zu und brachte, statt zu fluchen, ein Lächeln zustande.

Der gebändigte Lockenschopf der Frau leuchtete im Sonnenlicht. Die Haarpracht hatte fast denselben Farbton wie Phins Locken. Der Blick aus schokoladenbraunen Augen war offen und freundlich. Gleich darauf wusste Naomi auch, von wem Phin neben Haarfarbe und Locken seine beiden so anziehenden Grübchen geerbt hatte: Als die Frau lächelte, umrahmte deren Zwillingspaar einen Mund mit vollen Lippen.

Dann war also ein Gutteil von Phins ach so gefährlichem Charme ererbt. Na, fantastisch!

Ein auf Figur geschnittenes Kostüm in Zartviolett betonte die schmale Wespentaille und damit genau die weiblichen Rundungen, die Naomi an anderen Frauen immer bewundert hatte. Das Haar der Frau war auf eine sehr natürlich wirkende Art zu einer locker-leichten Krone aus Locken hochgesteckt.

Naomis Gegenüber war bezaubernd, ganz holde Weiblichkeit: weiblich rund und weich, dabei ebenso elegant. Selbst die feinen Lachfältchen, die ihre Augen umgaben, wirkten in ihrer Natürlichkeit ... tja, wie? Naomi wollte das rechte Wort dafür nicht einfallen. Sehr anziehend. Warm und herzlich.

Diese Frau strahlte etwas Bodenständiges aus, mehr Bodenständigkeit als all die künstliche Aufgesetztheit, die Naomi in der Ahnenreihe des aalglatten Phinneas Clarke vorzufinden vermutet hatte.

Diese Frau sah tatsächlich aus wie eine Mutter.

Wie Phins Mutter.

Naomi schluckte. Ganz plötzlich spürte sie jeden Zentimeter

ihrer ein Meter achtzig Körpergröße wie den Schattenfall eines hohen Turms.

»Guten Morgen, Miss Ishikawa!« Die angenehme Altstimme vermittelte das Gefühl, willkommen zu sein. Das runde, mütterlich wirkende Gesicht strahlte Wärme aus, als die Frau Naomi zur Begrüßung beide Hände entgegenstreckte. »Ich bin Gemma Clarke. Ich möchte Ihnen danken, Naomi. Wir schulden Ihnen eine Menge.«

Da Naomi nicht in der Lage war, dem zu entgehen, ohne mehr Ärger zu verursachen, als Phin wert war, ließ sie es zu, dass Gemma Clarke sie bei den Händen nahm. Gemmas Hände waren warm, der Händedruck fester als erwartet.

Der Händedruck eines Menschen, der mit den Händen arbeitete. Eine Spur Respekt für diese Frau durchdrang Naomis immer noch latent vorhandene Verärgerung. »Keine Ursache«, erwiderte Naomi. »Ich war sowieso gerade in der Nähe.« Auf der Jagd nach einem Hexer.

Und damit beschäftigt, in der dunklen Ecke eines seltsamen Gartens den Sohn dieser Frau zu küssen.

Aber wo war Gemma Clarke währenddessen gewesen?

Das Lächeln, das Naomi aufsetzte, verdeckte wie eine schöne Maske die Welle aus Adrenalin, die bei diesem Gedanken durch ihre Adern schoss und ihre Nerven kitzelte. Das war der Teil ihrer Arbeit, den Naomi am meisten verabscheute.

Geheimnisse waren einfach nicht ihr Ding.

Davon auszugehen, Gemma Clarke habe ihr eigenes Wellness-Center sabotiert, ergab keinen Sinn. Der Vorfall brachte ihr nur Verluste ein. Neben Geld verlor sie ihren guten Ruf und Kunden.

Konnte es sein, dass Gemma durch den Tod der alten Dame mehr gewänne als verlöre? Naomi war entschlossen, das herauszufinden.

»Unfug!«, widersprach Gemma Naomi mit strahlendem Lächeln. Naomis prüfenden Blick bemerkte sie nicht. »Ohne Sie hätte wer weiß was passieren können!« Sie deutete auf das TouchPad in Naomis Hand. »Ist das Ihr Behandlungsplan, meine Liebe?«

Der nächste Impuls für Naomis nur mühsam bezähmte Wut. Sie biss die Zähne zusammen. Es gelang ihr, mit zumindest einem Anflug höflichen Interesses zu antworten: »Ja, genau, das ist er.«

Gemmas Augen strahlten, als sie sich mit ihrem Schopf dunkler Locken über das Display beugte. Lavendel stieg Naomi in die Nase. Sie verzog den Mund.

Die meisten Gefängnisse rochen nach Schweiß und Bleiche. Wahrscheinlich sollte man da Lavendelduft als echten Fortschritt werten.

»Oh, wie wunderbar! Sie haben um eins einen Termin zur Massage bei Joel. Seien Sie versichert, dass die Hände dieses Mannes eigentlich in Gold aufgewogen gehören.« In einer ungezwungenen, ganz und gar ungekünstelten Geste hakte sich Gemma bei Naomi unter und geleitete sie zum zweiten Fahrstuhl hinüber. »Für alle anderen Anwendungen müssen sie in den fünften Stock.«

Ein wenig fühlte sich Naomi wie ein Trümmerstück, das in einem Wirbelsturm gefangen war. Willig ließ sie sich von Gemma quer durch das Atrium führen und hinüber zu dem zweiten Fahrstuhlblock, wobei Gemma in aufgeräumt fröhlichem Plauderton auf sie einredete. In den wenigen Minuten arbeitete sie ein beachtliches Spektrum an Themen ab, das von den erstaunlichen Eigenschaften der verschiedenen Mineralien in den unterschiedlichen Behandlungsräumen der oberen Stockwerke bis zum Personal reichte, das zu finden sie die ganze Welt durchkämmt habe.

Bei Naomi drehte sich schon alles, so ungewohnt war ihr dieses Gesprächstempo. Sie war daher völlig überrumpelt, als die Frau, die so viel kleiner war als sie, sie mit ihrer kleinen Hand fest am Kinn fasste. »Was um Himmels willen ist denn mit Ihrem Gesicht passiert, meine Liebe?«

»Eine Glasflasche.« Ehe Naomi es begriff, waren ihr die Worte auch schon herausgerutscht. Naomi setzte ein breites Grinsen auf und zwang sich dazu, entspannter zu klingen, als sie sich fühlte. »Nichts als ein Kratzer, ganz im Ernst, mehr nicht.«

Der Blick aus schokobraunen Augen gewann an Schärfe. Taxierte sie. »Darf ich Ihnen eine persönliche Frage stellen?« In diesem gedehnten, festen, um nicht zu sagen stahlharten Tonfall erkannte Naomi Phin wieder.

Er war ganz Gemma Clarkes Sohn.

Naomis Grinsen geriet etwas schief. »Habe ich denn eine Wahl?«

»War es ein Familienangehöriger, dem Sie die Verletzung verdanken?«

Wie Luftblasen in Wasser stieg Lachen in Naomis Kehle empor. Hastig schluckte sie es hinunter. »Nein. Ganz ehrlich, es war nur ein dummer Unfall.«

Genau. Zu dumm, dass sie nicht schnell genug aus dem Weg gegangen war. Die Kneipe war verraucht, die Musik irre laut gewesen, und es hatte einen Volltrottel, zwei seiner Kumpel und eine Bierflasche gebraucht, um Naomi von den Füßen zu hauen.

Sie alle waren im Knast gelandet. Und sie, Naomi West, Hexenjägerin, direkt anschließend hier: im *Zeitlos*.

Ein Knast so unerträglich wie der andere.

Gemma tätschelte Naomi die Hand. »Nun gut. Wir behandeln das, damit es keine Narbe gibt. Bitte hier entlang.«

Wie aufs Stichwort glitten die Aufzugtüren auf. Alles, was Naomi hatte sagen wollen, schon auf der Zunge gehabt hatte, erstarb, ehe sie es aussprechen konnte.

Whirlpools. Kleine, intime Jacuzzis. Herrlich bestickte Seiden-Paravents, die sie voneinander trennten, dabei Privatsphäre erlaubten, ohne dass man von der Umgebung gänzlich abgeschottet gewesen wäre: Es gab einem das Gefühl, in Gesellschaft und dennoch allein zu sein. Die einzelnen Jacuzzi-Kabinen waren mit sorgfältigem Abstand zueinander um das zentrale Foyer angeordnet, und zwar so, dass man den Eindruck von Weitläufigkeit gewann, die den Ankömmling ebenso willkommen zu heißen wie mit Exotik zu umgarnen schien. Überall, wo sich ein Plätzchen fand, standen Pflanzen im Raum verteilt, die die nüchterne Atmosphäre abmilderten, die die Verbindung aus Porzellan und anthrazitfarbenem Schiefer sonst verströmt hätte.

Überall klare Linien, Edelstahl und massives Holz: bei den Sitzgelegenheiten, den Paravents zwischen den Jacuzzis, bei allen Möbelstücken und auch bei den Wannen, die mit dampfendem, grünen Wasser gefüllt waren. Alles zusammengenommen wirkte die Ausstattung des Raumes wie das Zubehör einer eleganten Folterkammer.

Wieder stieg Naomi Lavendelduft in die Nase, dieses Mal im duftgeschwängerten Dampf gemischt mit anderem, das sie nicht einzuordnen wusste. Eine Duftnote aber stach unter allen hervor, etwas, das roch wie Tee, aber wie Sprit in den Lungen brannte.

Kurz hielt Naomi inne. Sie wusste ganz genau, dass ihre Augenbrauen gerade wie über der Nasenwurzel zusammengewachsen schienen, konnte aber nichts dagegen tun. »Wow!«, war das Sicherste, was zu sagen sie in der Kürze der Zeit zustande brachte, statt des deftigen Fluchs, der ihr als Erstes über die Lippen wollte.

Gemmas befriedigtes Lächeln zeugte von Stolz und erhellte ihr ganzes Gesicht. »Ich freue mich, dass es Ihnen gefällt. Diese Etage mag ich ganz besonders.« Sie näherte sich einem wuchtigen weißen Tresen, hinter dem Regal auf Regal folgte. In jedem Regalfach stapelten sich zusammengefaltete Handtücher in den Leitfarben des *Zeitlos*, in sanftem Lavendelton und Pastellgrün, jedes Handtuch herrlich flauschig und dick.

Zögernd folgte Naomi Gemma hinüber zum Tresen.

Hinter diesem stand eine ältere Dame mit schulterlangem grauen Haar und nahm einen Stapel Handtücher aus einem der Fächer. »Guten Morgen, Mrs. Clarke«, begrüßte sie ihre Chefin und wandte sich dann an Naomi: »Ich hoffe, Sie hatten eine angenehme Nacht, Miss Ishikawa.«

Überwältigt von den in diesem Raum geballt versammelten Möglichkeiten der Schönheitspflege konnte Naomi nur unbestimmt nicken. Hatten die hier jedem Gast einen Info-Chip verpasst? Wurden hier dem Personal Akten über jeden Kunden ausgehändigt? Ganz plötzlich fühlte sich Naomi noch mehr in der Falle gefangen. Wie eine Ameise unter einem Vergrößerungsglas.

Naomi kratzte sich am Hinterkopf. Ganz zufällig fanden ihre Finger die Beule, die ihr der Angriff des Hexers eingetragen hatte. Sie drückte gegen die schmerzhafte Stelle, bis der Schmerz wieder durch ihren ganzen Kopf hallte.

Schmerz half immer.

»Oh, guten Morgen, Agatha, wie geht es Ihnen?« Gemmas Begrüßung klang sehr mütterlich. Gemma mochte ja wie ein stets um das Wohl der Angestellten besorgter Arbeitgeber klingen, aber sie bewegte sich wie ein General. Mit geübter Leichtigkeit, jede Geste präzise und knapp, fischte sie einen lavendelfarbenen Bademantel aus dem Stoffberg und schlug ihn mit einer einzigen effizienten Bewegung aus.

»Danke, sehr gut«, beantwortete Agatha die Frage ihrer Chefin. »Wir erwarten die Tagesgäste innerhalb der nächsten Stunde.«

»Ausgezeichnet! Bitte, meine Liebe, darf ich Ihnen den Bademantel reichen? Seien Sie doch so nett und ziehen Sie sich gleich um, ja?« Ehe Naomi sich dem verweigern konnte, wurde sie auch schon in eine Kabine gleich hinter dem Tresen gelotst und die Tür hinter ihr geschlossen. »Bitte legen Sie auch Ihre Unterwäsche ab«, hörte sie Gemma durch das Türblatt sagen.

Scheiße. Das war's. Mit wildem Blick suchte Naomi die Umkleidekabine ab, als ob sich in diesem schmalen Ding von einem Wäschekorb ein zweiter Ausgang für sie auftun könnte. Der Zeitplan sah zuerst Maniküre, dann Pediküre vor.

Nägel. Feilen. Polieren.

Naomi hatte sich die Nägel erst vor ein paar Tagen geschnitten. Es jetzt schon wieder zu tun, war vollkommen unnötig, aber wenigstens in aller Harmlosigkeit eine Chance, ersten Kontakt mit den anderen Gästen aufzunehmen. Irgendwie würde sie ja an die herankommen müssen, wenn sie sie unter die Lupe nehmen wollte.

Als Naomi wieder aus der Kabine heraustrat, reichte sie ihre Sportklamotten wortlos der wartenden Agatha. Die Rezeptionistin verstaute alles in einem Spind und reichte Naomi den dazugehörigen Schlüssel. Dann hakte die Frau etwas auf ihrem Klemmbrett ab und deutete über ihre Schulter hinweg. »Wenn Sie einen Augenblick warten wollen, dann bringe ich Sie …«

Naomi hängte den Schlüssel an den Gürtel ihres Bademantels. »Schon verstanden.«

Wenn sie noch lange darauf warten müsste, zu ihrer ersten Behandlung geleitet zu werden, würde sie schnurstracks in den Fahrstuhl verschwinden und einfach vergessen wiederzukommen.

Naomi folgte der auffordernden Geste der Rezeptionistin und hatte den Tresen bereits umrundet. Sie hoffte, der verfluchte Gürtel hielt den knielangen Bademantel schön sittsam geschlossen. So wie sie den Gürtel verknotet hatte, dürfte er eigentlich nicht plötzlich aufklaffen. Sie war es nur nicht gewöhnt, mit nichts als einer flauschig-dicken Lage Frottee zwischen ihrem nackten Körper und dem Rest der Welt herumzulaufen.

Sich schön unauffällig und schicklich zu benehmen gehörte eigentlich nicht zu Naomi Wests Charakterzügen. Normalerweise nicht. Hier allerdings, in dieser Umgebung – was blieb ihr anderes übrig?

Leise Musik perlte aus verborgenen Lautsprechern; die Luft roch frisch, ganz dezent nur der beruhigend wirkende Lavendelduft. Die Fußbodenheizung unter den dunkelgrauen, ins Grün hineinspielenden Schieferplatten wärmte Naomi die Sohlen, als sie barfuß den weitläufigen hallenartigen Raum durchquerte. Nur ein paar gut gelaunte Angestellte bewegten sich um das herum, was Naomi für Behandlungskabinen hielt, ergänzten die bei den Behandlungen aufgebrauchte Schönheitspflege und sprachen leise miteinander.

Naomi musterte jeden von ihnen genau. Aber keiner der Männer war groß genug oder wirkte durchtrieben genug, um der Hexer zu sein, der sie aus dem Hinterhalt angegriffen hatte. Keine Schnauzbärte. Keine Narben.

Wäre ja auch zu einfach gewesen.

Sie umrundete ein seichtes Wasserbecken, dessen Kacheln in sämtlichen Blau- und Grüntönen schimmerten. Eine porzellanweiß emaillierte Wanne, die mit dampfendem Wasser gefüllt war, zog ihren Blick auf sich. Die Quelle für den beißenden Tee-Duft, den sie vorhin wahrgenommen hatte und der ihr jetzt wieder auffiel, war wohl der Zusatz, der das heiße Wasser in der Wanne grün färbte.

Einen Augenblick später stand Naomi vor Gemma, die bei einer Behandlungsliege auf sie gewartet hatte. Die Liege sah aus, als sei sie allein zu dem Zweck erschaffen worden, ahnungslose Gäste in einen Schlaf zu lullen, der sie fügsam machte und schutzlos allem auslieferte. Naomis gerunzelte Stirn entspannte sich kein Stück, im Gegenteil, die Falten wurden noch tiefer. »Was bitte ist das für ein Geruch?«

»Johanniskraut«, lautete die prompte Antwort. »Als Guss auf der Haut hilft es gegen Angstzustände und lindert leichte Verbrennungen. Als Tee eignet es sich zur Lösung von Krämpfen aller Art. Seien Sie so gut und setzen Sie sich doch bitte.«

Trotz der Erklärungen um den auffälligen Geruch und dessen medizinische Wirksamkeit rieb sich Naomi den Nacken und legte die Stirn noch tiefer in Falten. »Mrs. Clarke …«

»Nennen Sie mich doch Gemma, meine Liebe«, forderte die Dame des Hauses sie freundlich auf. »Nehmen Sie Platz! Die Behandlung dauert nicht lange, Sie werden sehen.«

Naomi wischte sich die Hände am flauschigen Frottee des Bademantels ab. Dabei streifte sie den Spindschlüssel, der sich eifrig baumelnd in Bewegung setzte. Finster stierte Naomi auf ihre nackten Schienbeine hinunter.

Sie hatte lange Beine. Sie zeigte sie nur lieber in einem hautengen Minikleid in einem Club als hier.

»Kommen Sie, setzen Sie sich. Ich beiße schon nicht.«

Aber Naomi war nicht auf der Tanzfläche in irgendeinem Club; sie war hier. Der Plan, ermahnte sie sich selbst, denk an den Plan! Sie setzte sich. Naomis Blick fixierte Gemmas herrlich dunkelbraune Augen, als sie Naomis Kinn mit fester Hand umfasste und ihr sanft den Kopf in den Nacken zog.

Sie sah mitleidig auf Naomi herab.

Naomi krallte die Finger in das Frottee des Bademantels. »Wissen Sie, es ist wirklich nicht so schlimm.«

»Es bildet sich bereits Narbengewebe, so ist es und nicht anders!« Während Gemma von irgendwo außerhalb Naomis Sichtfelds einen unbeschrifteten Tiegel herbeizauberte, schnalzte sie mit der Zunge. »Sie hätten das wirklich klammern lassen sollen, meine Liebe.«

In der Tat: Naomi hätte eine Menge Dinge besser anders machen sollen. Sich unter dem ersten Faustschlag wegducken beispielsweise. Ihre Lippen wurden zu einem schmalen, harten Strich im Gesicht. »Schauen Sie, ich brauche wirklich keine …«

»Schließen Sie bitte die Augen.« Gemma ging überhaupt nicht auf Naomis Protest ein, sondern schmierte etwas Kaltes, Feuchtes auf die höckrige, verschorfte Wunde. Der Geruch, den die Creme absonderte, stieg Naomi in die Augen und ließ diese tränen. Sofort kniff Naomi sie fest zusammen.

Sie roch Pfefferminze. Und etwas, dessen Geruch intensiver war, dichter. Lavendel natürlich. Sie hatte diesen Lavendelduft in der Nase, seit sie dem verfluchten Hauptaufzug entstiegen war!

Der unmerkliche, kaum noch wahrnehmbare Schmerz auf ihrer

Nase veränderte sich, verschwand unter angenehm anhaltender, milder Wärme.

Vor Überraschung neigte sie den Kopf. Die Augen immer noch fest geschlossen, hob sie die Hand und tastete blind nach der Wunde auf ihrer Nase. Sie griff in etwas Feuchtes, das ihre Fingerspitzen prickeln ließ. »Was ist das für ein Zeug?«

Eine warme Hand umfing die ihre. »Nicht anfassen, bitte«, warnte Gemma sie. »Die Tinktur wirkt ein klein wenig betäubend. Das ist der Grund dafür, dass der Geruch einen zuerst beinahe umhaut. Seien Sie so lieb und zählen Sie langsam bis zehn. Danach dürfte sich diese Wirkung gegeben haben.«

»Betäubend? Wird mein Gesicht jetzt taub?«

»Nicht, wenn Sie nicht den Inhalt des ganzen Tiegels darauf verteilen. Und Sie sollten die Tinktur um Himmels willen auch nicht trinken. Mein Sohn hat das einmal gemacht. Es ging um eine Wette.«

Naomi unterdrückte ein Lachen. »Und? Wie ist es ihm bekommen?«

»Es hat Monate gedauert, bis er Minze riechen konnte, ohne grün anzulaufen.« Naomi hörte Metall gegen Glas klingeln, dazu Gemmas Absätze, die über die Schieferplatten klackerten. »Gut, Sie dürfen die Augen jetzt wieder öffnen und sich nach Belieben umsehen.«

Vorsichtig öffnete Naomi ein Auge. Als es ihr nicht aus der Augenhöhle gebrannt wurde, öffnete sie auch das andere und konzentrierte ihren Blick auf Gemmas rundes, lächelndes Gesicht, das über ihr hing.

Naomi rutschte auf der Liege hin und her. Sie zog die Nase kraus, dann die Stirn.

Nicht einmal mehr ein kleiner Stich.

Wenn sie jetzt noch etwas von dem Zeug auf ihren Hinterkopf bekäme, wäre das verflucht noch eins großartig!

»Und?«

Seltsam erleichtert grinste Naomi. »Alles perfekt.«

»Wunderbar!« Gemma klatschte vor Freude in die Hände. Ihr freudiger Überschwang war ansteckend. »Dann lehnen Sie sich jetzt einfach zurück, meine Liebe. Heute wird sich Lacey um Ihre Nägel kümmern. Sie ist wunderbar, ein echtes Goldstück.«

Naomi hatte sich schon halb aus der luxuriösen Weichheit der Liege herausgehievt. Jetzt ließ sie sich von Gemma Clarke wieder in die weichen Polster drücken. »Großartig. Ich kann's kaum erwarten.«

Stunden später war ihre aufgesetzte Begeisterung endgültig und zur Gänze aufgebraucht.

Ihre Nägel waren geschnitten, gefeilt und poliert, bis sie glänzten. Bei rosafarbenem Nagellack aber hatte Naomi die Reißleine gezogen und war standhaft geblieben. Ihr Gesicht hatte eine aufwendige Reinigungsprozedur durchlaufen inklusive Peeling und durchblutungsfördernder Gesichtsmassage. Man hatte ihr eine Pampe aus verschiedenen Gemüsen aufgetragen und ihr im Anschluss gleich noch ein Peeling angedeihen lassen.

Die Haut an ihrem ganzen Körper war weich und rosig von der rüden Behandlung, der man sie unterzogen hatte – gehäutet werden war nichts dagegen! Der weibliche Folterknecht, der ihr das angetan hatte, hatte die Prozedur verharmlosend Körperpeeling genannt. Sollte Naomi je wieder Honig riechen, bekäme sie augenblicklich das Kotzen. Dreißig Minuten in Honig eingelegt zu verbringen, war genug für ein ganzes Leben.

Alles, was sie hatte tun können, war gegen die Angst anzulächeln, die an jeder ihrer Nerven- und Hautzellen zerrte. Falls man ihr ansehen konnte, dass dieses Lächeln eher ein Zähnefletschen als Ausdruck von Fröhlichkeit war, so hatte niemand gewagt, etwas in der Art ihr gegenüber zu bemerken.

Während der gesamten Prozedur hatte Naomi bemerkt, wie eine Handvoll Hotelgäste den Schönheitstempel aufsuchte und der Strom an Tagesgästen nicht abriss. Einer der Gäste hatte sich als Michael Rook vorgestellt, ein Typ mit dürren Säbelbeinen, die der Bademantel nur unzureichend verbarg. Dann waren da noch Greta Hollister, eine hübsche Blondine, die schüchtern war und nicht viel sagte, und ein Rotschopf, ein britischer Pop-Star, den die anderen Jordana nannten.

Diese drei waren alles, was Naomi an Gästen in Erinnerung behielt, während die restlichen Namen und Gesichter nach einer Stunde im steten Strom der Tagesgäste miteinander verschwammen.

Gerade tauchte Naomi ihre nackten, abgeschrubbten, gepeelten und enthaarten Beine, die von all den Schönheitsbehandlungen brannten, in ein seichtes, beheiztes Becken ein. Die armen Dinger sollten sich dort von der Tortur erholen. Dabei beobachtete Naomi das unaufhörliche Kommen und Gehen. Das Klientel des *Zeitlos* kam allein oder zu zweit, manchmal auch in Dreiergrüppchen. Es waren Männer und Frauen, bunt gemischt; sie alle aber waren mit Bademänteln bekleidet, wie auch Naomi einen trug. Wenn Anwendungen vorgesehen waren, die mehr Privatsphäre erforderten oder speziell auf die Person zugeschnitten waren, wurde der Gast zu den dafür vorgesehenen Einzelkabinen geleitet.

Der zynische Teil von Naomis Verstand spekulierte sogleich darüber, was für intime ›Behandlungen‹ das *Zeitlos* seinen Gästen hinter den Kabinenwänden wohl anbot.

Das Personal arbeitete, als seien sie Glieder, gesteuert von ein und demselben Gehirn. Kein Gast durfte sich allein durch den riesigen Schönheitstempel bewegen. Jeder wurde ohne großes Aufhebens von einer Prozedur zur nächsten geleitet, eine Behandlung ging fließend in die nächste über. Wartezeiten oder Müßiggang gab es nicht: Die Gäste wurden von Spezialist zu Spezialist durchgereicht. Das Ganze ging reibungslos vonstatten, wie ein graziler Tanz. Dennoch entging Naomi der in sich gekehrte Ausdruck auf den Gesichtern der meisten Gäste nicht.

Vielleicht fanden die Leute hier das Ganze entspannend. Naomi fand, dass *abgeschaltet* es besser traf.

Es kostete sie einige Mühe, nicht spöttisch zu grinsen.

»Nun, Sie sind also die reiche Erbin, von der wir schon so viel gehört haben.« Wasser spritzte bis hinauf zu Naomis Oberschenkeln. Jordana hatte ihre perfekt gebräunten, vom Körperpeeling rosigen Beine ins Nass platschen lassen, nachdem sie sich auf den beheizten Fliesen neben Naomi niedergelassen hatte.

Naomi setzte ein Lächeln auf. »Naomi.« Sie streckte dem Neuankömmling nicht die Hand zur Begrüßung entgegen.

Der Rotschopf hatte es wohl auch nicht mit dem Händchengeben. Dafür hatte die Kleine ein absolut atemberaubendes Dekolleté, auf das das Revers ihres mintgrünen Bademantels einen gerade eben noch schicklich zu nennenden Einblick gewährte. Ein Lächeln erschien auf Jordanas Gesicht, als habe sie keinerlei Mühe damit. Ebenso leichthin setzte sie sich so zurecht, dass der Bademantel das Maximum an Bein enthüllte, das möglich war. »Toller Laden hier, was?«

Naomis Meinung nach war das zu harmlos ausgedrückt. ›Hölle‹ traf es deutlich besser. Nur aussprechen sollte sie das besser nicht. »Toll, genau«, bestätigte sie stattdessen. Wirklich viel zu harmlos. »Kommen Sie öfter hierher?«

»Nein, ist mein erstes Mal.« Verschwörerisch neigte sie den Kopf zu Naomi hinüber und senkte die Stimme. »Aber so ganz unter uns: Wenn es mich in Phin Clarkes Nähe bringt, werde ich in Zukunft alles tun, um öfter hier zu sein.«

Jetzt kostete es Naomi richtig Mühe, nicht laut loszulachen. Sie bildete sich nicht ein, erwähnten Phin Clarke besser zu kennen als diese dämliche Hupfdohle vor ihr. Aber etwas sagte Naomi, dass Phin den rothaarigen Barrakuda nicht einmal mit einer Harpune anvisieren würde.

Geflissentlich überging sie, dass ihr Magen sich meldete: Eine träge Welle rauschte gemächlich an, kaum dass Phin Clarkes

Name gefallen war. Es war eine Hitzewelle, die Naomi allerdings alles andere als willkommen war. Phin Clarke ging sie nichts an. Nicht ihre Baustelle.

Außer wenn es um die Nebensächlichkeit ging, dass er, zumindest in gewisser Weise, einem Flüchtigen Zuflucht gewährte.

Genau.

»Ich will damit nur eines sagen«, fuhr Jordana fort und streckte die perfekt geformten Beine durch. Dabei hob sie die feuerrot lackierten Zehenspitzen ein winziges Stück aus dem heißen Wasser. »Also, haben Sie auch schon einen Blick auf ihn geworfen? Herr ... Gott ... im ... Himmel! Wow, was der Typ für Schultern hat! *So* ein Kreuz, das muss man gesehen haben, sonst glaubt man's nicht.«

»Muss man das?«, murmelte Naomi. Ihr Blick ging über die Schulter der Sängerin hinweg und folgte dem unablässigen Strom aus Menschen; Gesprächsfetzen drangen von überall her an ihr Ohr.

Börsenkurse. Reisevorbereitungen. Familiensorgen. Transportwege und Zukunftspläne. Alles ganz normal.

Vorausgesetzt ›normal‹ bezeichnete diese Art von Gesprächen über Privatjets und selbst aufgebrachte Studiengebühren an Universitäten, die Bewerbungen von Leuten wie ihr nicht einmal berücksichtigen würden.

Naomis Kiefer mahlten.

»Ja, wirklich, es war einfach ganz entsetzlich!« Jordana seufzte tief auf. Naomis Blick zuckte zurück zu ihrem Gesicht. Das Versprechen von Tratsch und Klatsch in den haselnussbraunen Augen verschaffte Jordana Naomis ganze Aufmerksamkeit.

»Ach?« Was hatte sie wohl gerade verpasst?

Offenkundig angetan davon, eine Mitverschwörerin gefunden zu haben, rutschte Jordana auf ihrem wohlgeformten Hintern über die glatten Fliesen ein Stück näher an Naomi heran. »Ja, haben Sie es denn noch nicht gehört?« Der selbstgefällige Unterton war unüberhörbar. »Nach dem Vorfall hat Phinny jeden einzelnen Wartungstechniker herbeizitiert und verlangt, dass die Sache aufgeklärt wird. Sofort. Da war es, na, vielleicht drei Uhr morgens!«

Hatte Phin Clarke überhaupt geschlafen?

Naomi musste sich selbst daran erinnern, dass sie das nicht zu interessieren hatte. »Und? Hat die Haustechnik die Ursache gefunden?«

Jordana runzelte die Stirn. Der von einer Kosmetikerin gerade perfekt modulierte Schwung ihrer Augenbrauen unterstrich ihre Verwirrung. »Ursache? Wofür?«

»Dafür, dass die Tür sich nicht öffnen ließ.«

»Oh!« Ihr Gesicht hellte sich auf. »Wer weiß? Da werden Sie wohl bei der Haustechnik selbst nachfragen müssen.«

»Ah, tja, klar.« Der Drang, den nur an seichtem Geschwätz interessierten Rotschopf beim Genick zu packen und sie mit dem Gesicht voran in das Wasserbecken zu tauchen, wurde übermächtig. Naomis Finger zuckten förmlich.

Verzogenes, selbstsüch…

»Und dann habe ich gehört, dass Alexandra Applegate, kaum dass sie aus der Klinik raus war, in aller Herrgottsfrühe abgereist ist.«

…tiges Blag, verflucht! Sprungbereit spannte Naomi die Muskeln an. »Wie bitte, *wer*?«

»Alexandra Applegate. Wussten Sie gar nicht, wer das Opfer war? … Ach so!« Die Popsängerin nickte verständnisvoll, als wäre ihr gerade ein Licht aufgegangen. »Sie sind wohl nicht von hier, oder?«

»Genau«, murmelte Naomi. Aber ihre Gedanken überschlugen sich. Alexandra Applegate. Zum Teufel! Klar, das war die alte Dame in der Sauna gewesen.

Warum zum Henker hatte die Mission sie, eine Missionarin bei einer verdeckten Ermittlung, nicht davon in Kenntnis gesetzt, dass die Scheißgroßmutter des Scheißordensmeisters höchstpersönlich im *Zeitlos* residierte? Und warum, verflucht noch mal, hatte Naomi sie nicht erkannt?

Höchstwahrscheinlich, weil sie der Frau persönlich nie begegnet war und die ihr bekannten Fotografien der Dame keine Ähnlichkeiten mit hummerroter Haut, strähnigem weißen Haar und blauen Lippen aufwiesen.

»Auch egal.« Jordana rollte die Augen und wedelte mit einer nassen Hand quer über das Wasserbecken. »Wahrscheinlich ist sie nach Hause und hat ihre Millionen Dollar teuren Maßklamotten vollgeheult. Ich hab läuten hören, sie wollte das ganze Resort schließen lassen, was mich ziemlich geärgert hätte. Immerhin bin ich Phinny gerade erst begegnet.«

Für diesen Quatsch hatte Naomi keine Nerven. »Eine Schande, ja«, erwiderte sie trocken. »Nun, okay, war nett, mit Ihnen zu plaudern.« Sie zog die Beine aus dem warmen Wasser und kam mit nassen Füßen auf dem Marmorrand des Beckens unbeholfen hoch.

»Klar doch.« Jordana winkte mit einer frisch manikürten Hand. »He, vielleicht können wir beide ja nachher ein bisschen shoppen gehen. Ich führe Sie gern mal rum, und wir schlendern durch meine Lieblingsläden. Da gibt es einen Friseursalon, der täte Wunder für Ihr Haar, ganz sicher!«

Noch mehr Klamotten. Noch ein Haarschnitt. Noch mehr Geld ausgeben. Das breite Lächeln, das Naomi aufsetzte, ließ ihre Wangen schmerzen. Eilig trat sie den Rückzug an.

Hinter ihr hörte sie noch Jordanas gleichgültiges Seufzen, das verbale Pendant eines Schulterzuckens, und sie dann alles andere als leise sagen: »Mir doch egal, wie viel Geld die hat. Schau sich doch nur einer *das Gesicht* an!«

Ein ausreichendes Quantum Zeit, und Jordana sähe genauso aus.

Am Tresen erhielt Naomi von der effizienten Agatha ihre Kleidungsstücke zurück. Als diese sie daran erinnerte, dass die gebuchte Massage um Punkt eins beginne, gefror Naomi das Lächeln ein weiteres Mal. Sie schaffte es gerade so in den Aufzug, ehe sie noch die Beherrschung verlor, der ganze Mist war schlichtweg unerträglich.

Sie brauchte eine Auszeit. Irgendwo, egal wo. Man hatte ihr die Haut aufgehübscht, die ganze Naomi rundherum poliert und enthaart, wo Frauen enthaart sein sollten.

Sie hatten sie in eine verfluchte Marmorstatue verwandelt. Sie hatten sie eine reiche, verhätschelte – verdammter Mist – in eine von diesen grauenvoll *perfekten* Frauen in diesem Schönheitstempel verwandelt!

Zum Teufel mit dem dämlichen Humor ihres Teams. Und zum Teufel mit der sogenannten Entspannung, die man für sie gebucht hatte. Und zum Teufel mit dem Mann namens Joel mit den angeblich magischen Händen!

Das einzige, was Naomi West jetzt brauchte und wollte, war allein mit sich und ihren Gedanken zu sein.

KAPITEL 6

»Zwei Suiten sind nicht mehr belegt; die Gäste haben ausgecheckt.« Phin war auf einem Kontrollgang durch das Resort. In Lillians Stimme, die über den Lautsprecher des Coms unmittelbar in sein Ohr drang, schwang deutlich Resignation mit. »Alexandra und ihr Gefolge natürlich. Sie hat ihr Bedauern bekundet.«

»Ich nehme an, sie ist nach Hause, um sich von ihren eigenen Ärzten behandeln zu lassen«, brummte Phin. Mit einem launigen Lächeln und einem kurzen Nicken ging er an zwei zum Personal gehörenden Privattrainern vorbei.

In diesem Bereich des Spas konnte er nichts Ungewöhnliches entdecken.

Phin hielt das Com ans andere Ohr, als Lillian fortfuhr: »Und dann noch der süße Arzt aus Neuengland.«

Verdammt! Gerade von diesem Gast hatte sich Phin positive Mundpropaganda auf dem anderen Kontinent erhofft. Phin blieb mitten im Flur stehen und kniff sich in den Nasenrücken. »Was für einen Eindruck hat er beim Auschecken gemacht?«

»Er wirkte sehr gelassen. Er hat auch keinerlei Missfallen geäußert, im Gegenteil: Er hat den Service und die Reibungslosigkeit der Abläufe ausdrücklich gelobt. Trotzdem ist er ganze vier Tage früher als geplant abgereist. Daraus lässt sich leider mehr als genug schließen.« Im Hintergrund hörte Phin gedämpft das Klicken, das verriet, wie behände Lillians Finger über die Tastatur flogen. Es fiel Phin nicht schwer, sie sich in dem kleinen, aber exquisit möblierten Büro vorzustellen, das gleich neben seinem lag. Kerzengerade säße sie an ihrem Schreibtisch, das Haar wie immer mit elegantem Schwung hochgesteckt.

Das perfekte Bild einer Vorstandssekretärin aus dem letzten Jahrhundert.

Phin presste die Finger auf die brennenden, müden Augen. »Okay«, meinte er dann. »In Ordnung, das ist jetzt keine Totalkatastrophe. Ging es Alexandra gut?«

»Deine andere Mutter hat sich hervorragend um sie gekümmert, ganz wie immer.«

»Ich wollte wissen, ob es ihr gut ging.«

Lillian seufzte kurz. »Sie wirkte mitgenommen. Aber sie ist auf dem Weg der Besserung. Was ist mit den angeblich Magiebegabten, die du gestern Nacht noch rausgebracht hast?«

»Wurden Gott sei Dank alle gut in Sicherheit gebracht. Joel und sein Team waren noch vor Mitternacht wieder zu Hause.«

»Dann hat sich der zusätzliche Fahrer also noch auftreiben lassen«, vermutete Lillian in ihrer pragmatischen Art. Geradeaus wie immer. »Sehr gut. Und was ist mit der Sauna?«

Phin drehte sich um, blickte den Flur einmal rechts, einmal links entlang, ehe er seiner Müdigkeit nachgab und sich erschöpft an die Wand lehnte. In seinem Kopf hörte er noch immer die grimmig hervorgebrachten Worte des Wartungstechnikers. »Sabotage scheint die wahrscheinlichste aller Ursachen.«

Das Klackern der Tastatur hörte abrupt auf. »Wie bitte?!«

»Der Wartungsdienst hat die Sauna einer kompletten technischen Überprüfung unterzogen. Die Techniker haben die ganze Nacht durchgearbeitet.«

»Was dann wohl bedeutet«, vermutete seine Mutter, die ihren Sohn nur zu gut kannte, »dass du auch die ganze Nacht auf warst. Ich hoffe, du hast dich wenigstens kurz hingelegt?«

Phin schnitt eine Grimasse. »Mir geht's gut. Der Sauna dagegen nicht. Wir haben sie idiotensicher verbarrikadiert, damit niemand mehr die Kabine betreten und benutzen kann. Aber ich vermute, unsere Gäste werden wohl noch eine ganze Weile sämtliche Dampfbäder unseres Hauses meiden.«

»Was wissen wir über die Sabotage?«

»Die Kurzversion? Jemand hat die Leitungen überbrückt und die Türverriegelung für den Desinfektionszyklus kurzgeschlossen.« Phins Schädel machte ein dumpfes Geräusch, als er ihn gegen die Wand fallen ließ. »Im feuchten Saunadampf hat es nicht lange gehalten – wahrscheinlich hat Alexandra nur deshalb überlebt. Nur ein paar Minuten länger …«

Lillian gab einen Laut von sich, der andeutete, dass sie anderer Meinung war. »Ein paar Minuten länger wären nicht das Ende gewesen. Aber eigentlich ist das ganz egal. Denn das einzig Wichtige ist jetzt, den Saboteur aufzuspüren.«

Phin hatte sich die Augen gerieben und nahm die Hand nun weg. Blicklos starrte er hinüber auf eine Reihe Glasfenster. Sie trennten das große, zentrale Fitnessstudio von den Trainingsräumen, die es umgaben. »Das genau ist das Problem, meinst du nicht auch? Zunächst einmal: Wer hat Interesse daran, so etwas zu tun?«

»Irgendein Widersacher?«

»Wessen Widersacher denn?«, meinte Phin leise. »Auf jeden Fall muss es jemand sein, der das technische Know-how hat, um einen Sabotageakt wie diesen auszuführen.« Am Rand von Phins Sehfeld blitzte etwas türkisfarben auf. Er neigte den Kopf zur Seite und stieß sich von der Wand ab. Als es wieder türkis aufblitzte, richtete er sich zu voller Größe auf.

»Hast du alle Techniker überprüft? Den ganzen Wartungsdienst?« Nachdenklich schwieg Lillian einen Moment. »Was ist mit den zeitweilig Beschäftigten? Die kommen ja alle durchs Kellergeschoss ins Haus.«

»Mh-hmm.« Lautlos, weil der dicke Teppich die Geräusche seiner Schritte schluckte, schlenderte Phin hinüber zum Glaskubus. »Alle Techniker sind seit mehr als einem Jahr bei uns. Wenn es einer von denen war, was ich bezweifele, würde es sich um einen Anschlag mit extrem langer Vorbereitungszeit handeln. Aber warum dann ausgerechnet jetzt? Alexandra ist oft bei uns.«

»Bleiben die Zeitweiligen: Was ist mit denen?«

Phin runzelte die Stirn. Er legte die Fingerspitzen der freien Hand gegen die kühle Fensterscheibe. Er hatte nur noch Augen für Naomi Ishikawa. Sie war auch schwer zu übersehen.

Und unmöglich zu ignorieren.

»Glaube ich nicht«, meinte Phin. Die Art, wie Naomis türkisfarbenes Top ihren Oberkörper umschmeichelte wie eine zweite Haut, machte es ihm schwer, sich zu konzentrieren. Das Top ließ ihren Rücken vom Nacken bis zu den Schulterblättern frei. Phin konnte das Spiel ihrer festen Muskeln unter der nackten Haut beobachten, während die dunkelhaarige Schönheit einen mannshohen Sandsack mit den Fäusten bearbeitete.

»Warum nicht?«

»Das hab' ich im Gefühl. Vertrau mir einfach. Mutter, ich ruf' dich zurück!« Ohne auf Lillians Antwort zu warten, legte Phin auf.

Es war ihm unmöglich, den Blick von Naomi abzuwenden. Sie hatte etwas Suchterzeugendes an sich; sie faszinierte ihn auf nie gekannte Weise. Es hatte mit der Art zu tun, wie ihre bandagierten Fäuste auf das raue Leder des Sandsacks trommelten. Es waren die Bewegungsabläufe, die einmal die Anmut und Geschmeidigkeit einer Tänzerin besaßen, gleich darauf aber urplötzlich vor geballter Wut strotzten. Fäuste wie abgefeuerte Geschosse. Ob beim Jab, dem Schlag mit der Führhand, beim Haken, beim Cross, der Geraden mit der Schlaghand – immer dieselbe Präzision, dieselbe Eleganz, dieselbe Wut. Bei jedem Schlag, den Miss Ishikawa platzierte, wippte ihr Pferdeschwanz.

Mit einem Grinsen quittierte Phin, als sie gedankenschnell und perfekt ausbalanciert mit einem Schienbein den Sandsack traktierte. Der Aufschlag knallte so hart und laut wie ein Gewehrschuss.

Die Frau ging den Sandsack an, als habe das tote Ding ihre Mutter beleidigt. Es war ein verteufelt hartes Trainingsprogramm, das die reiche Erbin da absolvierte.

Phin öffnete den digitalen Bildschirm seines Coms und gab eine schnelle Folge von Befehlen ein. Innerhalb von Sekunden füllten Naomi Ishikawas gebuchte Termine für ihren Aufenthalt im *Zeitlos* das Display. Phins Grinsen wurde noch breiter.

Sie hatte doch tatsächlich einen Termin bei Joel sausen lassen, um dieses in die Knochen gehende Training durchzuziehen.

Entweder hatte die Dame eine Vorliebe für Schmerz und harte Sachen, oder sie war …

… auf etwas anderes aus.

Auf Sabotage vielleicht? Der Gedanke wischte Phin das Grinsen vom Gesicht. Entschlossen klappte er das Com zu. Unmöglich. Naomi Ishikawa war bei ihm gewesen, als sie die ersten Schreie hörten.

Aber vorher? Sie hatte gesagt, sie wolle sich im *Zeitlos* umsehen.

Phin schüttelte den Kopf. Paranoia war überhaupt nicht seins. Mit einer Überprüfung der internen Sicherheitsaufzeichnungen wäre es zudem leicht, herauszufinden, wo Miss Ishikawa sich herumgetrieben hatte. Die Aufzeichnungen, wo sie gewesen war und alle anderen Gäste. Wenn alle überprüfbare Alibis für den entsprechenden Zeitraum hätten, würde Phin sich unter dem Personal nach dem oder den Schuldigen umsehen müssen.

Wie ein Donnerschlag hallte ein weiterer Tritt gegen den Sandsack durch die Trainingshalle, gedämpft von den dicken Glasscheiben. Naomi Ishikawa tänzelte zurück, schüttelte die Anspannung aus dem rot angelaufenen, getapeten Fuß und verlagerte mit einer fließenden Bewegung ihr Gewicht.

Faszinierend.

Phin klippte das Com zurück an den Gürtel und machte sich daran, hinter die Glaswände des Kubus zu gelangen. Miss Ishikawa war derart beschäftigt damit, den unschuldigen Sandsack umzubringen, dass sie nicht bemerkte, wie Phin sich ihr näherte. Sie überhörte sogar das höfliche, leise Hüsteln, mit dem er ihr seine Anwesenheit signalisierte.

Naomi Ishikawas Schultern bewegten sich; die Bewegungen waren flüssig, kontrolliert. Ihre Fäuste schossen vor, verpassten dem Sandsack eine rasche Folge wohl platzierter, harter Schläge. Gedankenschnell duckte sie sich unter den Kontern eines imaginären Angreifers weg. Die Bewegungen ihrer Hüfte waren erregend. Durchtrainierte Beinmuskeln spielten, und Naomi brachte ein Knie hoch, um es mittig in den Sandsack zu bohren. Zwei weitere harte Kniestöße gegen den Sack folgten unmittelbar darauf.

Sie war ein Teufel auf nackten Sohlen.

Ihr Pferdeschwanz tanzte wild von rechts nach links und wischte wie schwarze Seide über ihre schweißnassen Schultern. Haarsträhnen blieben an ihrer Haut kleben, auch am Nackenansatz, wo es silbrig glänzte.

Mit einem Mal war Phins Mund staubtrocken.

Eine winzige, zarte Hantel aus zwei Silberperlen. Sie glitzerten wie Sterne, genau in der Mitte der sanften Beuge zwischen Nacken und Schultern, eine sündige Andeutung nicht mehr als ein Wink, der einen in den Wahnsinn zu treiben vermochte.

Ein Piercing. Ein versteckter Schmuck, den Phin nie an dieser Körperstelle vermutet hätte. Nicht an dieser Frau, dieser hinreißenden Erbin mit dem japanischen Namen. Nicht an irgendeiner Frau aus seinen Kreisen.

Lust kitzelte wie Strom führender Draht durch seine Eingeweide. Sein Schwanz, der bereits wach und bereit zu mehr gewesen war, wurde schlagartig hart, so hart, dass es wehtat. Phin musste sich bewegt haben, oder vielleicht war auch ein rauer, abgehackter Laut seiner Kehle entschlüpft. Denn Naomi Ishikawa wirbelte herum.

Ihre Wangen waren gerötet vor Anstrengung, der Blick wach

und glasklar. Ihr Atem ging schnell. Sie brauchte sehr viel länger, als Phin lieb war, um die Fäuste sinken zu lassen und eine weniger martialische Haltung einzunehmen.

Eine allerdings kaum weniger martialische Haltung.

Aber wenigstens konnte Phin das verdammte Piercing nicht mehr sehen. Irgendwie gelang es ihm dadurch, seinen zerfaserten Verstand zusammenzukratzen. Er folgte Naomis Blick. Um sich nützlich zu machen, fischte er die grüne Wasserflasche von der Bank gleich neben ihm, der der Blick gegolten hatte.

»Ihr Workout war hoffentlich befriedigend«, sagte er, als er Miss Ishikawa, Flaschenboden voraus, das gewünschte Wasser reichte.

Sie nahm einen ersten Schluck vom kühlen Nass, trank dann gierig. Ihre Kehle hüpfte. Jetzt mit der Zunge die schweißnasse Linie vom Hals hinunter zu ihrer Schulter nachfahren – Phin hätte nichts lieber getan. Herr im Himmel! Ärger auf zwei Beinen.

»Ja«, sagte sie schließlich als Reaktion auf seine Frage. Sie wischte sich mit dem Unterarm über den Mund und fügte ein heiseres: »Gut ausgestattet.« hinzu.

»Danke.« Er brachte es mit ruhiger Stimme heraus, selbst, als er die Hitze spürte, die ihm ins Gesicht zu schießen drohte. Miss Ishikawa sprach nicht von ihm. Zumindest glaubte er, sie spräche nicht von ihm. Sie hatte die Ausstattung von Fitnessstudio und Trainingshalle gemeint, nicht die pulsierende Männlichkeit in seinem Schritt.

Aber seinen Ständer zu ignorieren, half ihm kein Stück weiter. Nicht solange Miss Naomi Ishikawa, Ärger auf zwei Beinen, so vor ihm stand. Ihn beobachtete.

Und dabei, zum Henker, so atmete.

Das Top, entschied er, stand ihr nicht besonders. Es war für sportliche Betätigungen gedacht und presste ihre Brüste viel zu flach an. Das war sicher nötig bei der Art von Training, bei dem sich Miss Ishikawa offenkundig gern auspowerte.

Aber fair war das nicht.

Phin ließ seinen Blick über die Kurven schweifen, die das stramm sitzende, türkisfarbene Sport-Bustier noch zuließ, hinauf zu Miss Ishikawas Hals, der schweißnass glänzte. Der Blick wanderte weiter hinauf zu ihren geröteten Wangen und blieb genau an der Schramme über ihrem Nasenrücken hängen. Die wirkte mit einem Mal viel weniger grob, stattdessen weich.

Vertraut.

Einer von Phins Mundwinkeln hob sich zur Andeutung eines kecken, schiefen Grinsens. »Sie haben meine Mutter kennengelernt.«

»Wie bitte?«

Als er die Hand an die eigene Nase hob, um ihr klarzumachen, was er meinte, schnitt der personifizierte Ärger eine Grimasse. Sie hob ihrerseits die Hand zur Nase, berührte aber die Wunde dann doch nicht. »Sie hat etwas draufgetan. Es fühlt sich jetzt besser an.«

Ja, so war es immer, wenn Gemma im Spiel war. Sie konnte halt nicht anders. Phins Grinsen wurde breiter. »Es sieht auch besser aus. Sollten Sie momentan nicht bei der Massage sein?«

Ihre Augen wurden schmal wie Schlitze. »Das jedenfalls verlangt der Behandlungsplan.« Naomi wirbelte herum und verpasste dem immer noch schwingenden Sandsack ein paar weitere beidseitige Schwinger.

Viel zu schnell, zu flüssig die Bewegung. In Phin nährte das die Hoffnung, Miss Ishikawa habe den leisen, rauen Laut, Zeichen seiner Erregung, nicht mitbekommen. Zeichen seiner erwachten Lust. »Haben Sie etwas gegen Massagen?«

»Gibt es damit ein Problem?« Der kühle Ton ihrer allzu beiläufig klingenden Stimme ließ Phin aufhorchen.

Das glitzernde Piercing in ihrem Nacken weckte in ihm die Sehnsucht, sich auf die Brust zu trommeln, sich Miss Ishikawa zu greifen und über die Schulter zu werfen. Er rieb sich die Stirn. Na, endlich! Schwarzer Humor vermochte es vielleicht dieser Lust Einhalt zu gebieten. »Nein, kein Problem.«

»Sie werden nicht gleich zu meinen Lieben daheim laufen und es ihnen brühwarm auftischen?«

Phin begegnete dem spöttischen Blick mit einem freimütigen Lächeln. »Der Gast im *Zeitlos* sind Sie, Naomi, nicht Ihre Lieben daheim. Sie zahlen, und Sie bestimmen.«

Sie verzog die Unterlippe, als ob sie, so jedenfalls Phins Eindruck, sonst die Angewohnheit hätte, auf deren Innenseite herumzukauen. Interessant. Miss Ishikawa machte überhaupt jede Menge Gesten, mittels derer sie kommunizierte. So viel hatte Phin schon begriffen.

Oh ja, sie setzte jede Menge Signale.

Alle einzig und allein dazu gemacht, ihn um den Verstand zu bringen.

»Hmm.« Das war kein Dankeschön, aber es würde Phin reichen müssen. Sie hob den getapeten Unterarm an die Lippen und riss mit den Zähnen das Band ab. Dabei ließ sie ihn nicht aus den Augen.

Es blitzte weiß auf, dann war da das Rot der Lippen, als Naomis Zähne das Ende des Tapes erwischten. Das hatte mehr Sexappeal, als einer schweißnassen, vom Sandsackschlagen euphorisierten Erbin zustand, die nichts als Ärger auf zwei Beinen war.

Höflichkeit und Hilfsbereitschaft brachten ihn einen Schritt zu nah an sie heran. Zu nahe war er dem von Adrenalin vollgepumpten Schweißgeruch ihrer feuchten Haut, dem Duft der Seife, die sie benutzt hatte, um sich das Haar zu waschen. Es roch nach Frühlingsregen und Lavendel.

Phin war ihren Augen zu nah. Sie hatte den Blick gehoben, um ihm direkt in die Augen zu sehen.

Das Tape blieb an Phins Fingern kleben. Es widerstand seinen Bemühungen, sich davon zu befreien, während er Miss Ishikawa davon befreite. Erst ungeduldig, dann konzentriert wickelte er das Tape ab, Lage um Lage. Doch als er plötzlich eine Bewegung vor sich mehr spürte als sah, schaute er von seiner Arbeit auf. Ihre Blicke trafen sich, als sie einen Schritt auf ihn zutrat, den letzten Rest Distanz zwischen ihnen überbrückte. Nackte, getapete Füße neben seinen blank polierten Schuhen. Glatte, muskulöse Schenkel an seiner Anzugshose.

Brust an Brust.

Auge in Auge.

Phins Finger umschlossen Naomis Handgelenk. Das war alles, was er tun konnte, um sein Erwachen zurückzuhalten, die wilde Entschlossenheit, sich verführen zu lassen, die sich in ihm entrollte wie ein Banner im Wind. Laute wie ein stiller, nachhallender Schrei: »Naomi ...«

Sie schloss die Augen. »Mund halten, Mr. Clarke.«

Er gehorchte. Schon beugte sie sich vor, und ihre Lippen verschmolzen mit seinen. Was hätte er jetzt noch sagen sollen? Jegliche Selbstkontrolle ging zum Teufel. Gerade erst von der Leine gelassenes Verlangen detonierte in Phins Kopf, zerriss alles, was er je an gesundem Menschenverstand besessen hatte. Hitze sprang wie Feuerwellen auf seine Lippen über. Mit der freien Hand packte Naomi ihn am Hemdkragen, hielt ihn fest, während sich ihre Lippen öffneten, Versuchung pur.

Der Kuss war aggressiv, fordernd. So wie Naomi selbst, denn das war sie, aggressiv, fordernd, und etwas, das tausendmal primitiver, ursprünglicher war, genau in dem Moment, als ihre Zunge in seinen Mund vorstieß, samtweich und brutal zugleich. Phin drängte sich ihr entgegen, bis sie mit dem Rücken gegen den harten Sandsack stieß.

Phin war nicht bereit, einfach nur dazustehen und sie glauben zu lassen, sie hätte ihn bereits erobert. Selbst dann nicht, wenn es stimmte.

Er wusste, dass er bereits verloren war.

Sein Vorstoß brachte Körper gegen Körper, dicht aneinander,

und drohte, sie beide hintenüber fallen zu lassen, bis Naomi die Beine in den Boden stemmte und den Sandsack wegstieß, den es in Schwingungen versetzte.

Phin folgte ihrer Bewegung, schob sich hinein in die willkommene Bresche zwischen ihren Schenkeln, drückte Naomi wild an sich. Sie schmiegte sich an seine Brust, an ihn. Er ließ sie seine Hüften spüren, seinen harten Ständer. Lust, die sich in immer fernere Höhen aufschwang, perfekt zentriert. Vollkommene Ekstase. Phin verlor sich in der ihn um den Verstand bringenden Hitze ihres Körpers, in diesen von Muskeln modulierten weiblichen Kurven.

Sie nur spüren, den Geruch ihres schwitzig-feuchten Körpers in der Nase: Das reichte schon.

Reichte, um sämtliche Alarmglocken in ihm zu aktivieren. »Herr im Himmel«, brachte er hervor, die Stimme kurz davor zu brechen, als ihre Lippen sich von seinem Mund lösten. Vor seinem geistigen Auge sah er jemanden rote Flaggen hissen. Naomis Lachen wehte wie Rauch über sein Kinn, seine Wange, seinen Hals. Sie schob die Hüften vor, presste sich gegen ihn. Und Phin stöhnte, während er ihre Taille umfasste.

Alles zu schnell. Alles zu wild, zu leidenschaftlich.

Er hatte sie nicht drängen wollen.

Er verspannte sich in dem Bemühen, sie nicht noch näher an sich zu ziehen, seine Hände hart wie Schraubzwingen. Diesem Impuls wollte er nicht nachgeben – dem Impuls sie an sich zu ziehen, bis sie ihm unter die Haut ging und sie beide im Feuer der Leidenschaft zu Asche verbrannten. Sie musste Tempo herausnehmen. *Er* musste es tun, ehe sie ihn noch zum Orgasmus brächte, der dort schon lauerte, für den er aber noch nicht bereit war.

Doch Naomi ließ nicht zu, dass er es auf die sanfte Tour versuchte.

Sie biss, ihre Zähne scharf wie die eines Raubtiers, eine brennende Linie in die Haut an seinem Hals. Phin keuchte auf. Lust und Schmerz verschmolzen zu einer Woge aus heißer Begierde. Er brauchte es. »Naomi …«

»Nein«, wisperte sie rau. Sie hob den Kopf, hob das Gesicht, fuhr ihm mit den Fingern durchs Haar, und ihre Blicke trafen sich. Sie brauchte es auch. Eine geschmeidige Bewegung später, und sie hatte ihr Bein um ihn geschlungen. Seine Hüften fanden sofort einen Rhythmus. Er biss die Zähne zusammen, spannte jeden Muskel an.

Allein ihren Körper zu spüren. Herr im Himmel, ihr Verlangen, ihr Lachen. Unfähig sich zurückzuhalten, glitten seine Hände ihren heißen, flachen Bauch hinauf. Ihre Rippen entlang. Phins Hand fand die untere Naht von ihrem Sport-Bustier, schob sich darunter, um die dort gefangene Brust zu umfassen.

Die Brust passte perfekt in seine Hand. Die Brustwarze, hart und aufgerichtet, stach in seine Handfläche. Kehlig stöhnte er auf. Naomi hingegen stieß ihren Atem langsam durch zusammengebissene Zähne aus.

Phin hatte Eis und Feuer in der Hand, Seide und Stahl. Rätsel, die er nicht lösen und nichts, was er zähmen konnte – nicht jetzt.

Vielleicht niemals.

Eine zum Schlag gespannte schlanke Gerte, so bog sich Naomi Phin entgegen, so, als könne er ihr hier und jetzt alles geben, was sie je in ihrem Leben gebraucht hatte. Die berauschende Mixtur aus einem Blick aus veilchenblauen Augen und dem laszivem Puls ihres Körpers, den er an seinem spürte, war zu viel.

Zu schnell, verdammt!

Die Hände um ihre Hüften, hob er sie ein Stück höher, schob sie gegen den Sandsack. Das glatte Material ihrer Sporthosen glitt über ihn hinweg wie Wasser. Die Hitze und Lust verströmende Stelle zwischen ihren gespreizten Beinen schwappte an der ganzen Länge seines harten Schwanzes entlang, der vor Verlangen pulsierte, und Naomi ritt ihn, die Beine um Phins Hüften geschlungen. Sie ritt ihn, als gäbe es ihre Kleidung nicht, als gäbe es kein Stück Stoff zwischen ihnen, als wären sie nackt. Sie ritt ihn, als könne sie sich über ihn streifen und sich von den Schaudern nähren, die die Lust diktierte.

Es war Folter. Es war Fegefeuer und Hölle.

Es war das Paradies, der Himmel auf Erden.

Naomi keuchte, das Blut schoss ihr in die Wangen; sie drückte das Kreuz durch, als wolle sie sich das Rückgrat selbst brechen. Ihre Finger krallten sich in das grobmaschige Netz oben um den Sandsack, damit sie Halt fand daran. Völlig in eigener Lust verloren, von Naomis Duft berauscht, von ihren Lauten, von ihrem – Herr im Himmel – außer Rand und Band geratenen sexuellen Verlangen, wie verhext, angelte Phin sie sich wieder und ließ sie seinen harten Schwanz noch einmal hinaufgleiten.

Und noch einmal.

Ihr Körper erbebte. Spannte sich unter seinen Händen, wieder die Gerte, die gleich herunterschnellen würde. Naomi warf den Kopf in den Nacken, die Augen fest geschlossen. Röte ergoss sich über ihr Dekolleté, wanderte über ihre Schultern, ihren Hals hinauf. Phin spürte die verzweifelte Gier nach Erleichterung, die gleich unter ihrer Haut wohnte.

Mit einer Hand umfasste Phin Naomis Nacken. Seine Finger streiften die körperwarmen Perlen aus Metall, das Piercing, das Naomi so gut versteckt hatte. Dann, mit einem gut kalkulierten Ruck, zog er sie fort vom Sandsack, sorgte dafür, dass sie an ihm und ihr Gesicht in seiner Halsbeuge zu liegen kam. Er knirschte mit den Zähnen, als ihr gieriger, gedämpfter Schrei über ihn strich, gerade in dem Moment, wo ihr Körper sich an seinen drängte, Hüfte auf Hüfte traf.

Er war, begriff er, als er sich gegen den groben Sandsack hinter ihr warf, ein Masochist, wie er im Buche stand.

Eine Weile lang gab es nur ihren Atem. Den Herzschlag, der wie Donner gegen seine Rippen schlug. Im Gleichklang mit ihrem Herzen. Schlag für Schlag.

Naomi rührte sich.

Sie lockerte die Beine, die ihn umschlungen gehalten hatten, rutschte von seinen Hüften, auf denen sie geritten war. Geschmeidig setzte sie die getapeten nackten Füße auf den Boden und strich sich schweißfeuchte Haarsträhnen aus dem Gesicht. Sie lächelte träge wie eine zufriedene Katze in einem Schwarm schutzloser Kanarienvögel.

»Na«, sagte sie, und ihr Ton war so beiläufig wie der Wind, »das war nicht schlecht.«

»Oh nein!« Phin griff nach ihrem Arm in dem Moment, als sie sich abwenden wollte. Er hielt sie fest, als ihm klar wurde, dass sie ihn sitzen lassen wollte, fast, als hätte sie es angekündigt.

Ihr Blick wanderte zu seiner Hand hinunter, und sie überlegte. Als ihre Augen Phins Blick suchten, stand Neugier darin zu lesen, Belustigung. »Was?«

»So beenden wir das nicht.«

Die Erheiterung verschwand. Ihre Lider senkten sich über die Augen, schmale, schwarz umrandete Raubtieraugen. »Ach nein?«

»Nein, nicht so!« Langsam ließ Phin ihren Arm los und trat einen Schritt zurück. Er musste Abstand gewinnen zu diesem Körper, der ihn verrückt machte. Sonst würde er einen Schritt zu weit gehen und alles vermasseln.

Träge wie ihr Lächeln streckte Naomi sich. Die glatten Muskeln unter ihrer Haut bewegten sich. Seide im Wind. Sie verschränkte die Arme über dem Kopf und bog das Kreuz durch: eine geschmeidige Art von Herausforderung. »Was lässt Sie glauben, ich sei an mehr interessiert?«

Weil er es brauchte, jetzt, weil sie die pure Versuchung war, die seinen unbefriedigten Körper quälte, war Phin nicht willens, ihr Spiel mitzuspielen. Nicht jetzt.

Später vielleicht. Nachdem er sich seines harten Schwanzes angenommen hätte, der in Unterhosen gezwängt, förmlich um Aufmerksamkeit bettelte. Er ließ ein Lächeln aufblitzen, von dem er wusste, dass es Naomi wütend machen würde. Es war leicht, das vorherzusehen.

Es war die Sorte Lächeln, die sagte: Ich habe gesehen, wie du gekommen bist, und weiß, dass du jede Sekunde genossen hast.

Naomis Lächeln erstarb. Ihre Lippen öffneten sich für einen kurzen, nicht wahrnehmbaren Atemzug.

Ein Punkt für Phin Clarke.

Lachen perlte durch das Studio, in dem ihr kleiner Wettstreit um den stärkeren Willen gerade ablief. Die Blase aus Stille, die Phin und Naomi eben noch umgeben hatte, zersprang wie Glas. Naomis Körper versteifte sich; ihr Blick zuckte über Phins Schulter hinweg. Er warf ebenfalls einen Blick über die Schulter und sah ein paar Tagesgäste durch den weiter entfernten Eingang den Studiobereich betreten. Alle hatten Handtücher um die Nacken gelegt und je eine der für Gäste frei verfügbaren Wasserflaschen dabei.

Das Grüppchen schnatterte unbeschwert, man zog sich gegenseitig auf. Keiner hatte auch nur mehr als einen kurzen Blick für Phin und Naomi. Phin grinste, als er Anspannung und Wachsamkeit bei seinem Gegenüber bemerkte. Naomis Körper glich einer angespannten Sprungfeder.

Er beugte sich hinunter und hob die Wasserflasche auf, die Naomi hatte fallen lassen, als sie begonnen hatte, ihn um den Verstand zu küssen. »Nächstes Mal werden wir wohl ein bisschen vorsichtiger sein müssen«, flüsterte er ihr ins Ohr.

Mit dem spitzen Ellenbogen verpasste sie ihm einen Stoß in die Brust. »Nächstes Mal? Träum weiter«, zischte sie.

Sie machte einen Schritt an ihm vorbei. Ihre Schultern strafften sich, als er leise hinter ihrem Rücken lachte. »Und wohin wollen Sie weglaufen, Naomi?«

Sie ging nicht auf die Drohung ein.

Und Phin tat nichts, um sie zurückzunehmen.

KAPITEL 7

Zehn Minuten eiskalt zu duschen, war mehr Strafe, als ein Mann einer Frau wegen erdulden sollte. Zitternd vor Kälte drehte Phin die Dusche ab. Dabei dachte er, diese Tortur komme nicht annähernd an das heran, was er offenkundig bereit war, seinem Ich und dessen Integrität anzutun.

Einem Gast nachsteigen und sie anmachen? Bereits erledigt.

Einen Gast anmachen, der, so vermutete Phin, einige Geheimnisse verbarg? Ebenfalls erledigt.

Sich trotz allem, was auf dem Spiel stand, nicht davon abbringen lassen? Das war der Haken an der ganzen Sache.

Aber Naomi hatte etwas an sich, das ihm direkt unter die Haut ging, jeden Nerv in seinem Körper erreichte, absolut jeden. Er wollte sie mögen. Er wollte ihr helfen.

Und, das musste er sich verärgert selbst eingestehen, er wünschte sich, ihr die verfluchte Maske aus kühler Distanz vom Gesicht zu reißen.

Er wollte, dass ihre Augen dunkel würden vor Leidenschaft, nicht vor Wachsamkeit und Misstrauen. Sie, dieser Mund mit diesen Lippen, sollte seinen Namen hauchen, ihn keuchen.

»Wow«, murmelte Phin und bohrte sich die Fäuste in die Augen, bis das Pulsieren seines Schwanzes nicht mehr das Vorrangigste von all dem war, was er körperlich spürte. Keine kalte Dusche der Welt würde helfen, wenn er so weitermachte und nur Gedanken für Naomi Ishikawa hatte.

Langsam, mit den Gedanken schon beim Tagesgeschäft, schob er die Tür der Duschkabine auf und fischte nach dem Handtuch. Er kam bis zu dem Tagesordnungspunkt, was noch alles zu geschehen habe, um die Reparaturarbeiten an der Sauna abzuschließen. Genau in diesem Moment machte sich sein auf Vibrationsalarm gestelltes Com selbstständig, das er, ohne groß darüber nachzudenken, auf die Einfassung des Waschtischs geworfen hatte. Es klackerte zu Boden.

Hastig wand sich Phin, immer noch tropfnass, das Handtuch um die Hüften und versuchte das Com vom Boden zu klauben, ehe der Anrufer aufgäbe.

»Einen Augenblick, bitte!« Er fummelte am Ohrstecker der Com-Einheit herum und fluchte, als sie ihm aus den nassen Fingern flutschte. Stattdessen hielt er sich den Lautsprecher direkt ans nasse Ohr. »Phin Clarke hier. Wie kann ich Ihnen weiterhelfen?«

»Zunächst einmal«, Gemmas Stimme troff nur so vor Belustigung, »warst du heute Nachmittag nirgendwo aufzutreiben. Das bedeutet entweder, es ist dir gelungen, dich von einem attraktiven weiblichen Etwas einfangen zu lassen ...«

Phin verzog das Gesicht. »Nein.«

»... oder du versteckst dich«, beendete Gemma den Satz mit einem Kichern. »Da die liebreizende Jordana gerade das Restaurant betritt, stimmt wahrscheinlich Letzteres.«

Phin ließ das Com in die andere Hand und zum anderen Ohr wandern, um mit der Rechten eines der Handtücher von dem ordentlichen Stapel auf dem Regal zu angeln. Er begann, sich damit das Haar trocken zu rubbeln. »Jordana würde mich mit Haut und Haaren auffressen, Mutter, und das weißt du auch.« Er seufzte. Es war ein tiefer Seufzer, wie er selbst bemerkte. »Weder noch. Ich habe mich ziemlich erschlagen gefühlt, weil ich die ganze Nacht mit den Haustechnikern durchgearbeitet habe. Also habe ich rasch geduscht, um wieder wach zu werden.«

»Mein armer Junge«, gurrte Gemma jetzt ehrlich zerknirscht. »Fühlst du dich denn ein bisschen besser?«

Phin verspürte nur einen leichten Stich Schuldgefühl, als er nichts weiter sagte als: »Immer noch ein bisschen wie in Watte gepackt, aber ansonsten okay. Mach dir meinetwegen keine Sorgen. Hast du sonst noch was auf dem Herzen, oder war's das schon?«

»Was? Oh ja, doch, richtig!«

Ein weiterer Herzschlag verklang, und immer noch schwieg sie. Phin grinste und fuhr sich rasch mit einem Kamm durchs Haar. »Und das wäre?«

»Familienrat.«

Der Kamm entglitt seinen Fingern und schlug auf dem Waschtisch auf. Phin versuchte noch, ihn zu fassen zu bekommen, gab ihm damit stattdessen jedoch mehr Fahrt und schickte ihn ins Waschbecken hinunter. Er unterdrückte einen Fluch und konzentrierte sich wieder auf das Com. »Wann denn? Und wo?«

»Sobald du es ins Büro deiner Mutter schaffst, Liebling.«

Phin schnitt eine Grimasse. »Ich bin in zehn Minuten da.«

Gemma säuselte ein: »Bis gleich!« in den Hörer und hatte schon aufgelegt, ehe Phin das Wasser von dem kleinen Com-Display hatte wischen können.

In Windeseile zog er sich an und hinterließ seine Suite sauber und trocken. Innerhalb der versprochenen zehn Minuten schaffte er es hinunter zu den Stockwerken unter den öffentlich zugänglichen und betrat Lillians Büro.

Zwei Augenpaare richteten sich bei seinem Eintreten auf ihn und sahen ihn fragend an.

Lillian hatte sich halb auf der Kante des herrlichen Rosenholzschreibtisches niedergelassen; ihr Kostüm war schick und von schlichter Eleganz. Es war Pflaumenblau und ließ ihr blondes Haar glänzen, als sei es pures Gold. In ihren grünen Augen schimmerten Goldsprenkel. Gleich neben Lillian saß Gemma in einem Sessel, der aus demselben Holz wie der Schreibtisch war. Sie hielten sich bei der Hand.

Ganz in Hollywood-Manier hob Lillian eine Augenbraue vor Erstaunen. »Pünktlich auf die Sekunde!«

Phin schloss die Tür hinter sich und hob in einer reumütigen Geste die Hände. »Was habe ich jetzt wieder angestellt?«

»Nichts.« Gemma grinste bis über beide Grübchen, die sie ihrem Sohn weitervererbt hatte. »Glaube ich zumindest.«

»Gemma!«

Phins eine Mutter dämpfte ihr Amüsement auf Lillians leise zugeworfene Mahnung hin. Gemma räusperte sich. »Gut, kommen wir gleich zur Sache.«

»Setz dich doch, Liebling«, forderte Lillian Phin auf. Mit dem perfekt frisierten Kopf nickte sie zu einem der beiden Sessel vor ihrem Schreibtisch.

Wie ein kleiner Junge, den man vor den Schuldirektor zitiert hatte, so fühlte sich Phin. Er setzte sich. »Okay«, seufzte er, »aber das Ganze hat besser etwas mit dem Unfall zu tun. Auch wenn diese Diskussionen offenbar nicht verstummen wollen, mag ich mein Liebesleben nämlich nicht diskutieren.«

»Oder die Abwesenheit davon …« Gemma unterbrach sich sofort, als Lillian ihr warnend die Hand drückte. Phin entging das ebenso wenig wie der Seitenblick aus den wunderschönen Augen, der Gemma traf. »Es geht um den Unfall«, verbesserte sich diese daraufhin rasch.

»Ich habe deine Mutter in der Sache auf den neuesten Stand gebracht«, erklärte Lillian, ihr Tonfall war sachlich. Professionell. Klare Worte waren gefragt.

Zurück zum Geschäft also, das war doch etwas. Phin streckte den Rücken durch, straffte die Schultern. »Der Vorfall in der Sauna sieht nach einem gezielten Anschlag aus, obwohl das Ganze nicht so recht Sinn ergeben will.« In Gedanken versunken rieb sich Phin das Kinn. »Ein Unfall war das nicht, soviel steht fest. Die gute Nachricht ist, dass die Haustechnik die Schäden innerhalb von drei Tagen reparieren und dann die Sauna wieder in Betrieb genommen werden kann. Voraussetzung allerdings ist, dass alle Ersatzteile verfügbar sind oder sich in diesem Zeitraum beschaffen lassen.«

Die beiden Frauen tauschten einen Blick, in dem sich Erleichterung und Sorge die Waage hielten.

»Was?« Phin runzelte die Stirn. »Was ist los? Raus mit der Sprache!«

»Vielleicht ist es ja gar nichts«, meinte Gemma. Sie lächelte dünn, als Lillian ausführte: »Deine Mutter macht sich Sorgen.«

»Oh, nein.« Phin massierte sich den Nasenrücken. »Nein, nein, davon will ich nichts hören, auf gar keinen Fall!«

»Vielleicht steckt ja wirklich nichts dahinter«, wiegelte Gemma noch einmal ab. Doch es hielt sie nicht mehr in ihrem Sessel. Ihr fein geschwungener Mund verriet, wie sehr sie die Sache beschäftigte. Sie stand auf, stemmte die Hände in die Hüften und blickte Sohn und Ehepartnerin ernst an. Sie runzelte die Stirn. Die steile Falte auf der Stirn zwischen den Augenbrauen kannte Phin nur zu gut. »Es scheint so zufällig und kam förmlich aus dem Nichts. Ich mag nicht glauben, dass es nur um die arme Alexandra ging.«

Lillian zupfte den Ärmel ihrer Kostümjacke zurecht. Es waren knappe, exakte Bewegungen. Ein Zeichen von Frustration. Phin kannte die Signale seiner Mütter, kannte jede der beiden Frauen so gut wie sich selbst.

Beide machten sich Sorgen, waren nervös.

Mit Nachdruck fuhr sich Phin mit Zeigefinger und Daumen über die Jochbeine gleich unterhalb der Augenhöhlen. Den bohrenden Schmerz hinter seiner Stirn vermochte das nicht zu lindern. Was beschäftigte sie eigentlich alle so? Was rechtfertigte die Aufregung? Nichts. Es war nicht mehr als ein beinahe tödlich verlaufener Unfall.

Verdammt noch mal!

»Was ist mit Naomi Ishikawa?«

Mit einem Ruck hob Phin den Kopf und blickte Lillian an. Er kniff die Augen zusammen. »Was soll mit ihr sein?«

»Wer ist sie wirklich?« Mit ihren langen, nicht lackierten Nägeln trommelte sie ein nervöses Stakkato auf die Schreibtischplatte. »Was wissen wir über sie?«

»Aber, Lily, du glaubst doch nicht, sie …«

Phin sprang verärgert auf und unterbrach die beiden Frauen. »Naomi hat mit der ganzen Sache nichts zu tun!«

Lillian runzelte die Stirn; die verräterische Falte zwischen ihren sorgsam mit Augenbrauenstift nachgezogenen Brauen war tiefer als Gemmas Sorgenfalte. »Nein«, sagte sie und schüttelte den Kopf. »Ich habe keine Ahnung, in welcher Verbindung du zu dieser Frau stehst …«

»Ich stehe in keiner …«

»… aber du hast die ganze Angelegenheit unvoreingenommen zu betrachten, anders geht es nicht«, beendete Lillian ihren Satz, die Stimme fest, der Ton hart, als wäre Phins Widerspruch nie über seine Lippen gekommen.

Phin verbiss sich die wütende Entgegnung, die ihm schon auf der Zunge lag. Sein Mund war ein schmaler Strich, so viel Anstrengung kostete es ihn. Er wandte sich ab und studierte angelegentlich die reich gemusterte Goldtapete, die dem Büro eine warme, altmodisch anmutende Atmosphäre verlieh. Er wusste genau, dass er wie ein trotziges Kind wirken musste, das man vor dem Abendessen mit Süßigkeiten erwischt hatte.

Trotzdem war er nicht dazu bereit, zu erklären, warum für ihn Naomi aus der Sache raus war.

Warum er unbedingt *wollte,* dass sie aus der Sache raus war.

Sanft strich ihm eine warme Hand über die Schulter, über den Rücken. »Phin«, sagte Gemma zärtlich, »Schätzchen. Wir meinen es doch nur gut.«

»Mit dir«, fügte Lillian mit fester Stimme hinzu, »und mit dem *Zeitlos*. Es steht einfach zu viel auf dem Spiel, Phin, das weißt du.«

»Ja, das weiß ich.« Er seufzte, drehte sich um und legte die Arme um Gemmas Schultern. Er zog sie in eine Umarmung und legte ihr das Kinn auf den Lockenschopf. Über Gemmas Kopf hinweg traf sein Blick Lillians.

Es bereitete ihm fast schon körperlich Schmerz zu sehen, wie weich ihr Blick war. In ihren Augen stand übervoll die Wärme und Liebe zu lesen, die ihn schon sein ganzes Leben lang umgab.

Trotz der Sorgen, die er sich machte, lächelte er. »Ich weiß, Mutter, und es tut mir leid. Naomi Ishikawa«, fuhr er fort, ehe Lillian etwas sagen konnte, »ist eine Frau, die ganz dringend Gelegenheit und Zeit braucht, um sich zu entspannen. Aber ich wüsste nicht, wie sie hier hätte genug Fäden ziehen können, um dieses Ding an der Sauna zu drehen.«

»Was das angeht, gebe ich dir recht.« Gemma umfasste Phins Unterarme und schüttelte den Kopf. Ihre Locken kitzelten sein Kinn. »Sie ist nicht von der geduldigen Sorte, und ob die Sauna nun ein gezielter Anschlag war oder nicht, das vorzubereiten, hätte Geduld erfordert. Ich habe den Eindruck, Miss Ishikawa regelt die Dinge lieber von Angesicht zu Angesicht. Ihre Nase«, fügte Gemma hinzu, »ist ein deutlicher Hinweis darauf.«

»Außerdem kam sie gerade aus ihrer Suite«, unterstrich Phin, »kurz bevor die Saunageschichte passiert ist. Sie war auch noch nicht lange genug da, um selbst irgendetwas vorzubereiten.«

Die Lippen geschürzt, blickte Lillian mehrere Augenblicke lang an Sohn und Frau vorbei ins Leere.

»Lily?«

»Ich werde einfach das Gefühl nicht los, dass irgendetwas mit Miss Ishikawa nicht stimmt«, gestand Lillian tonlos. Sie stemmte die Handflächen hinter sich auf die Schreibtischplatte und lehnte sich daran. In sich zusammenzusacken, war nicht Lillians Art. Diese Geste war näher daran als alles, was Phin je bei ihr beobachtet hatte. »Ich traue ihr nicht, zumindest nicht ganz.«

»Ich traue ihr auch nicht«, unterstrich Phin in stillem Einverständnis. Es passte ihm nicht, das zugeben zu müssen. »Aber sie steckt nicht hinter der Sabotage an der Sauna.«

»Ich mag sie.« Gemma legte den Kopf gerade so weit in den Nacken, um Phin anlächeln zu können. Liebevoll tätschelte sie ihm den Arm. »Man hat sie verletzt, und ich glaube, ihr fehlt das innere Gleichgewicht, sich rund und ganz zu fühlen. Trotzdem mag ich sie.«

Ganz plötzlich fühlte sich Phin wie ein seltener Schmetterling, den ein Sammler sich an die Wand gepinnt hatte. Phin schnitt eine Grimasse. »Können wir zu dem Teil zurückkommen, der nichts mit mir zu tun hat?«

»Na, jetzt hör aber auf!«, lachte Gemma und gab ihm einen Klaps auf die Wange.

»Aber er hat recht«, warf Lillian ein. Mit ihren langgliedrigen Fingern strich sie sich über den Haarknoten und steckte Haarsträhnen zurück, die perfekt an ihrem Platz saßen. Sie war nervös.

Ernst fragte Phin: »Mutter, was sollen wir tun?«

»Ich habe das Personal gebeten, auf alles ein Auge zu haben und Auffälligkeiten zu melden«, antwortete Lillian. Sie verzog den anmutig geschwungenen Mund. »Auf meine Nachfrage hin hat der Sicherheitsdienst mit einer gründlichen Durchsicht aller hausinternen Aufzeichnungen begonnen.«

»Was ist mit den Geheimgängen?« Phin straffte die Schultern und runzelte die Stirn. »Joel weiß darüber Bescheid und das Fluchthelferteam. Aber was das Tunnelsystem betrifft, waren wir immer besonders vorsichtig.«

»Niemand sonst weiß von den Geheimgängen«, versicherte ihm Gemma. »Die Baupläne wurden kurz nach Fertigstellung des Gebäudes vernichtet.«

»Jedenfalls soweit wir wissen«, murmelte Lillian. Aber allmählich schien sie sich zu entspannen. Muskel für Muskel sozusagen. »Mr. Barker hat sich zudem stets als zuverlässig und vertrauenswürdig erwiesen. Er versteht sich auf äußerste Diskretion.«

Phin nickte. »Hat er genug Leute?«

»Ja, aber keinen von den Zeitweiligen.« Lillians Lächeln fiel halbherzig aus. »Ich weiß, Phin, du meinst es gut mit den Menschen, die du rettest. Aber die Situation momentan ist zu heikel. Niemand von außen sollte mit reingezogen werden.«

Phin zuckte zusammen. »Sie würden sich doch nie …«, setzte er zu einer Verteidigung an, aber unterbrach sich selbst, als Gemmas Griff um sein Handgelenk fester wurde. Wieder legte er ihr das Kinn aufs Haar, rieb ihr damit zärtlich den Kopf.

Sie roch nach dem Lavendel, mit dessen Aroma sie die Seifen im Spa versetzte. Der Lavendelduft beruhigte Phin so weit, dass er nachgeben und ohne Vorbehalt sagen konnte: »In Ordnung, okay. Momentan also keine Zeitweiligen. Wir haben das sowieso schon auf ein absolutes Minimum reduziert. Schließlich können wir die Flüchtlinge nicht mehr antreiben als sowieso schon. Jede noch so kleine Unregelmäßigkeit, der geringste Verdacht würde die Wächter an den Kontrollpunkten alarmieren und uns die Kirche auf den Hals hetzen – und das mit mehr Biss, als es vielleicht jetzt schon passiert ist.«

»Gut dann.« Mit steifen Fingern rieb sich Lillian den Nacken. »Was du für die Flüchtlinge tust, macht mich stolz auf dich, Phin, wir sind beide stolz auf dich. Ich möchte, dass du das weißt.«

Phin wurde warm ums Herz. Bewunderung, Dankbarkeit. Liebe.

Und Misstrauen. Lillians Gesichtsausdruck warnte Phin, dass da noch etwas war. »Aber …«, baute er ihr die Brücke, endlich mit der Sprache herauszurücken.

»Kein Aber«, mischte sich da Gemma ein. Sie löste sich aus Phins Umarmung und schüttelte den Kopf. »Das ist alles: Wir sind stolz auf dich. Es gibt ganze Familien, die nicht wären, wo sie jetzt sind, hättest du ihnen nicht geholfen. Du hast ihnen allen Hoffnung gegeben, ein neues Zuhause für sie gesucht, wo alle anderen überzeugt waren, es gäbe da draußen keine Zukunft für sie.«

»Es sind fleißige Leute«, erwiderte Phin schlicht. »Die Verfolgten, denen wir geholfen haben, sind alle willens, hart für ihre neue Zukunft zu arbeiten. Sie werden sich eine neue Heimat schaffen, ganz sicher.«

»Genau«, bekräftigte Gemma ernst. »Ich weiß es: Es geht ihnen da draußen gut, und sie sind glücklich.«

Lillian, die Kiefermuskeln angespannt, sagte nichts dazu.

Phin durchquerte den Raum. Er ignorierte ihre perfekt durchgestylte Aufmachung, nahm sie einfach in den Arm und drückte sie an sich. »Ich hab dich auch lieb.«

»Oh, Phin!« Lillian erwiderte die Umarmung, streichelte ihm den Rücken. »Sei bitte vorsichtig«, meinte sie an seiner Brust. »Gemma ist nicht die Einzige, die sich Sorgen um dich macht.«

Gemma kam dazu, legte ihre Arme um beide, und Phin löste einen Arm von Lillians Schulter, um seine andere Mutter in die Umarmung miteinzubeziehen. So hielt er sie fest, die beiden für ihn wichtigsten Frauen auf der ganzen Welt, sog das Aroma in sich auf, das sich aus den beiden Düften mischte, den jede für sich verströmte. Er fühlte sich darin und in die Wärme, die Gemmas und Lillians Liebe für ihn bedeutete, eingehüllt wie in einen schützenden Mantel. Er wünschte sich nichts sehnlicher, als der Einzige zu sein, der sich die Nächte um die Ohren schlug.

Darauf, sich Sorgen zu machen, nämlich verstand sich diese Familie bestens.

Phin drückte jeder Mutter einen zärtlichen Kuss auf die Wange und versprach: »Ich bin vorsichtig, Ehrenwort. Ich werde die Augen offen halten, okay?« Er blickte hinunter in die Gesichter seiner beiden Mütter, in grüne und schokoladenbraune Augen. »Versprecht mir bitte, dass ihr auch nichts Unüberlegtes tut.«

»Na, das ist leicht«, meinte Lillian, und Erheiterung blitzte wie Goldfunken in ihren Augen. In ihren Augenwinkeln standen Lachfältchen. »Habe ich je etwas Unüberlegtes getan?«

»Nein, nie.« Phin drückte beide noch einmal an sich, ehe er sich aus der Umarmung löste und erste Schritte in Richtung Tür tat. »Ich gehe zurück an die Arbeit und mache die nächste Schleusergeschichte klar. Wenn ich gebraucht werde: Ich bin über Com erreichbar.«

Gemma lächelte schuldbewusst. »Das bist du immer. Aber bitte behalte Naomi im Auge, ja?«

Lillians Lächeln bröckelte. »Um unserer Sicherheit willen oder nur in seinem Interesse?«

»Mutter!«, stöhnte Phin und hob ergeben die Hände. »Bitte, gern, ich sehe zu, dass ich in ihrer Nähe bleibe.«

»Hört, hört: als brächte ihn das gleich um!« Phin hörte Gemma kichern, als er ihr auf dem Weg zur Tür den Rücken zuwandte.

Leicht angesäuert verließ Phin das Büro. Aber schon gleich darauf war der Ärger über seine Mütter vergessen, den sowieso Liebe und Verständnis füreinander auf Sparflamme hielten. Phins Gedanken drehten sich bereits um die logistischen Probleme, die gerade überhandnahmen. Vor allem beschlich ihn gerade das ungute Gefühl, ihm liefe die Zeit davon. Phin hatte eine Fracht Flüchtlinge mit viel zu geringem Abstand zur letzten Fuhre aus der Stadt herauszuschleusen. Das durfte an höherer Stelle auf keinen Fall zu hochgezogenen Augenbrauen führen.

Die beiden Frauen blieben zurück in Lillians Büro. Sie starrten die Tür an, die hinter Phin ins Schloss gefallen war. Eine Weile herrschte nachdenkliches Schweigen.

Dann suchte Gemma wieder Lillians Umarmung. »Niemals etwas Unüberlegtes getan ... «, sagte sie und legte ihre Hände auf die Hüften ihrer Frau. »Abgesehen davon, dass du deiner Schickeria-Familie die Stirn geboten hast und durchgebrannt bist mit einem Mittelebenen-Flitt ....«

Lillian legte Gemma den Finger auf den Mund und bedachte sie mit einem strengen Blick, kalt wie Stahl. »Sprich es nicht aus, wag' es ja nicht, Gemma Clarke!«, warnte sie grimmig. »So haben die dich genannt, doch ich nicht. Niemals, und du solltest es auch nicht tun, nie!«

Um Gemmas Mund zuckte es. Ein Lächeln stahl sich auf ihre Lippen, und sie hauchte einen Kuss auf Lillians Fingerspitzen. »Ich liebe dich«, flüsterte sie, »und würde das für nichts auf der Welt eintauschen.«

»Ich auch nicht, Gem.« Lillian erlaubte sich, in Gemmas Umarmung Trost und Halt zu suchen. Sie schmiegte sich an den weiblich-weichen Körper, den sie das Glück hatte, jede Nacht in den Armen zu halten. Jeden Morgen bewundern zu dürfen. »Zwei Frauen, die langsam alt werden. Was hat das Schicksal wohl noch mit uns vor?«

»Das Schicksal? Pah, was soll's!«, meinte Gemma forsch, und Lillian lachte. »Alles wird gut, Liebste.« Sie streichelte Lillian mit einer Hand zärtlich den schmalen, schlanken Rücken und drückte sie an sich. »Wir sind hier sicher. Phin besitzt genug Kraft und innere Stärke, er bekommt alles auf die Reihe …«

»Er schlägt ja auch ganz nach seiner Mutter.«

»Nach beiden Müttern!« Gemma fasste Lillian unter das Kinn und hob ihr Gesicht zu ihrem empor. Dann lächelte sie, und in diesem Lächeln lag alles, was für Gemma so typisch war: Bewunderung, Wärme, Liebe.

Sonnenschein pur.

»Das *Zeitlos* wird es noch lange nach uns geben, Lily.« Gemma drückte ihrer Frau einen Kuss auf die Lippen, der so süß und sanft war wie Sonnenlicht im Sommer. Lillian war, als würde ihr diese Sonne die Haut wärmen, und ihr ging das Herz auf.

Fast hätte Gemmas strahlendes Lächeln all die Sorgen vertrieben, die ihr auf der Seele lagen. Fast.

»Und welche Bedeutung wird das *Zeitlos* dann haben?« Lillian hob die Hand, griff nach Gemmas, verschränkte die Finger mit denen ihrer Frau. »Wenn du nicht mehr bist, wird das *Zeitlos* dann noch von Bedeutung sein?«

»Ich weiß es nicht.« Gemma drückte fester zu, und ihr Lächeln wurde breiter. »Aber das herauszufinden habe ich so schnell nicht vor.«

»Gott sei Dank! Ich wüsste auch nicht, was wir ohne dich tun sollten.«

KAPITEL 8

Bzzzzt!

Blut verwandelte sich in milchiges Mondlicht, Traumwelt bei weit aufgerissenen Augen in waches Bewusstsein, als das Com-Gerät in Naomis schlaffer Hand eine Warnung summte. Sie stützte sich hoch auf einen Ellenbogen und war schon dabei, den Ohrstecker an seinen Platz zu fummeln, ehe ihr Verstand voll wieder da war.

»Was?«, knurrte sie, ihre Stimme belegt und verschlafen. »Zum Teufel, wie spät ist es?«

In der Leitung herrschte Schweigen. Dann ein leises Hüsteln. »Erst zehn.«

»Scheiße.« Naomi ließ sich Gesicht voran ins Kissen fallen. Sie inhalierte Lavendel- und Waschmittelduft. Gleich darauf rollte sie sich von der Matratze. Zwar landete sie auf ihren Füßen, musste sich aber am Nachttisch abstützen. Das Tischchen wackelte bedenklich, besonders die einsame Lampe darauf. »Scheiße, was ist los? Worum geht's, verdammt?«

»Ah, mies drauf?«

»Jonas«, fauchte Naomi und griff mit der freien Hand nach der teuer aussehenden Lampe. »Ich reiß dir den Kopf ab! Hast du mich gehört?! Ich brech dir deinen dürren Hals wie ein Streich …« Naomi runzelte die Stirn. »Wo ist Eckhart?«

»Geht ein paar Hinweisen nach.«

»Hinweisen, die meinen Auftrag betreffen?«

»Nee, hat nichts mit deinem Ding zu tun. Ganz anderer Fall. Oder er hat gelogen und ist bei einem Mädel«, legte Jonas nach; kurz wurde seine Erheiterung spürbar. Bei Jonas Stone waren selbst über Com sämtliche Zwischentöne hörbar. Nur Jonas hatte eine derart klare Tenorstimme.

Niemand außer Jonas konnte bei der routinemäßigen Kontaktaufnahme so unbeschwert klingen.

Naomi rieb sich den letzten Rest Schlaf aus den Augen. Die rauen Körnchen Schlafsand wegzureiben half kein bisschen, die Albträume aus ihrem Bewusstsein zu löschen. »Na, großartig«, murmelte sie und wusste, dass sie sich zickig anhörte und war dabei voll in ihrem Element. »Warum rufst du mich an?«

»Warum schläfst du schon?«

Weil sie ein gottverfluchter Feigling war, deshalb. Naomi schürzte die Lippen. »Weil ich den ganzen gottverdammten Tag damit verbracht habe, *hübsch* zu sein!«

»Ähm, tja.« In der Leitung summte es, ansonsten herrschte Schweigen. Dann ein: »Das heißt?«

»Vergiss es.« Naomi drehte sich um und musterte das in gedämpftem Licht liegende Schlafzimmer mit zusammengekniffenen brennenden Augen. »Ich bin hoch aufs Zimmer, um mich umzuziehen. Es hat mich wohl einfach umgehauen. Ich war ziemlich geschafft.«

»Du?« Es war eine sehr vorsichtig gestellte Frage. Sehr einfühlsam und sanft. »Geht's dir denn gut?«

Verdammter Scheiß!

Von allen in der Mission, unter all den Missionaren, die eher gingen als kamen, war Jonas Stone derjenige, der mehr sah als nötig. Der mehr wusste, als er sollte.

Es kotzte sie dermaßen an. Bei Jonas hatte sie irgendwie immer das Gefühl, als habe er sie … im Griff. Der Kerl ging auf Krücken und hatte trotzdem Naomi West im Griff!

»Mir geht's gut«, versicherte sie kurz angebunden. »Ich war nur müde. Aber jetzt, wo du mich eh geweckt hast, kann ich auch wieder an die Arbeit gehen.«

»Wie wär's dann, wenn du mit dem Bericht rüberkämst?«

Naomi bekämpfte den Drang, sich wieder in das nächstbeste Kissen zu werfen und sich nicht mehr zu rühren. Eine Woche so liegen bleiben – das wäre was. »Fantastisch«, murmelte sie und berichtete Jonas dann von Alexandra Applegate.

Jonas' Finger, die eben noch, am Klackern leicht zu identifizieren, über die Tastatur geflogen waren, hielten mitten in der Bewegung inne. Er stieß einen überraschten Pfiff aus. »Na, das habe ich nicht erwartet!«

»Magst du mir vielleicht erklären, warum mir niemand gesagt hat, was des Ordensmeisters Großmütterchen hier macht?«, grollte Naomi. »Wäre eine verschissen sachdienliche Info gewesen, oder nicht?«

Während Naomi sprach, reckte sie sich und ging zum Fenster hinüber. Aus alter Gewohnheit näherte sie sich ihm lautlos und vorsichtig, obwohl sie genau wusste, dass sie ein paar hundert Meter über allem war, das durch das reflektierende Glas der Fensterscheiben hindurchsehen könnte.

»'tschuldigung, mein Fehler.« Dass seine Stimme so reuevoll klang, nahm ihr den Wind aus den Segeln. Sie verzog das Gesicht. »Aber ich schwöre zu Gott, Nai, ich habe nicht gewusst, dass sie im *Zeitlos* abgestiegen ist. Ich komm nicht an die Gästedaten ran.«

»Warum nicht?«

Jonas seufzte. »Der ganze Block sitzt auf einer eigenen geschlossenen Datenschleife. Nichts geht rein, nichts geht raus. Das *Zeitlos* greift auch nicht auf das Netz städtischer Datenautobahnen zu.«

»Scheiße, echt?« Naomi presste den Daumen aufs linke Auge, bis der Schmerz in ihrem Kopf nachließ und nur noch ein dumpfes Pochen blieb. »Diese Operation ist die verschissenste ...« Sie unterbrach sich. Aus dem Augenwinkel hatte sie ein kurzes Flackern wahrgenommen. »Warte mal!«

»Was ist denn los?«

»Klappe!« Sie zog sich ein Stück vom Fenster zurück, langsam und vorsichtig, um dann, die Wand im Rücken, aus dem Fenster siebzehn Stockwerke in die Tiefe zu spähen.

Sie kniff die Augen zusammen, um besser zu sehen. »Da tut sich was am Aufzug.«

Am verräterischen Klackern erkannte Naomi, dass Jonas' Finger wieder eilig über die Tastatur flogen. »Welcher von den Aufzügen?«

»Der zentrale Zugangsaufzug. Das protzige Ding, mit dem man von hier aus zum Straßenniveau kommt.« Naomi rückte näher an die Scheibe heran und stieß mit der Atemluft einen lästerlichen Fluch aus.

»Was ist?«

»Von hier oben seh ich Null. Jonas, verflucht, sag mir, die haben mir ein Fernglas unter den unnützen Schickimicki-Kram gepackt!«

»Ich kann dir sogar was Besseres bieten.« Stolz prickelte durch die Leitung wie Sektperlen. »Schau in der Patchwork-Tasche nach.«

»Wo?«

»Deine Tasche, Nai! Such die mehrfarbige Tasche heraus, die sich bei deinem Gepäck befindet, mach schon!«

»Die in allen Regenbogenfarben, was?«, grummelte sie und schnitt eine Fratze, als Jonas eine Bestätigung brummte.

Rasch und unauffällig zog sich Naomi vom Fenster zurück, stolperte über Kleidungsstücke und Schuhe, die beim Umziehen achtlos auf dem Boden gelandet waren. Naomi hatte bisher einfach keine Zeit gefunden, anständig auszupacken und aufzuräumen. Auch niemand anderes hatte ihr diese Aufgabe abgenommen. Abgesehen von einem übereifrigen Hexer, respektierten im *Zeitlos* alle penibel die Privatsphäre der Gäste.

Auf irgendeinem Teil aus schlüpfriger Seide rutschte Naomi aus und fing den Sturz gerade eben noch mit einer Hand und beiden Knien ab, statt auf der Nase zu landen. Der Kehle der Hexenjägerin entschlüpfte ein unwilliges Grunzen.

»Was ist jetzt wieder los?«

»Nichts!« Sie durchwühlte den Stapel von nutzlosem Zeug, der ihr Gepäck war, nach der relativ großen, klobigen Tasche, die sie geschworen hatte, niemals mit sich herumzutragen. Das Ding funkelte praktisch wie ein Weihnachtsbaum, denn es bestand aus mehrfarbigen metallisch glänzenden Stoffflicken. Leicht im Dunkeln zu finden. Naomi zog die Tasche aus dem gedankenlos im Zimmer aufgetürmten Stapel Gepäck, öffnete sie und durchsuchte ihr Innenleben.

Eine Brieftasche oder etwas in der Art, ein Seidenschal, Sonnenbrillen – Herrgott noch mal, wie viele Sonnenbrillen brauchte ein einziges weibliches Wesen? Unter all dem Zeugs, endlich ein kleines, stabiles Etui. »Was denn? Meinst du das?«

Der Tonfall von Jonas' Antwort sprach dafür, dass er die Frage lustig fand. »Auch wenn mir nicht gegeben ist, jetzt bei dir in deiner Suite zu weilen, Nai, wage ich dennoch zu behaupten, dass du weißt, was ein Fernglas ist.«

Naomi öffnete das Etui und runzelte die Stirn. »Das Ding ist ja winzig.«

»Man kann es auf Tag- oder Nachtsicht einstellen«, gab Jonas zurück, »und es passt trotzdem noch in jede Clutch.«

»Klatsch? Was soll das denn wieder sein?«

»Herrgott, Nai, probier's einfach aus!«

Naomi hastete zum Fenster zurück und betete darum, nicht schon zu spät zu sein. Als sie das kleine Fernglas vor die Augen hob, veränderte sich die Welt schlagartig: Alles war glasklar und messerscharf zu sehen. »Meine Fresse!«

»Großartig, nicht wahr?«

Naomi konnte es nicht verhindern: Sie grinste über das ganze Gesicht, als sie jedes noch so ferne Detail tief unter sich auszumachen vermochte. Eine Überfülle an optischen Signalen, die aufflammten; scharf umrissene Konturen in Grün, die jedes identifizierbare Objekt umgaben, während Naomi von einem zum anderen Zielobjekt wechselte und in Augenschein nahm. Am unteren Rand des Sichtfelds lief ein Textband entlang. Jedes anvisierte Ziel wurde von der Elektronik des Fernglases fein säuberlich katalogisiert.

»Die Signalverarbeitung ist natürlich sehr eingeschränkt, aber der eingebaute Chip wird die meisten erfassten Objekte identifizieren können«, erklärte Jonas selbstgefällig. »Na, Zuckerschnute, wer hat dich zum Knuddeln gern?«

»Jeder.«

Jonas schnaubte, dass es in Naomis Ohrstecker überlaut widerhallte. Währenddessen peilte sie mit dem praktischen kleinen Ding von Fernglas das Eingangsniveau unter sich an. Die Aufzugtüren öffneten sich, gaben die gesamte Eingangsbreite der Kabine frei, als sie zurückglitten.

»Was siehst du?«

Naomis breites Grinsen verschwand augenblicklich. Eine schlanke Gestalt trat aus dem Aufzug, über jeder Schulter eine schwere, große Tasche.

»Naomi?«

»Den Liftboy«, sagte sie gedehnt. »Netter Junge. Er hat Gepäck dabei.«

Jonas schnalzte mit der Zunge. »Klingt nach einem spät anreisenden Gast.«

»Sieht ganz danach aus, ja.« Naomi beobachtete weiter, hielt das Fernglas mit einer Hand, mit dem Zeigefinger der anderen korrigierte sie, wie der Ohrstecker saß. »Hör zu, diese ganze Scheißoperation ist viel vertrackter, als wir dachten.«

»Wirklich? Warum? Was ist passiert?«

Wut prickelte über ihre Haut, und alle feinen Härchen an den Armen stellten sich auf, als Naomi leise sagte: »Magiebesessene, das ist passiert.«

Unten auf Eingangsniveau verließ eine weitere Gestalt den Aufzug. Eine Frau, wie Naomi dank des Fernglases feststellen konnte. Der Neuankömmling hatte ein Tuch um den Kopf geschlungen und trug trotz der späten Abendstunde eine Sonnenbrille auf der Nase, so groß, dass sie vom Gesicht verdeckte, was irgend möglich war. Die Frau rauschte den Gehweg entlang, und Naomi verzog das Gesicht, als sie die Sorte selbstverliebten, betont weiblich zierlichen Gang wiedererkannte, den sie schon mehr als einmal aus unmittelbarer Nähe hatte bewundern dürfen.

Also ein Gast, okay. Eine der Super-Wichtigen aus der Crème de la Crème der Gesellschaft.

»Moment mal«, hörte sie Jonas durch den Ohrstecker sagen, »Magiebesessene? Ist das dein Ernst?«

»Ja.« Kaum mehr als ein angewidertes Grunzen. »Man hat mich bereits erwartet, kaum dass ich eingecheckt hatte. Ein Hexer hat sich an mich rangeschlichen und mich mit seiner Magie belegt, da war ich noch gar nicht richtig hier oben angekommen.«

»Carson?«

»Nein. Jemand anderes.« Naomi hob wieder das Fernglas an die Augen. »Hätte er mich doch gleich kalt gemacht.«

»Mensch, sag' so was nicht!«

»Mhhm.« Naomi kniff die Augen zusammen und folgte mit dem Blick der Frau und ihrer Begleitung. Vier weitere Männer kamen aus dem Aufzug, drei von ihnen mühten sich mit noch mehr Koffern und Taschen ab. Himmel, und die lieben Kollegen hatten geglaubt, sie hätten Naomi mit Gepäck satt ausstaffiert.

»Du hast den Kerl erwischt, oder?«, bohrte Jonas nach.

»Nein«, antwortete Naomi. »Ich hatte ihn schon festgenagelt, tja, aber er hat echt alles gegeben. Und während ich mich wieder vom Boden aufgerappelt habe, hat er einen sauberen Abgang hingelegt.«

Jonas sog hörbar die Luft ein.

Naomi ließ ein Lächeln aufblitzen, richtete das Fernglas auf den gepflasterten Weg. Der Weg endete vor den einladend breiten Türflügeln der Lobby. Sie öffneten sich, und das Licht aus dem hell erleuchteten Gebäude drang als breiter Kranz vom Eingang aus in die Dunkelheit. Dennoch erkannte Naomi auf der Schwelle eine wartende Gestalt. Vielleicht war es der Empfangschef. Halt, Empfangsdame, der Silhouette nach.

»Wie geht denn das Zoomen bei dem Ding?«, fragte sie. Geflissentlich hatte sie die unterdrückte Ungeduld in Jonas' Tonfall überhört. »Ich muss sehen, wer da vor der Lobby steht.«

»Heiliger Strohsack, Naomi!«, entfuhr es Jonas, die Anspannung in seiner Stimme war überdeutlich. »Da greift dich in dem Nobelschuppen ein Hexer an, und du lässt ihn auch noch entwischen?«

Naomi zögerte einen Herzschlag lang, ehe sie einräumte: »Na ja, zumindest vorerst. Er hat mich kalt erwischt und die Chance genutzt. Aber sehr viel länger kann er das Versteckspiel nicht mehr treiben. Was ist nun mit dem Zoom?«

»Da ist eine Schiebetaste oben auf dem Glas. Aber jetzt mal ernsthaft«, bedrängte Jonas sie, »und verarsch mich ja nicht: Bist du okay?«

»Ja.« Der Zeigefinger, mit dem sie das Glas absuchte, fand sein Ziel: Naomi bewegte den Metallschieber. Das Gerät surrte beinahe lautlos, und keinen Lidschlag später füllte das Gesicht des Empfangskomitees die Linsen. Naomi speicherte die Frau in ihrem Gedächtnis ab. Blondes Haar, groß, elegant gekleidet und mit einem Lächeln auf den Lippen.

Naomi ließ ihre Schultern kreisen, aber die Verspannung in ihrem Nacken blieb. »Der Andreas-Schild hat gut funktioniert. Trotzdem ist der Hexer nah genug an mich rangekommen, um mich fast außer Gefecht zu setzen. Hab nur 'ne Beule am Hinterkopf. Verdammt schlampige Arbeit. Also: Hat Eckhart dir gesagt, was nun mit meiner Waffe ist?«

Am anderen Ende klackte Jonas hörbar die Zähne aufeinander. Es war ein vertrauter Laut. »Naomi …«

Ihr Blick zuckte zu dem Com hinüber, das sie auf dem Bett hatte liegen lassen. »Ich bin immer noch Missionarin, Stone«, sagte sie kurz angebunden.

In ihrem Ohrstecker hörte sie Jonas tief Luft holen. Dann, mit einem Seufzer, gab er nach. »Ja, Eckhart hat mir gesagt, dass das mit der Waffe in Ordnung geht. Ich werde sehen, was sich machen lässt. Wir können nicht zu dir rein, also musst du zu uns raus, um sie in Empfang zu nehmen.«

»Wär aber kein Problem, einen von euch hier reinzukriegen.«

»Geht nicht. Wir haben unsere Befehle.«

»Verfluchte Affenscheiße,« grummelte Naomi. Politik! »Okay, ich lass mir was einfallen.« Unten trat die Frau in den Lichtkranz, der sich von der erleuchteten Lobby in die Dunkelheit hineinfraß. Naomi beobachtete, wie die Empfangsdame den ankommenden Gast willkommen hieß. Sie nahm die Frau mit der lächerlichen Sonnenbrille bei beiden Händen und hauchte rechts und links neben ihren Wangen Küsse in die Luft.

Wie Naomi dieses affektierte Getue hasste! Das war die erste Lektion, die sie von ihrer Mutter gelernt hatte: Ihre Mutter fürchtete kaum etwas mehr, als dass ihr schmutziges Kind ihr das Make-up verschmieren könnte.

»Na, damenhaft wie immer«, meinte Jonas gedehnt. »Hast du in dem Schuppen sonst noch was mitbekommen?«

»Nein.« Naomi hatte nicht vor, sich über den Geist in der Umkleide zu unterhalten. Keine Details, ehe sie nicht echte Details zu bieten hatte. Abgelenkt betrachtete sie die neongrüne Lichtspur um jede der Gestalten, die unten vor der Lobby stand: Concierge, Gast, Kofferträger. Wie bei einem sich ständig ändernden Computerdisplay verschmolzen die neogrünen Identifizierungsränder ineinander und nahmen ihr die Sicht. Als Naomi das Glas senkte, schaltete es sich automatisch ab.

Gleich darauf aber hob sie es wieder an die Augen. In ihrem Sichtfeld hatte der Prozessor etwas identifiziert. »Was Besseres als ›Lebensform‹ ist nicht drin?«

»Wieso? Das ist korrekt.«

»Herr im Himmel, was bist du nur für ein Nerd, Jonas! Warum zum Teufel bin ich .... *Scheiße!*« Gerade eben war sie noch belustigt gewesen. Aber jetzt schoss eine Faust aus reinem Adrenalin vor und traf Naomi mitten in die Brust. »Wo zum Henker ist er hin?«

»Wer?«

»Drei Kofferträger.« Naomi streckte den Rücken durch, als sie, das Glas nur in einer Hand, mit den Okularen den Gehweg absuchte. »Drei, zum Teufel! Aber wo ist der vierte?«

»Naomi? Was ist los? Wovon redest du?«

In der Nordost-Ecke der schwer einsehbaren künstlichen Landschaft des Atrium-Parks bewegte sich etwas. Naomi fluchte. Eine Tür, die Naomi nie zuvor bemerkt hatte, schloss sich sacht und schnitt dabei den Streifen Licht ab, der die Tür gerade eben noch verraten hatte. »Dieser Wellness-Tempel, dieser ganze Schickimicki-Klotz«, stieß sie zwischen zusammengebissenen Zähnen mühsam hervor. »Ich hasse dieses Ding, verflucht! Hier gibt es Geheimtüren in den Scheißwänden.«

»Hat ein Gast gerade eine benutzt?«

»Nein.« Sie schwenkte das Fernglas zurück auf die Frau und den Hofstaat aus *Zeitlos*-Personal, der sie begleitete. »Wahrscheinlich hat der neue Gast noch nicht einmal was davon mitbekommen, dass eines der zahlreichen Helferlein die Fliege gemacht hat. Ich zieh dann mal los und versuche, den schlüpfrigen kleinen Kerl aufzustöbern. Mal sehen, was der so alles zu berichten weiß.«

»Klar, mach das«, bestätigte Jonas. »Aber sei vorsichtig.«

Siebzehn Stockwerke unterhalb von Naomis Suite nahm der neue Gast die Sonnenbrille ab und ließ diese in ihrer Handtasche verschwinden. Dann wandte die Frau sich mit einem Megawatt-Lächeln an die Empfangsdame.

»Besorg mir bloß diese Baupläne, bevor … o mein Gott!« Naomi versagte die Stimme.

Das Licht aus der Lobby fing sich in dem weißen Schal der Frau, wurde von ihm reflektiert und gab dem Gesicht des späten Gastes liebevoll Kontur. Naomi verriss das Fernglas. Nur weg damit von diesem Gesicht!

»Naomi?« Jonas' Stimme in ihrem Ohr, der Tonfall war angespannt. »Naomi, was ist los? Was geht da vor?«

»Ich …« Die Lungen wollten ihr den Dienst versagen. Als presse ein Schraubstock ihren Brustkorb zusammen.

»Naomi!«

Scheiße! Verfluchte Scheiße, sie bekam keine Luft! »Ich melde mich wegen der Waffe«, presste sie hervor. Sie legte auf, schnitt Jonas mitten in der Frage das Wort ab. Gleichzeitig versuchte sie verzweifelt, Luft in ihre Lungen zu pumpen. Zitternd hob sie die Hand mit dem Fernglas.

Das warme Licht aus der Lobby, pures Gold, schrumpfte zu einem schmalen Lichtstreifen, als sich die Flügeltüren hinter dem letzten Mann aus Abigail Ishikawas Gefolge schlossen.

Auf der Matratze hinter Naomi vibrierte das Com-Gerät, als wolle es vom Bett springen. Sie ignorierte Jonas' Versuch, sie zu erreichen. Sie riss sich den Ohrstecker aus dem Ohr und schleuderte ihn auf die Tagesdecke, die zerwühlt am Fußende des Bettes lag. Zitternd, jeden Muskel bis zum Zerreißen gespannt, rutschte Naomi an der Wand unterhalb des Schlafzimmerfensters zu Boden und rang nach Luft. Da hockte sie, zusammengesunken, und zog die Knie an die Brust.

Sie war hier. Abigail Ishikawa, leibhaftig, in Fleisch und Blut. Vierundzwanzig Jahre nichts anderes als eine fest unter Verschluss gehaltene Erinnerung, und jetzt war Naomis Mutter ins *Zeitlos* gekommen. Wo sie, Naomi, war.

Aber diese Mutter kam nicht zu ihr, ihrer Tochter.

Sie war nie zu ihr gekommen. Niemals.

Gott allein wusste, welchen Namen diese Frau momentan benutzte.

Die Lichter der nächtlichen Stadt sickerten durch die Scheiben des Schlafzimmerfensters – Lichtfinger, die nach den unordentlichen Falten der Tagesdecke griffen, nach der Unordnung aus Kleidungsstücken und modischem Schnickschnack auf dem Boden.

Naomi war blind für all das. Für all das hier, jetzt, wo ihre Augen brannten vor blindem Zorn, vor Erinnerungen, die sie nie hatte behalten wollen.

Ein Feuer, das lustig in einem mit blank poliertem Mahagoni eingefassten Kamin prasselte. Ein Sims, den nicht ein einziges Foto zierte. Daran erinnerte sich Naomi genau. Es gab keine Fotos einer glücklichen Kindheit. Keine Beweise dafür, dass die Familie, in die sie geboren worden war, je existiert hatte.

Der rote Feuerschein erhellte jede Handbreit des gemütlichen, von Bücherwänden gesäumten Arbeitszimmers. Katsu Ishikawa war kein belesener Mann, aber die Bücher umgaben ihn mit der Aura von Kultiviertheit. Es machte ihm Freude, das Alter der Worte zu spüren, die in diesen Büchern standen. Er wusste, dass diese Bücher die Kunde von Zivilisationen bewahrten, die längst untergegangen waren.

In den Augen einer Fünfjährigen war Katsu Ishikawa der klügste Mensch auf der ganzen Welt. Der einzige Mensch, der sie wahrhaftig liebte. Der sie verstand.

Der einzige von zwei Elternteilen, der sie gewollt hatte.

Und die Frau, die Naomi Ishikawa nicht gewollt hatte, hatte gerade die Lobby von New Seattles nobelstem Spa und Schönheitstempel betreten, dem führenden Haus am Platz.

Naomi presste die Faust gegen den Mund, um die aufsteigende Welle aus schierer Panik niederzukämpfen. Mühsam sog sie Luft durch die Nase, starrte in die Dunkelheit des Schlafzimmers, das so gar nicht mit dem Penthouse von ehedem vergleichbar war.

Es spielte keinerlei Rolle.

Naomi atmete aus; ganz langsam ließ sie die Luft aus ihren Lungen entweichen. Dann atmete sie ein. Tief. Tiefer. Dann atmete sie aus.

Es spielte keinerlei Rolle. Ein. Aus.

Ihre Haut prickelte, als stächen Myriaden von Nadeln auf sie ein. Das Prickeln tanzte über Naomis Gesicht, ihre Hände. Sie atmete ein und aus, bemühte sich, Luft zu bekommen, kämpfte darum.

Naomi ließ den Kopf rücklings gegen die Wand knallen. Die Wand erbebte, die Fensterscheibe zitterte. »Nein!«, stieß sie hervor und knirschte mit den Zähnen. Schmerz strahlte von Prellung und Hämatom am Hinterkopf in alle Richtungen aus, überschwemmte alle Synapsen, die Naomis Verstand in Hysterie verwandeln wollten. Sie biss fest die Zähne zusammen und ballte die Fäuste.

Dann stemmte sie sich hoch auf die Füße. Keine Zeit für einen Zusammenbruch. Das Zimmer um sie herum, alles drehte sich. Die Wände kamen auf sie zu und engten sie ein, nahmen ihr die Luft, während Naomi mit aller Kraft versuchte, ihr seelisches Gleichgewicht wiederzugewinnen. Ihre Fingerspitzen kribbelten, und immer noch fühlte sich die Haut auf ihrem Gesicht an, als liefen Ameisen darüber. Naomi legte den Arm wie zum Schutz über die Augen und ging mit steifen, unsicheren Schritten hinüber zum Aufzug.

Konzentrier' dich, verdammt!

Der Mann, der durch die Geheimtür verschwunden war, war etwa ein Meter siebzig groß. Wiegen dürfte er – Naomi zwang ihr Gehirn zu arbeiten – wohl um die fünfundsiebzig Kilo. Ihre Fingernägel bohrten sich in die Handflächen, während sie die neutral gehaltene Verkleidung der Aufzugtüren anstarrte. Vielleicht auch nur knapp siebzig Kilo.

Schmerz wütete in ihrer Brust. Naomi achtete nicht darauf.

Der Kerl, der sich eben davongemacht hatte, war ein Gepäckboy gewesen. Oder zumindest jemand, der vertraut genug wirkte, um sich unbemerkt unters Personal zu mischen. Carson? Nein, der war größer.

Der Hexer? Immerhin stimmten Größe und Gewicht in etwa. Hatte er überall im Haus Zugang?

Konnte es sein, dass alle in diesem scheißnoblen Goldkäfig mit drinsteckten?

Steckten sie mit Carson unter einer Decke oder mit den Magiebesessenen?

Handelte es sich vielleicht um dieselbe Decke, war es vielleicht ein und dasselbe Ding, das hier gedreht wurde? War Naomi gerade über ein ganzes Nest von im Untergrund lebenden Hexen und Hexern gestolpert? Über einen neuen Zirkel vielleicht?

Scheiße, verflucht noch mal!

Sie schluckte den schalen Nachgeschmack von Angst hinunter, der ihr die Kehle hinaufkroch. Bis in die Halsschlagader spürte sie ihren in plötzlicher Panik schnelleren Puls, da, gleich unter der Haut, und biss die Zähne zusammen.

Eine Minute. Nur eine Minute, dann würde sie den Aufzug rufen. Das Letzte, was sie jetzt gebrauchen konnte, war ein anderer Gast, der sich einfühlsam nach ihrem Befinden erkundigte. Und Gerüchte streute.

Gerüchte, die schließlich auch Phin Clarke zugetragen würden.

Viel zu leicht projizierte ihre Erinnerung sein Gesicht vor ihrem inneren Auge, dunkle Augen wie schmelzende Schokolade, süß wie die Sünde. Allein der Gedanke an Phins Lächeln beruhigte ihre in Aufruhr geratenen Nerven wie eine körperliche Liebkosung. Naomi presste die zu Fäusten geballten Hände in die Augenhöhlen, bis ihre Augen schmerzten.

Es war dumm gewesen, Phin so zu reizen. Ihn herauszufordern. Ihn an sich heranzulassen. Zu erlauben, dass seine glatte Ausstrahlung ihre Selbstkontrolle einriss, bis sie nur noch in reiner Wonne schwelgte.

Das war dumm gewesen, ja. Aber geirrt hatte sie sich gewiss nicht. Die Familie Clarke würde ums Verrecken nicht ihr florierendes Unternehmen riskieren, um Magiebesessenen Unterschlupf zu gewähren. Oder Alexandra Applegate unter ihrem Dach zu ermorden. Phin Clarke war dafür verdammt zu verliebt in seine Designer-Anzüge.

Gerade glitt die schlichte Edelstahltür mit dem typischen Zischen auf. Immer noch benommen fischte Naomi, ganz auf Automatik, nach der Schlüsselkarte für Gäste, die im Bund ihrer zerknautschten Hose steckte.

Erst da ging ihr auf, dass sie den Aufzug gar nicht gerufen hatte.

Fast gleichzeitig brannte sich ein Feuerkreis aus gleißend blauem Licht in die Haut auf Naomis Unterleib.

»Himmel ….!« Instinktiv warf sie sich zur Seite, brachte geschmeidig und flink Distanz zwischen sich und den stämmigen Kerl, der sich aus der Aufzugkabine heraus ihr entgegenwarf. Seine Fingernägel kratzten über ihre Haut, als sie ihm gerade noch entwischte.

Aber er brauchte nicht zuzupacken, um ihr Schmerzen zuzufügen.

Naomi bleckte die Zähne zu einem Raubtierlächeln. »So was aber auch, du hier!«

Der Hexer streckte die schwielige Hand nach ihr aus, und Naomi konzentrierte sich ganz auf die sich schwach abzeichnenden, braunen Linien, die in die Handfläche des Kerls tätowiert waren. Magie setzte die Luft in Brand. Unsichtbar sprang der Feuerfunken auf Naomi über und raste wie mit tausend Stacheln über ihre Haut. Unmittelbar darauf flammte der Andreas-Schild in Reaktion auf den Angriff auf und schlug ihn zurück. Gleißend blau sickerte Licht aus dem Netzstoff von Naomis Hose.

Das Tattoo brannte wie die Hölle, als es die Hexerei abwehrte. Die Schmerzen waren unerträglich.

Mit gefletschten Zähnen pirschte sich der Hexer an. Das zwang

Naomi, rücklings ins Schlafzimmer zurück zu stolpern. Dort war weniger Platz. Naomi wollte den Kerl in einer Ecke festgenagelt wissen. »Wer zum Teufel bist du?«, fragte sie grimmig.

Der Hexer ließ ihr keine Zeit, ihm auszuweichen. Er drang weiter auf sie ein, kam näher. Der Abstand schrumpfte Meter um Meter. Viel zu schnell musste Naomi zurückweichen, viel zu schnell, um das Gleichgewicht zu halten. Sie versuchte, einen seitlichen Ausfall, versuchte trotz der Scheißmagie, die das verfluchte braune Tattoo in der Handfläche des Hexers wob, einen klaren Gedanken zu fassen.

Der Hexer stürzte sich auf sie; sie wich nach hinten aus. Zu langsam. Er rammte ihr eine flache Hand in den Leib, und Naomi krümmte sich zusammen. Schmerz, überall Schmerz.

Ihr Kopf. Der Andreas-Schild. Ihr Rücken, als sie gegen die scharfe Kante der schweren Schiebetür zwischen Wohn- und Schlafzimmer prallte. Sie sah nur noch Sterne, als der Schmerz in ihrem Schädel explodierte wie eine Supernova.

Als sich die große Hand vorn in ihr Sport-Top krallte, biss Naomi die Zähne zusammen. »Hexenjägerin«, knurrte der Hexer und riss sie mit sich, fort von der Schiebetürkante, die sie aufrecht gehalten hatte. Seine Augen füllten Naomis ganzes Blickfeld, wütend zusammengekniffene blaue Augen. Er trieb sie vor sich her, hinein ins Schlafzimmer. »Das Einzige, was dich noch am Leben hält, ist das beschissene Tattoo, das ihr alle tragt!«

Naomi fletschte die Zähne. »Glaub' ruhig weiter dran.«

»Wird gleich keine Rolle mehr spielen.«

Sein Haken hatte die Durchschlagskraft einer verfluchten Panzerfaust.

Als die Faust auf ihr Gesicht traf, riss es Naomi von den Füßen. Ein scharfer Schmerzstoß zuckte ihr quer über die Nase, als die so gut versorgte Wunde mit der Leichtigkeit von zerkochtem Fleisch zerfaserte. Der Schwung des Faustschlags trug Naomi bis hinüber auf die Matratze. Blut spritzte über die Maulbeerseide der eleganten Tagesdecke. Die Hexenjägerin prallte auf der Matratze auf und federte zurück.

Die Magie, die auf ihr lastete wie ein Fluch, ebbte ein wenig ab, nur für den Bruchteil einer Sekunde. Naomi fiel zu Boden, rollte sich ab und sprang auf die Füße, ehe der Hexer sie erneut packen konnte. Gleißend blaues Licht flackerte durch das edle, in gedämpftes Licht getauchte Interieur der Suite. Es spiegelte sich in den tiefblauen Augen des Hexers.

»Was willst du von mir?«, fragte Naomi. Zeit schinden. Sie musste ihn unbedingt von dem Teppich herunterbekommen.

Verdammt schwierig, da Blutflecken wieder rauszubekommen.

Der Hexer streckte Naomi die erhobene Hand entgegen. Wieder füllte das zornige Summen der Magie Naomis Kopf.

»Was ich will, spielt keine Rolle«, antwortete der Hexer kurz angebunden. »Der Boss sagt, du gehörst erledigt.«

»Der Boss?«

Der Hexer spreizte die Finger. Einen Sekundenbruchteil lang glaubte Naomi zu sehen, wie die unscheinbar braunen Linien seines seltsamen Tattoos glutrot aufblitzten.

Der Druck auf ihren Kopf nahm so zu, dass Naomi die Augen zusammenkneifen musste, um trotzdem noch etwas zu sehen. »Wer hat dich geschickt?«

»Wer hat *dich* geschickt?«

Verflucht! Naomis Knöchel verfingen sich in den achtlos fallen gelassenen Kleidungsstücken. Mit einem Griff nach dem Knauf der Badezimmertür konnte sie den Sturz abfangen. Sie blinzelte den Schweiß fort, der ihr in die Augen rann. Blut lief über ihre Oberlippe; es schmeckte warm und metallisch.

»Oh-kay«, sagte sie gedehnt und verzog den Mund zu einem rasiermesserscharfen Lächeln, so dünn war es. »In Ordnung.« Sie würde dieses Spiel keine Sekunde länger spielen als unbedingt nötig.

Der Kerl war beileibe nicht der mächtigste Hexer, dem sie je gegenübergestanden hatte.

»Wenn du mich haben willst, du Arschloch, dann komm und hol mich.«

Wie ein Bulle stürzte sich der Hexer auf sie. Echte Vollidioten versuchten es immer so.

KAPITEL 9

»Entschuldigen Sie bitte, Mr. Clarke?«

Phin blickte von seinem Computer-Bildschirm auf. Langsam gewöhnten sich seine Augen um, und er sah auch in der Ferne wieder scharf. Cally Simmons hatte den Kopf durch seine offene Bürotür gesteckt. Phin wechselte den Gesichtsausdruck von nachdenklich-prüfend zu einem einladenden Lächeln. Verstohlen überprüfte er noch rasch, ob etwas von dem hastig geschlürften Tee auf seine Krawatte getropft war.

Phin war noch vor dem Küchenpersonal auf den Beinen gewesen – jedenfalls vor den meisten. Beim Frühstück musste jeder für sich selbst sorgen.

Das Lächeln auf Callys Gesicht war etwas schief, als sie seiner Einladung folgte und hereinkam. »Ist gerade kein guter Zeitpunkt, oder?«

»Doch, sicher«, erwiderte Phin. »Kommen Sie ruhig herein und setzen Sie sich. Wie geht es Ihnen? Alles in Ordnung?«

Außer, dass sie müde und erschöpft war. Das konnte er leicht erkennen: Die dunklen Ringe unter Callys satt grünen Augen verrieten es. Ob sie in der Nacht überhaupt geschlafen hatte? Wenn ja, dann offensichtlich schlecht.

»Alles bestens, danke«, antwortete sie und ließ sich in den angebotenen Sessel fallen. »Ich habe mich nur gefragt, ob ich möglicherweise mit Ihnen sprechen könnte … nur ganz kurz.«

Tonfall und Wortwahl ließen nichts Gutes ahnen. Phin streckte den Rücken durch und schenkte Cally Simmons sorgenvoller Miene seine ganze Aufmerksamkeit. »Was kann ich für Sie tun?«

»Ich will es nicht schwieriger machen, als es ist«, setzte Cally an, und Phin lächelte ihr beruhigend zu.

»Kein Wort von dem, was Sie mir zu sagen haben, verlässt dieses Büro, in Ordnung?«

Cally strich sich den Pony aus der Stirn. »Es ist nur, dass ich sehr zu schätzen weiß, was Sie für mich tun, und ich möchte wirklich nicht unnötig Probleme machen. Agatha war der Meinung, Sie sollten nicht damit behelligt werden.«

»Ach, meint Agatha das?« Phin lehnte sich in seinen Schreibtischstuhl zurück. Rasch taxierte er seine Besucherin. Sie erwiderte seinen Blick mit einer Aufrichtigkeit, die ihn beeindruckte.

Cally arbeitete hart. Sie war intelligent und außerordentlich zuverlässig; sie machte jedem die Zusammenarbeit leicht. Phin hatte sie noch nie zu Ausreden greifen hören. Er mochte Cally. Er vertraute ihr, soweit er dies bei den Zeitweiligen zulassen konnte.

Derzeit hatte er nur noch vier Zeitweilige auf der Lohnliste.

Phin rieb sich das Kinn. »Worum geht's, Cally?«

Sie zögerte, fragte dann: »Sie kennen Mark?«

»Aus dem Stegreif kenne ich sogar drei«, antwortete Phin mit einem ironischen Lächeln, das Cally beruhigen sollte. »Welcher Stock?«

»Haustechnik.«

»Mark Vaughn, ja.«

Cally verschränkte die Hände ineinander, schob sie zwischen die Knie. »Er ist nicht mehr da, Sir.«

»Was meinen Sie damit?«

»Na, er ist weg, verschwunden. Zur letzten Schicht ist er nicht aufgetaucht«, erklärte sie. »Ich weiß das nur, weil ich gerade oben in der Restaurant-Etage war, als Agatha mit ein paar anderen vom Personal darüber gesprochen hat. Ich habe sie sagen hören, dass Mark sonst nie zu spät käme.«

Phin kannte den älteren Mann nicht sonderlich gut. Aber

er wusste genug über ihn, um dieser Einschätzung von Marks Pünktlichkeit zustimmen zu können. Mark Vaughn hatte erst vor kurzem bei ihnen angefangen. Aber seitdem er vor drei Wochen seinen Dienst angetreten hatte, hatte er nicht eine Minute Arbeitszeit versäumt. Er hatte die besten Referenzen; der Hintergrundcheck war unauffällig gewesen, keine Haken, keine Ösen. Der Mann redete nicht viel. Aber er war gut darin, alles zu reparieren, was man ihm auftrug.

Agatha hatte ihn empfohlen, nachdem er den Boiler in ihrem Appartement repariert hatte. Und jetzt war er verschwunden? Phin widerstand dem Drang, sich über den Nasenrücken zu reiben.

»Mr. Clarke, ich weiß, das ist nicht normal, aber …« Weiß blitzten Callys Zähne auf, als sie sie in ihre Unterlippe versenkte. Mit einer Geste, die Phin Callys Besorgnis verriet, wischte sie sich eine Strähne roten Haars aus den Augen.

Cally war nervös.

Phin streckte die Hand aus und legte sie auf die Schreibtischplatte unmittelbar vor die junge Frau, ganz, als wolle er die Hand einem misstrauischen Streuner zum Beschnüffeln hinhalten. »Cally«, meinte er freundlich, »ist schon gut. Sie können mir alles sagen, was Sie auf dem Herzen haben.«

Über ihr Gesicht huschte ein Lächeln, das wieder ein wenig schief geriet. »Wahrscheinlich hat es nichts zu bedeuten. Aber ich dachte, ich sollte Ihnen erzählen, dass ich mich in letzter Zeit ein bisschen unwohl gefühlt habe.«

»Unwohl?«

»Nur so eine Ahnung, Sie verstehen«, erklärte sie lahm. »Ich kann nur so viel sagen: Gleich, als ich gehört habe, dass Mark vermisst wird, hatte ich das unbestimmte Gefühl, ich sollte zu Ihnen gehen und es Ihnen erzählen.«

Eine Ahnung. *Sorgen*. Verdammt! »Ich bin Ihnen sehr dankbar dafür«, sagte Phin und behielt ganz bewusst den freundlichen, sanften Tonfall bei, den er zuvor schon angeschlagen hatte. »Ich werde auf jeden Fall bei ihm zu Hause vorbeischauen lassen. Aber was momentan viel wichtiger ist: Fühlen Sie sich gut?«

»Ich wünschte, ich wüsste es.« Jetzt rang sie die Hände. »Ich habe das Gefühl, da draußen lauert etwas, verstehen Sie? Etwas beobachtet uns.«

Phin runzelte die Stirn. »Sie haben das Gefühl, Sie werden beobachtet?«

»Nein«, wehrte Cally ab und schnitt ein Gesicht. »Nein, ich meine, nicht ich allein, sondern ... alles. Etwas belauert uns alle.«

Phin tippte mit einem Finger auf die Schreibtischplatte. »Wir haben überall Kameras«, erläuterte er. Der Blick, mit dem Cally ihn strafte, sagte alles: Er hatte ihre Intelligenz beleidigt, und das gefiel ihr gar nicht. Entschuldigend lächelte er. »Das ist es also nicht?«

»Nein.« Rasch zuckte sie mit den Schultern. »Ich weiß, die Sache sieht nicht gut für Sie aus – für uns«, berichtigte sie sich, »aber ich wollte, dass Sie Folgendes wissen: Ich bin mir sicher, dass der Vorfall in der Sauna kein Unfall war. Ich glaube, dass Mr. Barker mit seiner Vermutung recht hat: Es gibt da jemanden, der nicht ins *Zeitlos* gehört, einen Eindringling. Und ...«, fügte sie rasch hinzu, »vielleicht kann ich ja helfen? Irgendwie, vielleicht?«

»Können Sie durch Wände schauen?«, fragte Phin nur halb im Scherz, während er sich mit beiden Händen durchs Haar fuhr.

Cally blinzelte. Gedankenschnell. »Wäre das hilfreich?«

»Nein, wahrscheinlich nicht.« Phin lächelte betont beruhigend. Sorgfältig achtete er darauf, dass nichts von seiner eigenen Besorgnis Callys Sorge noch verstärkte. Die junge Frau war müde. Es war nur zu offensichtlich, dass sie sich wegen der Ereignisse mehr Sorgen machte, als ihre Aufgabe war. »Überlassen Sie die Sache mir, und Sie, Cally, bleiben immer schön in Deckung, okay? Schon in ein paar Tagen sind Sie weit weg.«

Cally richtete sich auf und riss die Augen auf vor Überraschung.

»Weit weg? Ich dachte, ich bleibe hier noch mindestens drei Wochen.«

»Wir müssen das Ganze schneller erledigen, als wir ursprünglich dachten«, erwiderte Phin. »Jede Aufmerksamkeit, die wir außer der Reihe erregen, wird zu einem Problem für uns alle.«

»Meinen Sie, die schicken jemanden?« Callys Hände verkrampften sich. »Offizielle Vertreter der Kirche?«, fragte sie mit gesenkter Stimme, und tonlos fügte sie hinzu: »Missionare?«

»Nicht, wenn ich es verhindern kann«, sagte Phin entschieden.

»Sie gehen ein hohes Risiko ein. Das wissen Sie.«

Sie musterte ihn, ihr Blick war klar und ruhig wie ihre Stimme bei den beiden letzten Sätzen. Phin schüttelte den Kopf. »Die Alternative kommt für mich nicht infrage.«

Callys Lächeln erreichte ihre Augen und zauberte Lachfältchen in die Augenwinkel. »Sie sind einer von den Guten.«

Vielleicht. Phin stand auf, umrundete den Schreibtisch, um ihre von der Arbeit rauen Hände in die seinen zu nehmen. »Danke schön. Und Sie, Cally, halten sich großartig. Jetzt heißt es lediglich, noch ein paar Tage länger durchzuhalten.«

Sie lachte leise auf, ihre grünen Augen schmal und dunkel vor ironischer Heiterkeit. »Ganz ehrlich, Sir, ich kann mit Recht behaupten, das hier bei Ihnen war nicht die seltsamste Arbeitsstelle, die ich je angenommen habe. Machen Sie sich um mich keine Sorgen! Ich lasse Sie wissen, wenn aus dem Gefühl von Unwohlsein etwas Greifbares wird.«

»Etwas Greifbares?« Phin zögerte. »Durch ... eine Vision etwa?«

»Glauben Sie das ruhig, dann schlafen Sie besser«, antwortete sie erneut mit diesem irritierend ironischen Lächeln.

»Nun, das ist ...«, Phin dachte einen Moment über ihre Worte nach, »entweder beruhigend oder aber sehr beängstigend.«

»Keine Sorge, bei mir ist alles in Ordnung.« Cally erhob sich jetzt ebenfalls. Sie verschränkte die Arme über dem Kopf und dehnte und streckte die steife Rückenmuskulatur. »Jetzt aber brauche ich schnell noch etwas zu essen, ehe ich mich an die Arbeit oben im Restaurant machen kann. Brauchen Sie noch etwas? Darf ich Ihnen irgendetwas bringen?«

»Ruhen Sie sich ein bisschen aus«, forderte er sie mit fester Stimme auf. »Sie haben schon mehr als genug getan.«

Cally grinste. »Bedeutet das, ich bekomme eine Gehaltserhöhung?«

»Klar, und ein Pony noch dazu!«, entgegnete er in demselben flapsigen Ton. Ihr Lachen und ein Daumen-hoch brachten Phins steifen Nacken tatsächlich dazu, sich ein klein wenig zu entspannen.

Die Hände auf den Schreibtisch gestützt, blickte er ihr nach, als sie sein Büro verließ. Einen Moment noch hing er seinen Gedanken nach. Das Lächeln, das Cally ihm aufs Gesicht gezaubert hatte, verschwand. Er angelte nach dem Com und wählte die Kurzwahl des Sicherheitsdienstes.

»Sicherheitsdienst. Hallo, Mr. Clarke, wie kann ich Ihnen helfen?« Eric Barkers Stimme klang so müde, wie Cally Simmons' elfenhafte Gesichtszüge gewirkt hatten.

Mitfühlend verzog Phin das Gesicht. Er gab sich besondere Mühe, seinen Ton neutral zu halten. Knapp, professionell. »Ich rufe an, um nachzufragen, was bei der hausinternen Überprüfung herausgekommen ist.«

»Ja, Sir. Was die Gäste angeht: keine Auffälligkeiten, das haben wir geklärt; die sind alle sauber. Beim Personal sind wir noch dabei, letzte Lücken in Dienstplänen und Aufenthaltsorten zu klären. Aber …«

»Aber Sie vermuten, jemand hat sich ins *Zeitlos* eingeschlichen«, unterbrach Phin den Sicherheitschef mit immer noch neutraler Stimme. »Das wurde mir zugetragen.«

Überraschtes Schweigen am anderen Ende der Leitung. »Ich vermute einen Eindringling, richtig, Sir.«

Phin seufzte. »Wem gegenüber haben Sie diesen Verdacht geäußert?«

»Nur meinem Team gegenüber.« Es folgte betretenes Schweigen. Dann setzte Barker hinzu: »Offenbar habe ich nicht richtig aufgepasst. Es tut mir leid, Mr. Clarke, in Zukunft werde ich noch vorsichtiger sein, wo und wann ich Sicherheitsrelevantes bespreche.«

»Danke. In der Zwischenzeit möchte ich, dass Sie etwas für mich tun.«

»Alles, was nötig ist, Sir, schießen Sie los!«

»Ich möchte, dass Sie gleich jetzt als Erstes bei Mark Vaughn zu Hause anrufen.« Phins Finger tanzten über die Computertastatur, die in das blank polierte Holz der Schreibtischplatte eingelassen war. Er ratterte die Nummer für Barker herunter.

»Habe ich notiert«, antwortete der Sicherheitschef. »Worauf soll ich achten?«

»Finden Sie heraus, wo Vaughn sich aufhält. Er ist heute nicht zu seiner Schicht erschienen. Ich möchte sichergehen, dass alles in Ordnung ist. Und«, fügte Phin hinzu, während er das Foto in der digitalen Personalakte anstarrte, das ihm den grauhaarigen Haustechniker zeigte, »klären Sie, warum er heute nicht hier ist.«

»Ich melde mich so schnell wie möglich bei Ihnen.«

»Ich erwarte Ihren Anruf.« Phin unterbrach die Verbindung und starrte hinauf auf die Stuckverzierungen der Decke.

Es war nicht so, dass er Eric Barker misstraute. Oder jemandem vom Personal. Bis zu diesem Moment hätte Phin ohne zu zögern behauptet, er vertraue jedem im *Zeitlos*. Jeder, der hier arbeitete, hatte ein pedantisches und genau auf die Bedürfnisse des Resorts abgestimmtes Einstellungsverfahren durchlaufen. Jeder war durchleuchtet worden, das gesamte Umfeld eines jeden Bewerbers. Alle hatten ein ausführliches Vorstellungsgespräch hinter sich. Das *Zeitlos* stand für absolute Diskretion. Phin brauchte

Personal, das diese Diskretion garantieren konnte. Und genau das hatte er auch.

Die einzige Ausnahme waren die Zeitweiligen. Aber sie hatten nur eingeschränkten Zugang zu den einzelnen Flügeln. Unter angenommenen Namen – für die neuen Identitäten sorgte das *Zeitlos* – arbeiteten sie hauptsächlich im Spa-Bereich. Zu einem Termin innerhalb eines ausgeklügelten Zeitplans wurden sie aus der Stadt geschleust und zu einer der Handvoll Siedlungen gebracht, die über das ganze Land verteilt waren.

Was hätte einer von ihnen davon, einen Gast umzubringen?

Außer dieser Gast war zufällig die Großmutter des Ordensmeisters des Ordens des Heiligen Dominikus.

Phin strich sich das Haar aus der Stirn. Langsam verarbeitete sein müdes Gehirn diesen Gedanken. Dann stöhnte er laut auf.

Aber ja: Jeder Zeitweilige hatte die Mittel. Jeder hatte die Gelegenheit, weil er in das Resort und eben auch ins Spa gelangen konnte.

Und, verflucht noch mal, jeder von ihnen hatte ein Motiv!

Aber welcher der vier Zeitweiligen könnte es getan haben? Cally vielleicht?

Unmöglich! Phin war ein Mensch, der seinen Instinkten vertraute. Und alles in ihm sagte ihm, dass Cally Simmons genau das war, was sie jedem zeigte, der es wissen durfte: eine Hexe, die verzweifelt um ihre Sicherheit besorgt war. Ein guter Mensch.

Was war mit Mario Gonzalez? Mit Greg Swenson? Beide Männer arbeiteten seit zwei Wochen für Phin. Er wusste nicht, ob die beiden Hexer waren. Aber die Befragungen, die sein Sicherheitsteam durchgeführt hatte, hatten ihn davon überzeugt, dass sie keine Mörder, Totschläger, Vergewaltiger oder Diebe waren. Beide Männer arbeiteten hart, der eine beim Reinigungs- und Wartungsdienst für die Schwimmbecken und als Bademeister, der andere in einer der Küchen. Nie war Phin auch nur die leiseste Beschwerde zugetragen worden.

Die beiden taten, was Phins Meinung nach das Beste war, das ein der Hexerei Verdächtigter oder deswegen Verfolgter tun konnte: Sie hielten sich immer schön bedeckt und sorgten dafür, dass sie nicht in die Schusslinie gerieten.

Dann war da noch Liz. Was war mit ihr? Eine der besten aushilfsweise angestellten Masseurinnen, der er je einen sicheren Hafen hatte geben dürfen. Joel trug sie auf Händen. Vor allem, so ging es Phin durch den Kopf, trug Joel sie auf Händen, weil er die Behandlung der schwierigeren Patienten auf sie abwälzen konnte.

Bliebe Hep. Von ihm war nicht einmal ein Nachname bekannt. Der Junge mit der olivbraunen Haut, der, als er im *Zeitlos* ankam, im Wäschekeller genächtigt hatte, aus Angst, die Missionare, die seine Familie abgeholt hatten, könnten ihn finden.

Phin schloss fest die Augen, kniff sie zusammen. Der Junge war gerade einmal zwölf Jahre alt. Vielleicht auch dreizehn. Wenn er versucht hätte, die Großmutter des Ordensmeisters umzubringen, dann sicher nicht mit einem ausgetüftelten Sabotageakt.

Phins Instinkt trog ihn nur äußerst selten. Und dennoch …

Und dennoch: Die Zeitweiligen hatten das stärkste Motiv, Alexandra Applegate tot sehen zu wollen.

Das Com vibrierte in seiner Hand, und er fuhr zusammen. Er zog ein Gesicht, weil eine Lappalie wie diese genügte, sein Herz vor Schreck einen Schlag auszusetzen zu lassen. Phin nahm das Gespräch an. »Sprechen Sie.«

»Barker hier, Sir«, meldete sich der Sicherheitschef so knapp wie möglich. »Mark Vaughn ist nicht zu Hause. Zumindest nimmt er das Telefon nicht ab. Soll ich jemanden hinschicken?«

»Ja. Ich möchte, dass Sie den Mann auftreiben.« Kaum dass Barker das bestätigt hatte, legte Phin auf. Sein Magen verkrampfte sich. Er wählte Lillians Nummer.

Sie ging sofort ran. »Ja?«

»Mutter, mir ist da ein Gedanke gekommen.«

Obwohl er sich bemüht hatte, sachlich und unaufgeregt zu klingen, wurde Lillians Tonfall sofort schärfer. »Was ist los, Phinneas? Stimmt was nicht? Ist mit dir alles in Ordnung?«

Das war typisch seine Mutter. Immer gleich auf den Punkt.

Mit der freien Hand fuhr Phin sich durchs Gesicht. Blicklos starrte er auf die ordentlich aufgestapelten Archivkisten vor der gegenüberliegenden Bürowand. Er las die rechteckigen, sauber beschrifteten Etiketten darauf. »Mir geht's gut«, sagte er. »Mark Vaughn ist heute Morgen nicht zur Arbeit erschienen. Entweder, so glaube ich, ist er oder einer der anderen Zeitweiligen der Saboteur, nach dem wir Ausschau halten.«

Ein Moment lang herrschte Schweigen. »Wie kommst du darauf?«

»Von Vaughn weiß ich nur, dass er verschwunden ist. Deshalb glaube ich auch eher, es war einer der Zeitweiligen.« Die Worte wollten Phin in der Kehle stecken bleiben. Jedes einzelne Wort ein Verrat. Sorge. Phin räusperte sich. »Sie alle haben ein Motiv, Mutter«, seufzte er. »Wie könnte man sich besser an der Kirche und der Mission rächen, als jemanden aus der Familie des Ordensmeisters umzubringen?«

»Alles, was du hast, mein Schatz, sind ein Haufen Vermutungen, nicht mehr.«

»Eine andere Erklärung, die passen könnte, will mir nicht einfallen. Alle Zeitweiligen ...« Phin ertappte sich bei einem ganz bestimmten Gedanken, runzelte die Stirn. »Sie alle sind nur kurz hier. Es fällt mir schwer, den Verdacht gegen sie abzuschütteln.«

»Nun gut. Wir überprüfen all ihre Angaben und wo immer sie sich aufgehalten haben«, versicherte Lillian ihrem Sohn. Ihre Stimme war so klar und klang so unbeteiligt, als redeten sie über Qualitätskontrollen in der Wäscherei. Als ob nicht Lillian selbst Phin immer wieder vor den Risiken im Umgang mit den Zeitweiligen gewarnt hatte. »Ich gehe davon aus, du hast Maßnahmen ergriffen, um Mr. Vaughn aufzutreiben?«

»Ja. Barker schickt jemanden zu seiner Privatadresse.«

»Gut. Und wenn Vaughn es nicht war, wer dann?«

»Das ist der Haken an der Sache. Ich habe keine Ahnung, wie einer von den Zeitweiligen das angestoßen haben soll.«

Nachdenklich schnalzte Lillian mit der Zunge. »Und was«, fragte sie dann gedehnt, »ist mit denen, die gerade erst weg sind?«

Der Gedanke lag dermaßen auf der Hand, dass Phin im Schreibtischstuhl zusammensackte und seine Stirn auf die Kante der Schreibtischplatte legte. »Jeder von denen hätte es tun können«, stöhnte er. »Absolut jeder! Sie wussten, dass wir sie bald ausschleusen würden. Und ich habe denen auch noch *zur Flucht verholfen!* Was habe ich mir nur dabei gedacht?«

»Immer schön langsam, Liebling«, sagte Lillian sanft. »Du weißt doch überhaupt nicht, ob es wirklich so war. Während wir unsere Ermittlungen in dieser Sache weiterführen, wird im *Zeitlos* alles weitergehen wie gehabt. Nur möchte ich, dass du mir bis zum Abschluss der Untersuchung einen Gefallen tust.«

Misstrauisch setzte sich Phin auf. »Welchen?«

»Wag ja nicht, mein Sohn«, drohte Lillian mit einem halben Lachen; plötzlich klang sie heiter und unbeschwert, »in diesem Ton mit mir, deiner Mutter, zu reden! Ich weiß ganz genau, wo dein Bett steht.«

Phin schnaubte.

»Gestern Abend habe ich mir die Kontrollbögen angesehen«, fuhr Lillian fort. »Naomi Ishikawa hat offenbar etwas gegen ihren Behandlungsplan. Sie hält ihn nämlich nicht ein.«

»Ja, das weiß ich.« Phin blickte auf seine Uhr, sah, dass es schon kurz nach zwölf war. »Darüber wollte ich auch schon mit dir sprechen.«

»Weißt du, was sie an den eigens auf sie zugeschnittenen Behandlungen auszusetzen hat?«

»Nein«, räumte Phin ein, »eigentlich nicht. Aber dafür weiß ich, dass sie großen Spaß im Fitnessstudio hat.« Und wie. Die Erinnerung an Naomi Ishikawas Körper, der sich an seinem rieb, jagte Hitzewellen über seine Haut und raubte ihm jeden klaren Gedanken. Ein süßes Andenken daran, dass er die Gunst der Stunde nicht genutzt hatte. Noch nicht.

»Dann ist sie dir heute schon über den Weg gelaufen?«

»Nein, heute noch nicht.« Phin runzelte die Stirn. »Wieso?«

Lillian zögerte. »Es ist nur ... so ein Verdacht.«

»Mutter ...«

»Tu mir einen Gefallen«, unterbrach sie ihn sanft, »klär ab, ob sich Miss Ishikawas Behandlungsplan irgendwo mit Abigail Montgomerys Terminen überschneidet, ja?«

»Ach, sie ist also schon hier?«, rutschte es Phin heraus, und um seinen Mund zuckte es verräterisch. »Wann hat Ihre Königliche Hoheit denn anzukommen beliebt?«

»Bitte, nenn sie nicht so. Sie kam gestern Abend relativ spät, volle vierzehn Stunden vor der vereinbarten Zeit. Stilvoll selbstverständlich«, fügte Lillian trocken an, »wie immer.«

»Na, prächtig! Wie haben wir sie dieses Mal anzusprechen?«

»Sie ist immer noch mit James Montgomery verheiratet, zumindest im Augenblick noch«, erwiderte Lillian mit einem Seufzer. »Mrs. Montgomery wird für den Moment also genügen.«

»Ich werd's mir merken. Auf was für Termin-Überschneidungen soll ich achten?«

Mit einem Mal klang Lillians Stimme hell und freundlich. »Guten Morgen, Mr. Rook. – Ich erklär's später«, sagte sie wieder zu Phin ins Com. »Fürs Erste wird reichen, zu überprüfen, dass sie nicht gemeinsam zu Behandlungen eingetragen sind, und wir sollten versuchen, Kontakte zwischen ihnen auf ein Minimum zu beschränken, in Ordnung?«

»Wie du meinst.« Phin setzte sich wieder vor den Bildschirm. Buchstabe für Buchstabe gab er über die Tastatur erste Befehle ein. »Ich melde mich wieder bei dir.«

»Danke, Liebling. Oh, und halte Miss Ishikawa auch von der Restaurant-Etage fern. Danke!« Lillian hatte aufgelegt, ehe Phin auch nur eine der Fragen stellen konnte, die ihm auf der Zunge lagen. Gerade eben noch hatte er mitbekommen, dass sie einen weiteren Gast begrüßte. Gut gelaunt wie immer. Wie immer würde sie jetzt mit diesem Gast plaudern und Konversation machen.

Lillian machte es Freude, auch während der Mittagspause für alle und jeden erreichbar zu sein. Sie liebte es, sich mit den Gästen zu unterhalten, mit ihnen darüber nachzudenken, was für den einen oder anderen das richtige Programm im *Zeitlos* wäre. Sie verlieh allem gern eine persönliche Note und hatte ein besonderes Gespür für Menschen. Daher hatte sie sicher ihre Gründe, die beiden Frauen voneinander fernzuhalten.

Phin wünschte nur, er wüsste, was zum Henker eigentlich vorging. So generell.

»Und«, murmelte er, während er die Behandlungspläne beider Frauen verglich, »hier ist alles bestens.« Nicht, dass das eine Rolle gespielt hätte. Abgesehen von ihrem Verwöhnprogramm am Vormittag hatte Naomi alles geschwänzt. Yoga, Entspannungsübungen, Massage – nirgends war sie aufgetaucht.

Was zum Geier machte die Frau eigentlich den ganzen Tag?

Mit Blick auf den Bildschirm trommelte Phin mit den Fingern auf den Rand der eingelassenen Tastatur. Geistesabwesend wiederholte er damit eine typische Geste seiner Mutter. Er war nervös.

Halte Miss Ishikawa von der Restaurant-Etage fern. Abigail zelebrierte die Mahlzeiten wie gesellschaftliche Ereignisse. Phin war davon überzeugt, dass Abigail nur im *Zeitlos* abstieg, weil sie hier ausreichend Publikum hatte, das ihr nicht entkommen konnte. Das bedeutete, sie würde sie wieder als Geiseln nehmen. Ihre Königliche Hoheit, die ungekrönte Scheidungskönigin unter den Reichen und Schönen der Stadt.

Eigentlich war also gemeint: Halte Naomi von Abigail fern.

Aber warum?

Im Vorbeigehen griff sich Phin sein Jackett vom Garderobenständer, zog die Tür hinter sich zu und aktivierte die Türverriegelung. Er behielt den Daumen auf dem unauffällig kleinen Display des Scanners, bis die typischen Geräusche von Riegeln, die an ihren Platz glitten und einrasteten, ihn davon überzeugten, dass die Tür so sicher verschlossen war wie nur möglich.

Er ertappte sich dabei, dass er vor sich hin pfiff, als er in Richtung Aufzug davonging.

Es hatte viel zu lange gedauert, das Badezimmer der Suite zu säubern. Aber jetzt ginge es bei jeder zufälligen Inspektion als zumindest auf den ersten Blick sauber durch. Im *Zeitlos* standen Putzmittel nicht gerade überall herum, wo die elitäre Klientel des Wellness-Tempels über sie hätte stolpern können.

Mit Wasser und hübsch schäumendem Duschgel bekam man es allerdings nicht sauberer hin als so.

Die ganze Nacht hindurch hatte Naomi den Vollidioten verwünscht, dem sie den Schädel an der Toilettenschüssel aus Porzellan eingeschlagen hatte. Auf dem gekachelten Badezimmerboden war der Kerl dann verblutet.

Die lästerlichsten aller Flüche hatte Naomi ausgestoßen, als sie die Leiche durchsucht und nur ein Duplikat ihrer eigenen Schlüsselkarte gefunden hatte. Kein Ausweis. Alles, was Naomi hatte, war eine *Zeitlos*-Uniform und die beschissene Schlüsselkarte.

Es hatte sie einiges an Anstrengung gekostet. Aber Naomi hatte die Leiche samt der zu Wischtüchern umfunktionierten blutigen Handtücher fürs Erste in ihrem Schrank im Schlafzimmer verstaut. Dann hatte sie die Klimaanlage dort so weit aufgedreht, wie es möglich war. Trotzdem würde die Leiche bei diesen Temperaturen nicht lange in gutem Zustand bleiben. Naomi würde Carson aufstöbern müssen, ehe der tote Hexer zu stinken begann.

Was als miese Laune angefangen hatte, wuchs sich innerhalb der nächsten vier Stunden zu veritablen Kopfschmerzen aus.

Nicht einmal Gemmas herrlich betäubende Creme vermochte da noch etwas ausrichten.

Dieser Laden war ein verdammtes Labyrinth. Lediglich zwei Stockwerke hatte Naomi systematisch durchkämmen können. Entsprechend frustriert war sie. Müde obendrein. Und was viel schlimmer war: Sie stand mit leeren Händen da. Dieser Scheißkasten von Resort war riesig. Riesiger als ein einzelnes Gebäude überhaupt sein durfte. Da gab es Korridore und Gänge, die sich in alle Richtungen verzweigten, und Treppenauf- und -abgänge, zu denen Naomis Schlüsselkarte ihr keinen Zugang gewährte.

Sie benutzte ihr Com, um alle Gänge und Korridore, Vestibüle und Gangkreuzungen zu dokumentieren, die sie abgesucht hatte. Aber als sie auf einen blauäugigen Mann mit Spülschürze traf, fiel ihr keine gute Ausrede ein. Daraufhin führte der Schürzenträger sie zurück in den Bereich, der der Öffentlichkeit zugänglich war.

Auf der Habenseite konnte Naomi nur verbuchen, dass ihr während der Gebäudedurchsuchung Sicherheitsvorkehrungen aufgefallen waren, wo sie bisher keine vermutet hatte. Möglicherweise war Phin schlauer als sie gedacht hatte. Was sie jetzt also brauchte, war Zugriff auf das Sicherheitssystem, mehr nicht.

Wieder im Fahrstuhl drückte sie die Taste für das nächste Stockwerk. Während der Aufzug sich in Bewegung setzte, wanderte ihr Blick hinauf zu der Kamera in der Kabinenecke.

Wie sollte sie es anstellen?

Am besten wäre es, Jonas Zugang zum geschlossenen internen Netzwerk zu verschaffen. Aber wie? Vielleicht könnte Jonas etwas entdecken, was der hauseigene Sicherheitsdienst übersehen hatte. Und das ganz ohne lästige neugierige Fragen.

Die Aufzugtüren glitten auf, das übliche leise Flüstern von hydraulisch entweichender Luft und gut geschmierter Mechanik. Naomi trat aus der Fahrstuhlkabine. Dieser eine Schritt genügte: Sie musste eine Art Schallgrenze übertreten haben. Mit einem Mal nämlich war sie in einen Kokon aus Stille gehüllt. Nicht einmal gegen den instinktgesteuerten Impuls, zur Lärmvermeidung nur auf Zehenspitzen herumzuschleichen, ließ sich etwas tun. Grabesstille allüberall.

Schwülwarm wie in einer Sauna, nur ohne den ganzen Dampf.

Das Interieur glich dem des Spas ein Stockwerk höher wie ein Spiegelbild. Ein weitläufiges Areal und diverse Türen, die optisch nahezu mit den Wänden verschmolzen. Allerdings gab es auf dieser Etage keine Fenster. Keine Wannen, keine Becken, keine Jacuzzis. Hier war das Licht weitaus gedämpfter als oben, die Atmosphäre versprach Abgeschiedenheit. Sand und behauener Stein statt Pflanzen, und auf dem Boden lag Marmor, schwarz wie Gewitterwolken, den glitzernde Adern in Violett und Gold durchzogen.

Die Türen waren alle geschlossen. Dunkles Massivholz, in das eine bemerkenswerte Sammlung von Mineralien, Steinen, Muscheln und Metall eingelegt war.

Es roch auch anders hier als oben im überdimensionalen Schönheitssalon. Der Duft lag schwer auf der Zunge; er hatte etwas von Weihrauch. Moschusartig war er, würzig, nicht blumig. Beruhigend. Warm, ohne dabei schwül zu werden.

Eine Handvoll Menschen hatte sich auf dem schwarzen Marmor ausgestreckt, Handtücher unter dem Kopf und so mancher mit einem digitalen Buch in der Hand. Alle wirkten zufrieden. Entspannt. Durch die Sohlen ihrer Schuhe hindurch spürte Naomi die Wärme des Bodens; ihre Füße wurden trotz hoher Absätze bis zu den Knöcheln hinauf, hinauf bis zu den Waden, warm.

Naomi runzelte die Stirn. In schwarzen, ausgewaschenen Jeans und himmelblauer Seidenbluse fühlte sie sich overdressed. Schleunigst legte sie den Rückwärtsgang ein. Sonst käme noch jemand auf die Idee, sie wieder in einen Bademantel zu stecken.

Schmale, kleine Hände in ihrem Rücken bremsten ihren Rückzug: Fast wäre sie rücklings in eine Brünette gelaufen, die im typischen Pastellgrün des Spa-Bereichs steckte. »Verzeihung, bitte, tut mir leid«, entschuldigte sich die kleine Person mit gedämpfter Stimme – der Tonfall angenehm ruhig –, als Naomi zu ihr herumwirbelte. Die Frau hob einen Finger an die Lippen. »Mein Name ist Liz. Sind Sie hier wegen eines Massagetermins?«

Naomi warf einen Blick über die Schulter zu den Gästen hinüber, die sich auf dem Boden ausgestreckt hatten. Sie konnte es gerade noch verhindern, spöttisch die Lippen zu kräuseln. »Nein«, flüsterte sie. »Falsches Stockwerk. 'tschuldigung.«

»Kein Problem.« Liz machte eine einladende Handbewegung, deutete über Naomis Schulter hinweg in den Raum mit dem schwarzen Marmorboden hinein. »Wenn Sie mal vorbeikommen wollen, dann wenden Sie sich gleich nach dem Eintreten nach links und verstauen dort Ihre Kleidung, okay?«

»Ja. Vielen Dank.«

Eher fröre die Hölle zu, als dass Naomi sich freiwillig in die Stille dieser Gruft einsperren ließe! Naomi wandte sich ab und wollte schon die Aufzugtaste drücken. Als die Fahrstuhltüren ohne ihr Zutun aufglitten, vibrierte augenblicklich jeder Muskel in ihrem Körper vor Spannung. Sprungbereit. Ganz kurz nur griff die Angst wie mit Tentakeln nach ihr, ehe sie sie niederkämpfen konnte.

Sie hatte jedes Recht, hier zu sein.

Naomi Ishikawa zumindest hatte dieses Recht.

In der Fahrstuhlkabine lehnte Phin sich lässig gegen die umlaufende Reling. Bewusst leger war er in nichtsdestotrotz akkurat gebügelte graue Stoffhosen und ein Button-down-Hemd in Grasgrün gekleidet. Heute trug er eine Krawatte; sie hatte irgendein abstraktes Muster in Olive, Gold und Bronze.

In seinen dunklen Augen blitzte kurz Vorsicht auf. Naomis kühl-distanziertes Lächeln gefror ihr im Gesicht. Gleich würde es, spröde geworden, zerspringen wie Glas.

»Genau die Person, die ich gesucht habe. Wollen wir?« Der Ton, den er anschlug, enthielt eine unterschwellige Warnung. Er machte eine Geste, dass Naomi ihn zurück in die Stille der Etage hinter ihr begleiten solle, aber Naomi beachtete sie nicht.

Ihre Hand schoss vor, gegen den Rand der Aufzugstür, und blockierte den Sensor, der sie sonst geschlossen hätte. Wie eine Schockwelle schoss leichter Schmerz vom Handgelenk hinauf bis in ihre Schulter. Sie ignorierte den Schmerz. Aber ihr Mund wurde staubtrocken, als die Frau neben Phin in ihre Richtung blickte. Blaue Augen unterzogen sie einer stillen eingehenden Musterung.

Die Frau war eine Schönheit.

Immer noch eine Schönheit, musste es wohl heißen. Selbst nach all diesen Jahren, die sie jedes für sich mit plastischer Chirurgie und Stärkungsmitteln aller Art bekämpft hatte. Ihr kinnlanges, gewelltes Haar hatte dasselbe kühle Platinblond, an das Naomi sich erinnerte. Kein graues Haar fand sich darin, das den sorgfältig kultivierten Eindruck von Alterslosigkeit und ewiger Jugend zerstört hätte. Ihre Augen waren meisterhaft geschminkt, die Wimpern stark getuscht, und ihr Make-up vollendet geschmackvoll.

Aber hinter den Ohren der kühlen Blonden entdeckte Naomi die winzigen Narben der Schönheitsoperationen. Die eben doch nicht ganz verschwundenen Fältchen, die die Perfektion von Unterlidstraffung und Augenlifting schmälerten. Dort, um die Augen und um den Mund, dessen Lippen immer noch so voll waren wie Naomis, weil man hier ebenfalls nachgeholfen hatte.

Als die aufwendig alterslos gehaltene Frau nichts sagte, erkannte Naomi die Gleichgültigkeit in ihrer Reaktion. Es gab keinen Anflug von Wiedererkennen. Stattdessen Ablehnung, die eine Nanosekunde lang aus ihrem Blick sprach, ehe ein aufgesetztes, floskelhaftes Lächeln die aufgespritzten Lippen von Naomi Ishikawas Mutter umspielte. »Wir fahren nach unten«, sagte sie mit klarer Stimme und wandte den Blick aus zeitlos schönen Augen wieder Phin zu. »Das ungehörige Benehmen mancher Leute ist wirklich …«

Phin löste sich von der Fahrstuhlreling. Als ob er aus einem Zauberbann erwacht sei, war er mit ein, zwei schnellen Schritten aus dem Aufzug heraus. Mit einer Hand umfasste er Naomis linken Oberarm und sagte leichthin: »Entschuldigen Sie mich bitte, Mrs. Montgomery!«

Naomis Auflachen ging in einen Fluch über, als Phin sie herumwirbelte, nur weg vom Fahrstuhl, und sie an seiner Brust barg. Die andere Hand auf Hinterkopf und Nacken, drückte er Naomis Gesicht gegen seine breite Schulter, und nah an ihrem Ohr flüsterte er: »Still. Ganz ruhig.«

Naomi roch den körperwarmen Geruch von Seife und Männlichkeit, als sie Luft holte, um etwas, irgendetwas, zu sagen. Dieser Geruch lag ihr auf der Zunge, während sie gegen die lautlose Litanei aus Wut, die ihr in den Ohren rauschte, um zusammenhängende Worte kämpfte.

Vor Abigails erstauntem Gesicht schlossen sich die Fahrstuhltüren.

Adrenalin raste durch Naomis Adern. Aus ihrer Brust schoss es in ihr Blut und pochte in ihrem Schädel. Ihr Körper bebte. Wut, bitteres Lachen schüttelte sie und – verflucht noch mal! – Enttäuschung. Sie stemmte sich gegen Phins Brust. »Loslassen, verdammt!«, spie Naomi wutentbrannt.

Entschlossenheit stand in Phins Gesicht zu lesen, die Züge hart, als er über Naomis Kopf hinweg rasch den Raum in ihrem Rücken mit einem Blick erfasste. Naomi jedoch waren die neugierigen Blicke egal, die sie und Phin jetzt wahrscheinlich erregten. Sie hoffte, dem ganzen Pack würden die beschissenen Augäpfel aus dem Kopf fallen!

Ehe sie Gelegenheit hatte, ihrem Herzen Luft zu machen, packte Phin sie an den Handgelenken und schleifte sie hinter sich her in Richtung einer der Türen. Naomis Stiefel schrammten über blanken Marmor, als sie über die äußere Begrenzung des beheizten Bodens stolperte.

Angetrieben von einer Wut, die keinen Raum für einen klaren Gedanken ließ, holte sie schon Schwung, um Phin mit aller Macht in den Rücken zu springen.

Er musste es geahnt haben, irgendwie.

Er fuhr zu ihr herum, die Kiefermuskeln hart wie Stahl. Ein nicht minder stahlharter Griff um Naomis Handgelenke, ein wohlkalkulierter Ruck, in dem Phins ganze Kraft lag, und es riss Naomi auch durch den eigenen Schwung von den Füßen. Sie fluchte. Ein allgemeines Aufkeuchen, digitale Lesegeräte landeten achtlos auf dem Boden, aber Phin gab nicht auf. Er hob Naomi einfach hoch, trug sie auf seinen Armen, deren Muskeln auch gleich Stahlbänder hätten sein können, in einen kleinen Raum, der in goldenes Licht getaucht war.

Phin beachtete das allgemeine Gemurmel nicht, das sich in seinem Rücken erhob. Entschlossen, aber ganz ohne unnötige Gewalt, behutsam geradezu, schloss er die Tür hinter ihnen.

Schäumend vor Wut befreite sich Naomi aus seinen Armen. Die Worte, die sie ihm gern entgegengespuckt hätte, blieben ihr im Hals stecken. Stattdessen trat sie gegen die im Boden verschraubte Massageliege, die die Raummitte beherrschte. Die sonst so toughe Jägerin keuchte auf und hielt den Atem an, als Schmerz ihren Verstand in tausend Stücke splittern ließ. Dann trat sie erneut zu, fester noch. Krachend splitterte der Rahmen der Liege; die Kerzen im Raum, die das warme Gold zur Atmosphäre des Raums beisteuerten, flackerten.

»Nur zu!«, meinte Phin und blieb bei diesem Angebot völlig gelassen. Keuchend wirbelte sie zu ihm herum, die Hände auf Oberschenkelhöhe zu Fäusten geballt. Er, im Gegensatz zu ihr, war beherrscht. Er stand da, die Hände in den Hosentaschen, die Frisur perfekt, jedes Härchen an seinem Platz. Kein Aufruhr in ihm, der ganze Mann unerschütterlich und unaufgeregt. Die Goldfäden, die in seiner Krawatte verwebt waren, schimmerten im Kerzenlicht.

Unbewegt, bis auf das Funkeln in seinen Augen.

»Mach nur weiter so, wenn du möchtest!« Mit einer Schulter lehnte Phin sich betont lässig gegen die Tür. Dann fuhr er fort: »Der Raum ist schalldicht. Das sind sie alle. Die Kunden sind hier, weil sie Ruhe und Frieden suchen. Du kannst also hier drin tun und lassen, was du willst. Schrei und tob ruhig, wenn dir danach ist!«

»Wag das ja nicht!«, stieß Naomi endlich einen zusammenhängenden Satz hervor. Jedes Wort eine unter zu großer Spannung stehende Sprungfeder: Sie katapultierten sich schmerzhaft aus der Enge ihrer Brust heraus. Jedes Wort war zu scharf, zu beißend. »Behandle mich ja nicht so verflucht von oben herab!«

»Das tue ich nicht.« Phins Blick blieb fest. Mit einer Kopfbewegung deutete er auf die Massageliege hinter Naomi. »Mach ruhig weiter! Tritt dagegen, bis irgendwas kaputtgeht.« Er schwieg und ließ seine Worte wirken. Dann sagte er: »Oder du erzählst mir, was nicht stimmt.«

Was nicht stimmt. Ja, was stimmte denn nicht mit Naomi West?

Sie wollte lachen. Aber sie wusste im selben Moment, dass es ein verräterisch raues Lachen wäre. Es wäre einem Schluchzen viel zu ähnlich, um es zu riskieren.

Zu riskieren, dass er, Phin Clarke, der große, gut aussehende Phin Clarke, Mitleid mit ihr hätte.

Zum Teufel, gab es denn irgendetwas, das *stimmte*?

Sie ballte die Hände so fest zusammen, dass Schmerz in ihre Arme hinaufschoss. Fest biss sie die Zähne zusammen, bis ihre Kiefer schmerzten. Bis zu dem Punkt, wo sie gegen Wut und Schmerz Atem holen konnte – und, zur Hölle damit, gegen die Erinnerung, die sie von innen verbrannte. Die sich sengend und brennend bis hinunter in ihre Knochen fraß.

Phin seufzte. »Ich will mich nicht einmischen, Naomi. Es ist allein dein Leben.«

Bitteres Lachen brach sich Bahn. Endlich. »Was weißt du schon!«

Lange, sehr lange musterte Phin Naomi schweigend. Er taxierte sie. In seinem Gesicht stand nichts zu lesen, aus dem sie hätte etwas schließen können. Seine Augen verrieten nichts, das sie gegen ihn verwenden könnte wie eine Waffe. Er gab ihr nichts – verflucht noch mal nichts! –, um ihre Wut zu schüren.

Als einziges ein Geschenk, unerschütterlich und geduldig: Aufmerksamkeit.

Zu Naomis maßlosem Entsetzen brannten ihr Tränen in den Augen. Sie versteifte sich noch mehr. Mit schierer Willensanstrengung würgte sie den Kloß in ihrem Hals zurück. Verzweifelt wilde Erleichterung folgte. Sie würde nicht losheulen.

Das wäre ein Sieg, den ihre Mutter nicht noch einmal davontrüge!

»Okay, dann.« Phin richtete sich auf. »Leg dich hin!«

Naomi schüttelte den Kopf. »Was?«

Rasch und geschickt entfernte Phin den ersten silbernen Manschettenknopf und legte ihn in eine kleine Glasschale, *klink*.

Zum zweiten Mal an diesem Tag wurde Naomis Mund staubtrocken.

Mit geübten Fingern löste Phin den zweiten Manschettenknopf, der klirrend seinem Zwilling in der Glasschale Gesellschaft leistete. »Leg dich hin«, wiederholte Phin langsam. »Auf den Tisch, und zieh vorher deine Bluse aus.«

»Nicht einmal, wenn du …«

»Sieh mal«, unterbrach Phin sie mitten in ihrem Ausbruch. Ungezwungener Plauderton, als klärten sie miteinander gerade die Regenwahrscheinlichkeit an einem Herbsttag. »Du bist so verspannt, dass ich förmlich sehen kann, wie sich das Raum-Zeit-Kontinuum um dich herum zusammenzieht.« Energisch krempelte er den ersten Hemdsärmel auf. Ein nackter, muskulöser Unterarm kam zum Vorschein; goldbraune Härchen kräuselten sich darauf.

Naomis Blick blieb an Phins Händen hängen. Lange Finger. Große Handflächen. Ihr Verstand meldete sich ab.

Während Phin den zweiten Ärmel hochkrempelte, deutete er mit einer Kinnbewegung auf die Massageliege. »Also zieh die Bluse aus, und leg dich hin, okay? Ich bin noch nie jemandem begegnet, der eine Massage dringender nötig gehabt hätte als du.«

Naomi zuckte vor Überraschung zusammen. Aufgestaute Wut. Doch erschrocken musste sie feststellen, dass ihre Finger bereits am Saum ihrer Bluse nestelten. Die Seide raschelte unter der Berührung.

Für einen kurzen Moment – soeben hatte sich Naomi die Bluse über den Kopf gestreift – sahen sie und Phin sich direkt in die Augen. Sein Blick streifte ihre Lippen, ihre Schultern.

Blieb an blutroter Spitze hängen, die ihre Brüste umschloss.

Schlagartig wandelte sich Naomis Wut in ein Gefühl, das ebenso geeignet war, sie zu verbrennen. Die Wut wurde von einer Erregung verschluckt, so heftig, dass diese ihr Blut wie Wein berauschte und ihre Reaktion verlangsamte, als Phin das angespannte Schweigen zwischen ihnen brach.

»Und den BH«, krächzte er. Seine Stimme war rau. So unter Spannung wie der Ständer, der sich deutlich unter dem Stoff seiner Hose abzeichnete. Er räusperte sich. Wieder deutete er mit einer Kopfbewegung auf die Massageliege. Naomi ließ die Spitzenträger über die Schultern gleiten. »Leg dich auf den Bauch.«

Naomi bekam Gänsehaut, jeder Nerv war hellwach und vibrierte. Aber sie schlüpfte aus dem BH und ließ Seide und Spitze dort fallen, wo sie stand. Sie kletterte auf die Liege, legte sich in Position. Ihr Atem ging stoßweise, so erwartungsvoll war sie. So ungeduldig. Eine Ungeduld, die sich nur schwer in Zaum halten ließ.

Das gepolsterte Kopfteil unter ihrer Stirn war herrlich weich, die Liege selbst sehr bequem, Luxus pur, der Wechselbezug angenehm auf der übersensiblen Haut von Brust und Bauch. Das

Kopfteil umschmiegte Naomis Gesicht, nahm ihr die Sicht auf alles außer dem Bodenausschnitt genau unter ihr. Naomi beobachtete, wie das Kerzenlicht mit jeder Bewegung, die Phin machte, flackerte; es hüpfte und tanzte über den Boden. Sie hörte Phin eine Schublade aufziehen, hörte ihn mit einer Flüssigkeit hantieren, die einen sofort in die Nase stechenden, würzigen Geruch hatte, hörte ihn sich die Handflächen einreiben.

Als Phins Hände Naomi berührten, glaubte sie einen Moment, sie müsse aus ihrer Haut springen, so stark war das Verlangen nach ihm. Er hatte Kraft in den Händen; mit beherzten, ausholenden Bewegungen massierte er ihr Rückgrat entlang; Haut strich über Haut. Phins Daumen bohrten sich in verspannte Muskeln entlang von Naomis ganzem Rücken, um sie zu dehnen. Jeder seiner Massagegriffe ließ sie aufkeuchen; sie konnte nichts dagegen tun.

Wo Phin stand, sah sie nicht. Sie hörte ihn nicht und spürte ihn nicht – abgesehen von der herrlichen Folter, die seine Massage für sie bedeutete. Seine kräftigen Hände kneteten jeden einzelnen protestierenden Muskel. Phins Finger fanden jede Muskelverhärtung, jede noch so kleine Verspannung, jeden verfluchten Schmerzauslöser im Nacken und an den Schultern.

Phin arbeitete, ohne zu sprechen. In endlos langem, unerträglichem Schweigen.

Naomi wusste nicht mehr zu sagen, wie lange es ihr gelungen war, sich zu beherrschen. Aber dann konnte sie den Seufzer der Erleichterung nicht mehr zurückhalten. Schmerz mischte sich darunter und das Gefühl, endlich zu bekommen, was sie am meisten brauchte, als Phins magische eingeölte Hände sich ihres vor Anspannung steifen Nackens annahmen. Mit den Daumen strich er über den harten Muskelstrang von den Ohren hinunter zur Halsbeuge. Vor Lust und Schmerz krümmte Naomi die Zehen, schloss die Augen.

Aber als Phin das Piercing im Nacken berührte, von dem sie sich eigensinnig nicht hatte trennen wollen, riss sie die Augen auf.

»Weißt du«, raunte er ihr zu, und sie keuchte auf, als sein warmer Atem ihr Ohr traf, »als ich das Piercing das erste Mal gesehen habe, hat es mich voll umgehauen.«

Sie erschauerte. Dennoch haspelte sie heraus: »Warum?«

»Es sagt viel über dich, oder nicht?« Sie spürte seine Hände an ihrem Hinterkopf, spürte, wie er ihr das Haar im Nacken zusammennahm, um an die Akupressurpunkte gleich unterhalb des Ohrs zu gelangen. Seine Fingerspitzen fanden die empfindliche Stelle sofort. Naomi seufzte auf. »In aller Augen bist du ein wohlerzogenes Mädchen. Bist gekleidet wie ein wohlerzogenes Mädchen. Lächelst wie ein wohlerzogenes Mädchen.«

Ihr ungläubiges Lachen ging in einen kehligen, heiseren Laut über, halb Stöhnen, halb Seufzer. Phin war es, der ihrer Brust, ihrer Kehle diese Laute entlockte, mit jeder Handbreit Muskel, den er fingerfertig zu bändigen verstand. Naomis Haut brannte unter seinen kundigen Händen, beruhigt allein noch vom Massageöl.

Brannte unter Phins Berührung.

»Aber dann, eines Tages, bindest du die Haare zum Pferdeschwanz hoch, und ...«, Naomis Muskeln erbebten unter der Berührung seiner Lippen. Phin liebkoste ihren Nacken; seine Zunge spielte mit dem kleinen Piercing aus Silber, leckten die Haut, die zwischen den beiden Perlen gefangen war.

Es schlug in Naomis Bauch ein wie ein Blitz. In ihrem ganzen Körper entlud sich dessen elektrische Spannung. Eine Elektroschockbehandlung hätte ihr nicht schneller den Atem nehmen können. »Herr im Himmel!«, keuchte sie. »Phin ...«

»Nein.« Er legte ihr die Hand auf den Rücken und hielt sie so davon ab, sich zu ihm umzudrehen. Naomi krallte die Finger in den flauschig-weichen Schutzbezug der Massageliege. »Ich bin noch nicht fertig!«

»Verflucht noch eins!«, presste Naomi zwischen zusammengebissenen Zähnen heraus. Gleich darauf kam das nächste kehlige

Seufzen über ihre Lippen, ein heiserer Laut der Lust: Phins Lippen hatten ihre Schulter gestreift. »Phin, oh Gott, bitte, *Phin!*«

Sein Lachen geisterte über ihren Rücken. Überall auf ihrer Haut sträubten sich die feinen Härchen. »Und was bekomme ich dafür?«

»Was?« Naomi kämpfte um Selbstkontrolle, Kontrolle über ihren Körper, ihre Muskeln, wollte ihren Gliedern, sich, befehlen, von der Liege zu steigen. Aber Phin brauchte nur die Daumen in die schmalen Senken neben ihren Wirbeln zu setzen. Er brauchte sie nur mit diesem Druck ihr ganzes Rückgrat entlang bis hinunter auf Hüfthöhe zu ziehen, dort, wo der Muskelkater von Naomis Workouts saß, die die Frustration ihr diktiert hatte, und es war um sie geschehen. »Oh«, hauchte sie, »bitte mach das noch mal.«

Er gehorchte, erntete ein weiteres Stöhnen, einen weiteren kehligen Seufzer.

»Ein Date.«

»Was auch immer«, murmelte Naomi, ganz mit dem lustvollen Gefühl der Entspannung beschäftigt. »Geht klar.«

»Heute Abend.«

Die Augen halb geschlossen, die Arme locker neben ihrem Körper, kostete es sie einige Mühe, den Kopf zu heben und zu drehen. Im selben Augenblick legte Phin die Hand auf das herrliche Muskelspiel zwischen ihren Schulterblättern. Engelsflügel, so schön. »Hab nichts anzuziehen«, seufzte Naomi. »Für das Spa.«

Sie konnte sein Grinsen förmlich hören, als er entgegnete: »Wir treffen uns um vier an der Rezeption in der Lobby.«

Alarmsirenen schrillten in Naomis Kopf los. Ohne die übliche Agilität. Geradezu unwillig. »Moment, was?«

»Und, Naomi?« Eine ölige Hand schob sich in ihren Haarschopf, umfasste ihren Hinterkopf und verhinderte, dass Naomi sich bewegte, als Phin ihr ins Ohr biss. Zärtlich. Bedächtig.

Lust durchbohrte ihr ganzes Ich. Naomi keuchte auf.

»Trag dein Haar hochgesteckt.«

Als Naomi sich endlich wieder daran erinnerte, wie man atmete, war Phin fort. Fast lautlos fiel die Tür hinter ihm ins Schloss. Naomis Haut brannte vor Erregung, stand wie unter Strom. Spürbar floss dieser Strom an ihren Muskeln entlang. Ein Teil davon war das Massageöl, das ihr warm über die Haut kitzelte.

Das meiste aber war *er*.

Naomi rollte sich vom Rücken auf den Bauch und starrte blicklos auf das farbenfrohe Mosaik, das in die Decke eingebettet war – Strand, Meer und Himmel. Doch alles, was Naomi sah, war Phin. Sein Gesicht, das dieselbe Begierde verriet, die an Naomi riss und zerrte. Seine Augen, die dieselbe Lust herausschrien. Er wollte sie.

Aber er hatte sie nicht genommen. Nicht hier und jetzt.

Er hatte Pläne. »In Ordnung, Schlitzohr«, murmelte sie. Ihr Herzschlag fand sein Echo in der Lust, die die Hitze zwischen ihren Schenkeln zum Pulsieren brachte. Sie würde sein Spiel mitspielen.

Zeitlupenlangsam, mit einem genussvollen Erschauern, legte sie die Hände auf ihre Brüste und spreizte die Finger, umfasste die Brüste, hielt und wiegte sie. Sensibilisierte Haut, erregtes Fleisch, eine Handvoll. Naomi stellte sich vor, wie es wäre, wenn es Phins Hände wären, nicht ihre. Seine Lippen an ihren harten, aufgerichteten Nippeln.

Ja, sie würde sein Spiel mitspielen. Aber sie würde nicht fair spielen.

KAPITEL 10

Phin fand Lillian an der Rezeption in der Lobby. Sie brütete über dem digitalen Gästebuch. »Wann«, fragte Phin leise, »wolltest du mir eigentlich mitteilen, dass Abigail Montgomery und Naomi Ishikawa verwandt sind?«

Lillian hob den Blick und sah ihn an. »Dann stimmt es also?«

»Das frage ich dich!«

»Und ich dachte, du könntest es mir sagen«, gab sie mit einem müde wirkenden Stirnrunzeln zurück.

Mit der rechten Hüfte lehnte sich Phin gegen den hohen Tresen. Die beruhigende Musik, Harfen und Flöten, mit der die Lobby berieselt wurde, trug nichts dazu bei, die Hochspannung zu lindern. Ein Teil davon war Sorge. Ein Teil blinde Lust.

Alles davon Naomi.

Phin fuhr sich mit der Hand durchs Haar. »Ich habe sie nebeneinander stehen ...«

»Oh, Phin!«

»Tut mir leid, Miss Ishikawa hat mich kalt erwischt«, räumte er trocken ein. »Wenn es eine Sache gibt, die ich zu lernen habe, dann, dass Naomi Ishikawa immer exakt dort auftaucht, wo man sie nicht haben will!«

»Ach, wie ärgerlich!« Lillians perfektes Make-up konnte nicht verbergen, dass sie Ringe unter den Augen hatte. Auch die feinen Fältchen in ihren Mundwinkeln waren zu sehen, die sich nur zeigten, wenn sie zusammenschrak. »Was ist passiert?«

Sie beugte sich über den Tresen hinweg ihrem Sohn entgegen. Rasch strich sie eine lose Haarsträhne hinter das Ohr. »Naomi sieht ihr ein bisschen ähnlich«, berichtete Phin. »Abigails Anwesenheit hat schon gereicht und sie umgehauen. Aber …«

Wie sollte Phin das jetzt in Worte packen? Wie der Szene, in der zwei Frauen völlig unterschiedlich aufeinander reagierten, Sinn abgewinnen?

Rasende Wut bei der einen. Schmerz. Phin war sich sicher: Naomi würde fuchsteufelswild werden, ja, es würde sie wütender machen als Abigail, wüsste sie, wie viel von ihr Phin in diesem einen verwundbaren Moment gesehen hatte, in dem sie ihre Deckung vernachlässigt hatte. Als in ihren veilchenblauen Augen nichts anderes mehr zu lesen stand als Wut und Schmerz.

»Mrs. Montgomery hat Naomi wohl nicht erkannt«, sagte Phin schließlich. »Da war nichts. Nicht einmal ein Funken von Wiedererkennen.«

»Das arme Ding!« Lillian massierte sich die Stirn. »Ich kann mir nicht einmal vorstellen, wie sie sich gefühlt haben muss. Vielleicht kann Gemma …«

»Nein, nicht!«, warnte Phin seine Mutter sofort. »Mach ja kein Thema draus, okay? Kein Wort darüber, bitte! Keine Ahnung, welche Beziehung die beiden Frauen zueinander haben – oder eben nicht haben –, eines ist klar: Naomi möchte nicht, dass jemand etwas darüber weiß.«

Von Harfen untermaltes Schweigen breitete sich zwischen den beiden aus, während Lillian ihren Sohn sehr gründlich musterte. Phin wusste, er sah angespannt aus. Er konnte nichts dagegen tun. Selbst sein Lächeln wirkte bemüht, als er jetzt den Kopf schüttelte. »Vertrau mir bitte einfach.«

»Das tue ich, Liebling.« Aber sie nahm ihn beim Kinn und drehte sein Gesicht besser ins Licht. Trotz ihrer Müdigkeit war der Blick aus ihren grünen Augen sicher nicht weniger scharf als sonst. »Du bist in Schwierigkeiten, nicht wahr?«

Oh Gott, und wie! »Nein, ganz sicher nicht, Mutter! Ich will dir nur klar machen, dass dein bisher potenzielles Problem sich in ein reales verwandelt hat.« Und ein ziemlich handfestes Problem obendrein, jedenfalls für eine Frau, die aus nichts als Schwierigkeiten zu bestehen schien.

Lillian hob eine ihrer perfekt gezupften Augenbraunen. »Und?«

Phins Lächeln geriet in Schieflage. »Und«, fuhr er fort, legte dabei die Hände auf den Tresen, »ich bewundere das hübsche Kostüm, das du heute trägst.«

»Oh-ha! Schmeicheleien, mein Sohn«, erwiderte Lillian scharf, »bringen dir gar nichts!« Aber sie ließ sein Kinn los, und ihre Augen strahlten. »Kommst du zum Abendessen?«

Neben ihrem Ellenbogen blinkte auf dem Bildschirm des Computers ein blaues Licht.

Phin stieß sich vom Tresen ab. »Nein, ich habe andere Pläne.«

Die Augenbraue verschwand fast unter dem Haaransatz. »Was für Pläne denn?«

Wieder blinkte das Licht auf. Phin steckte eine Hand in die Hosentasche und gab eine ausweichende Antwort. »Ich gehe aus.«

Während Lillian lautlos die Lippen bewegte, um Phin ein: »Bleib hier!« zu bedeuten, hängte sie sich das Headset an die Ohrmuschel und meldete sich: »Empfang. Wie kann ich Ihnen behil…«

Ihr Tonfall änderte sich kein Nuance. Ihre Haltung, ihre Mimik, nichts veränderte sich. Aber Phin kannte seine Mutter. Eine kaum wahrnehmbare Veränderung brachte ihn dazu, augenblicklich stehen zu bleiben. Er runzelte die Stirn, lehnte sich über den Tresen und brachte sein Ohr ganz nah an die Hörmuschel des Headsets, sodass er mithören konnte.

»… unerhörte Frechheit, mir zu sagen, alles sei bestens, wo ich doch ganz genau weiß, dass das nicht stimmt! Also seien Sie bitte endlich so gut und suchen Sie nach Nachrichten, die Katie mir hinterlassen hat, weil ich *weiß*, dass sie mir in jedem Fall eine hinterlassen *hat!*« Eine weibliche Stimme, die britisches Englisch sprach und hochgradig verärgert klang.

Es ehrte Lillian, dass sie geduldig wartete, bis die Frau Luft holte, ehe sie ruhig sagte: »Lillian Clarke hier, Jordana. Bitte beruhigen Sie sich und schildern Sie mir ganz genau, was das Problem ist!«

»Haben Sie nicht zugehört?«

Phin und Lillian wechselten genervte Blicke.

»Ich sagte«, fuhr Jordana gereizt fort, »dass meine Assistentin nicht auffindbar ist. Sie muss das Haus verlassen haben, wahrscheinlich um etwas zu besorgen oder zu erledigen oder zu tun, was sie zu tun hat, wenn ich beschäftigt bin. Aber Katie *verschwindet* nicht einfach! Sie hinterlässt mir immer eine Nachricht. Also sprechen Sie jetzt besser mit der Kleinen, die sich zuletzt nägelpolierend an der verdammten Rezeption den Hintern platt gesessen hat und finden Katie gefälligst!«

Lillians Finger flogen über den Touchscreen an der Rezeption, berührten in rascher Folge die nötigen Felder, um Protokolle und Aufzeichnungen zu durchforsten. »Es tut mir leid, Jordana, aber es liegen keine Nachrichten für Sie vor.« Ganz plötzlich lag es Phin wie Blei im Magen. Er umrundete die Rezeption, um über die Schulter seiner Mutter hinweg einen Blick auf den Bildschirm zu werfen. »Und soweit wir wissen, ist Katie tatsächlich immer noch im Hause.«

»Nein, ist sie nicht!« Wütend stieß Jordana den Atem aus; in der Leitung rauschte es. »Sie geht nicht an ihr Com, und … Oh, nein!«, keuchte Jordana. »Oh Gott, ich war letzte Nacht wirklich sehr betrunken. Wir haben uns gestritten.«

Phins rechte Augenbraue schnellte nach oben; unbewusst spiegelte seine Reaktion Lillians lautlos im Raum stehende Frage.

»Könnte sie denn einfach das Haus verlassen haben, ich meine, ohne auszuchecken?«

»Bitte, Jordana, holen Sie jetzt erst einmal tief Luft«, bat Lillian sanft. »Ich lasse unseren Sicherheitsdienst die Überwachungsaufzeichnungen prüfen, in Ordnung? Wo sind Sie gerade?«

»Im großen Speisesaal und genehmige mir einen kräftigen

Drink.« Jordana senkte die Stimme. »Wenn dieses Miststück mich im Stich gelassen hat …« Sie ließ den Satz unvollendet.

»Lassen Sie uns sie erst mal für Sie finden, ja?«, erwiderte Lillian. Wieder tauschte sie einen Blick mit Phin, dieses Mal stand in ihren Augen Sorge und Unsicherheit. »Hat Katie Sie je länger allein gelassen?«

Phin schüttelte bereits den Kopf, ehe Jordana eisig antwortete: »Katie weiß ganz genau, wer ihren Gehaltscheck unterschreibt, Mrs. Clarke!«

»Natürlich«, murmelte Lillian. Der Blick, der Phin traf, verdüsterte sich vor Sorge noch mehr. »Ich setze sofort den Sicherheitsdienst darauf an. Wir finden Ihre Assistentin, Jordana, ganz sicher!«

»Besser, sie ist tot umgefallen«, fauchte der Popstar, »denn sonst dreh ich ihr den Hals um!«

»Am besten wäre es wohl, beides ließe sich vermeiden«, sagte Lillian ins Mikrofon; ihre Stimme war immer noch so warm und ruhig wie die ganze Zeit über. »Bis Katie gefunden ist, steht Ihnen unser Personal zur Verfügung, wenn Sie etwas brauchen. Die Unannehmlichkeiten tun mir sehr leid, Jordana, aber seien Sie versichert, dass wir die Sache aufklären werden.«

Als das Gespräch so weit gediehen war, zog Phin sich ein paar Schritte zurück. Das Blei in seinem Magen war immer noch da, und ein nicht greifbarer Verdacht nagte an Phin. Scheinbar gelassen griff er das an den Gürtel geklemmte Com und ließ es verbindungsbereit aufspringen. Es musste nur einmal klingeln, ehe Barker sich meldete.

»Sicherheitsdienst.«

»Mr. Barker, ich möchte, dass Sie umgehend den letzten Aufenthaltsort von Katie Landers mit Hilfe der Überwachungsaufzeichnungen lokalisieren.« Phin senkte die Stimme, während er sprach. »Sie ist eins dreiundsechzig groß, hat hellbraunes Haar und trägt eine breitrandige Brille.

»Zusammen mit der Sängerin abgestiegen, richtig?«

»Ja.«

»Ich gebe die Daten in die Gesichtserkennungssoftware ein«, kam es umgehend von Barker. »Gibt es ein Problem?«

Abgesehen von der Sorge, die sich wie ein dicker Anker in tiefen Schlick in seine Eingeweide grub? Phin kehrte Lillian und den Anrufen, die sie tätigte, den Rücken zu. Mit der freien Hand bearbeitete er den Nasenrücken. »Ich hoffe nicht.«

»Okay, dann, ich habe hier Aufnahmen von diversen Eingängen in den Protokollen.« Tastaturgeklimper verriet, dass der Sicherheitschef seine Arbeit tat. »Miss Landers hat Ihre Schlüsselkarte zuletzt benutzt, um ins Erdgeschoss zu gelangen.

»Wann?«

Es entstand eine Pause. Während Phin wartete, starrte er blicklos auf das Marmorbecken, in dem eine der Heilquellen munter gurgelte. »Vor zwei Stunden, Sir.«

»Und davor?«

Phin hörte Barker geräuschvoll die Atemluft ausstoßen. »Der Scanner hat ihre Karte heute Morgen zuerst im Speisesaal erfasst. Dann ist sie in den Schönheitsbereich, und dann … hmm, das ist seltsam.«

Phin runzelte die Stirn. »Was?«

»Sie ist von den Schönheitssalons zu ihrer Suite ohne … nein, das muss ein Systemfehler sein. Irgendetwas stimmt mit den Scannern nicht. Toby hat was in der Richtung erwähnt. Er meinte, die Steckverbindungen hätten sich gelöst oder so was in der Art.«

»Was?«, wiederholte Phin. Sein ganzer Körper kribbelte vor Anspannung. Hinter ihm beendete Lillian gerade ihr Gespräch.

»Nun, Sir, die Sicherheitsprotokolle vermerken, dass sie ihre Suite verlassen hat. Aber es gibt keinen Vermerk, dass sie sie auch wieder betreten hat. Ich lasse die Haustechnik sämtliche Scanner überprüfen.«

»Tun Sie das! Was ist mit der anderen Sache, mit Vaughn?«,

wollte Phin wissen, viel zu müde, um die Antwort noch tatsächlich aufzunehmen.

»Ich habe Toby zu der Adresse geschickt, die in der Personalakte steht. Da war niemand. Aber seine Sachen sind alle noch da.«

Phin schluckte den Fluch hinunter, der ihm schon die Kehle hinaufkroch. »Irgendwelche Hinweise auf Vaughns Verbleib?«

Barker gab einen Laut von sich, der seinen Ärger über das verriet, was sie in der Wohnung gefunden hatten. »Toby hat Wettscheine gefunden von einer Spielhölle in den mittleren Ebenen der Stadt. Der Laden heißt Letzter Ausweg. Mit dem Datum von gestern Abend.«

»Herrgott noch mal!«

»Wir bleiben dran, Sir. In der Zwischenzeit stellen wir den Aufenthaltsort der Assistentin fest. Ich melde mich wieder bei Ihnen.«

Phin klemmte das Com wieder an seinen Gürtel. Er drehte sich um, als er Lillian das Headset ablegen hörte.

Sie seufzte. »Wenn etwas schiefgeht, dann richtig.«

»Stimmt«, bestätigte Phin grimmig. Er massierte sich Stirn und Kopfhaut, als sich das dumpfe Pochen hinter den Schläfen zu ausgewachsen Kopfschmerzen mauserte. »Scheiße!«

»Phin!«, rief seine Mutter ihn zur Ordnung. »Was hast du rausgefunden?« Kurz fasste er zusammen, was Barker ihm berichtet hatte. Phin schüttelte den Kopf, als sie fragte: »Kann es wirklich ein technischer Defekt an den Scannern sein?«

»Wir werden es herausfinden.«

»Was sollen wir jetzt machen?«

»Einsatz des Sicherheitsdienstes rund um die Uhr.« Er verlagerte das Gewicht auf die Fersen, wippte vor und zurück, mit einem Mal todmüde. Das Harfengeklimper schien seinem erschöpften Gehirn dissonant und wenig hilfreich gegen Kopfschmerzen. »Was ist mit Katie?«

»Möglicherweise ist sie tatsächlich einfach abgereist«, beantwortete Lillian die Frage. »Aber es ist genauso möglich, dass sie noch irgendwo im Haus ist. Der Sicherheitsdienst wird seine Arbeit auch ohne dich machen, Phin. Führ du ruhig Miss Ishikawa zum Abendessen aus!« Phins Blick zuckte zum Gesicht seiner Mutter herüber. Lillians Lächeln wurde breiter, wissender. »Ich bin«, setzte sie hinzu, »schließlich nicht von gestern.«

Phin schüttelte den Kopf. »Ich kann doch hier nicht weg, nicht jetzt. Was, wenn etwas passiert?«

»Das regeln wir dann, wie immer«, erwiderte Lillian. »Triff dich mit ihr und geh essen.«

Phins Entschluss wankte. Hin und her gerissen, gestand er sich endlich ein, dass seine Mutter recht hatte. Da es ihm nicht möglich war, eine Meute Bluthunde durch die Flure des *Zeitlos* zu treiben, gab es nicht viel, was er tun konnte, das nicht auch seine Mütter übernehmen konnten.

Aber sollte etwas passieren …

»Phinneas Clarke«, sagte Lillian streng, »bitte erinnere dich daran, dass deine Mutter und ich dieses Haus bereits erfolgreich geführt haben, ehe du alt genug warst, das Wort ›diskret‹ auch nur über die Lippen zu bekommen, geschweige denn es zum Motto deines Leben zu erheben!«

Plötzlich spürte er Wärme und Dankbarkeit und musste trotz seiner Müdigkeit lächeln. Verlegen und doch gleichzeitig besorgt küsste er Lillian die Wange. »Okay, aber wir kommen gleich nach dem Essen zurück. Keine Widerrede.«

»Das ist deine Entscheidung.« Sie lächelte ihn zärtlich an und richtete seine Krawatte. »Und zieh dir etwas Passenderes an. Du hast Öl am Ärmel.«

Verflucht und zugenäht! Hitze schoss ihm ins Gesicht und brannte auf seinen Wangen, als er seine Ärmel begutachtete. Sein Lächeln war längst nicht so ungezwungen, wie er beabsichtigt hatte. Da war tatsächlich ein kleiner Ölfleck.

Nichts, was er sagen könnte, würde einen Unterschied machen, und so räusperte Phin sich, nickte und drehte sich zur Doppeltür um.

»Und, Phin?«

Über die Schulter hinweg suchte er den Blick seiner Mutter. Lillian stand noch immer hinter der Rezeption, eine Hand gebieterisch auf der glatten Holzoberfläche des edlen Tresens. Die andere Hand hatte sie in die Hüfte gestemmt. Sie wirkte unnachgiebig, ganz gestrenge Mutter.

»Bitte sei vorsichtig.«

»Das bin ich. Ich rufe auch gleich bei Swann's an und frage nach, ob sie bei ihrer Warteliste ein wenig schummeln können.«

»Ich meinte …« Lillian fing sich gerade noch, legte die Hand an die Halskette auf ihrem Dekolleté und schüttelte den Kopf. »Ist schon gut. Amüsier dich gut, Liebling.«

Phin zögerte. Aber als er zu sprechen anhob, gab sie ihm mit einem Wink zu verstehen, er solle verschwinden. Sie blickte bereits wieder voll konzentriert auf den großen Touchscreen der Rezeption, als er endlich den Kloß in seinem Hals heruntergeschluckt hatte. Ein Kloß aus aufwallender Liebe ebenso wie aus einem unbestimmten Gefühl von Unbehagen.

Mit einem resignierten Seufzen trat er durch die Türen der Lobby hinaus in den Garten, durchquerte diesen in Richtung des schlichten Vestibüls, das zum Familientrakt führte. Er musste duschen, sich umziehen und ein paar Anrufe erledigen.

In Gedanken stellte sich Phin die Anrufliste zusammen, während seine Finger über den Fettfleck an seinem Ärmel rieben. Gleich mit dem ersten Anruf würde er dafür sorgen, dass der Sicherheitsdienst verstärkt wurde.

»Ich habe gute Neuigkeiten und schlechte.«

Ohne in den Spiegel zu schauen, trug Naomi farblosen Lipgloss auf. Denn ihr Blick galt dem Display des Coms, das auf der Marmorablage unter dem Spiegel lag. »Na, prächtig. Raus damit!«

Eckharts Ton war freundlich wie immer. Falls Jonas ihm alles über ihr kleines Abenteuer gesteckt hatte, war Eckharts Stimme das nicht anzuhören. »Miles ist instruiert, dir die Waffe auszuhändigen, wann immer du bereit zur Übergabe bist.«

Naomis Gesicht hellte sich auf. »Großartig! Ich schicke ihm eine Nachricht, sobald ich eine Gelegenheit finde, mich mit ihm zu treffen.«

»Er ist jederzeit abrufbereit.« Beim nächsten Satz war Eckhart anzuhören, wie verärgert er war. »Und wir sind auf ein neues Problem gestoßen, das uns daran hindert, an die Baupläne zu gelangen.«

Naomi hatte keine Energie mehr, um sich zu ärgern. Eher halbherzig zuckte sie die Achseln. »Nun ja. Ich habe immerhin schon das Stockwerk mit Speiseräumen und Küchen kartografiert, dazu noch die Lounge, die Etage mit den Schönheitssalons«, sie unterdrückte einen Schauder, »und den … tja, ich glaube die nennen das hier Ruheraum oder so.«

»Kartografiert?«

»Dieser Scheiß von Luxusschuppen ist ein Labyrinth, glaub mir. Mehr Personalkorridore und Abzweigungen als die Scheißhölle!«

»Ich glaube nicht«, entgegnete Eckhart trocken, »dass die Hölle Personalkorridore hat. Schön zu wissen, dass du auch mal mit was überfordert bist.«

Naomi wünschte, sie hätte mit Eckhart darüber streiten können. Aber das waren nun einmal die Fakten: Sie war überfordert. Naomi schnitt eine Grimasse und zog das auf Figur geschnittene Etui-Kleid über die Hüften. »Ich habe es dir gleich gesagt: Es ist eine blöde Idee.«

»Vielleicht, ja.« Eckhart seufzte. »Bist du zufälligerweise über jemand Verdächtiges gestolpert?«

Abigail Montgomerys Name lag ihr schon auf der Zunge. Naomi merkte es schon, ehe Eckhart seine Frage ganz ausgesprochen hatte. Dieser selbstsüchtigen Zicke mit nichts als Stroh im Kopf eine kirchliche Untersuchung mit allem Drum und Dran an den Hals zu hängen, wäre Naomi ein Fest. Sie würde sich in die Hose machen vor Lachen. Kichern bis zur Luftnot.

Aber am Ende würde das die Aufmerksamkeit der Kirche nur wieder auf sie lenken. *Mit Risikovermerk.*

Zur Disziplinierung überstellbar.

»Naomi?«

»Da fällt mir nur der tote Kerl in meinem Schlafzimmerschrank ein«, seufzte sie. »Die Gäste scheinen alle ganz normal, zumindest die, denen ich bisher begegnet bin. Hier kommt viel Volk mit einem Tagespass herein. Aber die Tagesgäste haben im Resort nicht dieselben Zugangsmöglichkeiten wie die Dauergäste.«

»Was ist mit den Gästen, die du bisher nicht zu Gesicht bekommen hast?«

»Da gibt es ein einsiedlerisches Paar, aber laut Gerüchteküche verlassen die beiden ihre Suiten weder bei Höllenfeuer noch Hochwasser. Ich muss unbedingt an diese Gästeliste kommen.«

Sicher legte Eckhart jetzt gerade die Stirn verärgert in Falten. Sein Grummeln verriet ihn. »Um Himmels willen, wir haben gerade mal ein Viertel der offiziellen Personalakten durch!«

»Sind das denn so viele?«

»Es handelt sich schließlich um einen Wellnes-Tempel mit mehr Personalkorridoren als die Hölle«, erinnerte Eckhart sie. »Was glaubst du denn?«

»Scheint ein Dauerthema zu sein«, sagte Naomi mit ironischem Unterton.

»Was ist mit dem Hexer?«

»Und schon sind wir wieder bei dem toten Kerl in meinem Kleiderschrank«, erwiderte Naomi mit einem schiefen Lächeln. »Habt ihr das Foto bekommen, das ich euch geschickt habe?«

»Ja. Hat bisher leider zu keiner Identifizierung des Kerls geführt. Hast du Blutproben genommen?«

»Habe ich.« Ihr Blick wanderte hinüber zum Schlafzimmerschrank und seiner glänzenden Lackoberfläche. »Während ich sündhaft teures Duschgel dazu benutzt habe, den Boden von der ganzen Schweinerei zu säubern.«

»Fein. Gib das Zeug Miles mit. Die Blutproben dürften es uns leichter machen, dem Typen auf die Spur zu kommen«, meinte Eckhart.

»Okay.« Mit einem Stirnrunzeln angelte sich Naomi die hässliche Patchwork-Handtasche vom Boden und fügte hinzu: »Ich bin dann weg. Sobald ihr diese Baupläne in die Finger bekommt, will ich sie haben – sofort!«

»Wenn irgendwo noch Pläne existieren«, sagte Eckhart. »Ich sag Miles Bescheid, dass er sich bereithalten soll.« Einen Moment lang schwieg Eckhart, und dann, ganz kurz und kaum wahrnehmbar, vernahm Naomi seinen typischen Drei-Ton-Pfiff. »Also, mit wem gehst du heute Abend eigentlich aus?«

Naomi verbiss sich ein Grinsen. »Ich gehe nur aus, weil ich dann hier rauskomme.«

»Ah-ha.« Eckhart klang kein bisschen überzeugt. »Bitte brich ihm nicht alle Knochen, okay?«

»He ...!«

»Und vergiss die Blutproben nicht.«

»Leck mich, Eckhart!« Naomi beendete die Verbindung, ließ das Com in der Regenbogen-Kotz-Tasche verschwinden und ging auf die Suche nach dem weißen Caban-Jäckchen, auf das sie irgendwo in ihrem Gepäck schon einmal einen Blick erhascht hatte.

Bei den ganzen Klamotten, mit denen die Mission sie für diese Operation ausstaffiert hatte, war nicht ein Outfit, das nach Date-mit-sexy-Phin-Clarke schrie. Zum Henker, wenn's nach ihr gegangen wäre, hätte sie sich in etwas aus Kunstleder mit massig Schnallen gezwängt, alle ihre Piercings wieder dorthin gesteckt, wo sie hingehörten, und Phin Clarke ins Pussycat Perch oder ins Shell Casing geschleppt, um mit ihm eng umschlungen und schwitzend die Nacht durchzutanzen.

Hätte ihn dabei beobachtet, wie er es dann wegsteckte, der Fisch an der Angel zu sein.

Stattdessen war sie von der Schulter bis zum Knie in graue Seide irgendeines namhaften Designers gehüllt, trug blutrote Stiefel mit hohen Absätzen, die gerade so als Reiche-Zicken-Version von *Fick-mich*-Styling durchgingen. Mehr war nicht drin gewesen.

Naomi schlüpfte in die kurze Jacke, hängte sich die Handtasche über die Schulter und bemühte sich um ein neutrales Gesicht angesichts der Regenbogenfarben. Das scheußliche Ding war die einzige Tasche, die groß genug war, um darin die Röhrchen mit den Blutproben zu versenken und dann noch eine Waffe aufzunehmen.

Holster zum Seidenkleid – das ließe man ihr bestimmt nicht durchgehen.

Unschlüssig rieb sie sich die Hände und warf einen kurzen Blick zum Spiegel über dem Kaminsims. Wortlos zeigte sie dem geschniegelten Spiegelbild den Mittelfinger. Dann verließ sie die Suite.

Naomi schaffte es bis hinunter in den Park im Innenhof, ehe ihr Nervenkostüm erste Risse bekam. Unsicherheit ballte sich als schwer zu ignorierender Druck in ihrer Brust.

Was zum Teufel hatte sie sich nur dabei gedacht?

Das hier war nicht ihre Welt. Phin war nicht einmal ihr Typ. Aber da war sie nun, Naomi West, Missionarin, auf dem Weg ins Nachtleben der Oberstadt. Als würde sie wirklich und wahrhaftig dazugehören, eine von den Reichen und Schönen der obersten Ebenen. Sie sah sogar so aus, als würde sie dazugehören.

Vor der Tür zur Lobby zögerte Naomi.

Sie gehörte nicht hierher. Punkt. Nicht hierher, nicht zu Phin, nicht in die Oberstadt. Alles war nur gespielt. So weit, so gut. Sie brauchte einen Weg heraus aus dem Schönheitstempel, sie brauchte ihre Waffe. Sie brauchte einen Übergabeort für die Blutproben. Sie brauchte Kontakt zu Miles.

Aber sie *wollte* diesen Lackaffen Clarke zu Stellungen verführen, bei denen er sich Arme und Beine verknotete. Naomi Ishikawa *wollte* ihn häppchenweise vernaschen. Dann nämlich könnte Naomi West zu Recht behaupten, wenn sie diesen verschissenen Goldkäfig von Knast mit seinen beschränkten, in Watte gepackten Insassen verließe, sie habe dort wenigstens ein angenehmes, richtig interessantes Erlebnis gehabt, das nichts mit Kugelhagel und Blutvergießen zu tun hatte.

Sie knirschte mit den Zähnen und öffnete einen Flügel der Doppeltür. Gerade einmal zwei Schritte in die Lobby hinein genügten, da prickelte ihre Haut bereits alarmiert. Naomi fühlte sich beobachtet. Sie riss den Blick von der künstlichen Quelle los, deren munteres Sprudeln jeden Eintretenden dazu verführte, dorthin zu schauen, und sah sich den forschenden Blicken gleich dreier Augenpaare ausgesetzt.

Phin zwinkerte ihr zu. Eine Herausforderung.

Ein weiteres Spielchen? Naomi reckte das Kinn hoch, ging mit weit ausgreifenden Schritten auf die Phalanx der sie Erwartenden zu. Ihre Stilettoabsätze klackten laut über den Marmorboden. »Phin, Mrs. Clarke«, begrüßte sie die zwei, die sie mit Namen kannte: Gemma und ihren Sohn.

»Guten Abend, meine Liebe«, grüßte Gemma zurück und straffte die Schultern. Neben Gemma, gleich neben dem großen Touchscreen der Rezeption, stand die Dritte im Bunde, eine Frau mit goldblondem Haar und bemerkenswerter Ausstrahlung, und lächelte Naomi an. Die Gelassenheit in Person.

Ganz offen taxierte sie Naomi.

Sofort erkannte Naomi in ihr die hochgewachsene Frau, deren Silhouette sie gestern Nacht auf der Schwelle zur Lobby ausgemacht hatte. Aber Naomi wettete ihren Hintern darauf, dass diese Frau keine Empfangsdame war.

»Naomi«, Phin legte Naomi die Hand in den Rücken und deute mit einer raschen, höflichen Geste auf Gemma, »Meine Mutter kennen Sie bereits, nicht wahr?«

»Sicher«, erwiderte Naomi, wollte weitersprechen, aber zögerte und runzelte die Stirn. Gemmas Lächeln war breiter geworden.

»Dann möchte ich Sie jetzt meiner Mutter vorstellen, Lillian Clarke. Mutter, Miss Naomi Ishikawa.«

Naomis Augen verengten sich, wurden noch schmaler. Ihr Blick wanderte von Lillians strengen Gesichtszügen zu Gemmas schokoladenbrauen Augen, die vor Fröhlichkeit überzulaufen drohten. Dann zu Phin, der Naomi mit demselben leichten, gelassenen Lächeln beobachtete, das auch Lillians Lippen umspielte. »Angeheiratet, oder nicht?«

Phin schüttelte den Kopf. »Nein.«

Naomis Finger zuckten. »Schlitzohr«, murmelte sie und tätschelte seine Wange. In seinen Augen blitzte es auf – Überraschung oder etwas anderes, Naomi vermochte es nicht zu sagen –, und sie brachte sich mit ein paar raschen Schritten in Richtung Rezeption aus seiner Reichweite. Sie streckte der Blonden die Hand entgegen. »Nett, Sie kennenzulernen, Mrs. Clarke!«

Nett, die Frau kennenzulernen, die in der letzten Nacht Abigail Montgomery die Wangen mit angedeuteten Küssen behaucht hatte. Nett, ihr in die wissenden, grünen, mit Gold durchsetzten Augen zu schauen und sie lächeln zu sehen, als quäle sie nicht eine einzige Sorge auf der ganzen Welt.

Nett, das zu tun, während man selbst darüber nachdachte, wie viel diese zweite Mutter wohl wusste. Über eine gewisse Naomi Ishikawa. Über eine Leiche, die diese Naomi Ishikawa notdürftig in einem herrlich auf Hochglanz polierten Schlafzimmerschrank mit Lacktüren verstaut hatte.

Über die Dinge, die diese Naomi Ishikawa mit ihrem Sohn angestellt hatte.

Was sie plante, darüber hinaus an Dingen mit ihrem Sohn anzustellen.

Die Augen der Blonden strahlten. »Lillian, bitte, wenn Sie mögen.« Sie schüttelte ihr die Hand, ein fester, aber dennoch sehr weiblicher Händedruck. Die Hände waren schmal, die Finger feingliedrig und lang, die Fingernägel manikürt, aber nicht lackiert. Ein schmaler Goldring steckte an ihrem Ringfinger, der Zwilling von Gemmas gewirktem Band aus demselben Edelmetall.

»Lillian«, wiederholte Naomi pflichtschuldig. Sie drehte ihr Lächeln auf eine Sonnenbrand verursachende Wattzahl hoch und wandte sich Phin zu. Er zwinkerte ihr zu. »Ich wär dann so weit, Sie auch?«

So weit deinen neunmalklugen Arsch von hier bis auf die Straßen der Unterstadt zu kicken!, setzte Naomi im Stillen hinzu. Ihre Kiefermuskeln fühlten sich angespannt an, das Lächeln schmerzte.

»Viel Spaß«, wünschte ihnen Gemma mit der ihr eigenen Fröhlichkeit. »Richte Franco bitte Grüße aus, ja?«

»Sicher, Mutter.« Den Arm schon um Naomis Taille gelegt, beugte er sich zu Gemma hinunter und küsste sie zum Abschied auf die Wange. Seine andere Mutter, die Blonde, bekam dasselbe.

»Sei vorsichtig.« Lillian fasste ihn am Kinn, warf Naomi kurz ein dünnes Lächeln zu. »Ihr beide.«

Naomi ließ zu, dass Phin sie von der Rezeption in Richtung Eingangstür geleitete. Willig ließ sie sich von ihm dorthin dirigieren und hütete selbst dann noch entschlossen ihre lose Zunge, als er ihr die Tür öffnete und aufhielt.

Und das nicht nur aus Ärger.

Der Mann sah zum Anbeißen aus. Sein Anzug war eine elegante Mischung aus Lässigkeit und perfektem Sitz, von einem Designer entworfen, der sich auf klare Linien konzentrierte. Auf schlichte

Eleganz. Der Anzug war von einem dunklen, rauchigen Grau; das Schwarz des Button-down-Hemds unter dem Sakko passte wunderbar dazu. Auf eine Krawatte hatte Phin verzichtet. Stattdessen hatte er den Hemdkragen offen gelassen, der jetzt den perfekten Rahmen für seinen perfekt schönen Männerhals bildete. Mit einer ganz leisen Andeutung perfekt ausgeprägter Schulter- und Brustmuskulatur.

Das Haar trug Phin zurückgegelt. Naomi erwischte sich bei dem Gedanken, dass auch hier alles perfekt war: Die Frisur unterstrich die Männlichkeit seiner Gesichtszüge, vor allem der Wangenknochen. Der glatt rasierten Wangen.

Silberne Manschettenknöpfe, andere als die, die er am Nachmittag vor dem Massieren abgelegt hatte, blitzten auf, als er mit einer eleganten Handbewegung quer durch den Park auf eine unauffällige Tür deutete, um seiner Begleiterin den Weg zu weisen.

Naomi fletschte die Zähne. »Was zum Teufel war denn das?«

»Meine Eltern«, erwiderte er sanft. Die Hand in ihrem Rücken, warm auf ihrem Kreuz, ließ nicht zu, dass Naomi stehen blieb. Mit Hilfe dieser warmen Hand dirigierte Phin sie zu einem schmalen Flur.

Dieses Mal ließ sie ihn nicht gewähren. Mit einem schnellen Schritt zur Seite schüttelte sie die Hand ab. Phins hohes Schritttempo – langbeinig wie er war – konnte Naomi mühelos mithalten. »Speisen Sie mich ja nicht mit Bockmist ab. Das war eine Falle!«

Mit einem Mal hatte er dieses gewisse Funkeln in den Augen, als er sie ansah. Sein Blick huschte hinüber zu dem Knoten, zu dem sie ihr Haar hochgesteckt hatte. Wie Stachel waren einzelne Haarspitzen daraus herausgezupft. Eine Naomi-West-Frisur. Ganz langsam wurde sein unbeschwertes Lächeln breiter. Es ließ sie wünschen, sie könnte Phin Clarke so nahe sein, als säße sie ihm gleich unter der Haut. Könnte ihm die Haut blutig lecken. »Sie haben die Haare hochgesteckt.«

»Wechseln Sie nicht das Thema!«, gab sie zurück. Aber dass ihre Frisur offenkundig seinen Beifall fand, weckte etwas in ihr, etwas, das sich tief in ihr zu regen begann. Erwartungsvoll. »Sie haben mir vorher absichtlich nichts über Ihre Eltern erzählt.«

»Es ist nicht meine Schuld, wenn Sie nicht zuhören« Phin blieb vor einer schweren Holztür stehen, eine Hand schon am Türblatt. »Ich verstecke mein Privatleben nicht vor anderen.«

»Soso, es sind also immer die anderen schuld.« Naomi hob den Blick, musterte sein Gesicht, in dem Nachsicht mit ihr zu lesen stand. Sie musste sich eingestehen, dass sie sich nicht entscheiden konnte, ob sie ihn vernaschen oder lieber verdreschen wollte.

Vielleicht könnte sie, wo er doch schon so eine dicke Lippe riskierte, ihm erst eins aufs Maul geben und dann seine blutende Lippe lecken, bis es wieder besser wäre.

»Was ist das Problem, Naomi?« Phin hob eine Augenbraue und lächelte ihr mitten ins verärgerte Gesicht. Mit der Fingerspitze seines rechten Zeigefingers berührte er ihre Unterlippe. »Sind Sie sauer, weil Sie es nicht wussten oder weil meine Mütter sie kennenlernen wollten?«

»Weder noch!«, fuhr sie auf. »Ich ... «

Ja, was? Warum war sie eigentlich sauer? Weil sie in die Falle getappt war? Weil sie nicht hatte wissen wollen, dass Phin zwei Mütter hatte?

Weil sie nicht einmal *eine* Mutter hatte?

Sie wischte sich die Haarsträhnen aus dem Gesicht, die es eigentlich umrahmen sollten. Dann schüttelte sie heftig den Kopf. »Ach, nicht weiter wild. Lassen Sie's gut sein. Können wir los?«

»Ganz wie Sie wollen«, meinte er leise und stieß die Tür für sie auf.

Sie führte zu einem weiteren Korridor. Zu einem schlicht gehaltenen, hübsch angestrichenen Flur. Ohne ein weiteres Wort geleitete Phin Naomi durch ein Netz von Abzweigungen, vorbei an Türen, die zu vielerlei Räumen führten, die Naomi nicht zu Gesicht bekam.

Schließlich gelangten sie in ein größeres Vestibül, ein kreisrundes Foyer, ringsum von Säulen umgeben; herrliche Vasen und üppige Topfpflanzen bildeten mit kraftvollen Farben den Kontrast zu cremefarbenen Borden, die in die Wände zwischen den Säulen eingelassen waren. Die Mitte des Foyers markierte eine Aufzugsröhre aus Messing, die Zugang zu anderen Stockwerken versprach.

»Hier wohne ich«, erklärte Phin. Er hatte mitbekommen, wie Naomi sich den Nacken verrenkte, um herauszufinden, was es hinter dem Aufzug zu sehen gäbe. »Das ist der Familienflügel. Gegenüber geht's zum Personalflügel.«

»Ach, das Personal wohnt hier im *Zeitlos*?«

»Nicht das ganze Personal«, erwiderte Phin und stieß eine weitere Tür auf, wieder eine mit einem ganz einfachen Schloss. »Hier entlang.« Naomi trat in die Kühle und Dunkelheit eines Parkdecks.

Ihre rechte Augenbraue schnellte hoch. Wer hätte das gedacht? Doch, ja, denken hätte sie sich das schon können! Aber warum hatte der Nachrichtendienst der Mission nichts von einem Parkdeck erwähnt? Schlampige Aufklärung? Denn eines war doch wohl klar: Es musste mehr als einen Weg hinein in das Spa- und Wellness-Resort geben. Vorratslieferungen würden gewiss nicht über den Hauptfahrstuhl abgewickelt, der das *Zeitlos* mit der Stadt verband.

Zum Teufel, sie brauchte diese Baupläne fast genauso dringend wie ihre Waffe!

»Ihr Wagen erwartet Sie.« Phin zeigte auf eine schicke, silberne Luxuskarosse, deren Motor im Leerlauf schnurrte wie ein träges Kätzchen. Der Wagen hatte fast die Länge einer Stretch-Limo.

Und war damit genauso überflüssig und genauso widerlich selbstgefällig wie ein solches Gefährt.

Reiche Erbin!, ermahnte sich Naomi. Sie ging die Stufen der Treppe hinunter und auf den Wagen zu. Phin war unmittelbar hinter ihr und lachte leise vor sich hin. Im selben Augenblick stieg ein Mann in adretter schwarzer Uniform aus dem Wagen. Er öffnete Naomi die Tür im Fond, um sie einsteigen zu lassen.

»Danke«, sagte sie steif. Sie glitt in das geräumige, luxuriös ausgestattete Innere der Limousine. Cremefarbene Ledersitze; echtes Leder, wenn sich Naomis nervös kribbelnde Fingerspitzen nicht irrten. Weich wie Butter die Polsterung, in die Naomi in genau dem richtigen Maße einsank, um herrlich bequem zu sitzen. Sie konnte ihr Beine ausstrecken und sich breitmachen, wie sie lustig war, und es wäre immer noch reichlich Platz für fünf weitere Passagiere auf den ausladend breiten Rücksitzen.

»Danke, Martin.« Phin ließ sich ihr schräg gegenüber auf die bequemen Sitze gleiten und knöpfte sich in einer geschmeidigen Bewegung das Jackett auf. »Champagner?«

»Ist das Ihr Ernst?!« Reiche Erbin!, warnte sie ihr von der Mission trainiertes Gehirn erneut. »Doch nicht vor dem Essen«, bügelte sie den Fauxpas hastig aus. »Sonst steigt mir der Alkohol direkt zu Kopf.«

»Das höre ich gern.«

Naomi runzelte die Stirn und stützte sich übervorsichtig mit beiden Händen ab, als die Limousine anfuhr. »Dass mir Champagner zu Kopf steigt?«

»Dass es überhaupt etwas gibt, das Ihnen zu Kopf steigt«, meinte Phin leichthin. »Trotzdem.« Er beugte sich vor und öffnete die Schiebetüren einer in die Abtrennung zur Fahrerkabine eingelassenen Mini-Bar. Zwei Sektkelche und eine Flasche, in der Naomi sündhaft teuren Champagner vermutete, kamen zum Vorschein. »Zumindest ist Champagner da, wenn Sie mögen.«

Naomi war hin- und hergerissen. Mit einem Glas Champagner hätten ihre Hände und ihr Mund eine Beschäftigung, die nicht darin bestünde, Phin Clarke auf den butterweichen Sitzen festzunageln und seine Brust zu erkunden, seinen Bauch und seinen …

Ihr Blick zuckte zu der undurchsichtigen Trennscheibe hinüber, die den Fond von der Fahrerkabine abschirmte. Naomi fuhr zusammen, als Phins raues, wissendes Lachen ihr unter den Kragen der Caban-Jacke schlüpfte und sich wie eine Schraubzwinge um ihren Brustkorb legte.

»Das Massageöl habe ich leider vergessen«, sagte Phin und streckte die langen Beine auf dem penibel sauberen, hellen Boden des Wagens aus. Seine auf Hochglanz polierten Schuhe stießen wie zufällig gegen Naomis rote Stiefel. Eine Berührung, mehr nicht. »Aber vermutlich kann ich etwas finden, dass genauso gut funktioniert.«

KAPITEL 11

Phin Clarkes Hände reichten schon. Die Erinnerung war da und beflügelte Naomis Fantasie. Die Wärme seiner Handflächen. Seine geschickten, kräftigen Finger auf ihrem Körper, die Muskeln kneteten und bearbeiteten. Hitze lief in einer Welle durch Naomi hindurch, verebbte gleich darauf wieder. Sie streckte den Rücken durch, straffte die Schultern. »Das hätten Sie wohl gern«, erwiderte sie leichthin auf sein Massageangebot. Eine Herausforderung. Was sonst.

»Sie sind schon wieder völlig verspannt.«

Jenseits der getönten Limousinenscheiben fiel Regen auf Straßen und Stadt. Unzählige glitzernde Bächlein aus Wasser und Licht liefen an den Fenstern des Wagens hinab. Die Stadt summte vor Geschäftigkeit. Die Geräuschkulisse dieser Ebenen, der obersten in der Stadt, unterschied sich von dem stetigen tiefen Dröhnen und pulsierendem Brummen in den Mittelebenen. Aber die Oberstadt war nicht weniger lebendig.

Nicht weniger hungrig.

»Ich frage mich«, begann Naomi, und in ihren Augen funkelte es, »was mich dieser Abend wohl kosten wird.«

»Kosten?« Phin lächelte. Er musterte sie, ließ den Blick von ihren blutroten Stiefeln ihre nackten übergeschlagenen Beine hinaufwandern, bis zum Saum ihres Seidenkleids. Dann sprang sein Blick weiter hinauf, verweilte auf Naomis Lippen. »Habe ich das falsch in Erinnerung? Sagten Sie nicht, *ich* hätte für meine Frauen zu zahlen?«

Um ihre Mundwinkel herum zuckte es. »Ich bin keine *Ihrer* Frauen.«

»Darf ich Sie mir denn trotzdem etwas kosten lassen?«

»Ich stehe nicht zum Verkauf.« Am liebsten hätte Naomi ein Bad in diesen Augen genommen, ihren ganzen Körper mit Schokolade überzogen. Den verbalen Schlagabtausch nahm sie nur am Rande wahr. Denn ihre Aufmerksamkeit fesselte ganz anderes. Mit der Zunge fuhr sie sich über die Unterlippe, suchte mit der Zungenspitze das fehlende Lippen-Piercing in deren Mitte. Phin beobachte, wie sie dort den Lipgloss ableckte. Schalk blitzte in seinen Augen auf. Zugleich erwachte ein ganz bestimmter Hunger in ihm.

»Gut«, erwiderte Phin heiser, »damit hätten wir wohl alles unmissverständlich geklärt.« Und dann, die Sache eines Augenblicks, saß er nicht mehr ihr gegenüber und damit weit weg. Er kniete vor ihr. Ganz nah war das Funkeln seiner dunklen Augen, die Anspannung in seinem Gesicht. Er spürte die Hitze, die von Naomi ausging, ihn anzog, unentrinnbar. Wie eine Motte zum Licht.

Denn das genau war Naomi, Licht, Hitze, die alles in Flammen setzte, alles verzehrte. Naomi selbst spürte, wie sich zwischen ihren Schenkeln die Hitze an dem einen Ort konzentrierte, der vor Erregung feucht in unerfüllter Erwartung pulsierte. Wie flüssiges Silber breitete sich die Hitze träge in Naomi aus, eroberte ihre Arme und Beine, als Phin ihr die kurzen Strähnen aus dem Gesicht strich, die aus ihrem hochgesteckten Haar fielen. Dann nahm er ihr Gesicht in beide Hände.

»Phin«, warnte sie ihn, und ihr Blick bohrte sich in seinen, »du wirst dir die Finger verbrennen!«

»An dir, o Gott, wie gern!«, erwiderte er heiser und küsste sie.

Er küsste sie wie ein Ertrinkender, der verzweifelt nach Luft ringt. Er suchte sein Verlangen, seinen Hunger im lasziven Schwung ihrer Lippen zu stillen, in deren üppiger Fülle. Er raubte ihr Küsse und war trotzdem nicht gierig und fordernd, zwang sie zu nichts. Zum Teufel, das brauchte er auch nicht.

Naomi wollte ihn. Wollte es.

Wollte mehr.

Um sie beide herum die Luxuslimousine, eine seidige Katze, die ununterbrochen wohlig schnurrte, stieß Phins Zunge in Naomis Mund vor. Sie glitt zwischen ihren Lippen hinein, exakt so, wie Naomi sich wünschte, ein anderer Körperteil täte es an anderer Stelle, genauso tief, wie die Zunge vorstieß, genauso fordernd, genauso leidenschaftlich. Augenblicklich waren alle ihre Sinne wie elektrisiert. Naomi roch Phins moschuslastiges Aftershave, sog es ein, pumpte ihre Lungen damit voll. Sie kostete von seiner Zunge, agil und rau und geschmeidig zugleich, kostete die minzige, feuchte Hitze seines Mundes. Sie wollte *mehr*.

Ungeduldig, atemlos, zog und zerrte sie an Phins Jackett. An dem teuren Stoff. In fliegender Hast schlüpfte Phin heraus, um das Jackett achtlos als zerknautschtes Etwas auf den Boden des Wagens fallen zu lassen.

Als ihre Finger sich mühten, ihm das Hemd aufzuknöpfen, kam kehlig ein zustimmender Laut.

Phin riss sich von Naomis Lippen los, und sie konnte bebend Luft holen, während er ihre Hände beiseite stieß und Naomi an den Hüften packte. »Zur Hölle damit!«, murmelte er, riss sie vom Sitz hinein in seinen Schoß. Hart trafen ihre Knie auf dem Flor des ausgelegten Wagenbodens auf, schrammten über den Teppich. Überbeanspruchte Nerven meldeten brennenden Schmerz. Phin seufzte auf, als Naomi mit den Schenkeln seine Taille umklammerte.

Als die Mitte ihres Körpers sich ihren Platz an seiner suchte und ihn fand. Genau das hatte sie sich gewünscht.

»Nicht ganz so«, brachte Phin heraus, »wie ich es mir ausgemalt habe.«

Er zog ihr das Caban-Jäckchen aus, warf es hinter sich, ohne einen Gedanken an den schneeweißen Stoff zu verschwenden. Seine Hände erkundeten Naomis Oberkörper, fuhren die Rippen entlang, strichen über die Brüste. Dann tauchten seine Finger in den Ausschnitt des grauen Seidenkleids und fanden rote Spitze. Diese Spitze hatte er schon in dem Zimmer mit der Massageliege befingern wollen.

Extra für ihn hatte sie den roten BH auch heute Abend angezogen.

»Selbst schuld, wenn du zu wenig Fantasie hast!«, entgegnete sie. Ihr Atem ging stoßweise. Noch während sie sprach, legte sie den Kopf in den Nacken. Phins kundige Finger hatten ihre Brustwarzen gefunden und kneteten sie. Ihre Nippel richteten sich auf, kleine spitze Kuppen sensibilisierter Nerven. Naomi schloss die Augen vor Wonne und im Zaum gehaltener Ekstase. »Oh, das ist gut!«

»Unglaublich!« Leise perlte sein Lachen über seine Lippen. Er verschluckte es, als die Hand, die er unter den Saum von Naomis Kleid schob, auf nackte, bloße Haut traf. Naomi tat alles, das Stöhnen wieder hinabzuwürgen, das ihr die Kehle blockierte. In dem Moment, da Phins Finger die glatte samtweiche Haut innen am Schenkel hinaufglitten, sog sie scharf Luft durch die Zähne. »Eigentlich wollte ich es sehr viel langsamer angehen.«

»Nimm mich langsam«, hauchte sie und zuckte zusammen, als seine Hand über ihren Venushügel hinweg tiefer nach unten glitt. Naomi spürte den Druck seiner Handfläche gegen ihren Kitzler, spürte durch die Spitze ihres Höschens hindurch Phins heißes Verlangen. Sie stöhnte; wie eine Feuerwalze jagte Hitze über ihre Haut. »Ei … eigentlich doch lieber nicht langsam! Hörst du, Phin, nimm mich hier, gleich jetzt!«

In seinen Augen loderte die gleiche Erregung, jeder Muskel angespannt in dem Versuch, sich zu zügeln. Phin schob Naomi hinauf auf die Rückbank. Ohne viel Federlesens sorgte er mit leicht bebenden Händen dafür, dass Naomi willig und einladend die Beine für ihn spreizte. Mit derselben Selbstverständlichkeit hakte er den Finger um den schmalen Streifen roten Spitzenhöschens und zog ihn beiseite. Naomis Finger verkrampften sich im Saum ihres Kleides, als Phin mit der anderen Hand seine erigierte Männlichkeit aus der Hose befreite.

Das. Das war es, was sie von Phin Clarke wollte. Genau diesen Teil von ihm, nackt. Bereit zum Sex. Wildes, ungestilltes Begehren.

Die Kiefermuskeln hart vor Anspannung, beugte Phin sich über Naomi. Seine Lippen strichen ihren Hals entlang, dort, wo ihr wilder Herzschlag pulste. »Tut mir leid«, glaubte Naomi ihn murmeln zu hören. Dann gab es kein bewusstes Denken mehr, denn Phin drang in sie ein, mit einem einzigen kraftvollen Stoß.

Naomi verschränkte die Arme hinter dem Kopf, sorgte für einen schützenden Puffer zwischen ihrem Kopf und dem Sitz. Sie stöhnte, laut, ungehemmt. Phins Lippen suchten ihren Mund, schlossen ihn mit einem wilden Kuss. Er verstand ihre wortlose Ermutigung, zog sich aus ihrem Schoß zurück, aus dem Körper, der sich nach ihm sehnte, und stieß erneut in sie, tiefer noch, sein Schwanz hart und glatt und heiß. Genug Energie, genug Hitze, um wie bei einer Kernspaltung noch mehr Hitze und Energie freizusetzen. Naomis Erregung explodierte. Es blieb nichts außer Empfindung. Es gab nichts mehr außer ihm.

Ihre Beine umklammerten Phin, eng, noch enger, als Naomi zum Höhepunkt kam, viel zu schnell und von enormer Intensität. Wie eine Welle lief der Orgasmus durch sie hindurch, übermannte sie, war so viel zu viel an Empfindung, dass die Grenze zum Schmerz verschwamm. Phin sog jeden ihrer wilden Schreie tief in sich hinein, stieß zu und stieß zu, Bewegungen aus der Hüfte heraus, und dabei verzweifelt bemüht, jede Nanosekunde von Naomis Bewegungen voll auszukosten, jedes Zucken ihrer Muskeln zu genießen, jede der samtigen Zuckungen ihres Orgasmus. Sein Schwanz das Instrument, das ihren Körper zum Klingen brachte. Erst da kam Phin selbst. Seine Lust brach sich in einer mächtigen Welle; seine Muskeln versteiften sich, Lust lief als Zuckung durch seine angespannte Rückenmuskulatur. Seine Muskeln in Armen, Rücken, Bauch, Beinen bebten in dem Versuch, nicht über Naomi zusammenzubrechen.

Sie lachte, noch ehe ihr beider Schweiß zu trocknen begann.

Phin, atemlos, hob das Gesicht, das in ihre Halsbeuge geschmiegt gewesen war. Sein Blick war verschleiert, reuevoll. »Diesen Abend so zu beginnen«, meinte er gedehnt, »war nicht geplant.«

Naomis Lachen flutete ihren Körper. Phin zuckte zusammen, sog heftig die Luft ein, Schock und Überraschung gleichermaßen, als sich ihr Lachen um seinen Schwanz tief in ihrem Schoß legte und zudrückte.

»Bitte, lass das«, brachte er mühsam heraus und ließ eine Hand über ihre Hüfte gleiten. »Du bringst mich um, echt.«

Naomi verlagerte ihr Gewicht, und ihr Herzschlag beruhigte sich. Sie holte tief Luft. Es war anstrengend, sich nicht anmerken zu lassen, wie zittrig sie sich fühlte. »Das habe ich nicht vor«, sagte sie und hoffte, ihr Tonfall wäre leicht und locker, das Gegenteil des inbrünstigen Gebets, das sie gen Himmel schickte. »Wir haben doch eben erst angefangen.«

Phin lächelte. Ganz allmählich erreichte das wissende Lächeln dann auch seine Augen. Sie strahlten Naomi an, schienen ihr ein Versprechen zu geben, welches, vermochte Naomi nicht zu entziffern. Dann sagte er: »Es wird noch besser, versprochen.«

Naomis Gedanken purzelten wild durcheinander. Sie stützte sich auf den Polstern der Luxuslimo ab, nur um gleich darauf zusammenzuschrecken. Der Fahrer klopfte leise und diskret von seiner Seite gegen die dunkel getönte Trennscheibe zwischen Fahrerkabine und Fond.

Phin bot Naomi ein reinweißes Taschentuch an. »Wir sind da«, erklärte er, als die Limousine langsamer wurde. Der verdammte Kerl wirkte selbstgefällig, zufrieden.

Befriedigt.

Ein Hauch dieser selbstgefälligen Befriedigung regte sich auch in Naomi, tief in ihr drin. Sie hatte Phin Clarke dazu gebracht, schneller zu handeln, als er beabsichtigt hatte. Hatte ihn gezwungen, sich zu beeilen, wo er lieber abgewartet hätte.

Ihre Regeln.

Sie konnte jederzeit einfach gehen, wenn es ihr beliebte.

Ihre Blicke trafen sich. Sie ließ seinen Blick, der von heißer Erregung erzählte, nicht los. Ganz langsam führte sie das Taschentuch zwischen ihre heißen Schenkel. Sie zuckte, als der Stoff ihre Scham berührte, beanspruchtes, immer noch erregtes Fleisch.

Naomi wusste, dass Phin es bemerkt hatte. Denn seine Nasenflügel bebten, die Muskelstränge an seinem Hals traten deutlich hervor. »Du bist wunderschön«, sagte er leise und ernsthaft.

Viel zu ernsthaft.

Weil es die leichteste aller Erwiderungen war, lachte sie. Sie knüllte das Taschentuch in der Hand zusammen und bewarf ihn damit. »Und du bist unmöglich!« Er fing es in der Luft und faltete es ordentlich zusammen.

Dann hob er es an die Nase und atmete den Duft ein, den es verströmte. Naomis Lächeln erstarb. Sie wusste, wonach das Taschentuch roch. Auch sie hatte die Mischung aus ihrer beider Gerüche in der Nase, ihren Moschusduft, vermengt mit seinem. Der Geruch schwängerte die Luft zwischen ihnen. Wie eine Sprungfeder zog sich etwas in ihrem Unterleib zusammen, in ihrem Schoß, zwischen ihren Schenkeln. Naomi zwang sich, sich ordentlich und gerade hinzusetzen. Sie klemmte die Knie zusammen, die rot und aufgeschürft verrieten, dass Phin und sie es in der Limo getrieben hatten, schlüpfte in ihre Jacke und knöpfte sie zu.

Rasch kümmerte sie sich um ihre Frisur. Jetzt war es ganz einfach, die Haare wuschelig nach hinten zu nehmen und stylisch zerzaust aussehen zu lassen. »Wir sind da, ja? Wo denn?« Naomi machte auf unbekümmert, auf mäßig neugierig. Auf locker und gleichgültig.

»Das erfährst du noch früh genug. Naomi, verhütest du?«

Sie lachte nicht. Gern hätte sie es getan, gelacht. Aber Phin, der sich gerade das Hemd in die Hose stopfte, blickte viel zu ernst drein, um ihn auszulachen. Das beruhigende Lächeln, für das sie sich entschied, begleitete ein Nicken. Alle Missionarinnen verhüteten. Eine entsprechende Hormonbehandlung war Teil der jährlichen Vorsorgeuntersuchung. Aber das brauchte Phin nicht zu wissen. »Alles im grünen Bereich. Keine Löcher in der Abwehr«, sagte sie leichthin.

Der Blick, der sie traf, brannte wie Feuer auf ihrem Gesicht. »Dafür schlägst du Löcher in jedermanns Abwehr, Liebste.«

Gänsehaut geisterte über ihre Haut. So ernsthaft.

So … *süß*. Mist.

Der Wagenschlag ging auf, und Phins uniformierter Chauffeur hielt ihnen die Tür auf. Hinter ihm sah Naomi nächtliche Dunkelheit und in Regendunst gehüllte Lichter. Ein Glasdach oder etwas in der Art. Vor einem Palast aus Glas und Stahl.

Sicherheitsmaßnahmen auf Oberstadt-Niveau.

Naomi quittierte das mit einer Grimasse und ignorierte die helfend dargebotene Hand des Chauffeurs. Mit beiläufiger Bewegung strich sie sich das Kleid glatt, als sie hinaus in die bittere Kälte trat. Der Wackelpudding in ihren Knien war überraschend beherrschbar.

Ihr Herz dagegen geriet sogleich aus dem Takt, als Phin sich nach ihr aus der Limousine faltete. Phin Clarke glich keinem der Männer, die Naomi West aus der Mission kannte. Sie wusste, dass unter dem teuren Anzug Muskeln spielten. Aber seine Muskelkraft hatte er sich nicht dadurch erworben, dass er in New Seattles unteren Ebenen um sein Überleben kämpfte. Naomi bezweifelte, dass Phin Clarke je die durch Sicherheitsüberprüfungen markierte Grenze im Karussell, New Seattles Highway-System, überfahren hatte.

Bei einem Kampf Mann gegen Mann hätte Phin Clarke keine

Chance. Keine Chance in den ebeneneinwärts gelegenen Straßen der Mittelstadt und schon gar nicht in der Unterstadt, nicht den Hauch einer Chance an all den Orten, die kein Sonnenstrahl je erreichte.

Warum zum Geier hatte sie sofort einen Kloß im Hals und drückte es ihr die Luft ab, wenn er süßlichen Quatsch von sich gab? Wenn er in dieser albernen Beschützer-Pose die Hand in ihren Rücken legte?

Phin nahm den schwarzen Regenschirm, den ihm sein Lakai reichte, und lächelte den Mann an, als habe er, der Boss, nicht gerade sein Verabredung auf dem Rücksitz des Wagens gebumst, den dieser Mann fuhr.

Falls der Chauffeur davon etwas mitbekommen hatte ... Oh, nein, dachte Naomi und lächelte grimmig, und wie Martin das mitbekommen hat! Sie schüttelte den Kopf über die Naivität ihres ersten Gedankens. Wahrscheinlich zahlte Phin dem Chauffeur mehr als genug, damit er nicht einmal mit der Wimper zuckte.

Phin ließ den Regenschirm aufschnappen. Schützend hielt er ihn über Naomis Kopf und deutete gleichzeitig mit der freien Hand auf die Ladenfront am Ende eines schmalen Gehwegs. »Wir legen hier eine kleine Pause ein, und danach fahren wir zum Abendessen. Alles klar?«

»Ich habe nicht die geringste Ahnung«, erwiderte Naomi trocken. »Ich weiß nicht einmal, wo wir sind.« Bestimmt irgendwo im Innenstadtbereich, im Herzen der Oberstadt, wo Geschäft und Geld sich amüsierten. Es war leicht zu erkennen: sauber und ordentlich ein Block neben dem anderen, wie mit dem Lineal gepflanzte Baumreihen, die die Straßen säumten.

Überwachungskameras an jeder Ecke und automatisierte mobile Sicherheitsüberwachung im langsamen Tiefflug. Alles auf dem Sicherheitsniveau eines Gefängnisses mit geringerer Sicherheitsstufe.

Nicht gerade sonderlich sicher, aber immer noch ein Gefängnis.

Mit dem Auto wäre man in fünf Minuten an der Sankt-Dominikus-Kathedrale. Die Mission unterhielt hier oben ein Büro, aber Naomi wusste nicht genau, wo. Sie ging nie in die Oberstadt, wenn es sich vermeiden ließ.

Phin legte den Arm um ihre Taille. »Es wird dich schon nicht umbringen.«

Ein grimmiges Lächeln huschte über Naomis Gesicht, und sie zwang sich dazu, die Klappe zu halten. Die Erwiderung hätte Phin nur zu weiteren Fragen provoziert. Zu Fragen, über die sie nicht nachdenken wollte.

Sie war nicht umsonst Missionarin, und das seit vielen Jahren. Aufzuspüren, was willens und geeignet wäre, sie umzubringen, darin hatte sie Übung. Inzwischen hatte sie auch sehr viel Übung darin, mit dem Umbringen schneller zu sein.

Phin führte sie den schmalen Gehsteig entlang zu einer Glastür, die keinen Namen und auch kein Firmenlogo trug. Nichts, was verraten hätte, wo sich Naomi befand oder was sie hinter der Glastür erwartete. Sie runzelte die Stirn und bemühte sich, am Schirm vorbei zu lugen. »Was, Phin, wollen wir eigentlich hier?«

»Letzte Vorbereitungen treffen.« Die nichtssagende, beiläufig klingende Antwort trug ihm einen Blick ein, der alles andere als freundlich war. Phin lachte leise auf. Er beugte sich zu Naomi hinunter, und fuhr aufreizend langsam, aber sehr zärtlich mit der Zunge über ihre Unterlippe.

»Vertrau mir einfach.«

»Genau das fällt mir ja so schwer«, erwiderte sie mit entwaffnender Ehrlichkeit, der ironische Unterton unüberhörbar. Phin streichelte sanft, nur mit den Fingerspitzen, Naomis Wange. Die Finger waren kalt. Sein Blick senkte sich in den ihren. »Ich weiß.«

Die Tür schwang automatisch auf, und Phin führte Naomi hinein. Wohlige Wärme empfing sie. Ungeduldig wartete Naomi auf

Phin, der, kaum eingetreten, sich umwandte, um den Schirm auszuschütteln. Das Foyer war schlicht gehalten, die Linienführung modern und gerade. Naomi hatte keinen blassen Schimmer von Mode, nicht von dieser Art Mode jedenfalls. Aber sie vermutete, dass es darum ging, Klarheit auszudrücken, Nüchternheit.

Da nichts an den Wänden stand oder hing, kam Naomi der Raum leergeräumt vor.

»Andy?« Phins Stimme hallte von den Wänden wider, einen schmalen Gang hinunter.

»Kommt rein!«

Die Stimme, die aus Räumlichkeiten hinter dem Foyer zu ihnen drang, klang glatt und gebildet. Sie hatte definitiv nichts von einem Andy. »Nach dir«, meinte Phin und bedeutete Naomi, vorzugehen, was ihm einen argwöhnisch-wachsamen Blick unter hochgezogenen Augenbrauen eintrug.

Die Welt, in die Naomi nach wenigen Schritten eintauchte, überraschte sie ebenso wie die Frau, die diese Welt regierte.

Das Atelier schrie jedem, der eintrat, seine Modernität förmlich entgegen; es machte unmissverständlich klar, was das Foyer nur angedeutet hatte. Klare Schwarz-Weiß-Kontraste dominierten den Raum. Alles hier war entweder schwarz oder weiß: jedes Möbelstück, jede Schaufensterpuppe. Die Spiegel hatten schwarze Rahmen; der Teppich war weiß, der Fußboden schwarzer Marmor, von weißen Adern durchzogen. Die Lampen, oben in die Decke eingelassen, warfen hartes, weißes Licht, das nichts verzieh, und mit dieser Strenge weitere Akzente in die asketische Atmosphäre setzte.

Aber nicht die Einrichtung des Ateliers sorgte dafür, dass Naomi überrascht nach Luft schnappte. Es waren die kräftigen Farben, die ihr überall und aus jeder Ecke, von allen Wänden her ins Auge sprangen: Abendkleider, Garderobe für den Tag, Dessous vom Feinsten – alles, was Frau zu jeder Tages- und Nachtzeit zu tragen wünschte.

Dass ihr der Mund offen stand und sie mit großen Augen alles anstarrte, wusste Naomi. Sie war überwältigt und konnte nicht anders: Sie musste sich einmal langsam um sich selbst drehen, um alles in sich aufzunehmen.

»Was hast du mir hier für eine Göttin gebracht, Phin?«

Eine relativ kleine Frau, schlank, platinblond, durchquerte den überdimensionierten Showroom; der weiße Teppich dämpfte ihre Schritte. Der Anzug im Fischgrätmuster, den sie trug, war von einem schreienden Hellrot. Die Hose hatte überlang geschnittene Beine, sodass der Stoff in reichen Falten über die Stiefeletten fiel, deren schwarze Stilettoabsätze gefährlich spitz und hoch waren. Unter der figurbetonten taillierten Jacke trug die Frau keine Bluse, sondern ein schwarzes Spitzenbüstier, das gerade genug aus dem Dekolleté lugte, um den Blick anzuziehen.

Wie mit dem Lineal war der Pagenkopf der kühlen Blonden rasiermesserscharf auf Kinnlänge getrimmt, der Pony, ebenso schnurgerade, hing ihr in die großen blauen Augen. Es war eine Frau, deren Gesicht faszinierte, strenge, klare Linien, die Wangenknochen so hoch, dass sie den Zügen der Frau etwas bemerkenswert Kantiges verliehen. Die Frau kam ihnen entgegen und lächelte ein viel zu herzliches, viel zu breites Lächeln. Aber nicht deswegen sträubten sich Naomi die Nackenhaare.

Es war die selbstverständliche Vertrautheit, mit der die Blonde in Rot sich bei Phin unterhakte.

Die selbstverständliche Vertrautheit, mit der Phin ihr die Wange küsste.

»Andromeda Nikolai«, sagte er und wandte sich mit der Blondine am Arm Naomi zu, um die Frauen einander vorzustellen. In Naomis Fingern kribbelte es. »Das hier ist Naomi Ishikawa. Naomi, das ist meine gute, alte Freundin Andy.«

Ein bisschen Blut hier und da würde dem Gesicht der kühlen Blonden einiges von seiner Strenge nehmen, dachte Naomi. Sie nahm die dargebotene Hand. Die Blonde zog Naomi zu sich herunter und hauchte Begrüßungsküsse rechts und links neben Naomis Wangen.

Es kostete die Hexenjägerin einiges an Überwindung, der Frau nicht die schmalen, dünnen Finger zu brechen. »Nett, Sie kennenzulernen«, nuschelte Naomi stattdessen.

»Nun, ob es von Geschmack zeugt, sich ausgerechnet mit Phin anzufreunden, darüber lässt sich sicher trefflich streiten«, meinte die Frau namens Andy gut gelaunt. »Aber ich freue mich, Sie kennenzulernen, Miss Ishikawa. Wenn ich recht verstanden habe, brauchen Sie ein Abendkleid.«

Den Rücken mit einem Mal kerzengerade stand Naomi da. »Ach, ja? Brauche ich das?«

»Braucht sie keins?«, wandte sich Andy an Phin. Der aber hatte sich bereits auf den Weg zu einem der Ständer gemacht, auf dem sich Kostbares aus üppiger Seide in Smaragdgrün darbot. »Phin, hast du ihr denn nichts gesagt?«

»Nein«, erwiderte statt seiner Naomi und stemmte eine Hand in die Hüfte, »er hat ihr nichts gesagt! Also, jetzt raus damit: Was soll das?«

Phin aber zog nur eines der schimmernden Kleider zwischen den anderen auf der Kleiderstange heraus, eines mit üppigen Drapierungen. Andy schüttelte den Kopf. Sie wandte sich wieder an Naomi, in ihren blauen Augen blitzte Erheiterung, und sagte: »So viel also dazu. Nun, ich kenne ja Ihre Maße …« Naomis Gesichtsausdruck musste ihren plötzlich hochkochenden Unmut verraten haben. Denn die kleine, zierliche Frau lachte. »Ich habe ein besonderes Auge dafür. Keine Angst, Phin hat Sie nicht vermessen, während Sie geschlafen haben.«

»Keine Chance, denn wo er ist, schlafe ich nicht«, grummelte Naomi vor sich hin. Als sie Andys süffisantes Lächeln sah, schlug sie sich die Hand vors Gesicht. »Ähm«, murmelte sie, »so hab ich das nicht gemeint.«

»Aber so soll's sein und wird's sein!«, verkündete Andy in unzumutbar fröhlichem Singsang. In der einen Hand ein aktendeckelschmales Display, nahm sie mit der anderen Naomis Ellenbogen. »Ich habe eine ungefähre Vorstellung, was ich Sie gern anprobieren lassen möchte, Miss Ishikawa. Aber ich wüsste dennoch gern, welchen Stil Sie selbst bevorzugen.«

Naomi fühlte sich wie ein Hund, den Herrchen oder Frauchen an der Leine hinter sich herziehen, als sie der Blonden in einen kleinen, aber hell erleuchten Salon folgte. »Etwas, das nicht grau ist?«

»Grau? Um Himmels willen, sicher nicht, nein!« Wie Lichtbögen sprang Andys Energie auf alles in ihrer Umgebung über. Gegen ihren Willen fand Naomi diesen seltsamen, platinblonden Wirbelwind sympathisch. Zumindest ein bisschen. »Nichts Geradliniges, Schlichtes für Sie, auf keinen Fall. Oder, Phin, was meinst du?«

»Ich bin dir bereits Meilen voraus«, hörte Naomi Phins Stimme, von Taft und Seide gedämpft, die auf Kleiderstangen aufgereiht waren. Sie selbst fand sich währenddessen in einer Ankleidekabine wieder, deren Lamellentür Andy trotz Naomis halb ausgesprochenem Protest bereits hinter ihr zugezogen hatte.

Naomi starrte auf schwarz lackierte Holzwände. Resigniert warf sie die Hände hoch.

Warum eigentlich nicht? Schließlich mochte Naomi es unter normalen Umständen sehr wohl, sich etwas zum Anziehen auszusuchen. Okay, normalerweise kostete das, was sie anzog, nicht so viel wie ein verfluchter Neuwagen. Aber, he, sie war Naomi Ishikawa, das hier gehörte zum Paket.

Und es war eine fantastische Gelegenheit, endlich an das zu kommen, was sie wirklich dringend brauchte. Hastig durchwühlte sie die blöde Regenbogentasche nach ihrem Com. Es dauerte nur einen Moment, und sie hatte die verabredete Nachricht abgeschickt.

Wenn es bedeutete, sie müsste eine paar Anproben über sich

ergehen lassen, um endlich wieder eine Waffe in die Finger zu bekommen, dann bitte schön! Sie würde alles mit einem Lächeln auf den Lippen ertragen und ihren Spaß haben.

Als es an der Tür klopfte, ließ Naomi ihr Com eilig wieder im Bauch der Tasche verschwinden. »Ja?« Sie schob die Tür auf und fand sich einem Traum aus Taft gegenüber, ein duftiger hauchdünner Traum in Nachtblau. Die Kleid-gewordene-Mitternacht kam auf einem wattierten, stoffbezogenen Kleiderbügel daher.

»Probieren Sie doch bitte das«, verlangte Andy von ihr, um ihr dann eilig das Kleid in die Hand zu drücken. »Das muss ein bisschen schneller gehen, meine schöne Göttin. Warten Sie, ich helfe Ihnen!« Und ehe Naomi dieses Mal protestieren konnte, trat Andy auch schon in die geräumige Kabine. In der Zeit, die Naomi brauchte, um die Augen zu rollen, hatte Andy sie mit fliegenden Händen und einer ordentlichen Portion Unverfrorenheit bereits bis auf die Unterwäsche ausgezogen.

»Wow!« Andy stemmte die Hände in die Hüften und begutachtete Naomi von den Füßen mit den gepflegten Zehennägeln bis zum zerzausten Schopf auf ihrem Kopf. Die rote Spitze von BH und Slip, eine Nuance dunkler als das Rot von Andys Anzug, hob sich in perfektem Kontrast von Naomis blasser Haut ab. »Sie sind wirklich hinreißend!«

»Ich bin ...« In dem Versuch, das richtige Wort zu finden, schürzte Naomi die Lippen.

»Überwältigt?« Andy nahm Naomi den Tafttraum wieder aus der Hand und hatte schon den verdeckten Reißverschluss, den Naomi nicht einmal bemerkt hatte, geöffnet. »Verwirrt? Etwas aus dem Konzept?« Wieder verzog die Designerin die Lippen zu einem ironisch-amüsierten Lächeln und fuchtelte mit den Händen in der Luft herum. »Ja, so fühlt sich das an, wenn man mit Phinneas Clarke ausgeht!«

»Nackt«, berichtigte Naomi die Frau ihr gegenüber. Ihr Ton war bestimmt. »Ich bin nackt. Das ist, was ich habe sagen wollen.«

»Fast nackt«, meinte Andy daraufhin und hielt Naomi das Kleid so hin, dass sie nur noch hineinzusteigen brauchte. »Wunderschön in Ihrer Konfusion. Wenn ich meine Kamera dabei hätte …«

»… würde ich sie Ihnen in den Hals rammen!«

Andy lachte auf, kurz und knackig, voller Elan. Naomi kämpfte gerade mit dem Kleid, sodass sie keinen Blick für die andere Frau hatte. »Ich mag sie, Phin!«

»Sie gehört mir!«, hörte Naomi von jenseits des Ankleidezimmers.

Naomi schnaubte, das Gegenstück zu einem Augenverdrehen. Gleich darauf, als ihr Blick in den dreiteiligen Spiegel fiel, fuhr sie zusammen. Taft umschmeichelte ihre Figur, der geschmeidige Fall der Seide, die in schlichter Eleganz die Linien ihres Körpers betonte, unterstrich die Fülle an hauchdünnem Stoff, der an der Schulter gerafft war. Von dort fiel er gerade herunter, rahmte den Rücken ein, fiel auf ihre Hüften, um dann als weiche Welle zu Boden zu fließen.

Luxus pur. Dekadent.

Sie gehört mir. Phins Worte. Verwundert blickte Naomi in den Spiegel.

»Herrje, nein!« Andy blickte entsetzt drein. »Raus aus dem Kleid, aber schnell!«

Naomi fügte sich, und fragte mit einem Anflug von Heiterkeit: »Ist das ein Kleid, das Sie entworfen haben?«

»Alle Kleider hier sind von mir, Schätzchen, und … he, Phin? Keine Raffungen, keine Puffärmel, nichts dergleichen!«

»Ich bin längst ganz von Taft weg.«

Naomi schaute in den Spiegel, um Phins Blick zu begegnen. Er stand unter dem Türsturz, eingefasst vom schwarzen Lack des Türrahmens in einem Meer aus Farben und Stoff. Aber es war sein Lächeln, eines, das sich langsam über seinem Gesicht ausbreitete und einen prüfenden Blick begleitete, der Naomis Magen in Aufruhr versetzte.

Lächerlich, das Ganze. Hier ging es doch nur um ein Kleid!

Naomi straffte die Schultern und tat den letzten Schritt heraus aus dem Kleid, das Andy für sie hielt. Langsam drehte sie sich um, setzte nackte Arme und Beine dabei ebenso wirkungsvoll in Szene wie den flachen, festen Bauch, dessen Muskeln sie anspannte.

»Ich wusste gar nicht, dass du dich mit Kleidern auskennst.« Ihre Stimme klang kehlig, der Tonfall anzüglich, spöttisch. Sie blickte Andy an und fragte mit so viel Ernst, wie ihr möglich war, nur um Phin zu ärgern: »Ist er etwa schwul?«

Andy machte sich fast in die Hosen vor Lachen. »Nein«, haspelte sie schließlich hervor, »herrje, nein! Dieser Mann hat einfach nur Geschmack und ein untrügliches Gespür für den richtigen Stil. Vor allem dafür, was den Körper einer Frau am vorteilhaftesten zur Geltung bringt.«

Phins Blick wanderte über Naomis Gesicht. Ihren Mund. Der Blick strich, als wären es seine Hände, über ihre weiblichen Kurven. Naomi hätte schwören können, sie spürte seine Hände tatsächlich dort, überall auf sich.

Rote Spitze und aufgeheizte Haut.

Naomi hob das Kinn. Sie wusste, dass es ein ganz und gar vergebliches Unterfangen war. Dennoch legte sie die Hand auf die Spitze des Höschens, auf das Tattoo auf ihrem Unterleib gleich darunter. Sie wusste genau, wie alles enden würde.

Mit Kugelhagel und Blutvergießen.

In Phins Augen loderte Feuer. Begierde.

Dann nickte er Andy zu. Kurz, nüchtern. »Auf gar keinen Fall Taft. Sonst sieht sie aus wie eine Karnevalsprinzessin.« Mit diesen Worten ging er. Was blieb, waren die Kleider, die er an die Lamellentür gehängt hatte.

Andy warf die nachtblaue Robe auf den Boden. »Das nächste!«

KAPITEL 12

Naomi Ishikawa war durch und durch Frau.

Keinen Augenblick hatte Phin das bezweifelt. Während sie Kleid um Kleid anprobierte, beobachtete Phin, wie ihre Rückenmuskulatur sich entspannte. Er beobachtete, wie Argwohn und Gereiztheit dahinschmolzen und Empfindungen wichen, die wärmer waren, entspannter. Heiter.

Spaß. Naomi hatte Spaß.

Kaum dass ihm dieser Gedanke gekommen war, wünschte sich Phin, er könnte in diesen unbeschwerten Ort weiblichen Lachens eintauchen wie in ein Quellbecken und Naomi küssen, bis ihr der Atem verginge. Der Kuss sollte ihr das Herz sprengen.

Genau so, wie es auch ihm das Herz sprengte.

Noch ganz in dieses Gefühl vertieft, rieb Phin sich das Brustbein. Sein Blick schweifte über das, was nach der Durchforstung von Andys Atelier noch übrig geblieben war. Es musste etwas anderes geben. Er übersah etwas, etwas, das perfekt war.

Er hörte Andys Stilettos über den Boden klacken, noch ehe sie ihn ansprach. Ihre Stimme war ruhig, entschieden. »Du magst sie.«

Andys platinblonder Schopf reichte ihm kaum bis zur Schulter. Er wandte sich zu ihr um und blickte auf sie hinunter. Er sah ihr direkt in ihre gescheiten, großen blauen Augen. Lügen konnte er jetzt nicht, nicht bei Andy. Sie kannte ihn viel zu gut. »Ja.«

Sie schnitt eine Grimasse. »Du hast wirklich ein Händchen für die Richtigen.«

Ein Feuerwerk aus gemeinsamen Erinnerungen zündete zwischen ihnen, begleitet von verbindendem Lachen, eine kurze Episode der Schwäche, kaum mehr als eine Fußnote in ihrer ansonsten so erfolgreichen Karriere.

Das dachte Phin jedenfalls.

Er legte ihr einen Finger unters Kinn. »He«, fragte er, »was ist los?«

»Ach, du weißt schon«, meinte sie leichthin. Sie legte die Rechte auf Phins Schulter und zog ihn zu sich hinunter. Die Lippen, die seine Wange in einem raschen Kuss streiften, waren warm. »Erinnerungen an gute, alte Zeiten. Tja, was Miss Ishikawa angeht, habe ich alle Register gezogen. Hast du noch eine Idee?«

»Mir gefiel das rote.« Phin ließ zu, dass Andy das Thema wechselte. Aber er hielt ihre Hand fest in seiner. Seine beste Freundin.

Er hoffte, das reichte.

Andy schnitt ein Gesicht. »Zu offensichtlich.« Einen Herzschlag später umspielte ein spöttisches, katzengleiches Lächeln ihre Lippen. »Trotzdem eines meiner besten.«

Phin lachte leise und sah sich noch einmal im Atelier um, suchte mit den Augen die nach ihren intensiven Farben sortierten Möglichkeiten ab.

»Das schwarze Samt ... «

»Uhh, nein!« Andy wedelte mit der Hand, als müsse sie den Vorschlag verscheuchen und entzog Phin dabei wie zufällig ihre Hand.

»Das macht keinen Busen. Darin sah sie aus wie ein Zwölfjähriger in einem Kleid.«

»Bestimmt nicht«, widersprach Phin. »Hast du übrigens bemerkt, wie sie in diesem ... « Er unterbrach sich, runzelte die Stirn. »Was ist denn das Violette da hinten?«

Andy folgte seinem Blick und entdeckte, was Phin erspäht hatte. Ihr Gesicht hellte sich auf. Eilig durchquerte sie das Atelier, grub zwischen den Kleidern, die dicht an dicht nebeneinander hingen, bis sie den Bügel zu dem Kleid fand, dessen Rock unten aus der Stofffülle herausquoll.

»Das hier«, krähte sie triumphierend, »hatte ich völlig vergessen! Aber das ist es, Phin! Volltreffer.« Der Stoff schimmerte in ihren Armen wie eingefangenes Mondlicht, flüchtig und fragil, ein seidiges Gespinst. Das harte Licht der Deckenbeleuchtung fing sich in dem Purpur und wurde in einer Vielzahl von Nuancen wieder zurückgeworfen. Phin dachte sofort an Wolkenfarben inmitten eines mächtigen Gewitters, an deren Purpur, das Blitze entzündete.

Er stieß einen Pfiff aus. »Lauf und sag ihr, sie soll keins der anderen Kleider mehr probieren!«

»Naomi?«, rief Andy laut durch den Raum. »Wir haben das Richtige gefunden!«

Phin hörte von Entfernung und Stofffülle gedämpft Naomi Fragen stellen, hörte Andys aufgeregte Nicht-Antwort und grinste. Er warf einen Blick auf seine Uhr, vergewisserte sich, dass sie noch reichlich Zeit hatten. Die Reservierung, die andere zu bekommen Monate brauchten, stand. Phin musste sich beherrschen, nicht zu Naomi in die verdammte Ankleidekabine zu steigen.

Zu wissen, dass Naomi den größten Teil der letzten zwei Stunden mit nichts auf der Haut als ein bisschen roter Spitze und seinem Geruch verbracht hatte, reichte: Das Blut, das normalerweise sein Gehirn mit Sauerstoff versorgte, war längst dabei, ein anderes sehr viel tiefer sitzendes Körperteil in Bereitschaft zu versetzen.

Der heutige Abend bestünde aus jeder Menge ungestillter Erwartung und damit schönster Qual. Immerhin hatte er Naomi bereits einmal nehmen dürfen.

Blicklos starrte er auf die Naturgewalt der Farben, die Andys Atelier beherrschten, und fragte sich, ob im *Zeitlos* alles in Ordnung war. Nicht zum ersten Mal überprüfte er das Display des Coms an seinem Gürtel. Keine Nachrichten. Phin war nur halbwegs beruhigt. Wenn es ein Problem gäbe, würden sie ihn anrufen.

Trotzdem konnte er das Gefühl nicht abschütteln. Irgendetwas stimmte nicht.

Hinter sich hörte er Andys Räuspern. Er wandte sich um, erwartungsvoll, sah aber nur sie vor sich stehen. Sie lächelte wissend und mitfühlend zugleich. »Wir machen ihr jetzt noch die Haare und frischen das Make-up auf. Und du machst dir in der Zwischenzeit einen Drink.«

»Ist es das richtige Kleid?«

»Das wirst du gleich sehen«, antwortete Andy und verschwand wieder im eleganten Ankleidebereich.

Phin fügte sich notgedrungen, aber nur weil der Drang, doch einen Blick über die Trennwand zu werfen, sonst übermächtig geworden wäre. Schuldbewusst schlug er die andere Richtung, die zu Andys Büro, ein und bediente sich an der umsichtig bestückten Bar.

Langsam nippte Phin an dem teuren importierten Whisky. Die beiden Frauen brauchten wohl noch eine Weile. Wenn man unter Frauen aufwuchs, wusste man, dass man immer warten musste. Also machte Phin es sich hinter Andys schwarzem Metallschreibtisch bequem und ließ wieder einmal das Com aufschnappen, um es auf Nachrichten zu überprüfen.

Zumindest bekäme er so auch noch etwas Arbeit getan. Das hielte ihn davon ab, zu schnell den wunderbar torfigen Whisky zu trinken, und beschäftigte sein Gehirn mit anderem als dem, was in der Ankleidekabine vor sich ging.

Sein Whisky war nur noch halb voll, als Andy in der Tür stand und Phin mit einem Räuspern auf sich aufmerksam machte. Er stellte das Glas ab, erhob sich und hielt inne, als Andy bat: »Bleib hier.« Sie verschwand wieder. Schatten verschmolzen miteinander, weibliche Stimmen unterhielten sich leise.

Phin war, als kollabierten seine Lungen, als Naomi den Fuß ins Büro setzte.

Ihr Haar war Strähne für Strähne in Locken gelegt und einzeln mit Diamanten hochgesteckt, die wie Sterne am Nachthimmel im Schwarz ihres Haarschopfs glitzerten. Ihr Make-up war unaufdringlich, ihr Gesicht durchscheinend wie zartes Porzellan; es schien von innen heraus zu leuchten. Ihre Augen waren durch dramatisch wirkenden Eyeliner betont; ihre Lippen besaßen einen Glanz, der sie noch üppiger und verführerischer wirken ließ.

Naomis Gesichtsausdruck war kühl; sie wirkte unbeteiligt, gleichgültig. Aber unter dem herrlichen Purpur, der ihren Körper mit der Zärtlichkeit eines Geliebten umgab, war jeder Muskel hart vor Anspannung. Aber, Herr im Himmel, worum sorgte sie sich?

»Du ...«, Phin musste heftig schlucken, »du bist umwerfend!«

Das Kleid saß perfekt, unterstrich die weichen, weiblichen Linien von Naomis Figur; die Korsage mit diagonal verlaufendem Goldperlenmuster war eng geschnürt, hob ihre Brüste und machte ihr einen Busen, wie perfekter sie keinen hätte haben können. Ihr Dekolleté war so hinreißend schön, dass Phin wusste, fürchtete, er könnte nicht lange, vielleicht sogar nicht länger, widerstehen, hätte er diese Perfektion weiter, den ganzen Abend lang, vor Augen. Ihre Schultern waren bloß, weiß und glatt wie Porzellan, während mehr Purpur ihre Arme in tief angesetzten Scheinärmeln umfloss.

Und dann Naomis Beine: bei allen Heiligen, Phin würde als glücklicher Mann sterben! Der Rock der Abendrobe, der schimmernd und sanft bis zum Boden fiel, war an einer Seite geschlitzt und gewährte den Blick hoch den Schenkel hinauf. Der Schlitz endete eine Handbreit unter der roten Spitze des Höschens, von dem Phin hoffte, Naomi trüge es immer noch. Das Kleid trug eindeutig Andromedas Signatur; es war unglaublich sexy und absolut kompromisslos.

Aber Naomi trug es, als wäre es extra für sie gemacht. Nur für sie und ihre endlos langen Beine.

»Phin?« Fragend neigte sie den Kopf. Phin konnte den Kehlkopf an ihrem Schwanenhals hüpfen sehen, als sie schwer schluckte. »Hallo?«

»Einen Augenblick, bitte.« Phin ging um den Tisch herum.

Ganz langsam durchquerte er das Büro und blieb erst stehen, als der nächste Schritt sie in seine Reichweite gebracht hätte. Es wurde immer schlimmer … nein, besser, Jesus Maria, schlimmer, je näher er Naomi kam. Einer Göttin gleich stand sie da, eine Kreatur der Nacht, erschaffen aus Mondlicht. Und er …

»Ich erwarte«, hörte er Andy in strengem Ton sagen; sie stand irgendwo hinter Naomi, »dass Miss Ishikawa in dem Zustand bei Swann's ankommt, in dem sie jetzt ist!«

Naomi verlagerte das Gewicht von einem aufs andere Bein. Röte kroch über ihr Dekolleté, ihre Schultern und stieg ihr hinauf in die Wangen. Ihre Augen lachten, wissend, verführerisch, als Phins und ihr Blick sich trafen. »Ja-a«, bemerkte sie gedehnt, Samt in der Stimme, »in genau demselben Zustand.«

Sie wandte sich um. Phins Blick ging zu den hohen Riemchensandalen, die Naomi jetzt trug. Eigentlich fielen sie kaum auf, schmale Bänder aus glitzerndem Gold um ihre Knöchel. Phin wollte diese Sandaletten, diese Knöchel auf seinen Schultern spüren. *Jetzt sofort*.

»Ähm, ja«, gelang es ihm heiser hervorzustoßen. Er räusperte sich und tauschte einen Blick mit Andy, die ihn aus Augen schmal wie die eines unerbittlichen Raubtiers musterte. Phin setzte zu einem weiteren Versuch an und sagte: »In einem Zustand, der absolut perfekt ist, wie ich zugeben muss. Andy, du bist ein Genie!«

»Nein«, verbesserte Andy ihn und hakte sich bei Naomi unter, »ich bin eine Künstlerin. Perfekt war hier die Leinwand, also *sie* hier, Naomi.« Sie bot Phin ihren freien Arm an, und Phin hakte sich unter. Sein Lächeln stand dem Naomis nicht nach, als Andy sie beide zur Eingangstür geleitete. »Habt Spaß, aber benehmt euch …« Der gestrenge Blick galt Phin, der den Anstand besaß, verlegen zu lächeln. »… und um aller Heiligen willen, Naomi, probieren Sie das Dessert! Es ist egal, welches Sie bestellen, aber Sie müssen es unbedingt kosten und dabei an mich denken.«

»Versprochen.«

Trotz ihres glanzvollen Auftritts, ihrer wirkungsvoll entfalteten Schönheit, wirkte Naomi befangen, ihr Blick glasig. Phin hatte fast so etwas wie Mitleid mit ihr. Er berührte ihre Schulter. Wie ein elektrischer Stromschlag knisterte es seinen Arm hinauf und schlug in seiner Brust ein. Ein schwaches Echo einer Wunde, die sich schloss. »Warum gehst du nicht schon mal vor zum Wagen?«, schlug er vor. »Ich komme gleich nach.«

Zu seiner Überraschung schluckte sie das ohne große Diskussionen. Sie wandte sich an Andy. In der einen Hand die regenbogenfarbene Handtasche, die nicht zum Kleid passte, in der anderen eine goldene, die Andy für sie ausgesucht hatte, beugte sie sich zu der blonden Frau hinunter und hielt ihr die Wangen hin, um sich zum Abschied angedeutete Küsse aufhauchen zu lassen. »Danke«, sagte Naomi mit einem verräterischen Glitzern in den Augen, »es war wirklich schön, Sie kennenzulernen, Andy.«

»Ich hoffe, Sie erzählen allen und jedem, dass Sie ein Original-Andromeda-Kleid tragen«, meinte die Designerin und strahlte. »Dann habe ich Arbeit genug bis zum nächsten Großen Beben.«

Naomi drehte sich um, warf Phin über die Schulter einen nachdenklichen Blick zu und schritt wie eine Königin die Stufen vor dem Eingang hinunter. Martin beeilte sich, ihr entgegenzukommen und ihr den Schirm über den Kopf zu halten. Ihm stand ins Gesicht geschrieben, wie hingerissen er war. Mehr noch, sein Blick hatte etwas geradezu Ehrfürchtiges.

Sie hatte ihn bei den Eiern. Phin konnte es Martin nachfühlen.

»Vielen Dank, Andy.« Auch er beugte sich hinunter. Sein Kuss auf Andys Wange war echt. »Ich schulde dir was.«

»Junge, und wie!«, sagte sie. Ihr nachsichtiger Tonfall nahm ihren Worten den Stachel. Sie griff nach seinem Arm, als Phin sich wieder aufrichtete. »Was weißt du über sie, Phin?«

Sie hatte die Stimme gesenkt, ihr Blick war ernst. Phin runzelte die Stirn. »Es gibt jede Menge, das ich nicht über sie weiß«, räumte er ein. »Aber eines weiß ich: Sie ist witzig, sie ist gescheit, sie ist hinreißend …«

»Na, das auf jeden Fall«, warf Andy mit ironischem Unterton ein.

»Ich meine nicht nur ihr Äußeres, sondern auch ihre inneren Qualitäten.« Phin blickte Naomi den Gehweg entlang nach, sah, wie sie einem Mann in einem dunklen Regenmantel auswich, der an ihr vorbeiwollte. Er sagte etwas zu ihr, augenscheinlich etwas Schmeichelhaftes. Denn sie strich mit einer Hand das Kleid glatt und lächelte.

Ihr Blick flog hinüber zu Phin. Aber in der Dunkelheit konnte er nicht erkennen, was dieser Blick bedeuten mochte.

Andys Finger schlossen sich fester um seinen Arm. Die Besorgnis, die in dieser Geste lag, tat ihr Übriges. »Bitte tu mir einen Gefallen«, sagte sie ruhig. »Tu, worum ich dich bitte, und wir sind quitt, in Ordnung?«

Phin legte seine freie Hand auf Andys schmalen Handrücken und versprach: »Alles, was du willst.«

»Frag sie nach ihrem Tattoo.« Als er fragend die Augenbrauen hob, lächelte Andy nur. Es war ein resigniertes Lächeln und hatte nichts Heiteres. Sie tätschelte ihm die Hand auf ihrer Hand. »Genieß den Abend, Schatz! Das Kleid darf sie behalten.«

Ehe Phin ihr auch nur eine Frage stellen konnte, drängte sie ihn zur Tür hinaus und die Stufen hinunter. In Richtung Wagen, dorthin, wo Naomi es sich auf der Rückbank schon bequem gemacht hatte. Sie wartete im Warmen auf ihn; ihr Gesicht sah er nur im Profil.

»In genau demselben Zustand!«, rief Andy in seinem Rücken, um Phin noch einmal daran zu erinnern. Er seufzte. Andys Gelächter folgte ihm die Straße hinunter bis zum Wagen.

Naomis blickte ihn wachsam an, als Phin durch die offene Tür hineinschlüpfte und sich wieder auf den Rücksitz ihr gegenüber faltete. Er rutschte so weit weg von ihr, wie nur irgend möglich.

Naomi saß mit übergeschlagenen Beinen da, und die herrliche Abendrobe enthüllte viel zu viel von diesen langen, schlanken Beinen. Was das Kleid nicht enthüllte, war ein Tattoo.

»Die Fahrt wird ganz schön lang, was?« Sie lachte, mit einem rauchigen, kehligen Unterton, der sich um Phins Männlichkeit legte wie eine Hand. Nur dass sein Schwanz keinerlei Hilfe mehr nötig hatte. Phin tat einen Satz, wie alles andere in ihm. »Würde es helfen, wenn ich …«

»Nicht«, meinte Phin, der Mund verkniffen, die Finger um die Polsterkante gekrallt, »bewegen. Oder wir enden genau dort, wo wir schon waren, als wir angekommen sind.«

»Oh!« Naomi veränderte die Sitzposition, saß mit ordentlich nebeneinander gestellten Beinen da. Aber nur einen Herzschlag lang. Dann schlug sie die Beine langsam wieder übereinander, herausfordernd, sündig. »Tja, okay, also dann.«

Phin langte nach dem Champagner.

Miles würde ihnen zu Swann's folgen müssen.

Naomi blickte aus dem Fenster. Ihr Blick folgte den verzerrten Schatten, die die Lichter der nächtlichen Stadt und die Bewegung der Limousine auf die dunklen Scheiben malten. Irgendwo da draußen war der Kerl, den Naomi jagte.

Selbst in diesem purpurfarbenen Kleid würde sie ihn aufstöbern, jagen, bis sie ihn hatte, und ihn zur Hölle schicken. Sie sehnte sich nach ihrer Waffe.

Naomi spürte, wie ihr die Haut kribbelte, als streichelte sie jemand. Ein Blick, der wie eine körperliche Liebkosung war. Sie wusste, Phin beobachtete sie. Wieder. Immer noch. Ein Teil von ihr genoss es. Sie wusste, dass er sie unwiderstehlich fand, hier und jetzt. In dieser elenden Abendrobe, die aus dem Stoff gesponnen schien, aus dem die Wolken sind. Ein Teil von ihr wusste, dass Phinneas Clarke nur das Kleid sah. Die reiche Göre.

Die Erbin.

Trotzdem war es die Nacht der Nächte. Ein feudales Abendessen, eine Abendrobe, Phins Hände und Lippen überall auf ihr – was war schon dabei? Morgen würde sie den Druck auf Carson erhöhen, die Jagd beginnen. Und dann über ihn kommen wie das Jüngste Gericht. Sie musste nur noch herausfinden, wo er sich versteckt hielt. Keine große Sache. Sie konnten nicht länger auf die Baupläne des *Zeitlos* warten.

Morgen könnte sie Carson dann ein paar Kugeln verpassen.

Aber heute Abend durfte sie Naomi Ishikawa sein.

Sie sah Phin an. Ihr Blick blieb an seiner Kinnpartie hängen, an der Linie seines Unterkiefers, an seinen Wangenknochen. An seinen Augen, die vor Lebendigkeit sprühten. Sie konnte es bis hierher sehen, trotz der dämmrigen Beleuchtung im Fond der Limousine. »Aha. Also das Swann's.«

In Phins Mundwinkeln zuckte es. »Da hat Andy wohl ihren Mund nicht halten können.«

»Eine frühere Geliebte?« Naomi versuchte beiläufig zu klingen. Phins Lächeln wurde breiter und er nickte.

»Eine Zeitlang, ja.«

»Was ist passiert?«

Phin stellte das leere Champagnerglas zurück in den kleinen Barschrank. »Beruf und Karriere waren ihr wichtiger als ein Partner.« Wieder spürte Naomi seinen Blick auf sich ruhen.

Beziehungsweise auf ihrem Dekolleté, wie sie mit einem Anflug von Galgenhumor feststellte. Sie rutschte auf dem Sitz hin und her und klemmte schließlich einen Finger unter die hauteng sitzende Korsage. Daran herumzuhebeln, verschaffte Naomi kein Stück mehr Luft. Das verfluchte Ding war wie aus Stahl gemacht. Darin zu atmen war nicht vorgesehen. »Du scheinst nicht gerade am Boden zerstört deswegen.«

Sie tauschten einen Blick. Erheiterung legte sich über Phins Gesichtszüge, vertrieb alles andere, was man in seinem Gesicht hätte lesen können. »Das ist fast acht Jahre her, Naomi. Andy und ich, wir waren beide noch jung. Das *Zeitlos* war der Mittelpunkt meines Lebens, und sie wollte ihr Atelier, Kleider entwerfen.« Einen Herzschlag lang schwieg er. Dann fuhr er fort: »Ich bin diesen Monat zweiunddreißig geworden. Ich habe meine Unschuld mit siebzehn verloren, und nein, Andy war daran nicht beteiligt. Mein erster Kuss war auf der Geburtstagsparty einer Klassenkameradin. Ich war zehn, sie war elf. Möchtest du wissen, mit wie vielen Frauen ich geschlafen habe?«

Naomi reckte das Kinn in die Höhe. »Nur wenn es dir dann auch gefällt, dass die rosarote Brille, mit der du mich betrachtest, irreparablen Schaden nimmt.« Zuckersüß troff es von jedem Wort, das ihr über die Lippen kam.

Phin kniff die Augen zusammen. Jenseits der entspannten Stimmung blitzte es gefährlich in seinen Augen. »Tatsächlich.«

Der Wagen wurde langsamer. Naomi hatte vorgehabt, Phin mit Blicken herauszufordern und seinem Blick standzuhalten. Sie wollte beweisen, dass sie in einem Designerfummel in einer Luxuskarosse sitzen konnte und nichts von der Frau dabei verloren ginge, von der Phin Clarke gar nicht wusste, dass es sie gab. Aber helles Licht flutete durch die getönten Scheiben der Limo herein, explodierte wie Feuerwerk. Naomi runzelte die Stirn und kniff die Augen zusammen, als sie aus dem Wagenfenster sah.

»Willkommen bei Swann's«, meinte Phin trocken.

»Presse?« Das gefiel Naomi ganz und gar nicht. Viel zu viele Menschen. Fotos. Ihr Gesicht in den Nachrichten. Schlimmer noch, sie an Phins Arm. »Ich kann Journalisten nicht ausstehen.«

»Eine Bezeichnung wie diese verdienen sie kaum.« Phin drehte sich im Sitz um und klopfte an die Trennscheibe zur Fahrerkabine. Die Scheibe wurde heruntergelassen, und Martin neigte den Kopf unter der Chauffeursmütze, um zu signalisieren, dass er zuhöre. Währenddessen steuerte er den teuren Wagen sicher an unzähligen anderen Wagen derselben Luxusklasse vorbei.

Naomi blickte finster drein. Die Nacht der Nächte für die Reichen und Verruchten, was?

»Ich habe uns bereits angekündigt, Sir«, meldete Martin in seiner korrekten und präzisen Art. »Man erwartet Sie am rückwärtigen Eingang.«

»Danke.« Die Trennscheibe wurde wieder hochgefahren, und Phin drehte sich mit einem Lächeln zu Naomi um. Er rückte sein Jackett zurecht. »Damit wäre das dann erledigt.«

»Phin, ich möchte nicht …«

Er schüttelte den Kopf und hob abwehrend die Hand. »Entspann dich. Das hier ist eine Verabredung, Naomi. Ich bitte dich ja nicht gleich, mich zu heiraten. Es kann aber sein, dass ich dich bitte, mir noch einmal die rote Spitze zu zeigen«, fügte er mit einem jungenhaften Lächeln hinzu. Es schlug bei Naomi ein, bittersüß, und traf sie mitten ins Herz. »Nur hat das eine mit dem anderen wirklich nicht viel zu tun, glaub mir.«

Nein, hatte es wirklich nicht. Mit Sicherheit würde Naomi es überleben, ihm die eisblauen Dessous vorzuführen, die Andy in die Ankleidekabine geschmuggelt hatte, als Phin nicht hingeschaut hatte. Die waren tausend Mal sexyer als die rote Spitze. Naomi lächelte Phin an. Aber das Lächeln half nicht. Den Stich mitten ins Herz spürte sie immer noch, der Schmerz blieb.

Nervosität. Weiter nichts. Was sollte es auch sonst sein? Naomi strich ihr Kleid glatt, als die Lichter hinter der Limousine zurückblieben. Nach kurzer Fahrt hielt der Wagen.

Die Fahrertür wurde geöffnet, und Martin erschien am Seitenfenster.

Phin stieg als Erster aus, ließ Naomi die Zeit, Andromedas Abendrobe am Saum zusammenzunehmen. Erst dann streckte er ihr die Hand entgegen, um ihr beim Aussteigen behilflich zu sein. Die Hand versprach Sicherheit. Dieses Mal nahm sie Phins galantes Angebot an.

Sie ließ zu, dass er sie beim Aussteigen zu nah zu sich zog. Ihre

Hand festhielt, die ganze Naomi bei sich hielt, als es schon lange nicht mehr nötig war.

Die kalte Herbstluft kratzte ihr mit Eisnägeln über die Haut, aber in Phins Arm, an seiner Seite, war es warm. Sie tauschten einen Blick. In seinen Augen züngelte wie Feuer sehnsüchtige Erwartung, Lust.

Sein Lächeln ließ Naomi all die guten Manieren vergessen, die sie nicht besaß.

Naomi achtete nicht mehr auf Martin, achtete nicht mehr auf Neonlicht und Blitzlichtgewitter, nicht auf das Stimmengewirr den Block hoch und einmal um die Ecke. Naomi neigte den Kopf, und das bisschen Distanz zwischen ihr und Phin schmolz dahin, als sie einen kleinen Laut ausstieß, aus tiefster Kehle, voller Ungeduld. Hungrig.

Phin zog sie näher an sich; der Arm um ihre Taille ein Lasso, das sie einfing, und sie ließ es willig geschehen. Jeder Muskel stand unter Spannung, nur Phins Lippen … Oh, diese Lippen, dieser Mund! Mit diesem Mund raubte Phin Naomi einen Kuss, löschte das gierige Feuer von ihren Lippen, nur um es neu zu entfachen. Sie vergaß die Kälte der Nacht, als seine Lippen ihren Mund liebkosten, als sie ihre Wärme, ihre schwüle Erwartung spürte. Sie schmeckten süß, diese Lippen, nach Naomis Lipgloss.

Sie schmeckten nach Nervenkitzel und nach Männlichkeit. Sie schmeckten ganz nach Phin.

Naomi blieb die Luft weg. Ihre Brustwarzen stellten sich auf, zwei Perlen, geboren aus der aufwallenden Hitze ihres Blutes, seltsam träge wie langsam schmelzendes Eis. Unfähig, den Kuss zu beenden, nicht willens, ihre Lippen von seinen zu lösen, ließ sie die Finger durch Phins Haar gleiten, legte ihm die Hand auf den Hinterkopf und zog Phin näher zu sich.

Lippen, die verschmolzen. Brüste, prall vor Lust und hungrig an seiner Brust. Sein Oberschenkel, zwischen ihre Schenkel geschoben. Ganz nah am Ort empfänglicher Feuchte, sensibilisierten Fleisches, das nur manifest gewordene Dekadenz aus Seide von Phin trennte.

Seine erigierte Männlichkeit, hart und drängend an ihrem Schoß.

Mit einem verhaltenen Lachen, kurz vor dem Absturz in etwas von unbändigerer Gefühlsgewalt, riss sich Naomi von Phins Lippen los. Die Hand wie einen Prellbock zwischen ihr und ihm gegen seine Brust, sagte sie: »Okay, Schlitzohr.« Es sollte ungezwungen klingen. Stattdessen verriet es, wie atemlos sie war. Wie sehnsüchtig, wie hungrig. Es verriet mehr, als ihr lieb war.

Seine Augen waren in dem gedämpften Licht der Nebenstraße schwer zu erkennen. Aber sein Lächeln war pure männliche Befriedigung. Er nahm die Hand von Naomis Hüfte, fasste sie stattdessen am Ellenbogen, um sie von der Limousine ins Nobelrestaurant zu geleiten. Aber zuvor brachte er seinen Mund nah an ihr Ohr und flüsterte: »Du schmeckst wie Milch und Honig.«

Das war keine Poesie, nur eine simple Feststellung. Schließlich schmeckte Naomi tatsächlich nach Milch und Honig. Es war der Lipgloss, den Andy ihr zugesteckt hatte und der ihre Lippen geschmeidig halten sollte. Naomi wusste das.

Aber Phins warmer Atem, der ihr Ohr mit Geisterfingern kitzelte, war wie eine Liebkosung. Seine Lippen streiften die empfindsame Haut an ihrem Hals, gleich unterhalb des Ohrs; seine Hand umschloss ihren Ellenbogen wie ein Schild aus Geborgenheit. Die simple Feststellung war ein Aphrodisiakum, steigerte die Lust, die als feuchte Hitze zwischen Naomis Beinen pulsierte.

Dessert? Naomi war sich nicht einmal sicher, ob sie es durch den Hauptgang schaffen würde.

Naomi drückte die Schulterblätter durch und machte mit weichen Knien ein paar Schritte heraus aus Phins Reichweite. Aus reiner Notwehr.

Der Mann hatte eine mehr als männliche Ausstrahlung.

Phin nickte dem Chauffeur zu, der mit ausdrucksloser Miene

aufmerksam etwas in der entgegengesetzten Richtung gemustert hatte. »Martin, ich rufe durch, wenn Sie uns wieder auflesen können.«

Um die Ecke begann das nächste Blitzlichtgewitter. Die künstlichen Blitze sprenkelten kurz aufflammende Lichtpunkte über die Mauern der Stichstraße; schnell sich wandelnde Schatten tanzten über Ziegelsteine, die regennass glänzten. An der Einmündung der Nebenstraße in die Hauptstraße erkannte Naomi eine Gestalt, die gerade um die Ecke gebogen war.

Sie erkannte den Tweedhut, der keck aufs Ohr gesetzt war.

Na, endlich!

»Selbstverständlich«, erwiderte Martin und tippte sich an den Schirm seiner Mütze. Über sein Gesicht huschte die Andeutung eines Lächelns. »Genießen Sie das Abendessen, Sir. Ma'am.«

Jetzt musste Naomi nur noch einen Weg finden, Miles entweder in den Nobelladen zu schleusen oder die Waffe von ihm hier draußen auf der Straße in Empfang zu nehmen.

»Naomi?« Phin bot ihr den Arm, gerade als die blanke Glastür keinen Meter von ihnen entfernt aufglitt. Auf deren Schwelle hieß ein Mann in einem schwarzen Anzug und blütenweißem, gestärktem Hemd Phin und Naomi mit breitem Lächeln willkommen.

Rasch warf Naomi über die Schulter einen Blick zurück. Die Limousine war bereits losgefahren. Die Scheinwerferkegel erfassten Miles' hochgezogene Schultern und den vom Regen durchgeweichten Mantel.

Er war noch nicht nah genug. Auf diese Entfernung konnte sie ihm keinen Wink geben.

»Sicher«, sagte Naomi etwas zu aufgeräumt und hängte sich bei Phin ein. Noch mehr Blitzlicht, noch mehr Stimmen, die wirr etwas riefen und wild Namen brüllten, die Naomi nicht verstand.

Unmittelbar über ihrem Kopf zerfetzte es Ziegelstein. Die Splitter flogen in alle Richtungen; wie ein tödlicher Hagelschauer regneten sie zu Boden, schlugen in die Mauer gegenüber ein. Ein

Splitter streifte Naomis Unterarm, und Adrenalin flutete ihren Körper, ihr ganzes System, während auf weißer Haut ein vor Blut dunkler, dünner Streifen erschien.

Miles' Stimme, Warnruf wie Befehl, hallte von den Mauern wider. »Runter!«

Ohne sich umzusehen, ohne überhaupt Zeit mit Denken zu verschwenden, war alles eine einzige fließende Bewegung: Phin beim Arm zu packen, den Mann herumzuwirbeln, den Saum des Kleides aus dem Weg zu kicken, nur fort von den spitzen, hohen Absätzen der zarten Sandaletten, mit derselben Bewegung ihres langen Beins, jetzt unbehindert auszuholen und Phin die Beine unter dem Körper wegzureißen. Er schlug auf dem Pflaster auf, ehe er überhaupt Zeit hatte, überrascht zu sein.

Naomi folgte ihm keinen Atemzug später, warf sich über Phin und nagelte ihn am Boden fest.

Der nächste Splitterhagel, der über ihren Köpfen niederging, schickte einen Regen scharfer Geschosse herunter. Besorgt und ohne jegliches Gespür für die Gefahr, eilte der Maître aus der relativen Sicherheit des Eingangsbereichs herbei.

Er fuhr zusammen, als ein Steinsplitter ihm die Wange aufschlitzte.

»Rein mit Ihnen, sofort!«, brüllte Naomi. Aber der Idiot gehorchte nicht. Nur seine Hand zuckte hoch zur verletzten Wange.

Naomi hörte die Schüsse nicht. Konnte sie nicht herausfiltern aus dem Geschrei der Menge einen halben Block weit entfernt. Aber der Maître fiel zu Boden wie eine Marionette, der man die Fäden durchtrennt hat. Wie in Zeitraffer erblühten auf seiner Brust Blumen aus Blut von der Knospe zur vollen Blüte. Das Glas der Tür hinter ihm bekam Sprünge. Zerbarst.

Für den Mann kam alles zu spät.

Naomi war schon wieder in Bewegung. Während sie sich von Phin herunterrollte und sich den Saum des Kleides griff, sprang sie auf die Füße. »Miles!«

Der Missionar klebte auf der gegenüberliegenden Straßenseite an der Mauer. »Scharfschütze!«, brüllte er und warf Naomi den kleinen, schwarzen Kasten zu, den er bei sich hatte. Die Bewegung war von einer Mühelosigkeit, die nur durchtrainierte Muskeln besitzen. Der Kasten erwischte Naomi voll an der Brust und trieb ihr für einen Augenblick alle Luft aus den Lungen. Aber Naomi fing den Kasten sicher auf.

Endlich. Verflucht noch eins, endlich eine Waffe!

Miles fing die regenbogenfarbene Handtasche, die sie ihm im Tausch für die Waffe zuwarf. »Clarke hat erste Priorität«, befahl er, »bring ihn in Sicherheit.« Miles startete durch, zurück in Richtung der Lichter, in Richtung Straßenkreuzung. Er würde das Gebäude umrunden, und sie musste Phin aus dem Schussfeld schaffen. Sie wusste, dass das Licht, das aus dem Restaurant auf die Straße fiel, wie ein Scheinwerfer auf sie gerichtet war. Sie waren das perfekte Ziel; sie hätte sich auch mit Neonfarbe übergießen und eine Zielscheibe auf ihren Rücken malen können. Naomi riss den Deckel des schwarzen Kastens auf.

»Naomi!« Phin kniete neben dem reglosen Maître und beugte sich über ihn, als könnte er noch etwas für ihn tun, wenn ihm selbst eine Kugel erst den Schädel zerfetzte. Ein Ärmel des edlen Jacketts war herausgerissen, überall Straßendreck und Matsch von den Pfützen.

Andromedas wundervolles Kleid würde nie mehr aussehen wie zuvor, selbst wenn Naomi sämtliche Flecken herausbekäme.

»Weg von dem Mann!«, befahl sie rau und musste sich selbst gegen das Gefühl abschotten, ihm helfen zu wollen, dagegen, um schimmernde Seide zu trauern. Ihre eigene Haut und Phins Leben zu retten, verdammt noch mal, zählte, sonst nichts! »Phin, raus aus dem Licht!«

Endlich schlossen sich ihre blind tastenden Finger um den Griff der Waffe. Eine Beretta – nicht gerade ihre Lieblingsknarre. Und trotzdem: was für eine Erleichterung! Für den Bruchteil einer Sekunde gestattete sich Naomi, die Waffe in der Hand zu wiegen, ihr Gewicht zu spüren. Ihre Kälte, ihr Gewicht, ihre handfeste Zuverlässigkeit. Sie tastete nach dem Abzug.

Die Waffe wurde zu einer Verlängerung ihres Arms.

Eine schnelle Folge von Schüssen ließ das Glas zu ihren Füßen hochspritzen. Tänzelnd wie ein Boxer sprang sie zurück, brachte sich aus dem Lichtkegel. Dieses Mal gab es kein aufgeregtes Geschrei und Geschnatter, das den Knall der Schüsse überdeckt hätte. Gewehrschüsse krachten wie ferner Donner, dumpf, als würde der scharfe Laut von einem schallgedämmten Raum geschluckt. Dumpf, aber nicht unhörbar.

»Verflucht, Phin, mach endlich, dass du hier rüberkommst!«

»Aber …«

Sie hechtete durch den Lichtkegel, packte Phin am Kragen und riss ihn hoch auf die Füße. Der Schwung ließ ihn gegen sie taumeln. Von der Gegenbewegung wäre er rücklings wieder in den Lichtkegel befördert worden. Einer der Bleistiftabsätze brach, als Naomi Phins Gewicht abfing, um das zu verhindern.

Phin war schockiert, sein Gesichtsausdruck grimmig. Sein Blick war glasig, als er seine blutigen Finger zornig in Naomis Arm krallte. »Was ist hier los?«

Ein paar Sekundenbruchteile reichten dafür, Phin ins Gesicht zu blicken, ihm einen Stoß zu versetzen, der heftig genug war, um sich aus seinem wütenden Griff zu befreien, sich mit ihm wie in einem bizarren Ballett um die eigene Achse zu drehen. »Das ist … *Scheiße!*« Die Kugel, die Naomi traf, riss die Jägerin herum. Das Geschoss schrappte über ihre Schulter, zog eine tiefe Furche die Schulter entlang bis zum Hals, am Hals entlang. Verdammt nah an der Halsschlagader. Verdammt zu nah an Naomis Kehle.

Einen Lidschlag zuvor war Phin noch dort gewesen, genau dort, wo die Kugel ihre Bahn genommen hatte. Bevor Naomi ihm den Stoß versetzt hatte, aus dem Schussfeld heraus.

Naomi fing sich an der Wand hinter ihr, stieß sich ab, während

Schmerz ihr Blickfeld in blutrote und goldene Sternchen zerfetzte. »Lauf!«, spie sie zwischen zusammengebissenen Zähnen hervor. Beweg dich! Sie musste nur in Bewegung bleiben, immer weiter, bis Phin und sie in Sicherheit wären.

Keine Zeit für blutende Wunden.

Sie biss die Zähne noch fester zusammen und zerrte Phin vom Gehweg hinunter in die Dunkelheit der Stichstraße, auf deren Einmündung in die Hauptstraße zu. Sie trieb ihn vor sich her, auf die Blitzlichter zu und die Traube aus Reportern und ankommenden Gästen vor dem Haupteingang des Swann's. Sie ließ ihm keine Zeit, irgendwelche Fragen zu stellen.

Sie war sich sicher, Schock und Angst hatten ihn ebenso im Griff wie sie. Nur das Adrenalin hielt sie aufrecht. Naomi ließ Phin nicht los, stieß ihn, die Faust in sein Jackett hineingekrallt, immer weiter vor sich her. Die Straße hinauf.

Erste Priorität.

Mit voller Absicht blieb sie zwischen Phin und dem Scharfschützen, deckte Phins Rücken mit ihrem Körper. Der Kerl war nicht sonderlich gut im Zielen. Oder, dachte sie, und Schmerz brannte in der pochenden Wunde bis hinunter in ihre Schusshand, oder der Kerl ist gerade gut genug.

Funken stoben von der Wand hinter ihnen, noch mehr Splitterhagel folgte. Naomi wusste nicht, ob die scharfen Geschosse sie trafen. Sie spürte nichts außer dem Adrenalin, das in ihren Adern kochte, und dem Brennen in der Scharte zerfetzten Fleisches, die ihr die hinterhältige Ratte mit einer seiner Kugeln bereits verpasst hatte. Adrenalin und Schmerz gaben ihr die Kraft, Phin um die Hausecke am Ende der Seitenstraße zu schieben. Sie drängte ihn hinein in das Gewusel aus Menschen, das hohe Gitter und ein Kordon aus uniformierten Sicherheitskräften vom Eingang des Swann's abschotteten.

Abrupt blieb Phin stehen, ließ Naomi auflaufen. Ehe sie ihn anbrüllen konnte, war er zu ihr herumgewirbelt und hatte ihr im selben Moment schon die Waffe entwunden. Er steckte sich die Beretta hinten in den Hosenbund, wo das Jackett sie verbarg. Dann packte er Naomi, seine Hände um ihre Oberarme wie Schraubzwingen. »Bleib ganz nah bei mir!«, verlangte er kategorisch. Er zog sie an die Brust, als die Ersten im Mob auf sie aufmerksam wurden. »Lächeln, los, mach!«, befahl er. Sein Ton ließ keinen Widerspruch zu. Phin legte Naomi den Arm um die Schultern.

Er barg Naomis verletzte Schulter unter seiner Armbeuge; die Wunde brannte wie Höllenfeuer. Fast hätte Naomi sich vor Schmerz unter Phins Arm aufgebäumt.

Phin bemerkte es nicht, oder zumindest reagierte er nicht darauf. Stattdessen zwang er Naomi, ihm den verletzten Arm um die Taille zu legen, hielt sie fest, stützte sie, als ihr die Knie unter dem eigenen Gewicht nachgeben wollten.

»Lächeln!«, drängte er sie noch einmal.

Sie gehorchte. Irgendwie gelang es ihr, mit Lippen, die sich kalt wie Eis anfühlten, und mit Gesichtsmuskeln, die hart vor Anspannung waren.

»He, das ist ja Phin Clarke! He, Clarke, verraten Sie uns, wer die unbekannte Schönheit in Ihrer Begleitung ist?«

»Hübsch, Ihre Neue, Mr. Clarke. Hat wohl schon ein bisschen zu viel getankt, was?«

»He, Phin, Mann, zeigen Sie uns, wie Sie sie küssen!«

»Ist sie das, die Richtige?«

Phin sagte nichts, tauchte mit Naomi im Arm nur tiefer in die Menge hungriger Klatschreporter ein. Vorbei ging es an den Fotografen, die sich zu ihnen umdrehten wie schreckensstarres Wild, nicht wussten, wohin sich zuerst wenden, zu Phins unerwartetem Auftauchen hinter der Sicherheitsabsperrung oder zu den Reichen und Schönen, die ins Swann's pilgerten.

Die Sicherheitskräfte des Swann's beeilten sich, die Gitterabsperrung für Phin und Naomi zu öffnen, schwenkten sie weit auf und ließen sie eintreten. Phin hielt Naomi eng an sich gedrückt; sie spürte seine Rippen. Er schützte Naomis verletzte Schulter und stützte sie, lenkte ihrer beider Schritte in Richtung Haupteingang. Sie schlängelten sich durch die Reihen der ankommenden Luxuslimousinen, die eine nach der anderen vor dem Eingang hielten, um ihre Fracht abzusetzen, all die Berühmten und Reichen, die keinen Blick für das hatten, was um sie herum vorging.

»Immer schön lächeln«, raunte Phin Naomi aus dem Mundwinkel heraus zu. Die Fotografen, in ihrer Blutgier wie Haie, zögerten. Dann aber, wie ein Mann, schwenkten sie von Naomi und Phin, die ihnen nur die Rückenansicht boten, wieder hinüber zum roten Teppich vor dem Swann's.

Als sie aus Blitzlichtgewitter und Lichtkegeln heraus waren, die brüllende, kreischende Menge hinter sich gelassen hatten, konnte Naomi schon wieder atmen, ohne Sternchen zu sehen. »Moment«, sagte sie. »Warte! Warte, wir müssen ... «

»Wir müssen dich zurück ins *Zeitlos* schaffen.« Phin löste das Com von seinem Gürtel, wählte eilig. »Martin, wir sind einen Block links vom Swann's. Beeilen Sie sich. Rufen Sie im *Zeitlos* an, und sagen Sie meinen Eltern, dass wir unterwegs sind.«

Er schaute nicht auf Naomi, während er das Com wieder zurück an den Gürtel steckte. Nicht richtig zumindest. Stattdessen schlüpfte er aus dem Sakko, dessen Ärmel jetzt von ihrem Blut durchtränkt war, und legte es ihr um die bebenden Schultern.

Er verzog keine Miene. In der Dunkelheit war sein Gesicht nicht mehr als eine ausdruckslose Maske aus Stein.

»Bleib aus dem Licht raus«, sagte Naomi, die sich den Arm hielt und sich hin und her wiegte. »Bleib in den Schatten. Dann bist du schwieriger zu treffen.«

»Wir zwei reden noch darüber, woher du so etwas weißt.« Seine Stimme passte perfekt zu der Unerbittlichkeit, die in seinem Gesicht stand. Unnachgiebig wie die Finger, die ihren verletzten Arm umspannten und stützten. »Sehr bald schon.«

Naomis Lächeln war dünn und so scharf wie ein Rasiermesser. »Nein«, sagte sie leise. Die Schmerzen ließen ihre Stimme zittrig klingen. Sie holte Luft, sog klare, frische Luft in ihre Lungen. »Das werden wir ganz sicher nicht.«

Naomi wusste nicht, was Phin seinem Chauffeur bezahlte. Aber Martin erkannte Dringlichkeit, wenn er sie hörte. Die schwere Limousine kam die Straße heraufgeschossen und mit quietschenden Reifen genau auf ihrer Höhe zum Stehen. Phin riss den Wagenschlag auf und half Naomi in den Wagen hinein und in den Sitz, als wäre sie ein Kind, das mit den Sicherheitsgurten noch nicht zurechtkommt .

Er war umsichtig, fast sanft zu ihr. Er hätte auch anders mit ihr umspringen können. Aber Naomi spürte seine Sorge um sie, während er sich um sie kümmerte. Sie sah, wie es um seinen Mund zuckte, als er den langen Rock ihres ruinierten Kleides um ihre Beine stopfte.

Ihr Arm brannte wie Feuer. Überall, wohin sie fasste, war es nass. Was bedeutete, dass sie alles andere als aus dem Schneider war. Ein klein wenig veränderte sie ihre Sitzposition und musste unter Würgen einen Schmerzenslaut zurückhalten. Schmerz, gallebittere Wut, alles wollte heraus aus ihrer Kehle und sollte es nicht. »Handtuch«, brachte sie mühsam heraus. Phin schnappte sich eines aus der kleinen Bar, in der sich der Champagner befand. Naomi wollte es ihm aus der Hand nehmen. Aber er wischte ihre Hand beiseite, rutschte vom Sitz und kniete sich vor sie. Zwischen ihre Beine. Schon wieder.

Wie eine Welle an Fels brach sich das Lachen, das Naomi gern gelacht hätte, an den zusammengebissenen Zähnen.

Sanft, aber viel zu entschieden, um sich ihm zu verweigern, berührten seine Fingerspitzen ihr Gesicht, ihr Kinn, sorgten mit sanftem Druck dafür, dass Naomi den Kopf zur Seite neigte. Vor Schmerz sah sie Sterne. Dass Phin beim Anblick der Wunde nach Luft schnappte, als er den Kragen des Jacketts zurückzog, sagte ihr, dass die Verletzung exakt so schlimm war, wie sie vermutet hatte.

»Bleib bei mir!«, hörte sie Phins Stimme. Es klang dringend. Naomi nickte, nur die Andeutung einer Kopfbewegung, nicht mehr. Phin presste das Handtuch auf das zerfetzte, blutende Fleisch der Schusswunde. Schmerz, heiß und unerträglich, riss Naomi ins Vergessen. Sie spürte nichts mehr. Um sie herum wurde es schwarz.

KAPITEL 13

Lillian wartete bereits im Parkdeck. Phin stieß die Wagentür auf, noch bevor die schwere Limousine mit quietschenden Reifen zum Stehen kam. »Wo ist Mutter?«, verlangte er zu wissen.

Martin, weiß im Gesicht, aber die Ruhe in Person, beeilte sich, den Kühler zu umrunden und die Tür ins Gebäude aufzureißen.

»In der Klinik, sie bereitet alles vor«, antwortete Lillian ruhig. »Wie schwer ist sie verletzt?«

»Ich weiß es nicht.« Phin wollte nicht darüber nachdenken müssen. Er wollte die Unmengen Blut nicht sehen, die sein Jackett durchtränkten, das Handtuch. Er wollte auch nicht Naomis Zerbrechlichkeit spüren. Sie war so kalt, so zart, zartestes Glas, kurz vor dem Zerspringen. Er trug sie auf seinen Armen, hielt sie an die Brust gedrückt. Lillian hielt Naomis Kopf, während Phin sich und sie aus dem Auto bugsierte, übte den nötigen Druck auf das Handtuch auf ihrer Halswunde aus.

»Langsam, Liebling«, gab Lillian ihrem Sohn Anweisung. »Pass auf, dass sie nicht zu viel bewegt wird. Danke, Martin.«

»Ma'am«, erwiderte der Mann in feierlichem Ernst.

Phin hatte nicht einmal einen Blick für ihn. Seine ganze Aufmerksamkeit galt allein Naomis bleichen Lippen, fast weiß schon in den Mundwinkeln, die Kiefermuskeln schlaff, der Mund halb geöffnet. Das verschmierte Blut auf ihrer Wange. Wie flach, Herr im Himmel, ihr Atem ging!

Naomi musste wieder in Ordnung kommen.

»Beeil dich«, verlangte Lillian, die neben ihm herlief und sich verbiegen musste, um das Handtuch auch weiterhin auf die Wunde pressen zu können. »Gemma hält ein Bett für sie bereit.«

In seiner Sorge drückte Phin Naomi fester an sich. Die Bewegung – das Zucken seiner Muskeln und die daraus resultierende kleine Lageveränderung – ließ Naomi aufstöhnen; ihr Kopf fiel gegen Phins Brust. Sofort stützte Lillian mit der freien Hand den Kopf. »Sie kommt wieder in Ordnung«, versicherte sie Phin. »Phin, mein Schatz, hörst du mich? Sie kommt wieder in Ordnung. Es gibt nichts, was deine Mutter nicht zu tun in der Lage ist, verstanden?«

Dass Herz, das schmerzhaft schnell in seiner Brust schlug, wollte wütend streiten. *Er* wollte es, wollte die zerbrechliche, blasse, ach Gott, so wunderschöne, mutige, ja, verwegene Frau in seinen Arm schütteln und verlangen, alles zu erfahren.

Zu erfahren, warum sie so und nicht anders gehandelt hatte.

Wer sie war.

Warum sie ihn beschützt hatte.

Phins Mund war staubtrocken; es schnürte ihm die Kehle zu. Er ließ Lillian den Fahrstuhl rufen und hielt Naomis warmen Körper reglos in seinen Armen, während der Fahrstuhl hinauf in das Stockwerk mit der voll ausgerüsteten Klinik glitt.

Wer zum Teufel war die Frau, die er auf seinen Armen trug? Und, zur Hölle damit, warum wusste er das nicht längst?

Phin schluckte den Kloß in seiner Kehle, Wut und Ärger, hinunter. Er hob den Blick, als sich die Fahrstuhltüren öffneten, und sah direkt in Gemmas warme, braune Augen, die besorgt wirkten. Sehr besorgt.

Phin konnte es nicht verhindern: Er verlor die Fassung.

Seine Schultern sackten herunter, seine Arme, seine Hände, die Naomi hielten, um ihre Rippen, ihre Beine, versteiften sich. »Mom.« Die Stimme versagte ihm bei diesem einen Wort, das nichts als eine flehentliche Bitte war. Er hatte Gemma schon lange nicht mehr so genannt – so viele Jahre war es her, dass er sich nicht einmal mehr daran erinnerte.

Nie mit dieser Dringlichkeit.

Gemmas Gesichtsausdruck verhärtete sich. Mit zusammengekniffenen Augen, ein General im Angesicht der Schlacht, deutete sie auf ein frisch bezogenes Bett, alles rein und weiß. »Dorthin!«

Phin beeilte sich, ihr zu gehorchen. Vorsichtig, mit großer Umsicht, so sanft wie möglich, legte er Naomi in das Bett.

»Lily, bitte halte du das Handtuch fest auf die Wunde gedrückt. Phin, mein Schatz, hol ihr etwas Frisches zum Anziehen aus ihrer Suite!«

»Ich gehe nicht. Ich will bei ihr bleiben.«

»Phin …«

Er richtete sich so hastig auf, dass er gegen das Bett stieß. Die Erschütterung ließ Naomi vor Schmerz scharf nach Luft schnappen.

Zerknirscht und bleich im Gesicht trat er mit einem raschen Schritt vom Bett zurück, hob abwehrend die Hände. »Tut mir leid«, entschuldigte er sich heiser.

»Nichts passiert, Liebling, sie kommt schon wieder in Ordnung«, versuchte Lillian es erneut. »Bitte beruhige dich, Phin.«

»Sie wird nicht hierbleiben wollen«, erklärte er und suchte Gemmas Blick, die in einem großen weißen Schrank herumwühlte. »Sie wird sich weigern, in der Klinik zu bleiben.«

»In Ordnung«, entgegnete Gemma nur und setzte hinzu: »Sieh zu, dass ihre Suite für sie vorbereitet ist.«

»Ich werde *nicht* …«

»Phinneas Clarke!« Lillian musste nicht einmal die Stimme erheben. Sie hob auch kaum den Blick, während sie, die Fingerknöchel weiß vor Anstrengung, das Handtuch auf Naomis Wunde presste, die nicht aufhören wollte zu bluten. Das Blut sickerte unter dem Tuch Naomis Schulter entlang und den Arm hinunter. »Tu, was deine Mutter dir gesagt hat!«

»Bitte«, fügte Gemma wesentlich sanfter hinzu.

Trotz Panik, tiefem Schrecken und Wut – sie schickten ihn fort wie einen Schuljungen, mit dem man machen durfte, was man wollte – sah er den wissenden Blick, den seine Mütter wechselten. Danach hatte Lillian wieder nur Augen für die Verletzte und das Handtuch, das es als möglichst effektive Kompresse auf die Wunde zu drücken galt. Gemma aber ging um das Bett herum zu Phin, nahm ihn bei beiden Händen. Ihre Hände waren warm und trocken, ihr Griff fest.

Nachdrücklich zog sie ihn mit sich, in Richtung Fahrstuhl. »Sie kommt wieder in Ordnung«, versprach sie ihrem Sohn mit der ihr eigenen sanften Stimme. »Ich werde alles tun, was in meiner Macht steht, um dafür zu sorgen.«

»Ich möchte doch nur ...« Ja, was denn? Was wollte er?

»Wenn ich sie verbunden habe«, fiel Gemma ihm ins Wort, ließ ihn los und nahm stattdessen sein Gesicht in beide Hände, »bringen wir sie in ihr eigenes Bett, und *du* wirst dich dann um sie kümmern und nach ihr sehen. Sie wird jemanden bei sich haben wollen, dem sie vertraut. Hast du mich verstanden, mein Sohn?«

Phin schloss die Augen. Vor seinem geistigen Auge sah er Blut und Blitzlichtgewitter. Naomis Mund ein dünner Strich, solche Schmerzen hatte sie.

Sie vertraute ihm nicht.

Es gefiel ihm überhaupt nicht, dass er sich wünschte, es wäre anders.

Der Druck, den die Hände seiner Mutter auf seine Wangen ausübten, verstärkte sich. »Phin.«

»Ich gehe und bereite alles vor«, sagte er. Er zwang sich zuversichtlicher zu klingen, als ihm zumute war. Gefasster. »Bring sie hinauf, sobald sie verbunden ist!«

»Genau so machen wir's.«

»Und, Mutter ...« Gemma neigte den Kopf, als er sie bei den Händen nahm, »sei vorsichtig! Ich ...«

»Gemma!« Sorge ließ Lillians Stimme beinahe schon klirren.

Phin wehrte sich nicht, als Gemma ihn in die Fahrstuhlkabine schob. Augen hatte er nur für Naomi. Bis sich die Aufzugstüren schlossen und ihm die Sicht nahmen. Naomi war so blass unter dem Blut auf ihrer Wange. Die diamantbesetzten Haarnadeln, mit denen ihr Haar hochgesteckt gewesen war, waren längst verloren gegangen. Offen floss ihr das schwarze Haar über den Rand des schmalen Kissens. Aber alles, was Phin denken konnte, war, wie sie ihn halb herumgeschleudert, halb gehalten hatte, als sie ihn aus dem Lichtkegel in den Schatten befördert hatte.

Raus aus dem Licht.

Phin ballte die Fäuste, weiß traten die Knöchel hervor. So, mit geballten Fäusten, hastete er in Naomi Ishikawas Suite.

Sie schlief, als kämpfte sie in ihren Träumen Schlachten. Selbst im Schlaf runzelte sie angestrengt die Stirn, zog vor Konzentration die Brauen zusammen.

Phin beobachtete sie von der gegenüberliegenden Seite des abgedunkelten Schlafzimmers. Er hatte die Ellenbogen auf die Knie gestützt, saß da und betrachtete Naomi. In ihm herrschte ein solches Chaos aus Gefühlen, dass er es unmöglich hätte entwirren können. Alles, was momentan wirklich für ihn zählte, war, dass sich Naomi in Sicherheit befand.

Alles Weitere würde sich finden.

Bei allen Heiligen, es war so viel Blut gewesen! Es hatte sein Jackett durchtränkt, das Bett drüben in der Klinik. Überall war es gewesen, auch auf ihr, auf Naomi. Phin stützte den Kopf in die Hände, fuhr sich mit steifen Fingern durchs Haar, als Erschöpfung sich in seinem Verstand festbiss.

Aber er musste hierbleiben. Sehen, dass Naomi atmete. Beobachten, wie sich ihre Brust unter der Decke in ihrem elfenbeinfarbenen Bezug hob und senkte.

Um zu wissen, dass sie lebte. Dass sie noch bei ihm war.

Wer auch immer sie war.

Die Schiebetür zum Salon der Suite wurde aufgeschoben. Phin musste sich nicht umdrehen, um zu wissen, dass eine seiner Mütter hereingekommen war. Vor etwa einer Stunde hatte Lillian nach Naomi und ihm gesehen. Sie hatte ihm seinen Lieblingstee gebracht und ihn ermahnt, sich endlich auszuruhen und ein bisschen zu schlafen.

Es war nicht schwer mitzubekommen, dass sie einander ablösten, die Nacht in Schichten unterteilt hatten.

Seinetwegen, nicht Naomis wegen. Um sie hatten sie sich bereits gekümmert. Naomi konnte nichts mehr passieren.

Gott sei Dank.

»Liebling«, gurrte Gemma leise und legte ihm die Hände auf die Schultern. Sie rochen nach Lavendel und Salbei, nach Pfefferminze und nach diesem Etwas, das undefinierbar Gemmas reine Essenz war. Reine Gemma. Reine Magie. Es kitzelte, als sie sanft Phins Nacken streichelte. Ohne ein Wort zu sagen, langte er hoch, um die Hand seiner Mutter zu halten. Seine Finger und ihre miteinander verschränkt wie in einer Verbindung, die nichts und niemand trennen konnte.

Sicherheit.

»Sie kommt in Ordnung, weißt du. Schon bald ist sie wieder auf den Beinen.«

Phin schüttelte den Kopf. »Sie hat es einfach … weggesteckt«, sagte er heiser. »Sie bekommt eine Kugel ab und macht weiter, als wäre nichts geschehen.«

»Ich weiß, Liebling.« Gemma trat um den Sessel herum. Sie hatte Ringe unter den Augen, vor Sorge und vor Erschöpfung. Mit der freien Hand fuhr sie Phin durchs zerzauste Haar und lächelte. »Aber sie kommt wieder in Ordnung. Schon morgen wird sie die Verletzung kaum noch spüren. Nicht einmal eine Narbe wird bleiben.«

Dabei hatte Naomi so viele Narben. Eine älter als die andere. Manche nur ein dunkler Fleck auf ihrer sonst makellosen Haut.

Andere auffälliger und in dem helleren Rosa frisch verheilter Wunden. Wie die an ihrem Arm.

Phin riss den Blick von der schlafenden Naomi los. Aber seine ganze Reaktion auf Gemmas selbstsicheres Lächeln war ein Stirnrunzeln. »Wer ist sie, Mutter? Wo hat sie gelernt, sich so zu bewegen, wie sie es getan hat?«

»Ich kann nur spekulieren«, meinte Gemma leise, »aber mehr auch nicht.« Sie beugte sich vor und gab Phin einen Kuss auf die Stirn. Phin schloss die Augen, holte tief Luft und sog mit der Atemluft Gemmas Geruch in sich ein. Sie roch nach allem, womit sie umging, nach Kräutern und Salben, und doch nach so viel mehr. Nach Liebe. Nach Vertrautheit und Nähe.

Alles würde wieder gut.

»Leg dich hin und schlaf ein bisschen!«, sagte seine Mutter und legte die Wange auf Phins Kopf. »Morgen wartet viel Arbeit auf dich.«

War das nicht immer so und erledigte er nicht auch immer alles, was anstand? Er kniff sich in den Nasenrücken. »Die Quelle ist der Grund, nicht wahr?«, fragte er müde. »Für die ganze Geschichte mit Alexandra und der Sauna und, verflucht ….«

»Phin«, sagte Gemma in ihrem sanften, nichtsdestotrotz entschlossenen Muttertonfall und hauchte ihrem Sohn einen Kuss auf die Locken, »geh schlafen! Wir alle brauchen dich morgen fit und ausgeruht.«

Dann ließ sie ihn allein mit seinen Gedanken in der Dunkelheit zurück. Die Schlafzimmertür wurde zugeschoben. Phin wusste ganz genau, dass Gemma recht hatte. Morgen würde er das ganze Haus durchsuchen lassen, die Sicherheitsmaßnahmen noch einmal verstärken. Er würde darüber nachdenken müssen, das *Zeitlos* währenddessen zu schließen.

Zwei Menschen vermisst. Ein wichtiger Gast beinahe tot. Die Dinge liefen aus dem Ruder. Naomi war angeschossen worden.

Die Quelle war der Grund. Phin war sich fast sicher. Oder es ging – und was davon schlimmer war, wollte er nicht entscheiden – um den Untergrund, der im *Zeitlos* Unterstützung fand. Jemand vermutete, aus welchem Grund auch immer, Magie sei hier am Werk. Was passiert war, war der beschissene Preis, den sie deswegen zu zahlen hatten.

Zur Hölle damit!

Die Bücher, darauf würde man es vorrangig abgesehen haben, ganz sicher. Aber Phin durfte die nicht riskieren, die mit darin hingen. Es ging um die Sicherheit dieser Menschen, möglicherweise sogar um ihr Leben.

Was würde er also erzählen, wenn man käme und ihn über die Vorgänge befragte? Was konnte er überhaupt erzählen, ohne gleich alles zu zerstören, wofür seine Mütter und er so hart gearbeitet hatten, was sie sich aufgebaut hatten?

Was zum Teufel ging eigentlich vor?

Er hatte keinen blassen Schimmer. Immer und immer wieder waren ihm dieselben Gedanken im Kopf herumgegangen, wie in einem Karussell, während er Naomis Schlafzimmer für sie vorbereitet, ihr Bett gerichtet hatte. Während er darauf gewartet hatte, dass seine Mütter ihre Wunde versorgten. Während er darauf gewartet hatte, dass Naomi aufwachte.

Während er einfach nur … gewartet hatte.

Er hatte Naomi beim Schlafen zugeschaut, anstatt sich Gedanken über die anstehenden Probleme zu machen. Er hatte zugeschaut, wie Naomis Augenbrauen vor Besorgnis über der Nasenwurzel zusammenzuwachsen schienen. Vor Zorn, und vor etwas, das sie tiefer ins Mark traf. Vor Schmerz.

Wer zum Teufel war diese Frau?

Schatten krochen durch die Suite, wurden länger und tiefer, als die Nacht voranschritt. Irgendwann verlor Phin in der rings um ihn herrschenden Stille den Kampf gegen sich selbst. Er glitt in einen leichten, unruhigen Schlaf, den Bilder von Blut und splitternden Mauerziegeln bevölkerten. Von Leichen zu seinen Füßen.

Von Blitzlichtern, die ihn blendeten.

Als Phin aus dem Schlaf hochfuhr, durchbrach die Stille nichts als das regelmäßige Ticken seiner Armbanduhr. Er kämpfte mit der Manschette, um einen Blick auf die schwach leuchtenden Ziffern zu werfen. Drei Uhr in der Früh.

Sein Rücken war steif, jeder Muskel schmerzte von der krummen Haltung, in der Phin auf dem Sessel eingenickt war. Der Sessel knarrte unter ihm, als Phin sich streckte. Er rieb sich das Gesicht und stand auf. Leise zog er sein Hemd aus. Es war frisch, ohne Blutflecke.

Um keine Fragen bei zufälligen Begegnungen zu provozieren, hatte er sich Zeit genommen, Hose und Hemd zu wechseln. Aber nur dafür. Ansonsten hatte er die Wartezeit, bis seine Mütter Naomi verbunden und versorgt hierher in ihre Suite gebracht hatten, damit totgeschlagen, ein wenig aufzuräumen. Der Zustand ihrer Suite hatte ihn nicht überrascht, nicht sonderlich zumindest. Er hatte schon Zimmer in schlimmerem Zustand gesehen. Naomi ging nicht gerade pfleglich mit ihren Kleidungsstücken um – als ob blutbefleckte Seide aus Designerhand nicht schon schlimm genug wäre. Phin hatte alles aufgehängt, was sie achtlos verstreut auf dem Boden um ihr leeres Gepäck herum hatte liegen lassen.

Sogar ihre Schuhe hatte Phin wieder zu Paaren versammelt und ordentlich verstaut.

Morgen bekäme sie ihrer unordentlichen Art wegen etwas von ihm zu hören. Wenn sie wieder wach wäre und er nicht so …

Misstrauisch. Wütend. *Zu Tode erschrocken.*

Sein schmerzender Körper verlangte nach einer heißen Dusche. Was seine Fragen anging, würde Phin warten müssen, bis der Tag anbrach. Ob die Antworten mehr als einsilbig ausfielen, blieb abzuwarten.

Würde Naomi ihm sagen, was er wissen wollte?

Reden? Das werden wir ganz sicher nicht.

Wahrscheinlich bekäme er keine Antworten auf seine Fragen.

Phin gestattete sich ein schiefes Lächeln, das sich nicht einmal den Anschein von guter Laune gab. Unter Zuhilfenahme des jeweils anderen Fußes schlüpfte er aus seinen Schuhen. Er öffnete den Schrank, hängte sein Hemd auf einen der gepolsterten Bügel, stellte seine Schuhe neben Naomis Schuhe unten in den Schrank. Leise schloss er die Schranktür wieder. Mit einer Hand stützte er sich an der Tür ab, lehnte sich müde dagegen. Mit der anderen rieb er sich kräftig das Gesicht und massierte sich die Kopfhaut. Als ob das die Müdigkeit vertreiben könnte, die sein Gehirn in Watte packte.

In diesem Augenblick hörte Phin die Bettdecke rascheln.

Seine Bauchmuskeln krampften sich zusammen.

Ganz langsam nur wandte er sich zum Bett um, Sorge lag ihm wie ein Stein im Magen. Er sah Naomi umrahmt von den Schatten der allmählich weichenden Nacht und der ersten zarten Andeutung von Tageslicht. Ihr Haar umfloss wild zerzaust ihr Gesicht; der Verband um ihre Schulter hob sich schneeweiß von ihrer blassen Haut ab, die die Dunkelheit am Ende der Nacht wie das Gegenteil eines Scherenschnitts umriss. Naomis Blick war verhangen, Zeichen ihrer Benommenheit; die Augen wanderten unstet umher. Als Phin in diese Augen blickte, war ihm instinktiv eines klar: Diese Augen hatten weit mehr als die Kugeln dieses Abends mit ihm gesehen.

Warum? Warum wünschte er sich, er könnte die Schatten vertreiben, die über ihren veilchenblauen Augen lagen wie Schleier?

Naomi presste den Handballen gegen die Schläfe. »Phin?«, murmelte sie.

Ihm war, als zerspränge etwas in seiner Brust, etwas, das sich um sein Herz gelegt hatte. Zwar war da immer noch etwas, das in seinen Eingeweiden rumorte, ihm den Magen zusammenkrampfte. Aber der Stich ins Herz, der ihn atemlos machte, brachte ihn dazu, alle Vorsätze fahren zu lassen. Ein tiefer, bebender Seufzer der Erleichterung fand den Weg seine Kehle hinauf und über seine Lippen.

»Verdammt noch mal, Naomi«, sagte er heiser und durchquerte den Raum mit schnellen, wütenden Schritten.

Naomi streckte ihm die Arme entgegen. Die Matratze sank unter seinem Gewicht ein, als er sich darauf kniete und Naomi in seine Arme, an seine Brust zog. Mit einem weiteren tiefen Seufzer umschloss er die Frau, die bereit gewesen war, ihn zu retten, als bräuchte ihr jetzt so zerbrechlich wirkender Körper diesen Schutz. Als bräuchten ihre gestählten Muskeln seinen, Phin Clarkes, lächerlichen Schutz. Diese Muskeln, das war es, was Phin jetzt ganz genau wusste, stählte Training, das Naomi durchlief, um zu tun, was sie nun einmal tat und sie so vertraut machte mit Kugeln und Heckenschützen.

Es war Phin herzlich egal.

»Küss mich«, wisperte Naomi und hielt ihm die Lippen wie ein Geschenk entgegen, süßestes Ambrosia. Ihre Hände glitten über seinen Rücken, als suchten sie noch den richtigen Ort, um zu verweilen. Sie strichen über seine Schultern, über die kräftigen Muskeln seiner Oberarme. »Es geht mir gut. Keine Schmerzen, nichts, Phin. Also, bitte, ich bitte dich …«

Er gehorchte. Er legte ihr den Kopf in den Nacken; ihr Gesicht in seinen Händen, küsste er sie. Wieder schrillten sämtliche Alarmsirenen in seinem Kopf. Auch das war ihm herzlich egal. Naomis Lippen waren warm und so geschmeidig, ihr Mund hieß ihn willkommen, warm und hungrig.

Und sie verdiente so viel mehr, als sie glaubte erwarten zu dürfen.

Phin zügelte seine Leidenschaft, gab dem Kuss mehr Zärtlichkeit, fuhr sanft mit den Lippen den Schwung von Naomis Unterlippe nach. Strich leicht wie eine Feder über ihre Wange. Ihren Nasenrücken und die so gut wie verheilte Schramme dort, über ihre Augenlider, über ihre Stirn.

Seine Hände streichelten Naomis Nacken, die Finger fuhren die Linien ihrer Schulterblätter nach, kehrten zurück zu den Armen, glitten ihre Rippen entlang, fanden schließlich Naomis Taille. Ganz sanft nötigte er Naomi, sich wieder hinzulegen, sich auf dem Bett ganz auszustrecken. Doch noch ehe sie lag, zog er ihr das schlichte, kurze Nachthemd über den Kopf. Als sie vor ihm lag, lang ausgestreckt, nackt, nahm er sich Zeit, sie anzuschauen. Einfach nur anzuschauen.

Seine Augen weideten sich an ihrem schlanken, schmalen Körper. Nackt war dieser Körper unwiderstehlich. Weibliche Weichheit und athletische Kraft, zarte, seidige Haut und durchtrainierte, wohlgeformte Muskeln. Feste Brüste, wunderschön und perfekt, kleine helle Brustwarzen, die sich in weiblichem Stolz aufrichteten, zwei Perlen, hart vor Sehnsucht.

Vor Sehnsucht nach Phins Berührung, nach ihm. Sein ganzer Körper stand unter derselben sehnsüchtigen Spannung; an seiner Männlichkeit war das schmerzhaft zu spüren. Aber Phin rührte sich nicht. Noch nicht. Noch durfte er nicht.

Naomi ging es gut. Sie war okay.

Herrje, sie war hinreißend!

Die Taille schmal, die Hüften, heilige Mutter Gottes, dafür gemacht, dass er, Phin Clarke, sie mit seinen Händen umspannte, die Finger in ihr Fleisch grub, um Naomi Halt zu geben, wenn sie ihn ritt. Eine Tatsache und ausprobiert. Die Beine schlank und endlos lang, und dort, wo sie einander trafen, ein in Phins eigenem Spa getrimmtes perfektes Dreieck aus schwarzem Haar über der Scham.

Und dann das Tattoo, das gleich unterhalb des Hüftknochens in die Haut gestochen war. Schwarze Tinte, kreisrund, Details im kaum vorhandenen Licht nicht auszumachen. Aber Phin musste das Tattoo nicht in allen Einzelheiten sehen, um es wiederzuerkennen. Er wusste, dass er mit dem Feuer spielte, mit leibhaftiger Gefahr, wenn er sich um diese Frau bemühte. Dass er sich verzweifelt nach der ungeteilten Aufmerksamkeit einer Hexenjägerin sehnte.

Morgen. Morgen würde er seine Fragen stellen, nicht jetzt.

Unter seinem feurigen Blick rutschte Naomi unruhig auf dem Laken herum. Sie zog ein Knie an, drehte die Hüften. »Phin …«

»Schh!« Mit den Fingern fuhr er die Linie zwischen ihren Brüsten entlang, hinunter bis auf ihren Bauch, legte die Hand auf ihren Unterleib. Er spürte das Flattern in ihrem Bauch, ihre raschen, bebenden Atemzüge. Phin lächelte, es war ein sehr schief geratenes Lächeln, während er sich zu Naomi hinunterbeugte und ihre aufgerichteten Brustwarzen, erst die eine, dann die andere, mit den Lippen umschloss und dann mit der Zunge umspielte. Naomi schnappte nach Luft. Und dann, als seine Finger in ihr Schamhaar eintauchten, zuckte sie zusammen; er konnte es unter seiner Hand spüren.

Seine Finger stießen zur Spitze des dunklen Dreiecks vor, erkundeten die Schamlippen, fanden sie feucht und erwartungsvoll. Die Berührung entlockte Naomi ein Wimmern, tief aus ihrer Kehle.

Doch dieses Mal wollte er es langsam angehen. Er beachtete nicht, dass sie ihn bedrängte, dass sie mit jedem Atemstoß leise Flüche keuchte. Seine Aufmerksamkeit schenkte er zu gleichen Teilen ihren entzückenden Brüsten wie ihrem feuchten, warmen Schoß, der ihn unwiderstehlich anzog. Ihrem Kitzler. Ihrer Erregung. Phin nahm eine Brustwarze zwischen die Lippen, sog daran, liebkoste sie mit Zunge und Lippen, bis Naomi sich unter ihm wand, weil er gleichzeitig ihr empfängliches, empfindsames Fleisch streichelte. Ihre Schamlippen schwollen an vor Erregung. Ihr Schoß wurde immer heißer, noch feuchter.

Naomi drängte sich an Phins Körper. Sie seufzte und ächzte. Sie flehte.

Phin kniete sich über sie. Mit den Lippen strich er über Naomis angespannte Bauchmuskeln, ging tiefer, liebkoste ihren Schoß.

Auch dort angespannte Muskeln. Naomi war perfekt. Perfekt für ihn.

Tätowiert.

Mit der Zunge leckte er über den Andreas-Schild, über die gestochene, leicht erhabene Haut dort. Phin schmeckte den Schweiß auf Naomis Haut, roch den in die Nase stechenden Geruch ihrer Hitze. Mühsam schluckte er aufsteigende eigene Not und Begierde herunter; der Trieb, in sie, in ihre erwartungsvolle, feuchte Weiblichkeit einzutauchen, jetzt gleich, ohne Umschweife, war übermächtig. Sich in ihr zu ergießen, in den Tiefen ihres willigen Körpers.

Zumindest für eine Nacht, für diese eine Nacht, konnten sie so tun, als ob nichts zwischen ihnen anders wäre, als es schien.

Aber Naomi jetzt zu nehmen, ginge zu schnell. Es wäre zu schnell vorbei. Sie hatte Besseres verdient. Sie *brauchte* etwas Besseres als das. Phin war entschlossen, es ihr zu geben.

Die Hände auf ihren Hüften schob er behutsam mit einem Knie ihre Beine weiter auseinander, verlagerte sein Gewicht auf dieses Knie zwischen ihren Beinen. Dann hauchte er ihr seinen Atem auf die samtene Haut ihrer Schenkelinnenseiten. Wisperte Worte über das exakte Dreieck ihres getrimmten, gelockten Schamhaars, sagte, was er jetzt mit ihr tun würde. Er sagte es gerade heraus, sie sollte es wissen.

Es war das, was zu tun er sich gewünscht hatte vom ersten Augenblick an, da er sie gesehen hatte. In engen Jeans, die ihren Kurven schmeichelten. Ärger auf zwei Beinen.

Er sagte ihr, wie er es tun würde.

Wild wehrte sich Naomi gegen seine Hände, wollte ihn nicht gewähren lassen. »Nein, Phin, ich kann nicht … O Gott!«

Er hatte die Zunge zwischen ihre Schamlippen gesteckt, leckte dort, wo die Nerven dicht an dicht leicht zu kitzeln waren. Er tat es sanft, mit Bedacht und Ruhe, bis Naomi sich aufbäumte, das Kreuz durchgedrückt. Da wurde er leidenschaftlicher, fordernder.

Die Hände immer noch auf ihren Hüften sorgte er dafür, dass sie blieb, wo sie war, während sie sich unter seinen Händen, unter der Berührung seiner Zunge wand. Naomi konnte ihm nicht entkommen. Ihm nicht, seiner Zunge in ihrem Schoß nicht, die Folter für sie war, köstlichste Folter, Lust bis ins Unerträgliche gesteigert.

Naomi wollte dem entkommen, oh, so sehr wollte sie das!

Aber Phin hörte nicht auf, konnte nicht aufhören.

Er beachtete ihr Flehen nicht, ihr Wimmern und Japsen nach Luft. Stattdessen erkundete seine Zunge ihre Scham, tauchte tief in Naomis Weiblichkeit, um von ihr zu kosten, von ihrer reinen Essenz. Süß und berauschend. Phin wollte, dass Naomi verstand, es ganz und gar begriff, dass er sich dieses Mal alle Zeit der Welt nahm.

Sie sollte begreifen, dass Phin mit ihrer Lust spielen konnte, jeden Knopf drücken, den er wollte. Denn ihr Körper verriet, was er brauchte und wo er es brauchte. Naomi sollte begreifen, dass Phin Clarke sie dazu bringen konnte und sie am Ende zu seinen Füßen zusammenbrechen konnte. Und sie sollte wissen, dass er, wenn sie gekommen wäre, wenn *er* gekommen wäre, noch da wäre, um sie in seinen Armen zu wiegen.

Dieses Mal würde *er* es sein, der *sie* beschützte.

Mehr noch, er wollte, dass Naomi begriff, wie viel Spaß es ihm machte, wie viel Lust. Dass er ihren Duft liebte, so berauschend und verführerisch, wie kein Parfüm sein konnte. Dass er sie wollte, *sie*, ohne ihre Masken, ganz ohne Schein und Täuschung.

Sie sollte so heftig kommen, dass sie sich vergäße, den eigenen Namen, alles vergäße.

Er wusste, was er tat, war riskant. Es war gewagt zu hoffen, er wäre in der Lage, den eigenen urgewaltigen Trieb, die eigene Lust zu zügeln. Denn sein Körper war jetzt schon straff gespannt, so straff, dass es wehtat. Dennoch nahm Phin die Finger und teilte mit ihnen Naomis Schamlippen, enthüllte ihre Weiblichkeit der Nacht und dem Feuer seiner eigenen Leidenschaft. Langsam, ganz langsam, ließ er einen Finger in Naomis heißen, feuchten Schoß gleiten. Fast hätte er laut aufgestöhnt, als sie mit der Anspannung ihrer Beckenbodenmuskeln seinen Finger umschloss.

Sein Schwanz zuckte. Er wollte es genauso sehr wie Naomi. Genauso getrieben und hungrig.

Phin biss die Zähne zusammen und krümmte mit einer leichten Drehung des Handgelenks den Finger. Als er Naomi einen wilden, heiseren Aufschrei abtrotzte, sie sich erneut aufbäumte, wusste Phin, dass er den perfekten Punkt gefunden hatte. Phin küsste ihre Scham, sog und leckte am empfindsamen Fleisch, stimulierte augenblicklich reagierende Nerven und mit der Fingerspitze den einen perfekten Punkt.

Sie schrie seinen Namen, als sie kam. In Wellen ließ der Orgasmus ihren Körper erschauern. Die glatten Muskeln ihrer Scheide schlossen sich um Phins Finger, hielten ihn mit unerwarteter Kraft fest in der Feuchte zwischen ihren Schenkeln. Es zu spüren, brachte Phin fast um den Verstand. Er wusste, dass niemand in der Dunkelheit des Zimmers die wilde Genugtuung in seinem Gesicht lesen konnte. Das Wissen darum, wie heftig ihr Höhepunkt war, wie heftig sie dagegen ankämpfte. Das Wissen, dass er es ihr jederzeit noch einmal besorgen könnte.

Und es täte, bevor die Nacht noch zu Ende wäre, wieder und wieder und wieder.

Die Hosen abzustreifen und sie achtlos auf den Boden neben das Bett fallen zu lassen, war die Sache eines Augenblicks. Naomi schauderte es immer noch vor erfüllter Lust. Sie barg ihr Gesicht in den Händen, und zwischen ihren Fingern schlüpften atemlos Laute hindurch, die bewiesen, wie sehr Phin sie befriedigt hatte. Er aber kroch ihren Körper hoch und leckte mit der Zunge einen feuchten Pfad von ihrem Bauchnabel hinauf zu ihren Brüsten. Naomi erbebte.

Als Phin die Lippen um ihre linke Brustwarze schloss und ganz leicht zubiss, zart und doch entschieden, erstickte Naomi den

Laut der Lust, der über ihre Lippen wollte. Doch sie bäumte sich unter Phin auf wie ein bockender Mustang und verriet sich.

Wieder nahm sich Phin Zeit. Nach allen Regeln der Kunst brachte er ihren schönen, vom ausgekosteten Orgasmus trägen Körper wieder in größte Erregung. Auf alles, was Phin tat, reagierte Naomi willig. Er heizte ihr Verlangen zu feuriger Leidenschaft und brunftiger Wolllust an. Naomi packte Phin bei den Schultern, trieb ihm ihre Nägel ins Fleisch. Aber Phin widerstand. Selbst als sein Schwanz im Rhythmus seines Herzschlags pulsierte, als Phin sein eigener Herzschlag in den Ohren rauschte, als die Sehnsucht nach Naomis feuchter Mitte zur Qual wurde, widerstand Phin.

Er wollte Naomi an den Rand des Wahnsinns bringen, blind machen für alles andere als den Moment, wollte, dass sie sich unter ihm wand und krümmte. Er wollte alle Mauern zwischen ihnen eingerissen wissen. Wenigstens für diese eine Nacht.

»Langsam«, hauchte er gegen Naomis schweißnasse Haut. Die Hände unter ihren Schulterblättern, leckte er genussvoll ihren Brustansatz entlang, leckte erst die eine, dann die andere Brust. Mit derselben lasziven Aufmerksamkeit.

Naomi unter ihm wurde unruhig, vermochte nicht mehr stillzuhalten, abzuwarten. »Phin«, flüsterte sie. Ihre Augen waren geschlossen; ihr Mund formte mit üppigen, für die Liebe gemachten Lippen seinen Namen. Als sie es tat, wusste Phin, dass ihre Lippen genauso geformt wären, ließe er zu, dass sie seinen Schwanz umschlössen.

Womit alles vorbei wäre. Phins Muskeln zitterten vor Anstrengung. Überstrapaziert waren sie für jede noch so kleine Berührung von Naomis Haut empfänglich. Es fühlte sich an, als ob er jedes Mal, wenn Naomi in seiner Nähe auch nur atmete, einen Stromschlag bekäme. Als sei die Luft zwischen ihnen elektrisch aufgeladen.

Jetzt hatte er Naomi so weit.

»Du bringst mich um den Verstand«, hauchte er gegen ihre Brüste. Wieder strich er mit den Lippen leicht über ihre Brustwarzen, ließ sie hinunter zu Naomis Bauchnabel wandern und dann zu ihrem Tattoo. Herr im Himmel, sie schmeckte so wunderbar! Nach Süße und Salz. »Seit wir zwei ineinandergerannt sind, habe ich beobachtet, wie du dich bewegst. Seit diesem Augenblick wollte ich dich in meinem Bett.«

Ihr Lachen geriet zittrig, endete in einem kehligen Seufzer, als Phin seine Hand auf ihr Geschlecht legte, es mit seiner Hand bedeckte. Fest drückte er die Handfläche gegen Naomis erregte Scham. »Ich …«, sie musste erst Luft holen, es noch einmal probieren, »*ich* bringe *dich* um den Verstand?«

»Und wie!« Geschickt ließ er seine Hände unter Naomis Hüften gleiten. »Ich habe davon geträumt, wie du schmeckst. Ich bin aufgewacht, und dein Geruch hat mich verfolgt.«

Ihren kleinen überraschten Aufschrei, als Phin sie mit genau bemessenem Schwung vom Rücken auf den Bauch rollte, dämpfte das Kopfkissen. Die Hand in ihrem Kreuz hinderte Phin Naomi daran, sich wieder umzudrehen.

»Ich wollte das tun, seit ich dich in deinen roten Stiefeln habe in der Lobby stehen sehen«, flüsterte er. Seine Stimme verriet seine eigene Erregung.

Naomi gelang es, die Arme unter den Oberkörper zu bekommen und sich auf die Ellenbogen hochzustemmen. Über die Schulter hinweg blickte sie zu Phin. Ihr Blick war verhangen, die Augen dunkel vor Lust. Von der Schärfe, mit der sie sonst ihre Umgebung scannte, von der wachen Aufmerksamkeit war noch gerade einmal die Hälfte vorhanden. »Phin«, begann sie. Aber sie ließ sich wieder zurück ins Kissen fallen, als Phins Finger die Spalte zwischen ihren Pobacken entlangglitten. Er drückte ihr einen Kuss auf die Hüfte, ließ die Finger weiterwandern, zu ihrer feuchten Scham.

Ihre Schamlippen fühlten sich heiß an vor Erregung, waren von

Phins Liebesspiel, vom ausgekosteten Orgasmus immer noch erwartungsvoll geschwollen, verströmten den Moschusgeruch der Lust und …

Naomi zuckte zusammen, als Phin zwei Finger in sie hineinstieß, lachte bebend, als er in das zarte Fleisch im Übergang von Po zu Schenkeln biss. Kaum dass er das tat, zog er die Finger aus ihr heraus, entlang an willig feuchtem Fleisch, und stieß sie erneut tief in sehnsüchtig-verlangender Nachahmung dessen wieder hinein, was sein Körper immer unmissverständlicher von ihm verlangte. Naomi stöhnte auf, lang und laut.

Sie hob die Hüften von der Matratze, die Bauchmuskeln angespannt, und schob Phin mit dieser Bewegung Po und Becken entgegen. Es war eine Bewegung von animalischer Grazie. Verführung pur.

Phin spürte, wie Naomi die Muskeln um seine Finger anspannte, spürte die feuchte Hitze, mit der sie ihn empfing.

Es war nicht genug.

Ihr Stöhnen, ihr Keuchen, es war nicht genug.

Sie ächzte, als er seine Finger aus ihr herauszog, drängte ihren Körper seinem entgegen, als er sich über sie legte, die Knie benutzte, um ihr die Beine zu spreizen. Sein Geschlecht fand ihren warmen, feuchten Schoß, berührte ihre Scham, liebkoste sie. Naomi warf ihr Haar in den Nacken, stemmte sich auf die Ellenbogen hoch und drückte ihren Rücken gegen Phins Brust. Sie rieb sich an ihm, wie eine Katze.

Als ob es sie drängte, Phin endlich, oh endlich!, in sich zu spüren.

Tief in sich.

Stöhnend verlor Phin die Schlacht gegen sich selbst. Gegen Naomi. Mehr als bereit dafür stieß er in sie hinein, fand den Ort seiner Sehnsucht, glitt tief hinein, seine Hüften an ihren Hüften, ihr Rücken schweißnass an seiner Brust. Naomi warf sich Phin entgegen, und er hatte keine Kraft mehr übrig dafür, hinauszuzögern, was sie von ihm verlangte. Um nicht das Gleichgewicht zu verlieren, blieb ihm nur, sich auf seine Fersen zu hocken. Seine Hände um ihre Hüften als Halt ließ er sich von ihr reiten.

Ihr festes Fleisch zu spüren, schmerzhaftes Verlangen zu spüren …

Zu spüren, eins zu sein. Mit ihr, mit sich selbst. Es fühlte sich richtig an, so wunderbar richtig. Naomi fühlte sich richtig an.

Die Muskelstränge an seinem Hals traten hervor, er hielt Naomis Hüften umfasst, mit der ganzen Kraft, die ihm zur Verfügung stand. Er war es, der ihr den gemeinsamen Rhythmus der Bewegung vorgab. Es waren lange, kräftige Stöße; ihrer beider Bewegungen fließend. Vor Erregung und Entzücken bog Naomi das Kreuz durch.

Die Haut auf ihrem Rücken glänzte schweißnass im ersten zaghaften Dämmerlicht. Er sah das geschmeidige Spiel ihrer Rückenmuskeln, während sie sich auf ihm bewegte, sah die Anmut, mit der sie das tat. Sie molk ihn, ritt ihn, hörte nicht auf damit. Sie gab ihm mehr, als er sich je erträumt hatte.

Die Atemlosigkeit, mit der sie im Rhythmus ihrer beider Bewegung stöhnte, nahm zu, ein Echo auf Phins sich zum Trommelwirbel steigernden Herzschlag. Mit einer Hand packte er Naomis Haar, klammerte sich dort fest, als ginge es um sein Leben, zog das Tempo an und ritt die Welle der Erregung, damit sie endlich am Scheitelpunkt bräche. Kurz vor der Erlösung, während wilde Lust ihm die Brust eng machte, ihm die Eingeweide zusammenkrampfte.

Ihm schier das Herz sprengte.

»Naomi!«, brach es atemlos aus ihm heraus.

Sie warf den Kopf in den Nacken und packte sein Handgelenk. Sie packte so fest zu, dass er wusste, wie nah sie dem Höhepunkt war. Ganz nah. Ihre Hüften glitten in seinen Schoß zurück. Schweiß machte ihre Haut glatt und gleitfähig. Jetzt umgab ihr erregtes Fleisch seines ganz. Doch schon kam Naomi hoch auf die Knie, und Zoll um Zoll, und jeder Zoll köstlich spürbar und süße Erregung, ließ Naomis Garten Phins lustharten Schwanz gehen. Sie hielt sich an Phins Handgelenk fest und bog den Rücken durch, als ob sie sich das Rückgrat brechen wollte, verharrte dort, am Scheitelpunkt. Und dann ließ sie sich in Phins Schoß fallen; tief stieß seine Männlichkeit in sie hinein. Die Welle brach.

Explodierte.

Der Orgasmus schüttelte Phin, sein bewusstes Ich ertrank in köstlicher Lust; und er stieß zu, hinein in sie, mit alles sprengender Heftigkeit, rieb sich an dem einen perfekten Punkt in ihr und brachte sie zum Schreien, als auch bei ihr Erregung in Erlösung gipfelte. Eben noch hatte Naomi sich aufgebäumt, ihr Körper angespannt wie eine Gerte. Jetzt brach sie in Phins Schoß zusammen, ihr Körper zuckte in Schauern der Lust. Phin umarmte sie, hielt sie an sich gedrückt, bis sein Atem ruhiger ging und keine Sterne mehr vor seinen Augen tanzten. Bis er mehr zu spüren vermochte als wild durch seine Adern schießendes Adrenalin und den Endorphinrausch des Orgasmus und …

Ärger. Ärger auf zwei Beinen.

Denn er war noch nicht fertig. Er löste seine Finger aus ihrem Haar und blies seinen Atem über Naomis schweißnassen Rücken. Als sie erschauerte und nach Luft schnappte, lächelte er.

Er war noch lange nicht fertig.

KAPITEL 14

Irgendwann in den frühen Morgenstunden sanken Phin und Naomi erschöpft in die Kissen. Der Himmel war immer noch dunkel und das Bett so sehr zerwühlt, dass es einiges an Mühe brauchen würde, es wieder in präsentablen Zustand zu bringen.

Die Suite war behaglich, das Bett ein warmes Nest. Naomi erwachte und stellte fest, dass sie wie fließende Seide über Phin lag, ihre Beine ineinandergeflochten, als wollten sie nie mehr getrennt werden. Naomis Wange hatte die Körperwärme von Phins muskulösem Rücken aufgesogen, der ihr bis eben ein glattes, angenehmes Kissen gewesen war.

Sekunden vertickten, in denen Naomi vergaß zu atmen.

Der Morgen danach. Illusionen, die zerplatzten wie Seifenblasen. Naomi kannte das nur zu gut.

Langsam und vorsichtig entfernte sie sich von der allzu verführerischen nackten Haut neben ihr. Die Matratze sank unter ihrem Gewicht ein, kaum dass sie es verlagerte, und Phin bewegte sich. Aber er drehte nur den Kopf, schob das Gesicht in die Lücke zwischen den beiden Kissen und gab ein unwilliges Brummen von sich. Erleichtert stieß Naomi den angehaltenen Atem aus.

Die letzte Nacht hatte ihr so vieles gegeben. Sie hatte es genossen, die eigene Ausdauer zu erproben. Muskelkater an Stellen, wo Naomi ihn am Morgen danach gern spürte.

Aber jetzt war Tag, und sie hatte zu tun.

Dinge, bei denen sie Phin würde hintergehen müssen.

Nun, okay, so ganz stimmte das nicht. Sie hatte keine Versprechen gegeben. Keine Garantien. Die Nacht war traumhaft schön gewesen, verflucht zu schön, um mehr als ein Traum zu sein.

Naomi als Märchenprinzessin, aufgehübscht und ausstaffiert, und Phin hatte ihr alles vom Leib gerissen.

Jetzt küsste die Morgensonne die Fensterscheiben des Schlafzimmers, und der Traum war vorüber. Kugelhagel und Blutvergießen, das bliebe.

Naomi hatte keine drei Wünsche frei, nicht einmal einen.

Auf der Suche nach ihren Kleidern ließ sie den Blick durch das verdächtig aufgeräumt wirkende Schlafzimmer schweifen. Auf dem Boden lag nichts mehr herum. Ihre Taschen und Koffer waren ausgeräumt, aufeinandergestapelt beziehungsweise ineinander verstaut worden – aus dem Weg geräumt, Herrgott noch mal! Die Lacktüren des Kleiderschrankes starrten sie an.

Jesses und, verflucht noch mal, Maria! Hatte Phin mitten in der Nacht ihre Kleidung zu einer Leiche in den Schrank gestopft? Und es nicht einmal bemerkt?

Das war völlig unmöglich. Er hätte es bemerken *müssen*.

Nur sie, Naomi West, konnte ausreichend neben der Spur sein, um einen Kerl im selben Zimmer zu ficken, in dem eine Leiche verrottete.

Obwohl jeder Muskel in ihrem Körper ihr zuschrie, aufzuspringen – beweg dich, verdammt noch mal, du lahme Ente, jetzt verflucht sofort! –, zwang Naomi sich, sich Stück für nervenaufreibendes Stück aus dem Bett zu schieben. Sie biss sich auf die Unterlippe und schlich zum Schrank. Leise öffnete sie die Schranktüren. Dass sie die Luft angehalten hatte, bemerkte sie erst, als sie die Luft gemeinsam mit einem lautlosen Fluch wieder ausstieß. Phins Hemd hing im dämmrigen Licht im Schrank, männliche Begleitung für die ganze Batterie fließender Seidenoberteile, mit der die Mission Naomi in diese verdeckte Ermittlung geschickt hatte. Phins teure Schuhe standen fein säuberlich neben Naomis. Ihre Hosen hingen auf besonderen Hosenbügeln, alle so ordentlich, als ob Phin sie vor dem Aufhängen auch noch extra gebügelt hätte.

Aber keine Leiche im Schrank. Sie nahm sich eine Designer-Jeans, einen roten Pullover und ein Paar halbwegs bequeme Stiefel.

Wandelnde Leichen – die Vorstellung war so absurd, dass es Naomis Verstand zum Schlingern brachte. Trotzdem erwischte sie sich bei einem sardonischen Grinsen, als sie sich zum Bett mit dem schlafenden Phin umdrehte. Sie musterte ihn, wie er ausgestreckt in den Kissen lag.

Phin schlief, als gehörte ihm das Bett ganz allein. Sein Gesicht im Kissen vergraben, mit zerzausten Locken, ein Fuß hing aus dem Bett, hielt Phin sich am Kissen fest wie ein Ertrinkender am Rettungsring und schlief wie ein Toter. Wie ein Mann, der die Stunden zwischen tiefer Nacht und erster Andeutung von Tag noch wach verbracht hatte, in denen er längst hätte schlafen sollen.

Naomi könnte Gefallen daran finden, neben ihm aufzuwachen. Mit ihm gemeinsam nicht nur einen Morgen oder zwei wach zu werden. Vielleicht, wenn die Umstände anders wären. Vielleicht, wenn er ein Kerl aus der Mittelstadt gewesen wäre, irgendein Arbeiterklasse-Typ …

Was zum Henker dachte sie da nur?!

Wach auf, Naomi!, dachte sie grimmig und wandte sich entschlossen ab. Leise, mit angehaltenem Atem, fand sie Phins Hosen, die achtlos auf den Boden geworfen neben dem Bett lagen. Heißer Stolz flutete ihren Unterleib, als sie nach der Hose angelte.

Gestern Nacht hatte sie Phin derart rattig gemacht, dass er ganz wild nach ihr gewesen war.

Er hatte ihr Innerstes nach außen gekehrt und ihr nur gelassen, sich mehr, so viel mehr zu wünschen.

Naomis Lächeln bröckelte. Hastig durchsuchte sie seine Hosentaschen, bis sie die Schlüsselkarte gefunden hatte. Als sie die Hose über die Stuhllehne hängte, wollten ihre Finger, ohne Naomis bewusstes Zutun, über den herrlich weich fallenden Stoff streichen. Phin sah im Anzug so gut aus.

Wie gestern Abend. So gut hatte er in diesen anthrazitfarbenen Hosen ausgesehen.

Momentan sah er sogar noch besser aus. Verführerischer als Schokoladentorte. Die Morgensonne strich mit warmen Fingern über sein nacktes Bein, legte Streifen aus Licht und Wärme über seinen knackigen Hintern. Das Laken, seit der Nacht nichts mehr als ein wirrer Wust aus Stoff, lag um Phins Taille und tat nichts, um seinen hinreißend schönen, braun gebrannten Körper vor Naomis Blick zu verbergen.

Sie wollte ihn. Wieder. Dass ihr Schoß brannte wie die Hölle, war nicht nur das Ergebnis einer wahnsinnigen Nacht. Es war Sehnsucht.

Naomi schüttelte den Kopf über sich selbst. Dann schlüpfte sie aus dem Schlafzimmer und zog lautlos die Schiebetür hinter sich zu. Wenigstens musste sie jetzt nicht mehr ständig auf diesen verführerisch muskulösen Hintern starren. Phins Schlüsselkarte steckte sie in die Gesäßtasche ihrer Jeans.

Ja, sie machte die Fliege. Na, und? Phin und sie hatten jetzt ein paar gemeinsame Erinnerungen an großartigen Sex. Das war alles. Es war vorbei.

Sie spürte ihr Herz in ihrem Brustkorb schlagen. Die Unruhe vor der Jagd. Das jedenfalls versuchte Naomi sich einzureden. Jetzt ginge es endlich los. Jetzt war der Teil dran, der ihr Spaß machte. Der Teil, wo sie dem Fuchs Joe Carson auf der Spur wäre wie der Jagdhund bei der Treibjagd. Der Hexer war tot – auch wenn der Teufel allein wusste, wo seine Leiche abgeblieben war. Carson zu erwischen war das Einzige, was jetzt noch zählte.

Naomi wollte hier raus. So schnell wie möglich. Während sie nach der hübschen kleinen Handtasche suchte, hatte sie die Hand auf der Brust. Verflucht, sie brauchte ihr Com! Sie brauchte ihre Waffe, wohin auch immer Phin die handlich kleine Beretta gesteckt hatte.

Außerdem brauchte sie ausreichend Zeit, um in Phins Büro

einen Blick in die Gästelisten zu werfen, die die Mission offenbar nicht beschaffen konnte. Vielleicht auch einen Plan des Gebäudes.

Im Salon, halb unter den Kissen der luxuriösen Sitzlandschaft verborgen, fand sie endlich die gesuchte Tasche. Darin war ihr Com, ihr Lipgloss und … nein. Keine Waffe.

Scheiße, keine Waffe!

Naomi richtete sich auf. Unhörbar spie sie die schlimmsten Flüche aus, die laut zu sagen sie nicht wagte. Mit den Augen suchte sie den großzügig bemessenen Salon ihrer Suite ab; der Blick war scharf, forschend. Das Letzte, woran sie sich erinnerte, war, dass sie die Beretta in der Hand gehabt hatte. Dann war sie angeschossen worden. Sie hatte mit Phin zusammen versucht, aus der Stichstraße zu entkommen und …

Ganz sacht berührte Naomi die Schulter, die eigentlich teuflisch wehtun sollte. Ihre Fingerspitzen ertasteten verrutschte Bandagen, schief sitzenden Verbandsmull. Und dann war da ein dumpfer, leicht zu ignorierender Schmerz.

Phin hatte ihr die Waffe abgenommen. Aber was hatte er damit gemacht?

Verdammt! Sie hatte keine *Zeit* für diesen Mist.

Eilig schlüpfte sie in den aus dem Schrank gerissenen Pullover und stieg in die Stiefel. Sie drehte ihr Haar zu einem unordentlichen Knoten zusammen, aus dem überall Haarspitzen herausstakten, und wusste doch ganz genau, dass sie mit all dem nur das Unvermeidliche hinauszögerte.

Sie wollte nicht noch einmal zurück ins Schlafzimmer.

Wo Phin nackt schlief. Ausgepowert, muskulös und herrlich nackt.

Heilige Mutter Gottes!

Lautlos wie ein Geist drückte Naomi sich durch einen Türspalt wieder hinein in den Ort der Versuchung. Die Tür im Rücken suchte sie den viel zu aufgeräumten Raum ab. Stur mied sie den

Blick auf das Bett und suchte nach Phins Jackett. Es hing nicht am Herrendiener, der zur Zimmerausstattung gehörte, nicht über der Sessellehne und, Scheiße!, lag auch nicht irgendwo auf dem Boden herum.

Und dort, wo die Leiche hätte sein sollen, war auch kein Jackett gewesen.

Obwohl sie sich hätte in den Hintern beißen können vor Wut, gab Naomi die Suche auf. Klar, jetzt musste sie ohne Waffe los. Aber momentan hatte sie keine Zeit, die Beretta zu suchen. Sie würde sie schon wiederbekommen.

Gleich nachdem sie Phins Büro durchsucht hätte.

Sie drehte sich zur Tür um und wollte wieder hinaus in den luxuriösen Salon.

Hinter ihr raschelte es. Laken auf Laken. »Hmpf.«

Naomi erstarrte; das Herz schlug ihr bis zum Hals. Mit staubtrockenem Mund wägte sie ihre Möglichkeiten ab. Abzischen, als wäre der Teufel hinter ihr her?

Zu peinlich. Verdammt sollte sie sein, wenn sie den Schwanz einklemmte und einfach abhaute. Dann dächte Phin noch, er hätte Oberwasser.

Stattdessen drehte sie sich mit einem sonnigen Lächeln auf dem Gesicht wieder zum Bett um. »Morgen, mein Bester.«

Das Muskelspiel, als Phin sich auf die Ellenbogen hochstemmte und sich den Schlaf aus dem Gesicht rieb, war wirklich sehenswert. Es begann in den Schultern und lief mit der Unvermeidlichkeit einer Welle über seinen hübschen – ach, Gott, so hübschen – Hintern bis hinunter zu den gut ausgebildeten Muskeln seiner Oberschenkel. Es kostete Naomi ihre ganze Selbstbeherrschung, um nicht sofort zurück ins warme Bett zu kriechen und Phin erneut zu reiten, bis sie beide nicht mehr wüssten, wie viel Uhr es wäre.

Ihr Lächeln bekam etwas Aufgesetztes, als sie die Zähne zusammenbiss.

Phin rollte sich auf den Rücken, mit einer Hand zog er träge das Laken mit, sodass sein Schoß bedeckt blieb. Dennoch war Phins Blick immer noch schlaftrunken. Das Laken war Zufall, nicht Absicht. »Morgen«, erwiderte er. Ganz langsam erreichte das Lächeln um seine Lippen auch seine Augen. Es erreichte auch Teile von Naomi, von denen sie geglaubt hatte, sie wären zu erschöpft, um sich von dieser Art Lächeln wachküssen zu lassen.

Sie hatte sich geirrt.

Und Phin war so kurz nach dem Aufwachen verflucht viel aufgeweckter, als ihr lieb war. Ein Blick auf sie, auf die angezogene Naomi, und sein Lächeln war wie aus dem Gesicht gewischt. »Wohin so früh?«

»Frühstück besorgen«, ging Naomi die Lüge glatt über die Lippen. Sie versenkte zwei Finger in der Gesäßtasche und klemmte Phins Schlüsselkarte dazwischen. »Ich dachte, du schläfst bestimmt, bis ich wieder zurück bin.« In einer beredt zweideutigen Geste hob sie eine der schmalen, perfekt geschwungenen Augenbrauen. »Du weißt schon … mit etwas Klebrigem und Süßem.«

Seine Augen blitzten auf. »Und dann frühstücken wir zusammen?«

Ach, Scheiße, sie mochte den Kerl wirklich! Sie lachte, während sie mit aller Kraft dagegen ankämpfte, die Beine in die Hand zu nehmen und zu rennen, bis sie umfiele.

Oder besser noch: ihn zu bespringen.

Oder einfach irgendetwas zu tun. Nur nicht dumm in der Gegend herumzustehen und ihn anzulügen.

Aber da verschwand das Lächeln wieder. Seine Augen blitzten nicht mehr, dafür war der Blick, der Naomi traf, weich und warm, samten. »Naomi …«

»Hast du meine Sachen aufgeräumt?«, fragte sie. Viel zu schnell schoss die Frage heraus. Aber es war immer besser, Heftpflaster mit einem Ruck herunterzureißen, als es vorsichtig anzugehen. Besser als darauf zu warten, dass Phin fragte.

Phin setzte sich auf; eine Hand lag auf der beeindruckenden Morgenerektion, die das Laken nur sehr unvollkommen zu verbergen vermochte.

Herr im Himmel, sie konnte den Blick nicht von seiner nackten Brust abwenden. Am liebsten niemals mehr.

»Deine was?« Beim Gähnen hielt er sich die freie Hand vor den Mund. Es dauerte einen Moment, bis er sich einen Reim darauf gemacht hatte, in welche Richtung die Frage zielte. Er schüttelte den Kopf, ein bisschen so, als hoffte er, so den letzten Rest Schlaf loszuwerden, aber gab sofort zu: »Alles lag im Zimmer verstreut. Ich habe deine Sachen nur aufgeräumt, weil ich darauf gewartet habe, dass du …« Er zögerte. »Verbunden wirst«, beendete er den Satz schließlich lahm.

»Und es war …« Verflixt, gab es eine Möglichkeit, diese Frage ganz unverfänglich klingen zu lassen? »Es war genug Platz im Schrank, wirklich?«

Um Phins Mundwinkel zuckte es. »Reichlich. Du bist wahrscheinlich der erste weibliche Gast in der Geschichte des *Zeitlos*, der mit so leichtem Gepäck angereist ist.«

Erleichterung machte sich direkt neben der aufsteigenden Panik Platz.

Wo … war … die … Scheiß … Leiche?

Phin schwang die Beine über den Bettrand, ohne Naomi aus den Augen zu lassen. Ernst sah er sie an. »Naomi, wir müssen reden.«

Oh-ha. Scheiße.

Naomi gelang es tatsächlich, nicht zu reagieren, weder etwas zu sagen, noch etwas zu tun. Doch da lächelte Phin sie auch schon an, und jeder Widerstand ihrerseits schmolz dahin. Wie zum Henker machte der Kerl das?

»Was du gerade denkst, nein, warte, darum geht es gar nicht!« Phin lachte leise vor sich hin. »Hab-Acht-Stellung ist also nicht nötig, okay?«

Naomi gab einen unverbindlichen Laut von sich und stemmte die Hände in die Hüften. Jetzt kommt's, dachte sie, jetzt zieht er die Ritter-auf-weißem-Pferd-Nummer ab. Falscher Zeitpunkt, zu beschäftigt für eine feste Beziehung, der ganz beknackte Mist.

Naomi widerstand dem Drang, auf ihre Uhr zu blicken.

Selbst als sich in ihrem Herzen ein Riss auftat, hinter dem schwarz Leere gähnte.

Phin blieb auf dem Bett sitzen. Er stützte die Ellenbogen auf die Knie, faltete die Hände, legte die Zeigefinger nachdenklich ans Kinn und sah Naomi unverwandt an. »Du bist Missionarin.« Es war keine Frage.

Der Boden unter ihren Füßen wankte.

Irgendwie gelang es ihr, dem ernsten Blick standzuhalten, mit dem Phin sie musterte. Sie drückte die Knie durch, die gerade unter ihr nachgeben wollten. Naomi blieb kerzengerade stehen, die Rücken- und Bauchmuskeln angespannt, und neigte den Kopf. Als wäre alles in Butter. Die Gleichgültigkeit in Person. »Ach, bin ich, ja?«

»Dein Tattoo war nicht zu übersehen.«

Oh, Mist, natürlich! Wie hätte es anders sein können. Im ganzen Zimmer hing als dichte Pheromonwolke der Geruch von Sex – als hätte es eines Anstoßes von außen bedurft, um sich daran zu erinnern, wie sich Phins harter Schwanz in ihr angefühlt hatte. Die Erinnerung zerbröselte ihren Verstand in winzige Partikel. Nur so ließ sich erklären, dass sie hatte annehmen können, Phin könnte in der Dunkelheit des unbeleuchteten Zimmers das Tattoo übersehen haben.

Scheiße.

Naomi straffte die Schultern. Sie wusste, dass ihr Gesicht bereits zur Maske erstarrt war, konnte spüren, wie ihr Blick wachsam und argwöhnisch wurde. Alles, was sie jetzt noch tun konnte, war locker klingen und ignorieren, dass ihr war, als drücke ihr eine Faust um ihre Kehle die Luft ab. »Und?«

Phin holte tief Luft. »Sucht die Kirche im *Zeitlos* nach Magiebesessenen?«

Verfluchte Affenscheiße! »Lass mich die Frage einmal so stellen«, antwortete Naomi vorsichtig. »Wäre es überhaupt im Bereich des Möglichen, dass ich von dir eine wahrheitsgemäße Antwort bekäme, wenn ich dich fragte, ob das *Zeitlos* Magiebesessenen Unterschlupf gewährt?«

Phin sah ihr direkt in die Augen. Sein Blick war fest, von einer gewissen Unnachgiebigkeit und Härte. »Das würdest du«, sagte er, so ernst, dass Naomi einen Augenblick brauchte, bis sie es begriff. Sie brauchte länger, als ihr lieb war. Als ihr pheromon-vernebeltes, völlig aus dem Tritt geratenes Hirn es endlich begriff, wäre Naomi fast vornüber gekippt, so erleichtert war sie.

Stattdessen erlaubte sie ihren weichen Knien nachzugeben und ließ sich in einen Sessel sinken. Lachen perlte ihre Kehle hinauf und über ihre Lippen.

»Herrje, oh, Scheiße, Phin!«

»Was?«, verlangte er zu wissen.

»Bekäme ich, ach Scheiße!« Sie spie es ihm entgegen, halb schon ein Fluch, halb noch ein Lachen. »Bekäme ich, ach echt? Was würdest du mir denn beichten wollen? Dass du einen geheimen Hexenzirkel beherbergst, der deine eigenen Gäste umbringt?«

Phin kniff die Augen zusammen. »Nein.«

»Unter diesen Umständen, glaube ich«, sagte Naomi und versuchte nicht zu beachten, dass es ihr den Magen zusammenzog, »bin ich auf der sicheren Seite, wenn ich sage, dass die Kirche im *Zeitlos* nicht nach Magiebesessenen sucht.«

Was nicht hieß, und das war Naomi nicht bereit, offen auszusprechen, dass Magiebesessene die Clarkes nicht vielleicht doch benutzten, um an ihr Ziel zu kommen. In diesen Sumpf aber sollten Phin und seine Familie nicht hineingezogen werden, dafür wollte Naomi schon sorgen.

Der Hexer war tot. Naomi West als versierte Hexenjägerin hatte keine anderen Anzeichen dafür entdecken können, dass im *Zeitlos* Magie praktiziert wurde. Alles drehte sich also nur noch um Carson und Naomis Auftrag ihn betreffend.

Völlig andere Baustelle.

»Aber warum bist du sonst hier?«, fragte Phin. Er schaute sie mit solcher Ernsthaftigkeit und Konzentration an, dass Naomis Erheiterung erstarb wie das Lächeln auf ihrem Gesicht. Die Erleichterung ließ sie beinahe würgen. Die Hand auf dem Brustbein versuchte sie es erneut mit Takt und Feingefühl.

Feingefühl, ach Mist. Sie war verflucht schlecht darin.

»Ich möchte und darf dir nicht alles erzählen«, begann sie, um gleich darauf warnend die Hand zu heben. Denn Phin war aufgestanden, und das Bettlaken hing verdammt schief und sehr tief auf seinen Hüften. Naomi riss sich von dem Anblick los und suchte Phins Blick. »Nein, halt! Mach ja keinen Schritt weiter, oder, ich schwör's bei Gott, ich kann für nichts mehr garantieren!«

Phin zögerte. Aber um seine Augen erschienen Lachfältchen, und der konzentrierte Blick hatte wieder die samtene Wärme, die Naomi als typisch für Phin kannte. »Okay, ich hab' verstanden.«

»Und zieh bloß dieses Laken höher und am besten auch gleich fester!«, verlangte Naomi gereizt. Phin gehorchte. Unter seiner gebräunten Haut bewegten sich geschmeidige Muskeln. Naomi holte tief Luft. Hastig kratzte sie genug Wahrheit zusammen, um die Lüge plausibel klingen zu lassen. »Die Kirche hat mich hierhergeschickt, weil ich eine Pause brauchte. Das passiert manchmal«, setzte sie trocken hinzu. »Sowas wie Ferien. Ich bin nicht sonderlich gut in dem Entspannungszeugs, du weißt schon: Yoga und so.«

»Das ist mir nicht entgangen«, murmelte er.

Naomi ging auf die Bemerkung nicht ein. »Aber ich wollte raus aus dem Hamsterrad und Zeit für mich. Die Kirche dachte, hier im *Zeitlos* wäre es für mich sicher. Deshalb die ganze Geheimhaltung. Niemand soll wissen, dass ich hier bin.« Lügen, Lügen und genug Wahrheit, um sie zu verbergen.

Naomi hasste das, zur Hölle damit!

»Und letzte Nacht?«

Naomi berührte den Verband unter dem hastig übergestreiften roten Pullover. »Jemand muss mich erkannt haben. Eigentlich sind wir niemals allein. Selbst auf Urlaub bleibt der Partner immer in der Nähe.«

Phin deutete ein Nicken an. »Miles.«

Sie runzelte die Stirn. »Du hast ein verdammt gutes Gedächtnis für jemanden, der einen Schock gehabt hat.« Dann sah sie, wie verkrampft seine Finger waren. Die Knöchel traten weiß vor Anstrengung hervor. Naomi wusste kurz lang nicht, was tun.

Gab es überhaupt etwas, das sie tun konnte? Wie sie Phin beruhigen, ihm helfen konnte?

Nein. Bald wäre sie nicht mehr hier. Und alles, was bliebe, wären Kugelhagel und Blutvergießen.

Und Lügen.

»Ja«, bestätigte sie dann, ehe Phin auf ihre unterschwellig mitschwingende Frage reagieren konnte. »Wer auch immer auf mich«, *auf dich!*, korrigierte sie sich im Stillen, »geschossen hat, muss mich wiedererkannt haben. Ich bin sicher, die Mission hat ihn erwischt.«

»Ihn?«

»Oder sie«, setzte Naomi, ohne auch nur einen Sekundenbruchteil zu zögern, hinzu.

Phin starrte auf den Boden. Seine Kiefermuskeln arbeiteten, seine Schultern waren angespannt. Als ob er mit sich selbst uneins wäre, ob er noch etwas sagen wollte. Zu ihr.

Verflucht, Naomi wusste es einfach nicht. Sie stand auf und zwang sich, nicht zu Phin hinüberzugehen. Als er den Kopf hob und ihren Blick suchte, erstarrte sie. »Dann ermittelt die Kirche also nicht gegen das *Zeitlos*?«

Wieder hatte Naomi unbemerkt die Luft angehalten. Endlich eine Frage, die sie beantworten konnte, ohne zu lügen. »Nein«, sagte sie leise. Nur gegen ein Arschgesicht von durchgeknalltem Agenten, der der Mission von der Fahne gegangen ist und sich hier eingeschlichen hat.

Selbst Naomi fiel kein besserer Ort ein, um unterzutauchen.

Phin bewegte sich so schnell, dass Naomi schreckensstarr zwischen dem Instinkt zu fliehen oder zu kämpfen gefangen war. Mit seinen großen, schönen Händen um ihre Taille zog er Naomi an seine Brust. Ziemlich auf Halbmast hing das Laken zwischen ihren beiden Körpern eingeklemmt. Naomis Wahrnehmung konzentrierte sich auf ihre Fingerspitzen. Unter ihren Händen auf seiner nackten Brust, da waren warme, schmerzhaft vertraute Haut und Phins langsamer, kräftiger Herzschlag. »Mach das nie!«, presste er heraus. Naomi sah nichts als seine Augen. So ernst, dieser Blick.

So herzzerreißend in seiner eisernen Strenge.

Sie leckte sich über die Unterlippe. »Was denn?«

Seine Lippen, dünn vor Anspannung, formten lautlos Worte. Aber Phin fand die rechten Worte nicht; sie wollten nicht über seine Lippen. Also ließ er Naomi los, als könnte er die ungesagten Worte auf diese Weise dazu bringen, ihn nicht mehr zu bedrängen, und fuhr sich mit beiden Händen durchs Haar. »Zur Hölle damit«, murmelte er. Einen Lidschlag später zwang er Naomi mit rücksichtsloser Leidenschaft seinen Kuss auf.

Süßer Schmerz, der in ihrem in der Nacht so häufig besuchten Schoß pochte, verging in einer Flut aus Begehren, das Verlangen so unbezähmbar, Naomi so getrieben, dass alles um sie versank und aufhörte zu existieren bis auf Phin. Seine Lippen nahmen sich, was sie besitzen wollten, als zähle kein anderer Wille. Sie nahmen sich alles, was Naomi verflucht noch mal nie hatte geben wollen – sie kapitulierte vor diesen Lippen, sie beichtete ihnen die Begierde, die sie selbst in diesen Kuss trieb.

Wie heftig sie nach mehr verlangte, wie unendlich groß ihre Sehnsucht war.

Phin saugte ihr all das von den Lippen und schenkte ihr im Gegenzug, was sie nie hatte haben wollen. Was zu benennen sie sich selbst auf gar keinen Fall abringen wollte.

Dennoch stieß sie vor, stieß die Zunge hinein in die willige Hitze seines Mundes, ließ sich von Phins Zunge in ein wildes Spiel verstricken, während ihre Finger sich in die ausmodulierten Muskeln auf seiner Brust gruben. Sie spürte, wie sein Herz gegen ihre Handfläche pochte, wie Phin aufstöhnte, wie sein harter Ständer gegen ihren Unterleib pulsierte. Was zum Teufel tust du da gerade, West?, dachte sie.

Das war gefährlich. Ein Wahnsinnsrisiko.

Sie riss sich los, japste nach Luft, und brachte sich aus Phins Reichweite. Abwehrend hob sie beide Hände, als das Laken von seinen Lenden rutschte und zu seinen nackten Füßen einen kleinen unschuldigen Haufen Stoff bildete.

Ohne jede falsche Scham stand Phin in herrlicher Nacktheit vor ihr. In seinen Augen funkelte ebenso viel Leidenschaft, wie ihr selbst den Schoß vor Verlangen heiß und feucht machte. Hungrige Sehnsucht, die alles wollte, jetzt.

Naomi zwang sich zu einem Lachen. »Essen«, sagte sie mit Nachdruck. »Oder, ich schwör's dir, ich breche tot über dir zusammen, und das würdest du sicher bereuen!«

Sie musste seinen Herzschlag nicht spüren, um zu wissen, welche körperlichen Reaktionen dieser Kuss auch in ihm ausgelöst hatte. Seine Wangen waren gerötet, sein Ständer unter dem Dreieck aus schwarzem Schamhaar war perfekte Männlichkeit, hart und groß. Naomi musste alles aufbieten, um nicht mit dem Blick an diesem Ständer kleben zu bleiben.

Sie wusste nur zu gut, was Phin Clarke für sie zu tun in der Lage war.

Aber sie wusste auch, was sie im Begriff war, ihm anzutun.

Verrat nämlich.

Der arme betrogene Kerl.

Sie floh, sein raues Lachen im Ohr, das ihren hastigen Rückzug begleitete.

Er wird drüber hinwegkommen, dachte sie, noch während sie aus dem Schlafzimmer schlüpfte. Im Salon fischte sie Phins Schlüsselkarte aus der Gesäßtasche und steckte sie in eine der vorderen Taschen der Jeans. Sie schüttelte den Kopf, dass ihr Haar flog, und wusste, sie und ihr Haar hatten längst eine Dusche nötig. Was Phin und sie alles miteinander angestellt hatten, was er mit ihr angestellt hatte … Ausatmen, einatmen, beides geriet zittrig. Der Mann hatte goldene Hände. Geschickt, talentiert und bereit, dieses Talent ohne Wenn und Aber einzusetzen.

Eine wunderschöne Erinnerung, wenn sie selbst verflucht noch eins endlich hier raus wäre.

Lautlos durchquerte sie das Zimmer, drückte den Fahrstuhlknopf und wartete ungeduldig darauf, dass der Aufzug endlich kam. Als die Aufzugtüren mit dem ihnen eigenen effizienten Flüstern aufglitten, floh sie hinein. Während der Lift hinunter in die Tiefe schnurrte, war es die Sache eines Augenblicks, die Frisur in Ordnung zu bringen, die Phin ihr wieder einmal ruiniert hatte.

Naomi war sich nicht ganz sicher, wie spät es war. Die Fahrstuhltüren gingen auf, und Stille legte sich wie ein schweres Tuch auf sie und betäubte alle Sinneswahrnehmungen. Sie musterte den kleinen Park vor ihr, die Bäume kahl oder mit welken Blättern.

Sie musste in den Personalflügel.

Der Zugang zu den einzelnen Stockwerken des Personalflügels war nur mit Personalschlüsselkarte möglich. Also dann.

Aus ihrer Hosentasche zog sie Phins Schlüsselkarte heraus. Die Türen des Personalaufzugs schlossen sich hinter ihr. Viel zu einfach.

Viel zu vertrauensselig.

Als sich die Türen wieder öffneten, zögerte Naomi. Sie überprüfte mit einem raschen Blick die Digitalanzeige des Aufzugs. Der Anzeige nach war sie, wo sie sein wollte. Aber das Vestibül vor dem Aufzug unterschied sich nicht viel von denen, die sie im *Zeitlos* bereits mit ihrer Anwesenheit als Gast beehrt hatte. Hübscher Teppich, dasselbe Muster wie überall sonst, nette Tapeten, alles sauber und einem Ort wie diesem angemessen.

Gute Beleuchtung. Naomi bedachte die Reihe von Wandlüstern mit einem finsteren Blick und einem Stirnrunzeln. Was sie nicht sah, waren Kameras. Aber das hieß nicht viel.

Phin war ihr nie sonderlich dämlich vorgekommen. Na ja, außer ganz am Anfang.

Die Jagd war jetzt im vollen Gange, und in diesem Stadium spielte es keine Rolle mehr, wenn die Kameras Naomi erfassten. Der Sicherheitsdienst des *Zeitlos* wäre immer schön fünf Schritte hinter ihr und würde in dem Moment, wo sie kapierten, was los war, der Kirche Rede und Antwort stehen müssen.

Nicht ihr Problem.

Der Teppich dämpfte jedes Geräusch, das ihre Schritte vielleicht gemacht hätten. Naomi hastete den langen Korridor entlang und horchte dabei angestrengt auf jedes Lebenszeichen in diesem stillen Stockwerk. Viel zu still. Die erste Tür, die sie fand, war schmal, und ein Messingschild verriet, was sich dahinter befand.

Haustechnik. Nein, das war nicht, was Naomi suchte.

Sie kam an einer ganzen Reihe ähnlich wirkender Türen vorbei; jede trug ein Messingschild, in jedes eingraviert, was die Aufgabe dessen war, der hinter dieser Tür sein Büro hatte. Alles durchorganisiert.

Endlich, Naomi hatte schon aufgeben und das nächste Stockwerk durchsuchen wollen, fand sie, wonach sie gesucht hatte. Drei Türen, zwei auf derselben Seite, die dritte den beiden genau gegenüber, an jeder wieder das obligatorische Messingschild.

Naomi las jedes der Schilder. All drei Clarkes hatten ihr eigenes Büro.

Welches Büro würde die Akten beherbergen, nach denen sie suchte?

Sie dachte daran, wie ordentlich Phin Kleidungsstücke aufhängte und Schuhe sortierte, und schüttelte den Kopf. Sein Büro sicherte wie alle anderen ein Sensorschloss, das den Daumenabdruck seines Besitzers abfragte.

Ohne viel Federlesens fischte Naomi ihr Com aus der Hosentasche und wählte Jonas' Nummer. Sie steckte sich den Ohrstecker in die Ohrmuschel und wartete sprechbereit.

»Naomi! He, bin ich froh, von dir zu hören.«

»Ähm.« Jonas war schon immer ein Frühaufsteher gewesen. »Ich muss an einem Schloss mit Fingerabdruck-Sicherung vorbei«, sagte sie und ging auf seine launige Begrüßung nicht ein. »Wenn ich dich anklemme, kannst du das Schloss dann überbrücken?«

»Regnet es im gebeutelten Nordwesten immer?«, war Jonas' Antwort. Naomi hörte seine Finger bereits über die Tastatur seines Computers fliegen. »Zuerst einmal: Wie geht's dir überhaupt?«

Vollauf befriedigt, danke der Nachfrage. »Streifschuss, kein großes Ding. Ich muss heute unbedingt die Antwort auf ein paar drängende Fragen finden. Also, wie wär's mit ein bisschen Beeilung, wenn du dieses Schloss knackst, ja?«

»Schon gut, schon gut«, sagte Jonas. Seine Erleichterung war ihm selbst durch die Leitung hindurch anzuhören. »Ich bin nur … na, du weißt schon.«

Klar, wusste sie es. Sie verzog den Mund.

»Okay, da ist ein ziemlich kleiner Stick seitlich in dein Com eingelassen. Man kann ihn ausrasten. Springt dir entgegen, wenn du ihn reindrückst. Hast du das?«

Naomi fummelte an dem winzigen eingelassenen Stick herum.

Als sie es endlich schaffte, im richtigen Winkel draufzudrücken, rastete er aus und sprang aus dem Gehäuse des Coms. Sie fing ihn in der Handfläche auf. »Okay, was jetzt?«

»Irgendwo am Schloss muss ein Port sein. Steck den Stick da rein und lass mich wissen, wenn's soweit ist!« Jonas sprach langsam, klang aber zuversichtlich, als sei das alles kinderleicht.

»Du klingst wie die Hotline meines Com-Anbieters.« Naomi tastete das Gehäuse des Schlosses ab, beugte sich tief hinunter, um einen Blick auf dessen Unterseite werfen zu können.

»Liebst du mich nicht gerade deshalb, weil ich so hilfreich und dir stets eine Stütze bin?«, zwitscherte Jonas ihr vergnügt ins Ohr. »Ist er endlich drin?«

»Wow, dein Bettgeflüster hat mich schon immer wuschig gemacht!« Naomi stieß einen Pfiff aus, als ihre tastenden Finger endlich den winzigen Port im Schlossgehäuse fanden. Sie führte den winzigen Stick ein und hörte ein kaum wahrnehmbares Klicken, das ihr verriet, dass sie alles richtig gemacht hatte. »Drin.«

»Bleib dran, während ich tue, was ich am besten kann.«

Naomi verkniff sich ein Grinsen und wartete. Da flimmerte das Display des Schlosses plötzlich, verschwamm und wurde abrupt schwarz. Naomi hatte das dämliche Ding nicht angefasst; sie hatte ja kaum geatmet, während sie Jonas über die stehende Leitung bei der Arbeit zugehört hatte. Dass er arbeitete, war deutlich am Klicken der Tastatur zu erkennen. Es klang, als gäbe ein Pianist ein Konzert auf einem verstummten Klavier.

Dann flackerte das Display wieder auf, blinkte gelb. Naomi hörte Schließmechanismen sich im Türschloss bewegen, zurückgleiten und klicken. »Zugriff gewährt«, sagte Jonas in Naomis Ohr.

»Du bist ein echtes Wunderkind.« Naomi drehte den Türknauf. Er ließ sich leicht drehen, und ebenso leicht sprang die Tür auf. Phin war weder naiv noch dumm. Aber vielleicht war er ein bisschen zu vertrauensselig, was Technik anging, die Menschen wie

Jonas zum Frühstück verspeisten, zum Mittag- und zum Abendessen.

»Sonst noch Wünsche, Prinzesschen?«

»Keine. Ich melde mich wieder.«

»Gut. Wir brauchen dringend deinen Bericht über die Ereignisse gestern Abend.«

Naomi runzelte die Stirn. »Ist mit Miles alles in Ordnung?«

»Hat keinen Kratzer abgekommen«, versicherte Jonas ihr. »Aber mächtig sauer ist er.«

»Ich verstehe.« Naomi rollte die Schulter vor und zurück. Die, die eigentlich höllisch hätte wehtun müssen. »Willkommen im Club. Habt ihr die Blutproben schon untersucht?«

Das Büro war sauber. Nicht sauber, sondern rein. Es war hübsch eingerichtet, maskuline Farben herrschten vor: dunkles Holz, Burgundertöne, eine Tapete mit barockem Goldmuster. Aber alles zu aufgeräumt und sauber.

So unberührt wie frisch gefallener Schnee.

Benutzte der Kerl das Büro überhaupt?

»Keine Übereinstimmungen«, meldete Jonas mit einem Seufzer. »Dein Hexer ist uns bisher nicht bekannt.«

»Verfluchter Hurensohn.«

»Hoffentlich war das alles an Magiebesessenen in deiner Nähe«, meinte Jonas daraufhin. Sein Optimismus war fast penetrant. »Viel Glück dann noch. Sieh zu, dass du an deine Infos kommst und meld' dich dann!«

»Danke«, murmelte Naomi und ließ das Com zuschnappen. Mit gerunzelter Stirn betrachtete sie die Kunststoff-Boxen, die an der gegenüberliegenden Wand aufeinandergestapelt waren. Neben dieser überwältigenden Wand aus Kunststoff-Boxen hatte der Raum nur noch einen Schreibtisch, einen Monitor darauf, einen Schreibtischsessel dahinter und zwei Besuchersessel davor zu bieten.

Naomi umrundete den Tisch. Rasch verschaffte sie sich einen

Überblick. Das Ergebnis ließ sie mit dem Kopf schütteln: Der Stuhl war ordentlich unter die Platte geschoben, wo er hingehörte; der Monitor hatte nicht einen Fingerabdruck, und die in die Schreibtischplatte eingelassene Tastatur war blitzsauber. Die Schreibtischplatte war ebenfalls blitzsauber.

Phin Clarke war ein Ordnungsfanatiker. Nach dem Zustand, in der Naomi ihre Suite heute Morgen vorgefunden hatte, war das keine Überraschung mehr. Nicht einmal das Leder des Schreibtischstuhls wies die Kratzer und Risse auf, die man in Missionsbüros zu sammeln schien wie Auszeichnungen.

Wieder wandte Naomi sich den Kunststoff-Boxen an der Wand zu. Jede war ordentlich in gedruckten Blockbuchstaben beschriftet. Aber die Beschriftungen ergaben für Naomi keinen Sinn. Irgendein Code. Ein Sicherheitsverfahren, entwickelt und abgestimmt auf seinen Verwender.

Alles andere als dämlich. »Verdammt!«

»Kann ich Ihnen vielleicht suchen helfen?«

Naomi wirbelte herum, eine Hand fuhr automatisch zur Waffe im Schulterholster. Weder trug sie das Holster, noch hatte sie die Waffe. Stattdessen spürte sie den Verband unter dem Pullover. Ihr schlug das Herz bis zum Hals unter Gemma Clarkes anklagendem Blick.

Phins eine Mutter lehnte am Türrahmen. Ihr maßgeschneidertes Kostüm war goldgelb, die elfenbeinfarbene Bluse dazu setzte genau den richtigen Akzent. Ihre Hochsteckfrisur war sehr viel hübscher als Naomis zu einem unordentlichen Knoten zusammengewürgtes Haar.

Naomi schluckte schwer. Locker ließ sie die Arme hängen. »Mrs. Clarke.«

Gemma Clarke trat in das Büro ihres Sohnes, inspizierte es mit einem raschen Blick. Als sie nichts fand, das nicht an seinem angestammten Platz war, wanderte ihr Scharfsinn verratender Blick zurück zu Naomi und blieb an ihrem Gesicht hängen. Gemmas Augen wurden schmal vor Misstrauen. »Wonach suchen Sie?«

Naomis Gedanken überschlugen sich. Sie könnte lügen. Aber es gab wenig, womit sie ihre Anwesenheit in einem verschlossenen Büro hätte rechtfertigen können. Zumindest ihre Absichten könnte sie jedoch verschleiern.

Aber Gemmas kluge Augen würden sie schnell als Lügnerin entlarven. »Ich kann alles erklären, Mrs. Clarke.«

»Das erwarte ich auch von Ihnen«, sagte diese, im Ton nicht so unfreundlich, wie zu erwarten gewesen wäre. »Aber zuerst möchte ich wissen, warum mein Sohn erst heute Morgen mit aller ihm noch verbleibenden Würde, was allerdings nicht viel heißen will, in den Familienflügel zurückgekommen ist.«

Oh. »Hölle noch eins!«, entfuhr es Naomi leise.

Mit zusammengekniffenen Augen funkelte Gemma sie an. »Na, Hölle steht nicht gleich darauf, aber, na ... Außerdem verlange ich zu erfahren, warum es die Einzige Heilige Kirche für angebracht hält, mein Unternehmen zu infiltrieren ...« Sie hob eine Hand, um Naomi zum Schweigen zu bringen, die schon hatte protestieren wollen, »ja, genau, zu infiltrieren und auszuspionieren!«

Naomi stemmte die Hände in die Hüften. »Was hat Phin Ihnen denn erzählt?«

»Sie sollten nicht wie ein Papagei wiederholen, was Sie meinem Sohn aufgetischt haben«, erklärte Gemma, und ihr Tonfall war so kühl und nüchtern wie ihr Blick. Diese Frau besaß einen eingebauten, hoch empfindlichen Lügen-Detektor, um den Naomi sie beneidete. »Ich möchte wissen, wie Ihr Auftrag lautet und inwieweit die Missionsoperation unter unserem Dach unser Leben beeinträchtigen wird.«

Naomi holte tief Luft. »Gar nicht«, erwiderte sie und fügte eilig hinzu: »Jedenfalls nicht mehr, als bisher bereits der Fall war. Mit etwas Hilfe von Ihrer Seite sind Sie mich auch gleich wieder los.«

»Was für Hilfe?«

»Ich brauche eine Liste der Resort-Gäste, die in den letzten Wochen im *Zeitlos* ein- und ausgecheckt haben. Außerdem eine Übersicht über alle Tagesgäste in diesem Zeitraum.«

Die unverblümte Direktheit ihrer Ansage trug Naomi Schweigen ein – und eine hochgezogene Augenbraue.

Naomi hatte mit dem Sohn dieser Frau geschlafen. Sie hatte die ganze Nacht durch mit ihm gevögelt, bis sie beide vor Erschöpfung zusammengeklappt waren. Selbst jetzt noch tat Naomi alles weh. Überall erinnerte sich ihr Körper pulsierend und lebendig an diese Nacht voller Lust und Begierde.

Gemma wusste von dieser Nacht. Wahrscheinlich ließ das Naomi in Gemma Clarkes Augen nicht gerade gut aussehen.

Nicht dass Naomi sich den Henker darum geschert hätte, was andere über sie dachten.

Unbehaglich verlagerte sie ihr Gewicht von einem Bein aufs andere. »Schauen Sie«, sagte sie, hob die Hände und spreizte die Finger, »ich bin hier, um dem ein Ende zu setzen, was ein Problem werden könnte. Ich will keinen Ärger machen. Ich will Ärger *verhindern!*«

Gemmas Mund verwandelte sich in einen dünnen Strich. »Hat dieses Problem, von dem Sie sprechen, etwas mit der Leiche zu tun, die heute Morgen in der Wäscherei gefunden wurde?«

»Was zum Geier wollen Sie …« Naomi legte die Stirn in Falten. »Eine Leiche?«

Gemma Clarke lehnte eine ihrer weiblich runden Hüften gegen die Schreibtischkante. Ihr Ton blieb scharf. »Einer meiner Angestellten von der Haustechnik, Miss Ishikawa. Mark Vaughn. Er wurde mit eingeschlagenem Schädel und sehr tot in einem Container schmutziger Handtücher gefunden.«

Haustechnik. Naomis Gedanken rasten. »Hat die Haustechnik Schlüsselkarten, mit denen man Zugang zu allen Räumen erhält?«

»Ja, selbstverständlich.«

Oh Scheißdreck, des einen Glück, des anderen Pech! Immerhin eines war damit geklärt. Die miese Ratte von Hexer hatte problemlos Zugang zu ihrer Suite gehabt. Aber warum hatte er ihr aufgelauert, woher gewusst, wer Naomi Ishikawa war? Ein harter Zug um ihren Mund verriet ihre Entschlossenheit. »Okay«, log sie, »der Typ ist einer der Gründe dafür, dass ich hier bin. Wie lange hat er hier gearbeitet?«

»Drei Wochen.«

Stimmte die zeitliche Abfolge? Naomi machte einen Schritt vorwärts, blieb dann stehen, als wäre sie vor eine Wand gelaufen und starrte nachdenklich zur Decke hinauf. »Hatte er Freunde hier?«

Gemma musterte sie misstrauisch. »Nicht viele. Ein paar von den anderen Angestellten.«

»Hat die Haustechnik im ganzen Haus zu allem Zugang?«

»Anders ginge es nicht. Die Techniker müssen schließlich ihre Arbeit machen«, antwortete Gemma. Sie furchte die Stirn, als Naomi mit der Faust triumphierend in die Luft stieß.

»Das ist es!«, rief sie. Carson hatte den Hexer bestochen, ihn ins *Zeitlos* einzuschleusen. So einfach war das Ganze wohl. Dann war der Haustechniker Carson nicht mehr länger von Nutzen gewesen. Wie auch: der Kerl hatte zweimal versucht sie zu töten – eindeutiger konnte man ja wohl kaum versagen. Daraufhin hatte Carson ihn erledigt und die Schlüsselkarte des Hexers kopiert.

Aber ein Hexenjäger, der mit einem Hexer gemeinsame Sache machte?

Und wie hatte Carson die Leiche des Hexers aus dem Schrank geholt?

Ach, verflucht, für die Lösung dieses Rätsels blieb später immer noch Zeit! »Tja, Mrs. Clarke«, sagte Naomi jetzt viel gelassener als zuvor, »ich muss Ihnen leider sagen, dass es verspricht noch unerfreulicher zu werden. Ich glaube, dass die Zielperson, ein Mann namens Joe Carson, bereits den Mordversuch an einem Ihrer Gäste und den Mord an Ihrem Haustechniker begangen hat.« Lügen über Lügen. Lügen aber konnte Naomi West besonders gut. »Gemma, glauben Sie mir, das Letzte, was ich will, ist, dass Ihnen oder Ihrer Familie etwas zustößt.«

»Ach, wirklich?« Gemma zupfte ihre Ärmelaufschläge zurecht, strich sie glatt. »Wie geht es Ihrer Schulter, meine Liebe?«

Für einen kurzen Moment aus dem Tritt gebracht, zuckte Naomis Hand hinauf zu ihrer Schulter, dorthin, wo der Verband unter dem Pullover verborgen war. »Prima«, erwiderte sie. »War nur ein Streifschuss, nicht der Rede wert.«

»Gibt es eine Verbindung zu Ihrem Auftrag?«

Naomi deutete ein Nicken an. »Bei den schlechten Lichtverhältnissen und dem schwierigen Schussfeld konnte mich nur ein ausgebildeter Scharfschütze derart erwischen.«

Gemma funkelte sie aus zusammengekniffenen Augen an. Blitzendes Eis. Naomi war durchschaut. »Und warum haben Sie dann Phin das Gegenteil weiszumachen versucht?«

Verfluchter Scheißdreck! Hatte der Kerl denn gar keine Geheimnisse vor seinen Eltern? Naomi seufzte. »Weil er«, sagte sie zähneknirschend, »mich meinen Job nicht erledigen ließe, wenn ich ihm erzählt hätte, ich wäre hinter einem bestens ausgebildeten Killer her. Und«, fügte sie rasch hinzu, als sie Gemmas Blick auf sich lasten fühlte, »Sie wissen genauso gut wie ich, dass er versuchen würde, sich Carson entgegenzustellen. Gemma, Carson ist ein Attentäter, der sein Handwerk versteht. Was hätten denn Sie Phin an meiner Stelle gesagt?«

Gemma atmete einmal tief durch. Dann blickte sie Naomi fest in die Augen und fragte: »Auf wen hat der Scharfschütze gezielt?«

Die Lüge kam ihr ganz glatt über die Lippen: »Auf mich.«

»Nun gut.« Gemma stieß sich von der Schreibtischkante ab und begann, den Schreibtisch zu umrunden, wobei sie Naomi mit einer ungeduldigen Handbewegung aus dem Weg scheuchte. »Dann verschaffe ich Ihnen jetzt die verlangten Informationen.«

Naomi trat beiseite. »Einfach so?« Misstrauen erwachte und schlich sich in ihre Stimme. »Keine weiteren Fragen mehr?«

Gemma legte die flache Hand auf den Deckel eines Ordners aus Kunststoff und drückte die Schultern durch. Ohne Naomi anzusehen, sagte sie ruhig: »Ich habe jede Menge Fragen an Sie, Miss Ishikawa. Beispielsweise wüsste ich gern, wer Sie in Wahrheit sind und was für Absichten Sie meinen Sohn betreffend haben.« Naomi zuckte zusammen. »Aber vor allem hätte ich gern gewusst, wo einer meiner Gäste steckt und ob sie in Gefahr ist.«

Das waren ja mal Neuigkeiten. »Wer?«

Gemmas Augenbrauen schnellten nach oben. »Katie Landers. Sie ist Jordanas Assistentin.«

Vor Naomis geistigem Auge erschien das Bild einer scheuen Brünetten, die im Frühstücksraum allein in einer Nische gesessen hatte. Rasch ging Naomi sämtliche wahrscheinliche Szenarien durch. »Wann wurde sie zuletzt gesehen?«

»Gestern im Laufe des Vormittags.«

»Welche Zimmernummer hat sie?«

»Sie ist in Jordanas Suite untergebracht, im siebten Stock.« Gemma strich sich eine Locke aus dem Gesicht und schüttelte dann den Kopf. »Wenn das alles hier vorbei ist, Miss Ishikawa, erwarte ich wirklich eine ganze Menge Antworten von Ihnen.«

»Man wird Sie informieren«, erwiderte Naomi mechanisch. Das war natürlich Blödsinn. Lügen, mehr nicht. Die Kirche entschuldigte sich für nichts und bei niemandem. Auch Erklärungen gab sie nicht ab.

Andererseits schickte die Kirche normalerweise keinen ihrer Agenten auf eine Mission mitten unter die oberen Zehntausend.

»Der Dominikaner-Orden?«

»Ja, Ma'am«, antwortete Naomi. »Der Orden hat alle Karten in der Hand. Ich bin nur eine einfache Agentin im Außendienst.«

Gemmas Lächeln troff vor Ironie. »Das bezweifele ich doch

sehr, Miss Ishikawa. Aber heißt das, was Sie Phin gesagt haben, entspricht der Wahrheit?«

»Welcher Teil genau davon?«, gab Naomi trocken zurück.

Das Lächeln ihres Gegenübers verblasste. »Touché, Miss Ishikawa. Die Kirche verdächtigt uns also keiner illegalen Machenschaften? Wir stehen nicht unter Verdacht? Nicht unter Anklage?«

Naomi schüttelte den Kopf. »Es tut mir wirklich leid. Aber das *Zeitlos* dient nur als Versteck.«

»Dann verschaffe ich Ihnen die gewünschten Informationen«, wiederholte Phins Mutter. »Sie hatten jede Menge Zeit, mehr und Schlimmeres zu tun, als ein Schloss zu knacken und zu ein paar Notlügen Zuflucht zu nehmen, und haben es nicht getan.«

Schlimmeres? Naomis Lächeln bekam etwas Beißendes. Eine Leiche mehr und wie viele Notlügen weiter dann? Sie hatte schon Schlimmeres getan, ja, okay. Sie würde wahrscheinlich noch jede Menge Schlimmeres tun, ehe die Sache hier vorbei war. Aber Naomi sagte nichts, während Gemma die Etiketten auf den Kunststoff-Kisten las.

»Sie sollten wissen«, fuhr Gemma geradeheraus fort, »dass das *Zeitlos* und meine Familie das Wichtigste in meinem Leben sind. Wenn jemand, *irgendjemand*, meiner Familie etwas antut, müsste der eine Zeche zahlen, dass ihm Hören und Sehen verginge!« Gemma warf einen Blick über die Schulter.

Naomi blieb stumm und steif stehen.

»Sie können das nachfühlen, nicht wahr?«

Naomi ballte die Fäuste und machte einen Schritt rückwärts. Rückzug ist die beste Verteidigung. »Danke, dass Sie mir die nötigen Unterlagen heraussuchen«, beeilte sie sich zu sagen. Sie wusste, dass sie gerade zum Feigling mutierte. Anspannung und Ungeduld färbten ihre Worte. »Wir werden selbstverständlich alle Informationen vertraulich behandeln.«

»Da bin ich mir sicher.« Gemma beugte sich zu einer Kiste in der zweiten Reihe hinunter. »Ich lasse Ihnen die Unterlagen dann zukommen. Brauchen Sie sonst noch etwas?«

»Nun, die Baupläne vielleicht?«

Gemma warf ihr ein bedauerndes Lächeln zu. »Es existieren keine solchen Pläne.«

Wieder ein kurzes, abgehackt wirkendes Nicken von Naomi. »Hab' mir schon so was gedacht. Na ja, ich muss dann jetzt ...«

»Naomi?«

Sie wollte nicht stehen bleiben. Sie wollte nicht hören, was die Frau mit Phins dunklen wissenden Augen ihr zu sagen hatte. Aber sie tat es dennoch.

Es nicht zu tun, wäre ihr weder vernünftig noch angemessen erschienen.

Feigling.

Sie stützte sich am Türrahmen ab. »Ja?«

»Bleiben Sie noch lange im *Zeitlos*?«

Falsche Frage. »Nein«, sagte sie, »nur solange ich brauche, um hier aufzuräumen.«

Gemma nickte. »Werden Sie es Phin sagen, bevor Sie gehen?«

Oh, Herr im Himmel! »Er erfährt es«, sagte sie tonlos. Sie bräuchte nicht einmal etwas zu sagen, und er wüsste dennoch Bescheid.

Sie war eine hervorragend ausgebildete Tötungsmaschine, zur Therapeutin hingegen taugte sie nicht.

»In Ordnung«, sagte Gemma, »aber bitte seien Sie so gut und verletzen Sie niemanden.« Sie wandte sich wieder dem Stapel aus Kunststoff-Boxen zu, zog die nächste Kiste heraus und brach deren Versiegelung auf. Naomi suchte schnellstens das Weite.

Bitte seien Sie so gut und verletzen Sie niemanden.

Auf diesem Gebiet taugte sie rein gar nichts.

KAPITEL 15

Sie hatte sich kaum gewehrt.

Joe gab sich nicht die Mühe, ihre Leiche an einem weniger offensichtlichen Ort zu verstecken. Der Schrank in der Umkleide würde ihn zumindest nicht noch mehr wertvolle Zeit kosten. Na ja, um Zeit ging es eigentlich gar nicht mehr. Entweder bekam er, was er brauchte, oder er war ein toter Mann. Naomi West war ihm schon gefährlich dicht auf den Fersen.

Er konnte sie förmlich spüren.

Also jetzt oder nie.

Eines war sicher: Die Gerüchte, die Legenden waren wahr. Das sagte ihm sein Bauchgefühl, und seine Ahnungen hatten ihn noch nie getrogen. Deswegen war er ein verflucht guter Missionar. Der Beste. Seine Ahnungen und seine Vorgehensweise.

Erfahrung und Instinkt.

Sein Bauchgefühl sagte ihm, dass die Quelle hier war. Dass er sie endlich gefunden hatte. Er brauchte nur den richtigen Schlüssel. Und das richtige Schloss, in das der Schlüssel auch passte.

Als der herausragende Missionar, der Joe nun einmal war, würde er sicher finden, was er suchte, keine Frage.

Nur war er dieses Mal nicht so schnell ans Ziel gelangt wie sonst. Die Fäden zu ziehen, die Falle aufzustellen – das alles hatte viel mehr Zeit in Anspruch genommen, als er geplant hatte. Jetzt aber hatte er mit der Schlüsselkarte der Kleinen, was er brauchte. Die Schlüsselkarte gewährte ihm Zugang zur Suite im siebten Stock. Von dort aus war es nur ein Katzensprung bis zu der Etage mit den Schönheitssalons.

Von dort aus könnte er überallhin, ohne gesehen zu werden. Und niemand würde etwas mitbekommen.

Es ärgerte ihn, dass die Innenflure nicht zu den Verwaltungsbüros führten. Aber nachdem er jetzt dieser nutzlosen Schlampe die Schlüsselkarte abgenommen hatte, würde eine clevere Umprogrammierung ihm Zugang überall dort gewähren, wo er ihn brauchte. Das einzige Risiko war die Kamera im Aufzug. Aber wahrscheinlich, damit rechnete er jedenfalls, war die ganze Sache vorbei, ehe man in ihm mehr als ein paar Pixel in einer *Zeitlos*-Uniform erkannte.

Geheimgänge, das nötige Händchen fürs Digitale und eine Liquidierung, die darauf wartete, in die Tat umgesetzt zu werden. Herrgott, er liebte seinen Job!

Obwohl er dem hübschen Jüngelchen zugestehen musste, zumindest versucht zu haben, seine archivierten Gäste-Unterlagen sicher wegzuschließen, hatte sein simples Kodierungssystem Joe nicht allzu lange aufhalten können.

Wissen war eine wunderbare Sache. Joe etwa wusste, dass die Familie Clarke Daten und Einzelheiten nur aus einem einzigen Grund so akribisch archivierte: um zu helfen, um zu lindern und es allen wohlergehen zu lassen, ach, diesen ganzen verfluchten Scheiß eben! In seinen Händen, was wäre das Wissen da? Eine Waffe.

Waffen machten so viel mehr Spaß.

Joe hatte sein nächstes Ziel bereits ausgesucht, und Junge, Junge, war das ein Volltreffer! Abigail Montgomery war zwar nur irgendeine Tusse mit Geld, jedenfalls soweit Joe wusste, aber mit ihr hätte er endlich den Hebel, der ihm die ganze Zeit über gefehlt hatte. Die Beziehung zwischen der Montgomery und der West, egal, wie vage sie sein mochte, war genau, was er brauchte.

Mit zitternden Händen hatte er zwei Stunden lang Schwerstarbeit geleistet. Er hatte sich nur eine kurze Erholungspause gegönnt, und zwar weil ihm seine Finger den Dienst versagten. Aber danach hatte er sich gezwungen, wieder an die Arbeit zu gehen und dranzubleiben.

Zu isolieren, zu trennen und neu zu verbinden.

Jetzt war alles vorbereitet. Joe hatte Abigail Montgomery im Visier.

Wenn sie draufging, erschiene Naomi West auf der Bildfläche. Ihre enge Beziehung zum *Zeitlos* würde die Magiebesessenen zwingen, sich selbst zu entlarven. Ihr Schweigen zu brechen und aller Welt zu offenbaren, was bisher allein ihr Schatz gewesen war.

Reiches, verwöhntes Pack, selbstsüchtig und aufgeblasen! Sie horteten, was ihm, Joe Carson, gehören sollte. Versteckten es vor einer Welt, mit der sie es teilen sollten. Mit ihm, verfluchter Dreck! Mit Menschen wie ihm.

Naomi würde auftauchen, weil er sie geärgert hatte. Joe hatte seine Kollegin nicht verletzen wollen. Er hatte es auf Clarke abgesehen gehabt. Seine Kugel hätte das Jüngelchen so schwer verletzt sollen, dass sie alle nichts Hastigeres zu tun gehabt hätten, als die Quelle zu offenbaren.

Stattdessen hatte West das Bürschchen aus der Schussbahn gestoßen. Joe hatte stattdessen sie erwischt. Einen kurzen Moment lang hatte er wegen des vielen Blutes befürchtet, er könnte sie tödlich getroffen haben. Der Tod war jenseits alles Erreichbaren, selbst für Magie. Aber gestern Abend hatte Joe gerade noch einmal Glück gehabt.

Gott hatte seine Hand über ihn gehalten. Der Unfall, der schlampig gesetzte Schuss, hatte Joe Carson den lang ersehnten Beweis beschert.

Naomi geheilt zu haben würde den Clarkes das Genick brechen. Sie hatten sie. Sie hatten Joes Schatz in ihrer Gewalt, seine Erlösung, seine Rettung. Er war nicht schnell genug zurück gewesen, um Zeuge der Heilung zu werden. Aber er hatte Naomi bereits herumspazieren sehen. Deutlicher konnte es nicht werden.

Die Quelle existierte. Jetzt musste er sie nur noch in seine Gewalt bringen. Ganz wie sein Kontaktmann es ihm gesagt hatte.

Er hatte das Schloss gefunden. Jetzt galt es nur noch, den Schlüssel einzuführen.

KAPITEL 16

Naomi hatte den kleinen Park im Innenhof bereits zur Hälfte durchquert, als es ihr wieder einfiel: Ein gründlich sexbeseelter Phin hatte ihr Bett in Beschlag genommen. Abrupt blieb sie stehen.

Von Gemma wusste sie, dass Phin ihre Suite längst verlassen haben musste. Er war schließlich in seinem eigenen Appartement im Familienflügel aufgetaucht. Aber wartete er vielleicht jetzt doch wieder oben im Penthouse des Gästeflügels auf sie? Um mit ihr zu frühstücken, wie sie selbst es vorgeschlagen hatte?

Leck mich! Jetzt in ihre Suite zurückzukehren kam überhaupt nicht in Frage.

Geflissentlich überhörte sie die leise Stimme in ihrem Hinterkopf, die sie einen Feigling schimpfte. Duschen. Sie musste vor allem jetzt erst einmal duschen. Und dann müsste sie Meldung bei ihrem Vorgesetzten machen. Mit ein bisschen Glück könnte ihr Team mit etwas Hilfreichem aufwarten. Etwa mit einem Plan, bei dem es nicht nötig wäre, herumzusitzen und darauf zu warten, dass ihre Zielperson den nächsten Zug tat.

Wenn sie kein Glück hatte, würde ihr selbst schon noch etwas einfallen.

Sich etwas einfallen zu lassen, irgendetwas zumindest, darin war sie echt gut.

In ihre Suite für Dauergäste zurückzukehren und Zeit damit zu verschwenden, mit Phin für die nächste Nummer ins Bett zu springen, gehörte nicht dazu.

Nicht, wenn ihr der bloße Gedanke daran, Phin ein weiteres Mal zu vögeln, den Atem nahm.

Den Aufzug zum Flügel der Dauergäste ließ Naomi links liegen. Stattdessen hielt sie jetzt auf die Doppeltüren zum Pool-Bereich zu. Dort gab es Duschen und genügend Seife zur freien Verwendung durch die Gäste, um Phins Geruch von Naomis Haut zu schrubben. Aus ihrem Haar zu spülen.

Aus ihrem Denken und Fühlen.

Sie stieß die Tür auf und schlenderte durch die hohe Halle, in der Wasser und Wände jedes Geräusch zigfach verstärkten. Die glatten Fliesen spiegelten das gedämpfte Licht; überall Blau- und Grüntöne, die mit dem Blau des Wassers in den Schwimmbecken und Whirlpools harmonierten, und üppige Pflanzen, satt von der warmen, feuchten Luft. Ein Tropenparadies inmitten der höchsten zu den Wolken strebenden Türmen New Seattles.

Wo optisch grün und blau um die Vorherrschaft stritten, dominierte akustisch das Rauschen von Wasser. Warme Strömungen aus unzähligen Düsen sorgten dafür und am anderen Ende der Halle sprudelte ein kristallklarer Wasserfall. Unter ihren Füßen spürte Naomi das stetige Summen von Elektrizität, die die künstliche Welt am Leben hielt.

Am Beckenrand erhob sich ein Service-Mensch in der üblichen *Zeitlos*-Uniform. In seiner Hand hielt er einen röhrenförmigen Gegenstand. Jetzt kam er Naomi entgegen. Auf ihrer Höhe lächelte er sie kurz an. »Das Wasser hat genau die richtige Temperatur zum Schwimmen«, versicherte er ihr. »Die Sonnenbänke stehen ebenfalls zu Ihrer Verfügung, und ich bringe gleich noch Getränke in den Ankleidebereich, dauert nur noch einen Moment!«

»Danke«, murmelte Naomi, aber der Mann war bereits weg. Die Flügel der Schwingtür, durch die er verschwunden war, pendelten noch. Ziemlich tüchtig, der Mensch.

Geistesabwesend kratzte Naomi sich dort, wo der Verband aufhörte. Die immer noch verschlossene und versiegelte Sauna zog ihren Blick an. Immerhin hatte man die Scheibe schon ersetzt.

Im *Zeitlos* ließ man nichts schleifen.

Naomis Absätze klapperten einen knackigen Stakkato-Rhythmus auf den Fußboden aus Rotschiefer. Wasser leckte an den farbenfroh eingefassten Rändern jedes Beckens, kleine und größere Wellen. Es hüllte Naomi in einen Klangteppich aus Plätschern, Gluckern und Glucksen. Wahrscheinlich hielten andere das für eine beruhigende Geräuschkulisse.

Hier war ja auch nur fast eine ältere Dame zu Tode gekommen.

Der Ankleidebereich unterteilte sich in zwei Sektionen, jede mit einem entsprechenden Schild gekennzeichnet. Naomi stieß die Tür zur Damen-Umkleide auf, während sie sich bereits den Pullover über den Kopf zog.

Aus dem mehrteiligen Spiegel heraus, der eine der Wände in gesamter Breite einnahm, starrte Naomi Abigail Montgomery an. Sie war gerade dabei, Make-up aufzulegen. Naomi erstarrte.

Abigail trug, so jedenfalls Naomis Vermutung, was in einem Wellness-Tempel modisch sicher der letzte Schrei war. Ihre weiße Hose war makellos sauber und gebügelt, die Bluse mit U-Boot-Ausschnitt leuchtend grün. Abigail sah hinreißend aus, gepflegt und elegant.

Zur Schönheit veredelt.

Ihr Lächeln war so oberflächlich wie flüchtig, das Lächeln gewordene Desinteresse, hellrot angemalt. »Ich bin in einer Minute fertig«, sagte sie in demselben Tonfall, in dem sie gestern Naomi entlassen hatte wie eine huldvolle Königin einen Untertan.

Kühl. Kultiviert. Alle anderen hatten gefälligst zu warten, bis sie fertig war, ehe sie die gleiche Luft wie sie atmen durften.

Während Naomi zeitlupenlangsam, wie ihr schien, die Hand zur Faust ballte, kratzten ihre Fingernägel über die Tür. »Kein Problem.« Eigentlich hätten ihr die Worte im Hals stecken bleiben müssen, so zugeschnürt schien ihre Kehle. Sie drehte sich um, um in Richtung Schwimmhalle zu verschwinden, hielt die Schwingtür aber dann mit dem Ellenbogen fest, als Abigail sagte: »Warten Sie bitte einen Moment.«

Es gelang ihr nicht, einfach weiterzugehen. Der Kloß in ihrem Hals machte es ihr außerdem unmöglich, etwas zu sagen. Sie hätte einfach gehen sollen.

Keine Ahnung, warum sie stehen geblieben war, worauf sie eigentlich wartete.

Hinter ihr hörte sie Abigail den Lippenstift auf die Ablage legen. Die Metallhülse klapperte auf den blanken Marmor. Naomi drehte sich halb um und sah Abigail, die Arme vor der Brust verschränkt, sich mit einer Hüfte gegen die Fliesen lehnen.

Ihre blauen Augen waren nachdenklich zusammengekniffen.

Nur dass sie nicht über neuen Schmuck oder die neueste Modekreationen nachdachte, die ihre endlosen Kleiderschränke füllen sollten. Nicht dieses Mal.

»Verzeihen Sie bitte, wenn ich so unhöflich bin, Sie danach zu fragen«, sagte die Fremde, die ihre Mutter war, »aber sind wir uns vielleicht schon einmal bei einer Gala oder Benefizveranstaltung begegnet?« Beim Sprechen betonte sie jede einzelne Silbe und strapazierte Naomis angekratztes Nervenkostüm zusätzlich. »Kennen wir uns?«

Fast hätte Naomi gelacht. Sie schluckte das Lachen hinunter, würgte an dessen Bitterkeit. Zuzulassen, dass Lachen und Bitterkeit sich Bahn brächen, hätte bedeutet, nicht mehr damit aufhören zu können. Aber wer wegen eines Stahlbands aus Schmerz um die Brust kaum Luft holen konnte, konnte sowieso nicht lachen.

Plötzlich umfing Erschöpfung Naomi wie ein schwerer Mantel. Seltsam unbeteiligt antwortete sie: »Nein. Wir kennen uns nicht.«

»Sind Sie sicher? Wie heißen Sie?«

Naomi schloss die Augen. »Ishikawa«, sagte sie leise. Sie sagte es so leise, dass die Laute kaum Schallwellen in der Luft erzeugten. »Naomi Ishikawa.«

Scharf holte Abigail Luft. Naomi hörte es gerade noch, ehe die

Tür zuschwang. Naomi blieb nicht stehen, um nachzuschauen, ob Abigail hinter ihr herkäme. Sie kam nicht.

Ihre Mutter war ihr nie hinterhergekommen.

So wütend und erschöpft, dass es ihr die Sprache verschlug, ging Naomi um die Trennwand zwischen der Damen- und der Herren-Umkleide herum und drängte sich durch die Schwingtür dort. Hier war niemand. Alles war sauber. Borde und Ablagen waren mit Herrendüften und Duschgels gefüllt, die nach Wald und frisch verarbeitetem Holz rochen. Naomi grabschte nach irgendetwas, das ihr zwischen die Finger kam.

Sie duschte so heiß, dass sie sich fast verbrühte. Die ganze Zeit über versuchte sie sich weiszumachen, sie lauschte nicht angestrengt über das Rauschen des Wassers hinweg auf die Stimme ihrer Mutter.

Versuchte sich weiszumachen, es zerrisse ihr nicht vor Enttäuschung das Herz, als es nichts zu hören gab.

Abigail Montgomery war nicht Naomis Problem. Abigail Montgomery hatte selbst genug Probleme, lebte ein einsames Leben, ohne jemanden an ihrer Seite, ohne Liebe. Mit jedem Tag, der verging, zog das Alter eine neue Narbe in das ach so perfekte Fleisch von Naomis Mutter. Mit jedem Tag rückte sie ihrem Tod als hässliche, verhärmte alte Zicke näher.

Naomi bedauerte allein den Umstand, dass sie diesen langsamen Verfall verpassen würde. Sollte die Frau doch ihr Blutgeld für Schönheitsoperationen und jedes Aufbau- und Stärkungsmittel ausgeben, das die Menschheit kannte. Sollte sie doch ruhig gegen Alter und Tod kämpfen.

Nichts könnte sie davor retten. Nichts.

Naomi würde Abigail Montgomery mit Freuden auf's Grab spucken.

Aber das hieße, Abigail Montgomery zu überleben. Die Chancen dafür standen nicht besonders gut.

Doch, der Gedanke hat was!, dachte Naomi und rubbelte sich

mit einem Handtuch trocken, das nach sonnenwarmen Gewürzen und Kaminfeuer roch. Sollte sie nicht vorher eine Kugel erwischen, würde sie auf das Begräbnis dieser Frau gehen und lachen.

Vielleicht wäre dann in ihrem Herzen Platz für etwas anderes als unbändige Wut.

Beim Anziehen kam Naomi noch ein Gedanke. Vielleicht war es die Wut, die Kummer und Bedauern in Schach hielt. Naomi stützte sich an einem Spind ab. Blicklos starrte sie die ordentlich eingravierten Nummern darauf an. Das nasse Handtuch lag ihr locker auf den Schultern. Wasser tropfte aus Naomis Haar. Ein Tropfen lief ihr in den Nacken. Ein Tropfen rann ihr die Wange hinunter.

Ein Tropfen fiel in die hellrote Pfütze zu ihren Füßen.

Naomi starrte die Pfütze an, blinzelte. Öffnete den Mund und bekam keinen Ton heraus.

Kein Fluch, nichts. Nicht dieses Mal.

Sie wusste bereits, was beziehungsweise sogar wen sie finden würde, wenn sie jetzt die Spindtür öffnete.

Sie schob den Riegel aus Metall zurück.

Aus dem engen Gefängnis purzelte Naomi die Leiche entgegen wie eine zerbrochene Puppe. Naomi konnte gerade noch ausweichen. Hellbraunes Haar floss auf die Schieferplatten, als der Schädel der Leiche mit einem dumpfen Geräusch auf dem Boden aufprallte. Die Schwerkraft tat den Rest, um Glieder mit grauer Haut aus dem improvisierten Metallsarg zu befreien.

Katie Landers.

Aufsteigende Hysterie sandte der Hexenjägerin einen kalten Schauer über den Rücken. Dennoch kniete sie sich mit eisiger Ruhe neben die Leiche. Als ob nicht sie die Hand ausstrecken würde, um den schlaffen Körper umzudrehen.

Als ob nicht ihre Hände das aschfahle Gesicht dem Licht entgegendrehten, den Kopf bewegten. Am Hals waren rötlich-blau verfärbt Blutergüsse zu erkennen. Das war sicher nicht angenehm gewesen.

Aber getötet hatte Katie Landers ein sehr effizient gesetzter Messerstich.

Der Geruch von Blut war Naomi immer schon metallisch vorgekommen. Einige Nuancen wärmer als der, den der saure Regen verströmte, wenn er, endlich dort angekommen, auf die Straßen der Unterstadt prasselte. Anders als der Regen roch Blut nach Fleisch, unverwechselbar in seinem Geruch. Ein Geruch, der einem bei viel Blut nicht mehr aus der Nase wollte. Nicht mehr aus dem Kopf.

Erinnerungen aufscheuchte.

Naomi träumte nicht mehr vom Blut der Toten, aber die Übelkeit war niemals ganz abgeklungen, in all den Jahren nicht. Auch jetzt kam ihr ihr Mageninhalt die Kehle hochgekrochen, als Naomi die Tür des Spinds so weit wie möglich aufstieß. Überall im Spindinneren das Blut des Mädchens, zähflüssig und schon mehr braun als rot. Auf dem Schrankboden ein ganzer See, der überfloss und sich dabei von der Feuchtigkeit der Schwimmhalle nährte. Aus diesem See tropfte das Blut auf die Fliesen des Umkleideraums. Jeder Tropfen zerbarst in unzählige weitere, als Sprenkel auf den Fliesen vor dem Spind.

Wieder jemand tot. Noch eine Leiche. Eine in der Wäscherei und nun eine hier. Okay, Naomi hatte den Hexer getötet und Carson die Leiche nur bewegt. Aber warum hatte Katie sterben müssen? Der Mord an ihr trug eindeutig die Handschrift eines Agenten der Kirche. Schnell, brutal und gründlich.

Hatte Carson Katie getötet, um etwas zu bekommen, das er brauchte?

Oder war sie ihm nur zufällig in die Quere gekommen? Hatte sie vielleicht etwas gesehen, was sie nicht hätte sehen dürfen?

Himmel, war sie vielleicht einer von Carsons Spitzeln gewesen?

Naomi stützte sich am Spindrahmen ab. Sie überlegte, wie sie bei der Durchsuchung der Räumlichkeiten, nein, des Gebäudes am besten vorginge. Sie hatte den Gedanken noch nicht zu Ende gebracht, da überraschte sie etwas ganz anderes. Das Licht flackerte. Einen Atemzug später erlosch es ganz.

Vier Sekunden lang lastete endlos erscheinende Stille auf dem *Zeitlos*, Totenstille, die nur das wilde Pochen von Naomis Herzschlag durchbrach. Kein elektrisches Summen mehr. Kein Plätschern und Blubbern der Whirlpools mehr.

Unmöglich.

Die Nackenhaare stellten sich Naomi auf, als sie sich in der undurchdringlichen Schwärze, die auf das plötzliche Erlöschen des Lichts folgte, zwang, sich zu bewegen und aufzustehen. Der Stromausfall reichte, um neues Adrenalin durch Naomis Adern zu pumpen. Dann flackerte das Licht, Strom versuchte über Leitungen wieder dorthin zu gelangen, wo er gebraucht wurde. In den kurzen Lichtphasen durchquerte Naomi den Umkleideraum, stieß die Schwingtür auf und rannte in Richtung Eingangstüren zum Pool-Bereich los. Sie kam gerade einmal drei Schritte weit. Mit Macht entlud sich links von ihr elektrische Energie in einem Funkenregen. Um ihr Gesicht zu schützen, riss Naomi den Arm hoch, fluchte laut. Das Knistern und Zischeln offener Stromleitungen erfüllte die Luft. Hinter ihr hörte Naomi eine Frauenstimme etwas erschrocken rufen, zu schnell, um es durch das Knistern hindurch zu verstehen. Der Funkenregen legte sich, die Funken selbst zerstoben auf den Schieferplatten zu nichts. Vorsichtig umging Naomi ein dickes Leitungsbündel, das von der Decke hing.

Unter den Entladungen erwachten die Leitungen zuckend zum Leben. Das Bündel wand sich wie eine angriffslustige Schlange und gab ein dumpfes elektrisches Brummen, halb Zischen, halb Fauchen, als Warnung vor seiner Bösartigkeit von sich. Das lose Ende des Kabels schlitterte über den Boden, viel zu nah am Wasser.

»Naomi!«

Sie schrak zusammen und wirbelte im selben Atemzug herum. Sie sah, wie der Rotschopf, den Phin Cally genannt hatte, ihr hektisch Zeichen gab, von dort zu verschwinden, wo sie stand.

Das Kabel sprühte erneut Funken, gleißend weiß und eisblau regneten sie über den Boden. »Seien Sie vorsichtig, da fließt ein Wahnsinnsstrom durch!«, schrie Cally; ihre Stimme hallte schaurig von den Wänden wider. »Wenn das Ding ins Becken fällt …«

»Schon kapiert!« Naomi gab ihr mit einer Geste zu verstehen, nicht näher zu kommen. »Gehen Sie und hol… O Gott!« Mit einem Mal schlug ihr das Herz bis zum Hals. Es schnürte ihr die Kehle ab, als drücke sie ihr jemand zu. »Scheiße, oh verdammt! Holen Sie Hilfe!«

Naomi kümmerte sich nicht darum, ob der Rotschopf tat wie verlangt. Sie dachte nicht einmal mehr darüber nach, ob sie den Befehl laut herausgebrüllt hatte, es nur hatte tun wollen, oder ob die Welt nur wegen ihr mit kreischenden Bremsen voll gegen die Wand gefahren war.

Innerhalb von Sekunden sprintete Naomi über die Bodenfliesen und sprang ins Wasser. Halb erwartete Naomi, beim Kontakt mit dem Wasser gegrillt zu werden, sich in eine Masse aus kochendem Fleisch und geschmolzenen Knochen zu verwandeln. Aber die andere Hälfte tauchte mit kraftvollen Bewegungen durchs Wasser und gab alles, bis ihre Hände in kurzes blondes Haar fassten.

In aufschwimmende grüne Seide.

Naomi rang nach Atem, als sie die Wasseroberfläche durchstieß, in ihrem Arm Abigails reglosen Körper, den sie mit kräftigen Beinstößen mit sich und hinüber zum Beckenrand zerrte. Naomis Nerven vibrierten voller böser Vorahnungen, aber sie kämpfte verbissen weiter. Sie packte die reglose Frau beim Schopf, an den Kleidern, an den leblosen Armen und Beinen, und wuchtete sie, ungelenk über den Beckenrand, raus aus dem Wasser.

Naomi musste ihre ganze Kraft dafür zusammennehmen. Ihr

Haar hing ihr nass in die Augen, in denen Chlor brannte. Sie fluchte und drückte und zerrte und schob. Dann tauchte sie wieder; vor ihrem geistigen Augen tanzten Bilder einer von Stromstößen verkohlten Leiche. Sie rammte die Schulter in Abigails Rücken.

Der leblose Körper kam tatsächlich in Bewegung, schien aber über Naomi hinweg wieder ins Becken stürzen zu wollen statt hinaus aufs Trockene. Naomis angestrengtes Ächzen ging in einen Schrei über und endlich ließ sich Abigail hinaufstemmen und über den Beckenrand rollen.

Reglos blieb sie liegen. Gütiger Gott, sie bewegt sich nicht, sie atmet nicht. Naomi war nicht fähig zu entscheiden, ob …

Raus! Sie musste raus aus dem Wasser.

Wieder nahm Naomi ihre ganze Kraft zusammen, stemmte sich selbst, die Hände auf dem Beckenrand, hinaus aus dem Pool. Wasser schlang sich wie eine schwere Decke um ihre Hüfte, ihre Beine, hielt sie an ihren vollgesogenen Kleidern fest, als wolle es sie hinabziehen mit sich. Naomi fluchte, keuchte und japste und schaffte es: Sie rollte sich ab und auf den Fliesenboden hinüber zu Abigail, die sich immer noch nicht rührte.

Blut rann aus einem Riss auf ihrer Wange. Das und verlaufene Wimperntusche verwandelten das wunderschöne Gesicht der Frau in eine grausam entstellte Maske.

»Notarzt«, keuchte Naomi. Sie brauchte, oh Herr im Himmel, einen Notarzt. Sie brauchte Hilfe. Sie brauchte jemanden, verflucht, sie brauchte *Phin.* »Hilfe!«, schrie sie, »helft mir!« Eine neuerliche Dosis Adrenalin brachte ihre erschöpften Arme und Beine wieder dazu zu gehorchen. Sie zog Abigail in ihren Schoß. Im Mund einen bitteren Geschmack, spürte Naomi wie tiefer Schrecken ihr wie eine dicke, fette Kröte im Hals saß, im Herzen.

Keine Ahnung wie, gelang es ihr, hoch auf die Füße zu kommen, mit dem reglosen Körper auf den Armen. Keine Ahnung wie, trug sie ihre Mutter vorbei an dem über den Boden peitschenden Kabel, das Funken sprühte. Fort vom Wasser, dass zischelte und zischte, als das Kabel dann doch im Pool landete. Um Naomi herum erhob sich ein elektrischer Gewittersturm, als das Wasser der Leitung alle Energie aussaugte und die Lampen an der Decke platzten. Es regnete Glassplitter und elektrische Funken.

Keine Ahnung wie, schaffte Naomi es bis zur doppelflügeligen Eingangstür. Stieß sie auf. Taumelte nach draußen.

Warme Arme umfingen sie. Hielten sie, nahmen ihr ihre Last ab, ehe Naomi unter ihr in die Knie sinken konnte. Phins Stimme. Phins Anweisungen.

Phins Kraft und Stärke.

Überall um Naomi herum Menschen, Ameisen beim Angriff auf ihren Hügel, und Naomi ließ zu, dass Phin ihr Abigail abnahm. Er trug sie, als sei die Frau federleicht. Die Kraft, die Phin ausstrahlte, besaß etwas Selbstverständliches, etwas sehr Beruhigendes. So stand er inmitten von Chaos und Lärm und gab seine Anweisungen. Er ließ eine Krankentrage holen, den Bereitschaftsdienst der Haustechnik verständigen, das Personal ausschwärmen, um nach den Gästen zu sehen.

Der Rettungswagen war schon unterwegs.

Allmählich und mühelos stellte Phin Ordnung im Chaos her.

Aber Naomi konnte nicht hinsehen. Wollte ihm nicht dabei zusehen, wie er zum Auge des Sturms wurde. Kühl, unbewegt, nicht aus der Ruhe zu bringen stand er in Oberhemd und perfekt gebügelten Anzughosen da, das Haar frisch gewaschen. Geduld, Mitgefühl, innere Stärke – alles seine Eigenschaften, alles zu sehen, während er dastand und Anweisungen erteilte.

Auf seinen Armen trug er die Frau, von der Naomi im Stich gelassen worden war.

Die Frau, der Naomi um ihrer selbst willen diesen Gefallen nicht erwidern konnte und wollte.

Naomi zitterte am ganzen Körper – vor Kälte, in verspätet einsetzender Schockreaktion. Zitternd zog sie sich aus dem Sturm, der um sie herum tobte, zurück. Sie zog sich von dem Auge des Sturms zurück, in dem eine Ruhe herrschte, die ihr zuzuwinken schien, die sie anzog wie Licht die Motten. Die hinterhältigste aller Fallen, der sich Naomi je gegenüber gesehen hatte.

Feigling.

Naomi trat den Rückzug an.

»Geh!« Lillian scheuchte Phin von der aufgeregten Geschäftigkeit um Abigails Krankentrage fort. »Ich erkenne ein Problem, wenn ich es sehe. Also verschwinde endlich!«

Auch wenn es gegen jedes Prinzip verstieß, das ein guter Chef einzuhalten hatte, hörte Phin auf seine Mutter. Er reagierte auf den drängenden Unterton in ihrer Stimme, gehorchte.

Dieselben Sorgen lagen auch ihm schwer im Magen.

Gerade eben noch war Naomi direkt neben ihm gewesen. Als er das nächste Mal den Kopf wandte, um nach ihr zu sehen, war sie weg. Wahrscheinlich war sie schon wieder dabei, sich in Schwierigkeiten zu bringen und irgendetwas Dummes zu tun. Wahrscheinlich jagte sie dem Geist hinterher, den zu finden ihre Kirche und ihr Orden von ihr verlangten. Was auch immer: Phin konnte nur raten.

Er wählte die Nummer des Sicherheitsdienstes. »Bringen Sie bitte Miss Ishikawas Aufenthaltsort für mich in Erfahrung«, verlangte er, kaum dass der Anruf entgegengenommen worden war.

Barker sparte sich weitere Förmlichkeiten und stieß ein knappes »Ja, Sir!« hervor. Es dauerte nicht länger als eine Minute, aber jede Sekunde war Folter für Phin, ein weiterer Stich Besorgnis mitten ins Herz.

Etwas stimmte nicht. Etwas stimmte ganz und gar nicht.

»Miss Ishikawa befindet sich im Fitness-Bereich«, berichtete Barker. »Genauer gesagt: in der Trainingshalle.«

»Ist jemand bei ihr?«

»Nein, Sir, sie ist allein. Sieht alles sauber aus.«

»Gut.« Phin hastete bereits durch den Atrium-Park. »Geben Sie die entsprechenden Anweisungen. Wir schließen, bis die Probleme hier beseitigt sind. Ich möchte, dass Sie jeden verfügbaren Mann darauf ansetzen.«

»Ja, Sir. Wir durchsuchen bereits jedes einzelne Stockwerk.«

»Holen Sie sich alles an Unterstützung und Personal, was geht. Es ist mir egal, wie viel Druck Sie dabei ausüben müssen und auf wen. Aber bringen Sie sie her, und dann an die Arbeit mit ihnen! Sorgen Sie dafür, dass die Zeitweiligen an einen sicheren Ort gebracht werden, *sicher* – haben Sie mich verstanden! Und schicken Sie das Personal nach Hause, sobald alles evakuiert ist.«

»Ja, Sir. Was Vaughn angeht, Mr. Clarke ...«

»Später!« Phin stieß einen tiefen Seufzer aus. Er hastete durch die Doppeltür in den Sportbereich und eilte an den verglasten Wänden entlang ins Fitnessstudio und die kleine Trainingshalle dort.

Er hörte Naomi, bevor er sie sah.

Genau wie beim ersten Mal, wo er sie hier hatte trainieren sehen, tänzelte sie vor einem der Sandsäcke. Der schwere, robuste Sack pendelte wild an seiner Kette hin und her; bei jedem wütenden Hieb, bei jeder Schlagkombination, bei jedem Tritt klirrten die Kettenglieder aneinander.

Aber dieses Mal war es anders. Naomi war anders. Unkontrolliert. Sie hatte sich nicht einmal umgezogen. Eine Frau in Jeans, tropfnassem Pullover und hochhackigen Stiefeln, die wie besessen auf einen Sandsack einprügelte – das wollte nicht recht zusammenpassen. Aber Naomi bewegte sich, als ob sie es gewohnt wäre, in hochhackigen Schuhen zu kämpfen.

Als ob es ihr scheißegal wäre, was andere vielleicht dachten.

Sie bewegte sich wie eine Missionarin.

Und er, Phin Clarke, war ein Dummkopf, der Hexen und Hexer vor der Mission versteckte.

Gott verdammte Scheiße! Es spielte keine Rolle. Phin ging um die Glaswand herum. »Naomi!«

Mit bloßen Fäusten traktierte sie den Sandsack. Viel zu heftig. Der Sack schwang hin und her, da schlug sie schon wieder zu. Bei jedem Schlag stieß sie einen wilden, wütenden Laut aus; unkontrollierte Wut brodelte aus ihr heraus. Wieder schlug sie zu. Eine Kombination aus einem mächtigen linken Seitwärtshaken und einem gut platzierten Aufwärtshaken. Phin zuckte zusammen, als hätten die Schläge einen menschlichen Gegner getroffen. Rot tänzelte es vor der Sandsackummantelung aus Kunstleder. Nasses Haar hing in Strähnen auf Naomis Schultern herab, von den durchgeweichten Jeans und dem durchgeschwitzten roten Pullover tropfte es auf die versiegelten Bodendielen.

»Naomi«, sprach Phin sie noch einmal an. Er nahm sie bei den Schultern. Unter seinen Händen spürte er verfilztes, von Chlorwasser ruiniertes Kaschmir und Naomis Bewegungen. Geschmeidigkeit, geballte Kraft. »Hör auf, Liebes, bitte, du wirst dich noch verletzen ... !«

Sie fuhr herum, angriffslustig, packte Phin am Hemd, die Knöchel aufgeschrammt und blutig. »Verzieh dich!«, fauchte sie. Ihr Gesicht war ganz nah vor seinem. Ihr Blick wirkte so gequält, doch Phin ließ sich nicht einschüchtern.

Nicht von ihr. Nicht von der Frau, der er bereits verfallen war.

Er ignorierte die Faust, die ihn gepackt hielt. Er ignorierte Naomis unbeschreibliche Wut und strich ihr mit den Fingerspitzen ganz zart und sanft über die Wange. »Alles ist gut«, sagte er besänftigend.

Der Laut, der aus Naomis Kehle drang, hätte einem menschlichen Wesen gar nicht möglich sein dürfen. Das Fauchen eines verletzten wilden Tieres, das sich in die Enge getrieben fühlt. Ein Raubtier im Käfig, gefangen, verzweifelt. Ein Laut, aus den Tiefen einer verletzten Seele. Mit einer heftigen Drehbewegung riss sich Naomi von Phin los und stieß ihn gleichzeitig von sich.

Phin taumelte ein, zwei Schritte zurück, fing sich aber. Sofort ging er wieder auf Naomi zu, die sich erneut dem Sandsack zugewandt hatte; ihre Schultern bewegten sich, während Naomi ausholte und zuschlug, ausholte und zuschlug. »Alles ist in Ordnung«, sagte Phin wieder. Er legte alle seine Zärtlichkeit in diesen Satz, als müsse er ein verletztes Kätzchen zu sich locken. Ein verängstigtes Kind.

»Hör auf damit!«

Er schüttelte den Kopf. »Alles wird wieder gut.«

»Du hast *so was* von keine Ahnung!«, spie sie die für ihn bestimmten Worte dem Sandsack entgegen. Als Phin wieder seine Hände auf ihre Schultern legte, verspannte sich ihr ganzer Rücken unter der Berührung.

Innerlich wappnete sich Phin gegen Naomis Zorn, bereitete sich auf alles vor für den Fall, dass sie ihrem Schmerz freien Lauf ließe. Er ließ die Hände von den Schultern ihre Arme hinuntergleiten. Naomi zuckte zusammen, aber er trat noch näher an sie heran. »He«, flüsterte er in ihr nasses, kaltes Haar, »alles ist in Ordnung.«

Wie unter Schmerzen holte Naomi mühsam Atem, zittrig; es klang wie ein Schluchzen. Es fühlte sich an, als löste sich in seinen Armen ein Teil der Anspannung. Der Damm brach. Rasch drehte er sie zu sich um. Er hatte mit mehr Widerstand gerechnet, aber sie ließ es geschehen. Er zog sie in seine Arme und hielt sie fest, während sie zitterte.

Irgendwann in naher Zukunft würde er ihr alles sagen, ihr erklären, dass das *Zeitlos* Menschen half und warum. Er würde ihr verständlich zu machen versuchen, dass er sie nicht hatte belügen wollen. Dass es nicht seine Absicht gewesen war, die Missionarin auszutricksen, die sie, wie er jetzt wusste, nun einmal war.

Eines Tages würde er sie davon überzeugen müssen, dass sie ihm vertrauen konnte. Aber im Hier und Jetzt genügte es, sie in den Armen zu halten. Er hielt sie fest, als sie sich gegen seine Brust fallen ließ und er ihr Gewicht spürte, das zu tragen sie jetzt seinen starken Armen überließ. Sie war groß. Aber er trainierte nicht umsonst jeden zweiten Tag im Fitnessstudio. Naomi hängte sich Phin an den Hals, umschlang seine Taille mit ihren schlanken Beinen und vergrub das Gesicht an seiner Schulter.

Alles in ihm schrie nach ihr. Er litt mit ihr und litt selbst, so sehr sehnte er sich nach ihr. Ohne ein weiteres Wort trug er sie quer durch die Halle zum Umkleideraum der Damen, zu den Duschen dort. Er hielt Naomis Kopf mit der einen Hand, barg ihn an seiner Schulter, mit der anderen drehte er in einer der Kabinen die Dusche auf. Der kräftige Wasserstrahl, den der Duschkopf ausspuckte, traf sie beide. Er durchnässte Phins Kleidung ebenso wie Naomis, hüllte sie beide in dampfende Wärme und ein stetiges Rauschen ein, das alle anderen Geräusche schluckte. Auch Naomis Schluchzen. Phin wusste, dass all diese Tränen notwendig waren.

Aber Naomi würde eher sterben, als von sich aus Tränen nachzugeben.

Seine zarte, zerbrechliche Hexenjägerin.

Er brauchte eine Hand frei. Also sorgte er für stabilen Stand, indem er sich an der Wand abstützte. Naomis Rücken an der Wand ging Phin ein kleines Stück auf Abstand zu ihr, strich ihr das nasse Haar aus dem Gesicht und blickte in ihre Augen. Sie schwammen in unterdrückten Tränen, zwei mandelförmige Seen volle Emotionen. Trauer, Furcht, finsterster Groll.

Augen, die unruhig und gehetzt wirkten.

Den Finger unter ihrem Kinn zwang er Naomi, das Gesicht in den Wasserstrahl zu heben. Das Wasser lief ihr über Stirn und Wangen, über Nase und Kinn, fiel ihr auf die Schultern, die Brust. Es wusch den unangenehmen Geruch von nasser Wolle und Chlor ab, den stechenden Geruch vom Ozon der elektrischen Entladungen, die sie beinahe getötet hätten.

»Sieh mich an!«, verlangte Phin von ihr.

Weil es Naomi war, tat sie es. Eine Herausforderung, kompromisslos und direkt. Phin ging das Herz auf. Seine Naomi. »Ich brauche keine …« Heftig sog sie Luft ein, als Phin ihr die Hand flach auf die Brust legte, gleich neben das Brustbein. Er wollte ihr Herz schlagen spüren.

»Hör mir zu«, sagte er mit sanfter Stimme. »Alles wird wieder gut.«

»Verfluchte Scheiße, ich …«

»Alles wird wieder gut«, wiederholte Phin. Sie wich seinem Blick aus; ihr Atem ging schwer, zittrig von der Anstrengung, die Tränen zurückzuhalten, die unbedingt herauswollten. Naomi musste endlich loslassen und weinen.

Wann hatte sie wohl zuletzt geweint?

Erlaubte die Mission ihren Jägern Gefühle? Scherte sie sich überhaupt darum?

Erst halbherzig, dann mit Vehemenz versuchte sich Naomi aus Phins Umarmung zu befreien. Aber er hielt sie fest. Er verschränkte die Hände hinter ihrem Rücken, benutzte sein Gewicht, um Naomi zwischen sich und der Wand einzuklemmen. Wut verzerrte ihr Gesicht zu einer zähnebleckenden Grimasse.

Das war ein Anfang.

»Du hast dein Leben riskiert … nein, Naomi, nicht!«, sagt er rau, als sie begann, um sich zu schlagen. Ihr Ellenbogen krachte in die Kacheln hinter ihr. Ihre Faust schoss haarscharf an Phins Ohr vorbei, bohrte sich in die Wand oberhalb von Phins Schulter.

Es hörte sich an, als hätte sie sich alle Knöchel gebrochen, und Phin fluchte.

»*Nein!*« Ihr Aufschrei hallte von den gefliesten Wänden wider. »Wag es ja nicht …«

Die Gewalt, mit der sie sich ihm und den Tränen verweigerte, brach Phin das Herz. Er schüttelte sie heftig genug, dass ihre Zähne aufeinanderschlugen und Naomi, die ihn aus rotgeränderten Augen böse anfunkelte, die Worte zerbiss, statt sie ihm trotzig entgegenzuspucken. »Du hast dein Leben riskiert, um eine Frau zu retten, die du nicht ausstehen kannst«, sagte er tonlos. »Erzähl mir also jetzt nicht, dass es dich nicht kümmert!«

»Was weißt du schon?«, zischte sie ihn an. Die Wut reichte nicht, um ihrem vom Schock bleichen Gesicht wieder Farbe zu geben. Die Wut reichte auch nicht, um die Leere zu füllen, die in Naomis Seele wie ein Abgrund gähnte, ein tiefer Riss aus Schmerz. Phin konnte in Naomis Augen die Leere, die Tiefe erahnen.

»Ich weiß, dass diese Frau dir unter die Haut geht.«

»Leck mich!«

»Ich weiß, dass sie dich tief verletzt hat«, fuhr Phin unbeirrt fort. Er packte ihre Handgelenke, nagelte sie über ihrem Kopf an der Wand fest. Das gelang ihm nur, weil sie ihn ließ. Er hatte sie kämpfen sehen, hatte sie angeschossen weitermachen sehen, als wäre es nichts.

Aber sie befreite sich nicht vom ihm, schüttelte ihn nicht einfach ab wie Schnee von einem Mantel.

Irgendwo tief in ihr, inmitten der Wut, spürte sie, dass sie ihn brauchte.

»Ich weiß, dass du …«

»Sie hat mich verlassen.« Ihre Stimme brach, wurde von einem Schluchzen verschluckt. Es war ein wilder Aufschrei, der in Phins Ohren nach tiefer Trauer klang, nach einer Frau, die man verletzt hatte, aber mehr noch nach einem kleinen Mädchen, das Seelenqualen litt. Naomi wehrte sich gegen Phin, dessen Gewicht und Körperkraft sie an die Wand pressten. Die Hände hatte sie ihm schon entwunden, schlug um sich. Dann knallte sie mit voller Wucht den Hinterkopf gegen die Kacheln. Phin erschrak und versuchte, Naomi von der Wand wegzubekommen. Als er sie wegzog, verlor er das Gleichgewicht. Er rutschte aus, und sie beide schlugen lang auf den gekachelten Boden, Beine und Arme ineinander verheddert. Immer noch schlug Naomi um sich. Sie fluchte, und setzte alles daran, sich aus Phins Armen zu befreien.

Sich von ihm zu befreien. Von der Erinnerung.

Phin war sich nicht sicher, wem Naomis Kampf galt. Aber sie durfte diesen Kampf nicht gewinnen.

Sie konnte es sich nicht leisten.

Kaum dass sie sich von ihm losgerissen hatte, schnappte er sich auch schon wieder ihre Beine, zog sie daran mit einem heftigen Ruck über die Fliesen zu sich zurück, warf sich auf sie. Wieder setzte er sein ganzes Gewicht ein, um sie zu bändigen. Sie brüllte und schrie. Aber er drückte sie zu Boden, bis der Strom wilder Flüche verebbte und nur noch ihrer beider Keuchen zu hören war. Unter seinen vor Anstrengung bebenden Händen schmolz die Anspannung ihrer Muskeln dahin, und was blieb, war Erschöpfung.

Das Rauschen der Dusche, das Prasseln des Wassers auf die Fliesen ringsum, war die einzige Lautkulisse.

Immer noch atemlos schob sich Phin von Naomi herunter. Zumindest halb.

Sie drehte sich von ihm weg, rollte sich auf den Fliesen zusammen. Die Beine angezogen, wie ein Embryo, lag sie da; ihr Haar floss wie eine schwarze Welle dem Abfluss entgegen. Ihr Gesicht hatte sie von Phin abgewandt.

»Liebling«, flüsterte Phin. Mehr brachte er nicht heraus.

Ihre Schultern zuckten. »Ich war fünf Jahre alt.« Sie sprach die Worte zu den Fliesen hin, was ihre Stimme dämpfte. Aber Schmerz und Wut waren unüberhörbar.

Da ließ Phin Naomi los.

Sofort war sie in Bewegung. Katzengleich, schnell und mit fließenden Bewegungen. Aber dieses Mal wollte sie nicht mehr raus und fort. Sie rannte nicht davon. Sie flüchtete sich nur in die Ecke der ummauerten Dusche, wischte sich das Haar aus dem Gesicht und das Wasser aus den Augen.

Nein, kein Wasser.

Herr im Himmel, Tränen! Obwohl Phin gewollt hatte, dass

Naomi weinte, weil er wusste, dass sie es brauchte, musste er jetzt mächtig gegen den Drang ankämpfen, sie wieder in die Arme zu schließen. Sie in seinen Armen zu wiegen, sie zu beruhigen und zu trösten, damit die Tränen wieder versiegten.

Aber das würde ihr nicht helfen.

Also hockte er sich vor sie hin. Es brauchte all seine Kraft, ruhig zu klingen, als er sagte: »Alt genug, um sich zu erinnern.«

Abgehakt sog Naomi Atemluft durch die Nase, um sie durch den Mund wieder auszustoßen, ein Laut zwischen Abscheu und Empörung. Das nächste halbe Schluchzen. »Sie ist einen Tag vor meinem fünften Geburtstag abgehauen. An dem einen Tag hat sie mit dem Personal noch eine Party geplant, und am nächsten packt sie ihren ganzen Kram, ihre Kleider, ihren Schmuck, und weg ist sie.«

Phin beobachtete Naomi. Er sagte nichts.

Er musste vorsichtig sein.

»Mein Vater hat sie angebetet. Ach, Scheiße!« Das nächste Schluchzen. Ihre Lippen bebten. »Gott allein weiß, warum, aber so war mein Vater halt. Er war nicht der erste Idiot, der sich von ihr hat einfangen lassen und sie geheiratet hat. Aber mit den Männern vorher hatte sie keine Kinder. Sie hat mich immer Püppchen genannt. Ihr Püppchen.« Ihre Hände zitterten, als sie sich mit den Fingern durchs Haar fuhr. »Ihr kleines japanisches Püppchen. Sie hat nur ... « Sie spreizte die Finger, fuhr damit durch die Luft. »Sie hat nur was hübsches Kleines gewollt, um es herumzuzeigen. Aber sie wollte keine Verantwortung übernehmen.«

Sich das vorzustellen, dafür reichte Phins Fantasie nicht aus. Dass Naomi so darüber sprach, so nüchtern und sachlich, konnte es nicht verbergen. Gleich unter der Nüchternheit tobten heftige Gefühlsstürme. Und es erklärte so viel. Herrgott, Phin wollte, es wäre alles anders, er wollte es wirklich.

»Etwa drei Monate, nachdem sie weg ist, hat mein Vater die Scheidungspapiere zugestellt bekommen.« Naomis Stimme wurde rauer, härter. »Dann ist er gestorben.«

»Oh, Liebling.«

Heftig schüttelte sie den Kopf, so heftig, dass es Wassertropfen aus ihrem Haar überallhin regnete. »Niemand hat es kommen sehen.« Ihr Lachen war beißend, rau und heiser. »Er hat sich einfach so ... umgebracht. In seinem Testament hat er alles ihr vermacht. Ich musste ins Waisenhaus, verstehst du?« Dieses Mal konnte sie das Schluchzen, das gegen ihre zusammengebissenen Zähne anrannte, nicht mehr hinunterschlucken. Sie konnte auch die Tränen nicht mehr zurückhalten, die ihr jetzt die geröteten Wangen hinunterliefen.

»Sie ist, verstehst du«, sagte sie in einem neuerlichen Anlauf, »mich nie holen gekommen.«

Phin konnte die Vorstellung kaum ertragen. Verlassen und vergessen worden. »Es tut mir so leid«, sagte er leise. Er wusste, dass Worte nicht reichten, niemals reichen würden.

»Nein.« Sie hob das Kinn; ihr Kampfgeist meldete sich zurück. Es war, als habe sie in ihrem Kopf einen Schalter umgelegt. Phin sah, wie Kälte und eiserne Disziplin ihren angestammten Platz zurückeroberten, Naomis Gesichtszüge beherrschten, ihren Blick. Missionarsaugen sahen ihn an. Sie taugten nicht als Spiegel der Seele. »Du hast es wissen wollen. Bitte, jetzt weißt du's: Meine Mutter hat mich der Mission überlassen, hat mich, hat meinen Vater verlassen und ihm alles abgenommen, was er hatte. Der Scheidungsklage nach sollte sie alles bekommen, das Haus, das Geld, alles sollte ihr gehören, nur ich nicht. Witzig, nicht wahr?« Naomi schlug mit beiden Fäusten auf die Bodenfliesen. Wasser stob in zwei kleinen Fontänen auf; das Licht fing sich glitzernd in den Tropfen. »Ein verfluchter, beschissener Witz, dass sie am Ende genau das bekommen hat, was sie immer gewollt hat. Mehr Geld, mehr Häuser, und auf mich hat sie nicht einen Gedanken verschwenden müssen.«

Phin schloss die Augen. Aber das half nicht. Er sah Naomi immer noch in ihrer Ecke sitzen, zusammengekauert, so klatschnass wie eine ertränkte Katze, die Knie an die Brust gezogen. Schmerz glitzerte in ihren Augen wie die Klinge eines scharfen Messers.

Nie war er so überfordert gewesen.

Nie so voller Liebe für eine Frau.

»Tja«, sagte Naomi. Sie war jetzt die Ruhe selbst. Kühl wie der Wind im Spätherbst. »Ja, ich bin Missionarin. Ich töte Menschen, Phin, das ist mein Job. Ich habe dich vom ersten Augenblick an belogen, weil ich hier bin, um jemanden zu töten, der darauf aus ist, andere Menschen zu töten. Ergibt das einen Sinn für dich?« Ihr Lachen klang eisig und zerriss Phin das Herz. »Für mich ergibt das jede Menge Sinn. Aber eigentlich ist es egal. Ich töte Menschen. Ich bin hier, um einen Mann zu töten. Das ist, was ich tue, das ist, was ich bin …«

»Du bist Naomi Ishi …«

»Nenn mich nicht so!«

Phin schwieg, saß einfach nur da. Die unbändige Wut, die Seelenqualen, die Naomi vor seinen Augen durchlitten hatte, nagelten ihn auf dem Boden fest. Naomi hingegen stemmte sich hoch auf die Füße, schwankte. Er wollte aufspringen, ihr helfen. Bei allen Heiligen, ihr nah sein, sie halten!

Aber sie suchte an den Wänden Halt. Kam hoch auf die Füße und stand, ganz ohne Phin Clarkes Hilfe. »Mein Name ist West.« Der Name kam über harte, verkniffene Lippen wie ein Peitschenknall. »Naomi West. Ich arbeite für die Mission. Ich töte Menschen. Gott verdammt, Phin!«, fluchte sie frustriert. Sie wischte sich das Wasser aus dem Gesicht, das fortwährend darüber lief. Weiter und weiter, solange die Dusche laufen würde. »Dringt irgendwas davon zu dir durch? *Ich töte Menschen*. Und es kümmert mich einen Scheißdreck, wen.«

Phin kam auf die Knie, dann auf die Füße. Er machte einen raschen Schritt zu ihr hin und nahm sie bei den Händen, zog sie an seine Brust. Sie wehrte sich kurz, gab aber schnell auf. Phin nahm ihr Gesicht in beide Hände, suchte ihren Blick und zwang sich ruhig zu bleiben, um Himmels willen, nur das: ruhig zu bleiben. Nicht nach dem Köder zu schnappen, den sie ausgeworfen hatte. Nicht an Blut zu denken, obwohl es von ihren verletzten Fingerknöcheln lief und sich seinen Weg als rötlich-braune Spur zum Abfluss suchte.

Er durfte ihr nicht geben, was sie verzweifelt glaubte zu verdienen.

»Dein Name ist Naomi West«, wiederholte er sanft. Er nutzte die Chance, legte ihr den Kopf in den Nacken und streichelte ihren Mund mit seinen Lippen mit all seiner Zärtlichkeit. »Du bist Missionarin.« Seine Unterlippe liebkoste ihre. Naomi erschauerte. »Dein Beruf ist es, Menschen zu töten. Das habe ich verstanden, ja.«

»Ich …«

»Aber ich weigere mich zu glauben«, unterbrach er sie, ohne den Tonfall zu ändern; seine Stimme war so beruhigend und sanft wie zuvor, »dass es dich nicht kümmert. Ich kenne dich. Selbst in dieser kurzen Zeit habe ich dich besser kennengelernt, als du glaubst. Es kümmert dich. Es kümmert dich und frisst dich bei lebendigem Leib auf.«

Ihr Blick verdüsterte sich.

»Aber du bist nicht allein, Naomi.« Phin drückte ihr je einen Kuss auf Kinn und Wangen. Ihre Haut schmeckte salzig vor Tränen und immer noch ein wenig nach Chlor. »Du bist nicht allein, weil ich bei dir bin. Ich liebe dich.«

Sie holte Luft. Es war ein abgehackter, scharfer Laut.

»Ich werde dich nicht verlassen.« Seine Lippen kehrten zu ihrem Mund zurück, und er küsste sie. Ebenso zärtlich wie fordernd schob er ihr seine Zunge in den Mund. Alles, was er zu geben hatte, Liebe, Begierde, Trost, legte er in diesen einen Kuss.

Alles, um ihr zu zeigen, was er nicht mit Worten ausdrücken konnte.

Ihr Herzschlag geriet ins Stolpern. Phin konnte ihren schnellen Puls unter den Fingern spüren, die auf Naomis Hals lagen. Ihr Herzschlag war das Echo seines eigenen, und in seinen Ohren rauschte es.

Naomis Hände strichen über seine Wangen, fuhren ihm ins Haar. Krallten sich dort fest.

Und dann riss sie sich von seinen Lippen los, drehte abrupt das Gesicht weg. »Nein«, sagte sie rau. Sie stemmte die Hände gegen seine Schultern, stieß ihn von sich.

Phin zog sich ein Stück zurück, gab Naomi Raum. Den Raum zum Atmen. Phins Magen verkrampfte sich, als sie sich an ihm vorbeidrängte, ein einziger Aufruhr in nassem Pullover und nassen Jeans. »Ganz schön dreist, Schlitzohr. Muss ich schon sagen.«

Über die Schulter hinweg sah Phin, wie die Maske, die Naomi West perfektioniert hatte, wieder an ihren Platz rutschte und Naomis wahres Gesicht vor den Augen anderer verbarg. Auch daran, wie sie die Schultern hielt, konnte Phin es ablesen, an dem sarkastischen Zug um ihren Mund, der so gar nicht zu den vom Weinen geröteten Wangen passte.

Missionar-Modus aktiviert.

Langsam drehte Phin sich zu Naomi um. »Ach, tatsächlich?«

»Du liebst mich?« Sie schnaubte alles andere als damenhaft. Naomi pur. »Höchst unwahrscheinlich. Was für eine dämliche Erpressung soll das werden? Du kennst mich kein bisschen, Phin! Du kannst mich überhaupt nicht kennen.«

Weil Phin keine Antwort wusste und ihm die Angst die Kehle zuschnürte, wiederholte er: »Ach, tatsächlich?«

Sie machte eine so heftige Bewegung mit dem Arm in Richtung Umkleideraum, dass das Wasser, mit dem sich der Ärmel vollgesogen hatte, nur so spritzte. »Schau hin«, höhnte sie, »und dann sieh dich an! Du trägst Designer-Klamotten, die mehr kosten, als ich in einem ganzen Jahr verdiene, und du ruinierst sie unter einer Dusche, ohne nur einen Gedanken daran zu verschwenden. Dieses verschissene Spa hier ist so abgeschottet von der Welt und so scheißexklusiv, dass du längst den Kontakt zur Wirklichkeit verloren hast.«

Phin trat aus der Duschkabine und blinzelte, um das Wasser aus den Augen zu bekommen, das von seinen Haaren hinuntertroff. »Ah, glaubst du, ja?«

Spöttisch verzog Naomi den Mund. »Deine Eltern sind zwei Mösenleckerinnen, Supermann.« Phin zuckte bei dem rüden Wort zusammen. »Bisher hat sie noch keiner umgebracht, und das nur, weil ihr brav hier oben lebt, wo dieser verfluchte Scheiß nicht passieren kann.«

Phin ballte die Fäuste.

Naomis Kiefermuskeln arbeiteten. »Der einzige Grund, warum ihr alle so liebreizend und unbeschwert und vor allem *am Leben* seid, ist, dass ihr *reich* seid. Die Kirche ist an eurem Geld interessiert und an sonst nichts, darauf würd' ich mein Leben verwetten!«, fügte sie bissig hinzu. »Ihr schmiert die da oben, nicht wahr? Und ihr tut es mit einem Lächeln im Gesicht!«

»Die Steuern …«

»Sind verschissenes Schweigegeld!«

»Was möchtest du jetzt von mir hören, Naomi, was?«

Sie zerrte an ihrem Pullover in dem Versuch, sich aus dem klatschnassen Ding zu schälen und es über den Kopf zu ziehen. Kaum dass das geschafft war, warf sie ihm das ruinierte Kaschmiroberteil vor die Füße und hob angriffslustig das Kinn. Schwarze, nasse Strähnen hingen Naomi ins Gesicht und klebten an ihren Lippen. Wasser spritzte auf, als der Pullover auf den Kacheln landete.

Phin schüttelte den Kopf. »Was soll das werden?«

Mit der Hand fuhr Naomi durch die Luft, um Phin das Wort abzuscheiden. Das Muskelspiel an ihrem schlanken, durchtrainierten Arm, den das schwarze enganliegende Mieder aus Spitze, das sie unter dem roten Pullover getragen hatte, nackt ließ, war absolut sehenswert. Eine hinreißende Frau.

Die alles daran setzte, ihn wütend zu machen.

Jesus Maria, es funktionierte!

»Ach, leck mich«, sagte sie leise. Kühl und gelassen. »Für 'n Arsch, du und dein ganzes Gesülze! Ist nicht mein Problem, Scheiße noch mal!« Naomi wandte sich ab und ging mit langen Schritten in Richtung Tür. »Ich brauche eure Therapien nicht, das ganze dämliche Massage- und Yoga-Zeug! Von Anfang an hast du nur versucht, an mir rumzudoktern.«

»Natürlich gibt es hier Massage und Yoga und so 'n Zeug. Das hier ist ein Spa«, knurrte Phin.

»Du kapierst es nicht, Phin. Nimm deine Familie, packt zusammen, was ihr braucht und *verschwindet hier!* Sobald ich jeden liquidiert habe, den zu töten ich den Auftrag habe, könnt ihr wiederkommen und euer beschauliches kleines Leben weiterleben, euren Wellness-Tempel für Reiche führen. Und du darfst gern weiter bei irgendeinem hohlköpfigen Täubchen mit Schotter, der so 'ne fette Lüge vielleicht gefällt, vorgeben, ein One-Night-Stand bedeute gleich die große Liebe.«

»Ich habe doch gar nicht …«

Der Blick, den sie ihm über die Schulter hinweg zuschoss, war so verächtlich, so mitleidig, dass Wut in Phin hochkochte und ihm den Blick vernebelte. »Versuch's erst gar nicht! Ich weiß, was du zu bieten hast, und, Kleiner, das war's mit uns beiden.«

Jetzt tobte wilde Wut in Phin, vernebelte ihm nicht nur den Blick, sondern auch den Verstand. »Das ist es also, was du glaubst, ja?«, verlangte er gefährlich leise zu wissen.

In Naomis Augen blitzte es auf. »Ich glaub' das nicht, ich weiß es. Verzieht euch! Ich lasse euch wissen, wann ihr die Leichen einsammeln könnt.«

Sie verließ den Raum ohne einen Blick zurück. Die Tür schwang hinter ihr zu. Was blieb, war das gedämpfte Dröhnen der weit entfernt laufenden Notstromaggregate, die die Energieversorgung aufrechterhielten. Und Naomis Worte, die in Phin nachhallten.

Ihre Verachtung für ihn.

Phin starrte auf die sich einpendelnde Tür und versuchte sich einzureden, dass es keine Rolle spielte. Er log sich vor, dass Naomi ja recht habe. Dass sie ihm einen Gefallen getan, ihm Zeit und Mühen erspart habe, sich um eine Frau zu bemühen, die ihm doch nie vertrauen würde. Jetzt, so log er sich vor, müsste er ihr nichts mehr vom Untergrund erzählen.

Er müsste sich nicht mehr mit ihren Anschuldigungen herumschlagen. Mit ihren Vorwürfen.

Sie hätte ihm nie geglaubt, dass er sie liebte, log er sich vor. Sie hatte ihm jede Menge Kummer erspart, wie praktisch, log er sich vor.

Er war ein verdammt schlechter Lügner.

KAPITEL 17

»Entschuldigung!« Cally sprang zur Seite und drückte sich flach an die Wand, als Naomi an ihr vorbeistürzte. »He, wo wollen Sie ...«

Naomi gab ein Knurren von sich. Vielleicht aber auch nicht. Ihr Verstand schrie die Warnung heraus, grollte Cally an. Aber alles, was Naomi mit Sicherheit wusste, war, dass sie kampfbereit herumfuhr. Bereit, zu verletzen.

Abwehrend hob der Rotschopf die Hände, ein Schutzwall, der ganz leicht zu durchbrechen wäre, ließe Naomi erst ihre ungezügelte Wut an ihm aus. »Ganz ruhig«, beschwichtigte Cally sie, in einem Ton, als habe sie einen tollwütigen Hund vor sich. »He, alles ist okay!«

Kehlig und heiser war der Fluch, den Naomi ihr entgegenspie, während sie sich mit all ihrem Gewicht gegen die Tür zum Parkdeck warf, von deren Existenz sie erst an dem Abend mit Phin erfahren hatte. Das Krachen hallte durch das ganze Parkdeck und schnitt Cally das Wort ab.

Naomi sah immer noch rot vor Wut. Die Autos auf dem Parkdeck verschwammen vor ihren vor Augen. Es waren schimmernde, auf Hochglanz polierte Wagen. Naomi sah in ihnen nur die perfekten Fluchtfahrzeuge. Sie blieb nicht stehen, um ihre Chancen abzuwägen. Es kümmerte sie nicht. Adrenalin überschwemmte ihren Körper, ließ ihr Herz rasen, bis Naomi nach Luft rang.

Sie musste unbedingt hier raus und nach draußen. Sie brauchte wieder eine Scheißwaffe, sie brauchte ...

Sie musste einfach nur hier raus, verflucht! Dem ganzen Mist entkommen. Sich selbst. Ihm. Einfach allem.

Einen aus Phins sagenhafter Sammlung von Sportwagen aufzubrechen und kurzzuschließen, war eine leichte Übung. Viel zu schnell kurvte Naomi wie eine Wilde im Blutrausch durch das Parkdeck. Darin hallte zigfach verstärkt das Echo von Motorengeheul und Reifenquietschen. Allein ihr Werk.

Wohin zum Teufel sollte sie fahren?

Sie packte das Lenkrad fester, während sie den Wagen mit ausbrechendem Heck viel zu schnell um eine Kurve driften ließ. Als die Sportkarre mit kreischenden Rädern in den Verkehr auf der ersten größeren Straße hineinschoss, ganz wie Naomis wilde Wut, mit der sie das Gaspedal durchtrat, es sich wünschte, plärrten sie von allen Seiten Autohupen an. Wagen scherten aus, um Kollisionen zu vermeiden, spritzen zu allen Seiten weg wie Wasser, in das man hineinschlägt. Naomi spürte nur die Enge um ihre Brust. Das halsbrecherische Tempo, mit dem sie fuhr, die pure PS-Stärke des Motors, der das Tempo zufrieden schnurrend hergab, waren alles, was sie momentan interessierte.

Loszuheulen hätte nur zu einem Unfall geführt.

Und sie sollte verdammt sein, wenn sie sich wegen der Dummheit eines Mannes zu Tode führe!

Er liebte sie. Was zum Teufel wusste der Kerl denn schon? Er liebte eine reiche Erbin. Leck mich, verflucht! Sex und Liebe, warum zum Henker mussten nur so viele Menschen das ständig miteinander verwechseln?

Sex war es, mehr nicht. Lust.

Den Gedanken trieb es ihr wie einen Messerstich mitten ins Herz.

Mechanisch folgte Naomi den Straßen, bis sie auf das New-Seattle-Karussell auffuhr. Am Himmel über der Stadt sammelten sich graue Wolken zu einer dunklen Decke, die schwer herniederdrückte und die Stadt und mit ihr eine Hexenjägerin auf der Flucht vor sich selbst einhüllte. Mit gerunzelter Stirn stierte Naomi das Lenkrad an; ein High-Tech-Teil, genau wie das Armaturenbrett, das mit Anzeigen, Tasten und Knöpfen übersät war.

Als die ersten dicken Regentropfen gegen die Windschutzscheibe platschten, zuckte Naomi zusammen. Sie fluchte. Beinahe hätte sie das Steuer verrissen und den Sportwagen in ein breites, kastenförmiges Luxusgefährt gelenkt, das gerade zum Überholen angesetzt hatte. Sie fluchte weiter, wütender, kaum dass Zorn heiß wie Lava erneut in ihr hochkochte.

Ihre Mutter war tot. Ein Wahnsinniger, der im *Zeitlos* auf Blut aus war, hatte sie umgebracht. Sie war tot.

Oder nicht?

Würde es etwas ändern, wenn sie noch am Leben wäre?

Es gab kein Wort, kein Gefühl, das stark genug gewesen wäre, nichts, das hätte beschreiben können, wie schwarz die Leere war, die schlagartig in Naomi tobte wie ein furchterregend lebendiges, alles verschlingendes Wesen.

Nein, es würde nichts ändern.

Tränen brannten in Naomis Augen, scherten sich nicht um den Verkehr oder darum, ob sie geweint werden wollten. Galle verätzte ihr die Kehle, und Naomi dachte schon, sie müsste sich übergeben, so beutelte sie die Bitterkeit. Sie schluckte schwer und zeigte der Welt die Zähne. Sie packte das Lenkrad fester und trat das Gaspedal bis zum Anschlag durch.

Das Highwaysystem wand sich in Serpentinen um New Seattles in Lagen aufeinandergetürmtes Stadtgebiet wie eh und je, und der Verkehr floss wie ein breiter Strom um den Sportwagen und seine Fahrerin herum. In dieser Fahrtrichtung gab es keine Kontrollpunkte zwischen Ober- und Mittelstadt. Den Sicherheitskräften war es schnurz, ob die Reichen und Gelangweilten ihre Nase in die Slums der Stadt stecken und eine Nacht lang versumpfen wollten.

Nur zurück in die Gegenrichtung zu wollen würde ein Problem.

Darum würde sie sich kümmern, wenn es soweit war. Fürs Erste konzentrierte sie sich ganz darauf, es heil bis zu ihrem kleinen Mittelstadt-Apartment zu schaffen. Dort angekommen, gelang es ihr, alle von der Mission vorgeschriebenen Sicherheitsmaßnahmen korrekt außer Kraft zu setzen. Sie bemerkte es nicht einmal. Es war ihr auch egal.

Sie stieg über Berge von unordentlich auf dem Boden aufgehäuften Kleidungsstücken und war schon dabei, sich aus dem eng anliegenden Spitzenmieder zu schälen. Währenddessen befreite sie sich aus den grässlichen Stiefeln, kickte sie sich vom Fuß, ohne darauf zu achten, wo sie landeten. Die hautenge Designerjeans folgte. Danach suchte sie sich etwas Richtiges zum Anziehen.

Irgendwo auf dem Boden fand sie eine abgewetzte Jeans mit weiß ausgefransten Rissen auf Oberschenkeln und Po. Vertraut wie Atmen. Endlich löste sich etwas von der Spannung, die ihr die Rippen zusammengepresst hatte. Wie ein entwirrter Knoten.

Ganz plötzlich bekam Naomi wieder Luft.

Mit den Händen strich sie über den groben Baumwollstoff. Ihr Blick wanderte über das unordentliche Durcheinander, das in den letzten paar Jahren ihr Zuhause gewesen war. Viel Zeit hatte sie hier in diesen Jahren nicht verbracht.

Zuhause war der Ort, an dem man schlief.

Ihr Zuhause wirkte plötzlich heruntergekommen. Armselig. Der Teppich hatte Flecken und war an einigen Stellen abgewetzt; die rostumflorten Wasserflecken an Decken und Wänden sahen aus wie Blutlachen, aufgesogen vom Putz, der längst keine benennbare Farbe mehr hatte. Ihre Mundwinkel verzogen sich zu etwas, das fast als Lächeln durchgehen konnte. »Das, Schätzchen, ist nun mal alles, was du hast.« Der Klang ihrer eigenen Stimme erdete sie in gewisser Weise neu.

Die letzten Tage waren ein Albtraum gewesen. Nicht real. Das hier war real.

Kugelhagel und Blutvergießen, *das* war real.

Und dieser schimmernde, glitzernde Palast, der die Mittelstadt überstrahlte und sich jenseits von deren Armutsgrenze in den Himmel erhob? Klar, es war ein Palast. Ein funkelnder Diamant, der im Sonnenlicht seine Pracht entfalten durfte, das die Straßen kaum erreichte, auf denen Naomi sich üblicherweise bewegte. Sollten ihn die verdammten Idioten in der Oberstadt doch für sich behalten!

Naomi West hatte keine Verwendung für Diamanten.

Sie betrat das winzige, beengte Badezimmer – was für ein himmelweiter Unterschied zu der luxuriösen Dekadenz der prächtigen Bäder in den Suiten des *Zeitlos*. Der in die Wand geschraubte Spiegel hatte Rostflecken um die Schrauben und war vom Alter teilweise blind. Naomi zwang sich, nicht darauf zu achten. Nicht auf Rostflecken und Risse im Porzellan, die ihr Leben ausmachten.

Sie bürstete sich das Haar, band es fest zu einem Knoten zusammen. Dabei fiel ihr Blick auf die verletzte Schulter und den Verband, der diese schützen sollte. Naomi runzelte die Stirn.

Sie starrte die verletzte Schulter an, die überhaupt nicht wehtat.

Um in den Spiegel zu gucken, beugte Naomi sich vor und musterte die dünne Linie, die alles war, was von der Schramme quer über ihrer Nase übrig geblieben war. Sie kniff die Augen zusammen.

Plötzlich ging ihr Atem schneller.

Sie riss sich den Verband von der Schulter. Wo eigentlich eine tiefe Schusswunde hätte sein müssen, war nichts zu sehen als eine zarte, nur noch angedeutet andersfarbige Linie auf der Haut. Die Finger, mit der Naomi die Linie nachfuhr, zitterten.

»Verdammte Affenscheiße«, entfuhr es ihr entgeistert, plötzlich atemlos. Sie fühlte sich, als hätte ihr jemand einen Tritt in den Bauch verpasst. Als hätte ihr jemand einen Schlag versetzt, der ihr sämtliche Luft aus den Lungen trieb. Naomi musste sich am Waschbecken festhalten. Ihre Stirn knallte mit einem vernehmlich dumpfen Laut gegen den Spiegel.

Das bisschen Schmerz, das ihr wie ein kurzer Blitz durchs Hirn bis zum Hinterkopf fuhr, war nichts gegen die sich sammelnde, langsam aufsteigende Panik.

Verletzungen dieser Art heilten nicht so rasch. Keine medizinische Versorgung der Welt konnte einen Streifschuss einfach verschwinden lassen wie Abdeckstift einen Knutschfleck.

Aber Magie konnte das.

Hexen konnten das.

Überall Hexen und Hexer! War die ganze verdammte Familie magiebesessen? Oder nur ein Familienmitglied? »Bei allen verfluchten Heiligen!«

Naomi setzte sich wieder in Bewegung. Der plötzliche Adrenalinanstieg fühlte sich an, als ballte sich eine Faust um ihr Herz. Sie krümmte sich zusammen. Aber dafür hatte sie jetzt keine Zeit.

Sie konnte es sich nicht leisten, weiter darüber nachzudenken.

Joe Carson war als Erster an der Reihe. Und dann …

Dann würde sie sich mit den Clarkes befassen. Mit ihnen und den Magiebesessenen, die mit ihnen unter einer Decke steckten.

»Ich habe dich gewarnt«, flüsterte sie und kniete sich vors Bett, um ihre Lieblingsknarre unter der Matratze hervorzuholen. »Ich habe dir gesagt, womit ich meinen Lebensunterhalt verdiene.« Der Colt war größer als die Waffen nach Missionsstandards. Aber, bei Gott, die Wumme blies in jeden ein Loch, der dumm genug wäre, Naomi in die Quere zu kommen!

Mit dem Handrücken wischte sie sich über die Wange und verzog mürrisch das Gesicht, als der Handrücken feucht war. Verfluchte Scheiße, sie weinte doch nicht! Schon gar nicht wegen dämlicher Magiebesessener. Schon gar nicht wegen Phin Clarke.

»Ich verlange, genauestens darüber ins Bild gesetzt zu werden, was hier vorgeht.« Michael Rooks Stimme übertönte alle anderen. Der allgemeine Lärm in der Lobby war eine misstönende

Mixtur aus Empörung, Fragen und Gezanke darum, wer welchen Rang und welches Vorrecht habe. Das alles rüttelte an Phins ruhiger Gelassenheit wie ein Orkan. Das Geschrei und Gezänk war so laut, dass die beruhigende Musik und das Plätschern der Quellen in den Brunnenbecken darin untergingen, als existierten sie nicht.

Beschwichtigend hob er die Hände. »Es tut mir wirklich sehr leid«, entschuldigte er sich nicht zum ersten oder zweiten, sondern bereits zum siebzehnten Mal. »Ich verstehe, dass die Umstände für jeden von Ihnen Probleme aufwerfen. Aber wir sorgen dafür, dass jeder von Ihnen an das gewünschte Ziel kommt.«

»Da bin ich schon. Ich will genau hier sein«, jammerte Jordana, ihr Haar ein wilder Haufen verfilzter Locken, die ihr auf die Schultern fielen. »Was, wenn Katie zurückkommt und mich hier sucht?«

Der hagere Rook wischte die Bemerkung mit einer ungeduldigen Handbewegung fort. »Ihre Katie ist verdammt viel klüger als Sie. Sie kommt sicher mit jeder Situation zurecht.«

Jordana holte tief Luft. »Sie ... !«

»Um Himmels willen, sorgen Sie dafür, dass sie den Mund hält!« Grace Latterby, einer der beiden Gäste, die im *Zeitlos* stets zurückgezogen wie die Einsiedler logierten, wirkte abgelebt und abgekämpft. Sie hatte noch abgelebter und abgekämpfter gewirkt, als sie eingecheckt hatte. Aber als vierundsechzigjährige Eignerin und Vorstandsvorsitzende einer Multimilliarden Dollar schweren Importfirma hatte sie jedes das Recht dazu.

Sie hatte sich darüber hinaus das Recht auf absolute Wahrung ihrer Privatsphäre ausgebeten, vollkommene Abgeschiedenheit. Sie wollte verdammt noch mal ihre Ruhe haben.

Heute hatte Phin gegen jeden der von ihr geäußerten Wünsche verstoßen.

Er rieb sich die Stirn.

»Ich möchte Sie bitten, ruhig und gelassen zu bleiben.« Lillian wagte sich unter die aufgebrachten Gäste. Sie war so unnachgiebig und ernst, wie Phin sie nie zuvor erlebt hatte. Es war nicht einmal nötig, dass sie die Stimme erhob, um sich Gehör zu verschaffen. Ihr Ton war scharf, getragen genug, um ihr sofort die ungeteilte Aufmerksamkeit aller einzubringen. Zeugte von natürlicher Autorität. »Meine Damen und Herren, wir entschuldigen uns in aller Form für die Unannehmlichkeiten, die Sie erdulden müssen. Aber bitte haben Sie Verständnis dafür, dass wir das *Zeitlos* um Ihrer eigenen Sicherheit willen schließen müssen. Bis wir das Problem haben eingrenzen können …«

»Das *Problem*, Lillian, ist Ihr Personal, ganz eindeutig«, plusterte sich Rook auf. »Ihren Leuten fehlt eine starke Hand! Wegen Ihrer Nachlässigkeit sind sie schlampig geworden.«

Die anderen Gäste murmelten zustimmend, und Phin ertappte sich bei dem Wunsch, dem Mistkerl eins aufs Maul geben.

»Wir sind uns bereits über die Natur des Problems im Klaren, Mr. Rook«, fuhr Lillian unbeirrt fort. »Es gilt nur noch, es ausfindig zu machen und zu beheben. Bis dahin haben wir nicht die Absicht, die Sicherheit von Gästen und Personal zu gefährden.«

Es war das Schwierigste, was Phin je in seinem Leben getan hatte.

Während die Gäste nacheinander das *Zeitlos* verließen, begleitet von Mitarbeitern, die sich um ihr Gepäck kümmerten, lehnte sich Phin gegen die Rezeption und sah zu, wie die Welt, die er kannte, in Stücke ging.

Genau dieselbe müde Gewissheit konnte er von Lillians Gesicht ablesen; er sah sie in ihren Augen, in dem erschöpften Zug um ihren Mund.

Dennoch lächelte sie, als sie über den Marmorboden der Lobby auf ihn zukam und sich zu ihm an die Rezeption gesellte. »Abigail wird sich mit der Zeit erholen. Die beiden Unfälle waren immerhin nicht tödlich.«

»Aber es waren keine Unfälle, Mutter, weder der eine, noch der andere.« Dass sie genauso dachte, verriet ihm das Aufblitzen in ihren Augen. Phin fuhr sich mit der Hand durchs Gesicht. Es half nicht gegen die Erschöpfung, in der sein Verstand zusehends versank. »Das *Zeitlos* ist erledigt. Aus und vorbei.«

Lillian blickte ihn an, neigte den Kopf. »Vielleicht. Aber wenn ja, dann bauen wir uns eine neue Existenz auf. Irgendwo, irgendwas. Wir kommen schon zurecht.«

»Unfassbar.« Phin stemmte die Ellenbogen rücklings auf den Tresen der Rezeption und legte den Kopf in den Nacken. Für einen Augenblick schloss er die Augen. »Absolut unfassbar. Das *Zeitlos* gibt es jetzt schon so lange, und es genügt ein einziger Mensch, um das alles kaputtzumachen, das Leben so vieler Menschen zu ruinieren?«

»Phin«, sagte Lillian. Es klang so weich, wie sie es sagte, dieses eine Wort, so mitfühlend und tröstlich.

Phin hob den Kopf. »Und was machen wir mit dem Personal? Wir können sie nicht alle weiterbeschäftigen und bezahlen, während sie gar nicht für uns arbeiten.« Er stieß sich vom Tresen ab und straffte Schultern und Rücken. »Und die Verfolgten, die wir in Sicherheit gebracht haben? An wen sollen die sich jetzt noch wenden? Wie viele wird man verhaften, wie viele lässt die Kirche hinrichten, ohne uns, die ihnen Schutz und Sicherheit geboten haben?«

»Phin, mein Junge.«

»Das ist nicht fair!«, brauste er auf. Er wusste, dass er wie ein bockiges Kind klang. Er massierte sich die Schläfen, holte tief Luft und wiederholte in ruhigerem Ton: »Es ist nicht fair ihnen gegenüber. Oder uns gegenüber.«

Lillian legte ihm die Arme um den Hals. »Komm her, Liebling.« Weil er größer war als sie, musste er sich zu ihr hinunterbeugen, um die Stirn in ihre Halsbeuge zu schmiegen und dort ihren Herzschlag zu spüren. Er umarmte seine Mutter, verschränkte die Finger in ihrem Rücken und genoss für einen kurzen, aber vollkommenen Augenblick das Gefühl, die Welt sei in Ordnung. Die Wärme seiner Mutter durchdrang die kalte Angst, die ihn gepackt hielt und ihm die Luft abzuschnüren drohte.

Ihre zusammenhangslosen Worte vermochten endlich den Stich zu heilen, den Naomis wilde Anschuldigungen Phin versetzt hatten.

»Mutter«, sagte er gegen Lillians warmen Hals.

»Hmm?«

»Ich möchte, dass ihr beide packt und irgendwohin fahrt, wo ihr in Sicherheit seid. Besucht einfach jemanden, jemanden, den ihr sowieso schon lange besuchen wolltet.«

Lillian lachte leise. Ihr Körper vibrierte unter diesem Lachen, und Phins Kopf hallte davon wider. Phin richtete sich auf und blickte mit gerunzelter Stirn auf Lillians geliebtes Gesicht hinunter. Seine Mutter schüttelte den Kopf. »Du weißt ganz genau, dass wir das nicht tun werden.«

»Dieser Carson ist gefährlich. Naomi hat sich das nicht ausgedacht. Du hast es doch selbst gesagt: Zwei Menschen sind tot.« Phin verlagerte sein Gewicht von einem auf den anderen Fuß und ergriff seine Mutter bei den Schultern. »Ich kann nicht garantieren, dass ich noch weiß, was ich tue, wenn einer von euch beiden etwas passiert. Ihr müsst einfach hier weg. Bitte!«

Langgliedrige, schmale Finger streichelten seine Wange. »Wir sind eine Familie, Phin. Wenn wir zusammenhalten, sind wir am stärksten.«

»Aber ich ...«

Die Doppeltür zur Lobby schwang auf. Herein kam Michael Rook, seine hagere Gestalt vibrierte förmlich vor mühsam bezwungener Selbstgerechtigkeit. Offenkundig der Anführer seines kleinen Protestmarsches hatte er Jordana an seiner Seite, die er zurück in die Lobby geleitete. Jordana selbst stolzierte neben ihm her, einen entschlossenen Zug um ihren Schmollmund.

»Herrje!«, seufzte Phin und stieß sich vom Tresen ab, um die beiden abzufangen, ehe sie die Lobby durchquert hätten. »Es tut mir leid, aber die Schließung des *Zeitlos* ist nicht verhandelbar.«

Hinter Rook und Jordana wieselte Joel durch die Eingangstür herein. Mit beiden Händen würgte er die Luft vor sich und zeigte damit, was er von den beiden hielt.

Aber Rook ließ sich von Phins Worten nicht aufhalten. »Ach was! Verstehen Sie, wir haben für unseren Aufenthalt hier bezahlt, und wir beabsichtigen, in Anspruch zu nehmen, wofür wir bezahlt haben. Also schlage ich vor, Sie nehmen Kontakt zu einem Ihrer Schickeria-Anwälte auf, den Sie irgendwo in der Hinterhand haben, und …«

Das Licht flackerte.

Abrupt blieben alle stehen, wo sie gerade waren. Erstarrten zu einem lebenden Bild reinster Überraschung und plötzlich aufkeimender Panik. Die schweren automatischen Doppeltüren schlossen sich. Sie fielen mit einem von der Automatiksteuerung gedämpften, aber nichtsdestotrotz endgültigen Klacken zu. Jordana schrak zusammen und unterdrückte mühsam einen Aufschrei.

»Das war doch nur eine Verzögerung der automatischen Türschließung«, klärte Rook sie gereizt auf. »Jetzt reißen Sie sich mal zusammen!«

Jordana lief rot an, und Phin nutzte die Gelegenheit, auch wenn er es gern vermieden hätte, Rooks Aufmerksamkeit wieder auf sich zu lenken. »Verzeihen Sie bitte«, sagte er fest, »aber es ist unser gutes Recht, abzulehnen, Dienstleistungen zu erbringen, und zwar jedermann gegenüber. Wir sind sogar verpflichtet, dieses Recht durchzusetzen, wenn es um die Sicherheit unserer Gäste geht.«

»In Anbetracht der übertrieben hohen Honorare, die Sie für Ihre Dienstleistungen verlangen …«

Mit dem typisch hohen Laut zwischen Kratzen und Kreischen schrappte Metall an Metall entlang, dann ein Schlag, begleitet von einem dumpfen metallischen Dröhnen. Rook unterbrach sich beim ersten surreal wirkenden Geräusch und runzelte die Stirn.

Kriieck, kriieck, klanck!

Phin hingegen kannte das Geräusch. Er wusste, was passierte: Eines nach dem anderen würden jetzt die großen, hohen Fenster hier in der Lobby und überall dunkel, sobald sich massive Metallplatten davorschöben wie gerade vor das erste und zweite Fenster hier.

Lillian erwachte als Erste aus der Erstarrung. »Kommen Sie, rasch, wir müssen zusammen bleiben.«

Phin drehte sich um und angelte an der Rezeption nach dem Com hinter dem Tresen. Hinter ihm stieß Jordana in tiefem Schrecken ein schrilles, lang gezogenes Wimmern aus. Rook fuhr sie an, damit sie aufhörte.

Mit vor Wut zusammengebissenen Zähnen wählte Phin die Nummer des Sicherheitsdienstes und fluchte leise vor sich hin, während er darauf wartete, dass abgenommen würde. Er wartete. Und wartete.

»Bring sie rüber in die Lounge!«, rief er seiner Mutter über die Schulter hinweg zu, während er in Richtung der in den Innenhof führenden Flügeltür losrannte. Tageslicht wandelte sich in scheinbar nächtliche Dunkelheit, als die Glaskuppel eine Haube aus Stahl bekam und die Beleuchtung flackerte, weil die Stromzufuhr zeitweise unterbrochen war. In diesem Moment betete Phin, die Sache möge sich ohne weiteres Blutvergießen beenden lassen.

Dass er dem Gegner geben könnte, was er verlangte.

Wenn Phin es nämlich nicht könnte, wären sie hinter den Schutz- und Befestigungsmaßnahmen gefangen, die eigentlich zur Abwehr möglicher kommender Katastrophen gedacht waren. Sie waren von der Umwelt abgeschnitten, abgeschottet von allem draußen.

Gefangen mit einem Mann, dem es egal war, ob er töten musste, um zu bekommen, was er wollte. Zwei Menschen waren bereits tot.

Um Phins Mund erschien ein entschlossener Zug.

Gerade, als Phin in Richtung Personalflügel durch die Tür setzte, erwachte knisternd die gebäudeweite Sprechanlage zum Leben. »Einen wunderschönen guten Tag. Wie Sie alle sicher bemerkt haben dürften, haben die Sicherheitsvorkehrungen für Katastrophenfälle Sie in diesem Gebäude eingeschlossen.«

Es war eine angenehme Stimme, klar und deutlich zu verstehen. Eine Allerweltsstimme. Die Tonlage nicht zu tief, nicht zu schrill, durchschnittlich eben. Freundlich und höflich.

Phin stürzte in das große Vestibül gleich hinter dem Eingang, hastete hindurch und kam schlitternd vor dem verborgenen Mechanismus zum Stehen, mit dem sich die unsichtbare Tapetentür ins Geheimgangsystem des *Zeitlos* öffnen ließ. Mit fliegender Hast tastete Phin nach der Verriegelung. Wenn der Scheißkerl irgendwo an der Sprechanlage stand, geisterte er – zumindest momentan – nicht durch die Gänge. Phin blieb wenig Zeit.

»Mr. Clarke.«

Phin erstarrte. Langsam drehte er sich um und blickte hinauf in die Linse einer der Sicherheitskameras, die überall im Gebäude unter den aufwendig gearbeiteten Stuckprofilen zwischen Wänden und Decke verteilt waren.

»Ja, richtig, Mr. Clarke, ich sehe Sie.«

Die Zentrale des Sicherheitsdienstes. Der einzige Raum, der genug Monitore hatte, um alle Übertragungen der Sicherheitskameras im Blick zu behalten. Der Zugriff auf die gesamte Sicherheitstechnik gewährte.

»Sie werden mir jetzt den Gefallen tun und sicherstellen, dass alle im Gebäude befindlichen Personen den Weg in den Pool-Bereich finden und sich dort versammeln.«

Angst ließ Phins Puls rasen. »Ich werde nicht …«

»Ich kann Sie nicht hören, Mr. Clarke, also sparen Sie sich Ihren

Atem. Ich erlaube mir, die Botschaft an Ihrer Stelle an alle weiterzugeben. Jeder, ja? Hallo allerseits, hallo!«, sagte die körperlose Stimme aufgeräumt. Und sehr laut. »Mr. Clarke bittet jeden, der noch im Gebäude ist – und ja, ich kann Sie alle sehen! –, sich im Pool-Bereich zu versammeln. Jedem, der dieser Bitte nicht nachkommt, wird das noch sehr, sehr leidtun.« Kurze Kunstpause. »Zumindest solange dieser Jemand damit beschäftigt ist zu sterben. Ich hoffe, ich habe mich klar ausgedrückt, ja?«

Es gab eine Rückkopplung, dann folgte ein Klicken. Die Sprechanlage war ausgeschaltet. Phin setzte sich in Bewegung. Augenblicke später, kaum dass er den Innenhof halb durchquert hatte, schwang die Doppeltür der Lobby auf, und Lillian kam heraus, Rook und Jordana im Schlepptau. Seine Mutter war blass, wirkte aber äußerlich so ruhig und gelassen wie immer.

»Phin, was geht hier vor?«, fragte sie.

»Der Mistkerl hat Zugriff auf die Sicherheitstechnik.« Was bedeutete, dass die Mitglieder von Phins Sicherheitsteam entweder irgendwo im Haus unterwegs waren oder tot. Er schluckte schwer und bot seiner Mutter die Hand. »Weißt du, wo die anderen sind?«

»Deine Mutter war im Beauty-Bereich, um ein paar Sachen zu holen«, erwiderte Lillian und umklammerte Phins Hand fest. »Das Personal ist im ganzen Haus verteilt, ich habe keine Ahnung, wo. Die meisten sind wohl schon nach Hause gegangen.«

Hinter ihr sah Jordana grün um die Nase aus. Tränen verunzierten ihr Gesicht mit verlaufener schwarzer Wimperntusche.

»Wir lassen uns doch jetzt nicht wie die Schafe zusammentreiben, oder?« Rook schlug mit einer knochigen Faust in eine nicht minder knochige Handfläche. »Wir wissen doch, wo er ist. Warum stürzen wir uns nicht alle auf ihn?«

»Weil er jetzt bewaffnet ist«, erklärte Phin ruhig. Mit dem Kopf machte er eine Bewegung in Richtung Pool-Bereich. »Also um hier mit heiler Haut und ohne größeres Blutvergießen wieder herauszukommen, sollten wir alle uns wie gute Geiseln verhalten.«

»Das ist ...«

Ein, zwei große Schritte, und Phin baute sich drohend vor Rook auf. Lillian gelang es mit Mühe, Phin festzuhalten. »Jetzt hören Sie mir gefälligst zu«, sagte Phin mit gefährlich leiser Stimme, die Drohung in der Luft zwischen ihnen greifbar. »Ich will nicht, dass meine Familie in Gefahr gerät. Der Mistkerl hat gedroht, jeden umzubringen, der nicht kooperiert. Wenn Sie davon träumen, den Helden zu spielen und dabei riskieren wollen, dass Menschen, die mir am Herzen liegen, zu Schaden kommen, stecke ich Sie gleich jetzt in den nächsten Sicherungskasten und hole Sie erst wieder heraus, wenn das Ganze vorbei ist. Haben Sie mich verstanden?«

Rook wich einen Schritt zurück. »Ähm ... okay«, sagte er schließlich und nickte. Er rückte sein Jackett zurecht und nickte noch einmal. »Okay, ich verstehe.«

Joel trat in Phins Blickfeld. »Mr. Clarke, wir sollten gehen.«

Phins sah den Masseur an. Ein angedeutetes Nicken, und Phin fragte: »Haben Sie sie im Griff?«

»Bei meinem Griff doch immer«, erwiderte Joel mit einem dünnen, ironischen Lächeln. »Nun, meine Damen, der Herr, kommen Sie bitte mit. Uns wird schon nichts passieren.« Er legte der zitternden Jordana den Arm um die Schultern und zog sie mit sich. Rook verzog mürrisch das Gesicht, folgte ihm aber mit hängenden Schultern.

Lillian drückte Phins Hand. »Ich liebe dich«, flüsterte sie.

»Ich dich auch.« Er lächelte sie an, und gemeinsam folgten sie den anderen. »Aber das ist kein Grund, irgendwelche Risiken einzugehen und dabei verletzt zu werden, in Ordnung?«

»Ich möchte nur, dass alle heil bleiben und in Sicherheit sind.«

»Ich auch.« Phin ließ die Hand seiner Mutter los und legte ihr stattdessen den Arm um die Schultern. Ob das genügen würde, um sie zu schützen? Vor Angst krampfte es ihm das Herz zusammen. Er stieß die Tür zur großen Schwimmhalle auf und begegnete einem halben Dutzend Blicken, samt und sonders panisch vor Schrecken.

Er spürte, wie Lillian die Schultern unter seinem Arm straffte. »Ich danke Ihnen, dass Sie der Aufforderung alle nachgekommen sind«, sagte sie. »Wir tun unser Bestes, um sicherzustellen, dass alles so glatt wie möglich geht.«

Sie schüttelte Phins Arm ab und trat entschlossen vor. Kein Zaudern und kein Zittern.

Phin stand ebenso selbstsicher da wie sie, ein Spiegelbild seiner befehlsgewohnten Mutter. »Bitte bleiben Sie alle ruhig und gefasst, dann stehen wir alle das Ganze heil durch. Egal, was der Mann verlangt, tun Sie es! Versuchen Sie keine Alleingänge.« Phin funkelte Rook an, der seinem Blick auswich. »Und, bitte, versuchen Sie nicht, selbst mit dem Mann zu verhandeln. Überlassen Sie das Reden mir.«

»Nein, ich denke, das Reden übernehme ich.« Die unaufgeregte, so durchschnittlich klingende Stimme hallte von den gefliesten Wänden der Schwimmhalle wider. Alle drehten sich zu der Stimme um.

Alle erstarrten.

Der Geiselnehmer war nicht groß, er war auch nicht klein. Durchschnitt, dachte Phin wieder. Vom Scheitel bis zur Sohle, vom schütteren braunen Haar, vom unscheinbaren Schnitt seines Gesichts bis zu den Arbeitsstiefeln hinunter. An einem normalen Tag hätte nichts an diesem Mann Phins Aufmerksamkeit erregt. Sein Blick wäre einfach über ihn hinweggegangen.

Heute nicht. Phins Blick blieb an dem Arm hängen, den der Mann um Gemma Clarkes Kehle gelegt hatte.

Gemma wirkte so fehl am Platz neben diesem Durchschnittskerl wie eine Sonnenblume angesichts eines aufziehenden Gewitters. Es schürte Phin die Kehle zu. Aber Gemmas und sein Blick trafen sich, und seine Mutter lächelte ihm beruhigend zu.

Phin ballte die Fäuste. Lillian versteifte sich. Ob aus Schock oder Wut, wusste er nicht. Vorsichtshalber schob er sich vor sie, damit sie nicht einfach an ihm vorbeistürzen könnte.

Ganz ruhig bleiben. »Mr. Carson, vermute ich.« Er musste sich beherrschen, um nicht einfach über die Fliesen auf den Mistkerl zuzustürmen. Ihm seine Fragen aufzuzwingen. Stattdessen fragte er ruhig: »Was wollen Sie?«

Der Mann lächelte und zeigte dabei eine Reihe schlechter Zähne. Ganz durchschnittlicher schlechter Zähne. Mit Gemma unter dem Arm geklemmt, dirigierte er sie wie ein Schutzschild vor sich her, während er näher kam.

Die Art, wie Carson sich bewegte, kam Phin seltsam vertraut vor. Wie ein Raubtier, mit wachen Sinnen und immer auf der Hut.

Als er die Waffe sah, die Carson Gemma in den Rücken stieß, spannten sich Phins sämtliche Muskeln an.

Lillian unterdrückte ein Schluchzen.

»Ganz ruhig«, murmelte Phin, nahm seine Mutter und brachte sie zu Joel hinüber. »Bitte.«

Joel nahm Lillians Hand.

Phin umrundete die stille Gruppe der Geiseln. Mit voller Absicht schob er sich zwischen sie und Carson. Der Mann beobachtete ihn mit einem trägen, halb amüsierten Lächeln auf den Lippen und verstärkte den Druck auf Gemmas Kehle. »Das ist nah genug.«

Gemma würgte; die Hand, mit der sie Carsons Unterarm umklammerte, war weiß.

Phin blieb stehen. »Lassen Sie sie gehen! Wir geben Ihnen alles, was Sie wollen, aber bitte verletzten Sie niemanden.«

»Ich wünschte, es wäre so einfach«, entgegnete Carson.

Der Ton, den er anschlug, wollte nicht zum Inhalt seiner Worte passen. Dem Mistkerl machte die ganze Sache Spaß. Macht, dachte Phin. Kontrolle. Darum ging es. Jedes Mal, wenn Gemma unter dem Druck seines Unterarms auf ihre Kehle mühsam nach Atem rang, funkelten seine Augen gierig.

»Wenn es Ihnen um Geld geht, begleiten Sie mich doch bitte in mein Büro, da können wir …«

»Oh, nein.« Carson grinste. »Es geht nicht um Geld. Es gibt etwas anderes, das Sie haben und ich will.«

»Was?« Langsam hob Phin die Hände, um zu zeigen, dass er unbewaffnet war. »Sagen Sie mir, was Sie wollen.«

Hinter ihm murmelte Lillian: »Phin.«

»Ich will die Quelle.«

Auf einen Schlag erstarrte alles in Phin zu Eis. Sein Blick flog zum Gesicht seiner Mutter und huschte zurück zu Carson.

Dessen Grinsen wurde breiter. »Ich weiß, dass Sie ganz genau wissen, wovon ich rede«, sagte er. »Also lügen Sie mich nicht an.«

»Phin«, hauchte Lillian noch einmal inständig. Es bedurfte keiner weiteren Worte. Er wusste, was sie ihm sagen wollte.

Er wusste, dass er keine Wahl hatte.

Er trat einen Schritt näher an Carson heran, bohrte den Blick in den seines Gegners. »Wenn Sie eine der Sprudelquellen in der Lobby meinen …«

Wie eine Schlange bewegte sich Carson, geschmeidig, kraftvoll, schnell. Gemma schlug lang hin, knallte mit Wucht auf die unbarmherzig harten Fliesen und konnte doch nichts anderes tun, als die Hände schützend vors Gesicht zu reißen. Im selben Moment war Carson vorgeschnellt, hatte die Hand mit der Waffe gehoben und Phin ins Gesicht geschlagen.

Hinter Phins Augen explodierte Schmerz in Myriaden von Sternen, Blut füllte seinen Mund. Der Schwung des Schlags riss Phin herum, seine Knie gaben unter ihm nach, und er stürzte zu Boden.

Carson packte ihm beim Schopf. »Lüg mich nicht an, Bürschchen!« Er spie Phin ins Gesicht; der Speichel rann ihm über die vom Schlag brennende Wange. »Wag ja nicht, mich anzulügen, du

Hurensohn!« Carson schwieg einen Moment, und danach waren Hass und Wut verraucht wie Rauch im Wind. Schmerz wich tödlichem Erschrecken, als Phin in die irren Augen eines Wahnsinnigen starrte, und er zuckte zusammen, als Carson dreckig lachte. »Sohn zweier Huren sogar«, meinte er nachdenklich. Erheitert. »Ich frage mich echt, wie das hat funktionieren können.« Er rieb sich mit der Mündung der Waffe über die Wange, als ob ihn dort etwas juckte. Dabei fixierte er über Phins Kopf hinweg Lillian. »Habt ihr zwei irgend 'nen Kerl bezahlt, damit er sich zwischen euch beide legt?«

Lillian versteifte sich.

Phin mühte sich, wieder hoch auf die Füße zu kommen. »Genug.«

So beiläufig, dass es völlig mühelos schien, packte Carson ihn am Kragen und trat ihm die Beine unter dem Körper weg. Erneut landete Phin hart auf dem Boden. Er schrie auf, als seine Knie auf den Steinplatten aufschlugen. Carson riss ihm den Kopf an den Haaren in den Nacken.

»Oder aber«, fuhr Carson fort und legte Phin die Lippen ans Ohr, »sie wussten, dass ein normaler Sterblicher sich niemals zu so einer unheiligen Verbindung hergeben würde. Vielleicht haben sie ja den Teufel selbst zum Beischlaf herbeigerufen. Damit er seinen riesigen Schwanz in ihre unreinen Mösen schiebt, bis eine von ihnen empfangen hat. Na, was meinst du, Bürschchen?«

Wut kämpfte den Schmerz nieder. Etwas weiter von ihm entfernt versuchte Gemma, sich hinzuknien, auf die Füße zu kommen. Sie schüttelte den Kopf, als ihre Blicke sich trafen, legte die Finger auf die Lippen und warf Phin mit zwei Fingern einen Luftkuss zu. Ich liebe dich.

Eine vertraute Geste.

Er schluckte schwer. »Ich habe keine Ahnung, was für eine Art Quelle Sie wollen«, sagte er und versuchte ruhig zu bleiben. Es war schwierig. Nur mühsam ließ sich die Wut beherrschen, die von überallher gegen sein Bollwerk aus Ruhe anrannte und ihn aus der Fassung bringen wollte. »Aber wir haben ja eine Menge Heilwasser und -quellen hier.«

Carson schwieg. Dann bellte er ein kurzes, unangenehmes Lachen heraus und richtete sich auf. »In Ordnung, Bürschchen, in Ordnung.« Mit roher Gewalt und einer Kraft, die man bei seinem schlaksigen Körperbau nicht vermutet hätte, wirbelte er Phin herum. Phin würgte, halb erstickt vom eigenen Kragen, als Carson ihn zur Gruppe zurückschleifte.

Er hob die Waffe und zielte auf Jordana, die schrie.

»Alle bleiben genau dort, wo sie sind«, warnte er.

Phin drehte sich um und sah, dass Carson sich abwandte und langsam in Richtung Umkleidekabinen davonging. »Ich hatte gehofft«, sagte er im Gehen, »irgendjemand in dieser Lasterhöhle wäre vernünftig. Aber es scheint, ihr seid allesamt ein sturer Haufen. Ihr leidet und sterbt lieber, als mir zu geben, was ich brauche. Egoistische, gottlose Höllenbrut.«

Phin wischte sich mit dem Ärmel über den Mund. »Sie haben versucht, Alexandra umzubringen.«

Carson lächelte. Leichthin. »Und die reiche Schlampe. Ich habe natürlich gewusst, dass ihr die beiden retten könnt, wenn ihr nur wollt. Was ihr ja tatsächlich auch getan habt.«

»Wir haben sie gerettet, ja«, setzte Phin an. Dann aber schnappte er nach Luft. Denn Carson schwenkte, ganz beiläufig, die Waffe. Der Lauf zielte jetzt nicht mehr auf Jordana, sondern auf Gemma.

»Tja, eine Schande das, wirklich. Ich hatte gehofft, die reiche Schlampe würde euch dazu bringen, die Quelle hervorzuzaubern. Besonders weil doch Naomi West jetzt Bürschchens Flittchen ist, und die beiden miteinander verwandt sind, oder nicht?«

Phin zuckte zusammen. »Sie elender Hurensoh …«

»Wer im Glashaus sitzt, Bürschchen«, ermahnte ihn Carson tonlos. Aber seine Hand umspannte den Griff der Waffe fester. »Weil dir selbst dein Flittchen nicht wichtig genug war, um jemand aus ihrer Familie zu retten, bekommst du jetzt ein bisschen Zeit, noch einmal gründlich darüber nachzudenken. Vielleicht muss ich deinem Erinnerungsvermögen etwas auf die Sprünge helfen.«

Mühsam stemmt sich Phin auf die Füße. Er schluckte das Blut hinunter und sagte verzweifelt: »Aber ich kann Ihnen nicht geben, was Sie wollen!«

»Dann denk mal drüber nach«, erwiderte Carson mit einem Lächeln. »Und denk immer daran, was ich dir gesagt habe: Ich beobachte euch. Also beeilt euch besser«, fügte er hinzu und drückte ab.

Es krachte wie ein Donnerschlag. Einmal. Zweimal.

Schreie, Rufe, Jordanas erschrockenes Kreischen. Am Rande von Phins Blickfeld versuchte jemand sich aus der eng beieinanderstehenden Gruppe von Geiseln zu lösen. Aber was Phin vor allem sah, war Blutrot auf Sonnengelb. Gemmas Augen weiteten sich. Ihre Hände zuckten hinauf, legten sich auf ihren Bauch, und der Schock in ihrem Gesicht verwandelte sich in Trauer.

In Reue.

Sie krümmte sich zusammen. Zeitlupenlangsam, träge wie geschmolzenes, von Rot durchzogenes Gold, verwässert vom blauen Licht, das die Pools zurückwarfen, floss sie zu Boden. Sie schlug auf dem Schiefer auf, ehe Phin seine zitternden Beine dazu bringen konnte, sich in Bewegung zu setzen.

Schluchzend und fluchend ging er neben ihr in die Knie, achtete nicht auf den scharfen Schmerz, den die Nerven seiner Kniescheiben protestierend seinem Gehirn meldeten. Überall war Blut. So viel Blut. So viel Blut, dass er schon nicht mehr wusste, was noch zu tun war.

Gemma wich alle Farbe aus dem Gesicht; ihre Lippen waren angestrengte bleiche Striche, während sie verzweifelt nach Atem rang.

Am ganzen Körper zitternd zog Phin seine Mutter in die Arme.

»Handtücher«, verlangte er mit brechender Stimme. Gemma hustete. Blut von ihren Lippen spritzte auf Phins Hemd. Seine Hände badeten darin, bis Phin sich sicher war, er würde nie vergessen, wie warm es sich anfühlte, das Blut seiner Mutter, wie nass, wie geschmeidig seine Konsistenz war. »Handtücher!«, brüllte er.

Keinen Augenblick später war Rook neben ihm, Handtücher von den Poolliegen in den bebenden Händen. »Oh Gott«, war alles, was er zu sagen in der Lage war, seine Stimme dünn und brüchig.

Joel kam herübergerannt. »Ich bin ausgebildeter Ersthelfer!«

Lillian folgte ihm. In der ganzen Schwimmhalle mit ihrer unbarmherzigen Akustik hallten ihre Schluchzer wider, während sie auf vor Schock unsicheren Beinen hin zu ihrer Frau stürzte. Jedes mühsam keuchende Japsen nach Luft, jeder trauernde Laut aus ihrem Mund zigfach verstärkt.

»Liebling«, presste Gemma mit rauer Kehle und unter Keuchen hervor. Sie hob das Gesicht, schaute zu Phin auf. Ihr Gesicht war eine bleiche Maske aus Schmerz. Ihre Finger krallten sich über der Brust in Phins Hemd. »Liebling, tu das nicht.«

»Ich kann dich doch nicht sterben lassen!«

»Ich sterbe«, hauchte Gemma, die Finger in seinem Hemd verkrampften sich, »und er bekommt gar nichts.«

Phin wurde das Herz schwer. Es schien ihm die Brust sprengen zu wollen. Tränen brannten ihm heiß in den Augen. Schluchzend holte er Luft und zog die Hände seiner Mutter an die Brust, zu den Lippen. Gemma umklammerte seine Hand. »Ich kann nicht«, flüsterte er, »ich kann das nicht!«

»Phinneas … es geht hier … nicht nur um dich, und das … weißt du auch.«

Neben ihm fiel Lillian an der Seite ihrer Frau auf die Knie. Strähnen goldblonden Haars hingen ihr ins Gesicht, während sie aufgelöst und fahrig die zitternden Hände nach der geliebten Frau ausstreckte und in Blut fasste. Tränen zogen silbrig glitzernde Spuren in ihr vormals so perfektes Make-up. »Gem.«

»Lily.« Gemma fasste nach Lillians Hand. Sie zog die Hand ihrer Liebsten an ihre Brust, nah ans Herz. Joel hatte Rook die Handtücher aus der Hand gerissen, sich Phin gegenüber neben Gemma gekniet. Jetzt hielt er den Frottee fest auf die Wunde gedrückt. Doch immer noch strömte Blut aus den Schusswunden wie aus einer sprudelnden Quelle. »Du musst es ihm … erklären. Er muss … es verstehen.«

»Du darfst nicht sterben, Liebste«, sagte Lillian. Ihr Lächeln zerriss einem das Herz. Sie strahlte ihre Frau an, hoffnungsfroh. »Du darfst nicht. Du kannst uns doch nicht verlassen, du kannst nicht alles mitnehmen. Wer weiß, was in einer Welt ohne dich geschieht?«

»Wir dürfen … ihm nicht geben, was er … will.« Gemmas Atem ging rasselnd, sie würgte, hustete. Sie stöhnte vor Schmerzen und krümmte sich zusammen. Als ob sie sich in Phins Arme flüchtete. »Wir dürfen das nicht.«

Phin schloss die Augen.

»Clarke!« Rooks Stimme klang mit einem Mal scharf. Merkwürdig. »Ähm …«

»Kümmer dich um sie«, sagte Phin und tauschte einen Blick mit seiner Mutter. Ihre Augen glänzten vor unvergossenen Tränen. Er nickte, als sie seine Wange berührte. »Ich bringe das jetzt in Ordnung.«

»Ähm … Clarke?« Rook ließ nicht locker. Dieses Mal packte er Phin an der Schulter.

»Was?«, fuhr Phin auf und zu dem hageren Mann herum. Sein Blick fiel auf die drei, die durch die Doppeltür den Schwimmbereich betreten hatten und nun näher kamen. Alle drei trugen die Dienstkleidung des *Zeitlos*. Zwei Männer, eine Frau. Phin runzelte die Stirn. »Agatha?«

Mit hochgerecktem Kinn ließ die Rezeptionistin des Beauty-

Bereichs ihren Falkenblick die Halle absuchen. »Wo ist das Missionarsgeschmeiß?«, verlangte sie zu wissen.

Phin knurrte.

Einer der beiden Männer hob eine Handfeuerwaffe, ein riesiges, unhandliches Ding, und zielte auf ihn. Der Mann war groß, hatte blaue Augen und flachsblondes Haar. Er trug immer noch die für Tellerwäscher übliche Schürze. Bedauern zeigte sich auf seinen hübschen, jungenhaften Zügen. »Tut mir leid, Kumpel«, sagte er. »Sie hatten hier wirklich eine gute Operation laufen.«

Zeitweilige. Jetzt erkannte Phin die Männer. Verfolgte Hexer, denen sie im *Zeitlos* Unterschlupf gewährt hatten und die auf ihre Chance warteten, aus der Stadt zu entkommen. Der Kirche zu entkommen.

Lügner. Verräter. Sie alle.

Agathas blassblaue Augen waren unbarmherzig und kalt wie Eis, während sie das Häuflein von Menschen betrachtete, die der Geiselnehmer hier versammelt hatte, die verwundete Gemma und Lillians blutverschmierte Hände und Kleidung.

Agatha wedelte mit einer knochigen Hand, jede Bewegung eckig, als schnitte sie Luft wie Brot. Ohne es zu merken, ballte Phin die Fäuste. »Legt einen Schutzzauber um diesen Teil der Halle. Bereitet alles vor.« Sie gab ihre Befehle tonlos, frei von jeder menschlichen Regung. Sie war so ganz anders, als man sie im *Zeitlos* kennengelernt hatte. Zurückhaltend und still war die Frau gewesen, die Phin eingestellt hatte. »Tötet die Zeugen!«, beendete diese Frau jetzt die Reihe ihrer Befehle herrisch und kalt.

Phin sprang auf die Füße, als der dritte Hexer sich in Bewegung setzte und auf Jordana zuhielt. »Scheiße, was soll das hier?«, brüllte Phin. Der Mann bleib stehen, zögerte.

Fragend zuckte sein Blick zu Agatha hinüber.

Phin hob den Arm und zeigte auf sie. »Wagen Sie das ja nicht!«

»Herr im Himmel, sie verblutet!«, stieß Joel hinter ihm durch zusammengebissene Zähne hervor.

Agatha hatte nur einen mitleidigen Blick für Phin übrig. »Machen Sie jetzt bloß keine Dummheiten, mein Junge. Momentan sind wir die Einzigen, die Ihre Mutter noch am Leben erhalten.«

»Blödsinn! Sie ...«

Der Hexer in der Schürze schnipste mit den Fingern, und Gemma warf den Kopf in den Nacken und schrie vor Schmerz. Blut benetzte Lillians bleiche Wangen, ein feiner Nebel, der sich rot wie Zorn über den Blick aus ihren von Gold durchzogenen grünen Augen legte.

Heillose Angst schnürte Phin die Brust zusammen und presste in einem Aufkeuchen alle Luft aus seinen Lungen.

»Wie ich schon sagte«, meinte Agatha ruhig. Sie schien gar nicht zu bemerken, dass gleich darauf Mordlust Phins Züge verzerrte. »Marco, da hast du dein Blut. Lass alles andere und mach voran. Greg, die Zeugen!«

Der Mann mit den dunklen Augen starrte Phin an. »Aus dem Weg!«, sagte er.

Phin ballte die Fäuste. »Nur über meine Leiche!«

Hinter ihm keuchte Gemma auf. »Lass sie«, brachte sie heraus. Schmerz verzerrte ihre Stimme. Die Worte klangen verwaschen. »Sollen sie es ... versuchen. Sie wollen dasselbe wie ... Carson.«

Zum ersten Mal huschte etwas wie Überraschung über Agathas Gesicht. Aber sie stritt es nicht ab. Im Gegenteil. »Ja«, bestätigte sie knapp. »Und Ihnen läuft die Zeit davon. Also beeilen Sie sich besser!«

Gemmas Lachen kreischte in Phins Ohren. Seine Nackenhaare sträubten sich. Zu viel Schmerz für ein Lachen. Er wandte sich wieder zu seinen Müttern um, sah Lillians warnenden Blick, und blieb, wo er war.

»Ich kann das nicht«, flüsterte Gemma kraftlos. »Keiner hier ... ist der Richtige.«

»Nicht der Richtige?«

»Sie ... erwählt sich ihr Gefäß.«

Phin schaffte drei Schritte, ehe die blauäugige Spülkraft den Arm in seine Richtung ausstreckte und die Finger spreizte. Schlagartig spannte sich jeder Muskel, jede Muskelfaser in Phins Körper an. Bogensehnen kurz vor dem Abschuss. Phin hatte das Gefühl, ihm rissen die Muskeln gleich von den Knochen, die Gelenke müssten brechen. Seine Kiefer mahlten krampfhaft, um den Schmerzensschrei zurückzuhalten. Blut rauschte in seinen Ohren.

Agatha musterte ihn mit zusammengekniffenen Augen. »Ich will's dir erklären, langsam, Wort für Wort«, sagte sie, ihre Stimme ganz Gelassenheit. »Wir haben die ganze Zeit auf eine Gelegenheit gewartet, diese vermaledeite Quelle zu bekommen. Wir dachten, es handele sich um einen Gegenstand.« Ihr Blick ging zu Gemma hinüber. »Offensichtlich haben wir uns geirrt.«

»Offensichtlich«, spie Phin ihr entgegen.

»Das wird uns aber nicht aufhalten. Wir können uns die Quelle auch mit Gewalt nehmen.«

Phin krümmte sich unter der Magie, presste einen Fluch zwischen zusammengebissenen Zähnen heraus, abgehackt, unverständlich, während es schien, als wolle sich sein Körper selbst in Stücke zerreißen.

Langsam schüttelte die alte Frau den Kopf. »Hör auf, dich zu wehren, dummer Junge! Miss Ishikawa war ein echtes Problem. Dann hast du dich eingemischt, und wir mussten handeln.«

Endlich machte es in seinem Verstand *Klick!* Phin erkannte mit einem Mal das ganze Bild und sah rot. »Sie waren es, die versucht hat, sie zu töten!«

»Nun, das war Mark, um genau zu sein.« Agathas dünne Lippen umspielte ein noch dünneres Lächeln. Zornig. »Zweimal sogar. Sie hat seine Leiche im Kleiderschrank entsorgt, ausgerechnet dort! Uns blieb nichts anderes übrig, als seine Leiche loszuwerden, ehe du, mein Junge, auch noch über sie stolperst. Wir hatten gehofft, wir greifen uns die Quelle und sind weg. Aber he, keine Chance! Der andere Scheißkerl hat uns genau das Ablenkungsmanöver geliefert, das wir gebraucht haben.« Agatha wirbelte herum. »Marco, leg endlich den Schutzzauber um den Raum, verdammt! Greg!« Sie gab ihre Befehle mit einer Stimme wie ein Peitschenknall. »Die *Zeugen!*«

Die blauäugige Spülkraft nahm die Hand herunter, und Phin brach zusammen. Unsanft schlug er auf dem Boden auf. Ihm dröhnte der Schädel. Entschlossen schritt der Hexer durch die Schwimmhalle auf Jordana zu. Die Sängerin schrak zusammen, versuchte wimmernd, sich so klein wie möglich zu machen. Sie wich zurück, bis die gekachelte Wand sie stoppte, und drückte sich dagegen, als ob sie darin verschwinden wollte.

Derweil kniete Marco sich hin und wühlte in einem Bündel, das er bei sich getragen hatte. Dabei murmelte er Worte in einer Sprache, die Phin nicht kannte.

Phin nahm seine ganze Kraft zusammen, um sich auf die Hexer zu stürzen. Jetzt oder nie.

Michael Rook kam ihm einen Herzschlag zuvor.

Der drahtige, hagere Mann hechtete los. Greg fluchte, als Rook ihm in den Rücken sprang. Der Schwung seines Angreifers riss den Hexer zu Boden und ineinander verschlungen fielen sie über den Rand des Schwimmbeckens. Wellen schwappten über die Marmoreinfassung. Fast gleichzeitig krachte ein Schuss, und das Echo der Halle verzehnfachte ihn zu einem Donnern, das die feuchte Luft zerschnitt. Weitere folgten, und Kugeln pfiffen Phin um die Ohren. Er wirbelte herum, geriet beinahe ins Taumeln, als der schrille Laut ihm in den Ohren gellte.

Aus dem Augenwinkel sah Agatha ihn auf sich zustürmen und warf sich zu ihm herum. Sie streckte den Arm aus, streckte schon die Finger der runzligen Hand. Aber da hatte Phin sie schon erreicht und sprang sie an. Er fauchte vor Wut und legte die Hände um ihren dürren Hals. Die Aura aus Feuer und alles versengender Hitze, die ihn mit einem Mal umgab, nahm er nicht einmal wahr. Es versengte ihm die Haut.

Er drückte zu. Die Augen der Alten trübten sich, während sie wild die Fingernägel in seine Handgelenke schlug, ihm das Gesicht zerkratzte. Er schob sie weiter, drängte sie zurück, weiter und weiter, bis zum Beckenrand, bis sie über dem Becken hing, dessen blaues Wasser schon über Rook und ihren Komplizen zusammengeschlagen war.

Phin schüttelte die zerbrechliche Gestalt, würgte sie mit vor blinder Wut verschleiertem Blick. »Kannst du sie heilen?«, verlangte er zu wissen. »Kannst du sie am Leben erhalten?«

Die alte Hexe gab erstickte Laute von sich und würgte unter den Händen um ihren dürren Hals schließlich die Antwort heraus: »Nein.«

Phin sah rot. Tief holte er Luft, seine Finger schmerzten, so fest drückte er zu.

Hinter ihm glitt eine der Geheimtüren auf. Er nahm es aus dem Augenwinkel heraus wahr, und sein Kopf fuhr zur Tür herum. Ein Teenager mit olivbrauner Haut schlüpfte durch die Tür, das dunkle Haar voller Spinnweben und Staub.

Eine schmale Hand legte sich um Phins Handgelenk. Er fuhr zusammen. Agathas Körper erschlaffte unter seinen Händen. Der Griff um sein Handgelenk wurde fester. »Mr. Clarke.«

Phins Lippen kräuselten sich.

»Mr. Clarke, lassen Sie sie los.« Liz' vom Massieren kräftige Finger schoben sich auf seine. »Jetzt ist sie keine Gefahr mehr, Sie können sie uns überlassen. Bringen Sie sie nicht um, Mr. Clarke.«

Agathas Augen traten aus den Höhlen. Die Zunge hing ihr dick geschwollen aus dem Mund. Phin stierte der Hexe ins rot angelaufene Gesicht.

»Phin!« Lillians Stimme. Der Schrei einer Mutter, seiner Mutter, verzweifelt und verängstigt.

Nach zähem Ringen löste Liz Phins um den dürren Hals verkrampfte Finger. Mit einem erstickten Schrei fiel die Hexe rücklings ins Becken und klatschte ins Wasser.

Phin drehte sich um. Um ihn war reines Chaos. Es gab kein unten mehr, kein oben. Er wusste nicht mehr, was zum Teufel eigentlich vorging. Magiebegabte, die ihn hintergingen. Magiebegabte, die ihm halfen. Seine Mutter … oh Herr im Himmel, hilf, meine Mutter!

Der Junge, einer der Neuzugänge unter den Zeitweiligen, kniete an Gemmas Seite. »Ich brauche ihr Blut dafür«, sagte er, als er den Finger in die Blutlache tunkte. »Tut mir leid.«

»Er wird sie beschützen«, hörte er Liz hinter sich erklären. Sie berührte seine Schulter. »Mr. Clarke …«

»Ich verstehe das alles nicht.« Phins Blick wanderte über die bunt gemischte Gruppe aus Zeitweiligen hinüber zu der völlig durchnässten Rezeptionistin des Beauty-Bereichs. Eine Festangestellte, für die er glatt die Hand ins Feuer gelegt hätte. Dann glitt sein Blick weiter, erfasste die ganze Schwimmhalle. Er sah das Gewirr aus kaputten Elektroleitungen, das von der Decke hing, und Jordana, die ausgestreckt auf den Fliesen lag und sich nicht rührte. Er sah Rook, der tropfnass war und sich zitternd über den Zeitweiligen beugte, der Jordanas Kopfwunde von einem Streifschuss verband.

Phin sah das alles. Apokalypse im Paradies.

Auf Lillians viel zu blassem, viel zu angespanntem Gesicht, blieb sein Blick hängen. Er sah tiefe Falten um den Mund und auf der Stirn. Lillian wickelte die blutgetränkten Handtücher fester um Gemmas schweißnassen Körper.

Um Phins Mund erschien ein entschlossener Zug. »Können Sie sie beschützen?«

»Fürs Erste«, erwiderte Liz sanft. »Aber wir müssen hier raus. Mrs. Clarke braucht dringend einen Arzt, und Cally ist los, um Hilfe zu holen.«

Das alles war zu viel für Phin. »Halten Sie sie am Leben«, sagte er rau, »bitte!«

Liz verlagerte ihr Gewicht von einem Bein aufs andere. Aber sie sagte nichts.

»Ich werde jetzt diesem Spuk ein Ende setzen«, erklärte Phin und wandte sich an Joel. Er fixierte ihn mit einem Blick, so hart und unnachgiebig, dass der Mann zusammenfuhr. »Auf die eine oder andere Art. Ich sorge für die nötige Ablenkung, und Sie bringen alle hier heraus. *Alle,* hören Sie?«

Lillian schüttelte den Kopf. »Phin!«

Er zögerte.

»Sei vorsichtig! Bitte, sei um Himmels willen vorsichtig, er ist …«

»Ein Missionar«, unterbrach Phin sie. »Ja, ich weiß.« Dann sagte er: »Ich liebe euch beide. Sehr sogar.« Dann drehte er ihr den Rücken zu. Ihr Blick wurde weich, und Tränen rannen ihr übers Gesicht. Phin aber ließ sich nicht beirren. Er hielt auf die zweiflügelige Eingangstür zu und blieb nur einmal kurz stehen, um die Waffe aufzuheben, mit der die Magiebegabten auf die Geiseln und ihn geschossen hatten. Er steckte sie sich hinten in den Hosenbund.

Phin kannte dieses Gebäude. Er war hier aufgewachsen. Sein ganzes Leben hatte er damit verbracht, im Bauch des *Zeitlos* das Labyrinth aus Personal- und Geheimgängen zu erkunden.

Kein großer Akt, den Scheißkerl hier zu finden.

Joe Carson. Ein Missionar. Ein Missionar, der eindeutig verrückt war, aber immer noch ein Missionar. Phin war die Art sofort vertraut gewesen, mit der Carson sich bewegte. Die Art, wie er seine Waffe hielt.

Wie er Blut hatte fließen sehen und dabei keine Regung gezeigt hatte.

Es erinnerte Phin an Naomi.

KAPITEL 18

Als Naomi ihr Appartement verließ, simmerte ihre Wut nur noch auf Sparflamme. Eingekocht zu galligem Sarkasmus. Naomi schmeckte den Cocktail aus Gefühlen auf ihrer Zunge, weil er ihr ständig übel aufstieß. Ihr in den Eingeweiden brannte.

Angst war dabei.

Die Empörung der Betrogenen.

Er würde sie nie verlassen? Genau. Er würde ihr nur tief in die Augen schauen und nie und nimmer über die beschissenen Hexenkünste reden, auf die sich seine Familie verstand. Oder über die Magiebesessenen, die er versteckte.

Oder über die Scheißmordversuche an ihr.

Naomi zog den Reißverschluss der schillernd blauen Jacke bis zum Kinn hoch. Die teflonbeschichtete Kunstfaser hielt den meisten Regen ab; der hohe Kragen schützte gut vor dem beißend kalten Wind. Unter Naomis Arm, gut im Halfter verstaut, fühlte sich der Colt schwer an, sperrig.

Sehr beruhigend, so eine Waffe.

Unter Jacke und Jeans trug Naomi wie eine zweite Haut einen schwarzen Einteiler aus Neoprengewebe. Die Standard-Ausstattung für eine Missionarin im Einsatz. So war man stets gut vor Kälte geschützt, und der Anzug versprach, wo nötig, ein gewisse Griffigkeit. Die Teflon-Beschichtung bot zudem einen gewissen Schutz gegen Angriffe. Aber der Hauptgrund?

Der Hauptgrund war schlicht, dass diese zweite Haut Naomi vertraut war. Vertrautes brauchte sie momentan ganz besonders.

Die Straßen waren, je ferner sie der Oberstadt waren, desto

dunkler. Naomi, die auf dem Treppenabsatz stehen geblieben war, betrachtete mit kritischem Blick die Schlaglöcher vor dem Haus, in dem sie wohnte, den ganzen pockennarbigen Gehweg und den bröckelnden Sockel aller Gebäude ihres und des gegenüberliegenden Blocks. In einem kurzen Anfall von Verschönerungswahn hatte man Bäume die Straße entlang gepflanzt; arme Dinger waren das, dürr, merkwürdig krumm und verwachsen. Die kahlen Äste reckten sie lichthungrig den oberen Ebenen von New Seattle entgegen.

Gerade genug Sonnenlicht drang von der Oberstadt bis hierher hinunter, um Naomi wissen zu lassen, dass immer noch Tag war. Dass sich die Sonne immer noch mühte, durch die Wolkendecke zu stoßen, die schwer über der Stadt hing und sie mit feinem Nieselregen besprühte. Unterhalb der Mittelstadt war vor allem ebeneneinwärts zur Unterscheidung von Nacht und Tag eine Uhr nötig.

Autos fuhren nur selten durch Naomis Straße. Das war überall selten, wo man sich in ähnlicher Entfernung zum Karussell befand. Die Menschen, die hier wohnten, waren viel zu sehr mit Überleben beschäftigt, um Autos zu besitzen. Vielleicht war Naomi deshalb ausgerechnet hier eingezogen. Sie liebte und verabscheute beides: die eigentümliche Unruhe der stets geschäftigen Stadt, das quirlige Brummen und Summen von Verkehr, Elektrizität, Leben, und die stillen, dunklen Straßen, die von beidem nicht mehr als gerade so viel bekamen, um nicht tot genannt zu werden.

Die Leute hier waren zu arm, um wegziehen zu können.

Und zu eigensinnig, um es überhaupt zu wollen.

Naomi rieb sich den Nacken, nahm die wenigen Stufen des Treppenabsatzes und suchte sich einen Weg ohne Schlaglöcher und tiefe Pfützen hinüber zu dem silbern glänzenden Wagen, der halb auf der Bordsteinkante geparkt war. Mit jeder der schnell aufziehenden Wolkenbänke, die wütend gegen die Ebenen der Stadt anrannten und mitten hinein in New Seattles Herz zielten, nahm das Tageslicht weiter ab.

Naomi glitt hinter das Lenkrad, ertastete die Drähte, mit denen sie das Auto kurzgeschlossen hatte, und führte sie zusammen, bis Funken schlugen und der Motor startete. Der gut eingestellte Motor schnurrte und vibrierte.

Es regnete jetzt heftiger. Kein Nieseln mehr, dicke Tropfen, die dichter und immer dichter fielen. Sie platschten gegen die Windschutzscheibe, schwängerten die Luft mit ihrem leicht sauren Geruch.

Naomi musste die Sache der Mission melden. Man würde gegen das *Zeitlos* ermitteln. Sie mussten ein Verfahren einleiten.

Aber würde ihr eine solche Ermittlung nicht vielleicht den laufenden Auftrag versauen?

Würde man sie abziehen, ehe sie Gelegenheit hätte, Carson eine Kugel in den Kopf zu jagen?

Naomis Finger schwebten über dem Com. Dann aber zog sie die Hand zurück.

Später. Sobald sie die Leiche abgeliefert hätte und ihren vollständigen Bericht dazu. Dann würde sie der Mission alles bis ins letzte Detail unterbreiten.

Bis dahin würde sie tun … worin sie gut war.

Naomi schaltete in den Rückwärtsgang und ließ den Wagen auf die Straße zurückstoßen. Dass es jenseits der Heckscheibe immer dunkler wurde und Regen in ganzen Bächen daran hinunterlief, quittierte sie mit einem Stirnrunzeln. Noch ein Gewitter.

Ganz großes Kino.

Naomi wandte sich wieder nach vorn, stellte die Scheibenwischer an und gab Gas. Der Wagen schoss vorwärts.

Aus dem Nichts tauchte ein Schatten, eine Gestalt auf, ein breitschultriger Typ. Er lief ihr direkt vor den Kühler. Naomi trat in die Eisen, dass die Bremsen kreischten, sie verriss das Steuer, der selbstmörderische Typ ein verschwommener Fleck im Augenwinkel, nasses Jeansblau und Weiß. Reifen quietschten, und Naomi fluchte. Das Heck scherte aus, und der Wagen kam im rechten Winkel zu seiner ursprünglichen Fahrtrichtung zum Stehen. Naomi schlug das Herz bis zum Hals.

Ihre Finger umklammerten das Lenkrad.

Silas.

Unmöglich! Silas Smith war vor drei Monaten umgekommen. Ihr Trainingspartner aus Kindertagen war nicht mehr als ein Fleck aus Ruß und Fett tief unten in den Katakomben, in den Eingeweiden der untergegangenen alten Stadt.

Silas Smith war tot. Es war nicht möglich, dass sie ihn gerade vor der Schnauze ihres Autos hatte auftauchen sehen. Der Mann war *tot*.

Und sie glaubte, verdammt noch mal, nicht an Geister.

Mit der einen Hand stieß sie die Tür auf, mit der anderen zog sie den Reißverschluss ihrer Jacke auf, um besser an den Colt zu kommen. Aber sie zog die Waffe nicht. Sie hätte sich hysterisch gefühlt, wenn sie vor einer Fata Morgana die Waffe gezogen hätte.

Immer noch raste Naomis Herz. Rasch flog ihr Blick über die Straße, suchte die dunkle Allee auf beiden Straßenseiten ab.

Als sie hinter sich Schritte auf dem kaputten Pflaster des Gehwegs hörte, wirbelte sie herum.

Die Drehung schaffte sie nicht ganz. Ihr Gegner hielt sie mit eiserner Faust im dichten, hochgesteckten Haar am Hinterkopf. Ihren Aufwärtshaken blockte der Kerl mit dem Unterarm ab; ihre Knöchel krachten auf Knochen. Gleich darauf jaulte Naomi auf, als sie mit der Stirn gegen das Wagendach donnerte, Knochen auf Metall aufschlugen. Ihr Schädel hallte davon wider, und Naomi fluchte laut.

Alles nur allzu vertraut.

Silas Smith war immer schon ein Arschloch gewesen, das gern zugepackt und ausgeteilt hatte.

Sie stieß sich vom Auto ab, mit aller Kraft, trat rücklings aus und traf auf weiches, verwundbares Fleisch. Aber ihr Gegner war schon wieder in Bewegung, wich ihr aus, packte sie sich, kam hinter sie. Mit einem Mal, Naomi wusste nicht recht, wie ihr geschah, hatte er sie auf der regennassen Motorhaube des Sportwagens festgenagelt. Sie wehrte sich, gab alles. Aber der Mann war so robust wie eine Felswand und ließ sich genauso wenig beiseite stemmen. Sie spürte seinen Hüftknochen im Kreuz. Mit einer Hand drückte er ihr Gesicht auf das nasse Autoblech.

»Lass das!«, warnte er, und es krampfte Naomi das Herz zusammen. Sie konnte kaum atmen, so eng war ihr um die Brust. Sie japste, rang verzweifelt nach Luft und mindestens genauso sehr mit ihrem Verstand. Suchte nach einem Rest, einem letzten Funken Vernunft.

Hoffte, ihr krankes Hirn würde sich gleich wieder einkriegen.

»Silas.« Sie krächzte es, stolperte über die zwei Silben, weil ihr Mund plötzlich staubtrockenen war.

Silas Smith war ein guter Hexenjäger gewesen. Ein guter Freund. Bis ihm sein bisschen Verstand in die Hose gerutscht war und er sich in eine Hexe verliebt hatte.

Für die er in Feuer und Flammen gestorben war.

Hier und jetzt aber, wo seine schwielige Hand ihr Gesicht auf das kalte Metall der Motorhaube gedrückt hielt und sein warmer Körper sie flach dagegen presste, konnte Naomi die Wahrheit nicht weiter leugnen.

Silas Smith war nicht tot.

Ganz eindeutig war er nicht tot. Das bedeutete, er arbeitete für *die*. Für die andere Seite.

Silas Smith hatte sie hintergangen. Verraten.

»Du tust mir weh!«, fauchte sie.

Der Druck, den die Hand auf ihr Gesicht ausübte, verstärkte sich. »Von wegen. Wenn ich dich loslasse, dann … leck mich!« Naomi bewegte sich mit der Schnelligkeit und Geschmeidigkeit eines schlüpfrigen Reptils. Der Rest des Satzes ging in einem

Keuchen unter, als Naomi ihren Ellenbogen in Silas' Brustbein rammte.

Er krümmte sich, und sein Gewicht gab ihren Körper frei. Naomi hakte ihren Fuß um sein verletztes Knie und zog mit einem kräftigen Ruck daran.

Mit einem Aufkeuchen ging Silas Smith zu Boden.

Naomi warf sich herum, tänzelte rücklings davon, die Fäuste geballt, die Deckung hochgenommen, bereit für den nächsten Angriff. Sie wartete. Keine zehn Pferde brächten sie dazu, sich mit einem Mann, der eine ganze Ecke größer war und doppelt so viel wog wie sie, auf dem Boden zu wälzen, nein danke!

Der Tod war gnädig mit Silas Smith umgegangen.

Er hatte nichts an Muskelmasse eingebüßt, nichts von der tödlichen Eleganz seiner Bewegungen. Mit einer seiner großen Hände rieb er sich das Brustbein. Seine Haut hatte merkwürdig viel Farbe; er wirkte unglaublich gesund.

Misstrauisch beäugte er sie mit grau-grünen Augen.

»Du verfluchter Hurensohn!«, sagte sie zornig. »Du hinterhältiges, abtrünniges Arschge … !«

»Herrgott noch mal, Nai!« Der Satz kam ihm aus tiefstem Herzen. Raubeinige Ungeduld. Anspannung.

Und … Angst?

Gut. Sollte er sich vor Angst in die Hosen machen. Er sollte sich fragen, ob sie ihm eine Kugel in den Kopf jagen würde. Sie umkreiste ihn, beobachtete ihn. »Wie geht's deiner dreckigen Hexenschlampe?« Als in seinem Blick Wut aufflackerte, lächelte sie nur. »Ach, also tot? Wie du es sein solltest?«

»Herr im Himmel!« Silas breitete die Arme aus. »Kannst du mal für 'nen Moment die Klappe halten und zuhö… «

»Du hast deine Wahl getroffen.« In einer einzigen fließenden Bewegung zog Naomi die Waffe aus dem Halfter und zielte damit auf Silas. Mit einer Hand stützte sie die Hand um den Griff der Waffe, während Silas Anstalten machte, auf sie zuzukommen.

»Keine Bewegung! Ich stell mich nicht hierhin und lausche andächtig all den Lügen, mit denen dich deine Schlampe gefüttert hat, vergiss es!«

»Naomi …«

»Ich sagte nein!« Die Worte kamen zu heftig heraus. Es verriet zu viel.

Silas erstarrte, schloss die Augen. Mitgefühl. Herrje, verflucht, sein Mitleid war wirklich das Letzte, was sie brauchte!

»Spar dir den Sülz«, sagte sie, betont ruhig. »Ich habe nicht die Zeit, dich irgendwo zusammengeschnürt zu hinterlegen, damit die Mission dich einsammeln kann. Also schieß ich dich einfach über den Haufen und hab mein Tagwerk damit vollbracht, okay?«

»Und du glaubst wirklich, du bringst das, ja?«

»Süßer«, sagte sie gedehnt, während sich ihr Finger um den Abzug krümmte, »du bist echt das Geringste meiner Probleme.«

Oder hätte es zumindest sein sollen. Es gab noch so viel, das sie zu erledigen hatte, so viel, um das sie sich kümmern musste, über das sie sich Sorgen machen musste. Ihre Arme wurden langsam schwer, die Schultern waren zu angespannt, der Nacken schmerzte. Immer noch zeigte die Mündung des Colts auf Silas' Brust, genau in deren Mitte. Ganz leicht zitterte der Lauf, gerade noch vertretbar.

Breitbeinig stellte Naomi sich hin, packte die Waffe fester.

Er hatte sie hintergangen, die Mission verraten. Er war ein Ketzer genau wie die Hexe, der zu helfen er sich entschieden hatte.

Silas' Blick ruhte auf ihr.

Naomi schluckte schwer. In den Tiefen seiner rauchig grünen Augen, mit denen er sie unverwandt anblickte, sah sie den Jungen, der er vor Jahren gewesen war, ein stämmiges Kerlchen, der ihren Hintern aus dem Baum geklaubt hatte, als sie versucht hatte, aus dem Waisenhaus fortzulaufen. Damals war sie neun gewesen.

Sie betrachtete seinen Mund, kannte – sie hätte nicht hinsehen müssen – den Schwung seiner Lippen. Vor Jahren war dieser

Mund schnell bereit gewesen, zu lachen, zu lächeln. Ehe die Härte des Missionsdienstes ihm diese Bereitschaft aus dem Leib geprügelt hatte.

Genau wie ihr.

Silas kam näher, bedächtig jeder Schritt. »Ich bin nicht dein Feind«, erklärte er ruhig, »das war ich nie.« Er schwieg. Dann ein schiefes Lächeln. »Meistens zumindest.«

Naomi hob das Kinn. »Keine Bewegung, Mann!«

»Du wirst mich nicht erschießen, Nai.« Langsam streckte er die Hand aus, mit derselben Bedächtigkeit, mit der er sich Naomi genähert hatte. Seine Finger legten sich um den Lauf des Colts. »Wenn du es könntest, hättest du's längst getan. Ich bin nicht gekommen, um dich anzugreifen oder mit dir zu streiten.«

Falls er versucht hätte, ihr die Waffe zu entringen, wenn er auch nur an dem Colt geruckt hätte … Naomi hatte keine Ahnung, ob sie wirklich den Finger vom Abzug genommen hätte. Aber Silas tat nichts dergleichen. Er übte nur Druck auf den Lauf aus, bis die Mündung in Richtung Boden zeigte, bis die Waffe harmlos zwischen seine Füße zielte.

Naomis Arme zuckten.

»Ich bin nicht tot, Naomi.«

Ein Schwall Tränen riss ihr beinahe den Boden unter den Füßen weg. Sie nahm sich zusammen, streckte den Rücken durch und warf sich mit ganzem Gewicht Silas entgegen. Er fing sie auf, taumelte rückwärts.

»Herrgott noch eins!« Reine Panik. Vor Schmerz keuchte er auf, als Naomi die Faust in seinen ausmodulierten Schultermuskel versenkte. Sie ließ die Waffe fallen. Ihre Fäuste trommelten auf seinen Bauch ein, wo Silas auf die Treffer vorbereitet war und sie mit angespannten Muskeln erwartete. Auf seine Brust. Sie schlug auf ihn ein wie auf einen Sandsack, schluchzte dabei unzusammenhängendes Zeug, das ihre Wut ihr diktierte. Ihre Erleichterung. Ihre Enttäuschung. Sie schlug auf ihn ein, auf diese solide

Mauer aus Muskeln und Fleisch. Auf einen Hexen liebenden Ketzer. Aber es war nicht genug.

Silas nahm die meisten Treffer stoisch. Er wandte das Gesicht ab. Jede harte Linie in seinem Gesicht war Beweis seines Bedauerns, Versuch einer Entschuldigung – und der männerspezifischen Unfähigkeit, mit einer außer Rand und Band geratenen Frau umzugehen. Naomi packte ihn vorn am T-Shirt, zog ihn zu sich herunter und drückte ihm einen Kuss auf den Mund.

Silas riss die Augen auf.

Kniff sie misstrauisch zusammen, aber da rammte Naomi ihm bereits das Knie in die Weichteile. Er war einfach nicht schnell genug. Weiches Fleisch verlor gegen harten Knochen.

Silas klappte zusammen.

Naomi ließ ihn los. Atemlos ging sie in die Knie und versuchte Atmung und Herzschlag wieder auf normale Frequenz zu bringen. Sie sah, wie Silas auf dem Boden aufschlug. Er krümmte sich um seine Eier zusammen, mit hochgezogenen Beinen lag er da, ein Häufchen männliches Elend. Naomi wusste, dass seine Männlichkeit in nächster Zeit die Einsatzbereitschaft wehleidig verweigern würden. Geschah ihm recht.

»Scheiße!«, fluchte er unter Ächzen und Stöhnen. »Warum?«

»Du giltst als tot!«, spie sie ihm entgegen, anklagend, jedes Wort ein Peitschenknall. »Warum konntest du nicht einfach tot bleiben?«

Er stöhnte. »Bin doch so gut wie tot.«

»Verflucht, bist du nicht, nicht mehr!«

»Ich dachte«, brachte er mühsam heraus und knirschte mit den Zähnen vor Schmerz, »deswegen hast du mir den Kuss gegeben.«

»Träum weiter.« Naomi zog die Nase hoch und wischte sich ungeduldig über die Augen. »Denkst du, zum Teufel, auch noch mit was anderem als deinem Schwanz, Smith? Du kannst doch nicht auf einen Plausch vorbeikommen, unter Beweis stellen, dass du quicklebendig bist, und glauben, du könntest dann einfach so wieder davonspazieren! Ich bin immer noch Missionarin – auch wenn du nicht mehr bei der Truppe bist!«

Ächzend und unter großen Mühen stemmte sich Silas zurück auf die Füße. Steif in den Bewegungen stand er in gekrümmter Haltung da, die Hände auf die Knie gestützt. Seine schwer geprellten Weichteile ließen anderes immer noch nicht zu. Dann aber, ganz allmählich, ging sein Blick wieder geradeaus und wurde klar.

Er räusperte sich. »Nun, das, ähm … Scheiße aber auch, Naomi!«

Trotz des Drucks, den Naomi hinter ihren Schläfen spürte, weil verflucht zu viele zu unterschiedliche Emotionen auf sie einhämmerten, musste sie grinsen. »Gern geschehen!«

»Ich bin hier, weil … verflucht noch mal! Gerade weil du Missionarin bist.« Er richtete sich langsam auf, stückchenweise. Stöhnte. »*Mist*, verflucht!«

»Gern geschehen«, meinte sie bissig. Aber Schuldgefühle gaben ihrer Wut eine andere Note. Dämpften das Gefühl, verletzt worden zu sein, bis es erträglicher schien. Sie erhob sich ebenfalls, drehte sich um und bückte sich nach ein paar raschen Schritten nach dem Colt, den sie auf den nassen Boden hatte fallen lassen. »Was willst du?«

»Ich will, dass du ins *Zeitlos* zurückgehst. Du wirst dort gebraucht.«

Sie fuhr hoch und wirbelte zu Silas herum, um ihm ins immer noch blasse Gesicht zu sehen, suchte Augenkontakt. Silas' Blick war ernst. »Wie zum Teufel … «

»Sie sind in Schwierigkeiten.«

»Ach, hat etwa ein Wahnsinniger den Laden gestürmt? Richtig, da war doch was.« Sie verdrehte die Augen. »Sonst noch was?«

»Es ist mehr als nur ein Wahnsinniger«, erwiderte Silas grimmig.

»Wie das?«

»Außerdem sind noch ein paar vom Zirkel der Erwählten im *Zeitlos*«, sagte Silas rau. Zu viel böse Erinnerungen.

»Hab ich's doch gewusst!«

»Nein, Nai«, widersprach er mit derselben rauen Stimme, »sie sind nicht dort, weil das *Zeitlos* sie dort haben wollte. Es sind ebenfalls amoklaufende Abtrünnige.«

»Sind das diese Scheißketzer nicht alle?«

»Ich weiß, dass du einen von ihnen schon erledigt hast«, sagte Silas und legte die Hand in den Schritt, als könnte das den Schmerz lindern. Sein Mund war immer noch nur ein schmaler Strich in seinem angespannten Gesicht. »Herrgott noch mal. Es ist eine ganze Gruppe, und dein amoklaufender abtrünniger Agent hat gerade das ganze Gebäude von der Umwelt abgeriegelt. Alle Schotten dicht.«

Naomi erstarrte. Jede Nervenzelle schaltete augenblicklich auf konzentrierte Aufmerksamkeit um. »Abgeschottet«, sagte sie leise. Das Wort kam atemlos, voller Angst. Silas fragte nicht nach.

Er warf einen prüfenden Blick auf das Display seines Coms. »Vor zwanzig Minuten. Er hat die Familie in seiner Gewalt, ein paar Leute vom Personal, ein paar Gäste. Einer von ihnen ist verwundet.«

Naomi erbleichte. »Irgendwelche Einzelheiten?«

»Nicht viel.« Immer noch behutsam tat Silas ein paar Schritte. »Ich habe eine Kontaktperson im Gebäude, meldet sich allerdings nur sporadisch. Bist du bereit, mir zu vertrauen?«

Arme und Beine versteiften sich, so wütend war Naomi. So viel Angst nagte an ihr. Sie lächelte freudlos: »Nicht mal in einer Ewigkeit.«

»Okay, aber was ist mit den nächsten paar Stunden?«

»Hast du einen Plan?«

Er nickte, das Gesicht eine Maske aus Entschlossenheit. »Aber du wirst mich fahren lassen müssen.«

Naomis Blick huschte hinüber zu dem silbernen Sportwagen,

ehe er zu Silas' Gesicht zurückkehrte. Entschlossenheit. Unbarmherzige Härte. Silas im Missionar-Modus.

Nur dass er eben kein Missionar mehr war.

»Nicht einmal, wenn dein Leben davon abhinge, mein Freund«, erwiderte Naomi zuckersüß.

Silas lachte in sich hinein, ein angestrengtes Lachen. »Einen Versuch war's wert. Steig ein, uns bleibt nicht viel Zeit.« Er stakste vorsichtig um den Wagen herum und ließ sich dann ächzend auf dem Beifahrersitz nieder. Regen prasselte auf den Straßenbelag, hämmerte auf das Wagendach ein, und Naomi knallte die Fahrertür zu. Den Colt verstaute sie wieder im Holster, ehe sie einen Gang einlegte und losfuhr.

»Wie ist die Lage da drinnen?«

»Eine Frau am Boden ...« Plötzlich war Naomi ganz schwindelig vor Erleichterung. Rasch kämpfte sie die aufkommende Übelkeit nieder. »... und eine Handvoll Leute versucht, so viele zu retten wie möglich. Der mordende Scheißkerl benutzt das Geheimgangsystem, um sich frei im Gebäude zu bewegen.«

Naomi warf Silas einen raschen Seitenblick zu. »Im Ernst?«

»Toternst.«

»Wo sind die Geiseln?«

Er griff zu ihr herüber und löste das am Gürtel ihrer Jeans festgeklippte Com. Es war eine so vertraute Geste wortlosen Einvernehmens, dass Naomi mit den Zähnen knirschte, als eine Welle bittersüßer Erinnerungen über sie hereinbrach. Er zog einen winzigen Stick aus seinem Com und steckte ihn in den dafür geeigneten Port ihres Geräts. »Ich übertrag dir die Daten per Stick. Sicher ist sicher.« Silas hielt ihr das Display des Coms vor die Nase. »Schau, Teilgrundrisse. Das ist leider alles, was sie hat anfertigen können.«

»Woher zum Geier hast du die ganzen Infos?«

»Wie schon gesagt: Ich habe eine Kontaktperson im Gebäude.«

»Wen?« Mit steifen Fingern schaltete und lenkte Naomi den

schnittigen Wagen in den Verkehr. Die Anspannung wuchs. »Jemanden, der mal eben genau über die Lage drinnen Bescheid weiß?«

»So ähnlich.«

Naomi umklammerte das Lenkrad noch fester, wenn das überhaupt noch möglich war. »Silas.«

»Ja?«

»Wenn das hier vorbei ist …«

»Ja?«

Stur schaute sie geradeaus, nicht zu ihm hinüber; schaute hinauf zum Himmel und den zu den Wolken aufstrebenden Türmen der Oberstadt, die das Karussell überragten. Rauch von einem Brand stieg in dichten Wolken zum Himmel hinauf; schwarz hob er sich vom Grau dort ab. »Lauf wie der Teufel, okay? Und lass dich ja nicht wieder bei mir blicken.«

Sein Lachen, mehr ein Schnauben, verschluckte er halb. »Klar.«

Schweigend fuhren sie weiter, bis Sirenengeheul die Stille zwischen ihnen durchbrach. Feuerwehr und Rettungswagen schossen an ihnen vorbei. Naomi fluchte und trat das Gaspedal bis zur Bodenplatte durch, um sie zu überholen.

»Ein Wettrennen mit denen dürfte nicht …«

»Leck mich, Smith! Ich will vor ihnen da sein!«, knurrte Naomi und glitt mit dem Sportflitzer zwischen zwei Rettungs- und einen Feuerwehrwagen. Signalhörner plärrten und Sirenen heulten. Wie ein kleines Mädchen umklammerte Silas die Armauflage in der Wagentür.

Naomi bedachte ihn mit einem geringschätzigen Lächeln, als sie durch die Sicherheitskontrollen durchrauschten. Vom Kühlergrill zerfetzt, klackerten die Trümmer der schwarz-gelb gestreiften Sicherheitsschranke über die Motorhaube, prallten von der Windschutzscheibe ab und ließen einen Sicherheitsbeamten in Deckung springen.

Im Rückspiegel sah Naomi eine der mobilen Überwachungseinheiten in die Luft steigen. Deren Programmierung lautete bestimmt, allen Fahrzeugen zu folgen, die die Sicherheitskontrollen durchbrachen. »Gesellschaft«, meinte Naomi nur knapp.

»Lass nur.« Silas rutschte tiefer in den Sitz. »Das bringt nur ein paar Helfer mehr zum Resort.«

Weiteres Blaulicht blitzte hinter ihnen auf. Die Verfolger blieben rasch zurück, als Naomi Gas gab und das Karussell hinaufjagte. Der Sportwagen fraß die Kilometer in unglaublich kurzer Zeit, als wäre es nichts. Schon bald schoss er durch die Lieferanten- und Parkdeckzufahrt hinter dem Resort und aufs Parkdeck. Grabesstille umgab Naomi, als sie mit klopfendem Herzen aus dem Wagen stieg.

Noch war der Rauch hier nicht sonderlich dick. Noch nicht.

Naomi zog ihre Jacke aus, warf sie auf die Motorhaube und schloss den Reißverschluss des schwarzen Einsatzanzugs bis zum Kinn.

Silas schaute wieder auf sein Com. »Irgendwo hier gibt es einen geheimen Sicherheitsausgang.«

»Ich kann diesen Kasten echt nicht ausstehen«, knurrte Naomi nur und holte mit dem Fuß aus. Der Sportwagen schaukelte unter ihrem Tritt. »Ich hasse dieses Gott verfluchte …«

»Naomi!«

Sie wirbelte herum, fuhr sich mit beiden Händen durchs Haar und vermied Silas' Blick. »Wo ist der Scheißzugang, verdammt?«

»Hier drüben.« Eine Frauenstimme, die irgendwo von links kam. Schwer zu bestimmen der Echos wegen, in die sich die Stimme auf dem Parkdeck auffächerte. Dennoch hatte Naomi sich blitzschnell in Richtung Stimme orientiert und noch in der Drehung den Colt gezogen. Sie zielte auf zwei in den Boden eingelassene Gitter. Das eine wurde gerade angehoben. »Kann mir mal jemand helfen?«

Silas sprang vor, bückte sich zu der Gitterplatte, wuchtete sie unter Einsatz roher Gewalt hoch und zog sie beiseite. Metall klirrte auf Stein, als er sie fallen ließ; das Echo verzigfachte das unangenehm schrille Geräusch. Rotes Haar leuchtete in der trüben Garagenbeleuchtung auf, als Silas Cally aus dem Loch half.

Naomi steckte ihre Waffe zurück ins Holster. Ein Blick aus goldbraunen Augen begegnete ihrem. Die Augen verengten sich, schmale wachsame Schlitze.

Braune Augen. Nicht grüne. Naomis Finger zuckten. »Verdammte Affenscheiße«, fauchte sie. Ehe die Frau reagieren konnte, hatte Naomi sie am glänzend roten Haarschopf gepackt und riss daran. Fest genug, um Cally umzuhauen und zu Boden zu schicken.

Stattdessen hatte Naomi den ganzen roten Schopf in der Hand.

Wellen aus zerzaustem blondem Haar fielen über Callys Schultern. Naomi starrte in das klägliche, ungeduldige Gesicht von Jessie Leigh.

Der Hexe, für die Silas gestorben war.

Silas pflückte Naomi aus der Luft, als sie die Hexe anspringen wollte. Er schüttelte sie so heftig durch, dass ihr die Zähne aufeinanderschlugen. »West!«, bellte er. Das Echo auf dem Parkdeck ließ es noch eindrucksvoller klingen.

Jessie hob die Hände. »Tut mir leid«, entschuldigte sie sich. Aber Naomi holte schon aus, um ihren Ellenbogen mit aller Kraft in Silas' Schulter zu bohren.

Sie erwischte den weichen Muskel am Hals. Silas stieß nur ein Grunzen aus, wuchtete sie mit einiger Anstrengung weg vom Loch und stellte sie unsanft wieder auf die eigenen Füße.

Postwendend meldeten Naomis Fußknöchel Protest an.

»Genug jetzt«, knurrte Silas.

Naomi baute sich vor ihm auf, brachte ihr Gesicht unmittelbar vor seines. Auge in Auge, Stirn an Stirn. »Du verdammter Hurensohn, du bist immer noch …«

»Gemma Clarke stirbt gerade.« Jessies ruhige Gewissheit drang zu Naomis Verstand vor.

Sie fuhr herum. »Was?«

»Habe ich jetzt Ihre ganze Aufmerksamkeit?« In den mit Gold durchsetzten braunen Augen stand Mitleid. Aber da war noch etwas anderes – wilderes. Naomi hatte das bei ihrer ersten Begegnung bloß nicht bemerkt.

Leidenschaft. Und *Hingabe*.

Naomi versetzte Silas einen Stoß und schüttelte angeekelt seine Pranke von ihrer Schulter. »Wie das?«

»Der Missionar hat auf sie geschossen. Ich kann Sie zu ihr bringen.«

Naomi blickte in die gähnende Tiefe zu ihren Füßen. »Da durch?«

»Er kennt sich noch nicht im ganzen Gangsystem aus«, lautete Jessies Antwort, und sie nickte. »Uns läuft die Zeit davon, Miss West. Er hat Feuer in den äußeren Gebäudeflügeln gelegt, und die anderen können auch nur so schnell voranmachen, wie es eben geht.«

Naomi lächelte grimmig. »Die anderen.«

»Die Magiebegabten, die nicht Mitglieder des Zirkels sind«, erklärte Jessie, die Ruhe selbst. »Wir alle führen Krieg gegen die vom Zirkel, jetzt gerade, hier in diesem Gebäude. Böse Geschichte, das Ganze.«

Böse, soso. Scheiß auf böse. »Bringen Sie mich rein!«

Silas machte einen Schritt auf sie beide zu. »Ich werd dann …«

Jessie legte ihm eine Hand auf die Brust. Gleich über dem Herzen. Naomi zuckte zusammen, wandte sich ab. Sie wollte nicht länger mitansehen, wie Silas' Gesicht sich veränderte. Gefühle zeigte, ganz ohne jede Hemmung, besonders eines.

Dasselbe Gefühl stand im Gesicht der Hexe.

»Du musst die anderen finden«, verlangte sie ruhig von ihm. »Die als Ketzer Angeklagten und deren Helfer, die Phin hat ausschleusen wollen, sind im Untergeschoss gefangen. Du musst sie da rausholen und in Sicherheit bringen.«

Silas verzog das Gesicht. Er packte Jessie hinten im Nacken, als ob er damit seinen Standpunkt noch klarer machen könnte. »Ich bleibe bei dir«, sagte er rau.

Jessies Lachen war so kehlig wie seine Hand in ihrem Nacken zärtlich. Naomis Schultern verspannten sich.

Silas Smith liebte eine Scheißhexe. Eine *Hexe*, verflucht!

So etwas sei, so schwor die Kirche alle heiligen Eide, nur durch verbotenen Zauber möglich. Aber wenn Silas unter einem Zauberbann stand, schnitte sich Naomi West ihr Missionstattoo aus der Haut und fräße es mit Wonne. Zur Hölle mit dem Scheißkerl!

»Ich bin nicht allein«, sagte Jessie sanft. »Naomi wird mich beschützen.«

Wenn Blicke töten könnten, hätte der Blick, den Silas Naomi zuwarf, sie in ein Häufchen Asche verwandelt, gleich da, wo sie stand. Sie hob das Kinn und begegnete halsstarrig seinem Blick.

Silas seufzte tief. Frustriert. Resigniert. »Sei vorsichtig«, bat er. Flehte darum, zur Hölle mit ihm! »Sonnenschein, du wirst vorsichtig sein, versprich mir das.«

»Das hier ist nicht mein Krieg, klar?« Jessie stellte sich auf die Zehenspitzen und küsste ihn mit wilder Leidenschaft und einem Gefühl, sehr viel sanfter als das. Zärtlichkeit.

Naomi konnte es nicht ertragen hinzuschauen. Unerträglich zu sehen, dass Silas eine Hexe in die Arme zog und so innig küsste.

Jessie streichelte Silas die Wange, löste sich aus dem Kuss und meinte mit einer Kopfbewegung auf das Loch zu: »Nach Ihnen, Miss West!«

Silas ballte die Fäuste. »Ich liebe dich.«

»Und ich habe dich nie leiden können«, gab Naomi zurück. Mit wilder Genugtuung und einer gewissen Erheiterung sah sie, dass er ihr den Mittelfinger zeigte.

Jessie, gleich hinter ihr, lachte. »Ich liebe dich auch«, flüsterte sie ihm zu. »Geh jetzt und tu, was getan werden muss.«

»Dreißig Minuten«, sagte er grimmig. »Dreißig Minuten, verflucht, und keine Sekunde mehr, oder ich komme nach! Hast du mich gehört, West?«

»Hab ich, klar«, murmelte Naomi und stieg in das Loch. Sofort umgab sie die Dunkelheit unter dem Parkdeck. Sie wusste genau, dass alles Weitere nicht so einfach werden würde. Schon jetzt stand sie bis zur Brust in dünnen Rauchschwaden, die wie Geisterschatten jeder ihrer Bewegungen folgten. Der Rauch stach ihr in die Nase und brannte in der Kehle.

Jessie war nach ihr in das Loch gestiegen. Sie musste wie Naomi selbst losgelassen und das letzte Stück gesprungen sein. Dem Aufprallgeräusch nach war sie unmittelbar hinter ihr gelandet. »Gemma braucht Ihre Hilfe zuerst.«

»Wo ist Phin?«

Die Hexe drängte sich an ihr vorbei und schaltete eine Taschenlampe ein, die einen Kegel Licht in die Dunkelheit bohrte. Rankengleich waberten Rauchschwaden durch das Licht. »Gemma zuerst«, wiederholte Jessie.

»Gott verflucht …«

Jessie drehte sich zu ihr um; der Lichtkegel der Taschenlampe stach Naomi ins Gesicht. Sie fluchte, weil sie geblendet nicht sah, wie Jessies Hand vorschoss, um sie vorn am Neopren des Anzugs zu packen.

»Jetzt hören Sie mir mal zu!«, verlangte sie. Ihre Stimme vibrierte vor mühsam unterdrückter Wut und Schmerz. »Fünfzehn Menschen sind tot. Haben Sie das verstanden? Nur acht von ihnen sind im Feuer umgekommen, und der Hexer, den Sie umgebracht haben, Agent West, ist dabei nicht einmal mitgezählt.«

Naomi griff nach dem schmalen Gelenk, das zu der Hand gehörte, die sie gepackt hielt. Aber sie nutzte den Vorteil nicht, den sie hatte. Verdrehte der Hexe nicht das Handgelenk, um die Kleine zu Boden zu schicken.

Vielleicht war es die Leidenschaft in Jessies Stimme.

Vielleicht war es der Aufruhr aus Bedauern und gebündelter Wut, der gleich darunter zu spüren war.

»Ich verstehe«, entgegnete Naomi ruhig. »Und, ja, ich hab's kapiert. Ich erledige Carson schon noch, keine Sorge!«

»Das ist meine geringste Sorge.« Jessie löste die Finger, und Naomi ließ ebenfalls los. »Ich wünschte, Sie wären nicht so schwer von Begriff.«

»Leck mich! Wenn Sie alles wissen …«

»Tu ich nicht.« Jessie drehte sich um und ging den schmalen, niedrigen Tunnel entlang. »Aber was hätte ich wohl von Ihnen zu hören bekommen, wenn ich zu Ihnen gekommen wäre und gesagt hätte: ›He, wenn ich Ihnen eine Gruppe von Menschen zeige und sie als Hexen und Hexer bezeichne, wären Sie dann so freundlich und sperrten sie für mich ein?'«

Naomi öffnete schon den Mund, um etwas zu erwidern, zögerte dann aber. Sie ballte die Fäuste, dass ihr die Nägel in die Handflächen schnitten, und räumte grimmig ein: »Ich hätte jede Menge Fragen gestellt, klar.« Sie runzelte die Stirn. »Jesus Maria. Los, Prinzessin, los weiter, den Gang lang.«

»Sehr witzig, Miss Ishikawa.« Jessies Ton war eher niedergeschlagen als sarkastisch, während der Lichtkegel der Taschenlampe in der verrauchten Dunkelheit hüpfte. »Wer von uns beiden kommt denn wohl näher ran an Prinzessin?«

Naomi schluckte schwer an der Bemerkung. Scheißschicksal.

Schweigend gingen sie weiter, bogen um Ecken und nahmen Abzweigungen, bis Naomi jedes Empfinden für die Richtung, in die sie gingen, verloren hatte und nicht mehr wusste, wo sie waren. Wo sie wohl herauskommen würden. Lange starrte sie nur auf einen blonden Hinterkopf und einen Rücken in salbeigrüner *Zeitlos*-Uniform. Endlich hatte sie genug davon und brach das Schweigen. »Wie zum Geier kommt es, dass Sie sich in diesen Tunneln so gut auskennen?«

Jessies Augen blitzten auf, als sie Naomi einen Blick über die Schulter zuwarf. »Gutes räumliches Sehen.«

»Schwachsinn!«

Die Hexe seufzte auf. »Habt ihr Missionsagenten bei der Sache Peterson eigentlich gar nichts gelernt?«

Naomi knirschte mit den Zähnen. »Offenbar nicht. In seinen Aufzeichnungen stand nichts Ungewöhnliches.«

»Na, da wird der neue Missionsleiter aber einen Mordsspaß gehabt haben«, meinte Jessie ironisch. »Ich weiß, was hier vorgeht, weil ich die Gegenwart sehen kann.«

»Wie … sehen?«

»Die Gegenwart. Ich kann sie sehen«, wiederholte sie. »Alles, was gerade vorgeht, wo auch immer, ganz egal: irgendwo in dieser Stadt, auf dem ganzen Kontinent … ach, Scheiße!«, seufzte sie. »Manche Menschen können die Zukunft vorhersehen, okay? Ich sehe stattdessen, was jetzt gerade irgendwo auf der Welt passiert. Ich muss dafür nicht einmal einen Fuß vor die Tür setzen, wenn ich das nicht möchte. Es ist immer da, hört nie auf.«

»Ach, du meine Fresse!« Eine Hexe mit einer solchen Macht? Naomi fletschte die Zähne.

Hier und jetzt musste sie dieser Hexe vertrauen. War sie, die Hexenjägerin, vielleicht längst von Magiebesessenen umzingelt?

»Psst!« Jessie schaltete die Taschenlampe aus. »Hier irgendwo ist es …« Naomi wartete geduldig in dem ansonsten lichtlosen Tunnel, während ihre Begleiterin mit den Fingern über die glatte Wand fuhr. Irgendwo eine Bewegung, Ritzen, die einen Türrahmen verrieten. Staub wirbelte auf, und Rauch quoll aus den Ritzen.

»Hier.« Jessie zögerte. »Naomi, da stimmt was nicht.«

»Mach' endlich die Scheißtür auf!«

Durch einen Spalt fiel Licht in den Rauch und die Dunkelheit um sie herum. Naomi drängte sich an Jessie vorbei, schob sie zur Seite, warf sich mit ihrem ganzen Gewicht gegen die versteckte

Tür. Sie sprang auf, krachte innen gegen die nächste Wand, prallte zurück und knallte Naomi gegen die Schulter.

Naomi kümmerte das nicht.

Alles, was sie kümmerte, war die kleine Gruppe Menschen, die sie mit großen Augen anstarrten. Sie saßen im Kreis um eine am Boden liegende Frau herum. Zwei hielten Waffen in der Hand.

Überall war Blut.

»Gemma!« Naomi achtete nicht auf die Waffen, scherte sich nicht um das allgemeine Aufkeuchen, die Angst, die Überraschung der Menschen. Dass sie wiedererkannt wurde. »Herr im Himmel, Gemma!«

Zwei Männer waren bewaffnet. Beide trugen *Zeitlos*-Uniformen. Beide machten Anstalten, Naomi davon abzuhalten, an ihnen und den Ausläufern der Blutlache vorbei zu Gemma hinüberzukommen.

Naomi fixierte die beiden, ihr mordlustiger Blick eine wortlose Herausforderung. Der eine der beiden Männer ließ sich beeindrucken und senkte die Waffe. Der andere aber hob sie und zielte auf Naomis Kopf. »Keine Bewegung«, befahl er. »Bitte.«

»Lasst sie …«

Blitzschnell und rücksichtslos packte Naomi die Waffe, drehte sie und verdrehte dem Mann dabei die Finger, dass Gelenke knirschten und Knochen krachten. Knochen verloren immer gegen Metall. Der Typ heulte auf, kreischte panisch, als Naomi jetzt sein Handgelenk packte und ihm auch das verdrehte. Ein Schritt, keinen Lidschlag später, und sie stand unmittelbar vor ihm, jetzt, wo ihm keine Waffe mehr Deckung gab und er ganz damit beschäftigt war, nicht das Gleichgewicht zu verlieren. Die Jägerin rammte dem Mann den Ellenbogen in die Kehle. Sein Schrei ging in einem Gurgeln unter.

Der Mann ging in die Knie und japste nach Luft.

Naomi steckte die erbeutete Waffe in den Bund ihrer Jeans und begegnete Liz' Blick aus zusammengekniffenen Augen. »… hereinkommen«, war die gerade erst mit ihrem Satz fertig. »Das war jetzt wirklich nicht nö…«

»Aus dem Weg, verflucht!«, fauchte Naomi.

Vielleicht war es die zügellose Ungeduld. Oder die tödliche Drohung in ihren Worten, die Naomi abzumildern nicht für notwendig hielt.

Vielleicht waren es auch die wilden Zeichen, die Jessie machte, wie Naomi aus dem Augenwinkel sah.

Liz ging der Jägerin aus dem Weg.

Die Wut, die Naomi verspürt hatte, flackerte noch, ehe sie erstarb. »Gemma.«

Phins Mutter war leichenblass; ihr Gesicht glänzte vor Schweiß, neben Schweißperlen überall auch Blut. Sie lag auf dem Rücken, die Locken klebten ihr an Stirn und Wangen. Ihre Haut war fast durchscheinend, von blauen Adern durchzogen.

Ihre Brust hob und senkte sich angestrengt; ihr Atem ging rasselnd.

Gemma lag in Lillians Armen und starb.

Neben der schmallippigen Liz sank Naomi auf die Knie, streichelte mit der Hand über Gemmas feuchte Wange. »Scheiße!«, war alles, was sie herausbrachte. Alles, was ihr durch den Kopf schoss, während Phins Mutter vor ihr lag und verblutete.

Gemmas papierne Augenlider flatterten. Keuchend hob sie eine blutbefleckte Hand. »Naomi?«

Naomi ergriff die Hand, hielt sie fest umklammert. »Ich bin hier«, sagte sie mit fester Stimme. »Ich bin gleich neben Ihnen. War das Carson?«

»Ist …« Gemma hustete, krümmte sich vor Schmerzen. Naomi wusste, dass die Schmerzen schlimm waren, überall in ihrem Körper. In ihr brannten, sie bei lebendigem Leib auffraßen, ihr alle Energie nahmen. »Ist egal«, stieß sie hervor. »Brauche … dich.«

»Ich bin hier. Wo ist Phin?«

Gemma lächelte matt. Ihre Augen glänzten fiebrig, suchten Naomis Blick. »Ritter auf weißem … Pferd. N…Naomi. Du musst es … auf dich nehmen.«

Um sie herum, Naomi hörte kaum hin, aufgeregtes Aufkeuchen. Erregtes Gemurmel.

Geflüsterte Fragen.

Jessie umrundete den Kreis um Gemma. Auch das nahm Naomi nur vage wahr. Jessie betrachtete sie, betrachtete Gemma, und ihr Gesichtsausdruck erzählte Naomi, was sie bereits wusste.

Gemma war nicht mehr zu helfen. Bauchschuss.

Tränen schnürten Naomi die Kehle zu. »Auf mich nehmen? Was denn?«, fragte sie mit versagender Stimme. »Was kann ich tun?«

»Die Quelle.« Gemmas Finger umklammerten Naomis Hand fester. Sie packte so fest zu, dass ihr ein Stich Schmerz von den zusammengequetschten Fingern den Arm hinaufschoss. »Du bist … die Richtige.«

»Die Richtige?« Naomi schüttelte den Kopf. Die erste Träne lief ihr die Wange hinunter. »Ich will nicht die Richtige sein, für was auch immer. Ich will Sie raus aus diesem Loch haben und hinauf ans …«

Gemmas leises Lachen schnitt ihr das Wort ab. Es war kein bitteres Lachen, nicht das Lachen einer Sterbenden, das gleich versiegen würde. Es war nicht die aufbrausende Wut, die Naomi bei jemandem erwartet hätte, der von einem wahnsinnigen Bastard niedergeschossen worden war.

Es war ein sanftes, freundliches Lachen. Eines, das Naomi wie eine Liebkosung umgab.

Ein süßes Lachen voller Zärtlichkeit.

»Ich weiß, du bist die Richtige«, wisperte Gemma. »Phin … weiß, du bist die Richtige.« Naomi krampfte sich das Herz zusammen. »Nimm die Gabe.«

Naomi riss die Augen auf. »Die was?«

Gemma hingegen schloss die Augen. »Nimm sie; beschütze sie. B … bitte.«

»Naomi.«

Sie sah auf, blickte von der schweißglänzenden, verzerrten Maske aus Anstrengung, zu der Gemmas bleiches Gesicht geworden war, zu Jessie hinüber. Als ihre Blicke sich trafen, erkannte Naomi in den golden schimmernden Augen tiefen Kummer.

»Sie ist eine Hexe.«

Naomis Hände zuckten.

Jessie packte sie bei der Schulter, fest genug, um Spuren ihrer Fingernägel darin zu hinterlassen, hätte Naomi ein beliebiges Kleidungsstück aus Stoff getragen. Es wären Spuren genau in der Schulter gewesen, deren Haut gerade erst über einer tiefen Schusswunde vernarben sollte. »Halt die Klappe, bitte, und hör mir zu! Die Gabe, die Gemma in sich trägt, ist die Gabe zu heilen. Andere, nicht sich.« Die Hexe bückte sich und strich sanft über Gemmas Stirn. »Sie ist der Brunnen der reinen Lebensenergie, Naomi, der Jungbrunnen, wenn du so willst, die Quelle des Lebens.«

»Sie ist eine *Hexe* …«

»Du bist«, fuhr Jessie ihr über den Mund, »die Einzige, die diese Gabe davor bewahren kann, für immer zu versiegen. Nimmst du dieses Geschenk nicht an, stirbt etwas Wunderschönes, etwas Gutes, Hilfreiches, und die Welt verliert mit dieser Gabe noch mehr von ihrer Seele, als sie sowieso schon verloren hat.«

Naomi schauderte es. »Von mir aus kann diese Schlange von Welt ihren eigenen Schwanz fressen und dran krepieren!«

»Es ist Gemmas letzter Wille, Miss West.«

Gemma riss die Augen auf. »Ich kann … ich kann für mich selbst sprechen, danke«, sagte sie. Sie war nur noch ein Schatten ihrer selbst, aber dennoch unüberhörbar Gemma. Sie musste ihre ganze Kraft zusammennehmen, doch mit jedem Wort wurde sie schwächer. Naomi umklammerte Gemmas Hand, als könnte sie es so verhindern.

Als könnte sie Gemma daran hindern, ihr Leben auszuhauchen.

Ach, verflucht, als könnte das verhindern, dass sie mit Gemma auch ihre Fassung verlöre.

Jessies Lächeln blitzte auf. »Verzeihung«, flüsterte sie. »Ich dachte nur …«

»Ich bin bereit. Ich nehme die Gabe.« Naomi mied Jessies Blick. »Gemma, wie kann ich Ihnen helfen?«

»Beug dich … zu mir, mein Kind«, wisperte Gemma. »Und Sie, Cally … oder wie auch immer Sie heißen … Sie wissen, wann wir das Wasser brauchen. Das … warme. Den Wasserfall.«

»Ja, Ma'am«, erwiderte Jessie leise.

Die Menschen in den *Zeitlos*-Uniformen um sie herum wurden unruhig. Auf dem Boden prangte der Bannkreis aus Blut. Jenseits ihrer Gesichter, in denen Verunsicherung, Unglaube, Erregung stand, lagen Michael Rook und Jordana wie ein Haufen willenloser Glieder zusammengesackt beieinander. Sie atmeten, waren aber bewusstlos.

Der Mann, dem Naomi in ihrer Wut den Ellenbogen in die Kehle gerammt hatte, begegnete ihrem Blick, ganz unverfroren. »Die beiden werden nichts davon mitbekommen«, erklärte er heiser und massierte sich den lädierten Hals.

Naomis Haut prickelte. Magie schwängerte die Luft in dem breiten, hohen Flur, in dem Stimmen als Echos von den Wänden hallten. Aber der Andreas-Schild schlief. Warum?

Wie konnte das sein?

Ein Teenager mit olivbrauner Haut legte dem Mann die Hand auf die Schulter. »Entschuldige, Joel«, sagte er. »Ich wusste nicht, dass sie wie ein Mann kämpft.«

Um Joels Mundwinkel zuckte es, aber das Düstere, das seinen Blick beherrschte, blieb.

Gemma zog Naomis Hände an die Brust, ihre Hände kraftloser noch als vorhin. Naomi hatte einen dicken Kloß aus ungeweinten Tränen im Hals und musste schwer schlucken, um ihn loszuwerden. Sie zwang sich, all die Warnungen, die ihr missionstrainiertes Gehirn ihr zuschrie, zu ignorieren, und beugte sich über die sterbende Frau.

Über Phins sterbende Mutter.

Eine Hexe.

Dann ermittelt die Kirche also nicht gegen das Zeitlos?

Phin hat es gewusst. Der verlogene, hinterhältige Scheißkerl *hat es gewusst*.

Und er hatte behauptet, er liebe sie.

Sie spürte Gemmas Hand, kraftlos und blutverschmiert, auf ihrem Hinterkopf. Gemmas Lider flatterten, sie öffnete die Augen. Wunderschöne, schokoladenbraune Augen, von Schmerz verschleiert. Aber dennoch war da dieselbe Entschlossenheit und Konzentration, die Naomi so oft schon in Phins Blick gelesen hatte. »Es tut mir leid«, hauchte Gemma.

Naomi gelang ein schiefes Lächeln. »Ist nicht das erste Mal, dass …«

Die Worte erstarben ihr auf den Lippen, als Gemma ihr Gesicht zu sich herunterzog und ihr einen Kuss auf die Lippen drückte, der Naomi den Atem nahm.

Sie hatte den metallischen Geschmack von Blut auf der Zunge und das Salz von schweißnassen Lippen. Sie schmeckte Pfefferminz, spürte die Wärme von Gemmas Unterlippe und schluckte Überraschung und eine sich plötzliche brechende Welle von Schmerz hinunter, der sich nicht anfühlte, als wäre es ihr eigener.

Die Welt um sie herum explodierte.

Für eine Ewigkeit aus Stille wurde um Naomi herum alles weiß.

KAPITEL 19

Das Knistern des Feuers weckte sie.

Ihr Traum verschwamm zu blassen Bildern. Die unwirkliche Leere, für die sie keinen Namen hatte, verlor sich im Ungewissen, löste sich in tröstliche Behaglichkeit auf. Wärme umgab Naomi, beruhigte ihren Verstand und ihre aufgewühlte Seele.

Sie war zu Hause.

Tief holte sie Atem. Es duftete nach brennendem Kiefernharz. Der wunderbare Duft hüllte sie ein wie ein schlafwarme Decke.

Zum ersten Mal seit Jahren tat Naomi nichts weh. Sie hatte keine Schmerzen. Nichts brannte, nichts pochte, nichts zwickte oder zwackte. Naomi fühlte sich ganz, eins mit sich, friedvoll.

Sie lächelte und öffnete die Augen.

Der Kaminsims aus Mahagoni glänzte im goldenen Feuerschein. Der Lack auf dem Mahagoni war so sorgfältig poliert, dass Naomi sich fast darin spiegeln konnte. Das Feuer im Kamin prasselte fröhlich und anheimelnd und tauchte das Zimmer in warmes Licht.

Auf dem Kaminsims standen keine gerahmten Fotografien. Keine Familienfotos, die hätten erzählen können, wer Naomi war. Aber sie brauchte keine Fotos, um zu wissen, dass sie sicher und geborgen war. Hier konnte ihr nichts zustoßen.

Um sie herum säumten Bücherregale die Wände, die Bände darin streng nach Farben geordnet. Das wertvolle Holz der Regale passte zur Kamineinfassung. Es war ebenso wie dieses auf Hochglanz poliert, obwohl es Reihe um Reihe bunter Buchrücken waren, die den Blick auf sich zogen. Enzyklopädien, neue Bücher, die seit dem Großen Beben gedruckt worden waren, einige wenige seltene und daher wertvolle Bände aus der Zeit davor.

Manche hatten Goldlettern auf dem Buchrücken, die im Feuerschein einladend schimmerten. Diese Bücher liebte Naomi ganz besonders. Weil sie so schön glänzten und so hübsch waren. Andere fielen im dämmrigen Licht kaum auf; sie waren alt und abgegriffen, ihre Rücken mit den Jahren brüchig geworden.

Naomi rieb sich den Schlaf aus den Augen. Die herrlich weiche leichte Decke mit ihren üppigen Mustern rutschte ihr bis zur Taille hinunter, als Naomi sich aufsetzte. Ihren Vater hatte sie noch nie eines dieser herrlichen Bücher lesen sehen. Sie selbst aber holte sich manchmal eines aus dem Regal und blätterte es durch. Manchmal, wenn ihr Vater gerade nicht hinsah, tat sie so, als ob sie die geheimnisvollen Bücher lesen könnte, den Wust aus Bildern und Wörtern tatsächlich verstünde.

Naomi rekelte und streckte sich. Und erstarrte.

Plötzlich zitterte sie am ganzen Leib. Sie berührte ihre Lippen, ihr Gesicht, die weiche Decke in ihrem Schoß.

Es lief ihr kalt den Rücken hinunter.

»Bist du wach?«

Die Stimme schlug in ihrem Schädel ein wie ein Vorschlaghammer, gemacht aus Erinnerungen, die verschüttet gewesen waren, bis sie jetzt hervorgezerrt wurden. Warm, ernst, geduldig, sehr männlich klang diese Stimme. Sie versetzte jede von Naomis Nervenzellen in Aufruhr. Augenblicklich rutschte sie von der Couch herunter, suchte dahinter Deckung. Sie wusste, was sie jetzt erwartete und fürchtete sich davor.

Mochte nicht daran denken vor Furcht und Abscheu.

Tränen überschwemmten ihre Augen. »Daddy.«

Katsu Ishikawa sah nicht von dem Blatt Papier auf, auf das er Zeile um Zeile in seiner gestochen klaren Handschrift warf. Vom Feuer im Kamin floss flackernd goldenes Licht auf sein schmales, eckiges Gesicht und fing sich in seinem schwarzen, streng zurückgekämmten Haar. Seine Augenbrauen bewegten sich auf und ab während er sprach, auf und ab. Naomi liebte diesen Zug.

Auch jetzt bewegten sich seine Augenbrauen. Sie zogen sich über der Nasenwurzel zusammen; eine steile Falte furchte die Stirn zwischen ihnen. »Warum bist du hier?«

Naomi atmete ein, ganz flach, denn es tat weh, so eng war ihr um die Brust. »Ich weiß es nicht.«

»Inakzeptabel.« Ihr Vater leckte sich in einer durch viel Übung geschmeidig gewordenen Bewegung Daumen und Zeigefinger und blätterte die Seite um. Ohne von seinem Brief aufzublicken, sagte er: »Was willst du von mir?«

Zu viel.

Nein. Gerade genug. Naomi ballte die Fäuste. »Jetzt ist es zu spät.«

»Ist es das?«

»Du bist tot!«, fauchte sie.

»Aha.« Immer noch hob er den Blick nicht von dem Brief, den er verfasste. Er unterschrieb die Zeilen mit derselben ordentlichen lesbaren Unterschrift, mit der er alles unterschrieb. Er stand auf, rückte das maßgeschneiderte Jackett seines Anzugs zurecht, in dem er heute wie stets so gut, so vornehm aussah, so distinguiert.

Naomi ging um die Couch herum, wusste, dass sie ihren Vater mit starrem Blick fixierte. Ihre Augen weideten sich an jeder Einzelheit seiner feinen Gesichtszüge, seiner ganzen Gestalt. Alles, was sie sah, war ihr so vertraut.

Die hohen Wangenknochen, scharfkantig, wie aus Stein gemeißelt. Die Linie von Unterkiefer und Kinn, nicht besonders männlich eckig und dennoch perfekt. Seine Nase, gerade und kräftig, ganz wie ihre eigene.

Zur Hälfte ein Abbild ihrer selbst.

»Warum bin ich hier?«, flüsterte sie.

Sorgfältig stieß ihr Vater den Stapel Blätter auf seinem Schreibtisch zusammen, legte sie exakt parallel zur Kante wieder ab. Er zupfte seine Manschetten zurecht, versicherte sich, dass sie genau richtig saßen.

Er war immer ganz genau bei allem, was er tat. Was sein Arbeitszimmer anging, seine Termine, seinen präzise abgesteckten täglichen Zeitplan, seinen Brandy am Abend.

Er sah nicht zu Naomi herüber, während er den Computer herunterfuhr. »Das ist eine ausgezeichnete Frage. Warum sollte ich eine Antwort darauf haben?«

Naomi zuckte zusammen. »Du bist mein Vater.«

»Ach, bin ich das?«

Naomi schnappte nach Luft. Wut köchelte langsam in ihrem Bauch hoch. Kochte sprudelnd. »Du weißt, dass du mein Vater bist.«

»Aber was ist ein Vater, Naomi? Ist es eine Frage der Gene, der Spermienzahl? Ist das alles, was einen Vater ausmacht? Oder ist ein Vater nur eine bloße Erinnerung?«

Immer noch hatte er nicht einen Blick für Naomi. Er hatte nur Augen für das, was er zu tun hatte, während er um den Schreibtisch herumging. Die Teppiche auf dem Boden dämpften Katsu Ishikawas Schritte, während er am Fenster die Vorhänge zuzog.

Naomi schüttelte den Kopf. »Du hast mich aufgezogen.«

»Wie lange denn, Kleines?«

Fünf Jahre lang. Den allgemeinen Gepflogenheiten nach war das nicht sonderlich lang. Naomi hob das Kinn, ihre Kiefer mahlten. »Du hast mich geprägt.«

Die Hand am Vorhang erstarrte. Jetzt, ganz langsam, wandte ihr Vater den Kopf und begegnete ihrem anklagenden Blick.

In seinen Augen stand Bedauern. »Das«, sagte er höflich, freundlich, »tut mir aufrichtig leid. Ich hatte gehofft, dass fünf Jahre zu wenig Zeit wären, um sich an mich zu erinnern.

»Wie bitte?« In einer Geste ohnmächtiger Empörung breitete Naomi die Arme aus. Sie zitterte. Denn es tat schrecklich weh, ihn das sagen zu hören, ohne dass sie hätte benennen können, warum. Ein Stich mitten ins Herz. »Wie kannst du nur so etwas sagen?«

Er wandte den Blick ab. Und mit einem Mal schienen seine Schultern nicht mehr so breit, wie Naomi sie in Erinnerung gehabt hatte. Er nicht mehr so stark. Er schien plötzlich schmaler, dünner. Waren ihre Erinnerungen falsch?

Hatte das jahrelange Leben unter Männern, die robust wie Ziegelmauern gebaut waren, die Erinnerung an ihren Vater verfälscht?

Unaufgeregt zog er die dicke Vorhangkordel aus ihrer Befestigung.

Naomis Wut verwandelte sich in eine Woge aus Angst. »Daddy, nein!«

»Hast du dir jemals etwas so sehr gewünscht«, fragte er, während er die Schnur aufschoss, präzise gleich große Schlingen, immer vom Daumen-Finger-Zwischenraum bis hinunter um den Ellenbogen, jede genau unterarmlang, »dass du dich von nichts hättest aufhalten lassen, um es zu bekommen?«

Naomi schüttelte den Kopf. Weil ihr Tränen aus ohnmächtiger Wut und tiefem Erschrecken die Kehle zuschnürten.

»Schließlich bekommst du es.« Mit gemessenen Schritten durchquerte ihr Vater ein weiteres Mal das Studierzimmer. Er ging an seiner Tochter vorbei, als sei sie nur ein Geist. »Es ist alles, was du dir je erhofft hast, alles, was du dir je erträumt hast und alles, was du … je gefürchtet hast.«

»Nein.«

Seine Stimme sank zu einem Flüstern herab. »Und dennoch erträgst du es. Glücklich. Jeder Tag Folter und Wonne zugleich.«

Naomi streckte die Hand aus, wollte die Schulter ihres Vaters berühren. Aber ihre Hand ging durch ihn hindurch, glitt durch Fleisch wie durch Rauch.

Ihr Vater blieb stehen, wickelte einen Teil der Schlingen der

Seidenkordel wieder ab, wog den Rest in der Hand. »Und dann verlierst du es«, sagte er ruhig. »Es ist fort. Einfach so.«

Naomi floh einige taumelnde Schritte rückwärts, stieß gegen die Sofakante. Sie fiel auf das Sofa. Hilflos. »Daddy, bitte nicht. Bitte, tu das nicht.«

Das Seil glänzte im Feuerschein, als Katsu Ishikawa es hochwarf, hoch herum um einen der freiliegenden Deckenbalken. Das Seil traf, schnurrte darüber hinweg. Eine Leichtigkeit, das geworfene Ende unten zu fangen. »Was hätte ich sonst tun können? Was hatte ich noch? Ich hatte das Gesicht verloren, die Ehre der Familie verspielt. Mein Ruf war ruiniert. Ihre Gläubiger belästigten mich jeden Tag.«

Tränen sammelten sich, glitzerten wie Eiskristalle in Naomis Augen, überschwemmten sie mit bitterer, beißender Trauer. »Du hattest mich!«, brach es aus Naomi hervor. Sie hatte die Arme um den Bauch gelegt, darüber verschränkt, als hätte sie Schmerzen. Es gelang ihr nicht, den Blick abzuwenden. Sie konnte nur zuschauen, wie lange, schlanke Finger sicher und geschickt aus Vorhangschnur eine Schlinge knüpften.

»Sie hat dich gewollt.«

Ruckartig wandte Naomi das Gesicht ab. »Nein, hat sie nicht.«

»Sie ist eine launische Person. Sie wollte dich, um mich zu ärgern. Aber ich wollte nicht, dass sie dich bekommt. Deshalb habe ich dich heimlich weggegeben. Sie hat nur alles andere bekommen.«

»Nein!« Naomi sprang auf, als ihr Vater auf einen Stuhl stieg, den er neben den Schreibtisch gestellt hatte. Das Feuer knisterte und spuckte Funken auf die Steinplatten um dem Kamin.

Der Feuerschein zuckte über das Gesicht ihres Vaters, fing sich in Katsu Ishikawas tot wirkenden Augen, als er an dem Seil zog und seine Festigkeit prüfte.

Zittrig holte Naomi Luft. »Daddy, nicht!«

»Es tut mir leid, Kleines.« Langsam, mechanisch zog Katsu

Ishikawa die Schlinge über seinen Kopf, legte sie sich um den Hals, zog den Knoten zu. »Es gilt das Gesicht zu wahren, die Ehre der Familie zu schützen.«

»Es gilt, *mich* zu schützen!«, rief Naomi in höchster Not. Sie stürzte vor, umfasste seine Taille, wollte es, ihn packen an der Anzugjacke, an was auch immer, ihn aufhalten, und fluchte, als ihre Arme durch ihn hindurchgingen, als wäre er Schall und Rauch. Als er sich nach vorn ins Seil fallen ließ und dem Stuhl einen Tritt versetzte.

Es tat weh. Der Stuhl krachte gegen Naomis Schienbeine, und Naomi taumelte zurück, humpelte, hinkte, während stechender Schmerz sich in ihre Knochen fraß.

Aber sie konnte ihren Vater nicht erreichen, ihn nicht anfassen, ihn nicht stützen.

Sie konnte nichts außer schreien, die aufgestaute Wut herausschreien und das Entsetzen. Ihr Vater schwang wie eine Marionette, deren Fäden durcheinander geraten waren, an dem Seil, tanzte daran einen letzten zuckenden, absurd verdrehten Tanz.

Lange Zeit konnte Naomi nicht atmen. Sich nicht rühren.

Bump, bump. Seine Füße schlugen einen dumpfen Rhythmus gegen die Schreibtischkante.

Naomi sank zu Boden.

Bump, bump.

»Daddy?«

Panik ließ ihr Herz stolpern, und plötzlich überfiel sie heftige Übelkeit.

»Daddy, die Nanny sagt, es gibt jetzt Abendessen.«

Naomi wandte sich um, mit Gliedern aus Blei. Bleiern war auch ihr Blut und deshalb jede ihrer Bewegungen schwerfällig. Das Blei in ihren Adern machte sie starr vor Entsetzen, unfähig etwas zu rufen, das kleine Mädchen zu warnen, das gerade die Tür zum Arbeitszimmer ihres Vaters aufstieß.

Das Haar der Kleinen schimmerte im Feuerschein, war glänzend schwarz wie das ihres Vaters; sie trug es zu zwei Zöpfen gebunden, um jeden ein rosarotes Band. Ihr Rock war ordentlich gebügelt, ihre Bluse mit Rüschen besetzt und winzig wie Puppenkleidung. Sie trug Schnürschühchen in rosarot und weiß und hielt ein kleines Plüschpferd im Arm.

Dieses Pferdchen hatte sie heiß und innig geliebt.

»Daddy?« Ihre Stimme schwankte. Sie trippelte auf ihren kleinen Füßen über den Teppich, und Naomi versuchte verzweifelt, dem Horror ihrer Erinnerung zu entkommen. Diesem Traum zu entkommen, der ihr das Herz zerriss.

Aber sie erwachte nicht. Der Traum entließ sie nicht, er blieb.

Und Naomi streckte die Hand aus, als die Kleine sich auf den Teppich setzte und ihrem Vater dabei zusah, wie er hin und her schwang. Sie strich ihr über das glänzend schwarze Haar.

Der schrille Schrei der Nanny stürzte das ganze Haus ins Chaos.

Naomi zuckte zusammen.

»Es ist nicht deine Schuld.«

Ein Laut, halb ein Lachen, kam aus ihrer Kehle.

»Naomi.« Veilchenblaue Augen suchten ihren Blick. Weit aufgerissene Augen, in denen unvergossene Tränen glänzten. Ihre Kinderstimme, die, es war unheimlich, zugleich auch seltsam erwachsen klang, kam aus dem schön geschwungenen Kindermund. »Es ist nicht deine Schuld.« Eine Kinderhand wollte ihr über die Wange streicheln, durchstieß sie aber wie Luft.

Naomi sprang auf, nur zurück auf die Füße, drehte sich um und schrie. Sie brüllte Wut und Furcht heraus, als sie sich schlagartig dem rot angelaufenen Gesicht ihres Vaters gegenübersah, den blutunterlaufenen, toten Augen. Seine Leiche schwang nur eine Handbreit von ihrem Gesicht entfernt leise hin und her. Hin und her. »Es ist nicht deine Schuld«, röchelte er, während er hin und her schwang. Hin und her.

Das Seil knarzte und ächzte. *Bump, bump.*

»Nein!« Naomi stolperte rückwärts; sie rannte in eine Gestalt, angetan mit teurer Seide und ebenso teurem Parfüm, und glatt durch diese Gestalt hindurch. Spuren geisterhafter Farbe hafteten an ihren Wangen wie klebrige Finger, ein Hauch des Dufts wie ein zarter Schleier auf ihrer Haut, dieses Dufts, der Naomi bis in ihre Träume verfolgt hatte. Sie blieb stehen, schwankte.

In einer duftigen Wolke aus pfirsichfarbener Spitze und cremefarbener Seide drehte Abigail sich zu ihr um und lächelte traurig: »Es war nicht deine Schuld, nie und nimmer.«

Naomi schüttelte den Kopf, immer und immer wieder. Ein schriller, klagender Schrei wollte über ihre Lippen; sie aber biss fest die Zähne zusammen und hielt ihn zurück. Und schließlich brachte sie heraus: »Nein.« Schluchzen, Verstehen erstickte ihre Stimme. »Nein. Es war eure Schuld. Alles. Alles war ganz allein eure Schuld, euer beider Schuld!«

Das Lächeln der Leiche war verzerrt und gespenstisch zugleich. »Es gilt die Ehre der Familie zu schützen.«

»Es gab immer noch so viel, das ich unbedingt haben musste«, sagte Abigail leichthin.

»Und dennoch habt ihr alles verloren«, flüsterte Naomi. Sie wischte sich übers Gesicht, wütend, heftig, um die Tränen von den Wangen zu bekommen, aus den Augen. »Du hast deine Ehre verloren, Daddy, als du dein Kind im Stich gelassen hast, es weggegeben hast, damit eine Tötungsmaschine aus ihm werden konnte. Als du mich zum Werkzeug deiner verdrehten Rache gemacht hast.«

Das Gesicht der Leiche wurde weiß und aderndurchzogen wie Marmor.

Naomi zeigte mit dem Finger auf Abigail, ihre Stimme scharf und anklagend: »Und du, du hast alles verloren. Du hast es weggeworfen in der Hoffnung auf einen wundersamen Jungbrunnen, und jetzt ist es zu spät. Nichts von dir wird bleiben. *Nichts!*«

Geisteraugen starrten sie an. Musterten sie in tödlichem Schweigen.

Die fünf Jahre alte Naomi Ishikawa beobachtete sie vom Boden aus. Ihre Augen brannten vor wacher Konzentration, viel zu viel davon für eine Fünfjährige.

Viel zu viel Wissen.

Viel zu viele ungeweinte Tränen.

Es würden Jahre vergehen, ehe ein Mann den Damm durchbräche, hinter dem die Tränen sich stauten. Es würden Jahrzehnte des Stillstands, der Erstarrung vergehen.

Naomi schluckte schwer und erinnerte sich an das, was sie vergessen hatte. Was sie tief in ihrem Herzen immer gewusst hatte. »Eure Fehler sind nicht meine Schuld«, hauchte sie. »Ihr habt recht. Aber ich kann meine Fehler wiedergutmachen, und verdammt, ich werde sicher nicht die einsame und verkorkste Frau, zu der meine Eltern mich gemacht haben.«

»Oh, Schätzchen …«

»Du musst gehen«, sagte das kleine Mädchen ernst und feierlich mitten in Abigails Lachen hinein, das ihr von den Lippen perlte. »Du musst zurück, ehe es zu spät ist.« Stiefel trampelten durch die Empfangsdiele, Rufe hallten von den Wänden wider, Sirenen durchstachen die geisterhafte Einsamkeit und Stille. Innerhalb weniger Minuten strömten Rettungssanitäter, Polizisten und Hausangestellte herein, in einer Welle aus organisiertem Chaos.

Naomi schüttelte den Kopf. »Aber wie?«

Mit ernstem Gesicht wich das kleine Mädchen mit Naomis Gesicht den Erwachsenen aus, wich vor ihnen zurück bis zur Wand und drückte sich dagegen. Sie sah zu, wie die Leiche ihres Vaters vom Seil geschnitten zu Boden sackte, ein willenloser Haufen Fleisch und Knochen. Das aufgedunsene Gesicht noch einmal in Bewegung, als liefe ein Zucken darüber hinweg. Dann eine starre, geäderte Maske aus Stein.

Tot.

»Ich weiß es nicht«, antwortete die Kleine.

Eine heiße Träne lief Naomi die Wange hinab. Die Kleine blickte sie an. Ihre Augen folgten der Träne, wie sie das Kinn entlanglief und hinabtropfte auf Naomis Hand.

Die Kleine verzog den Mund. »Wie weiß man, wohin man gehört?«

Naomi schloss die Augen. Fest ballte sie die Fäuste, ihre Fingernägel bohrten sich tief in die schwieligen Handballen. Sie setzte alles daran, sich zu erinnern.

Zu vergessen.

Irgendwo tief in ihrem Gedächtnis, in einer verborgenen Nische, begegneten ihr warme braune Augen, Grübchen bei einem Lachen, einem Lächeln. Ein Lächeln, das Naomi zu Herzen ging.

Phin. Dorthin, zu ihm gehörte sie. Zumindest im Hier und Jetzt, zumindest für die Zeit, die es brauchte, um Abschied zu nehmen, einander Lebwohl zu sagen.

Mehr, als sie je für einen anderen Mann, einen anderen Menschen getan hatte.

»Man weiß es einfach«, flüsterte Naomi. Bebend holte sie tief Luft.

Und roch Chlor.

Sie öffnete die Augen. Tränen liefen ihr über die Wangen. Es gab so viel zu bedauern, so viel zu betrauern, was sie viel zu lange verdrängt und aufgestaut hatte. Jetzt aber brach alles aus ihr heraus. Wellen warmen Wassers umspülten sie; blutrot war das Wasser im Becken, ein See aus dampfendem Blut. Naomi schluchzte in die Stille, die keine Worte kannte. Alles war so schwer, so niederdrückend. Alles war so unfair. Sie klammerte sich an Gemmas leblosen Körper, während tiefer Kummer aus einem lange vergessenen Winkel ihrer Seele strömte, weil der Damm gebrochen war, der ihn dort gehalten hatte.

Sie trauerte aus tiefstem Herzen, einem Herzen, das zu haben Naomi lange geleugnet hatte.

Fest legten sich Hände auf ihre Schultern, stützten Naomi, gaben ihr Kraft. »Ich weiß«, murmelte Jessie in Naomis Haar. »Lass es raus. Es ist gut so. Alles wird gut.«

Vielleicht stimmte das. Vielleicht würde es eines Tages tatsächlich so sein.

Eine schrille Rückkopplung zerriss die Stille in akustische Fetzen. Über ihren Köpfen summten Lautsprecher. »Hier spricht Phin Clarke, Carson.«

Seine Stimme zersplitterte zu zigfachen Echos an den Wänden und rüttelte an Naomis Kummer und Trauer. Er klang so ruhig und gefasst, so gelassen.

»Ich weiß, dass Sie noch irgendwo im Gebäude sind. Sie halten unschuldige Menschen als Geiseln fest. Erlauben Sie ihnen das Gebäude zu verlassen, ehe das Feuer weiter um sich greift, und ich geben Ihnen, was Sie verlangen!«

Naomi holte tief, wenn auch zittrig Atem, als Lillian am Beckenrand aufschluchzte.

»Das kommt unerwartet«, meinte Jessie.

Ganz sanft, ganz langsam und tieftraurig ließ Naomi die Frau los, an die sie sich geklammert hatte. Gemma hatte etwas in ihr gesehen, das Naomi selbst nicht erkennen konnte. Sie wusste nicht einmal, was. Vielleicht würde sie es eines Tages erfahren.

Aber sicher nicht heute.

Sie sah zu, wie Gemmas lebloser, bleicher Körper in den blutroten Wellen trieb, als schwebe er. Sie sah zu, wie Lillian mit bebenden Schultern die Arme um den Leichnam ihrer geliebten Frau schlang.

Gemma hatte Wasser immer geliebt. Naomi hatte keine Ahnung, woher sie das wusste; aber sie wusste es. Wasser spendete so viel Trost.

Die Quelle spendete so viel Trost.

Tief in ihrem Herzen schimmerte sie, etwas Urlebendiges. Eine lichte, goldglitzernde Strömung, ein Flüstern. *Wie weiß man, wohin man gehört?*

»Ja, und zwar«, sagte Naomi und stieß einen Laut zwischen Resignation und Frustration aus, »weil Phin Clarke ein Idiot ist. Bring die anderen irgendwohin, wo sie in Sicherheit sind, Jessie. Und ich brauche meine Waffe.«

»Mach ich. Und was wirst du tun?«

Naomi stieg aus dem Becken. Sie bekam eine Gänsehaut bei dem Gedanken, dass sie gerade in Gemmas Blut gebadet hatte, dass es überall auf ihrer Haut war. Sie trug es wie ein Banner, ein Feldzeichen im Krieg. »Ich sehe zu, dass ich den Idioten auftreibe, ehe er es schafft, sich umbringen zu lassen«, grunzte sie.

Eine andere Stimme überschlug sich fast, als sie durch die Halle brüllte: »Nein, das dürfen Sie nicht!«

Naomi drehte sich um. Ganz langsam. Wut schlug tiefe Schneisen in ihr wundes Herz, als sie Agathas Raubvogelblick auffing. Die Frau lag am anderen Ende der Halle, gut gefesselt; ihr bleiches Gesicht zierten eine Reihe Prellungen, und ein dünner Schweißfilm überzog es. Neben ihr blickten Naomi zwei Hexer in stiller Anklage an. Voller Hass.

Resignation. Naomi hatte keine Ahnung, was in den dreien vorging. Es kümmerte sie auch nicht. Sie verengte die Augen zu schmalen Schlitzen. »Na, das werden wir ja sehen.«

»Seien Sie nicht so dumm!«, zischte Agatha und bäumte sich gegen ihre Fesseln auf. »Sie sind die Quelle! Sie können nicht einfach …«

»Ich bin verdammt noch mal hier die Einzige, die diesem ganzen Spuk ein Ende machen kann!«

»Sie selbstsüchtiges …«

»Im Namen des Ordens des Heiligen Dominikus«, schnitt ihr Naomi grimmig das Wort ab, während sie den Colt und dessen Magazin überprüfte, »werdet ihr hiermit als Hexe und Hexer angeklagt und überführt.«

Jessie hinter ihr fluchte, ein scharfer Laut im allgemeinen Gemurmel. Die uralten Worte selbst besaßen keine Macht. Aber

Jahre der Verfolgung verliehen ihnen ein Gewicht aus Furcht, deren in die Nase stechender Geruch jetzt in der Luft hing.

Naomi schwenkte die Trommel des Colts aus, um die Patronenzahl zu prüfen. Agatha wich sämtliche Farbe aus dem Gesicht. Die Trommel war voll. »Bla, bla, bla. Wisst ihr was? Es interessiert mich gar nicht mehr.« Ihr Magen verkrampfte sich, ihre Eingeweide schienen sich zu verknoten. Dennoch zielte Naomi den Lauf entlang und krümmte den Finger am Abzug. Einmal, zweimal. Noch einmal.

Schreien, wilde Rufe, heftige Flüche bildeten zusammen mit dem Dröhnen der Schüsse einen Klangteppich. Jessie spie hinter Naomis Rücken harte, wütende Worte aus. Aber Naomi senkte die Waffe und drehte den drei Magiebesessenen den Rücken zu, noch ehe sie blutüberströmt zusammensackten. Schweigend, einen entschlossenen Zug um den Mund, ging die Jägerin mit langen, geschmeidigen Schritten über die mit Blutspritzern befleckten Steinfliesen.

»He, warten Sie …«

»Lasst sie gehen!« Jessies Stimme fuhr durch das Stimmengewirr wie eine scharfe Klinge. Sie klang entschieden, aber auch erschöpft. »Sie wird den Missionar töten.«

Naomis Lippen verzogen sich zu einem unschönen, ironischen Lächeln. Vier Magiebesessene. Ein Missionar.

Faire Sache.

KAPITEL 20

»Sieh mal einer an, da ist er ja, der Mr. Clarke!« Aus der Sprechanlage kamen schrille, verzerrte Töne, während das Feuer das Leitungssystem rundherum fraß. Es war verdammt heiß, viel zu heiß. Aber Phin war sich sicher, dass er alles wusste, was zu wissen nötig war.

Der Mistkerl hatte niemanden gewarnt, kein Interesse daran. Menschenleben waren ihm völlig egal.

Er hatte die Türen verbarrikadiert und Feuer gelegt. Ein paar Streichhölzer und der richtige Brandbeschleuniger. Phin konnte das Gas immer noch riechen. Ihm stieg auch der widerwärtige Gestank verbrannten Fleisches in die Nase.

Wie ätzende Säure fraß sich der Geruch in Phins Seele.

Er drehte sich um, riss einen Arm übers Gesicht, als Funken über eine Wandverkleidung stoben, die einst mit Seidentapeten verschönt gewesen war.

»Komm raus, Arschloch!«, brüllte Phin, aber das Feuer schluckte seine Stimme. Es dörrte ihm die Kehle aus, versengte sie. Phin konnte nichts tun, *gar nichts*. Ihm blieb nur, sich zur Tunneltür zurückzuziehen.

»Wir sehen uns dann in Ihrem hübschen Gärtchen«, sagte die Stimme über die Sprechanlage, immer noch im Plauderton. Das Feuer leckte an den Ecken der Metallplatte, teilte die Audioübertragung in einzelne unzusammenhängende Silben. »Falls … schnell … retten … vielleicht … Glück.«

Phin schloss nicht einmal mehr die Tür zum Geheimgangsystem hinter sich. Hass beschleunigte seine Schritte, er rannte. Sein Gehirn schaltete auf Automatik, während er sich seinen Weg durch das Netz aus verschlungenen Passagen und Gängen suchte, immer tiefer in das geheime Labyrinth eindrang. Hass und Wut trieben ihn an.

Töte ihn, mach den Weg frei, damit die anderen sich retten können!

Töte ihn, rette deine Mutter!

Töte ihn einfach!

Phin trat die verborgene Tür auf. Sorgfältig versteckte Angeln knirschten und brachen aus der Wand. Holz und Putz splitterte. Brüllend vor Wut stürzte Phin in den Park, der voller Rauch war. »Wo bist du?«

Grau hing beißender Rauch in den Kronen der Bäume über Phin, geisterhafte Tentakeln aus waberndem Qualm, der in den Augen brannte, in Nase und Rachen, bis Phin Blut schmeckte. Rasch drehte er sich einmal um die eigene Achse, versuchte in den Schatten zwischen den Eichen, die seine Mutter so liebte, etwas zu erkennen, in den Rauchschwaden unter der Weide.

Wut dröhnte mit jedem rasenden Herzschlag in seinem Schädel. »Zeig dich, du Feigling!«

Missionaren, daran hätte er denken müssen, wurde nicht beigebracht, fair zu spielen. Carson ließ sich aus einer Baumkrone auf ihn fallen, ein geschmeidiger Schatten, nichts als Beine und Arme, darauf aus zu töten, blitzschnell und präzise.

Viel zu spät stellten sich Phin die Nackenhaare auf; viel zu spät reagierte er, wirbelte herum. Der Aufprall, Carsons ganzes Gewicht auf seinen Schultern, trieb ihm die Luft aus den Lungen. Er ächzte und schlug auf dem Boden auf, rollte sich hin und her, verzweifelt bemüht, den Angreifer abzuschütteln.

Aber Carson klebte auf ihm, bearbeitete sein Gesicht, seine Rippen mit Fäusten wie Hammerschlägen. Schmerz jagte Phin durch alle Knochen, als er mit einer Skulptur aus massiver Bronze kollidierte und Carson seinen Kopf packte und ihn wie einen Gummiball wieder und wieder gegen das raue Metall schlug.

Phin warf sich herum, holte zum Schlag aus. Seine Faust traf auf weiches Fleisch und Knochen, auf Lippen und ein kantiges Kinn. Carson fluchte, stieß eine ganze Serie von Obszönitäten aus, während er neben Phin unsanft zu Boden ging.

Blut hing an Carsons Lippe, als beide Männer gleichzeitig auf die Beine hochkamen und einander gegenüberstanden.

Phin keuchte, hatte Schwierigkeiten bei all dem Rauch durchzuatmen. Angst zu haben machte es auch nicht leichter. »Du«, japste er, »erbärmliches … Arschloch!«

Ganz langsam richtete Carson sich auf. Mit schmutzigen Fingern tastete er die blutende Lippe ab und hob die Schultern in einem unbekümmerten Achselzucken. Im gedämpften Licht glitzerten seine Finger nass von Blut. »Na sieh mal einer an!«, sagte er leise. »Die Hurenbrut kann die Krallen zeigen wie ein Miezekätzchen.«

»Und du, Abschaum, bekommst nichts, gar nichts!«, spie Phin ihm entgegen. Schmerz strahlte von den Rippen in seinen Körper aus, dumpf hüllte er Phins ganze linke Seite ein. Bei jedem Atemholen sah er Sterne. Aber er sollte zur Hölle fahren, ließe er zu, dass der Scheißkerl ihn wanken sähe.

Das Arschloch hatte seine Mutter erschossen.

Hatte versucht, Phins Gäste umbringen.

Hatte alles den Bach runtergehen lassen, wofür Phin sein ganzes Leben lang hart gearbeitet hatte. Hatte alles ruiniert, wofür seine Mütter geschuftet hatten. Hatte ihn ruiniert.

»Dann bist du kleiner Pisser nicht mal die Hälfte von dem wert, was diese Ladys in dir sehen, nicht wahr?« Carson schüttelte den Kopf. Immer noch kopfschüttelnd klaubte er die Waffe vom Boden, die Phin beim Kampf aus dem Hosenbund gerutscht war. »Och, deine Mami krepiert so oder so, richtig? Es ist zu spät, ihr jetzt noch zu helfen. Aber vielleicht kannst du mich ja dazu überreden, die Quelle zu nutzen, um den Rest davor zu bewahren, an Rauchvergiftung zu sterben. Na, was meinst du dazu?«

»Phin!« Naomis Stimme durchdrang den rauchverhangenen Park. Aber der Phin, der aus Hass und Rachsucht gemacht war, beachtete sie nicht.

Beachtete den Rauch nicht, das Feuer, die Schreie, die in seinem Kopf widerhallten, unaufhörlich, immer und immer wieder. *Hilf uns! Rette uns!*

Lass uns nicht sterben!

Liebling, lass nicht zu, dass er bekommt, was er will!

»Meine Mutter ist nicht tot«, knurrte er, ein tiefer Laut, so tief, dass ihn das Brüllen des Feuers praktisch verschluckte.

»Och!« Der Mann grinste. Munter, leichthin. »Klar doch. Ich meine, vielleicht noch nicht ganz. Aber nichts kann sie mehr retten. Nichts, außer du gibst mir die Quelle.« Carson verlagerte sein Gewicht auf das andere Bein und streckte die Hand aus, Phin entgegen. »Dann rette *ich* sie, Jungchen. Ich rette jeden, den zu retten du dir von mir wünschst, okay?«

Nur dass Carson das gar nicht konnte. Phins Augen füllten sich mit Tränen, während er lachte. Lachte, bis das Grinsen von Carsons Gesicht verschwand. Phin lachte, bis er vor unterdrückter Wut bebte. »Du dämlicher Idiot«, sagte er rau, ein vor Trauer gebrochener Mann. »Du hast die einzige Person umgebracht, die wusste, was die Quelle ist.«

Carson ließ die Hand sinken. Er stemmte sie in die Hüfte, stand da und starrte den Boden zu seinen Füßen an. Sein Blick war forschend, nachdenklich, zeigte Bedauern.

Verwirrung. »Na so ein Ärger«, murmelte er. »Dann war ihr Tod wohl ganz und gar nutzlos.«

Phin sah rot. Seine Wut brannte heißer als das Feuer, das überall um ihn herum an den Mauern des Resorts hochleckte. Er nahm den Kopf zwischen die Schultern, brüllte vor Wut und Schmerz und weil ihm das Herz brach. Wie ein Stier, mit voller Wucht, rannte er in den Scheißkerl vor ihm hinein.

Viel zu spät sah Phin Feuerschein sich tückisch in Silber spiegeln. Viel zu spät bemerkte er die beiläufige Bewegung, mit der Carson der Messerklinge einen Winkel gab, bei der jeder Treffer tödlich wäre.

Metall dröhnte. Maschinen hämmerten auf die Notfalltüren aus verstärktem Stahl ein. Man konnte jeden Schlag wie Glockenschläge durch die Lobby hallen hören. Durch den Park. Die metallenen Echos trugen Phins heiseren Schrei davon.

Gebückt schlich Naomi durch den kleinen Park, jeder Muskel, jede Sehne in ungeduldiger Erwartung, eins zu werden, zur Tötungsmaschine zu werden.

Carson versetzte Phin einen Stoß, dass er auf dem Boden landete. Blut glitzerte rot auf der Klinge, die er aus Phins Körper zog. Eine beiläufige schnelle Drehung aus dem Handgelenk, und Naomis Instinkte schrien ihr in allen Tonlagen Warnungen zu. Sie ließ sich fallen und rollte sich zur Seite. Über ihrem Kopf zerschnitt die Klinge die Luft, nur einen Fingerbreit zu hoch, sonst hätte sie ihr einen neuen Scheitel gezogen.

Protestierend verbog sich Stahl, kreischte, als er unter dem Ansturm der Maschinen riss, die die Stadt geschickt hatte, um den stählernen Schutzwall um das Spa niederzureißen. Die Echos prallten von den Wänden ab wie über Bande gespielte Billardkugeln und fügten sich in unheimlicher Harmonie mit Naomis stetigem Herzschlag zusammen. Begleitmusik direkt aus der Hölle.

Tötungsmaschine. Genau das war Joe Carson. Aber Naomi West war besser als er. Sie war besser ausgebildet, besser ausgerüstet für diesen Kampf.

Sie war die bessere Tötungsmaschine.

Sie rollte sich ab, sprang behände auf die Füße, getragen von einer Woge aus Adrenalin und Entschlossenheit. Während Rauch sie in seine lungenverätzenden Arme schloss, stürzte sich Naomi auf den Mann, der alles ruiniert hatte.

Ihr Leben.

Ihr inneres Gleichgewicht.

Ihre verfluchte Fähigkeit, das alles zu ertragen.

Leichtfüßig tänzelte Carson rückwärts, weg von Phin, der leblos zu seinen Füßen lag. Fort von dem Weg, der sich mehr und mehr mit erstickendem Rauch füllte. Carson bereitete sich auf Naomi vor, Missionar auf Missionarin. Seine Augen blitzten vor Erregung. Das Grinsen auf seinem Gesicht war widerlich anzüglich. Mit nur einer Hand blockte er Naomis ersten Schlag ab, eine abrupt geschlagene Gerade mit der Führhand. Er konterte mit einem Aufwärtshaken der freien Linken. Naomi nahm sich nicht einmal die Zeit, das Blut, das sich in ihrem Mund sammelte, auszuspucken.

Mit einer Drehung unterlief sie Carsons Deckung. Den Schwung nahm sie mit und platzierte den Ellenbogen ihres linken Arms in einer Aufwärtsbewegung exakt auf seinem Wangenknochen. Dann, im nächsten Sekundenbruchteil, führte sie den Unterarm in einen Schlag gegen Carsons Kehlkopf. Ihr Knie knallte sie ihm in den Unterleib.

Einmal, zweimal, dreimal.

Stahlnähte platzten, Metallplatten wurden aus ihren Verankerungen gerissen. Tageslicht fiel durch die aufgebrochenen Türen und Fenster. Der Rauch im Park geriet in Bewegung, als er mit dem Versprechen auf frischen Sauerstoff durch die Schneisen gesogen wurde.

Carson taumelte zurück und ließ Naomi in der plötzlichen Erkenntnis los, dass sie ebenso gut ausgebildet war wie er. Sie konnte es in seinen Augen lesen, die mit einem Mal wachsam auf sie blickten. Keine Spur mehr von Erheiterung.

»Genau. Ich bin hier, um dich zu erledigen«, spie sie ihm durch den Rauch entgegen. Der Rauch teilte sich unter einem Regen aus winzigen Bluttröpfchen. Waberte, aber blieb.

Umhüllte die Kämpfenden, nahm ihnen die Luft.

Carson lachte. »Wenn du wüsstest.«

»Wissen? Kein Interesse.« Naomi zog den Colt aus dem Halfter und legte auf Carson an. Es war so selbstverständlich wie atmen. Wie gehen, stehen oder sprechen. »Keine Spielchen, du verfluchter Verräter! Du bist kein Magiebesessener, geschenkt.« Naomi verzog den Mund. »Du bist viel schlimmer!«

Carson erstarrte. Nicht nur sein Grinsen, auch seine lockeren Sprüche vergingen ihm. »Geh niemals nur mit einem Messer bewaffnet zu einer Schießerei!«, sagte er mit einem angedeuteten Kopfschütteln. »Eigentlich weiß ich das.«

»Tja, dumm gelaufen«, erwiderte Naomi, und ihr Finger krümmte sich langsam um den Abzug.

»Warte!« Carson riss die Hände hoch, als könnte er mit den Handflächen wie mit einem Schutzschild die Kugel abfangen, mit der Naomi ihm ein Loch mitten in die Stirn zu pusten gedachte. Davon hatte sie bereits geträumt. Hatte sich vorgestellt, wie die Kugel sein Hirn in Brei verwandeln würde, in eine matschig rotgraue Masse.

Ihr Magen krampfte sich zusammen, sandte Welle um Welle Übelkeit aus, die ihr die Kehle hochkroch.

Naomi zögerte.

»Ich bin nicht auf eigene Faust hier«, sagte Carson rasch. Flehentlich. »Ich hab mir das nicht ausgedacht. Hier gibt es etwas, das mit Magie aufgeladen ist, und ich bin nicht der Einzige, der es in die Finger bekommen will. Es geht um die Quelle des Lebens, sie gibt Leben zurück, heilt alles. Ein Jungbrunnen. Und die Kirche möchte den für sich, unbedingt.«

Naomis Herz setzte aus. Ihr Blut floss mit einem Mal langsamer durch ihre Adern.

»Lass mich gehen, und ich erkläre dir alles«, schlug Carson vor, die Ruhe selbst. Immer noch hielt er die Hände hoch, zeigte, dass er unbewaffnet war, dass seine Hände leer waren – nur noch Blut klebte an ihnen. Phins Blut.

Gemmas Blut.

»Das geht nicht«, sagte Naomi leise. »Das kann ich nicht zulassen.«

Seine Augenlider flatterten, der Blick für den Bruchteil einer Sekunde unstet. »Okay, kapiert, Süße, aber es wäre doch eine Schande, sich die Chance entgehen zu lassen. Ich hab's dir schon gesagt: Ich kann dir Namen nennen. Ich kann dir alle Details der Operation nennen.«

Da hob Naomi die Waffe wieder in die ideale Schussposition. Ihre Finger spannten sich fester um Griff und Abzug.

»Scheiße!« Carsons eine Hand schnellte nach hinten in seinen Rücken, und Naomi zog den Finger am Abzug durch. Rauch wurde aufgestört, in geisterhaften Ranken spritzte er fort von dem ohrenbetäubenden Donnerschlag, den es tat, als Naomi den schweren Colt abfeuerte.

Ein kleiner Fleck erblühte auf Carsons Stirn, ein exakt rundes Loch, das größer wurde. Aufplatzte. Blut spritzte in alle Richtungen. Ein feiner Nebel, Myriaden winzigster Blutstropfen, färbte den vormals grauen Rauch um sie herum plötzlich in den verschiedensten Rottönen.

Joe Carson stierte Naomi an. Verschluckte sich an einem letzten Laut ersterbender Wut und ließ die Waffe fallen, die er aus einem Holster hinten im Hosenbund, gut geschützt in seinem Kreuz, gezogen hatte.

Kein einziges Wort kam über Naomis Lippen. Kein markiger Spruch, keine spitze, bittere oder scharfsinnige Bemerkung. Nichts, was vermocht hätte, das Loch, die Leere in Naomis Herzen zu füllen. Wortlos, jeder Atemzug ein Schluchzen, feuerte sie noch zwei Kugeln in den sterbenden Missionar.

Er sank zusammen. Ganz langsam. Die Knie gaben nach, und er landete mit dem Hintern zuerst in dem künstlichen kleinen See unter der Weide. Blut breitete sich über das Wasser aus, wie blutrote Wolken, die sich zu einem abendlichen Gewitter auftürmten.

Hinter Naomi fiel die Mauer, die Lobby und Park trennte.

Eine Welle Frischluft brach sich am Rücken der Jägerin, umspülte sie mit ihrer Kälte, hüllte sie ein wie eine gegen die Feuershitze schützende Decke aus Eis. Stimmen brüllten Befehle, Stiefelabsätze knallten über den Marmor, hastende Schritte kamen den Weg entlang. Die Kavallerie, die die Stadt ausgeschickt hatte, war endlich da.

Zu spät.

Naomi starrte auf das Blut im Wasser, das die knorrigen Wurzeln der Weide umspülte. Auf die Leiche, die auf dem Wasser trieb, eine harmlose leergeblutete Hülle, so willenlos und nutzlos wie eine zerbrochene Puppe.

Auge um Auge.

Langsam wandte Naomi sich ab. Sie ging den Weg zurück, hob kaum die Füße, plötzlich unendlich erschöpft. Sie erreichte Phin, den die Rettungssanitäter gerade auf eine Trage schnallten. Sie legten ihm einen Druckverband um die verletzte Schulter, riefen sich dabei Dinge zu, die irgendwo in Naomis Verstand widerhallten. Ferne Erinnerungen.

Infusion legen!

Schneid' ihn runter vom Seil!

Phin bewegte sich, schüttelte entschieden den Kopf, als man ihm Fragen stellte, sogar als sich die Trauer mehr und mehr in seine Züge schlich. Sein Mund ein schmaler weißer Strich. Naomi wusste, dass er Schmerzen litt, sie kannte es. Allein mit Willenskraft hielt er den Schmerz zurück und bewahrte die Fassung.

Seine Mutter war tot. Er hatte seine Liebe – oh Gott, wie hatte er so dumm sein können? – einer Frau gestanden, die eine eiskalte Killerin war, und die Welt, wie er sie kannte, verbrannte um ihn herum zu Asche.

Blut war einfach nicht seine Farbe.

Würde es niemals sein, ihm nie stehen, ihm, diesem mutigen, verdammt blöden Idioten.

Und damit war es vorbei. Einfach so, war jetzt alles vorbei. Mit Kugelhagel und Blutvergießen, genau so, wie Naomi immer schon gewusst hatte, dass es enden würde.

Nur war dieses Mal viel zu viel Blut vergossen worden. Überall war Blut. Klebte an ihr. An ihm.

Klebte an jeder Mauer, jeder Gitterstange dieses verfluchten goldenen Käfigs.

Über Hände in Einmalhandschuhen hinweg, die aufgeregt über seinen Körper und die blutige Kleidung huschten, um zu helfen, suchten Phins dunkle Augen Naomis Blick und hielten ihn fest.

Ihr krampfte sich das Herz zusammen, unerträglich der Schmerz, die Seelenqual, als Phins Blick anklagend auf ihr lag. Vorwürfe, Furcht, Schmerz, Entsetzen. Naomi hätte sich echt Sorgen um ihn gemacht, wäre nicht auch Abscheu dabei gewesen.

Phin wäre nicht er selbst gewesen, wäre er ungerührt geblieben.

Naomi lächelte. Sie wusste, wie schief dieses Lächeln geriet, wie tief ironisch es war. Der Härte ihrer Gesichtsmuskeln nach zu urteilen, war es ein enorm angestrengtes Lächeln. Naomi legte zwei Finger an die Lippen und warf Phin einen Luftkuss zu.

Seine Augen wurden zu schmalen Schlitzen.

Wortlos wandte Naomi sich ab und ging davon.

KAPITEL 21

Silas fand sie. Naomi hatte gewusst, dass er nach ihr suchen würde. Und da war er.

Es hatte nicht sonderlich lang gedauert, bis er sie gefunden hatte. Es gab ja nicht viele Orte, an denen Naomi Zuflucht suchte, wo keine Menschenmassen waren. Jedenfalls nicht, wenn sie nicht bereit war, sich in Kunstleder, Metall und Sex zu kleiden, in die Masse der Verzweifelten und Einsamen einzutauchen und sich ihren pulsierenden, lebenshungrigen Rhythmen zu ergeben.

Menschen aber wollte Naomi nicht.

Also saß sie auf dem Dach ihres heruntergekommenen Appartementblocks, tief im Herzen der Stadt, die sie so sehr verabscheute, als die Nacht im Gefolge der abziehenden Unwetterfront und als Vorbote der nächsten anbrach.

Hoch droben, wo die Wolken den Blick auf die Wohn- und Bürotürme der Oberstadt nahmen, flackerte und pulsierte golden ein Lichtschein. Ein feuriger Herzschlag in der Dunkelheit.

Hinter Naomis Rücken knirschte Kies unter Stiefelsohlen. »Der Wind hat sich gelegt. Das Feuer wird nicht auf andere Gebäude überspringen.«

Naomi schwieg, statt zu antworten. Was hätte sie auch sagen sollen? *Das ist gut* schien ihr eine leere Phrase, unaufrichtig. Zu sagen, dass es besser wäre, die ganze Stadt brenne nieder, schien ihr zu … brutal.

»Du hast Agatha und die beiden anderen ausgeschaltet. Wenn es im *Zeitlos* noch mehr Erlöser gegeben haben sollte, sind sie entweder verbrannt oder untergetaucht.«

Naomi starrte auf die schwarze Wand aus himmelhohen, an den Wolken kratzenden Türmen der Stadt und schwieg immer noch.

Silas in ihrem Rücken seufzte.

Silas Smith war ein Mann von unglaublicher Präsenz. Selbst wenn Naomi ihn, seine Schritte, seine Stimme, nicht gehört hätte, hätte sie ihn allein schon daran erkannt, wie viel Druck sie in ihrem Rücken spürte. Silas war groß und breitschultrig und hatte obendrein eine Ausstrahlung, die ihn mit der Intensität elektrischer Ladung umgab.

Selbst nach Jahren der Trennung vergaß eine Jägerin die Partner nicht, mit denen sie ausgebildet worden war. Naomi hatte Seite an Seite mit Silas gewohnt, hatte Seite an Seite mit ihm gelernt; Tag und Nacht waren sie zusammen gewesen. Es war eine seltsame Mischung aus Gefühlen, die in Naomi hochkochte, wenn sie an Silas dachte: Hass, Vorwürfe, unerschütterliche Freundschaft und Fürsorge.

Familie. Silas, Jonas und Eckhart waren alles, was Naomi an Familie je gekannt hatte. Missionsleiter kamen und gingen, Missionare der eigenen Mission wurden versetzt oder fielen in Ausübung ihrer Pflicht; sogar Silas war irgendwann gegangen, war vierzehn Jahre lang fort gewesen. Und dennoch blieb die Bindung zwischen ihnen. Familie eben.

Als Naomi nun Silas' Wärme im Rücken spürte, verspannte sie sich.

Große Hände legten sich auf ihre Schultern. »Hey.«

Naomi erschauerte.

»Du kannst nicht mehr zurück«, meinte er rau. Das war seine Version von ruhig und gelassen.

Naomi hätte fast gelacht. »Zurück«, wiederholte sie beißend. »Zurück wohin? An den Ort, der jetzt lichterloh brennt, oder an den, der stattdessen brennen sollte?«

Silas tätschelte ihr die Schulter. Das war seine Art, Trost zu spenden. In all den gemeinsamen Jahren hatte sie oder ein anderer

Weggefährte nie mehr von ihm bekommen. Naomi brannte die Kehle, kaum dass Silas sie zu trösten versuchte. Die Gewissheit, so viel verloren zu haben, trieb ihr Tränen in die Augen.

Und alles kaputtgemacht zu haben, was sie vielleicht hätte haben können.

Sie war mehr das Kind ihrer Eltern als ihr lieb sein konnte.

»Nai, es gibt einen Ort, wohin du kannst.«

Ihr Schnauben ging in einem fernen Donner unter. Allmählich klatschten erste dicke Tropfen auf Kies und Beton.

Auf Naomis Scheitel.

So war ihr Leben: angepinkelt vom Himmel, den nichts kümmerte, über einer Stadt, die nichts besseres zu tun hatte, als vorzugeben, alles wäre in bester Ordnung.

»Nichts ist in Ordnung«, sagte Naomi laut. Ihr Blick ging hinunter zu der kalten, brünierten Waffe in ihrem Schulterholster.

Kugelhagel und Blutvergießen. Das war das Leben, das sie kannte.

»Phin Clarke ist in Ordnung«, sagte Silas, immer noch mit der barsch und schroff klingenden Stimme, die zeigen sollte, wie ruhig und gelassen er war.

»Phin Clarke ist ein Idiot.« In plötzlich aufwallendem Ärger schüttelte Naomi Silas' Hände ab. »Phin Clarke wäre beinahe draufgegangen, nur weil er keinen Bock hatte, darauf zu …«

»Naomi!«

Sie legte den Kopf in den Nacken und schloss die Augen, als Regentropfen auf ihr Gesicht fielen. »Was willst du, Silas?«

Endlich. Ein Quäntchen Normalität.

Bewegung hinter ihr, neben ihr. Silas setzte sich rücklings neben sie auf die Einfassung aus Beton, die das Dach umgab. Breitbeinig saß er da, die Stiefel fest auf dem Kies. Naomi runzelte die Stirn, sah ihn abwartend an.

In seinen grünen, rauchgrau gesprenkelten Augen stand keinerlei Mitleid. Sein Blick war scharf. Herausfordernd. »Ich möchte, dass du aufhörst, Missionarin zu sein.«

Sie lachte. Bis ihr das Lachen in der Kehle stecken blieb.

Sie wandte das Gesicht ab und versuchte, den Kloß in ihrem Hals herunterzuwürgen. Schmerz, Angst, alles, was sie zu überwältigen drohte.

Ohne die Mission war sie verloren.

Und wenn sie bei der Mission bliebe, war sie ebenso verloren.

Silas beugte sich vor, stützte die Ellenbogen auf die Knie und fuhr fort: »Ich möchte, dass du bei uns mitmachst. Schließ dich uns an!«

»Uns.« Das Wort klang tonlos.

Silas nickte. »Jessie und mir. Und Matilda.«

»Tatsächlich.« Mit einem regennassen Arm wischte sich Naomi die Nase ab. Ein Blitz zuckte durch die dunklen Wolken des Abendhimmels, grelles Gold, das sich mit dem roten Herzschlag aus Feuer verband, das langsam die wunderschöne Hülle des *Zeitlos* verzehrte.

Himmel, das war mal eine Metapher für das Leben, im Allgemeinen und im Besonderen.

»Die Sache ist die«, sagte Silas und verlagerte sein Gewicht. Der Kies knirschte unter den Sohlen seiner schweren Stiefel. Regentropfen spritzten, als sie vom Jeansstoff seiner Kleidung abprallten; Regentropfen fielen aus Silas' Haaren, als er sich mit den Händen hindurchfuhr. »Alle haben immer geglaubt, die Quelle des Lebens wäre ein magisches Objekt. Jetzt stellt sich heraus, es ist ein Mensch.« Er warf ihr ein Lächeln zu, das alles andere als freundlich war.

Naomi kribbelte es in den Fingern nach der Waffe im Halfter.

»Du hast die Wahl. Du kannst dich jetzt sofort absetzen, untertauchen. Wahrscheinlich wird es dir eine ganze Weile gelingen, zu überleben. Aber zwischen den Fronten von Mission und Zirkel der Erlöser wird das ganz sicher nicht leicht.«

»Willst du mir Angst einjagen? Oder drohst du mir?« Und wenn dem so sein sollte, warum zum Henker hatte sie sich noch nicht in Bewegung gesetzt? Warum saß sie noch hier, die Beine im Nichts, wo Silas sie nur einmal kräftig schubsen musste und sie stürzte vom Dach?

Alles wäre mit einem schmierigen Blutfleck auf dem Straßenpflaster ein für alle Mal vorbei.

»Nein, Nai, ich sag dir nur, wie es ist.« Er legte ihr eine Hand auf den Rücken. Nur ein Schubs. Sie versteifte sich. Ihr Puls raste. Aber Silas tat nichts weiter, als seine Hand dorthin zu legen.

Eine Geste der Fürsorge. Eine Geste männlichen Trostes.

»Ob's dir passt oder nicht: Du bist jetzt eine Hexe. Aber du musst nicht allein damit fertigwerden. Es gibt da einen Ort für uns«, erklärte er ruhig, »einen sicheren Ort, eine Zuflucht.«

Naomi schluckte. Sie schloss wieder die Augen und schwieg.

Er nahm die Hand von ihrem Rücken; sofort vermisste sie deren Wärme. Sie spürte sein Seufzen, ebenso wie sie es hörte. »Es gibt jede Menge Fragen, die eine Antwort brauchen, Nai. Jede Menge, was einfach nicht aufgehen will. Zum Beispiel wie der vorherige Missionsleiter ein Hexer sein konnte ...«

Naomi riss die Augen auf. »Was?«

»... und warum die Kirche eine Missionarin auf einen anderen Missionar ansetzt«, fuhr Silas fort, ohne auf Naomis schockierte Reaktion einzugehen. »Warum dieser Missionar behaupten konnte, die Kirche habe ihn geschickt, jemand aus den oberen Etagen in der Hierarchie.«

»Davon hatte ich dir gar nichts erzählt«, warf Naomi ein, ihre Stimme so ruhig wie seine.

»Das war nicht nötig. Nai, was ich damit sagen will ... ach, Mist, ich kann diesen Scheiß einfach nicht besonders gut!« Silas stand auf, wieder knirschte der Kies unter seinen Stiefelsohlen. Er blickte auf Naomi hinunter. »Schau, eigentlich ist alles ganz einfach: Jess und ich, wir könnten jemanden gebrauchen, der uns zur

Hand geht. Wenn du uns nicht helfen willst, okay, auch gut. Aber dann wär's am besten, du setzt deinen Arsch in Bewegung, und zwar jetzt gleich.«

Wieder, ganz sacht, als könnte sie unter dem plötzlichen Gewicht zusammenfahren und in die Tiefe stürzen, legte Silas ihr die Hände auf die Schultern. »Man wird die Sache nie und nimmer ruhen lassen«, sagte er, seine Worte ein düsteres Versprechen.

Naomi kaute auf ihrer Unterlippe herum. Silas wandte sich ab, Schritte, die auf Kies knirschten. Regen tropfte von Naomis Nasenspitze. Mit einer raschen und entschiedenen Bewegung wischte sie sich mit dem Ärmel übers Gesicht. Seufzte. »Silas!«

Er blieb stehen. »Ja?«

Sie wollte nicht verloren sein. Sie schloss die Augen, verschränkte die Finger. Sie saß auf der Betonumrandung des Daches. Sie könnte allem ein Ende setzen, das sie so verabscheute. Der dumpfe Schmerz in ihrem Herzen würde aufhören, schlagartig. Aber bewusster als das war ihr, dass sie nicht verloren sein wollte. Dass sie es leid war, verloren zu sein.

Wäre das der Weg, es zu ändern, vielleicht gar für immer?

Sie leckte sich über die Unterlippe. Dann holte sie tief Luft, ein halbes Schluchzen, und öffnete die Augen. »Ich will nicht mehr töten.«

»Ja.« Aus dem Augenwinkel sah sie eine Hand, die ihr sanft die Schulter tätschelte. »Dacht ich mir.«

Lachen schlug die Tränen in die Flucht, die den Damm schon zu brechen drohten. Naomi lachte hysterisch und erleichtert. Sie streckte die Hand aus, suchte seine, verwebte ihre Finger mit seinen. »Du kriegst auch jeden rum.«

KAPITEL 22

»Naomi, warte!«

Die Tür schlug zu und verschluckte, was Silas' noch rufen wollte. Aber – endlich! – auch das Gewirr aus Stimmen in ihrem Kopf verstummte, das Naomi seit Stunden quälte. Als sie von der Veranda sprang, brachte jede Prellung, jeder Bluterguss und jede Wunde sich schmerzhaft in Erinnerung. Naomi stolperte, fing sich aber sofort wieder und machte, dass sie verdammt noch mal von dem merkwürdigen grünen Haus und seinen noch merkwürdigeren Bewohnern wegkam.

Das war alles Scheiße. Hundekacke, Schweinemist. Jede Art von Dreck, die sich finden ließ. Stand alles zur freien Auswahl.

Komm, mach bei uns mit!, hatte er gesagt. Werd Teil des Teams.

Um dann was zu tun? Sich drei Tage lang den Hintern platt zu sitzen und darüber zu schwadronieren, was man alles *nicht* tun könnte?

Naomi stapfte den felsigen Strand entlang. Mit einem Blick aus zusammengekniffenen Augen saugte sie ihre Umgebung in sich auf. Die Macht der Gewohnheit. Der sichelförmige Fjord, der in den Alten-See-Graben eingebettet war, war überraschend genug gewesen. Die kleine Bucht füllte kristallklares grünes Wasser, die Oberfläche glatt wie ein Spiegel. Der Eingang zu dieser Zuflucht war so geschickt verborgen, dass nicht einmal Naomi ihn hätte finden können.

Silas hatte ihr von der Hexenkunst erzählt – Schutzzauber, nannte er es –, die die Bucht verborgen hielt. Dass Magie am Werk war, würde erklären, warum beim Überfliegen des Grabens noch niemand eine Sichtung bestätigt hatte. Angeblich gab es hier nur nackten Fels und kaum Vegetation. Zum Teufel, Naomi wusste nicht einmal, wie tief in der Verwerfung sie sich befand. Anderthalb Kilometer? Weniger?

Die Bucht war ein geheimer Unterschlupf. Dass es ihn wirklich gab, war an sich schon erstaunlich.

Aber noch größer war die nächste Überraschung gewesen: Silas hatte Naomi die heißen Quellen gezeigt. *Erstaunlich* reichte als Beschreibung dafür nicht einmal mehr aus. *Himmlisch* traf es wahrscheinlich besser. *Paradiesisch*. Ein Bad im Wasser der Thermalquelle war genau das gewesen, was Naomi gebraucht hatte, um sich Blut, Schmutz, Ruß und böse Erinnerungen von der Haut zu waschen. Als Erstes, gleich nach ihrer Ankunft, hatte sich Naomi in das grüne Wasser gelegt und sich einweichen lassen, bis sie Waschfrauenfinger bekommen hatte.

Sich an den ständigen Schwefelgeruch zu gewöhnen war kein Problem.

Sich an ein komplett neues Team – wenn sie es überhaupt so nennen wollte – zu gewöhnen: Das war die eigentliche Herausforderung.

Naomi suchte sich ihren Weg durch dichtes Blätterwerk, durch Palmenhaine und Farnwedel in einer Größe, wie sie sie aus New Seattle nicht kannte. Das wohlriechende Grün klatschte ihr gegen Arme und Beine, gegen Brust und Rücken, wenn Wedel und üppig belaubte Zweige an ihren ursprünglichen Platz zurückschnellten. Alles roch herrlich nach Erde, nach fruchtbarer Üppigkeit, nach Leben. Selbstverständlich war dieser Duft mit einer Schwefelnote unterlegt, die überall in der Mondsichelbucht die Luft schwängerte.

Alles war fremdartig und geheimnisvoll; ganz als ob Naomi in eine andere Welt gelangt wäre. In eine andere Zeit.

In ein anderes Leben.

Eines ohne Phin, wie gehabt.

Der Gedanke traf sie mitten ins Herz. Sie versuchte den Gedanken mit den schweren Stiefeln, mit denen sie durch den schwarzen vulkanischen Sand stapfte, in den Boden zu stampfen. Sie trat so heftig auf, dass sie eine deutlich sichtbare Spur im Sand hinterließ, der man leicht folgen könnte. Es störte sie nicht. Blindlings marschierte sie auf die ferne Steilwand zu, die in den Himmel ragte. Naomi hatte die Fäuste geballt und zitterte vor unterdrückter … ja, was?

Vor Anspannung. Wut. Ungeduld.

Kummer. »Verfluchte Affenscheiße!«

»Na, das ist mir noch nie untergekommen.«

Naomi wirbelte herum; schwarzer Sand spritzte unter ihren Absätzen auf. Ihre Hand zuckte hinauf zur Achsel des unförmigen Pullovers – eine Leihgabe von Silas – und griff ins Leere. Keine Waffe. Keinen Lidschlag später ließ Naomi die Hand wieder sinken.

Aber der Scheißreflex war immer noch da.

Matilda stand in einigen Schritt Entfernung und beobachtete sie, ihr Geschichtsausdruck unergründlich. Eigentlich war sie immer unergründlich. Groß, spindeldürr, mit einem hüftlangen Zopf, der mehr grau als rot war. Naomi hatte keinen blassen Schimmer, wie alt Matilda war. Sechzig?

Siebzig?

Wer zum Teufel konnte das wissen? Sie jedenfalls nicht. Sie wusste nur, dass sie die alte Frau nicht ausstehen konnte. Vermutlich beruhte das Gefühl auf Gegenseitigkeit. »Wo zum Henker kommen Sie denn jetzt her?«

Matildas Lächeln nach war sie die Gelassenheit in Person. Als ob sie die Gewitterwolken nicht aufziehen spürte, die Naomi um Sinn und Verstand brachten. Was absoluter Blödsinn war. »Das hier ist mein Zuhause«, erklärte Matilda nur und steckte die Hände in ihren überdimensionierten Overall. Ihre Gummistiefel waren knatschgelb, gesprenkelt mit schwarzem Lavasand.

Das T-Shirt, das sie heute trug, war alt und fadenscheinig. Echte Baumwolle, selten wie ein Teufel auf der Eisbahn, sofern nicht in die Oberstadt importiert und dort für ein Vermögen verkauft.

Die Frau sammelte Müll aus der Zeit vor dem Großen Beben wie Junkies Nadeln.

»Richtig«, entgegnete Naomi patzig. »Es ist alles Ihres. Ich hab's kapiert. Wären Sie jetzt so freundlich und würden mich allein lassen?«

»Ist es das, was Sie wollen?«

»Ja.« *Nein.*

Sie wollte einen zweiten Versuch. Sie wollte zurück in ihr eigenes Bett, in ihr Büro, in ihr richtiges Team. Sie wollte, dass alles wieder normal wäre. Wollte Ermittlungen durchführen, Spuren nachgehen, die Bösen jagen und umbringen.

Sie wollte sich normal und nicht mehr verrückt fühlen. Sie wollte einen Kerl in ihrem Bett, dessen Lächeln sich warm in seinen Augen widerspiegelte … Nein. Lass das, Naomi West!

Was sie wollte, spielte keine Rolle. Naomi drehte Matilda den Rücken zu, ging ein paar Schritte. Sie blickte über das grüne Wasser. Herbstwinde hatten kaum eine Chance, sich in das tiefe Tal zu verirren. Also brachen sich nur ganz kleine Wellen am Strand. Selbst bei beißender Kälte heizten die heißen Quellen die Luft genug auf, um die hässlichsten Seiten des Wetters abzumildern.

Schritte hinter ihr im Sand.

Naomi versteifte sich.

»Es ist schwer, nicht wahr?«, wagte Matilda den nächsten Versuch. Sie stellte sich neben die ehemalige Jägerin.

Obwohl Naomi der Schädel brummte, vor Müdigkeit und weil es in ihrem Hirn wie von tausend Nadeln kribbelte, konnte sie sich nicht beherrschen und gab einen genervten Laut von sich, halb Schnauben, halb Lachen. »Was? Das Leben?«

»Die richtige Entscheidung zu treffen.«

»Ist doch dasselbe.« Naomi warf der Alten einen Seitenblick

zu. Matilda schüttelte den Kopf. Ihre dunkelbraunen Augen suchten die Felswand jenseits des Wassers ab.

Diese simple, besserwisserische Geste sprengte Naomis Selbstkontrolle wie ein überdehntes Gummiband, das einen beim Zurückflitschen unvorbereitet trifft. Sie fauchte: »Okay, bitte! Offensichtlich haben Sie ja irgendein beschissenes Anliegen. Also los: Spucken Sie's aus, und dann hauen Sie wieder ab!«

Zu ihrer Überraschung grinste die Hexe und wippte auf den Fersen vor und zurück. »Wie kommst du denn darauf?«

Hol's der Teufel, verflucht! »Darum!«, explodierte Naomi. Kaum war das Wort heraus, konnte sie den restlichen Satz auch nicht mehr zurückhalten. »Seit ich hier bin, spielen Sie diesen *Geheimnisvolle-Fremde*-Scheiß. Sie geben auf keine beschissene Frage eine Antwort. Sie sitzen nur da und bohren hier nach und schubsen da ein bisschen, bis alle anderen zu der Entscheidung kommen, die Sie längst getroffen haben.«

Die Hexe schwieg. Ihr Grinsen machte wieder dem gelassen-heiteren Gesichtsausdruck Platz.

Naomi drehte sich auf dem Absatz um und ging ein paar Schritte, machte abrupt kehrt und kam mit großen Schritten zurück, die Fäuste geballt. »Ständig lassen Sie diese idiotischen Bemerkungen darüber fallen, wer oder was ich bin, was ich alles fähig bin zu tun und was es mit dem *Team* auf sich hat, ha! He, das kotzt mich so was von an, Scheiße nochmal!« In einer ruckartigen Bewegung gestikulierte sie in Richtung Haus. »Silas und ich, wir sind es nicht gewohnt, untätig auf unseren Hintern zu hocken. Wir sind Tatmenschen, verdammt! Aber alles, was hier passiert, ist, dass die Welt immer noch ein gottverfluchter Dreckhaufen ist, und wir können einen Furz dagegen tun!«

Matilda wandte ihr das Gesicht zu. Ein ruhiger, abgeklärter Blick traf Naomi. Wissende Augen musterten sie.

Herr im Himmel, immer diese scheißwissenden Augen!

Naomi biss die Zähne zusammen, dass ihre Kiefergelenke

knirschten. »Jessie«, spie sie zwischen den zusammengebissenen Zähnen heraus, »ist der beschissenste aller Gutmenschen auf diesem gottverlassenen Planeten; und wir alle sind immerhin in einer Sache derselben Meinung: Ja, wir müssen *etwas* tun. Die Kirche hat einen Mann losgeschickt, um irgendso ein magisches Scheißteil aufzutreiben, und der Orden und die hiesige Mission haben *mich* losgeschickt, um ihn aufzuhalten. Ein Hexer hat sich zum Missionar gewandelt ... « Mitten im Satz brach Naomi ab, als eine verblasst rote Augenbraue im Gesicht ihres Gegenübers in die Höhe schoss. Mit einem bitteren Lachen fuhr Naomi fort: »Und eine Missionarin zur Hexe. Bei allen Scheißheiligen, Matilda, was zum Teufel sollen wir denn da tun? *Sie* wissen doch alles, also los: Sagen Sie uns, was wir tun sollen!«

Mit knorrigen Fingern rieb sich die alte Hexe bedächtig den Nasenrücken. Einen Augenblick lang war die einzige Antwort, die Naomi erhielt, das Echo ihrer eigenen Worte, das von Felswand zu Felswand geworfen wurde und sich dann irgendwo im wolkenverhangenen grauen Himmel verlor.

Naomi stieß einen Fluch aus und wandte sich ab.

»Naomi.«

Sie blieb stehen, die Schultern eine harte Linie aus Anspannung.

»Wie hast du dich gefühlt?« Als Naomi einen Blick über die Schulter warf, sah sie, dass Matilda mit gerunzelter Stirn wieder hinaus aufs Wasser blickte. Das faltige Gesicht war unergründlich wie eh und je. »Damals, als dein Vater sich umgebracht hat.«

Um Naomis Mund zuckte es. Was hatte sie damals gefühlt? Neben der Trauer, die ihr bis ins Mark ging, und der Wut, dass man sie in ein Waisenhaus geschafft hatte? Sie atmete tief durch. »Ich war erleichtert.«

»Warum?«

Das war leicht. »Weil er nicht mehr mit der Zurückweisung seiner Frau fertigwerden musste. Er musste den Schmerz nicht weiter ertragen. Dieser Schmerz hat ihn umgebracht, lange bevor es ein Seil getan hat.«

»Seiner Frau.« Matilda sagte es freundlich, leichthin. »Nicht deine Mutter, sondern seine Frau.«

»Sie war nie meine Mutter«, erwiderte Naomi tonlos. Sie drehte sich zu der alten Hexe um und begegnete ihr in derselben Haltung wie jedem Gegner. Mit erhobenem Kinn. Mit geballten Fäusten. Mit kühlem, stoischem Blick.

Zur Hölle mit ihr, sollte sie der alten Schachtel erlauben, diesen Schlagabtausch zu gewinnen. Sie hatte zu viel durchgemacht, um sich das gefallen zu lassen. »Selbst als sie noch da war«, setzte sie hinzu. »*Er* hat sie geliebt.« Wie Naomi selbst einmal. Als sie zu klein gewesen war, um zu verstehen, dass das elegante, wunderschöne Wesen, das gelegentlich hereinschneite, so oberflächlich, ungerührt und ungnädig wie ein Spiegelbild war.

»Was ist mit Phin?«

Diese Stimme kam aus ihrem Rücken, jung und weiblich. Und mit genügend sachlichem Biss. Ohne nachschauen zu müssen, wusste Naomi, dass Jessie ihr gefolgt war. Was bedeutete, dass Silas auch nicht weit sein konnte.

Naomi drehte sich also erst gar nicht um, sondern gab zurück: »Was soll mit ihm sein?«

»Wie hast du dich gefühlt, als du ihn verlassen hast?«

Leer. Innerlich hohl. Alles hatte ihr wehgetan. »Ich war erleichtert«, wiederholte sie. Aber selbst in ihren eigenen Ohren klang ihre Stimme unsicher. Wahrheit klang anders. Naomi schüttelte den Kopf und gab die Antwort auf die Frage, die unweigerlich gestellt worden wäre. »Weil alles andere ihn aus seinem Leben herausgerissen hätte. Er hat einen Fehler gemacht; ich habe ihn nicht darauf festgenagelt. Es war nett mit Clarke, wir hatten echt eine gute Zeit, gemessen an den Umständen.« Ihre Stimme verflachte. »Er wollte es, ich wollte es. War nett mit ihm im Bett. Aber das war's dann auch schon.«

Stille senkte sich über das von Felswänden gesäumte Stück Strand. Die Andeutung einer herbstlichen Brise strich über Wasser und Strand, kräuselte Wellen. Weiter oben im schmalen Fjord klang der Wind anders; er rauschte. Sonst gab es nur, seltsam genug, den lautlosen Herzschlag einer lebendigen, wachsenden Vegetation.

Und Naomis eigenen Herzschlag, kräftig und gleichmäßig. Aber gerade jetzt konnte sie darunter noch eine lebenspendende Macht spüren, die ihre eigene Lebendigkeit durchdrang und stützte. Fließend und warm, samtweich, von goldener Ruhe. Die Quelle.

Hexenzauber.

Schließlich seufzte Jessie. »Okay, wie du meinst«, sagte sie in einem Ton, der andeutete, sie ließe es auf sich beruhen – zumindest vorerst. »Damit ist zumindest klar, dass es hier nicht um dich geht.«

Naomi biss sich auf die Zunge, ehe ihr etwas rausrutschte, das sie sicher bedauern würde. Das Silas bedauern würde. So viel immerhin war sie ihm schuldig.

»Jetzt müssen wir nur noch herausfinden, worum es dann geht«, fuhr Jessie fort.

»Und was wir deswegen unternehmen können.« Silas' Stimme grollte in dieser stillen Welt besonders laut. Seine Stimme war schon immer lauter gewesen als nötig und ihm lieb war. Naomi fuhr zusammen, als er seine große Hand auf ihre Schulter legte. »Naomi, ich weiß, es ist hart. Uns alle hat es hierher verschlagen, und uns allen fehlt, was wir gewohnt waren, um uns zu haben. Uns fehlen Orientierungspunkte. Wie Befehle beispielsweise.« Ein Blick über die Schulter bestätigte Naomi, dass seine letzten Worte ein schiefes Grinsen begleitete.

»Wie Jonas beispielsweise«, gab sie widerstrebend zu. »Wir haben nur beschränkten Zugang zu Informationen.«

»Nur das, was ich liefern kann«, meldete Jessie und hockte sich in den Sand, dort, wo die lächerlich kleinen Wellen gegen den Strand anrannten. Sie tauchte die Finger ins Wasser. »Durch mich haben wir vielleicht eine bessere Chance, etwas herauszufinden, als durch jede andere Informationsquelle. Beim Ausspionieren eurer …«, sie brach ab und korrigierte sich, »… der hiesigen Mission hab ich allerdings Probleme. Ich habe keine Vorstellung davon, wo ich nach was zu suchen hätte. Alles, was mir bekannt ist, ist der Besprechungsraum oder das Büro, das Peterson benutzt hat.«

»Missie Parker hat sicher ihre eigene kleine Bude«, murmelte Naomi.

Matilda hörte schweigend zu, die knorrigen Hände tief in den Taschen des Overalls.

»Aber in einem sind wir uns einig«, fuhr Jessie fort, hob den Blick und sah jedem der drei mit goldgesprenkelten braunen Augen ernst ins Gesicht, »wir müssen aktiv werden. Manchmal habe ich ja Glück, und eine Vision taucht auf …«

»So haben wir übrigens vom *Zeitlos* erfahren«, erläuterte Silas.

Jessie nickte. »Aber darauf können wir uns eben nicht verlassen.«

»Es gibt noch mehr zu bedenken«, mischte Matilda sich ein. Naomi bedachte sie mit einem mürrischen Blick und schob ihrerseits die Hände in die Taschen der Jeans, die ihr die Hexe geliehen hatte. »Was die Kirche betrifft, seid ihr zwei, Silas und du, Jessie, tot.« Mit einer Kopfbewegung in Richtung Naomi fuhr sie fort: »Du, aber, meine Liebe, bist eine Geächtete.«

»Was bedeutet«, sagte Silas, scharf im Ton, »auf dich ist ein Kopfgeld ausgesetzt.«

»Und zwar ein ganzer Batzen«, bestätigte Naomi. Sie grinste breit und zeigte blitzend weiße Zähne, als Jessie neugierig den Kopf zur Seite neigte. »Neben Silas war ich immer eine der besten. Was bedeutet, dass Kirche und Orden alle Hebel in Bewegung setzen werden.«

»Du warst besser als ich, Nai.« Silas furchte die Stirn. »Zwar knapp, aber du warst besser.«

Naomi hob die Schultern. Immerhin vermochte das Kompliment, eine Tatsache, so weit zu ihrer Entspannung beizutragen, dass sie besser durchatmen konnte. In einer Sache war sie richtig gut gewesen. Eine verflucht gute Missionarin.

»Lausig in allem anderen«, sagte sie mehr zu sich selbst.

Jessie seufzte tief. »Wir müssen uns unbedingt ein Informationsnetzwerk aufbauen.«

»Wir müssen vor allem einen Ansatzpunkt für unser weiteres Vorgehen finden«, stellte Naomi klar.

»Wir *müssen*«, sagte Matilda, und irgendwie gelang es ihr mit natürlicher Autorität, die Aufmerksamkeit aller zu gewinnen, »Naomi auf Vordermann bringen.«

Sofort brauste Naomi auf. »Ich bin nicht außer For…«

Jessies Gesicht hellte sich auf, als ihr dämmerte, was gemeint war. »Genau!« Sie schnellte hoch, baute sich vor Naomi auf und packte sie an den Oberarmen, gleich oberhalb der Ellenbogen. Auge in Auge standen sich Ex-Hexenjägerin und Hexe gegenüber. »Schau«, sagte Jessie, »es ist so und hör mir jetzt bitte genau zu, okay? Es ist wirklich wichtig.«

Amüsiert sagte Naomi erst einmal nichts, ließ zu, dass die zerbrechlichere, kleinere Frau sie an den Armen gepackt hielt. Teilweise nur deshalb, weil Silas in Reichweite war. Er würde Naomi mächtig den Arsch versohlen, sollte sie auch nur den kleinen Finger gegen seine Frau erheben. Hauptsächlich aber, weil sie Jessies gelegentliche Anfälle, Rückgrat zu zeigen, wirklich lustig fand.

Und beeindruckend.

»Du bist jetzt eine Hexe«, erklärte Jessie langsam und deutlich, jede Silbe einzeln betont. Als ob sie mit einem Kind spräche, was Naomi kein Stück mehr amüsierte. »Und weil du den Waffen abgeschworen hast, musst du zum Ausgleich gut lernen, mit Magie umzugehen.«

»Wenn's ums Kämpfen geht, bin ich immer noch …«, begann Naomi, brach aber ab, als Jessie den Kopf schüttelte.

»Wir, Naomi, sind eine Gruppe, wie sie kleiner nicht sein könnte. Wenn einer von uns draufgeht, nur weil du nicht weißt, wie man die Quelle nutzt, sind wir am Arsch.«

Dagegen wusste Naomi nichts vorzubringen. »Also dann.« Sie schüttelte Jessies Hände ab. Das schmallippige Lächeln, das ihr kam, weil Silas neben ihr sich versteifte, unterdrückte sie. Gleich darauf aber zwang er sich ganz bewusst und für jeden sichtbar, sich wieder zu entspannen. »Ich bin also der Heiler-Dschinn vom Dienst.«

»Nein«, widersprach Matilda, aber Erheiterung tanzte in ihren Augen. »Nah dran, aber trotzdem nein. Ich helfe dir, deine Kontrolle über dich und deine Gabe zu vervollkommnen. Das kann ich ganz freimütig anbieten. Ohne Hintergedanken«, fügte sie trocken hinzu. »Jeder Magiebegabte muss Kontrolle erlernen, egal, um welche Gabe es geht.«

Langsam leckte sich Naomi die Unterlippe. Ihr Blick wanderte von der einen Hexe zum Ex-Hexenjäger zur nächsten Hexe.

Welche Alternativen hatte sie?

Auf der Flucht zu sein, wie Silas es ihr gegenüber schon ganz klar herausgestrichen hatte. Es würde nicht lange gut gehen, auch das hatte Silas bereits gesagt. Zurück in den Orden, zur Mission, wo es unweigerlich dazu käme, dass sie als Hexe enttarnt und anschließend hingerichtet würde.

Auf ihrem Hintern sitzen und gar nichts tun?

Zur Hölle damit – das ganz sicher nicht!

»Okay«, sagte Naomi schließlich und zeigte mit dem Finger auf Jessie. »Aber wenn ich für euch drei den Doktor spielen soll, musst du, Prinzessin, auch mit mir ein paar Trainingsrunden drehen.«

Um Jessies Mundwinkel zuckte es. »Ich bin schon ziemlich gut, was Kontrolle angeht. Aber wenn du unbedingt willst, mach' ich die Trainingsstunden noch mal mit.«

»Ich spreche nicht von Magie-Training«, entgegnete Naomi und wusste, sie klang selbstgefällig. Silas' Gesichtsausdruck wirkte plötzlich seltsam besorgt. »Ich meine Körpertraining, Nahkampf, Selbstverteidigung, Überfalltechniken. Dein Kampfstil ist Klein-Mädchen-Mist, Prinzessin!«

Jessie öffnete schon den Mund für eine Erwiderung, zögerte dann aber.

Silas strich mit seinen Händen zärtlich ihre Arme hinunter und meinte leise: »Du musst das natürlich nicht machen. Aber wie ich schon gesagt habe: Sie ist besser als ich.«

Jessie verengte die Augen zu schmalen Schlitzen, als sie Naomis Blick begegnete. »Einverstanden.«

Immerhin ein Erfolg. Die blonde Prinzessin mit der Schnauze voran auf die Matte zu werfen würde Naomi sicher auf andere Gedanken bringen.

Die einsamen Nächte wären da schon eine andere Nummer. Aber mit ein bisschen Glück wäre sie nach Kontrolltraining in Sachen Magie und ordentlichen Zweikämpfen, die voll in die Knochen gingen, zu müde, um noch etwas anderes zu wollen oder zu tun als schlafen. Traumlos.

»Was fehlt, ist immer noch ein Ansatzpunkt für unser weiteres Vorgehen«, seufzte sie. Aber endlich konnte sie die Hände entspannen und musste sie nicht mehr zu Fäusten ballen. Überhaupt wich die ganze Anspannung. Übrig blieben Leere und Erschöpfung, ein Schmerz, tief in ihrem Herzen, der sie seit den Ereignissen im *Zeitlos* begleitete.

Silas nickte. »Gib mir ein paar Wochen Zeit. Ihr zwei zieht eure Trainingseinheiten durch und bis dahin …«

Jessie schnaubte übertrieben aufgebracht. »Bei dir klingt das, als machten wir einen Häkelkurs!«

»… sehe ich zu, was ich so organisiert bekomme«, sprach Silas unbeirrt weiter, als hätte er ihren Einwand gar nicht gehört. Aber er zog sie in seine Arme. Legte das Kinn auf ihren blonden Scheitel. Er tat es so hingebungsvoll, so voller Zuneigung, dass Naomi sich abwenden musste. Es schnürte ihr die Kehle zu.

»Ah, und wie das?«, fragte Jessie.

»Ich habe da ein paar Ideen. Wird 'ne Weile dauern.«

»Oh-kay«, meinte Naomi und zog die beiden Silben in die Länge. Sie wandte sich wieder Silas zu und zeigte mit dem Finger auf ihn. »Von dir will ich auch etwas, klar?«

»Was immer es ist.« Er sagte es mit solch feierlichem Ernst, dass Naomi die Worte auf der Zunge erstarrten.

Herrgott noch mal, der Kerl wusste sie verdammt gut zu nehmen! Früher einmal Missionar und Missionarin, sie beide. Partner fürs Leben. Allmählich erhellte ein breites, sehr schalkhaftes Grinsen Naomis Gesicht. »Echt, egal was?«

»Ach, leck mich«, murmelte Silas, und Matilda brach in meckerndes Gelächter aus. »Ja«, sagte er, allerdings um einiges vorsichtiger, »egal was.«

»Gut. Ich hab da den Namen von einem Typen, der mir was schuldet. Ich möchte, dass du bei ihm etwas einsammelst, das mir gehört.«

»Ah, und das wäre?«

Mit dem Zeigefinger klopfte sie sich auf die Unterlippe.

Silas' Schultern zuckten, während er herzhaft lachte. »Ah so! Tja, warum nicht? Klar, ich sorg dafür, dass du dir dein ganzes Metall wieder ins Gesicht hängen kannst.«

Sie alle vier grinsten, entspannt, wie Naomi bemerkte.

Vielleicht, ganz vielleicht würde ihr das auch gelingen. Vorausgesetzt, es bliebe ihr genug Zeit dafür.

Vorausgesetzt, die Stadt, die sie fast das Leben gekostete hätte, ließe ihr genug Raum dafür.

Vorausgesetzt, der Mann, der sein Möglichstes getan hatte, sich ihr Herz zu krallen, ließe sie gehen.

»Prima.« Mit einer Kopfbewegung deutete sie auf das grüne Haus jenseits des Strands. »Dann lasst uns gleich loslegen. Je früher wir mit dem ganzen Scheiß durch sind, desto früher können wir zurück auf die Straße und ein paar Leuten in den Arsch treten, richtig?«

»Richtig«, bestätigte Jessie und nahm Silas' Hand. Sie bewegen sich wie eine Person, dachte Naomi, während sie beobachtete, wie die beiden zum Haus hinübergingen. Silas verkürzte seine Schrittlänge, damit Jessie gleichauf blieb. Als sie etwas sagte, neigte er den Kopf zu ihr herunter. Sein Lachen war Lebensfreude pur.

Matilda, die immer noch neben Naomi stand, seufzte. »Liebe, was?«

»Glaub schon.«

Die alte Frau lächelte. Es geriet etwas schief, dieses Lächeln, reuevoll. »Tja.«

Naomi blickte sie an. Kniff die Augen zusammen, als sie Matildas Augen wissend aufleuchten sah. Schon wieder dieser scheißwissende Blick! »Was denn?«

»Ich denke gerade darüber nach, ob ich einen der Schutzzauber aufheben soll, mit dem ich diese Zuflucht belegt habe«, sagte sie im Plauderton, als würde sie über das Wetter reden.

Warum zum Teufel sollte Naomi sich dafür interessieren? Kopfschüttelnd wandte sie sich in Richtung Pfad. Sie hatte keine Zeit und vor allem keine Geduld für diesen Mist.

»Nicht die Zauber natürlich, die uns vor Entdeckung durch fremde Augen schützen«, fuhr Matilda fort und folgte ihr. »Nur den, der dafür sorgt, dass hier in unserer Bucht keine Unaufrichtigkeit unentdeckt ausgesprochen werden kann.«

Keine Unaufrichtigkeit.

Er wollte es, ich wollte es. War nett mit ihm im Bett. Aber das war's dann auch schon.

Wie angewurzelt blieb Naomi stehen. Es geschah so abrupt, so unvorhersehbar, dass sie halb erwartete, die alte Hexe müsste in sie hineinlaufen. Die Alte hatte Naomi offenbar nicht alles erzählt, was zu erzählen wirklich wichtig gewesen wäre. Sie wirbelte herum, hatte wieder die Fäuste geballt, und schnauzte mordlustig: »Halten Sie sich verflucht noch mal aus meinem Leben raus!«

Die alte Frau lächelte traurig. »Das kann ich nicht, mein Kind. Du befindest dich in meinem Zuhause. Du bist ein Teil von all dem ...«, ihre ausholende Geste schloss die üppige Vegetation, die Bucht, die ganz Zuflucht ein, »und aus Gründen, die ich hoffe, eines Tages zu erfahren, bewundert dich Silas aufrichtig.«

Wieder kamen Naomi die Tränen, und sie hatte einen dicken Kloß im Hals. Daher musste sie erst schwer schlucken, ehe sie sagen konnte: »Phin Clarke gehört in die Oberstadt.« Jedes Wort sickerte aus einem Riss mitten in ihrem Herz. Der Riss war da; ihn sich selbst aber einzugestehen wagte sie nicht. »Dort oben ist sein Leben. Dort ist seine Mutter, die um ihre Ehefrau trauert; dort sind seine Freunde. Dort oben ist sein Geld. Er kann sein Resort wieder aufbauen, sein Leben neu beginnen und in Frieden um seine Mutter trauern. Das ist alles, was zählt.«

Matilda nickte. »Ich verstehe. Jedes Wort, auch die, die zwischen den Zeilen stehen, die ungesagt bleiben. Ich respektiere deinen Wunsch, Naomi West, und dringe auch nicht weiter in dich. Eines aber will ich dir noch mit auf den Weg geben.«

»Könnte ich Sie denn irgendwie davon abhalten?«

Matilda lächelte sanft. »Die Zeit wird die Wunde nicht heilen, aber den Schmerz lindern. Ich werde versuchen, deinen Kopf mit anderen Dingen zu beschäftigen.«

Die Tränen drohten Naomi zu überwältigen. Sie deutete ein Nicken an und murmelte: »Danke.«

Matilda ging an ihr vorbei, legte ihr aber im Vorbeigehen kurz die Hand aufs Herz und sagte: »Du solltest mit dir ins Reine kommen. Komm wieder rein zu uns, wenn du so weit bist!«

Die Hexe ging weiter. Naomi blieb zurück und senkte den Blick, der auf den dunklen obsidianartigen Pflasterstein gleich neben ihrem Stiefel fiel. Ein Symbol war in den Stein gemeißelt; Naomi vermutete ein magisches Zeichen für oder gegen irgendetwas.

Aber selbst wenn sie sich mit magischen Symbolen ausgekannt hätte, hätte sie es nicht zu deuten gewusst. Ihre Augen schwammen in Tränen, und Naomi sah alles verschwommen.

Sie war erleichtert.

Phin würde über sie hinwegkommen. Bald schon fände er ein hübsches Ding, das er nach Strich und Faden verwöhnen könnte, eines dieser bewundernswert elfengleichen Geschöpfe mit zarten Händchen und makelloser Haut. Die auf Ledersitze und Champagner standen und deren samtweiche Haut nicht von einer Straßenkarte aus Narben überzogen war.

Vielleicht kehrte er ja auch zu Andy zurück.

Über Naomis Gesicht huschte ein Lächeln. Sie wusste, wie traurig dieses Lächeln war. Mit dem Arm wischte sie sich über das Gesicht, fuhr sich über Augen, Mund und Wangen. Sie sorgte dafür, dass ihr Gesichtsausdruck statt Trauer wieder die gewohnte Entschlossenheit zeigte.

»Also gut«, verkündete sie der Luft vor ihr, während sie sich in Richtung Haus aufmachte, »ein paar Wochen. Und dann, bereit oder nicht, mach ich hier den Abflug, und dann zeig ich's ihnen.«

KAPITEL 23

Hoch droben tobte ein Sturm; Wolken jagten über den Himmel und ballten sich zu Wetterwänden in dräuendem Schwarz und Grau. Blitze zuckten tief drinnen in den Wolkenbergen: gleißend hell die einen, die anderen schauriges Purpurrot, das sich in nachtschwarze Schleier hüllte.

Unwetterfronten wie diese brachten keinen Regen. Es war die besondere Art, in der sich in New Seattle der Winter ankündigte. So kalt, dass man sich den Arsch abfror, und jederzeit bereit, mit Getöse, mit Blitz und Donnerschlag, auf die Stadt herniederzufahren. Aber das Unwetter allein verursachte nicht die gesamte elektrische Ladung, die knisternd in der Luft lag.

Naomi selbst war bis zum Bersten geladen.

Nach siebenundzwanzig Tagen beschissenen Herumsitzens war Naomi wieder im Einsatz. Endlich eine Mission.

Der letzte Monat war hart für die ehemalige Hexenjägerin gewesen, für sie alle vier. Die versteckt liegende Bucht eignete sich hervorragend, um sich die Wunden zu lecken. Alles, was Naomi an Prellungen, Schürfwunden und schwereren Verwundungen abbekommen hatte, hatte heilen können. Aber ein ganzer Monat, in dem sie ständig unter Beobachtung stand und endlos ihre neu erworbenen magischen Fähigkeiten trainierte, ließen Naomi ihre plötzliche Abneigung gegen Mord und Totschlag noch einmal gründlich überdenken.

Jessie und Silas waren krampfhaft bemüht, Tretminen und Fettnäpfchen tunlichst zu umgehen. Ein echter Eiertanz, also eigentlich Fehlanzeige. Die alte Hexe bemühte sich um nichts, schon gar nicht um Einvernehmen. Sie war und blieb, was sie von

Anfang an gewesen war: eine Nervensäge. Ein Wolf hätte sich in einer Gruppe Hütehunde besser aufgehoben gefühlt als Naomi in ihrem neuen sogenannten Team.

Okay, zugegeben – wenn auch nur widerstrebend: Das stimmte nur als Momentaufnahme; an sich wurde das Miteinander ganz allmählich schon besser. Sicher lag das daran, dass Naomi ganz allmählich ihre neue Rolle als Heilerin fand. Ein ironisches Lächeln stahl sich in ihr Gesicht. Heilerin, so 'n Bockmist!

Handlungsspielraum gab es kaum. Und genau das ließ die Vier einander immer wieder an die Kehlen gehen. Es war schwierig zu handeln, wenn es in der Stadt vor Missionaren und Kirchenmännern nur so wimmelte. Wenn das Kopfgeld für Naomi so neu und attraktiv war, dass jeder Kopfgeldjäger, der glaubte, sich und der Welt etwas beweisen zu müssen, nach ihr Ausschau hielt.

Es war Silas, der nach Ablauf dieses langen Monats des Abwartens und Stillsitzens Naomi – und sich und die beiden anderen Frauen – vor einem weiteren Schwall bitterer sarkastischer Überlegungen rettete, dieses Mal zur Eignung der Beschaffenheit von Stricknadeln als Mordwaffen. »Am besten, du besorgst uns etwas zu tun«, hatte er gesagt. »Es wird langsam Zeit, dass wir wieder loslegen. Oder bist du anderer Meinung?«

Scheiße, nein!

Donner schluckte, was die geschäftige Stadt an Geräuschkulisse produzierte, verschluckte das Grundrauschen aus Verkehrslärm, lärmenden Menschen und unablässig sirrender Elektrizität. Naomi stand im Schatten einer Gasse und wartete auf den rechten Moment für ihren nächsten Standortwechsel. Da flackerten die wenigen Lichter, die in dem Mietshaus gegenüber brannten.

Das Licht im gesamten Block flackerte.

Na, war das nicht allerliebst! Die Oberstadt war geradezu gepflastert mit Generatoren und Umspannern. Aber wenn hier die Lichter ausgingen, stünde schlagartig alles still. Stille vielleicht sogar gleich für ein paar Tage.

Einbruch und widerrechtliches Betreten in absoluter Stille war eine ganz dämliche Idee.

Halt dich ja schön bedeckt!, hatte Jessie Naomi eingeschärft. Sich bedeckt halten – genau *das* tat Naomi seit Tagen, und nichts anderes. Es war nicht ihre Schuld, dass ihre und Jessies Vorstellung davon, sich bedeckt zu halten, meilenweit auseinanderlagen.

Jessie gab sich unglaublich viel mehr Mühe dabei.

Das Gras unter Naomis Stiefeln war mit Raureif überzogen. Es knirschte, wenn man darauf trat. Aber es war nicht weiß, sondern bräunlich gefroren. Naomi hinterließ Fußspuren darauf. Aber genau deshalb hatte sie sich dem verabredeten Treffpunkt von dieser Seite her genähert.

Ihr Auftrag war eigentlich einfach. Sie glitt die Stufen des Treppenabsatzes vor dem Eingang hinauf, reckte sich und drehte der trüben Funzel, die seitlich angebracht den Eingangsbereich beleuchtete, die Glühbirne heraus. Es genügte eine rasche Drehung mit der behandschuhten Hand, und das Licht erlosch.

Kaum war Naomi an der Tür, hatte sie auch schon die Appartementnummer erspäht, in dem ihre Kontaktperson auf sie warten sollte. Sie müsste nicht mehr tun als sicherstellen, dass Haus und Wohnung risikolos zu betreten wären, und der Kontaktperson das kleine Päckchen übergeben, das Jessie ihr in den unauffälligen Rucksack gesteckt hatte.

Ganz einfach.

Naomi fühlte sich wie ein Hund, dem man zur Belohnung den Kopf tätschelte, weil er etwas gut gemacht hatte. Aber Naomi würde auch das ertragen. Sie war es verflucht leid, in dem kleinen grünen Haus in der kleinen grünen Bucht mit drei anderen eingesperrt zu sein und auf irgendein Signal zu warten, das irgendwann von irgendwem gegeben würde.

Sie war die Mondsichelbucht unglaublich leid. Gut, Matildas heiße Quellen waren das Paradies auf Erden und wirkten bei Naomis Verletzungen Wunder. Aber trotzdem.

Die Augen wachsam auf der Straße, probierte Naomi hinter ihrem Rücken den Türknauf aus. Er quietschte, ließ sich aber problemlos drehen, und die Tür sprang auf.

Glaubte in dieser Gegend niemand an verschlossene Türen?

Wieder flackerte die Straßenbeleuchtung. Die Laternen gingen aus, gingen wieder an, während die Stadt darum kämpfte, auch die Ebenen der ärmeren Bevölkerungsschichten mit Energie zu versorgen. Beim nächsten Donnerschlag, laut genug, um die Wände aus Holzlatten erbeben zu lassen, schlüpfte Naomi ins Haus und schloss leise die Tür hinter sich.

Der Eingangsbereich glich jedem anderen in der Unterstadt. Schmuddelig, trist. Leben und Alter hatten ihre Spuren hinterlassen.

Naomi schnitt eine Grimasse und fuhr sich mit der Zunge einmal über den Silberring in der Unterlippe. Im Vorbeigehen warf sie jeweils einen Blick auf die entsprechende Nummer an den Wohnungstüren. Naomi bewegte sich flink, geschmeidig, lautlos.

Das Appartement, das als Treffpunkt fungierte, lag am Ende eines kleinen Flurs. Die Farbe, mit der die Nummern auf die Wohnungstüren gemalt waren, blätterte altersgrau davon ab. Das Fenster nach draußen war schon vor so langer Zeit zugenagelt worden, dass der Rost der Nägel den Putz um sie herum verfärbt hatte. Falls Naomi im Notfall durch das Fenster flüchten wollte, würden die Bretter sicher nachgeben, bevor Naomi es täte.

»Ist der Typ vertrauenswürdig?«, hatte sie Silas gefragt. Matilda und Jessie waren gerade dabei gewesen, die nötigen Vorkehrungen zu treffen, damit Naomi aufbrechen konnte.

Den Blick, den er ihr zuwarf, hatte Naomi nicht zu deuten verstanden. Scheißunergründlich. »Wahrscheinlich.«

Naomi ging auf, dass sie das so hingenommen hatte. Das sagte viel über die Rolle aus, die sie in ihrem neuen Leben spielte. Als Missionarin hatte sie immer auf die Verlässlichkeit von Informanten, Kontaktleuten und Mitstreitern vertrauen können. Jeder hatte sich stets zweimal überlegt, sie aufs Kreuz zu legen. Schließlich waren genügend Gerüchte im Umlauf, was die Kirchenjustiz bei Vertrauensbruch verhängte.

Eine Hexe dagegen hatte, was Verlässlichkeit anderer anging, jede Menge zu bedenken. *Wahrscheinlich* war da nur ein anderes Wort für *alternativlos.*

Naomi hielt die Luft an, drückte das Ohr gegen das Türblatt und lauschte angestrengt, während ihre Finger sich am Türrahmen festkrallten. Nichts war zu hören. Nicht einmal Schritte. Volle fünf Minuten blieb Naomi reglos stehen, das Ohr an der Tür, und lauschte.

Alles, was sie hörte, war Donner. Es donnerte immer wieder, eine endlose Kette wilder Donnerschläge. Naomi konnte den Donner bis in ihre Knochen spüren, während über der Stadt das Unwetter wütete.

Falls sich Naomis Kontaktmann bereits in der konspirativen Wohnung befand, war er entweder eingeschlafen oder hatte die Geduld eines Heiligen.

Beim nächsten Donnerschlag, der die Wände zittern ließ, packte Naomi den Türknauf. Der Donner war noch nicht ganz verklungen, da tat es schon den nächsten Schlag. Die Tür ließ sich ebenso problemlos öffnen wie die Haustür – Scheiße noch mal, schon wieder nicht abgeschlossen! Die Tür knarrte in den Angeln, als sie aufschwang, dahinter, ganz plötzlich, die Stille und Dunkelheit eines totalen Zusammenbruchs der Stromversorgung.

Scheißdreck, verfluchter!

Reglos stand Naomi da, hielt die Luft an und wartete darauf, Bewegungen in der Wohnung zu hören. Atemzüge, Schritte, jemanden, der fluchte. Hier und da war durch die Wände, die Decke hindurch zu hören, dass anderswo die Bewohner der Appartements sich tatsächlich rührten. Aber in den rabenschwarzen Räumen vor ihr tat sich nichts.

Wenn sie zuerst Hallo sagte, brächte ihr das gleich eine Kugel ein? Oder flöge vielleicht ein Messer in ihre Richtung?

Kampfbereit glitt Naomi durch die halb offene Tür in die kleine Wohnung hinein. Ihre Augen schmerzten in dem Versuch, die Dunkelheit zu durchdringen, um etwas, irgendetwas zu sehen.

Durch die Fenster fiel bei jedem neuerlichen Aufflammen der Straßenlaternen, ehe sie wieder verloschen, ein kleines bisschen Licht. In diesen kurzen Lichtphasen erkannte Naomi ein Ein-Zimmer-Appartement. Die spärliche Möblierung, ein klappriger Tisch und ein Stuhl, erlaubte ihr, trotz des unregelmäßigen Zuckens des Lichts ohne große Schwierigkeiten den Weg von Wand zu Wand zu finden.

Die gegenüberliegende Wand trumpfte immerhin mit einer Matratze auf, die zur Ecke hin auf dem Boden lag. Auf der Matratze erkannte Naomi ein paar Decken. Die Küche ein kleiner gefliester Bereich mit zwei Oberschränken, einem alten Herd mit zwei Platten und einem kleinen Kühlschrank.

Zwei große Schritte genügten Naomi, um die Wohnung zu durchqueren. Das Grinsen auf ihrem Gesicht war Reaktion auf hochsteigende Erinnerungen, auf Ärger und Bedauern darüber. In Wohnungen wie dieser hatte Naomi West einen viel zu großen Teil ihres Lebens verbracht.

Sie nahm den angeschlagenen Becher vom Tisch und roch daran. Als ihr der erdige Geruch von ganz normalem schwarzem Tee in die Nase stieg, verzog sie das Gesicht.

Dann spürte sie die Wärme des Bechers durch ihre Handschuhe hindurch. Naomi erstarrte.

Hinter ihr knarrte Holz.

Den Becher fallen lassen und herumwirbeln war eins. Er zerschellte gleich neben ihren Füßen auf dem Holzboden, Tee und Scherben spritzten gegen Naomis Stiefel, während sie nach der Waffe griff, die sie nicht mehr trug.

Dass sie zur Seite hechtete, nur weg vom Tisch, weg von der

Gestalt, die im Dunkeln auf sie lauerte, war mehr ihren antrainierten Reflexen zu verdanken als ihrem lahmen Verstand. Der war ins Stottern geraten, als ihre Finger sich nicht um einen Waffengriff hatten schließen können.

Scheiße!

Eine Taschenlampe wurde eingeschaltet; der Lichtkegel durchschnitt die Dunkelheit im Raum und machte Naomi augenblicklich blind und damit verwundbar. Sie fuhr zusammen und riss die Hand vor die Augen, als der Lichtstrahl sie voll im Gesicht traf. »Fahr zur Hölle, he, was soll das? Mir Angst machen, oder was?«

»Ich mag das Lippen-Piercing.«

Ihr Herz hämmerte gegen den Brustkorb.

O Gott! Oh, nein, oh, verfluchte Scheiße!

Seine Stimme war wie ein Messerschnitt, wie eine Peitsche, die ihr die Haut aufriss, so tief ins Fleisch ging, dass Blut floss. Aber es war das Herz, das ihr blutete. Wieder. Diese Stimme. So leichthin, so beiläufig der Ton, so … Scheiß-*Phin*-mäßig!

Naomi schloss die Augen. Holte tief Luft.

Und warf sich Phin an den Hals.

Die Taschenlampe klapperte zu Boden.

Naomi war es egal. Die Kälte in der Wohnung war egal, der Donner, der Blitz, der die Szenerie einen Herzschlag lang einfror, als sei alles aus Perlmutt. Alles, was sie interessierte, war Phin, sein Pullover unter ihren Händen, seine Lippen auf ihrem Mund, seine Haut, seine Hände, jeder seiner Finger. Er packte sie; seine Finger kämpften mit ihrer Jacke, während sie atemlos versuchte nach der Luft zu ringen, die ihr wegblieb.

Irgendwie gelang es Phin, den Reißverschluss ihrer Jacke zu öffnen. Die Verschnürung ihres stylishen Möchtegern-Korsetts über dem Langarm-Shirt. Schälte Naomi, Sekunden danach, aus dem Hemd. Irgendwie zog sie ihm währenddessen den Pullover über den Kopf. Es war, als bewegten sie beide sich in einem bizarren, getriebenen Tanz über die nackten Bodendielen.

Naomis Lippen verschmolzen mit Phins. Sie küsste ihn mit all der Leidenschaft für ihn, die sie geglaubt hatte, in einem Monat ohne ihn vergessen zu haben. Mit der Kraft aufgestauten Begehrens, mit der Kraft all der Dinge, die sie nie hatte zugeben wollen. Er zog und schob sie, kaum gezügelte Erwartung, hin zu der Matratze in der Ecke, gleich an der Wand, führte sie in ihrem Pas de deux. Phin nahm Naomis Gesicht in die Hände, stieß mit der Zunge in die Wärme ihres Mundes vor und beanspruchte, was er erkundete, für sich. Er verlangte Tribut von ihr, ihr Keuchen, ihr atemloses Ringen nach Luft.

Er sog ihre kehligen, abgehackten Laute wilder Lust ein. Da waren so viele Emotionen – Wut darunter, Begehren, klar. Die meisten aber wusste Naomi nicht zu benennen, schon gar nicht, sie sich einzugestehen.

Und dann, endlich, rieb sich nackte Haut an nackter Haut. Nackt bebten sie vor Erregung, im Rhythmus von Blitzen und grollendem Donner. Sie ließen sich auf die Matratze fallen, seine muskulöse Brust das Fleisch, an das Naomis Brüste brandeten. Sie schlang ihm die langen, schlanken Beine um die Taille und half ihm, ihren feuchten Schoß zu finden, der ihn erregt willkommen hieß, jeder Fingerbreit von ihr jeden Fingerbreit von ihm.

Phin küsste ihre Unterlippe; seine Zunge spielte mit dem Piercing, wanderte zu ihrem Kinn, ihren Hals entlang zur Kehle, hinunter in die Halsgrube. Dort verweilte seine Zungenspitze, während er tief in Naomi hineinstieß. Seine Lippen, seine Zunge, seine Hände, seine erregte Männlichkeit streichelten alles, was samtweich an Naomi war, taten es auf diese vollkommene Art, die nur Phin Clarke kannte.

Auf diese vollkommene Art, nach der ihr von ihm verlangte.

Von ihm und nur von ihm. So war das, und so würde es immer bleiben.

Naomi bog den Rücken durch. Ein dünner Schweißfilm ließ ihre Haut glänzen, verführerisch glitzern im Licht der Blitze. Sie keuchte und schrie, wieder und wieder, bewegte sich im selben Rhythmus, in dem Phin in sie stieß. Mit den Fingern fuhr sie ihm durchs Haar, zog seinen Kopf an ihre Brüste. Drängte ihn zu mehr. Verlangte mehr.

Sie brauchte alles, was er geben konnte.

Die Federkernmatratze quietschte unter ihnen. Das Ächzen der alten Federn war die rhythmische Untermalung für die Flut, die in Phin, in Naomi, anstieg, bereit, alle Dämme zu brechen. Es drohte ihr den Brustkorb zu sprengen, den Unterleib, bis die Flutwelle endlich überall war. Wie sturmgepeitscht jagte sie unter Naomis Haut dahin, rauschte ihr in den Ohren und nahm ihr den Atem. Phin drang in Naomi ein, fand mit langen, kraftvollen Stößen das für sie und ihn perfekte Gleichmaß aus Vorstoß und Rückzug. Er hielt sie in den Händen, ihre Schenkel, ihren Po, ihre Brüste. Seine Lippen kosteten vom Duft ihrer Haut, und Naomis Lust steigerte sich, gierte nach dem Höhepunkt.

Phins starke Hände umspannten Naomis Hüften. Sie konnte sich hineinfallen lassen, aber Phin zog sich zurück, hielt inne für einen Moment. Mit bebender, heiserer Stimme flüsterte er: »Ich liebe dich immer noch.«

In einem tiefen Seufzer schöpfte Naomi Atem.

Tief drang Phin in sie ein, hielt sie fest, die Hände auf ihren Hüften, kein Entkommen, während die heranrollende Flutwelle sich in ihr brach. Welle auf Welle pulsierte in ihr, Hitze wie flüssige Lava unter ihrer Haut floss sich über sie hinweg. Jede Faser ihres Körpers, jeder Muskel zitterte, zu straff gespannte Saiten, um endlich, ein qualvolles Vergnügen, sich in Schaudern der Lust zu lösen, das Naomi atemlos machte und in einem wilden Schrei gipfelte.

Auch Phin kam, die Finger wie Ankerkrallen in Naomis Hüften geschlagen. Seine Augen waren dunkel; längst vergangener Blitzschlag glitzerte wie ein fernes Echo in ihnen. Er hatte nur Augen für Naomi, trank sich an ihrem Anblick satt.

Sie versuchte zu Atem zu kommen. Phin ließ sie und sich auf die Matratze sinken, ganz langsam, und stützte sich neben Naomis Schultern auf den Laken ab, damit er nicht mit seinem ganzen Gewicht auf ihr läge. Verwirrung, der Nachhall süßer Lust, warm und feucht, und Angst verhedderten sich in Naomi zu einem unlösbaren Knoten. Ihr Verstand vermochte ihn nicht zu durchschlagen, nicht jetzt.

Sie schloss die Augen und versuchte ihren Atem zu beruhigen.

Sein Körper lastete auf ihr, schwer, ja, aber auch warm und mit dem Versprechen von Sicherheit, Geborgenheit. Naomi konnte seinen Herzschlag spüren: rasend schnell.

Sie konnte seinen Atem spüren, der ihr Schulter und Hals liebkoste.

Sie konnte seinen Finger spüren, mit dem er ihre Unterlippe nachfuhr. »Lass das.«

Sie konnte nicht anders, sie musste grinsen. »Was denn?«

»Dir Gedanken zu machen.« Er zeichnete ihren ganzen Mund nach, ihren Nasenrücken, die vollkommen verheilte Wunde dort. Ihre Wangenknochen. Er strich ihr das Haar aus dem Gesicht, Strähnen in intensivem Violett, die sich mit vorn kürzer gehaltenen schwarzen Strähnen verwoben. »Wenn du es nicht sein lässt, redest du es dir nämlich noch aus.«

Die Wortwahl wischte ihr das Lächeln vom Gesicht. »Es.«

»Lass mich nicht noch einmal von vorn anfangen. Das mache ich dann nämlich«, warnte er sie. »Wenn es darum geht, jemanden fürs Team zu gewinnen, gehe ich die Herausforderung immer direkt an!«

Naomi riss die Augen auf, nur um sie gleich darauf wieder zu schmalen Schlitzen zu verengen, aus denen sie Phin anfunkelte. »Zur Hölle damit.« Wut brachte ihrem Hirn, das sich immer noch durch den Nebel aus nachorgastischer Mattigkeit kämpfte, die Energie, endlich wieder ihren Verstand hochzufahren. Naomi schubste Phin von sich herunter. Er legte sich auf die Seite, stemmte sich auf einem Ellenbogen hoch, um Naomi im Blick zu behalten. Sie setzte sich auf und vermied es ihn anzusehen. Herrlich nackt lag er auf der Matratze ausgestreckt da, während Straßenbeleuchtung und Blitze seinen männlich schönen Körper einmal in gedämpftes Gold, dann wieder in verschiedene grelle Weißtöne tauchten.

Phin, sein Körper, dieser Anblick war zu viel für Naomi. Zu attraktiv, zu verführerisch, zu nackt, zu ... selbstsicher.

Außerdem lag Phin auch noch auf der Decke.

Während Naomi von der Matratze herunterrutschte und aufstand, fluchte sie leise vor sich hin. Barfuß tapste sie über den Fußboden. Sie war schon halb bei der Taschenlampe, ehe sie so weit war, Phin etwas zu erwidern. Einige ziemlich hitzige Anschuldigungen lagen ihr bereits auf der Zunge. »Du hast vielleicht Nerven.«

Phin, immer noch auf dem rechten Ellenbogen, stützte den Kopf in die Hand und maß Naomi mit einem Blick, den er träge über ihren nackten Körper wandern ließ. Von der Kehle hinunter zu den Brüsten. Ihre Nippel stellten sich unter diesem Blick auf, einem leidenschaftlichen, begehrlichen Blick. Von den Brüsten an den Rippen entlang. In dem bemühten, aber nicht sonderlich erfolgreichen Versuch, sich den Anschein von cooler Beherrschtheit zu geben.

Hinunter zu Naomis Hüften. Zu der schwarzen Tätowierung gleich über dem schwarzen Haar auf Naomis Venushügel.

Naomi ballte die Fäuste. »Wirklich, Nerven hast du«, wiederholte sie tonlos. »Phin, was hast du hier zu suchen?«

»Ich liebe dich.« Sein Blick zuckte hoch zu ihrem Gesicht, bohrte sich in ihren. Viel zu unbewegt, sich seiner Sache verflucht zu sicher. »Und ja, ich werde diese drei Worte wiederholen, bis sie endlich bis in deinen Dickschädel durchdringen. Ich liebe dich, Naomi.«

Sie schüttelte den Kopf. »Du kennst mich doch überhaupt ni…«

»In einem Kleid siehst du fantastisch aus«, unterbrach Phin sie im Plauderton. Doch jedes Wort war ein Stachel in ihrem Fleisch. Er bewegte sich, kam hoch auf die Knie, sah auf der Matratze, wie er so kniete, so großartig aus wie ein Gott auf einem Standbildsockel. Naomi hatte den nächsten Riesenkloß im Hals.

»Das war doch nur …«

Phin grinste. Ebenmäßige Zähne blitzten im Halbdunkel der kleinen Wohnung auf. »In diesem hochgeschlossenen Kunstleder-Aufzug, den du getragen hast, als du hereingekommen bist, hast du auch ganz hübsch ausgesehen. Aber jetzt siehst du absolut hinreißend aus.«

Sie verschränkte die Arme vor der Brust und wusste, dass es als Geste eher lächerlich wirkte. Schließlich war sie nackt.

Ebenso wie er.

In ihrem Unterleib erwachte feucht und pulsierend Begehren zu neuem Leben. Wieder. Immer noch.

»Du kannst Massagen nicht ausstehen«, fuhr Phin fort, sein Tonfall immer noch beiläufig, fest, »aber meine haben dir gefallen.«

Naomi spürte es: Hitze stieg in ihre Wangen, ihre Ohren glühten, und auch die Haut auf ihrem Dekolleté, Herrgott noch mal, rötete sich.

Phin stemmte die Hände in die Hüften, sein Grinsen wurde breiter; die Grübchen, die Naomi an ihm so mochte, zeigten sich. Erinnerten sie an Liebemachen und Lust. Sie schluckte schwer. »Fürsorglichkeit kannst du nicht ausstehen, viel Wirbel um dich, deine Person, auch nicht. Aber um das, was du anziehst, machst du gern einen Riesenwirbel. Du magst keinen Tee …«

Naomi bekam große Augen. »Woher zum Geier weißt du das?«

»Du hast nie den Tee getrunken, den wir zu den Mahlzeiten zu dir in die Suite hochgeschickt haben«, antwortete Phin, und seine

Augen blitzten. »Aber du magst Kaffee. Schwarz, keine Milch, kein Zucker.«

Unwirsch warf Naomi die Arme hoch. Als wolle sie mit dieser ungestümen Geste Phin seine eigenen Worte entgegenschleudern. »Na und, was heißt das schon? Wie soll das denn …«

»Da, schon wieder – du machst dir Gedanken!«, seufzte Phin und streckte eine Hand nach ihr aus. Eine ganz einfache Geste. Eine Hand, einfach so, ruhig ausgestreckt. Abwartend, die Handfläche zeigte nach oben. Eine einfache Geste, und doch so viele Versprechen. »Komm her.«

Naomi starrte die Hand an.

»Keine Sorge, ich beiße ni… Nein, warte!«, berichtigte er sich. »Möglicherweise, sogar sehr wahrscheinlich beiße ich doch. Das ist doch kein Problem, oder?«

»Du bist nackt.«

Lachen hellte seine Gesichtszüge auf. Aus Naomis wunderschönem Gott im Dämmerlicht wurde ein sterbliches Wesen, sehr männlich. Erreichbar. Sehr real.

Sehr Phin.

»Du doch auch«, bemerkte er und wartete. Er tat einfach nur das: warten.

Auf sie.

Naomi ballte die Fäuste, entspannte die Hände wieder. Bewegte die Finger, ballte noch einmal die Fäuste. Ihr Herz schlug ihr bis zum Hals; das Blut rauschte ihr in den Ohren, viel zu laut, unmöglich es zu ignorieren. Aber Angst schnürte ihr die Kehle zu.

Bedauern sorgte dafür, dass sich ihre Augen mit Tränen füllten.

Phins Hand bebte. »Naomi …«

»Es tut mir so leid.«

Mit jeder Faser seines Körpers wollte Phin nichts anderes als zu Naomi. Er wollte von der Matratze rutschen und den Raum durchqueren. Er wollte Naomi in die Arme nehmen und sie zurück zu dem improvisierten Bett tragen. Er wollte die Entscheidung für sie treffen.

Aber das durfte er nicht.

Er hätte seinem Impuls folgen können, hätte es ihr leicht gemacht, ihr den schrecklichen Konflikt erspart, den sie gerade mit sich selbst austrug und der in ihren Augen zu lesen war. Aber dann hätte er nie mit Sicherheit gewusst, wie sie selbst sich entschieden hätte.

Ob sie wohl dieselbe Wahl getroffen hätte.

Oder nur er so für sie entschieden hatte.

Es tut mir so leid.

Angst fraß sich in sein Herz und krampfte ihm die Brust zusammen.

»Was tut dir leid?« Es kostete ihn einiges, seine Stimme ruhig und gefasst klingen zu lassen. Seine Hand ausgestreckt zu lassen. Zu warten. Alles, was Naomi tun musste, war ein paar Schritt auf ihn zuzukommen und seine Hand zu nehmen.

Oh bitte, lieber Gott, mach, dass sie meine Hand nimmt!

Sie war so wunderschön. Die zuckenden Blitze am Himmel badeten sie abwechselnd in Silber und Schatten. Metallisch glitzerte es an ihrer Unterlippe, an ihrer Augenbraue. Am Bauchnabel und an einer ihrer vor Erregung aufgerichteten Brustwarzen.

Anders, als die Naomi, die er gekannt hatte, aber dennoch Naomi durch und durch.

In ihren Augen, zwei riesigen Seen aus Bedauern und Unsicherheit, schimmerten Tränen. Aus derselben Angst, die auch an ihm selbst fraß.

Er wusste ganz genau, wie Naomi sich fühlte.

Sie schüttelte den Kopf. »Ich wollte nie ...« Phin sank das Herz. »Als ich dir all diese Dinge an den Kopf geworfen habe ...«, sagte sie mit spröder Stimme und suchte seinen Blick. Neben Angst erzählten ihre Augen jetzt auch von Schmerz. »Also, da habe ich wirklich nicht gewollt, das passiert, was passiert ist. Ich habe nicht gewollt, dass deine Mutter …« Ihr versagte die Stimme.

»Hey.« Er war vom Bett herunter und fast bei ihr, ehe er sich's versah. Sein Stolz war ihm egal, ob er sich ihrer sicher sein konnte, auch. Wichtig war allein, die Schatten zu vertreiben, die ihren Blick verdüsterten. Die Schatten böser Erinnerungen. Sie aber hob abwehrend die Hand, und Phin erstarrte unter Naomis hartem Blick.

»Halt. Bitte lass mich ausreden.«

Phin nickte langsam. Seine arme Naomi.

»Die Dinge, die ich gesagt habe … ich habe diese Dinge gesagt, damit du Grund hast, mich zu hassen. Ich wollte, dass du glaubst, du wärst ohne mich besser dran.« Sie lachte. Es war ein dünnes Lachen, ohne jede Belustigung. »Ich wollte glauben, was ich gesagt habe, damit es mir leichter fällt zu gehen. Keine Bindungen. Nur ein schöner Traum während schlechter Zeiten.«

Reines Silber überschwemmte ihre Augen, silbern die Spur einer einzelnen Träne auf ihrer Wange. Langsam und tief atmete Phin durch, bekämpfte den Impuls, zu Naomi hinüberzugehen. Sie zu trösten.

»Ich habe nie gewollt, dass deiner Familie etwas passiert«, sagte sie, ihre Stimme immer noch heiser, immer noch voller Bedauern. »Ich wollte nie, dass dir etwas passiert, du verletzt wirst, Phin, du am allerwenigsten. Schon gar nicht von mir.«

»Du hast mir das Herz gebrochen.« Kaum waren die Worte heraus, hätte Phin sich am liebsten selbst in den Hintern getreten. Was zum Teufel war nur los mit ihm? Er hatte das nie sagen wollen, schon gar nicht Naomi. Es nicht noch schlimmer für sie machen wollen.

Sie zuckte zusammen. »Ich wollte dich nur schützen.«

»In gewisser Weise hat es funktioniert.« Langsam, trotz allem nicht bereit, die Hoffnung aufzugeben, streckte Phin Naomi erneut die Hand entgegen. Eine Bitte. »In gewisser Weise hat mir die Wut auf dich über den letzten Monat geholfen. Aber das war nur eine Art Verband. Mehr nicht. Und ich brauche mehr als das.«

Ungeschickt fuhr sie sich mit den Fingern durchs Haar, das von ihrem rauschhaften Sex noch völlig zerzaust war. Struppig und daher ganz und gar Naomi, mit violetten Strähnchen und allem anderen.

Phin hielt den Atem an.

»Ich kann dir nichts versprechen«, begann sie, aber er schüttelte den Kopf. Sie runzelte die Stirn. »Willst du denn nicht ...«

»Alles, was ich will«, erklärte er ruhig, »alles, was ich brauche, bist du.«

Ihre Augen verrieten viel von der Schlacht, die in ihr tobte. Der ungestüme Drang nach Unabhängigkeit, Angst, Unsicherheit, und dann wie ein warmer Frühlingsregen ein anderes Gefühl, das er in ihren Augen lesen konnte. Liebe.

Sie liebte ihn.

Phin ging das Herz auf. Er fühlte sich, als sei sein Herz ein Garten nach einem langen, harten Winter, und mit einem Mal sprossen unzählige Frühlingsboten hervor, ein ganzes Feld. Phin holte tief Luft, ließ jeglichen Stolz fahren und ging auf Naomi zu.

Sie trafen sich in der Mitte.

Später, nachdem der Sturm sich gelegt hatte und Stille einkehrte, starrte Phin blicklos zur gegenüberliegenden Wand. Phins Finger fuhren federleicht Naomis Rückgrat entlang. Sie, die auf ihm lag, den Kopf auf seiner Brust, sein Kinn auf ihrem Scheitel, erbebte. Er spürte es bis hinunter zu ihren Schenkeln, dort, wo ihre Beine und seine Beine unentwirrbar miteinander verflochten waren.

Mit einem Finger klopfte sie einen Rhythmus auf seine Brust, einen Herzschlag, seinen, ihren.

Regen fiel vom stillen Nachthimmel, prasselte hernieder, sättigte die Luft. Das Leben kehrte zurück in die Stadt; Laternen flackerten sich zurück in die Betriebsamkeit, tauchten die Straßen in ihr so typisches gedämpftes Licht.

In der Wohnung blieben die Lichter aus.

Naomi bewegte sich, stemmte sich auf Phins Brust auf einen Ellenbogen hoch – er quittierte es mit einem Grunzlaut. Sie sah Phin forschend in die Augen. »Du hast das Licht nicht eingeschaltet.«

»Ach ja?« Phin ächzte und schob ihren Ellenbogen von seinem Solarplexus. »Ist das etwa ein Verbrechen, Ma'am?«

»Du hast mir eine Falle gestellt.«

Er setzte ein wölfisch zufriedenes Grinsen auf und sah ihr direkt in die veilchenblauen Augen. So wunderschöne Augen. »Ach ja?«

»Du verfluchter Scheißk … !«

Rasch hob er den Kopf und schloss ihre Lippen mit einem Kuss, der ihm wie ihr den Atem nahm. Warm spürte er ihr Lippen-Piercing an seinem Mund.

Widerstrebend nur ließ er zu, dass sie sich aus dem Kuss löste. »Sie kämpfen mit unfairen Mitteln, Miss West«, meinte er und beobachtete sie, während sie von der Matratze glitt und aufstand. Das Laternenlicht von draußen schmeichelte ihrem nackten Körper, betonte jede weibliche Kurve, jeden gut trainierten Muskel. Phin stieß einen anerkennenden Pfiff aus, als sie sich nach ihren Kleidern bückte.

Er grinste frech, als sie ihm einen bohrenden Blick über die Schulter hinweg zuwarf. »Ach ja?«, gab sie zurück. »Nun, und du lernst ziemlich schnell.«

»Es stimmt aber.« Er schlug die Decke zurück, stand auf und suchte seine eigenen Sachen zusammen. Rasch zog er sich an. Die Temperaturen in der Wohnung waren winterlich kalt.

»Also, warum ausgerechnet du?«

»Warum ausgerechnet was?«

Sie schüttelte den Kopf und drückte sich an ihm vorbei in Richtung Küche. »Warum sollte ich ausgerechnet dich hier treffen? Und erzähl mir jetzt nicht, dass das eingefädelt war, damit wir übereinander herfallen ...«

»Oha, langsam!« Phin packte sie am Arm und zog sie zu sich zurück. Mit wild funkelnden Augen begegnete er ihrem überraschten Blick. Ihr Blick zuckte hinunter zu seiner Hand um ihren Oberarm, ehe er zu Phins Gesicht zurückkehrte. Naomi hob eine Augenbraue. »Das«, warnte er sie, »solltest du niemals auch nur denken, klar! Bei dem hier zwischen uns geht es um mehr als nur um schnellen Sex.«

Ihre Lider flatterten. »Immer mit der Ruhe, Süßer«, sagte sie leise.

»Nein, ich meine es ernst.« Er nahm sie beim Kinn, bohrte seinen Blick in ihren, während er zart wie eine Feder mit den Lippen über ihren Mund strich. »*Das hier*, das zwischen uns ist mir ernst.«

Naomi brummte etwas, das klang, als kapituliere sie vor ihm. Vielleicht aber war es auch nur ein Laut, der zeigte, wie viel Vergnügen ihr sein aufgehauchter Kuss machte. In jedem Fall war es nicht ihr Verstand, den sie eingeschaltet hatte. Ganz offensichtlich.

Er ließ sie los. Das Grinsen in seinem Gesicht ließ sich nicht unterdrücken. Es kam von Herzen. Naomi West, die zornigste, rassigste, eigensinnigste Frau, der er je begegnet war.

Er ließ sich auf die Matratze fallen, um Socken und Schuhe anzuziehen. »Um deine Frage zu beantworten«, sagte er, »ich möchte deiner Gruppe ein Angebot unterbreiten. Es geht um Hilfestellung bei einem bestimmten Projekt.«

»Einem Projekt?« Naomi warf ihm einen neugierigen Blick zu, während sie einen alten Kessel, der auf dem Herd gestanden hatte, mit Wasser füllte.

»Als das *Zeitlos* noch in Betrieb war ...« Die Worte nur auszusprechen tat weh. Er spürte Wut und Schmerz wie Stiche in seinem Herzen. Der Kessel klirrte hart auf die Herdplatte.

Diesen Schmerz teilen wir, begriff Phin in diesem Moment.

Er stand auf, durchquerte mit großen Schritten die kleine Wohnung, um Naomi, die immer noch vor dem Herd stand, die Arme um die Taille zu legen. »Als das *Zeitlos* noch in Betrieb war«, wiederholte er, »hatten wir eine Art Untergrundtransportlinie am Laufen.«

Naomi versteifte sich. »Du bist ein Schmuggler?« Es war nicht Überraschung, die sie die Stimme erheben ließ, sondern eindeutig Ärger. Über sich selbst, wie Phin begriff, als sie sich in seinem Arm umdrehte. »Warum verflucht wusste ich davon nichts?«

Phin lachte, versuchte sein Lachen sofort zu unterdrücken, als er den bösen Blick bemerkte, den sie auf ihn abschoss. »Weil wir unsere Operationen bereits über einen sehr langen Zeitraum hinweg laufen hatten«, versuchte er sich zu erklären, zumindest den Anschein von Ernst auf dem Gesicht. »Wir haben auch keine Waren geschmuggelt, sondern Menschen. Magiebegabte oder zumindest solche, die die Kirche wegen Hexerei verfolgt hat.«

Wieder war Naomi der innere Widerstreit am Gesicht abzulesen. Phin strich ihr das Haar aus der Stirn. Er hätte gern noch mehr getan, ihr Gesicht in den Händen gehalten, alles, nur um sie zu beruhigen und sich ihrer zu versichern.

»Wir sind immer extrem vorsichtig vorgegangen, haben alles doppelt und dreifach überprüft. Die Menschen, die wir durchs *Zeitlos* geschleust haben, haben sich nie schuldig gemacht. Vielleicht waren Hexen und Hexer darunter, ja«, gab er zu, »das will ich gar nicht bestreiten. Aber sie waren nicht ... nun, du weißt schon ... nicht so wie Agatha.«

Naomi öffnete schon den Mund für eine Erwiderung. Schloss ihn wieder. Sie schüttelte den Kopf, seufzte und legte Phin die Arme um den Hals. »Ich weiß immer noch nicht genug über den Unterschied«, gestand sie. Sie war verärgert, schuldbewusst und sah dabei so hinreißend aus, dass es Phin einen Stich ins Herz versetzte, ihr Lächeln zu sehen.

»Es waren Menschen wie du«, erklärte Phin. »Wie meine Mutter. Eine Hexe …«, Naomi zuckte zusammen, »aber nicht böse. Es sind keine abgrundtief schlechten Menschen. Keine Teufel in Menschengestalt. Und ganz bestimmt hat keiner von ihnen verdient, ins Visier der Kirche zu geraten.«

»Ich bin doch nur eine Hexe, weil ich …« Naomi zögerte. »Gut, okay, das heißt dann wohl in jedem Fall, dass ich jetzt eine Hexe bin.«

»Meine Mutter hat gut gewählt.« Phin neigte den Kopf und küsste Naomi auf die Stirn. »Daran habe ich nie gezweifelt.«

Naomis Mund umspielte ein Lächeln, wenn auch nur ein halbes. »Sagst du! Trotzdem frage ich mich …«, sinnierte sie, und das Lächeln verschwand. »Da ich nun mal nicht mit einer magischen Gabe geboren wurde … ach verdammt, ich habe keinen blassen Schimmer, wie ich dieses vermaledeite Magiezeugs einsetzen soll. Eigentlich sollte ich als Erstes ein Blutbild von mir machen. Sofern ich an die entsprechende Ausrüstung … Mist!« Sie fuhr zum Herd herum, auf dem der Kessel schrill zu pfeifen begonnen hatte.

Phin ließ sie los und beschränkte sich darauf, ihr bei ihrer Suche nach Bechern in den verschiedenen Schrankfächern zuzusehen. Zu beobachten, wie sie sich bewegte, sich bückte und sich hinauf zu den Schränken streckte, wie biegsam und geschmeidig sie war.

Er fuhr sich durch das Haar. »Auf dem obersten Brett findest du löslichen Kaffee«, räumte er dann endlich ein. »Ich hatte irgendwie … gehofft, du bliebest noch auf einen Kaffee.«

Der Blick, mit dem sie ihn bedachte, verriet etwas zwischen Erheiterung und eigensinnigem Stolz.

Wieder gelang es Phin gerade so, sein Grinsen für sich zu behalten. »Nun ja, das *Zeitlos* ist abgebrannt, und wir müssen uns nach allen Seiten gegen die Kirche zur Wehr setzen. Sie suchen nach dir, nach Erklärungen. Was immer wir tun, geschieht nicht mehr in demselben geschützten Raum, den wir bisher vom *Zeitlos* gewohnt waren.«

»Und wie soll nun unsere Hilfe für euch aussehen?«

»Silas hat vor ein paar Wochen Kontakt aufgenommen. Wir haben noch keine Einzelheiten besprochen, aber haben das schon bald vor.« Phin legte die Hände um Naomis, als sie ihm den Becher hinhielt. So musste sie ihm ganz nah sein und bleiben. »Du, ich und der Rest deiner Gruppe, wir sollten uns bald an einem für uns alle sicheren Ort treffen.« Wieder hauchte Phin Naomi einen Kuss auf die Lippen. Sanft wie ein Flüstern, warmer Atem. »Und ich sag dir's gleich, damit du's weißt: Wir beide bekommen unsere Beziehung schon hin. Was immer dafür nötig ist, was immer ich tun muss, damit es zwischen uns funktioniert, ich mache es.«

Naomis Blick heftete sich an seinen. Sie suchte in seinen Augen nach einer Bestätigung dessen, was sie gern glauben wollte. Was auch immer das war. Phin jedenfalls wusste es nicht. »Wir werden die meiste Zeit getrennt voneinander sein«, meinte Naomi unschlüssig.

»Ich weiß«, erwiderte er. »Aber wir schaffen das, versprochen. Ich lasse nicht zu, dass ich dich verliere, egal, an was. An deine Bindungsängste zum Beispiel«, setzte er noch hinzu.

Sie zuckte zusammen, aber gleich darauf hellte ein Lachen ihr Gesicht auf. »Na, du kämpfst wohl auch gern mit harten Bandagen.«

»Du hättest mich nicht so gern, wenn es anders wäre.

»Ich liebe dich.«

Drei Worte. Beiläufig und spontan, aus einem Impuls heraus geäußert. Allerdings folgte diesen drei Worten unausgesprochen ein Aber. Phin scherte sich nicht darum. Ihm war mit einem Mal ganz leicht ums Herz. »Mehr brauche ich nicht«, sagte er und schnitt Naomi damit das Wort ab, die Erklärung, die Ausrede oder was immer es gewesen war, das ihr schon auf der Zunge gelegen hatte. »Mehr werde ich auch in Zukunft nicht brauchen, Naomi.«

Frustration fraß sich in ihre Gesichtszüge, gab die harte Linie ihrer Schultern vor, als Naomi einen Schritt zurücktrat. Dampf stieg aus dem Becher in Phins Händen auf und wurde eins mit dem Kaffeedunst aus ihrem, als sie mit Phin anstieß, dass die Becher klirrten. »Das wirst du noch bereuen.«

»Niemals«, beteuerte Phin.

»Wahrscheinlich wirst du mich dauernd anbrüllen.«

Jetzt grinste er, frech, übermütig. »Und du wirst mich mindestens genauso viel anbrüllen. Ich wette, du gehörst zu den Frauen, die Teller schmeißen.«

Naomi seufzte. »Ich bin nicht sonderlich gut in …«

»Naomi!« Sie brach den Satz ab, schwieg. Phin nahm ihre Hand, führte die Finger an seine Lippen und streichelte einen zärtlichen Kuss darauf. Er tat es so sacht, dass ihre Hand in seiner zitterte. »Halt einfach die Klappe.«

Ihr Lächeln erreichte ihre Augen. Sie funkelten, als sie sagte: »Ich gebe uns maximal drei Monate.«

»Dann treffen wir uns hier in exakt drei Monaten wieder«, versprach er. Sie lachte, legte den Kopf in den Nacken dabei, so freute sie sich. Zum zweiten Mal an diesem Abend zerschellten Becher auf dem Boden. Heißer Tee und dampfender Kaffee spritzten unbeachtet überallhin, als Phin Naomi an sich riss und sie es willig geschehen ließ.

Knöpfe wurden geöffnet, Reißverschlüsse sirrten. Naomi zögerte einen Moment, kaum dass ihre geschickten Finger sich ihren Weg in Phins Hose gesucht hatten. Die Finger waren kalt im Vergleich zu der Hitze seines Ständers, was Phin noch mehr erregte. Er keuchte auf.

»Oh, verdammt!«, fluchte Naomi plötzlich, in ihren Augen funkelte es schalkhaft. »Da fällt mir ein …«

»Herrje, was?«, keuchte er und ein dünner Schweißfilm bildete sich auf seiner Haut. »Der Herd? Brennt was an? Egal, alles kann warten, nur …« Sein Verstand verabschiedete sich. Pure Lust regierte ihn, als Naomi mit der flachen Hand sein Geschlecht massierte.

»Nein. Du hast ja noch nie die Dessous zu Gesicht bekommen, die ich von Andy habe.«

Phin verdrehte die Augen, schloss sie und stöhnte genüsslich. Naomi war wahre Folter für ihn. Wahrer Himmel. »Du bringst mich noch um, ich sag's dir!«

»Möglich«, murmelte sie und glitt wie warme Seide an seinem Körper herab. »Ich werde es auf jeden Fall versuchen.« Ehe sein eingelulltes Hirn begriff, was sie vorhatte, umfassten nicht mehr ihre Finger seinen Ständer, sondern ihr Mund, feucht und heiß.

Phin griff Naomi in den Schopf, krallte seine Finger in ihr Haar. Er sackte gegen die Kante der Küchenarbeitsplatte hinter ihm und lachte. Es war ein Laut halb amüsiert, halb geboren aus wildem Verlangen, triebgesteuerter Not. In einem Stoßgebet flehte er um genügend Geduld und Ausdauer.

Es gab so viel, und so viel war passiert, das sie hätte entzweien können. Beide hatten sie ihr Päckchen zu tragen, trugen böse Erinnerungen an Blut und Feuer mit sich. Trotzdem gehörte diese Frau zu ihm.

Keine Missionarin. Keine reiche Erbin. Keine Hexe.

Naomi West. Die Frau, die er liebte.

Miriam Black weiß, wann du sterben wirst ...

Chuck Wendig
BLACKBIRDS
Roman
Aus dem amerikanischen
Englisch von
Axel Franken
304 Seiten
ISBN 978-3-404-20710-7

Miriam hat eine Gabe: Wenn sie einen Menschen berührt, sieht sie den Moment seines Todes. Doch nie konnte sie die Zukunft verhindern. Inzwischen hat sie den Versuch aufgegeben ... Als der Trucker Louis Miriam vor einem Überfall rettet, berührt sie seine Hand und sieht das Unvermeidliche: Louis wird in 30 Tagen von einem Killer brutal ermordet — und Miriam steht dabei. Ist sie vielleicht das nächste Opfer? Miriam glaubt eigentlich nicht, dass sie die Zukunft ändern kann. Aber sie muss es noch ein Mal versuchen: für ihr Überleben — und für seins.

»Eindringlich ... ein schonungsloses Bild vom Leben am Rand des Abgrunds!« — PUBLISHERS WEEKLY

Bastei Lübbe Taschenbuch